MW01701624

di George R.R. Martin

nella collezione Oscar

Il Drago di Ghiaccio
Le torri di cenere

LE CRONACHE DEL GHIACCIO E DEL FUOCO

Il Trono di Spade
Il Grande Inverno
Il Regno dei Lupi
La Regina dei Draghi
Tempesta di Spade
I fiumi della guerra
Il Portale delle Tenebre
Il Dominio della Regina
L'ombra della profezia
I guerrieri del ghiaccio

Libro primo - *Il Trono di Spade e Il Grande Inverno*

nella collezione I Massimi di Fantascienza

I re di sabbia

GEORGE R.R. MARTIN

Le cronache del Ghiaccio e del Fuoco

IL DOMINIO DELLA REGINA

Traduzione di Sergio Altieri e Michela Benuzzi

OSCAR MONDADORI

Copyright © 2005 by George R.R. Martin
Titolo originale dell'opera: *A Feast for Crows*
Book Fourth of a Song of Ice and Fire
© 2006 Arnoldo Mondadori Editore S.p.A., Milano

Ristampe:

I edizione Omnibus novembre 2006
I edizione Oscar bestsellers novembre 2007

ISBN 978-88-04-57235-0

Questo volume è stato stampato
presso Mondadori Printing S.p.A.
Stabilimento NSM - Cles (TN)
Stampato in Italia. Printed in Italy

Anno 2012 - Ristampa 10 11 12 13

Questo libro è un'opera di fantasia. Personaggi e luoghi citati sono invenzioni dell'autore e hanno lo scopo di conferire veridicità alla narrazione. Qualsiasi analogia con fatti, luoghi e persone, vive o scomparse, è assolutamente casuale.

Cartine di James Sinclair

www.librimondadori.it

IL DOMINIO DELLA REGINA

Per Stephen Boucher,
mago di Windows e drago del DOS*,*
senza il quale questo libro sarebbe
stato scritto a mano

Nord
COSTA
CONGELATA
Foresta
Stregata
BARRIERA
Skane
Torre
delle
Ombre
Castello
Nero
Forte
Orientale
BAIA
DELLE
FOCHE
Baia di Ghiaccio
Isola dell'Orso
Ultimo Fiume
Lago
Lungo
Colline
della Solitudine
Karhold
Foresta del Lupo
Forte
Terrore
N
Fiume delle Lacrime
Grande
Inverno
Coltello Bianco
Strada del Re
Piazza di Torrhen
Affluente Spezzato
TERRA DELLE
TOMBE
Portale
dell'Ariete
Barrowton
Porto Bianco
Capo delle Vedove
Moat Cailin
Oldcastle
BAIA DEL MORSO
INCOLLATURA
Sisterton
Arcipelago delle Tre Sorelle
Le Dita
Torre delle
Acque Grigie
Torri Gemelle
Blacktyde
Isole di Ferro
Orkmont
Seagard
Nido delle Aquile
VALLE DI ARRYN
Forca Verde
Forca Blu
Porta
Insanguinata
Pyke
Saltcliff
Delta delle Acque
Forca Rossa
di James Sinclair

Sud
N
Arcipelago delle Tre Sorelle
Le Dita
Acque Fredde
Sunkenwood
Torri Gemelle
Forca Verde
Strada del Re
Isole di Ferro
Blacktyde
Orkmont
Seagard
Fortecanto
Vale di Arryn
Nido delle Aquile
Vecchia Ancora
Saltcliff
Pyke
Forca Blu
Fairmarket
Tridente
Porta Insanguinata
Querce di Ferro
Pietra di Runa
Banefort
Forca Rossa
Redfort
Città del Gabbiano
Tumblestone
Delta delle Acque
Baia dei Granchi
Wickenden
Isola Quieta
Harrenhal
Pinkmaiden
Zanna Dorata
Occhio di Dio
Strada del Fiume
Sarsfield
Antlers
Rooks Rest
Hornvale
Castel Granito
Deep Den
Roccia del Drago
Lannisport
Punta Acuminata
Strada d'Oro
Approdo del Re
Sala d'Argento
Rapide Nere
Stonedance
Campo di Grano
ALTOPIANO
Crackhall
Tumbleton
Strada del Mare
Boschi del Re
Lago Rosso
Golden Grove
Sala del Fienile
Isola di Tarth
Strada delle Rose
Vecchia Quercia
Blueburn
Grassy Vale
Felwood
Mander
Lungotavolo
Capo Tempesta
Ocean Road
Griffin's Roost
GOLFO DEI NAUFRAGI
Cockleswhent
Casa della Pioggia
Alto Giardino
Terre Basse di Dorne
Nido del Corvo
Bosco delle Piogge
Strada delle Ossa
Stonehelm
Collina del Corno
Nido dell'avvoltoio
Mistwood
Bandallon
Capo Furore
Estermont
Wyl
Tomba del Re
SEA OF DORNE
Uplands
Blackmont
Ghaston Grey
Vecchia Città
Blackcrown
Skyreach
Collina Fantasma
Tre Torri
Alto Eremo
The Tor
Braccio Spezzato
Stelle al Tramonto
DORNE
Grazia degli Dei
Casa del Sole
Lancia del Sole
Hellholt
Vaith
Sandstone
Vaith
Bosco dei Limoni
The Arbor
Costa Salata
di James Sinclair

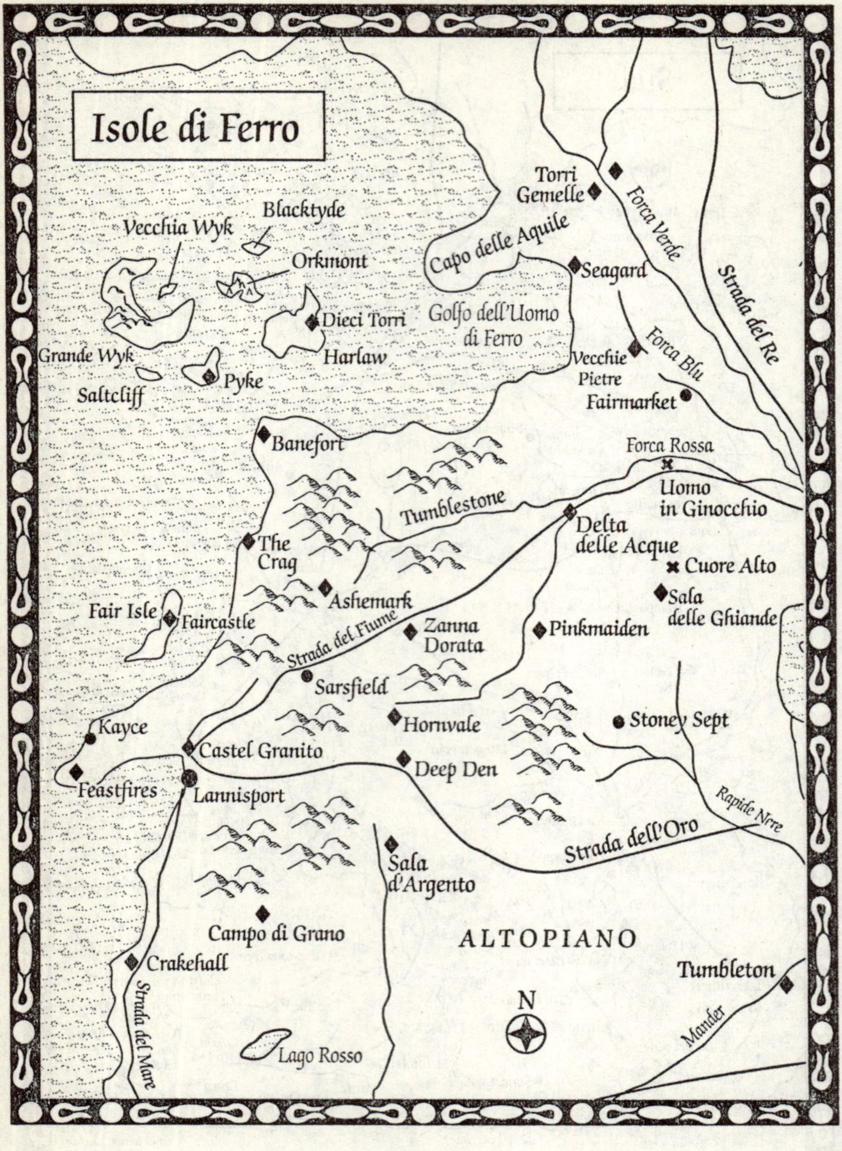
Isole di Ferro
Blacktyde
Vecchia Wyk
Orkmont
Dieci Torri
Harlaw
Grande Wyk
Pyke
Saltcliff
Torri
Gemelle
Capo delle Aquile
Forca Verde
Seagard
Strada del Re
Golfo dell'Uomo
di Ferro
Forca Blu
Vecchie
Pietre
Fairmarket
Banefort
Forca Rossa
Uomo
in Ginocchio
Tumblestone
Delta
delle Acque
The
Crag
Cuore Alto
Ashemark
Sala
delle Ghiande
Fair Isle
Faircastle
Strada del Fiume
Zanna
Dorata
Pinkmaiden
Sarsfield
Hornvale
Stoney Sept
Kayce
Castel Granito
Deep Den
Feastfires
Lannisport
Rapide Nere
Strada dell'Oro
Sala
d'Argento
Campo di Grano
ALTOPIANO
Crakehall
Tumbleton
N
Strada del Mare
Mander
Lago Rosso

PROLOGO

«Draghi.» Mollander si chinò a raccogliere da terra una mela avvizzita e incominciò a passarsela da una mano all'altra.

«Lanciala in aria» esortò Alleras la Sfinge. Tolse una freccia dalla faretra e la incoccò.

«Mi piacerebbe vedere un drago.» Roone era il più giovane del gruppo, un ragazzo tarchiato cui mancava ancora un paio d'anni per raggiungere la virilità. «Mi piacerebbe proprio tanto.»

"E a me piacerebbe dormire tra le braccia di Rosey" pensò Pate. Si agitò inquieto sulla panca. Entro il mattino, la ragazza poteva essere sua. "La porterò lontano da Vecchia Città, attraverso il mare Stretto, fino a una delle città libere." Là non c'erano maestri, nessuno che lo potesse accusare.

Da dietro la finestra chiusa sopra di loro, si sentiva l'eco della risata di Emma, mescolata alla voce profonda dell'uomo che la stava sollazzando.

Emma era la più vecchia delle serve del Piumino & Boccale, quarant'anni compiuti, ma ancora attraente in modo carnale. Rosey era sua figlia, quindicenne e appena oltre la pubertà. Emma aveva stabilito il prezzo della verginità di Rosey: un dragone d'oro. Pate aveva risparmiato nove cervi d'argento e una pentola piena di stelle di rame, ma quelle monete non gli sarebbero servite a niente. Sarebbe stato più facile far nascere un drago vero piuttosto che tentare di ammassare abbastanza conio da metterne assieme uno d'oro.

«Sei nato troppo tardi per i draghi, ragazzo» stava dicendo Armen l'Accolito a Roone. Armen portava attorno al collo una stringa di cuoio cui erano appesi anelli di peltro, alluminio, piombo e rame. Come la maggior parte degli accoliti, sembrava credere che ai novizi, al posto della testa, in mezzo alle spalle crescesse una rapa. «L'ultimo è morto durante il regno di re Aergon III.»

«L'ultimo drago delle terre d'Occidente» insistette Mollander.

«Lancia quella mela» esortò nuovamente Alleras la Sfinge. Era un giovane di bell'aspetto. Tutte le serve gli sbavavano dietro. Perfino Rosey, quando gli portava il vino, a volte lo toccava, e Pate, digrignando i denti, era costretto a fare finta di non vedere.

«Fu proprio l'ultimo drago» non cedette Armen. «Questo è risaputo.»

«La *mela*» ripeté Alleras. «A meno che tu non voglia mangiartela.»

«Ecco, prendi.» Trascinandosi dietro la gamba di legno, Mollander fece un saltello, roteò su se stesso e lanciò la mela in obliquo nelle brume che fluttuavano sul fiume Vino di Miele. Se non fosse stato per quel piede monco, sarebbe stato un cavaliere, come suo padre. Aveva la forza per esserlo, con quelle braccia massicce e quelle ampie spalle. La mela volò lontano e veloce...

... Ma non veloce come la freccia che le sibilò dietro, una verga di legno dorato lunga una iarda, dall'impennaggio scarlatto. Pate non vide la freccia centrare la mela, me ne udì il rumore. L'eco soffocata rimbalzò dall'altra parte del fiume, seguita dal suono liquido dell'impatto contro la corrente.

«L'hai colpita!» Mollander fischiò. «Magnifico.»

"Nemmeno metà di quanto è magnifica Rosey." Pate era incantato dai suoi occhi azzurri e dal seno acerbo, dal modo in cui lei gli sorrideva quando lo incontrava. Era incantato dalle fossette nelle sue guance. A volte Rosey serviva a piedi nudi, così da sentire l'erba sotto i propri passi. Pate era incantato anche da questo. E dall'odore di pulito, di fresco, che la circondava. E da come si tirava i capelli dietro le orecchie. Era incantato perfino dalle dita dei suoi piedi. Una notte Rosey gli aveva permesso di massaggiarglieli e di giocare con loro, e Pate aveva inventato una storiella divertente per ciascun dito, strappandole delle risatine.

Forse avrebbe fatto meglio a restare da questo lato del mare Stretto. Con il conio che aveva risparmiato poteva comprarsi un asino, lui e Rosey si sarebbero dati il cambio sulla sella vagando per le terre d'Occidente. Ebrose non riteneva che lui fosse degno di ricevere pagamenti in argento, ma Pate sapeva ridurre fratture e salassare ferite con le sanguisughe. Il popolino gli sarebbe stato grato del suo aiuto. Se fosse riuscito a imparare a tagliare capelli e radere barbe, avrebbe addirittura potuto fare il barbiere. "Questo mi basterebbe" disse tra sé "se solo avessi Rosey." Rosey era per lui il massimo dei desideri.

Non era sempre stato così. Una volta aveva sognato di essere un maestro, al servizio di un qualche munifico lord che lo avrebbe onorato per la sua saggezza e gli avrebbe fatto dono di un purosangue bianco per ringraziarlo dei suoi servigi. E come se ne sarebbe stato eretto sulla sella, sorridendo nobilmente al popolino lungo la strada...

Una notte, nella sala comune del Piumino & Boccale, dopo la seconda coppa di un sidro maledettamente forte, Pate aveva dichiarato che non sarebbe rimasto novizio per sempre. "Troppo vero" aveva replicato Leo il Pigro. "Infatti sarai un ex novizio, guardiano dei porci." Pate si era scolato fino all'ultima goccia.

Quella mattina, la terrazza del Piumino & Boccale illuminata dalle torce era un'isola di luce circondata da un mare di nebbia. Lungo il fiume, molto più a valle, il faro remoto di Hightower, la torre alta, fluttuava nell'umidità della notte come una fosca luna arancione, ma quella luce non gli tirò su granché il morale.

"L'alchimista avrebbe già dovuto essere qui." Era solo uno scherzo crudele, o forse a quell'uomo era accaduto qualcosa? Non sarebbe certo stata la prima volta che la fortuna girava le spalle a Pate. Un tempo si era ritenuto fortunato a essere stato scelto per occuparsi dei corvi dell'anziano arcimaestro Walgrave. Non immaginava che ben presto avrebbe finito per portargli da mangiare, rassettare le sue stanze, vestirlo ogni mattina. Tutti dicevano che Walgrave aveva dimenticato dell'arte dei corvi ben più di quanto sapesse la maggior parte dei maestri, così Pate aveva pensato che come minimo avrebbe ricevuto un anello di ferro nero, ma poi aveva scoperto che Walgrave non glielo poteva concedere. Il vecchio rimaneva arcimaestro solo formalmente. Un tempo, certo, era stato un grande sapiente ma ora le sue tonache celavano biancheria sempre più spesso lordata dall'incontinenza. E sei mesi prima alcuni accoliti lo avevano trovato in lacrime nella Biblioteca, incapace di ritrovare la strada per ritornare nelle proprie stanze. Ora, dietro la maschera di ferro, al posto di Walgrave sedeva maestro Gormon, quello stesso Gormon che una volta aveva accusato Pate di furto.

Sull'albero di mele vicino al fiume, iniziò a cantare un usignolo. Un suono delicato, piacevole intermezzo fra le urla roche e il continuo gracchiare dei corvi di cui Pate si occupava tutto il giorno. I corvi bianchi conoscevano il suo nome, e lo ripetevano gli uni agli altri ogni volta che lo vedevano, "Pate, Pate, Pate", una nenia così ossessiva che gli veniva voglia di urlare. I grandi uccelli bianchi erano l'orgoglio dell'arcimaestro Walgrave. Alla sua morte, voleva che divorassero il suo corpo, ma Pate pensava che volessero far fuori anche lui.

Forse era l'effetto di quel sidro dannatamente forte – Pate non era andato alla locanda per bere, ma Alleras aveva voluto offrire per festeggiare il suo anello di rame, e il senso di colpa gli aveva messo sete – ma sembrava che l'usignolo ripetesse "ferro in oro, ferro in oro, ferro in oro". Davvero strano, perché erano le parole che aveva usato il forestiero la notte in cui Rosey li aveva fatti incontrare. "Chi sei?" gli aveva chiesto Pate. "Un alchimista" aveva risposto l'uomo. "Posso trasmutare il ferro in oro." E poi nella sua mano era apparsa la moneta, danzando tra una nocca e l'altra, il giallo pastoso dell'oro che scintillava alla luce della candela. Su una faccia c'era un drago con tre teste, sull'altra il ritratto di qualche re defunto. "Ferro in oro" ricordò Pate. "Non si potrebbe fare di meglio. Vuoi la fanciulla? La ami?" "Non sono un ladro" aveva detto Pate al sedicente alchimista. "Sono un novizio della Cittadella." L'uomo aveva chinato il capo. "Se tu dovessi ripensarci" aveva concluso "di qui a tre giorni tornerò con il mio dragone d'oro."

I tre giorni erano passati. Pate era ritornato al Piumino & Boccale ancora incerto su chi o che cosa era. Ma invece dell'alchimista aveva trovato Mollander, Armen e la Sfinge, con Roone alle calcagna. Non unirsi alla compagnia avrebbe sollevato sospetti.

Il Piumino & Boccale non chiudeva mai. Da seicento anni si ergeva sulla sua isola nella corrente del fiume Vino di Miele, e non una sola volta le sue porte erano state chiuse per i commerci. Anche se l'alta struttura di legno pendeva verso sud nello stesso modo in cui a volte i novizi pendevano verso i loro boccali, Pate era certo che la locanda avrebbe continuato a stare in piedi per altri seicento anni, vendendo vino e birra e quel sidro dannatamente forte a pescatori del fiume e a uomini di mare, a fabbri e cantastorie, a preti e principi, ai novizi e agli accoliti della Cittadella.

«Vecchia Città non è il mondo» dichiarò Mollander a voce troppo alta.

Era figlio di un cavaliere, e così ubriaco da non reggersi in piedi. Da che gli avevano recato la notizia della morte del padre, caduto nella battaglia delle Acque Nere, Mollander si ubriacava quasi ogni notte. Perfino là a Vecchia Città, lontano dai combattimenti, al sicuro dietro le sue mura, la guerra dei Cinque re li aveva toccati tutti... benché l'arcimaestro Benedict ribadisse che, da quando

Renly Baratheon era stato assassinato e Balon Greyjoy si era autoincoronato, non era mai esistita alcuna guerra dei Cinque re.

«Mio padre diceva sempre che il mondo è più grande di qualsiasi castello» continuò Mollander. «I draghi devono essere l'ultima cosa che un uomo può trovare a Qarth, ad Asshai e a Yi Ti. Quelle storie di marinai...»

«... sono solo storie di marinai, mio caro Mollander» lo interruppe Armen. «Prova ad andare al molo, e ti garantisco che troverai marinai che ti parleranno delle sirene che si sono portati a letto e di come hanno passato un anno dentro la pancia di un pesce.»

«Tu come fai a sapere che non è vero?» ribatté Mollander da dietro il bicchiere, cercando altre mele. «Devi esserci finito tu dentro la pancia di quel pesce per giurare che loro non ci sono andati. Un marinaio racconta una storia, *aye*, ci si può anche ridere sopra, ma quando i rematori di quattro diverse navi raccontano la medesima storia in quattro lingue diverse...»

«Non è la *medesima* storia» insistette Armen. «Draghi ad Asshai, draghi a Qarth, draghi a Meereen, draghi dothraki, draghi che liberano schiavi... ogni storia è diversa dall'altra.»

«Solo nei dettagli.» Più Mollander beveva, più diventava ostinato, ed era uno zuccone anche da sobrio. «Parlano tutte di *draghi*, e di una bellissima giovane regina.»

L'unico drago che interessava a Pate era fatto d'oro massiccio. Si domandò che cosa fosse successo all'alchimista. Il terzo giorno. Aveva detto che sarebbe tornato il terzo giorno.

«C'è un'altra mela vicino al tuo piede» disse Alleras a Mollander «e io ho ancora due frecce nella mia faretra.»

«Al diavolo la tua faretra.» Mollander raccolse un'altra mela strappata dal vento. «Questa ha dentro il verme» si lamentò, ma la lanciò comunque in aria.

La freccia centrò la mela proprio mentre stava cominciando a ricadere, spaccandola di netto in due. Una metà finì sul tetto di una torretta, rotolò su quello più in basso e mancò Armen di mezzo metro.

«Se tagli un verme in due, avrai due vermi» sentenziò l'accolito.

«Funzionasse così anche con le mele, nessuno patirebbe più la fame» commentò Alleras con uno dei suoi sorrisi melliflui. La Sfinge sorrideva sempre, come se conoscesse qualche segreto che tutti gli altri ignoravano. Questo gli conferiva un aspetto malevolo che ben si intonava con il mento appuntito, l'attaccatura dei capelli a punta e la folta massa di riccioli tagliati corti, neri come l'inchiostro.

Alleras sarebbe diventato un maestro. Era alla Cittadella da appena un anno, ma era già riuscito a forgiare tre anelli della catena dell'ordine. Armen avrebbe potuto averne di più, ma per forgiare ognuno dei suoi aveva impiegato un anno. Eppure, anche lui sarebbe diventato un maestro. Roone e Mollander restavano novizi dal collo roseo, ma Roone era molto giovane, mentre Mollander preferiva il bere alla lettura.

Pate, invece...

Era arrivato alla Cittadella da cinque anni, poco più che tredicenne, ma il suo collo era ancora roseo e intonso come il giorno del suo arrivo dalle terre d'Occidente. Due volte aveva ritenuto di essere pronto. La prima volta si era presentato al cospetto del maestro Vaellyn, deciso a dimostrare la sua conoscenza del firmamento. Per contro aveva scoperto perché Aceto Vaellyn si era guadagnato quel soprannome. C'erano voluti due anni prima che Pate trovasse il coraggio di tentare di nuovo. Questa volta aveva affrontato il benevolo maestro Ebrose, noto per la voce pacata e per le mani gentili, ma i sospiri sconsolati di Ebrose si erano rivelati dolorosi quanto le parole taglienti di Vaellyn.

«Un'ultima mela» promise Alleras «e ti dirò qual è il mio sospetto riguardo a questi draghi.»

«Tu che cosa credi di sapere che io non so?» borbottò Mollander. Notò una mela ancora appesa al ramo, spiccò un salto, la strappò e la lanciò.

Alleras tese la corda dell'arco fino all'orecchio, si voltò con grazia seguendo il bersaglio in volo. Scoccò la freccia nell'attimo esatto in cui la mela cominciava a cadere.

«Manchi sempre l'ultimo tiro» disse Roone.

La mela, intatta, colpì il fiume sollevando uno spruzzo.

«Visto?»

«Il giorno in cui li centrerai tutti, smetterai di migliorare.» Alleras tolse la corda dall'arco lungo e lo ripose nella custodia di pelle. L'arco era fatto di cuordoro, un legno raro e rinomato delle isole dell'Estate. Una volta Pate aveva cercato di tenderlo, senza riuscirci. "La Sfinge sembra esile, ma c'è molta forza in quelle braccia sottili" rifletté mentre Alleras si metteva a cavalcioni della panca e allungava una mano verso la coppa di vino. «Il drago ha tre teste» annunciò nel melodioso accento dorniano.

«Un enigma?» chiese Roone. «Nelle leggende, le Sfingi parlano sempre per enigmi.»

«Nessun enigma.» Alleras sorseggiò il vino.

Gli altri scolavano boccali del fortissimo sidro per cui il Piumino & Boccale era rinomato, ma lui continuava a preferire gli esotici vini dolci di Dorne, terra dei suoi avi. Perfino a Vecchia Città quei vini non erano a buon mercato.

Era stato Leo il Pigro a dare ad Alleras quel soprannome: la Sfinge. Una sfinge è un po' di questo e un po' di quello: il volto di un uomo, il corpo di un leone, le ali di un falco. Alleras era proprio così: suo padre era un dorniano, sua madre una nativa delle isole dell'Estate dalla pelle scura. La pelle di Alleras era scura come il tek. E, come le sfingi di marmo verde ai lati del portale principale della Cittadella, Alleras aveva occhi color onice.

«Nessun drago ha mai avuto tre teste, tranne quelli sugli scudi e sui vessilli» dichiarò con fermezza Armen l'Accolito. «È un simbolo araldico, niente di più. Inoltre, i Targaryen sono tutti morti.»

«Non tutti» replicò Alleras. «Il re Mendicante aveva una sorella.»

«Credevo le avessero sfracellato il cranio contro un muro» disse Roone.

«No» ribatté Alleras. «Fu la testa del giovane principe Aegon, il figlio minore di Rhaegar, a essere fracassata contro un muro dai coraggiosi soldati del Leone di Lannister. Stiamo parlando della sorella di Rhaegar, venuta alla luce alla Roccia del Drago prima della caduta dei Targaryen. Quella chiamata Daenerys.»

«"Nata dalla tempesta." Adesso ricordo.» Mollander alzò il boccale, scuotendo il sidro rimasto. «A lei io brindo!» Dopo averlo svuotato, lo batté sulla panca, ruttò e si passò il dorso della mano sulle labbra. «Dov'è Rosey? La nostra legittima regina si merita un altro giro di sidro, non siete d'accordo?»

«Abbassa la voce, stolto.» Armen l'Accolito era allarmato. «Non dovresti neanche dire cose del genere. Non si sa mai chi è in ascolto. Il Ragno ha orecchie dappertutto.»

«Ah, non pisciarti addosso, Armen. Stavo solo proponendo un brindisi, non una rivolta.»

Pate udì qualcuno sogghignare. Una sottile voce vellutata riecheggiò alle sue spalle. «L'ho sempre saputo che eri un traditore, Saltarospo.» Leo il Pigro era stravaccato all'imboccatura del vecchio ponte di assi, drappeggiato in mantello a strisce verde e oro, con una cappa di seta nera trattenuta alla spalla da una rosa di giada. A giudicare dalle chiazze, il vino colato sul davanti del mantello era di un rosso cupo. Una ciocca di capelli biondo cenere gli ricadeva su un occhio.

Nel vederlo, Mollander si irrigidì. «Alla malora. Vattene. Non sei il benvenuto qui.» Alleras gli posò una mano sul braccio per calmarlo, mentre Armen corrugava la fronte. «Leo, mio signore. Avevo creduto di capire che saresti stato confinato nella Cittadella per...»

«... altri tre giorni.» Leo il Pigro scrollò le spalle. «Perestan sostiene che l'età del mondo è di quarantamila anni. Per Mollos invece è di cinquecentomila. Per cui, vi chiedo, che saranno mai tre giorni?» C'era una dozzina di tavoli vuoti sulla terrazza, ma Leo venne a sedersi al loro. «Offrimi una coppa di vino dorato di Arbor, Saltarospo, e forse non dirò a mio padre del tuo brindisi. All'Azzardo Inaspettato i dadi mi si sono rivoltati contro e ho sprecato il mio ultimo cervo d'argento per la cena. Maialino da latte in salsa di prugne, ripieno di castagne e tartufi bianchi. Un uomo deve pur mangiare. Voialtri che cosa avete preso?»

«Montone» mugugnò Mollander. Non sembrava per nulla soddisfatto di quella scelta. «Abbiamo condiviso uno stinco di montone bollito.»

«Sono certo che vi avrà riempito la pancia.» Leo si rivolse ad Alleras. «Il figlio di un lord dovrebbe essere più largo di manica, Sfinge. Mi hanno detto che hai forgiato il tuo anello di rame. Questo vale un brindisi.»

Alleras rispose al suo sorriso. «Offro solamente agli amici. E io non sono il figlio di un lord, te l'ho già detto. Mia madre faceva commerci.»

«Tua madre era una scimmia delle isole dell'Estate.» Gli occhi azzurri di Leo luccicavano di vino e di malizia. «Quanto ai dorniani, fottono qualsiasi cosa abbia un buco tra le gambe. Senza offesa. Tu sarai anche scuro di pelle, ma per lo meno ti fai il bagno. A differenza di quel maiale pieno di croste del nostro ragazzotto, qui» e indicò Pate con un gesto molle della mano.

"Se lo colpissi alle labbra con il boccale, potrei spaccargli metà dei denti" pensò il giovane novizio. Pate il Macchiato, il ragazzo maiale, era l'eroe di mille storie: lo stolto dal cuore buono e dalla testa vuota che riusciva sempre a battere i pingui signorotti, i cavalieri infidi e i pomposi septon che lo disprezzavano. In un modo o nell'altro, la sua stupidità finiva sempre per rivelarsi una sorta di ruvida scaltrezza: le storie finivano sempre con Pate il Macchiato che si ritrovava seduto sullo scanno di un alto lord o sdraiato nel letto della figlia di un cavaliere. Ma quelle erano leggende. Nella realtà non c'erano finali del genere per i ragazzi maiale. A volte Pate pensava che sua madre doveva averlo odiato per avergli imposto quel nome.

Alleras aveva smesso di sorridere. «Tu ora ti devi scusare.»

«Davvero?» fece Leo. «E come potrei? Ho la gola talmente secca...»

«Ogni parola che pronunci... getti vergogna sulla tua casata» disse Alleras. «Ed essendo uno di noi, getti vergogna sulla Cittadella.»

«Lo so. Forza, offrimi del vino, e ci annegherò la mia vergogna.»

«Ti strapperei via quella linguaccia...» minacciò Mollander.

«Sul serio? Ma poi come farei a parlarti dei draghi?» Leo scrollò nuovamente le spalle. «Lo scimmiotto dice il giusto. La figlia del re Folle è viva, ed è lei che ha tre draghi.»

«*Tre?*» Roone era stupefatto.

«Più di due e meno di quattro.» Leo gli diede dei colpetti sulla mano. «Non tenterei di ottenere l'anello d'oro, se fossi in te.»

«E lascialo stare» intimò Mollander.

«Come sei cavalleresco, Saltarospo! Come desideri. Chiunque abbia navigato fino a cento leghe da Qarth parla di quei draghi. C'è chi dice addirittura di averli visti. Il Mago è incline a crederci.»

«Marwyn non c'è con la testa.» Armen protese le labbra in segno di disappunto. «L'arcimaestro Perestan è il primo a dirlo.»

«Lo dice anche l'arcimaestro Ryam» intervenne Roone.

Leo sbadigliò. «Il mare è bagnato, il sole è caldo e il gregge odia il mastino.»

"Ha una parola di spregio per tutti" pensò Pate, ma al tempo stesso non poteva negare che Marwyn sembrava più un mastino che un maestro. "Come se ti volesse mordere." Il Mago non era come gli altri maestri. La gente diceva che preferiva la compagnia delle baldracche e degli stregoni, che parlava nel loro linguaggio con i villosi ibbenesi e con i nativi neri come il carbone delle isole dell'Estate, che faceva sacrifici a strane divinità nei piccoli templi dei marinai giù al molo. Qualcuno diceva di averlo visto nella Suburra, nelle fosse dei ratti e nei bordelli oscuri, intento a far comunella con guitti, cantastorie, mercenari e perfino mendicanti. Alcuni arrivavano a sussurrare che una volta aveva ucciso un uomo a mani nude.

Quando Marwyn aveva fatto ritorno a Vecchia Città, dopo aver trascorso otto anni all'Est tracciando mappe di terre lontane, cercando libri perduti, studiando con gli stregoni e i vati delle ombre, Aceto Vaellyn lo aveva soprannominato "il Mago". "Lascia gli incantesimi e le preghiere ai preti e ai septon e piega la tua arguzia imparando saggezza da un uomo di cui ti puoi fidare" aveva consigliato una volta a Pate l'arcimaestro Ryam, ma l'anello, la verga e la maschera di Ryam erano giallo oro, e la sua catena di maestro non aveva anelli in acciaio di Valyria.

Armen scrutò Leo il Pigro dall'alto in basso. Il suo naso lungo e sottile era perfetto per quel tipo di atteggiamento. «L'arcimaestro Marwyn crede in molte cose insolite» disse «ma non ha più prove dell'esistenza dei draghi di quante ne possieda Mollander. Sono soltanto altre storie di marinai.»

«Ti sbagli» ribatté Leo. «C'è una candela di vetro che brucia nelle stanze del Mago.»

Sulla terrazza illuminata dalle torce calò un improvviso silenzio. Armen sospirò, scuotendo la testa. Mollander cominciò a ridere. La Sfinge scrutò Leo con i suoi grandi occhi neri. Roone aveva lo sguardo sperduto.

Pate sapeva delle candele di vetro, anche se non ne aveva mai vista una bruciare. Erano il segreto peggio custodito della Cittadella. Si diceva che fossero state portate a Vecchia Città da Valyria mille anni prima del Disastro. Pate aveva sentito dire che ne esistevano quattro: una verde e le altre tre nere, e tutte erano alte e ritorte.

«Che cosa sono queste candele di vetro?» chiese Roone.

Armen l'Accolito si schiarì la voce. «La notte prima di pronunciare il giuramento, l'accolito deve stare di veglia nella cripta. Non gli è concessa una lanterna, né torcia, né lampada o lume... Solo una candela di ossidiana. Dovrà trascorrere la notte nelle tenebre, a meno che non riesca ad accendere quella candela. Alcuni ci provano, gli sciocchi e gli ostinati che hanno studiato questi cosiddetti alti misteri. Spesso si tagliano le dita, perché si dice che i bordi della candela di ossidiana siano affilati come rasoi. Poi, con le mani insanguinate, sono costretti ad aspettare fino all'alba, rimuginando sul loro fallimento. Gli uomini più saggi si mettono a dormire e basta, o passano la notte in preghiera, ma ogni anno c'è sempre qualcuno che ci deve provare.»

«Sì.» Anche Pate aveva sentito raccontare quella storia. «Ma a che cosa serve una candela che non fa luce?»

«È un insegnamento» rispose Armen «l'ultima lezione che dobbiamo apprendere prima di indossare la catena di maestri. La candela di vetro significa verità e conoscenza, cose rare, belle e fragili. Ha la forma di una candela per ricordarci che un maestro deve diffondere luce ovunque sia, e i bordi della candela sono affilati per ricordarci che la conoscenza può essere pericolosa. Gli uomini saggi possono tramutare la loro saggezza in arroganza, ma un maestro deve sempre rimanere umile. La candela di vetro ci ricorda tutto questo. Perfino dopo aver pronunciato il giuramento e avere indossato la catena ed essere andato a servire, il maestro ricorderà la tenebra della sua notte di veglia, e ricorderà come nulla di quanto aveva tentato fosse stato in grado di far bruciare quella candela... perché anche se si possiede la conoscenza, certe cose sono comunque impossibili.»

Leo il Pigro scoppiò a ridere. «Impossibili per te, vorrai dire. Io ho visto con i miei occhi la candela bruciare.»

«Hai visto bruciare *una* candela, di questo non dubito» disse Armen. «Forse una candela di cera nera.»

«So quello che ho visto. La luce era strana e vivida, molto più intensa di quella di qualsiasi candela di cera o di sego. Proiettava strane ombre e la fiamma non ondeggiava mai, nemmeno quando una folata d'aria è arrivata da una porta aperta alle mie spalle.»

Armen incrociò le braccia. «L'ossidiana non brucia.»

«Vetro di drago» disse Pate. «Il popolino lo chiama così.» La cosa sembrava importante.

«È vero» mormorò Alleras la Sfinge «e se i draghi hanno fatto ritorno nel mondo...»

«Draghi e cose ancora più oscure» disse Leo. «Le pecore grigie hanno chiuso gli occhi e il mastino vede la verità. Antiche forze si risvegliano. Ombre si agitano. Un'era di meraviglie e di terrori incombe su di noi, un'era di dèi e di mitici eroi.» Si stiracchiò, esibendo il suo pigro sorriso. «Tutto questo vale una coppa, dico io.»

«Abbiamo bevuto abbastanza» dichiarò Armen. «Il mattino ci sarà addosso prima di quanto vorremmo, e l'arcimaestro Ebrose parlerà delle proprietà dell'urina. Quelli che intendono forgiare un anello d'argento faranno bene a non perdere la sua prolusione.»

«Lungi da me trattenervi da un assaggio di piscio» disse Leo. «Quanto a me, preferisco del vino dorato di Arbor.»

«Se la scelta è fra te e il piscio, preferisco il piscio.» Mollander si allontanò dal tavolo. «Andiamo, Roone.»

La Sfinge afferrò la custodia dell'arco. «Me ne vado a letto anch'io. Credo che sognerò draghi e candele di vetro.»

«Andate via tutti?» Leo scrollò le spalle. «Bene, rimane Rosey. Forse risveglierò il piccolo birillo e farò di lei una donna.»

Alleras notò l'espressione sul volto di Pate. «Se non ha una moneta di rame per comprarsi una coppa di vino, non ha nemmeno un dragone d'oro per comprarsi la ragazza.»

«*Aye*» gli fece eco Mollander. «E poi ci vuole un uomo per fare una donna. Vieni con noi, Pate. Il vecchio Walgrave si sveglia al sorgere del sole. Avrà bisogno di te per andare alla latrina.»

"Ammesso che oggi si ricordi chi sono." L'arcimaestro Walgrave non aveva alcun problema nel riconoscere i corvi, ma non era altrettanto bravo con le persone. Certi giorni confondeva Pate con qualcuno di nome Cressen.

«Non subito» disse Pate agli amici. «Io resto un altro po'.» Non era ancora l'alba. L'alchimista poteva ancora arrivare e in quel caso Pate voleva essere là ad attenderlo.

«Come vuoi» disse Armen.

Lanciò a Pate una lunga occhiata, poi si mise l'arco sull'esile spalla e seguì gli altri verso il ponte. Mollander era così ubriaco da essere costretto a camminare appoggiando una mano sulla spalla di Roone per non cadere. La Cittadella non era lontana, a patto di essere un corvo, solo che nessuno di loro lo era, e Vecchia Città era un vero e proprio labirinto, tutta vicoli, stradine incrociate le une con le altre e strette strade tortuose.

«Sta' attento» Pate udì Armen dire mentre le nebbie del fiume inghiottivano i quattro giovani apprendisti maestri. «La notte è umida e i ciottoli sono scivolosi.»

Dopo che se ne furono andati, Leo il Pigro lanciò a Pate uno sguardo tetro dall'altra parte del tavolo. «Che tristezza. La Sfinge se n'è andato con tutto il suo argento, abbandonandomi qui con Pate il Macchiato, il ragazzo maiale.» Si stiracchiò, sbadigliando. «Dimmi un po', come sta la nostra piccola, adorata Rosey?»

«Dorme» rispose seccamente Pate.

«Nuda, senza dubbio.» Leo sogghignò. «Pensi che valga davvero un dragone d'oro? Un giorno o l'altro dovrò scoprirlo.»

Pate fu abbastanza furbo da non rispondere.

A Leo non serviva una risposta. «Immagino che dopo averle dato una ripassata, il suo prezzo crollerà, e anche i ragazzi maiale se la potranno permettere. Dovresti ringraziarmi.»

"Dovrei ucciderti" pensò Pate, ma non era ubriaco al punto di gettare via la propria vita. Leo aveva ricevuto un addestramento d'arme e si diceva fosse micidiale con l'accoppiata bravosiana lama lunga e pugnale. E se anche fosse riuscito a ucciderlo, questo gli sarebbe comunque costato la testa. Leo aveva due nomi, mentre Pate ne aveva uno soltanto, e il secondo nome di Leo era Tyrell. Ser Moryn Tyrell, comandante della Guardia cittadina di Vecchia Città, era il padre di Leo. Mace Tyrell, lord di Alto Giardino e Protettore del Sud, era suo cugino. E l'Anziano di Vecchia

Città, lord Leyton di Hightower, che tra i suoi molti titoli annoverava anche quello di Protettore della Cittadella, aveva giurato fedeltà alla Casa Tyrell quale alfiere. "Lascia perdere" si disse Pate. "Parla così solamente per ferirti."

Verso est, le nebbie stavano diradandosi. "L'alba" si rese conto Pate. "L'alba è arrivata, l'alchimista invece no." Non sapeva se ridere o piangere. "Rimango un ladro anche se restituisco il maltolto senza che nessuno sappia mai nulla?" Un'altra domanda per la quale non aveva risposta, come per quelle che gli avevano posto Ebrose e Vaellyn.

Quando spinse indietro la panca e si alzò in piedi, tutto quel sidro dannatamente forte gli arrivò alla testa come una slavina. Dovette puntellarsi al tavolo con una mano per tenersi diritto «Lascia stare Rosey» disse, a mo' di commiato. «Lasciala stare, se no potrei ucciderti.»

Leo Tyrell scostò la ciocca di capelli dall'occhio. «Non mi metto a duellare con ragazzi maiale. Vattene.»

Pate gli voltò le spalle e attraversò la terrazza. I suoi tacchi martellarono contro le assi corrose del vecchio ponte. Quando raggiunse l'estremità opposta, il cielo stava tingendosi di rosa. "Il mondo è grande" pensò. "Se comprassi quell'asino, potrei vagabondare per le strade e i crocicchi dei Sette Regni, facendo salassi al popolino e togliendo pidocchi dai capelli. Potrei imbarcarmi su una nave, mettermi ai remi e arrivare fino a Qarth attraverso i Portali di Giada, in modo da vedere con i miei occhi quei draghi maledetti. Non devo tornare per forza dal vecchio Walgrave e dai suoi corvi."

Ma i piedi lo portarono verso la Cittadella.

Quando la prima lama di luce solare spezzò le nubi a est, le campane del mattino cominciarono a suonare dal Tempio del Marinaio giù verso il porto. Il Tempio del Lord si unì ai rintocchi un attimo dopo, poi furono i Sette Santuari dai loro giardini sulla riva opposta del fiume Vino di Miele, infine il Tempio Stellato, che per mille anni era stato lo scanno dell'Alto Sacerdote prima che Aegon Targaryen il Conquistatore sbarcasse ad Approdo del Re. Tutti quei rintocchi si fusero in un'unica melodia. "Anche se non è dolce quanto il canto di un solo usignolo."

Pate udiva anche un canto, sotto la voce delle campane. Ogni mattina, alle prime luci, i preti rossi si radunavano per accogliere il sole all'esterno del loro modesto tempio sul fronte del porto. "Perché oscura è la notte e piena di terrori." Pate li aveva uditi centinaia di volte intonare quelle parole, chiedendo al loro dio

R'hllor, Signore della luce, di salvarli dalle tenebre. I Sette Dèi erano sufficienti per Pate, ma aveva udito che ora Stannis Baratheon si era messo a adorare i fuochi notturni. Stannis era addirittura arrivato a sostituire sui vessilli il cervo incoronato, simbolo della sua antica casata, con il cuore fiammeggiante di R'hllor. "Se dovesse salire sul Trono di Spade, tutti noi faremmo bene a imparare le parole di quel canto" pensò Pate, ma la cosa non sembrava probabile. Tywin Lannister aveva sbaragliato Stannis e R'hllor sul fiume delle Acque Nere, ben presto il lord del Leone li avrebbe finiti, issando la testa dell'aspirante re Baratheon su una picca sopra le porte di Approdo del Re.

Mentre le brume della notte si dileguavano, Vecchia Città prese forma attorno a Pate, emergendo come una teoria di spettri dal plumbeo della prealba. Pate non aveva mai visto Approdo del Re, ma sapeva che era una città di canniccio e argilla, una distesa di strade fangose, tetti di tegole e strutture di legno. Vecchia Città era fatta di pietra, e tutte le sue strade erano acciottolate, dalle grandi arterie fino al vicolo più misero. La città non appariva mai così bella come al sorgere del sole. A ovest del fiume, gli edifici dell'ordine dei Maestri si susseguivano lungo la riva come una fila di palazzi nobiliari. A monte, le cupole e le torri della Cittadella si levavano su entrambe le sponde del Vino di Miele, collegate da ponti di pietra, circondate da padiglioni e case. A valle, sotto le mura di marmo nero e le finestre ad arco del Tempio Stellato, le casupole del popolino si ammassavano come bambini raccolti ai piedi di un vecchio saggio.

E più oltre, dove il Vino di Miele si allargava nello stretto dei Sussurri, svettava la Hightower, con i suoi fuochi scintillanti contro l'alba. Dalla sua posizione, in cima alle scogliere dell'isola della Battaglia, la sua ombra si proiettava sulla città come una spada oscura. Chi era nato e vissuto a Vecchia Città, era in grado di capire l'ora del giorno in base a dove cadeva quell'ombra. Alcuni asserivano che dalla sua sommità si riusciva a vedere fino alla Barriera, l'immane sbarramento di ghiaccio all'estremo nord dei Sette Regni. Forse era per questo che da oltre dieci anni lord Leyton non scendeva dalla Hightower, preferendo dominare la sua città dalle nubi.

Il carretto di un macellaio superò Pate cigolando lungo la strada del fiume, con cinque maialini sul pianale che rugliavano di paura. Pate saltò di lato, evitando di essere inzuppato da una donna che da una finestra svuotava i pitali pieni degli escrementi della notte. "Quando sarò maestro in un castello avrò un cavallo mio" pensò. Poi inciampò in un ciottolo e si domandò chi volesse ingannare. No, non ci sarebbero state catene di maestro per lui, né scanni al desco di un alto lord, né destrieri bianchi da montare. Avrebbe trascorso i suoi giorni con le orecchie piene del gracchiare incessante dei corvi, ripulendo chiazze di merda dalle mutande dell'arcimaestro Walgrave.

Con un ginocchio a terra, Pate stava cercando di togliersi il fango dalle tonache. Da dietro venne una voce.

«Buongiorno, Pate.»

L'alchimista incombeva su di lui.

Pate si rialzò. «Il terzo giorno... avevi detto che saresti venuto al Piumino & Boccale.»

«Eri con i tuoi amici. Non volevo intromettermi nel vostro cameratismo.» L'alchimista indossava un mantello da pellegrino con il cappuccio, marrone e anonimo. Il sole nascente dardeggiava sui tetti dietro di lui, per cui era difficile distinguere i lineamenti sotto il cappuccio. «Hai deciso chi sei, Pate?»

"Deve proprio farmelo dire?" «Un ladro, credo.»

«Lo immaginavo.»

La cosa più difficile era stata mettersi carponi e tirare fuori la cassa da sotto il letto dell'arcimaestro Walgrave. Era di legno massiccio e rinforzata da bande di ferro, ma il lucchetto era rotto. Maestro Gormon sospettava che fosse stato Pate a romperlo, ma non era vero. Lo aveva spezzato Walgrave quando si era accorto di aver perso la chiave.

Nella cassa, Pate aveva trovato una sacca di cervi d'argento, una ciocca di capelli biondi legata da un nastro, la miniatura di una donna che sembrava Walgrave (baffi inclusi) e un guanto ferrato da cavaliere in acciaio lamellare. Il guanto ferrato era appartenuto a un principe, a detta di Walgrave, anche se non riusciva più a rammentare quale. Pate lo aveva scosso e la chiave era caduta sul pavimento.

"Se la raccolgo, sono un ladro" ricordò di avere pensato. La chiave era vecchia e pesante, di ferro scuro. Si diceva potesse aprire tutte le porte della Cittadella. Gli arcimaestri erano gli unici a possedere quel genere di chiavi. Gli altri le tenevano con sé o le riponevano in un luogo sicuro, ma se Walgrave avesse nascosto la sua, nessuno l'avrebbe più vista. Pate aveva preso la chiave e, a metà strada dalla porta, era tornato indietro a prendere anche l'argento. Un ladro resta comunque un ladro, che rubi poco o molto. "Pate" aveva chiamato uno dei corvi bianchi. "Pate, Pate, Pate."

«Hai il mio dragone d'oro?» chiese all'alchimista.

«Solo se tu hai quello che ti ho chiesto.»

«Tiralo fuori. Lo voglio vedere.» Pate non aveva intenzione di farsi fregare.

«La strada del fiume non è il posto adatto. Vieni.»

Pate non ebbe il tempo di riflettere, di valutare le alternative. L'alchimista si stava allontanando. Pate fu costretto a seguirlo, altrimenti rischiava di perdere sia Rosey sia il dragone d'oro, per sempre. Pate seguì l'alchimista. Camminando, infilò una mano nella manica. Poteva sentire la chiave, al sicuro nella tasca segreta che aveva cucito all'interno. Le tonache dei maestri erano piene di tasche, come lui sapeva fin da bambino.

Fu costretto ad affrettare il passo per tener dietro alle lunghe falcate dell'alchimista. Percorsero un vicolo, svoltarono un angolo, superarono il vecchio Mercato dei Ladri, percorsero la strada dei Venditori di Stracci. Alla fine, l'alchimista si infilò in un altro vicolo, più stretto del primo.

«Qui è abbastanza lontano» disse Pate. «In giro non c'è nessuno. Concludiamo.»

«Come desideri.»

«Voglio il mio dragone.»

«Certamente.»

La moneta apparve. L'alchimista la fece vorticare tra una nocca e l'altra, come aveva fatto quando Rosey lo aveva presentato a Pate. Nella luce del mattino, il drago istoriato sulla moneta scintillava a ogni movimento, conferendo alle dita dell'alchimista una sfumatura dorata.

Pate gli strappò la moneta. L'oro era caldo nella palma della sua mano. Si portò la moneta alla bocca, diede un morso come aveva visto fare ad altri uomini. A dire il vero, non sapeva che sapore avesse l'oro, ma non voleva fare la figura dello stolto.

«La chiave?» chiese gentilmente l'alchimista.

Qualcosa indusse Pate a esitare. «È un libro che vuoi?» Si diceva che alcuni degli antichi rotoli di Valyria custoditi nelle cripte della Cittadella fossero gli unici esemplari rimasti al mondo.

«Quello che voglio non ti riguarda in alcun modo.»

«No.» "È fatta" si disse Pate. "Va'. Torna di corsa al Piumino & Boccale, sveglia Rosey con un bacio, dille che ora lei è tua." Ma rimase in quel vicolo. «Mostrami la tua faccia.»

«Come desideri.» L'alchimista abbassò il cappuccio.

Era soltanto un uomo, e la sua faccia era soltanto una faccia. Il viso di un uomo giovane, ordinario, guance piene e un accenno di barba. La pallida traccia di una cicatrice gli segnava la guancia destra. Aveva il naso adunco e folti capelli neri, arricciati dietro le orecchie. Una faccia che Pate non riconobbe.

«Non ti conosco.»

«Né io conosco te.»

«Chi sei?»

«Uno straniero. Nessuno. Davvero.»

«Oh.» Pate era a corto di parole. Tirò fuori la chiave e la mise nella mano dello straniero. Si sentiva la testa vuota, come al limite di una vertigine. "Rosey" ricordò a se stesso. «Allora abbiamo finito.»

Si diresse verso l'uscita del vicolo. I ciottoli cominciarono a muoversi sotto i suoi piedi. "Le pietre sono bagnate, scivolose" pensò, ma non era quello. Pate sentì il cuore martellargli nel petto.

«Ma che cosa succede...?» Sentì le gambe tramutarsi in acqua. «Non capisco.»

«Non capirai mai» disse una voce triste.

I ciottoli si sollevarono a baciarlo. Pate cercò di gridare, ma anche la sua voce stava svanendo.

Il suo ultimo pensiero fu per Rosey.

IL PROFETA

Il profeta stava annegando degli uomini a Grande Wyk quando ricevette l'annuncio che il re era morto.

Era una mattina tetra, fredda. Il mare aveva il medesimo colore plumbeo del cielo. I primi tre uomini non avevano mostrato paura nel sacrificare le loro vite al dio Abissale, la fede del quarto era debole: mentre i suoi polmoni si riempivano d'acqua, cominciò a dibattersi. In piedi nelle onde fino alla cintola, Aeron afferrò il ragazzo nudo per le spalle, mentre cercava di strappare un respiro, e gli spinse nuovamente sotto la testa.

«Abbi coraggio» disse il profeta. La sua voce era profonda come l'abisso. «Dal mare siamo venuti, al mare dobbiamo ritornare. Apri la bocca e bevi fino in fondo la benedizione del dio. Riempi d'acqua i tuoi polmoni, in modo che tu possa morire e poi rinascere. Non è bene lottare.»

O il ragazzo, la testa sott'acqua, non fu in grado di udirlo, o la fede lo aveva abbandonato del tutto. Si mise a scalciare e a sussultare con tale violenza che Aeron fu costretto a chiamare aiuto. Altri quattro Annegati sfidarono le onde per afferrare l'infedele e tenerlo sotto.

«Signore Iddio che per noi sei annegato» intonò il prete con la sua voce profonda «lascia che Emmond, tuo servo, rinasca dal mare, come anche tu facesti. Benedicilo con il sale, benedicilo con la pietra, benedicilo con l'acciaio.»

Finalmente tutto fu compiuto. Niente più bolle d'aria dalla bocca, tutta la forza dissipata dalle membra. A faccia in giù nella risacca, Emmond fluttuò, pallido e freddo e in pace.

Fu allora che Capelli bagnati notò i tre uomini a cavallo in prossimità dei morituri sulla spiaggia. Aeron riconobbe Sparr, un vecchio con la faccia che sembrava tagliata con l'accetta e gli occhi acquosi, la cui voce era legge a Grande Wyk. Lo accompagnava il figlio Steffarion, insieme a un altro giovane la cui cappa scura foderata di pelliccia rossa era trattenuta alla spalla da un fermaglio su cui era istoriato il corno da guerra nero e oro dei Buonfratello. "Uno dei figli di Gorold" stabilì immediatamente il prete. La moglie di Gorold Buonfratello, in età avanzata, aveva generato tre figli di alta statura dopo una dozzina di figlie, e si diceva che nessuno fosse in grado di distinguerli l'uno dall'altro. Aeron Capelli bagnati non si degnò di tentare. Che si trattasse di Greydon o di Gormond o di Gran, lui non aveva tempo da perdere.

Ringhiò un ordine. I suoi Annegati afferrarono il cadavere del ragazzo e lo trasportarono oltre la linea della battigia. Il profeta li seguì, nudo eccetto una pelle di foca attorno alle parti intime. Gocciolante, con la pelle d'oca, il profeta arrancò fino alla terraferma, attraversando la sabbia gelida e i ciottoli levigati dalle onde. Uno dei suoi morituri gli offrì una tunica di stoffa verde, azzurra e grigia, i colori del mare e del dio Abissale. Aeron la infilò e liberò i capelli, neri e bagnati. Nessuna lama li aveva mai toccati da quando il mare aveva fatto rinascere Aeron. Gli drappeggiavano le spalle come uno sfrangiato mantello di funi, scendendo fin sotto la vita. Erano intrecciati con viticci di alghe, come la barba fitta, incolta.

Gli Annegati formarono un cerchio attorno al ragazzo morto, pregando. Norjen gli afferrò le braccia e iniziò a muoverle avanti e indietro. Rus si inginocchiò accanto al corpo e gli compresse ritmicamente il torace. Ma all'apparire di Aeron tutti si scostarono. Aeron divaricò con le dita le labbra fredde di Emmond e gli diede il bacio della vita. Continuò fino a quando il mare non tornò a erompere dalla sua bocca. Il ragazzo iniziò a tossire e a sputare, i suoi occhi ammiccarono, pieni di paura.

"Un altro ha fatto ritorno." Segno della benevolenza del dio, dicevano gli uomini. Non c'era prete che non perdesse qualcuno, di quando in quando. Perfino Tarle, il Tre volte annegato, che un tempo era stato considerato talmente sacro da essere scelto per incoronare un re. Ma non Aeron Greyjoy. Lui era Capelli bagnati, colui che aveva visto il liquido paradiso del dio e aveva fatto ritorno per parlarne.

«Risorgi» disse al ragazzo nudo e sputacchiante, dandogli un colpo sulla schiena. «Sei annegato e sei stato restituito a noi. Ciò che è morto non può più morire.»

«Sorgi ancora.» Il ragazzo tossì con violenza, rigettando altra acqua. «Sorgi di nuovo.» Ogni parola arrecava sofferenza, ma così andava il mondo: bisognava lottare per rimanere vivi. «Vivi di nuovo.» Emmond barcollò, rimettendosi in piedi. «Più tenace e più forte.»

«Tu ora appartieni al dio» gli disse Aeron.

Gli altri Annegati si strinsero attorno a Emmond, ognuno gli diede un pugno e un bacio, augurandogli il benvenuto nella confraternita. Uno lo aiutò a indossare una tunica verde, azzurra e grigia. Un altro gli offrì un'amigdala di legno levigato dall'oceano.

«Tu ora appartieni al mare, per questo il mare ti ha concesso un'arma» disse Aeron. «Preghiamo quindi affinché tu possa impugnare la tua amigdala con fierezza, contro tutti i nemici del nostro dio.» Solamente a quel punto il prete si voltò verso i tre cavalieri, intenti a osservare la scena dall'alto della sella. «Venite per diventare degli Annegati, miei lord?»

Sparr tossì. «Fui annegato da ragazzo» disse «e così mio figlio, nel giorno del suo compleanno.»

Aeron grugnì. Non dubitava che Steffarion Sparr fosse stato consegnato al dio Abissale poco dopo la nascita. Sapeva anche com'erano andate le cose: una rapida immersione in una vasca, la testa dell'infante appena inumidita. Nessuna meraviglia che il rampollo delle Isole di Ferro fosse stato sconfitto: molto, molto lontano arrivava la voce delle onde.

«Non è stato un vero annegamento» disse Aeron ai cavalieri. «Colui che non muore in verità non può sperare di fare ritorno dalla morte. Per quale motivo sei venuto, se non per mettere alla prova la tua fede?»

«Il figlio di lord Gorold ti sta cercando, ti reca notizie.» Sparr indicò il giovane con il mantello rosso.

Il ragazzo non poteva avere più di sedici anni.

«*Aye*, e tu quale figlio saresti?» chiese Aeron.

«Gormond, Gormond Buonfratello, se compiace il mio signore.»

«È il dio Abissale che dobbiamo compiacere. Tu sei stato annegato, Gormond Buonfratello?»

«Il giorno del mio compleanno, Capelli bagnati. Mio padre mi manda a cercarti per portarti da lui. Vuole vederti.»

«Io sono qui. Che sia lord Gorold a venire a bearsi gli occhi.» Aeron prese dalle mani di Rus un otre di cuoio, pieno di acqua di mare. Tolse il tappo e bevve.

«È mio compito condurti alla fortezza» insistette il giovane Gormond, dall'alto del suo cavallo.

"Ha paura di smontare, non sia mai che si bagni gli stivali." «E mio compito è servire il dio.» Aeron Greyjoy era un profeta. Non si piegava agli ordini dei signorotti come un bifolco qualsiasi.

«È arrivato un corvo da Gorold» disse Sparr.

«Il corvo di un maestro, da Pyke» confermò Gormond.

"Ali oscure, oscure parole." «I corvi volano sul sale e sulla pietra. Se ci sono notizie che mi riguardano, parlate ora.»

«Le notizie che portiamo sono per le tue orecchie, Capelli bagnati, e per esse soltanto» disse Sparr. «Non sono argomenti che intendo affrontare davanti a questa gente.»

«*Questa gente* sono gli Annegati, servitori del dio, esattamente come me. Non ho segreti per loro, né per il nostro dio, a fianco del cui mare sacro io ora mi ergo.»

I cavalieri si scambiarono un'occhiata.

«Diglielo» decise Sparr.

Il ragazzo con il mantello rosso infine si fece coraggio. «Il re è morto» disse. Quattro piccole parole, eppure, quando il ragazzo le pronunciò, il mare sembrò ritrarsi.

C'erano quattro re nelle terre d'Occidente, ma Aeron non ebbe bisogno di chiedergli a quale di loro si riferisse. Balon Greyjoy, dominatore delle Isole di Ferro, nessun altro. "Il re è morto. Com'è possibile?" Aeron aveva visto suo fratello maggiore nemmeno un ciclo di luna prima, al suo ritorno alle Isole di Ferro dopo aver condotto l'assalto alla Costa Pietrosa. Da grigi, i capelli di Balon erano diventati quasi tutti bianchi nel tempo in cui il prete era stato via, e le sue spalle erano più ingobbite di quanto non lo fossero quando le lunghe navi erano salpate. Ma, tutto considerato, il re non sembrava malato.

Aeron Greyjoy aveva fondato la propria vita su due possenti pilastri. Quelle quattro brevi parole ne avevano abbattuto uno. "Adesso mi rimane solo il dio Abissale. Possa egli rendermi forte e instancabile come il mare." «Dimmi com'è morto mio fratello.»

«Sua maestà stava attraversando il ponte sospeso a Pyke quando è caduto sulle rocce sottostanti.»

La fortezza dei Greyjoy sorgeva su un promontorio frastagliato, manieri e torrioni eretti su massicce formazioni di roccia che si elevavano dal mare. Dei ponti collegavano le varie parti del promontorio: ponti arcuati e passerelle sospese di funi di canapa e assi di legno.

«Infuriava una tempesta quando il re è caduto?» chiese Aeron.

«*Aye*» confermò il ragazzo. «È così.»

«Il dio della Tempesta lo ha colpito» annunciò il prete.

La guerra tra il mare e il cielo andava avanti dalla notte dei tempi. Dal mare erano venuti gli uomini di ferro, e il pesce che li sosteneva perfino nel cuore congelato dell'inverno, ma le tempeste recavano solo lutto e dolore.

«Mio fratello Balon ci ha restituito la nostra grandezza, e questo ha scatenato su di lui l'ira del dio della Tempesta. Ora egli giubila nelle liquide sale del dio Abissale, con le sirene pronte a ogni suo desiderio. Spetta quindi a noi che restiamo in questa arida valle di sofferenza portare a compimento la sua grande opera.» Aeron tappò nuovamente l'otre. «Parlerò con il lord tuo padre. Quanto dista da qui Hammerhorn?»

«Sei leghe. Puoi montare in sella con me.»

«Un uomo solo cavalca più rapidamente di due. Dammi il tuo cavallo, e il dio Abissale ti benedirà.»

«Prendi il mio, Capelli bagnati» offrì Steffarion Sparr.

«No, il suo cavallo è più robusto. Dammelo, ragazzo.»

Il giovane ebbe solo una leggera esitazione, poi smontò e porse le redini a Capelli bagnati.

Aeron infilò nella staffa il piede nudo, annerito, e montò in sella. Non amava i cavalli, erano creature delle Terre Verdi e contribuivano a rendere deboli gli uomini, ma l'urgenza della situazione richiedeva che lui cavalcasse. "Ali oscure, oscure parole." Una tempesta incombeva, la sentiva dalle onde, e le tempeste portavano solo cose cattive. «Ci incontreremo a Pebbleton, sotto la torre di lord Merlyn» disse ai suoi Annegati, prima di far voltare la testa al cavallo.

La via era dura, per boschi, colline e creste rocciose, lungo uno stretto sentiero che a volte pareva svanire sotto gli zoccoli del cavallo. Grande Wyk era la più vasta delle Isole di Ferro, così vasta che le terre di alcuni dei suoi lord neppure si affacciavano sul mare sacro. Gorold Buonfratello era uno di quei lord. Il suo maniero si trovava fra le colline Durapietra, le più remote di tutto l'arcipelago dal regno del dio Abissale. I sudditi di Gorold faticavano nelle sue miniere, nella rocciosa oscurità delle viscere della Terra. Molti di loro vivevano e morivano senza avere mai visto l'acqua salata. "Nessuna meraviglia se quella gente è strana e ostile."

Durante quella cavalcata, la mente di Aeron tornò ai suoi fratelli.

Nove figli erano nati dai lombi di Quellon Greyjoy, signore delle Isole di Ferro. Harlon, Quenton e Donel erano stati generati dalla prima moglie, una donna degli Alberi di pietra. Balon, Euron, Victarion, Urrigon e Aeron erano figli della seconda moglie, una Sunderly di Saltcliffe. Come terza moglie, Quellon aveva preso una ragazza delle Terre Verdi, che gli aveva dato un ragazzino idiota e malaticcio chiamato Robin, fra tutti i fratelli quello che veniva dimenticato più facilmente. Il profeta non si ricordava né di Quenton né di Donel, morti entrambi in tenera età. Di Harlon aveva qualche vago ricordo, seduto in una stanza priva di finestre della torre, immobile e terreo in viso, la voce un sussurro che ogni giorno diventava sempre più flebile mentre il morbo grigio gli tramutava la lingua e le labbra in pietra. "Un giorno banchetteremo assieme con leccornie di pesce nelle liquide sale del dio Abissale, noi quattro e anche Urri."

Nove figli erano nati dai lombi di Quellon Greyjoy, ma solo quattro erano sopravvissuti fino a raggiungere l'età adulta. Così andava in quel mondo gelido, dove gli uomini pescavano nel mare, scavavano la terra e alla fine morivano, dove le donne, nel sangue e nella sofferenza, generavano bambini dalla vita breve. Aeron era stato l'ultimo e il minore degli eredi del kraken, la piovra abissale, Balon il maggiore e il più temerario, un ragazzo fiero e impavido il cui unico scopo nella vita era restituire ai Greyjoy la loro antica gloria. All'età di dieci anni aveva scalato la scogliera Flint fino al torrione stregato del lord Cieco. A tredici sapeva correre sul remo di una nave lunga e danzare il ballo delle dita meglio di chiunque altro nelle Isole di Ferro. A quindici era salpato con Dagmer Mascella spaccata fino a Scala di Pietra, passando l'estate a fare razzie. Aveva ucciso il suo primo uomo e preso la prima delle sue due mogli di sale. A diciassette anni Balon Greyjoy aveva assunto il comando della sua prima nave. Era tutto quello che un fratello maggiore deve essere, ma verso Aeron non aveva mostrato altro che disprezzo. "Ero debole e carico di peccati, e il disprezzo era anche più di quanto mi meritassi. Meglio essere disprezzati da Balon il Coraggioso che amati da Euron Occhio di corvo." L'età e i lutti avevano riempito Balon di amarezza, ma lo avevano anche reso più determinato di qualsiasi altro uomo sulla terra e sul mare. "È nato lord ed è morto re, assassinato da un dio geloso" pensò Aeron "e ora la tempesta incombe, una tempesta come queste isole non hanno mai visto."

Era da tempo calata l'oscurità quando il profeta superò le fortificazioni di Hammerhorn, frastagliati sbarramenti di ferro protesi ad artigliare la luna. Il maniero di Gorold, addossato a una scogliera a strapiombo, era tozzo e massiccio, fatto di grandi pietre tagliate dalla scogliera stessa. Sotto le mura, gli ingressi di caverne e di antiche miniere si aprivano come nere bocche spalancate prive di denti. I portali di ferro di Hammerhorn erano chiusi, sbarrati per la notte. Aeron prese una pietra e picchiò fino a quando il clangore svegliò una delle guardie.

Il giovane che lo fece entrare era la copia di Gormond, il ragazzo cui Aeron aveva preso il cavallo.

«Tu chi sei?» domandò Aeron.

«Gran. Mio padre ti aspetta.»

La sala era umida, piena di correnti d'aria, pervasa dalle ombre. Una delle figlie di Gorold offrì al profeta un corno di birra di malto. Un'altra attizzava un fuoco stentato che faceva più fumo che calore. Gorold Buonfratello stava parlando a bassa voce con un uomo snello vestito con raffinate tuniche grigie, che una catena di molti metalli attorno al collo identificava come un maestro della Cittadella.

«Dov'è Gormond?» chiese Gorold quando vide Aeron.

«Sta tornando a piedi. Manda via le tue donne, mio signore. E anche il maestro.» Aeron non apprezzava i maestri. I loro corvi erano creature del dio della Tempesta, né si fidava delle loro arti di guarigione, non dopo Urri. "Nessun uomo degno di questo nome sceglierebbe una vita servile, né forgerebbe una catena da servo da portare attorno alla gola."

«Gysella, Gwin, lasciateci» ordinò seccamente Buonfratello. «Anche tu, Gran. Il maestro Murenmure rimane.»

«Se ne deve andare» insistette Aeron.

«Questa è la mia dimora, Capelli bagnati. Non spetta a te decidere chi va e chi resta. Il maestro rimane.»

"Quest'uomo vive troppo lontano dal mare" pensò Aeron. «In tal caso, sarò io ad andarmene» replicò.

Aeron si girò e fece per uscire. La stoffa rigida della tonaca frusciò sotto i suoi piedi nudi, anneriti. Quella lunga cavalcata... tutto per niente.

Aveva quasi raggiunto la soglia, quando il maestro si schiarì la voce e disse: «Euron Occhio di corvo siede sul Trono del Mare».

Capelli bagnati si voltò. All'improvviso, nella sala faceva più freddo. "Occhio di corvo è a mezzo mondo di distanza. Balon lo ha allontanato due anni fa, giurando che se fosse tornato gli avrebbe tolto la vita."

«Parla» disse Aeron con voce roca.

«Euron è approdato a Lordsport il giorno dopo la morte del re, esigendo il castello e la corona quale maggiore dei fratelli di Balon» riprese Gorold Buonfratello. «Adesso sta inviando corvi messaggeri, convoca a Pyke i capitani e i signori di tutte le isole, perché facciano atto di sottomissione e gli rendano omaggio quale nuovo re.»

«No.» Aeron Capelli bagnati non misurò le parole. «Soltanto un uomo gradito al dio può sedere sul Trono del Mare. Occhio di corvo non ha altra fede all'infuori del proprio orgoglio.»

«Non molto tempo fa tu eri a Pyke, hai visto il re» proseguì Buonfratello. «Balon ti ha detto qualcosa riguardo alla sua successione?»

"*Aye*." Aeron e Balon ne avevano parlato nella Torre del mare, con il vento che urlava fuori dalle finestre e le onde che si infrangevano incessanti contro le scogliere. Balon aveva scosso la testa con profonda tristezza quando Aeron gli aveva detto di Theon, il suo figlio minore. "I lupi di Grande Inverno hanno fatto di lui un debole, proprio come temevo" aveva risposto il re. "Prego il dio che lo abbiano ucciso, in modo che non intralci Asha." Ecco la vera cecità di Balon: vedere se stesso in quella sua figlia brutale e testarda, credere che lei potesse succedergli. Era stato questo il suo errore, e Aeron aveva cercato di dirglielo. "Nessuna donna dominerà mai gli uomini delle Isole di Ferro, neppure Asha Greyjoy" aveva insistito, ma Balon sapeva essere sordo a quello che non voleva sentire.

Prima che Aeron potesse rispondere a Gorold Buonfratello, la bocca del maestro tornò ad aprirsi. «Di diritto, il Trono del Mare appartiene a Theon, o a Asha, qualora il principe fosse morto. Questa è la legge.»

«Questa è la legge delle Terre Verdi» ribatté Aeron con disprezzo. «Che significato ha per noi? Noi siamo uomini di ferro, siamo i figli del mare, siamo i prescelti del dio Abissale. Nessuna donna dominerà mai su di noi, né un uomo senza dio.»

«E Victarion?» chiese Gorold Buonfratello. «Victarion comanda la flotta di Ferro. Dimmi, Capelli bagnati, accamperà anche lui diritti regali?»

«Il fratello maggiore è Euron...» cominciò il maestro.

Aeron lo azzittì con uno sguardo. Dai piccoli villaggi di pescatori fino ai grandi castelli di pietra, un solo sguardo di Capelli bagnati faceva svenire le fanciulle e mandava i bambini a rifugiarsi urlando dalle loro madri, e uno sguardo fu più che sufficiente per ridurre al silenzio quel servo con la catena al collo.

«Euron è il maggiore» dichiarò il profeta «ma Victarion ha più fede.»

«Si arriverà alla guerra tra loro?» chiese il maestro.

«Un uomo di ferro non deve versare il sangue di un altro uomo di ferro.»

«Pio sentimento, Capelli bagnati» disse Buonfratello «ma non condiviso da tuo fratello. Ha annegato in una botte Sawane Botley solo per aver detto che il Trono del Mare appartiene di diritto a Theon.»

«Se lo ha annegato, allora non è stato versato sangue» constatò Aeron.

Il maestro e il lord si scambiarono un'occhiata. «Devo mandare un messaggio a Pyke, e al più presto» disse Gorold Buonfratello. «Capelli bagnati, vorrei il tuo consiglio. Che tipo di risposta deve essere, di omaggio o di sfida?»

Aeron si tormentò la barba pensoso. "Ho visto incombere la tempesta, e il suo nome è Euron Occhio di corvo." «Per ora, sia solamente il silenzio» disse al lord. «Da parte mia, devo pregare su tutto questo.»

«Prega pure quanto vuoi» intervenne il maestro. «Non cambierà la legge. Theon è l'erede legittimo, e Asha dopo di lui.»

«*Silenzio!*» ruggì Aeron. «Da troppo tempo gli uomini di ferro ascoltano voi maestri con le catene al collo berciare delle Terre Verdi e delle loro leggi. Ora è il momento che ascoltino di nuovo il mare.»

La sua voce echeggiò così possente nella sala fumosa che né Gorold Buonfratello né il maestro osarono replicare. "Il dio Abissale è con me" pensò Aeron. "E mi ha indicato la via."

Buonfratello gli offrì ospitalità per la notte, ma il profeta declinò. Raramente dormiva sotto il tetto di un castello, e mai così lontano dal mare. «Troverò ospitalità nelle liquide sale del dio Abissale, sotto le onde. Siamo nati per soffrire, che la sofferenza possa renderci forti. L'unica mia richiesta è un cavallo fresco che mi riporti a Pebbleton.»

Buonfratello fu lieto di accontentarlo. Mandò anche suo figlio Greydon, per mostrare al profeta la strada più breve che conduceva al mare attraverso le colline. Mancava ancora un'ora all'alba quando si rimisero in marcia, ma le loro cavalcature erano robuste e dal passo sicuro e impiegarono poco tempo a dispetto dell'oscurità. Aeron chiuse gli occhi ed elevò una preghiera silenziosa; dopo qualche tempo si appisolò sulla sella.

Il suono arrivò sommesso, un cigolio di cardini arrugginiti.

«Urri» mormorò Aeron svegliandosi, spaventato. "Qui non ci sono porte, né cardini, e non c'è Urri."

Quando Urrigon aveva quattordici anni, un'ascia gli aveva mozzato la mano mentre giocava alla danza delle dita. Suo padre e i suoi fratelli maggiori erano in guerra. La terza moglie di lord Quellon era una Piper del castello della Fanciulla Rosa, una ragazza con i seni grandi e morbidi e gli occhi di cerbiatta. Invece di curare la mano di Urrigon seguendo l'Antica Via, fuoco e acqua di mare, aveva affidato il ragazzo al maestro delle Terre Verdi, il quale spergiurava di essere in grado di ricucire le dita mutilate. Così aveva fatto, e in seguito aveva usato pozioni, impacchi ed erbe, ma la mano si era infettata e Urri era caduto preda delle febbri. Quando alla fine il maestro gli aveva amputato il braccio, era ormai troppo tardi.

Lord Quellon non aveva fatto ritorno da quel suo ultimo viaggio: il dio Abissale, nella sua bontà, gli aveva concesso una morte in mare. Invece era tornato lord Balon, assieme ai suoi fratelli Euron e Victarion. Quando Balon aveva saputo che cosa era accaduto a Urrigon, aveva mozzato tre dita al maestro usando una mannaia da macellaio e aveva ordinato alla moglie di suo padre, donna della Casa Piper, di ricucirgliele. Impacchi e pozioni ebbero sul maestro lo stesso effetto che avevano avuto su Urri. Il maestro era morto nel delirio. La moglie di lord Quellon lo aveva seguito poco tempo dopo, quando la levatrice aveva estratto dal suo grembo una figlia nata morta. Aeron ne era stato contento. L'ascia che aveva mozzato le dita di Urrigon era la sua, stava danzando con lui la danza delle dita, com'è costume tra amici e fratelli.

La memoria del tempo seguito alla morte di Urri continuava ad arrecargli vergogna. A sedici anni, Aeron si credeva un uomo, ma non era altro che un otre di vino con attaccato un paio di gambe. Cantava, ballava – non la danza delle dita, quella *mai più* – scherzava, faceva il guitto e lanciava battute. Suonava la cornamusa, si esibiva come giocoliere, andava a cavallo, ed era in grado di bere più di tutti i Wynch e i Botley, e anche più di metà degli Harlaw. A ogni uomo il dio Abissale concede un dono. Lo aveva concesso perfino ad Aeron Greyjoy: nessuno riusciva a pisciare più lontano e più a lungo di lui, e Aeron ne dava prova a ogni festa. Una volta era arrivato a scommettere la sua nuova nave lunga contro un gregge di capre sostenendo di poter spegnere le fiamme di un focolare usando solo il suo cazzo. Aeron aveva banchettato a capre per un anno intero, e battezzato la nave lunga *Tempesta dorata*, anche se, dopo aver sentito che genere di ariete di sfondamento lui volesse piazzare sulla prora, suo fratello Balon aveva minacciato di impiccarlo all'albero maestro.

Alla fine, la *Tempesta dorata* era affondata al largo dell'isola Bianca durante la prima ribellione di Balon, tagliata a metà da una torreggiante galea da guerra, la *Furia*, il giorno in cui Stannis Baratheon aveva attirato Victarion in una trappola e annientato la flotta di Ferro. Eppure, il dio non aveva ancora finito con Aeron, e gli aveva fatto raggiungere la costa delle terre d'Occidente. Alcuni pescatori lo avevano fatto prigioniero e trascinato in catene a Lannisport, la capitale dei Lannister. Aeron aveva trascorso il resto della guerra nelle segrete di Castel Granito, dando prova che le piovre sono in grado di pisciare più lontano e più a lungo dei leoni, dei cinghiali e dei polli.

"Quell'uomo adesso è morto." Aeron era annegato ed era rinato dal mare: come profeta del dio Abissale. Nessun mortale poteva spaventarlo, non più di quanto potevano spaventarlo le tenebre... o le memorie, scheletri dell'anima. "Il suono di una porta che si apre, il cigolio di cardini arrugginiti. Euron è tornato." Non aveva importanza, lui era il prete Capelli bagnati, il prediletto dal dio.

«Si arriverà alla guerra?» chiese Greydon Buonfratello, mentre il sole illuminava le colline. «Una guerra tra fratello e fratello?»

«Se questa sarà la volontà del dio Abissale. A nessun uomo senza dio è permesso sedere sul Trono del Mare.»

"Occhio di corvo è pronto a combattere, questo è certo." Nessuna donna poteva sconfiggerlo, nemmeno Asha: le donne erano fatte per combattere le loro battaglie sul letto del parto. E Theon, se fosse vissuto, non era altro che un bamboccio, tutto bronci e sorrisini. Nell'assalto a Grande Inverno aveva dato prova del proprio valore, peraltro infimo, ma Occhio di corvo non era un ragazzino storpio come Bran Stark. Le tolde del vascello di Euron Greyjoy, la famigerata nave *Silenzio*, erano dipinte di rosso... per celare meglio il sangue che le aveva allagate. "Victarion. È Victarion che deve essere re, prima che la tempesta ci spazzi via tutti."

Greydon Buonfratello si separò da Aeron che il sole era già alto, per portare la notizia della morte di Balon ai suoi cugini nelle loro torri a Downdelving, al castello del Rostro di corvo e al lago dei Cadaveri. Aeron proseguì da solo, valicando colline, attraversando vallate, seguendo la pista pietrosa che, a mano a mano che si avvicinava al mare, diventava sempre più ampia e battuta. Si fermò a pregare in ogni villaggio, in ogni cortile di signorotti.

«Dal mare siamo nati» intonava il profeta «al mare faremo ritorno.» La sua voce era profonda come l'abisso, rombante come le onde. «Nella sua collera, il dio della Tempesta ha strappato Balon dal suo castello e lo ha gettato nel baratro, e ora egli banchetta nelle liquide sale del dio Abissale.» Aeron il profeta alzava le braccia. «Balon è morto! Il re è morto! Eppure verrà un altro re! Perché ciò che è morto non può mai morire, può soltanto risorgere, ancora più fiero, ancora più forte! Un re risorgerà!»

Tra coloro che lo ascoltavano, alcuni abbandonarono vanghe e zappe per seguirlo. Così, quando Aeron tornò a udire il fragore delle onde, una dozzina di uomini camminava dietro il suo ca vallo, uomini toccati dal dio e desiderosi di annegare.

A Pebbleton vivevano diverse migliaia di pescatori, in baracche ammassate attorno a un mastio squadrato con un torrione a ogni angolo. Era là che due schiere di Annegati aspettavano Aeron, accampati su una grigia spiaggia sabbiosa in tende di pelle di foca e semplici ripari fatti con legname portato a riva dal mare. Le loro mani erano corrose dalla brina, piene di cicatrici causate da reti e scotte, di calli lasciati da remi, picche e asce, ma ora quelle stesse mani impugnavano rostri di legno levigato, duri come il ferro, in quanto il dio stesso li aveva armati dal suo arsenale nelle profondità del mare.

Avevano costruito un riparo per il profeta appena oltre la linea della marea. Dopo aver annegato i suoi nuovi seguaci, Aeron fu lieto di andarvi a riposare. "Mio dio" pregò "parlami attraverso il fragore delle onde, dimmi che cosa devo fare. I capitani e i re attendono il tuo verbo. Chi dovrà essere il nostro re al posto di Balon? Cantami nel linguaggio del leviatano, in modo che io possa apprendere il suo nome. Dimmi, o Signore sotto le onde, rivelami chi avrà la forza di affrontare la tempesta addensatasi su Pyke."

Aeron Capelli bagnati era stanco dopo la cavalcata fino a Hammerhorn e ritorno, ma continuò ad agitarsi senza requie nella capanna fatta con il legno restituito dal mare, sotto un tetto di alghe nere. Le nubi vennero a inghiottire la luna e le stelle. Le tenebre si stendevano impenetrabili sul mare così come sulla sua anima. "Balon preferiva Asha, figlia del suo corpo, ma una donna non può dominare gli uomini di ferro. *Deve* essere Victarion." Nove figli erano nati dai lombi di Quellon Greyjoy, e Victarion era il più forte, un uomo massiccio come un toro, senza paura ma anche pronto al dovere. "Ed è qui che si annida il pericolo." Il fratello minore deve obbedienza al maggiore, e Victarion non era uomo da opporsi alla tradizione. "Non prova alcun affetto per Euron. Non da quando la donna è morta."

All'esterno del rifugio, sopra il russare degli Annegati e il sibilare del vento, Aeron riusciva a udire il martellare delle onde, invocazione alla battaglia del suo dio. Aeron strisciò fuori dalla catapecchia, affrontando il gelo notturno. Nudo si erse, pallido, alto e scavato, e nudo avanzò nel nero mare salato. L'acqua era gelida, ma lui non socchiuse nemmeno gli occhi alla carezza del dio. Un'ondata si abbatté contro il suo petto, facendolo barcollare. L'ondata successiva quasi lo sommerse. Aeron sentiva il sale sulle labbra e avvertiva attorno a sé la presenza del dio, e nelle orecchie gli echeggiava la gloria del canto divino. "Nove figli sono nati dai lombi di Quellon Greyjoy, e di loro io ero l'ultimo, il più debole e spaventato come una ragazzina. Ma non più. Quell'uomo è annegato, e il dio mi ha reso forte." Il freddo sale lo circondava, lo serrava nel proprio abbraccio, si aprì la strada nella sua debole carne di uomo, arrivando fino alle ossa. "Ossa" pensò Aeron. "Le ossa dell'anima. Le ossa di Balon e di Urri. La verità giace nelle nostre ossa, perché la carne imputridisce mentre le ossa permangono. E, sulla collina di Nagga, le ossa del re Grigio..."

Sempre pallido, emaciato e tremante, Aeron Greyjoy arrancò fino alla riva, più saggio di quanto non fosse quando si era abbandonato al mare. Perché nelle sue ossa aveva trovato la risposta e di fronte a lui la via era chiara. La notte era talmente fredda che il suo corpo pareva esalare vapore mentre tornava verso il rifugio di legno e alghe. Ma nel suo cuore ardeva un grande fuoco e per una volta il sonno arrivò facilmente.

Un sonno non disturbato dal cigolio di cardini di ferro.

Al risveglio, il mattino era luminoso e pieno di vento. Aeron fece colazione con brodo di vongole e alghe cotto su un fuoco di legna del mare. Aveva appena finito quando Merlyn scese dalla sua torre, seguito da una mezza dozzina di sguardi.

«Il re è morto» gli annunciò Capelli bagnati.

«*Aye*. Ho ricevuto un corvo messaggero. E adesso un altro.» Merlyn, un uomo calvo e ben in carne, si autodefiniva "lord" secondo l'usanza delle Terre Verdi e si vestiva di pellicce e velluti. «Un corvo mi convoca a Pyke, l'altro a Dieci Torri. Voi piovre avete troppe braccia: un uomo lo fate a pezzi. Tu che ne dici, prete? Dove dovrei mandare le mie navi lunghe?»

«Dieci Torri, hai detto?» Aeron ebbe un'espressione rabbiosa. «Quale piovra ti chiama laggiù?»

Dieci Torri era la sede del lord di Harlaw.

«La principessa Asha. Ha levato le vele per tornare a casa. È il Lettore a inviare i corvi, convocando tutti i suoi amici a Harlaw. Dice che era volontà di Balon che fosse Asha a succedergli sul Trono del Mare.»

«È il dio Abissale che deve decidere chi siede sul Trono del Mare» ribatté il profeta. «Inginocchiati, e forse ti benedirò.» Lord Merlyn scivolò in ginocchio. Aeron stappò il suo otre e versò dell'acqua di mare sulla sua testa calva. «Signore Iddio che per noi sei annegato, lascia che il tuo servitore Merlyn rinasca dal mare. Benedicilo con il sale, benedicilo con la pietra, benedicilo con l'acciaio.» L'acqua scorse sulle guance grasse di Merlyn, infradiciandogli la barba e il mantello di pelo di volpe. «Che ciò che è morto non possa mai più morire» concluse Aeron «ma possa risorgere, più fiero e più forte.» Ma quando Merlyn si rialzò, Aeron gli disse: «Rimani ad ascoltare, così da diffondere il verbo del dio».

A tre passi di distanza dall'acqua, le onde si infrangevano contro un masso di granito arrotondato. Aeron Capelli bagnati vi salì sopra, in modo che tutti i suoi seguaci potessero vederlo e udire le parole che aveva da dire.

«Dal mare siamo nati, e al mare faremo ritorno» cominciò, così come aveva cominciato centinaia di volte prima di allora. «Nella sua collera, il dio della Tempesta ha strappato Balon dal suo castello e lo ha fatto precipitare; ora egli vive in eterna gloria nelle liquide sale sotto le onde.» Aeron alzò le braccia. «Il re del Ferro è morto! Ma un nuovo re apparirà! Perché ciò che è morto non può più morire, può solamente risorgere, più fiero e più forte!»

«*Un nuovo re sorgerà!*» gridarono gli Annegati.

«Sorgerà. Deve sorgere. Ma chi?» Capelli bagnati rimase in ascolto per un momento: a rispondergli furono solamente le onde. «Chi sarà il nostro re?»

Gli Annegati si misero a battere le une contro le altre le loro amigdale di legno levigato dal mare. «Capelli bagnati!» gridarono. «Capelli bagnati! Re Aeron! Dateci Capelli bagnati!»

Aeron scosse la testa. «Se un padre ha due figli, e a uno di loro dà un'ascia e all'altro una rete, quale dei due vuole che sia un guerriero?»

«L'ascia è per il guerriero» urlò Rus in risposta «la rete è per il pescatore del mare.»

«*Aye*» disse Aeron. «Il dio Abissale mi ha portato nella profondità sotto le onde e ha preso l'infima cosa che ero. Quando mi ha restituito al mondo, mi ha concesso occhi per vedere, orecchie per udire e voce per diffondere il suo verbo, in modo che io potessi essere il suo profeta e insegnare la sua verità a coloro che l'hanno dimenticata. Io non ero fatto per sedere sul Trono del Mare... non più di Euron Occhio di corvo. Perché io ho udito la parola di dio: "Nessun uomo senza dio può sedere sul mio trono!".»

Merlyn incrociò le braccia sul petto. «Quindi è Asha? O Victarion?»

«Sarà il dio Abissale a rispondere, ma non ora.» Aeron puntò l'indice verso la faccia pallida di Merlyn. «Non spetta a me, né alle leggi degli uomini. Spetta invece al mare. Leva le tue vele e immergi i tuoi remi, mio signore, e viaggia fino a Vecchia Wyk. Tu e tutti i capitani e i re. Non andare a Pyke, a fare atto di sottomissione al senza dio, né a Harlaw, ad accordarti con donne pronte alla cospirazione. Indirizza la tua prora verso Vecchia Wyk, là dove sorgeva la Sala del re Grigio. Nel nome del dio Abissale, io ti convoco. *Io convoco tutti voi!* Lasciate le vostre sale e le vostre abitazioni, i vostri castelli e vostri torrioni, e fate ritorno alla collina di Nagga per una *tenzone di re*!»

«Una tenzone di re?» Merlyn lo fissò con occhi sbarrati. «Non c'è una vera tenzone di re da...»

«... da troppo tempo!» urlò Aeron, pieno di angoscia. «Eppure, all'alba dei giorni, gli uomini di ferro sceglievano i loro re in modo da innalzare i più meritevoli tra loro. È ora di tornare all'Antica Via, perché solamente così potremo tornare di nuovo grandi. Fu una tenzone di re a scegliere Urras Piede di ferro quale alto re, e a mettere sulla sua testa una corona di legno levigato dal mare. Sylas Nasopiatto, Harrag Hoare, la Vecchia Piovra, tutti loro vennero dalla tenzone di re. E da questa tenzone di re uscirà l'uomo che porterà a compimento l'opera che re Balon ha iniziato per restituirci la nostra libertà. Non andare a Pyke, né alle Dieci Torri di Harlaw, ma a Vecchia Wyk, te lo ripeto. Cerca la collina di Nagga e i resti della Sala del re Grigio, perché è in quel luogo sacro, dopo che la luna sarà annegata e risorta, che noi eleggeremo un re degno di noi, un re timorato di dio!» Il profeta alzò le braccia ossute. «*Ascoltate!* Ascoltate le onde! Ascoltate il dio! Egli ci parla, e dice: "Non avrete altro re se non colui che sarà scelto da una tenzone di re!".»

A queste parole seguì un ruggito e gli Annegati si misero a battere le loro amigdale le une contro le altre. «Una tenzone di re!»

gridavano. «Una tenzone di re, una tenzone di re. Nessun altro re se non chi sarà scelto da una tenzone di re!»

E quel clamore diventò un rombo di tuono, così possente che di certo Occhio di corvo lo udì fino a Pyke, e il vile dio della Tempesta lo udì nel suo dominio tra le nubi.

E Aeron Capelli bagnati capì di essere nel giusto.

«Le sanguinelle sono fin troppo mature» osservò il principe con voce cauta, mentre il capitano spingeva la sua sedia a ruote sulla terrazza.

Dopo di che, il principe non parlò più per ore.

Aveva ragione riguardo alle arance. Alcune erano cadute sul pavimento di marmo rosa pallido, spaccandosi. A ogni respiro, il loro odore intenso e dolce riempiva le narici di Hotah. Anche il principe lo sentiva, senza dubbio, mentre stava seduto sotto gli alberi sulla sedia a ruote che maestro Caleotte gli aveva fabbricato, cuscini imbottiti di piumino d'oca e rombanti ruote di ferro e avorio.

Per molto tempo si sentirono solo gli strilli dei bambini che si bagnavano negli stagni e nelle fontane, e ogni tanto il tonfo soffice di un'altra arancia che cadeva sulla terrazza. Poi, dall'ala più lontana del palazzo, il capitano udì la debole eco di stivali sul marmo.

Obara. Aveva imparato a riconoscere quel passo: falcate lunghe, rapide e rabbiose. Nelle stalle vicino ai portali, il suo cavallo stava probabilmente schiumando, i fianchi insanguinati dai colpi di sperone. Obara sceglieva sempre uno stallone per le sue cavalcate, e il capitano l'aveva sentita vantarsi di essere in grado di domare qualsiasi cavallo di Dorne... oltre a parecchi uomini. Il capitano udiva anche altri passi, quello rapido, leggero, un po' strascicato di maestro Caleotte, costretto ad affrettarsi per tenerle dietro.

Obara Sand camminava sempre tropppo in fretta. "Dà la caccia a qualcosa che non riuscirà mai a raggiungere" aveva detto il principe a sua figlia, una volta che il capitano era nelle vicinanze.

Quando la donna apparve sotto la tripla arcata, Areo Hotah

sollevò l'ascia lunga di traverso, bloccando il passaggio. La lama era all'estremità di un'asta di leccio di montagna lunga sei piedi, e Obara non sarebbe riuscita ad aggirarla.

«Non oltre, mia signora.» La voce di Hotah era un basso ruggito, pieno del pesante accento della città libera di Norvos. «Il principe non desidera essere disturbato.»

L'espressione di Obara, già di pietra prima che Hotah parlasse, a quel punto si indurì ancora di più. «Mi stai intralciando, Hotah.»

Obara era la maggiore delle Serpi delle Sabbie, la schiera di figlie illegittime generate da Oberyn Martell, il guerriero chiamato Vipera rossa, defunto principe di Dorne. Era una donna dall'ossatura robusta, sulla trentina, gli occhi ravvicinati e i capelli color topo della puttana di Vecchia Città che l'aveva partorita. Sotto la cappa di seta cruda, screziata di grigio scuro e oro, indossava una tenuta da cavallo di cuoio marrone, ammorbidito dall'uso. L'unica cosa morbida in lei. Obara aveva una frusta arrotolata al fianco, e di traverso sulla schiena portava uno scudo rotondo di acciaio e rame. Aveva lasciato la lancia bene in vista sopra il mantello, cosa di cui Areo Hotah le fu grato. Per quanto lei fosse forte e veloce, Hotah sapeva che non avrebbe retto a un confronto con lui... ma Obara lo ignorava. Quanto a lui, non aveva alcuna intenzione di versare del sangue su quel marmo rosa pallido.

Maestro Caleotte spostò il peso del corpo da un piede all'altro. «Lady Obara, come ho cercato di dirti...»

«Lui sa che mio padre è morto?» chiese Obara al capitano, non prestando al maestro più attenzione che a una mosca, se mai una mosca fosse stata così sventata da ronzarle attorno alla testa.

«Sì» confermò Hotah. «Ha ricevuto un corvo messaggero.»

La morte era arrivata a Dorne su ali brune, poche parole vergate in una grafia minuta, sigillate da un grumo di dura ceralacca rossa. Caleotte doveva avere intuito il tenore del messaggio, perché lo aveva dato a Hotah, in modo che fosse lui a consegnarlo. Il principe lo aveva ringraziato, ma aveva lasciato passare molto tempo prima di spezzare il sigillo. Per tutto il pomeriggio era rimasto con la pergamena posata in grembo, osservando i bambini che giocavano. Aveva continuato a guardarli fino a quando il sole era tramontato e l'aria della sera si era fatta fredda al punto di costringerli a rientrare, poi aveva osservato la luce delle stelle riflettersi sull'acqua. Al sorgere della luna aveva mandato Hotah a prendere una candela, così da poter leggere il messaggio sotto gli alberi di arancio, circondato dall'oscurità della notte.

Obara sfiorò la frusta che aveva al fianco. «A migliaia stanno attraversando le sabbie a piedi, scalando la strada delle Ossa, per aiutare Ellaria a riportare a casa mio padre. I templi dei Sette Dèi sono stracolmi di gente e i preti rossi hanno acceso i loro fuochi sacri. Nelle case di piacere, le donne si accoppiano con qualsiasi uomo si presenti, e rifiutano il conio. A Lancia del Sole, sul Braccio Spezzato, lungo il Sangue Verde, tra le montagne, nel cuore del deserto, dovunque, le donne si strappano i capelli e gli uomini urlano di furore. Un'unica domanda si ode in tutti i linguaggi: che cosa farà Doran Martell? *Che cosa farà per vendicare l'assassinio di suo fratello?*» Obara si avvicinò al capitano delle guardie. «E ora tu dici che *non desidera essere disturbato*?»

«Il principe non desidera essere disturbato» ripeté Hotah.

Il capitano delle guardie conosceva il signore su cui vegliava. Un tempo, molto tempo prima, lui era stato un giovane temerario dalle spalle ampie e dai folti capelli neri, venuto da Norvos. Ora quei capelli erano bianchi, e il suo corpo era segnato dalle cicatrici di troppe battaglie... ma la sua forza era rimasta intatta, e la sua ascia lunga era sempre bene affilata, proprio come gli avevano insegnato i preti barbuti. "Non passerai, Obara" giurò Hotah a se stesso.

«Il principe sta guardando i bambini che giocano» disse a Obara. «Non va mai disturbato quando guarda i bambini che giocano.»

«Hotah» intimò Obara Sand «tu adesso ti toglierai di mezzo. Altrimenti, prendo quell'ascia lunga e...»

«Capitano Hotah!» Il comando gli arrivò da dietro le spalle. «Lasciala passare. Parlerò con lei.» La voce di Doran Martell, principe di Dorne, era roca.

Areo Hotah con un gesto secco riportò in verticale la sua lunga ascia e fece un passo di lato. Obara gli scoccò un'ultima, insistente occhiata e lo superò, mentre il maestro si affrettava dietro di lei. Caleotte non era alto più di cinque piedi, pelato come un uovo. La sua faccia era talmente liscia e grassa da rendere difficile dargli un'età, ma era a Dorne da prima di Hotah, e aveva servito addirittura la madre del principe. A dispetto degli anni e del suo girovita, era ancora agile nei movimenti, e anche molto intelligente, per quanto mansueto. "Non può reggere il confronto con nessuna delle Serpi delle Sabbie" pensò il capitano.

All'ombra degli alberi di arancio, il principe di Dorne sedeva sulla sua sedia a ruote, le gambe tenute sollevate per via della gotta, spesse borse sotto gli occhi... Che cosa lo rendesse insonne, se il dolore del lutto o quello della gotta, Hotah non era in grado di dirlo. Più in basso, fra gli stagni e le fontane, i bambini continuavano a giocare. I più piccoli non arrivavano ai cinque anni, i più grandi ne avevano nove o dieci. Metà erano femmine e metà maschi. Hotah poteva udirli giocare nell'acqua, gridando gli uni con gli altri con voci stridule.

«Non è passato molto tempo da quando anche tu eri una bambina che giocava negli stagni, Obara» disse il principe, mentre lei metteva un ginocchio a terra di fronte alla sedia a ruote.

Obara rispose con una specie di grugnito. «Sono passati vent'anni, forse più, ma questo non ha importanza. E io non ho vissuto qui a lungo. Sono la progenie di una puttana, o forse lo hai dimenticato?» Il principe Doran non rispose. Obara si rialzò, mani sui fianchi. «Mio padre è stato assassinato.»

«Tuo padre è caduto in singolar tenzone durante un processo per duello» precisò il principe Doran. «Secondo la legge, non si tratta di assassinio.»

«Era tuo fratello.»

«È vero.»

«Che cosa intendi fare riguardo alla sua morte?»

Il principe fece ruotare faticosamente la sedia verso di lei. Per quanto non avesse nemmeno cinquantadue anni, Doran Martell sembrava molto più anziano. Sotto le tuniche di lino, il suo corpo appariva flaccido e sformato, le gambe offrivano uno spettacolo orribile. La gotta gli aveva gonfiato e arrossato le articolazioni in modo grottesco. Il ginocchio sinistro era una mela, quello destro un melone, le dita dei piedi avevano il colore dell'uva nera, ed erano così gonfie da dare l'impressione di poter scoppiare al minimo sfioramento. Perfino il peso di un copriletto bastava a fare sussultare il principe, per quanto fosse solito sopportare il dolore senza lamentarsi. "Il silenzio è il miglior amico di un principe" il capitano delle guardie lo aveva udito dire a sua figlia un giorno. "Le parole, Arianne, sono come le frecce. Una volta scagliate, non puoi più farle tornare indietro."

«Ho scritto a lord Tywin...» riprese il principe Doran.

«*Scritto*? Se tu valessi anche solo metà dell'uomo che era mio padre...»

«Io non sono tuo padre.»

«Questo lo so bene!» La voce di Obara grondava disprezzo.

«Tu vorresti che io rispondessi con la guerra.»

«Ho una proposta migliore. Non dovrai neppure lasciare il tuo scanno. Lascia che sia io a vendicare mio padre. Hai un esercito sul passo del Principe. Lord Yronwood ne ha un altro sulla strada delle Ossa. Da' a me il comando di uno degli eserciti, e a Nym il comando dell'altro. Lascia che Nym cavalchi lungo la strada del Re, mentre io chiamerò i lord delle Terre Basse fuori dai loro castelli, spostandomi a uncino per marciare su Vecchia Città.»

«E come speri di conquistare Vecchia Città?»

«Sarà sufficiente saccheggiarla. La ricchezza degli Hightower...»

«È l'oro che vuoi?»

«Voglio il sangue.»

«Lord Tywin Lannister ci consegnerà la testa della Montagna che cavalca.»

«E chi ci consegnerà la testa di lord Tywin Lannister? La Montagna è sempre stato il suo cucciolo favorito.»

Il principe fece un cenno verso gli stagni. «Obara, per piacere, guarda quei bambini.»

«Ricaverei un piacere molto maggiore conficcando la mia lancia nel ventre di lord Tywin. Gli farò cantare *Le piogge di Castamere* mentre gli tiro fuori le viscere alla ricerca dell'oro dei Lannister.»

«*Guardali!*» ripeté il principe. «Te lo ordino.»

Alcuni bambini più grandi erano sdraiati a faccia in giù sul liscio marmo rosa, a farsi scaldare dal sole. Altri nuotavano nel mare poco più in là. Tre di loro stavano costruendo un castello di sabbia, sormontato da un grande rostro che assomigliava alla Torre della lancia dell'Antico Palazzo. Un altro gruppetto si era radunato sulla riva dello stagno grande, a guardare i bambini che giocavano: avanzavano nell'acqua alta fino alla cintola, un grande tenendo sulle spalle uno più piccolo, e cercavano di disarcionarsi a vicenda. Ogni volta che una coppia cadeva, il tonfo era seguito da una ventata di risate. Videro una ragazzina dalla pelle scura come una nocciola strappare un bambino dai capelli color stoppa dalle spalle del compagno, mandandolo a capofitto nell'acqua.

«Un tempo, anche tuo padre giocava così, e anch'io prima di lui» disse il principe. «Avevamo dieci anni di differenza, e io avevo già lasciato gli stagni quando Oberyn fu abbastanza grande per giocare, ma quando facevo visita a nostra madre, mi fermavo a guardarlo. Era così fiero, anche da ragazzo. E rapido come un serpente d'acqua. Spesso l'ho visto abbattere ragazzi molto più grossi di lui. Ricordo il giorno in cui partì per Approdo del Re. Giurò che lo avrebbe fatto un'altra volta, altrimenti non gli avrei mai permesso di andare.»

«*Permesso* di andare?» Obara rise. «Come se tu avessi realmente potuto fermarlo. La Vipera rossa di Dorne andava sempre dove voleva.»

«Proprio così. Vorrei avere parole di conforto per...»

«Non vengo da te in cerca di conforto, Doran!» La voce di Obara era piena di scherno. «Il giorno in cui mio padre si presentò a far valere i propri diritti, mia madre non voleva che andassi. "È una femmina" gli disse "e io non so nemmeno se sei suo padre. Ho avuto mille uomini." Lui gettò la lancia ai miei piedi, diede un manrovescio a mia madre e lei scoppiò a piangere. "Maschio o femmina, noi combattiamo le nostre battaglie" le disse "ma gli dèi ci lasciano la scelta delle armi." Indicò la lancia e io, senza prestare attenzione alle lacrime di mia madre, la raccolsi. "Ti avevo detto che era figlia mia" asserì mio padre, e mi portò con sé. Mia madre si uccise col bere quello stesso anno. Dicono che è morta piangendo.» Obara si avvicinò al principe seduto sulla sua sedia a ruote. «Lasciami usare la lancia: non chiedo altro.»

«Tu chiedi un patto, Obara. Ci dormirò sopra.»

«Hai già dormito fin troppo.»

«Forse hai ragione. Ti manderò un messaggio a Lancia del Sole.»

«Basta che quel messaggio sia guerra.»

Obara girò sui tacchi e si allontanò, rabbiosa come era arrivata, diretta verso le stalle dove avrebbe preso un cavallo fresco per ripartire subito al galoppo.

Maestro Caleotte invece rimase. «Mio principe?» chiese il piccolo uomo grassoccio. «Le gambe ti fanno soffrire?»

Il principe accennò un breve sorriso. «Il sole riscalda?»

«Vuoi che ti prepari un decotto per calmare il dolore?»

«No. Ho bisogno di avere la mente lucida.»

Il maestro esitò. «Mio principe, è... prudente permettere a lady Obara di fare ritorno a Lancia del Sole? È certo che infiammerà il popolo. Tutti, là, amavano tuo fratello.»

«Tutti noi lo amavamo.» Il principe Doran si premette le tempie con le dita. «No, hai ragione. Devo tornare anch'io a Lancia del Sole.»

L'uomo grassoccio esitò. «È una saggia decisione?»

«Non è saggia, ma necessaria. Meglio mandare una staffetta a Ricasso, in modo che preparino i miei appartamenti nella Torre del Sole. Informa mia figlia Arianne che arriverò là domani mattina.»

"La mia piccola principessa." Al capitano, Arianne mancava terribilmente.

«Ti vedranno» ammonì il maestro.

Il capitano capì. Due anni prima, quando avevano lasciato Lancia del Sole diretti alla pace e all'isolamento dei Giardini dell'Acqua, la gotta del principe Doran non era neppure lontanamente grave come adesso. In quei giorni, il principe riusciva ancora a camminare, sia pure con lentezza, appoggiandosi a un bastone, stringendo gli occhi a ogni passo per il dolore. Il principe non voleva che i suoi nemici sapessero com'era ridotto, e l'Antico Palazzo e la città che si stendeva nella sua ombra erano pieni di occhi indiscreti. "Occhi" pensò il capitano "e scale che il principe non è in grado di salire. Dovrebbe saper volare per raggiungere la sommità della Torre del Sole."

«Mi devono vedere. Qualcuno deve calmare gli animi. Una cosa va ricordata: Dorne ha ancora un principe.» Doran Martell sorrise debolmente. «Per quanto vecchio e gottoso egli sia.»

«Se farai ritorno a Lancia del Sole, dovrai dare udienza alla principessa Myrcella» disse Caleotte. «Il Cavaliere Bianco sarà al suo fianco... e, come sai, quell'uomo manda messaggi alla regina Cersei.»

«Immagino che lo faccia.»

Il Cavaliere Bianco. Il capitano corrugò la fronte. Ser Arys Oakheart, membro della celebre Guardia reale, era venuto a Dorne per vegliare sulla principessa Myrcella Baratheon, così come un tempo Areo Hotah era venuto per lui. Perfino i loro nomi si assomigliavano: Areo e Arys. Ma la somiglianza si fermava lì. Il capitano aveva lasciato Norvos e i suoi preti barbuti, invece ser Arys continuava a servire il Trono di Spade. Hotah sentiva una sorta di tristezza ogni volta che vedeva quell'uomo avvolto nella lunga cappa color neve, quando il principe Doran lo inviava a Lancia del Sole. Aveva il presentimento che un giorno lui e ser Arys si sarebbero affrontati in duello. E quel giorno Oakheart sarebbe morto, con la sua ascia lunga conficcata nel cranio. Hotah fece scivolare la mano sulla lunga impugnatura color cenere della sua arma, domandandosi se quel giorno non fosse ormai vicino.

«Il pomeriggio volge al termine» stava dicendo il principe. «Aspetteremo il mattino. Che la mia carrozza sia pronta alle prime luci dell'alba.»

«Come comandi.» Caleotte si inchinò. Il capitano si fece da parte per lasciarlo passare, ascoltò l'eco dei suoi passi che si affievoliva.

«Capitano?» La voce del principe era sommessa.

Hotah si fece avanti, la mano serrata attorno all'ascia lunga.

Contro la sua palma, il legno di leccio era liscio come la pelle di una donna. Quando fu vicino alla sedia a ruote, batté l'asta sul pavimento annunciando la propria presenza, ma il principe aveva occhi solo per i bambini che giocavano nell'acqua.

«Tu avevi fratelli a Norvos, quando eri giovane?» gli chiese. «Oppure sorelle?»

«Gli uni e le altre» rispose Hotah. «Due fratelli, tre sorelle. Io ero il più giovane.»

Il più giovane e il meno voluto. Un'altra bocca da nutrire, un ragazzo grande e grosso che mangiava tanto e cresceva troppo in fretta per i vestiti. Nessuna meraviglia che lo avessero venduto ai preti barbuti.

«Io ero il primo» disse il principe «eppure sono l'ultimo rimasto. Dopo che Mors e Olyvar morirono nella culla, abbandonai la speranza di avere fratelli. Avevo nove anni quando nacque Elia, ero paggio al servizio della Costa del Sale. Quando arrivò il corvo con il messaggio che mia madre aveva partorito un mese in anticipo, ero abbastanza grande da capire che non ce l'avrebbe fatta. Perfino dopo che lord Gargalen mi disse che avevo avuto una sorella, io insistetti che sarebbe morta in breve tempo. Invece, grazie alla misericordia della Madre, Elia visse. E un anno dopo, scalciando e strillando, arrivò Oberyn. Ero un uomo fatto quando loro due giocavano in questi stessi stagni. Ora, io sono ancora qui, mentre loro non ci sono più.»

Areo Hotah non sapeva cosa dire. Era solamente un capitano delle guardie, e anche dopo tutti quegli anni si sentiva ancora straniero a quella terra e ai suoi Sette Dèi. *Servire. Obbedire. Proteggere*. Aveva prestato quel giuramento all'età di sedici anni, il giorno in cui aveva sposato la sua ascia. Parole semplici per uomini semplici, avevano detto i preti barbuti. Non era stato istruito per dare consiglio a principi in lutto.

Era ancora alla ricerca di parole che non riusciva a trovare, quando un'altra arancia cadde con un tonfo sordo a non più di un passo da dove era seduto il principe. Doran strinse le palpebre al rumore, quasi gli provocasse sofferenza. «Basta» sospirò. «Lasciami solo, Areo. Lasciami a guardare i bambini per qualche ora.»

Dopo il tramonto, mentre l'aria si faceva più fredda e i bambini rientravano per la cena, il principe rimase ancora sotto gli alberi di arancio, a guardare l'acqua immobile degli stagni e il mare al di là. Un servitore gli portò una coppa di olive viola, del pane, formaggio e crema di piselli.

Doran mangiò un po' e bevve un calice del dolce, pesante nerovino che tanto amava. Quando l'ebbe svuotato, lo riempì di nuovo. A un certo punto, nelle prime ore buie e profonde del mattino, il sonno lo colse sul suo scanno. Solo allora il capitano lo spinse lungo la galleria illuminata dalla luna, oltre una fila di colonne a spirale e un arco aggraziato, fino alla stanza sul mare e al grande letto con fresche lenzuola di lino. Doran gemette quando il capitano lo adagiò sul letto, ma gli dèi furono generosi e non si svegliò.

L'alloggio del capitano era accanto alla stanza del principe. Hotah sedette sullo stretto giaciglio. Nella nicchia, trovò la pietra per affilare e il drappo oleato, e si mise al lavoro. "Tieni la tua ascia sempre affilata" gli avevano detto i preti barbuti, il giorno in cui lo avevano marchiato. E così aveva sempre fatto.

Mentre affilava l'ascia, Hotah ripensò a Norvos, la città alta sulle colline e quella bassa a fianco del fiume. Poteva ancora udire il suono delle tre campane, i profondi rintocchi di Noom che gli facevano vibrare le ossa, la voce orgogliosa e forte di Narrah, la dolce risata argentea di Nyel. Sentì in bocca il gusto della torta d'inverno, ricco di zenzero, di pinoli e di pezzetti di ciliegia, e quello del *nasha*, il latte di capra fermentato servito in una tazza di ferro e addolcito con miele, che si beveva per mandarla giù meglio. Rivide sua madre, vestita con l'abito dal colletto di pelo di scoiattolo: lo indossava una sola volta l'anno, quando andavano a vedere le danze degli orsi in fondo alla Scalinata dei Peccatori. E sentì di nuovo l'odore di peli bruciati quando il prete barbuto gli aveva appoggiato il marchio rovente al centro del petto. Il dolore era stato talmente forte da fargli pensare che il cuore gli si sarebbe fermato, ma Areo Hotah non aveva battuto ciglio. I peli non erano mai più ricresciuti sopra il simbolo dell'ascia impresso nella sua carne.

Quando entrambi i tagli della bipenne furono affilati come rasoi, il capitano posò sul letto la sua sposa di legno e acciaio. Sbadigliando, Areo Hotah si tolse di dosso gli abiti sporchi, li lasciò cadere sul pavimento e si sdraiò sul pagliericcio. Ripensare al marchio gli aveva provocato il prurito, per cui Hotah si grattò prima di chiudere gli occhi. "Avrei dovuto raccogliere le arance cadute" pensò. Poi scivolò nel sonno pensando al loro gusto, a un tempo dolce e asprigno, alla sensazione appiccicosa del loro succo rossastro sulle dita.

L'alba arrivò troppo presto. Fuori delle stalle, il più piccolo dei tre cavalli da tiro era pronto, aggiogato alla carrozza di legno di cedro con le tendine di seta rossa. Tra i trenta lancieri di guardia ai Giardini dell'Acqua, il capitano ne scelse venti per la scorta. Gli altri sarebbero rimasti a proteggere i giardini e i bambini, alcuni dei quali erano figli di grandi lord e di ricchi mercanti.

Per quanto il principe avesse parlato di partire alle prime luci dell'alba, Areo Hotah sapeva che non sarebbe andata a quel modo. Mentre il maestro aiutava Doran Martell a farsi il bagno e fasciava le sue articolazioni gonfie con bende di lino imbevute di lozioni calmanti, il capitano indossò la cotta di maglia a scaglie di rame, simbolo del suo grado, e sopra mise un ampio mantello di seta cruda grigia e gialla per tenere il rame al riparo dal sole. La giornata si preannunciava torrida e da lungo tempo il capitano aveva rinunciato alla pesante cappa di crine di cavallo e alla giubba di cuoio borchiato che indossava a Norvos, indumenti che nel clima di Dorne avrebbero arrostito chiunque. Aveva conservato il mezzo elmo di ferro, munito di cresta di rostri affilati, ma lo teneva avvolto in una seta arancione, che passava attorno ai rostri. Altrimenti la ferocia del sole sul metallo gli avrebbe fatto cuocere la testa ben prima di arrivare in vista del palazzo.

Il principe non era ancora pronto. Aveva deciso di fare colazione prima di mettersi in viaggio, con una sanguinella e un piatto di uova di gabbiano in insalata con prosciutto e peperoni piccanti. Dopo di che avrebbe salutato alcuni bambini che erano diventati i suoi preferiti: il figlio dei Dalt e quello di lady Blackmont e la ragazzina orfana con il viso rotondo il cui padre vendeva tessuti e spezie lungo il fiume Sangue Verde. Doran tenne sulle gambe una splendida coperta della città libera di Myr, per risparmiare ai piccoli la vista delle sue ginocchia gonfie e fasciate.

Era mezzogiorno quando finalmente si misero in cammino: il principe nella sua carrozza, maestro Caleotte a dorso di mulo, la scorta a piedi. Cinque lancieri davanti, cinque dietro, altri cinque per parte ai fianchi della vettura. Areo Hotah si mise come al solito alla sinistra del principe, con l'ascia lunga appoggiata alla spalla durante la marcia. La strada che da Lancia del Sole portava ai Giardini dell'Acqua costeggiava il mare, per cui erano rinfrescati da una piacevole brezza mentre avanzavano attraverso l'aspro territorio dalle tonalità marroni e rossastre, disseminato di rocce, sabbia e bassi alberi contorti.

A metà strada, li raggiunse la seconda Serpe delle Sabbie.

Apparve all'improvviso sulla sommità di una duna, in sella a un magnifico purosangue dorato del deserto, con una criniera che pareva di candida seta. Perfino a cavallo, lady Nym appariva aggraziata, avvolta in svolazzanti tuniche lilla e con un'ampia cappa di seta cruda intessuta di rame che si sollevava a ogni alito di vento, dando l'impressione che lei stesse per spiccare il volo. Nymeria Sand aveva venticinque anni ed era esile come un salice. L'attaccatura dei suoi capelli neri e lisci, raccolti in una lunga treccia legata da un filo di oro rosso, disegnava una punta di lancia sopra gli occhi scuri, identici a quelli del padre. Zigomi alti, labbra piene e carnagione bianca come la neve, Nymeria possedeva tutta l'avvenenza che mancava alla sorella maggiore... ma la madre di Obara era stata una puttana di Vecchia Città, mentre Nymeria discendeva dal più nobile sangue della città libera di Volantis. Dietro di lei, una dozzina di lancieri a cavallo, con gli scudi rotondi scintillanti al sole, seguirono Nymeria nella discesa della duna.

Il principe Doran aveva tirato le tendine per ricevere la brezza proveniente dal mare. Lady Nymeria affiancò la carrozza, trattenendo al passo lo splendido purosangue dorato.

«Ben trovato, zio» cinguettò, quasi fosse arrivata lì per caso. «Posso cavalcare con te fino a Lancia del Sole?»

Il capitano si trovava dalla parte opposta della carrozza, ma poteva udire ogni parola pronunciata da Nymeria.

«Ne sarò lieto» rispose il principe Doran, per quanto, alle orecchie del capitano, non lo sembrasse affatto. «Gotta e lutto sono tristi compagni di viaggio.»

Allora il capitano capì che ogni ciottolo del sentiero era come una punta conficcata nelle giunture doloranti del principe.

«Nulla posso contro la gotta» disse Nym «ma di certo mio padre non amava il lutto. Gli era molto più congeniale la vendetta. È vero che Gregor Clegane ha ammesso di aver assassinato Elia e i suoi figli?»

«Ha gridato la sua colpevolezza di fronte all'intera corte di Approdo del Re» ammise il principe Doran. «Lord Tywin ci ha promesso la sua testa.»

«E un Lannister paga sempre i suoi debiti» disse lady Nymeria. «Però mi sembra che lord Tywin intenda ripagarci con la nostra stessa moneta. Ho ricevuto un corvo messaggero da parte del nostro dolce ser Daemon, il quale è pronto a giurare che nel corso del duello mio padre ha ferito più volte quel mostro. Se così è, ser Gregor è come fosse già morto, e non grazie a Tywin Lannister.»

Il principe Doran fece una smorfia. Se per via della gotta o delle parole di sua nipote, al capitano non fu possibile dirlo. «Forse è andata così.»

«*Forse*? Di certo così.»

«Obara vorrebbe che io scendessi in guerra.»

Nym rise. «Sì, non vede l'ora di ridurre Vecchia Città in cenere. La odia tanto quanto la nostra sorella minore la ama.»

«E tu?»

Nym gettò uno sguardo oltre la carrozza, verso i suoi lancieri che cavalcavano una decina di incollature più indietro. «Ero a letto con i gemelli Fowler quando ho ricevuto la notizia» la udì dire il capitano. «Tu conosci il motto dei Fowler: "Che io mi levi in volo!". Ed è proprio questo che io ti chiedo, zio. Lascia che *io* mi levi in volo. Non mi serve un esercito possente, solo una dolce sorella.»

«Obara?»

«Tyene. Obara è troppo aggressiva. Tyene è così delicata e gentile che nessun uomo sospetterà mai di lei. Obara vorrebbe fare di Vecchia Città la pira funeraria di nostro padre, ma io non sono così avida. Per me saranno sufficienti quattro vite. I biondi gemelli di lord Tywin, come risarcimento per i bambini di Elia. Il vecchio Leone, per Elia stessa. E infine il piccolo re, per mio padre.»

«Il ragazzo non ci ha fatto alcun torto.»

«È un bastardo, frutto di tradimento, incesto e adulterio, a prestar fede alle parole di lord Stannis Baratheon.»

La dolcezza era completamente svanita dalla voce di lady Nymeria. Il capitano delle guardie, con gli occhi socchiusi, si ritrovò a osservarla. Sua sorella Obara portava una frusta e una lancia che chiunque poteva vedere. Lady Nymeria non era meno letale, anche se teneva ben celate le sue lame.

«Solo del sangue reale può ripagare l'assassinio di mio padre.»

«Oberyn è caduto in duello, uomo contro uomo, combattendo per una ragione che mai avrebbe dovuto riguardarlo. Questo io non lo chiamo assassinio.»

«Chiamalo come vuoi. Noi mandiamo loro l'uomo più eccezionale di Dorne, e loro ci rimandano indietro un mucchio d'ossa.»

«Oberyn è andato ben al di là di quanto gli avevo chiesto. "Valuta il giovane re e il suo concilio, analizza i loro punti di forza e di debolezza" gli dissi sulla terrazza. Stavamo mangiando arance. "Trova gli amici di Dorne, ammesso che ne esistano. Scopri quello che puoi riguardo alla morte di Elia, ma evita di provocare lord Tywin senza motivo": furono queste le parole che gli dissi. Oberyn rise. "E quando mai ho provocato un uomo... senza motivo?" rispose. "Faresti meglio a dire ai Lannister di non provocare me." Voleva che giustizia fosse fatta per Elia, ma non ha saputo aspettare...»

«Ha aspettato per diciassette anni» lo interruppe lady Nym.

«Se fossi stato ucciso tu, mio padre avrebbe guidato i suoi vessilli di guerra a nord prima ancora che il tuo corpo fosse diventato freddo. Fossi stato tu, ora le lance cadrebbero fitte come gocce di pioggia sulle Terre Basse di Dorne.»

«Non ne dubito.»

«Né dovresti dubitare di questo, mio principe: le mie sorelle e io non aspetteremo diciassette anni per avere la nostra vendetta.»

Lady Nymeria diede di speroni e ripartì al galoppo verso Lancia del Sole, seguita dalla sua scorta come da un fiume in piena.

Il principe Doran si appoggiò allo schienale e chiuse gli occhi, ma Hotah sapeva che non stava dormendo. "Soffre." Per un momento pensò di chiamare maestro Caleotte, ma se il principe Doran avesse voluto, sarebbe stato lui a chiamarlo.

Le ombre del pomeriggio erano lunghe e scure, e il sole era rosso e turgido come le giunture del principe quando, a est, avvistarono le torri di Lancia del Sole. Per prima la snella Torre della lancia, alta centocinquanta piedi e sulla quale svettava una lancia di acciaio lucidato che aggiungeva altri trenta piedi alla sua altezza. Poi la possente Torre del sole, con la sua cupola d'oro e di vetro istoriato. Per finire, la Nave di sabbia, di colore grigio, che sembrava un mostruoso dromone venutosi ad arenare sulla spiaggia e divenuto pietra.

Solamente tre leghe di costa dividevano i Giardini dell'Acqua da Lancia del Sole, eppure erano come due mondi diversi. Là, i bambini giocavano nudi nel sole, la musica echeggiava nei cortili ombreggiati e nell'aria dominava il profumo penetrante dei limoni e delle sanguinelle. Qui l'aria sapeva di polvere, fumo e sudore, e il berciare di mille voci riempiva le notti. Ai Giardini dell'Acqua una profusione di marmo rosa, a Lancia del Sole costruzioni di fango e paglia, color marrone e grigio scuro. L'antica fortezza della Casa Martell si ergeva sulla propaggine più orientale di un piccolo promontorio di roccia e sabbia, circondata su tre lati dal mare. Verso occidente, all'ombra delle mura massicce di Lancia del Sole, botteghe di fango e tuguri privi di finestre si abbarbicavano al castello come balani alla chiglia di una galea. Stalle e locande, osterie e bordelli erano cresciuti a ovest, molti racchiusi da proprie mura, e altre catapecchie spuntavano anche a ridosso di *quelle* mura. "E così via all'infinito" avrebbero detto i preti barbuti. Paragonata a città libere come Tyrosh, Myr o Grande Norvos, la città-ombra era poco più di un villaggio, eppure era quanto di più vicino a una vera e propria città avessero i dorniani.

Lady Nymeria li aveva preceduti di parecchie ore, e senza dubbio la Serpe delle Sabbie aveva allertato le guardie della venuta del principe: quando arrivarono, la Porta dell'albero piegato era spalancata. Quello era l'unico punto in cui le porte della città-ombra si allineavano una dietro l'altra, consentendo ai viandanti di superare tutti e tre gli anelli delle Mura Serpeggianti e di arrivare direttamente all'Antico Palazzo, senza dover percorrere miriadi di vicoli stretti, cortili nascosti e bazar rumorosi.

Arrivati in vista della Torre della lancia, il principe Doran aveva chiuso le tendine, eppure, al passaggio della carrozza, il popolino cominciò a urlare. "Le Serpi delle Sabbie li hanno portati all'ebollizione" pensò il capitano con inquietudine. Attraversarono lo squallido perimetro esterno e varcarono la seconda porta. Al di là, l'aria puzzava di catrame, salsedine e alghe putrescenti. E la folla si faceva a ogni passo più fitta.

«Fate largo al principe Doran!» tuonò Areo Hotah, battendo il manico dell'ascia contro i mattoni. «Largo al principe Doran!»

«Il principe è morto!» strillò una donna dietro di lui.

«Alle lance di guerra!» gridò qualcuno da un balcone.

«Doran!» chiamò una voce nobiliare. «Alle lance di guerra!»

Hotah rinunciò a individuare di chi fosse quella voce, la calca era troppo minacciosa, e un terzo di quella gente stava vociando. «*Alle lance! Vendetta per la Vipera rossa!*»

Quando raggiunsero la terza porta, le guardie stavano spingendo indietro la gente per consentire il passaggio della carrozza del principe, e la folla cominciava a lanciare oggetti. Un ragazzo coperto di stracci oltrepassò i lancieri con una melagrana marcia in mano. Ma quando vide Areo Hotah stagliarsi davanti a lui, con la lunga ascia bipenne pronta a colpire, lasciò cadere a terra il frutto senza lanciarlo e batté rapidamente in ritirata. Più indietro, altri si misero a tirare limoni e arance. «*Guerra! Guerra!*» urlavano. «*Alle lance!*» Una delle guardie fu colpita a un occhio da un limone, lo stesso Hotah fu centrato da un'arancia che gli si spappolò su un piede.

Nessuna risposta venne dalla carrozza. Doran Martell rimase celato dietro le sete fino a quando le spesse mura della fortezza inghiottirono tutti loro e la grata difensiva calò con un pesante tonfo metallico. L'eco delle grida si perse lentamente. La principessa Arianne era in attesa nel cortile esterno, pronta ad accogliere il padre, con attorno metà della corte: il vecchio, cieco siniscalco Ricasso, ser Manfrey Martell, il castellano, il giovane maestro Myles dalle tuniche grigie e la barba profumata, due schiere di cavalieri dorniani in lini fluenti dalle mille sfumature. La piccola Myrcella Baratheon era in piedi tra la sua septa e ser Arys Oakheart della Guardia reale, grondante sudore nella bianca armatura.

La principessa Arianne si avvicinò alla carrozza calzando sandali di pelle di serpente allacciati fino alla coscia. I capelli erano una cascata di trecce nere come l'inchiostro, lunghe fino alle reni, e attorno alla fronte portava una catenella di soli di rame. "È ancora poco più di una bambina" pensò il capitano. Mentre le Serpi delle Sabbie erano tutte alte, Arianne aveva preso dalla madre, che era alta cinque piedi e due pollici. Eppure, sotto quella radiosa ghirlanda e i numerosi, fluenti strati di sete viola e gialle, si celava un corpo di donna, formoso e sensuale.

«Padre!» lo salutò quando le tendine della carrozza si aprirono. «Lancia del Sole si rallegra del tuo ritorno.»

«Sì, non mi è sfuggita la gioia.» Il principe Doran rispose con un debole sorriso e accarezzò la guancia della figlia con una mano gonfia, arrossata. «Hai un magnifico aspetto. Capitano, avrei bisogno di aiuto per scendere.»

Hotah fissò l'ascia lunga nella cinghia sulla schiena e prese il principe tra le braccia, delicatamente, per non tormentare le articolazioni infiammate. Ciononostante, Doran Martell represse un gemito di dolore.

«Ho dato ordine ai cuochi di allestire un banchetto per questa sera» disse Arianne «con i tuoi piatti preferiti.»

«Temo di non poter rendere loro onore.» Il principe fece scorrere lentamente lo sguardo sul cortile della fortezza. «Non vedo Tyene.»

«Ha chiesto di poterti parlare in privato. L'ho mandata ad attendere il tuo arrivo nella sala del Trono.»

Il principe sospirò. «Molto bene. Capitano? Prima avrò sbrigato questa faccenda, prima mi potrò riposare.»

Hotah lo portò su per i lunghi scalini di pietra della Torre del sole, fino alla grande sala circolare sotto la cupola, dove l'ultima luce del pomeriggio entrava in lame oblique dalle profonde finestre ornate di marmi multicolori, spargendo manciate di diamanti iridescenti sul pavimento di marmo chiaro. Era là che la terza Serpe delle Sabbie li aspettava.

Sedeva a gambe incrociate su un cuscino sotto la piattaforma su cui si ergevano i troni di Dorne. Quando entrarono, si alzò. Indossava una tunica aderente di spessa seta azzurra, con le maniche in pizzo di Myr che la facevano apparire innocente come una vergine. In una mano teneva il ricamo che stava facendo, nell'altra due aghi dorati. Anche i suoi capelli erano dorati, e gli occhi erano laghi blu scuro... che in qualche modo ricordarono al capitano gli occhi di suo padre, anche se quelli del principe Oberyn erano neri come la notte. "Tutte le figlie del principe Oberyn hanno i suoi stessi occhi da vipera" si rese improvvisamente conto Hotah. "Non importa il colore."

«Zio» disse Tyene Sand. «Ti stavo aspettando.»

«Capitano, portami fino allo scanno alto.»

Sulla piattaforma c'erano due troni, pressoché identici tranne che sul retro della spalliera di uno, incastonata in oro, c'era la lancia dei Martell, mentre sull'altro spiccava il sole incandescente che garriva sugli alberi delle navi dei guerrieri di Rhoyne, quando millenni prima erano approdati sulle coste di Dorne. Il capitano adagiò il principe sullo scanno con la lancia e si allontanò.

«Soffri così tanto?» La voce di lady Tyene era gentile, e lei sembrava dolce come le fragole mature. Sua madre era stata una septa e attorno a Tyene aleggiava un'aura di innocenza quasi ultraterrena. «C'è nulla che io possa fare per lenire la tua sofferenza?»

«Di' quello che hai da dire, Tyene, e lasciami riposare. Sono molto stanco.»

«Questo l'ho fatto per te, zio.» Tyene dispiegò il ricamo cui stava lavorando. Rappresentava suo padre, il principe Oberyn Martell, in sella a uno stallone del deserto, sorridente, con un'armatura rossa. «Quando l'avrò finito, sarà tuo e ti aiuterà a ricordarlo.»

«Non potrei mai dimenticare tuo padre.»

«Mi fa piacere saperlo. Sono in molti a dubitarne.»

«Lord Tywin ci ha promesso la testa della Montagna che cavalca.»

«È molto gentile da parte sua... ma la mannaia del boia non è la giusta fine per il valoroso ser Gregor Clegane. Abbiamo pregato così a lungo per la sua morte, ed è giusto che anche lui lo faccia. So quale veleno ha usato mio padre: il più lento e terribile. Presto udiremo le urla della Montagna, perfino qui a Lancia del Sole.»

Il principe Doran sospirò. «Obara è venuta a chiedermi la guerra. Nymeria si accontenterebbe dell'assassinio. E tu?»

«La guerra» rispose Tyene «ma non quella che intende mia sorella. I dorniani combattono meglio nella loro terra, quindi io dico: affiliamo le nostre lance e aspettiamo. Quando i Lannister e i Tyrell marceranno contro di noi, li stermineremo sui passi di montagna e li seppelliremo sotto le tempeste di sabbia, così come abbiamo fatto cento e cento volte in passato.»

«*Se* marceranno contro di noi.»

«Oh, lo devono fare, se non vogliono vedere di nuovo il regno diviso, com'era prima che noi sposassimo i draghi. Me lo ha detto mio padre. Ha detto anche che dobbiamo ringraziare il Folletto, per averci mandato la principessa Myrcella. È così graziosa, non trovi? Mi piacerebbe avere dei riccioli come i suoi. È fatta per essere regina, proprio come sua madre.» Sulle guance di Tyene apparvero due fossette maliziose. «Sarei onorata di organizzare il matrimonio, e anche di controllare la forgiatura delle corone. Trystane e Myrcella sono così ingenui e innocenti. Pensavo, magari, oro bianco... e smeraldi, lo stesso colore degli occhi di Myrcella. Oh, anche diamanti e perle andrebbero bene, purché si sposino e vengano incoronati. Poi, l'unica cosa che dobbiamo fare è proclamare Myrcella regina degli Andali e dei Rhoynar e dei Primi Uomini ed erede di diritto dei Sette Regni d'Occidente. E poi attendere l'arrivo dei Leoni.»

«Erede di diritto?» ringhiò il principe Doran.

«È più vecchia di suo fratello Tommen» spiegò Tyene, come se stesse parlando con uno sprovveduto. «Secondo la legge, il Trono di Spade spetta a lei.»

«Secondo la legge *dorniana*.»

«Quando il buon re Daeron sposò la principessa Myriah e ci portò nel proprio regno, l'accordo fu che la legge dorniana sarebbe stata per sempre la legge di Dorne. E Myrcella è a Dorne.»

«Effettivamente è qui.» Il tono di Doran era aspro. «Lascia che ci pensi sopra.»

Tyene si irrigidì. «Tu pensi troppo, zio.»

«Davvero?»

«Era mio padre a dirlo.»

«Tuo padre, per contro, non pensava abbastanza.»

«Certi uomini pensano perché hanno paura di agire.»

«C'è una certa differenza tra paura e prudenza.»

«In tal caso, zio, pregherò perché tu non sia mai spaventato. Potresti dimenticarti di respirare...» Tyene alzò una mano.

Il capitano delle guardie batté l'estremità dell'ascia lunga sul pavimento di marmo con un colpo secco. «Mia signora, stai osando troppo. Allontanati dalla piattaforma, se ti compiace.»

«Non ho cattive intenzioni, capitano. Io voglio bene a mio zio, così come so lui ne voleva a mio padre.» Tyene mise un ginocchio a terra al cospetto del principe. «Ho detto tutto quello che volevo dire, zio. Se ti ho arrecato offesa, perdonami. Il mio cuore è a pezzi. Ho ancora il tuo amore?»

«Sempre.»

«Allora concedimi la tua benedizione, e io mi congederò.»

Doran ebbe un momento di esitazione prima di porre la mano sul capo della nipote. «Abbi coraggio, figliola.»

«Oh, e come potrei non averne? Sono *sua* figlia.»

Appena Tyene lasciò la sala del Trono, maestro Caleotte si precipitò verso la piattaforma. «Mio principe, la fanciulla non avrà... lascia che guardi la tua mano.»

Il maestro esaminò prima la palma. Poi, girò con delicatezza la mano e annusò il dorso delle dita. «No, tutto bene. Non ci sono graffi, per cui...»

Il principe Doran ritirò la mano. «Maestro, posso avere del latte di papavero? Una piccola coppa sarà sufficiente.»

«Papavero. Sì, certo.»

«Lo vorrei subito.» La voce di Doran Martell era carica di cortese urgenza.

Caleotte si affrettò verso le scale.

Fuori, il sole era tramontato. La luce all'interno della cupola aveva assunto le tonalità del crepuscolo, e sul pavimento tutti i diamanti stavano svanendo. Il principe rimase seduto sul suo alto scanno, sotto la lancia dei Martell, con il volto terreo per il dolore.

Dopo un lungo silenzio si voltò verso Areo Hotah. «Capitano, quanto sono leali le mie guardie?»

«Sono leali.» Il capitano non sapeva cos'altro dire.

«Tutte quante o solo alcune?»

«Sono bravi uomini. Bravi *dorniani*. Faranno quello che io comanderò loro.» Hotah batté di nuovo l'asta dell'ascia sul pavimento. «Ti porterò la testa di chiunque osasse tradirti.»

«Non voglio teste, voglio obbedienza.»

«L'avrai.» *Servire. Obbedire. Proteggere. Parole semplici per uomini semplici*. «Quanti uomini sono necessari?»

«Lascerò decidere a te. Pochi uomini fidati possono essere meglio di un esercito. Voglio che la cosa venga fatta nel modo più rapido e quieto possibile, senza spargimento di sangue.»

«Rapido, quieto e pulito, *aye*. Che cosa comandi?»

«Troverai le figlie di mio fratello Oberyn, le metterai agli arresti e le confinerai nelle celle in cima alla Torre della lancia.»

«Le Serpi delle Sabbie?» La gola del capitano era secca. «Tutte... tutte e *otto*, mio principe? Anche le piccole?»

Il principe Doran rifletté. «Le figlie di Ellaria sono troppo giovani per rappresentare un pericolo, ma le altre potrebbero servirsi di loro contro di me. Di conseguenza, sarebbe meglio che tutte fossero sotto controllo. Per cui, sì, anche le piccole... Ma prima Tyene, Nymeria e Obara.»

«Come il mio principe comanda.» Il cuore di Hotah era tormentato. "Alla mia piccola principessa questo non piacerà." «E Sarella? È una donna fatta, ha quasi vent'anni.»

«A meno che non faccia ritorno a Dorne, non c'è nulla che io possa fare riguardo a lei se non pregare che dia prova di maggiore buonsenso delle sue sorelle. Lascia che giochi la sua... partita. Prendi le altre. Non dormirò fino a quando non saprò che le Serpi sono al sicuro e sotto sorveglianza.»

«Sarà fatto.» Il capitano esitò. «Quando si verrà a sapere, il popolino comincerà a strepitare.»

«Tutta Dorne comincerà a strepitare.» La voce di Doran Martell era stanca. «Prego solo che lord Tywin possa udire quello strepito fino ad Approdo del Re, e sappia così quale leale amico ha a Lancia del Sole.»

CERSEI

Sognò di sedere sul Trono di Spade, più in alto di tutti.

Sotto di lei, i cortigiani erano come topi dai vividi colori. Grandi lord e orgogliose lady si inginocchiavano al suo cospetto. Valorosi cavalieri deponevano le loro spade ai suoi piedi, invocando i suoi favori. La regina concedeva loro il suo sorriso. Fino a quando, dal nulla, apparve il nano. Puntava il dito verso di lei e rideva in modo sguaiato. Anche i lord e le lady cominciarono a sghignazzare, celando i sorrisi dietro le dita. Solo a quel punto la regina si rese conto di essere nuda.

Inorridita, cercò di coprirsi con le mani. Si chinò in avanti per nascondere le vergogne, i rostri e le lame del Trono di Spade artigliarono le sue carni. Il sangue le ruscellò lungo le gambe mentre zanne di acciaio la mordevano nel didietro. Quando cercò di alzarsi, un piede scivolò in un vuoto in agguato fra tutto quel metallo contorto. Più si agitava, più il trono la stringeva, strappandole brandelli di carne dal seno, dal ventre, infliggendole tagli sulle braccia e le gambe, finché tutto il suo corpo diventò un simulacro rosso e luccicante.

Mentre il nano suo fratello, là sotto, continuava a sbellicarsi dalle risate...

Le sentiva ancora echeggiare quando percepì un lieve tocco sulla spalla.

Si svegliò con un sussulto. Per un momento, anche quel tocco sembrò far parte dell'incubo. Cersei gridò, ma era solo Senelle. Il viso della serva era pallido, spaventato.

"Non siamo sole" capì la regina. C'era una folla di ombre attorno al suo letto, figure alte, cotte di maglia di ferro scintillanti sotto i mantelli. Uomini d'arme: non avrebbero dovuto trovarsi lì. "Dove sono le mie guardie?" La sua camera da letto era immersa nell'oscurità, tranne che per la lanterna che uno degli intrusi teneva sollevata. "Non devo mostrare di aver paura."

Cersei spinse indietro i capelli arruffati dal sonno. «Che cosa volete?»

Uno degli uomini avanzò nell'alone di luce della lanterna. Cersei vide che la sua cappa era bianca: la Guardia reale. «Jaime?» "Ho sognato uno dei miei fratelli, ma l'altro viene a svegliarmi."

«Maestà.» Non era la voce di suo fratello. «Il lord comandante ci ha incaricato di venire a prenderti.»

L'uomo aveva i capelli ricci come quelli di Jaime, ma suo fratello era biondo oro, come lei, mentre i capelli di quest'uomo erano neri e unti. Cersei rimase a fissarlo, disorientata, mentre l'uomo borbottava qualcosa riguardo a una latrina e a una balestra. Alla fine, nominò suo padre. "Sto ancora sognando" pensò Cersei. "Non mi sono svegliata, l'incubo non ha avuto fine. Ben presto Tyrion striscerà fuori da sotto il letto e mi riderà in faccia."

No, era la follia. Suo fratello Tyrion, il nano deforme, era giù nelle celle nere, condannato a morire quello stesso giorno. Cersei abbassò lo sguardo sulle proprie mani, per accertarsi di avere ancora tutte le dita. Quando si accarezzò un braccio, sentì la pelle d'oca, ma non c'erano tagli, e nemmeno sulle gambe, e non aveva piaghe sulle piante dei piedi. Un sogno, nient'altro che un sogno. "Ieri sera ho bevuto troppo, queste paure sono solamente gli umori provocati dal vino. Sarò io a ridere per ultima, quando calerà il crepuscolo. I miei figli saranno al sicuro, anche il trono di Tommen, e quel piccolo, contorto *valonqar* marcirà senza più la testa attaccata alle spalle.

Jocelyn Swyft era al suo fianco e le porse una coppa. Cersei bevve: acqua e limone spremuto, così aspra che la sputò. Sentiva il vento della notte scuotere le imposte, e la sua mente era stranamente lucida. Jocelyn tremava come una foglia, spaventato quanto Senelle. Ser Osmund Kettleblack incombeva su di lei. Alle sue spalle c'era ser Boros Blount con la lanterna. Sulla porta c'erano dei Lannister armati, con gli emblemi del leone scintillanti sulle creste dei loro elmi. Anche loro parevano spaventati. "Può essere?" si chiese la regina. "Può essere vero?"

Cersei si alzò e lasciò che Senelle le mettesse una vestaglia da camera sulle spalle per nascondere la sua nudità. Cersei si allacciò da sola la cintura, le sue dita erano rigide, goffe.

«Il lord mio padre ha guardie attorno a sé, giorno e notte» disse. Sentiva la lingua gonfia. Bevve un altro sorso di acqua e limone, sciacquandosi la bocca per rinfrescare l'alito. Una falena era andata a finire nella lanterna di ser Boros. Cersei ne udiva il ronzio, vedeva l'ombra dell'insetto che sbatteva contro il vetro.

«Le guardie erano ai loro posti, maestà» disse ser Osmund Kettleblack. «Abbiamo trovato una porta nascosta dietro il caminetto. Un passaggio segreto. Il lord comandante è andato a esplorare dove conduce.»

«Jaime?» Il terrore si impossessò di lei, improvviso come una tempesta. «Jaime dovrebbe essere con il re...»

«Al ragazzo non è stato fatto alcun male. Ser Jaime ha messo una dozzina di uomini a proteggerlo. Sua maestà dorme pacificamente.»

"Che Tommen possa fare un sogno migliore del mio e avere un risveglio più piacevole." «Chi c'è con il re?»

«Ser Loras Tyrell ha questo onore.»

La cosa non le piaceva affatto. I Tyrell di Alto Giardino erano gli unici vassalli che i Targaryen, re dei draghi, avevano elevato ben al di sopra del loro rango. La loro vanità era superata soltanto dalla loro ambizione. Ser Loras sarà anche stato bello come il sogno di una vergine, ma sotto il mantello bianco rimaneva un Tyrell fino al midollo. Per quanto Cersei ne sapeva, il frutto marcio di quella notte poteva benissimo provenire dalle serre oscure di Alto Giardino.

Un sospetto che non osò esprimere ad alta voce. «Datemi un momento per vestirmi. Ser Osmond, tu mi accompagnerai alla Torre del Primo Cavaliere. Ser Boros, sveglia i carcerieri e assicurati che il nano sia ancora nella sua cella.» Non intendeva pronunciare il suo nome. "Non avrebbe mai trovato il coraggio di levare la mano contro il proprio padre" disse a se stessa, ma doveva comunque averne la certezza.

«Come sua maestà comanda.» Blount consegnò la lanterna a ser Osmund.

Cersei non fu affatto dispiaciuta di vederlo andare via. "Mio padre non avrebbe mai dovuto riammetterlo tra le Spade bianche." Quell'uomo aveva dato prova di essere un codardo.

Quando lasciarono il Fortino di Maegor, maniero dentro il maniero più vasto della Fortezza Rossa, il cielo aveva assunto una profonda tonalità cobalto, anche se le stelle brillavano ancora. "Tutte tranne una" pensò Cersei. "La vivida stella dell'Ovest è tramontata e ora le notti saranno più tenebrose." Si fermò brevemente sul ponte levatoio che scavalcava il fossato asciutto, abbassando lo sguardo sui ferri che emergevano dal suolo. "Non oserebbero mai mentirmi su una cosa di tale gravità."

«Chi è stato a trovarlo?»

«Una delle sue guardie» rispose ser Osmund. «Lum. Doveva assolvere un bisogno corporale e ha trovato il lord di Lannister nella latrina.»

"No, non può essere. Non è così che muore un Leone." La regina si sentiva stranamente calma. Si ricordò di quando, da bambina, aveva perso il primo dente. Non aveva sentito male, ma il vuoto in bocca le dava una sensazione così strana che non riusciva a impedirsi di cercarlo continuamente con la lingua. "Ora c'è un vuoto nel mondo, dove un tempo si ergeva mio padre. E i vuoti vanno riempiti."

Se Tywin Lannister era morto davvero, allora nessuno era al sicuro, meno di tutti suo figlio Tommen, sul Trono di Spade. "Quando cade il leone, animali meno possenti si fanno avanti: gli sciacalli, gli avvoltoi e i cani selvatici." Avrebbero cercato di metterla da parte, come sempre. Cersei doveva agire con rapidità, come aveva fatto alla morte di Robert. Tutto questo poteva anche essere opera di Stannis Baratheon, per mezzo di una mano assassina. Poteva addirittura essere il preludio a un altro attacco di Stannis contro Approdo del Re. Cersei lo sperava. "Che venga pure. Lo sconfiggerò, come ha fatto mio padre, e questa volta Stannis morirà." Stannis Baratheon non le faceva più paura di quanta gliene facesse lord Mace Tyrell di Alto Giardino. Non temeva nessuno. Lei era la figlia della rocca di Castel Granito: era una leonessa. "Nessuno cercherà più di impormi un altro matrimonio." Castel Granito adesso apparteneva a lei, e anche la Casa Lannister. Nessuno le avrebbe più mancato di rispetto. E perfino quando Tommen non avesse più avuto bisogno di una reggente, la lady di Castel Granito sarebbe rimasta una potenza del regno.

Il sorgere del sole aveva incendiato la sommità delle torri della fortezza di un vivido colore rosso, ma sotto le mura era ancora notte. L'esterno del castello era immerso in un tale silenzio da indurre Cersei a pensare che dentro fossero tutti morti. "Dovrebbero esserlo. Non è giusto che Tywin Lannister muoia da solo. Un uomo come lui merita una corte che si occupi delle sue necessità anche all'inferno."

Quattro lancieri in mantelli rossi ed elmi a cresta di leone montavano la guardia alla porta della Torre del Primo Cavaliere.

«Nessuno entri e nessuno esca senza il mio permesso» ordinò

Cersei. Dare ordini le veniva naturale. "Anche mio padre aveva l'acciaio nella voce."

All'interno della torre, il fumo delle torce faceva bruciare gli occhi, ma Cersei non pianse, nemmeno suo padre lo avrebbe fatto. "Sono io l'unico vero figlio che lui ha avuto." Nel salire le scale, i suoi tacchi strisciarono contro la pietra. Poteva ancora udire la falena dibattersi alla cieca nella lanterna di ser Osmund. "Muori" pensò, piena di irritazione. "Vola nella fiamma e che sia finita."

Altri due armati in mantello rosso sorvegliavano la sommità delle scale. Quando Cersei passò loro davanti, Lester il Rosso mormorò qualche parola di condoglianza. Il respiro della regina era rapido, affannoso, il cuore le sussultava nel petto. "I gradini" si disse. "Questa torre maledetta ha troppi gradini." Aveva una mezza idea di farla abbattere.

La sala era piena di idioti che bisbigliavano, come se lord Tywin Lannister stesse dormendo e temessero di svegliarlo. Al passaggio della regina, guardie, servitori e cortigiani le fecero ala. Cersei vide le loro gengive rosacee, l'agitarsi delle loro lingue, ma i suoni che emettevano per lei non avevano più senso di quanto ne avesse il ronzio della falena. "Perché sono qui? Come hanno saputo?" Di diritto, era lei che avrebbe dovuto essere avvertita per prima. Era la regina reggente, o lo avevano dimenticato?

Di fronte alla camera da letto del Primo Cavaliere c'era ser Meryn Trant, con l'armatura e la cappa bianche. La celata dell'elmo era alzata e le borse sotto gli occhi davano l'impressione che Trant fosse ancora mezzo addormentato.

«Fate sgombrare tutta questa gente» gli disse Cersei. «Mio padre è nella latrina?»

«Lo hanno trasportato sul suo letto, mia signora.» Ser Meryn le aprì la porta.

Lame di luce mattutina filtravano attraverso le imposte, disegnando sbarre dorate sulle lenzuola gettate sul pavimento della camera. Ser Kevan Lannister, fratello di Tywin e zio di Cersei, era con un ginocchio a terra di fianco al letto. Cercava di pregare, ma le parole stentavano a uscire. Armigeri erano ammassati attorno al caminetto. Il passaggio segreto di cui aveva parlato ser Osmund era una nera bocca spalancata tra le ceneri, non più grande dello sportello di un forno. Un uomo sarebbe stato costretto a strisciare. "Ma Tyrion è solamente un mezzo uomo." Quel pensiero rese Cersei furibonda. "No, il nano è rinchiuso in una cella buia. Non può essere opera sua. Stannis, dietro c'è Stannis. Ha ancora suoi seguaci ad Approdo del Re. O lui o i Tyrell..."

Da sempre si parlava di passaggi segreti nella Fortezza Rossa. Si diceva anche che Maegor il Crudele avesse fatto eliminare tutti quelli che avevano lavorato alla costruzione del castello proprio per evitare che quei segreti venissero svelati. "Quante altre stanze da letto hanno porte nascoste?" Nella mente di Cersei fiammeggiò d'un tratto una visione: il nano strisciava fuori dalle tappezzerie nella camera di Tommen, con la lama in pugno. "Tommen è ben sorvegliato" ripeté a se stessa. Ma anche lord Tywin era ben sorvegliato.

Per un momento, Cersei non riconobbe l'uomo morto. Aveva i capelli di suo padre, questo sì, ma era un'altra persona, *doveva* esserlo. Un uomo più piccolo, e molto più anziano. La camicia da notte era sollevata fino al torace, lasciandolo nudo dalla cintola in giù. Il dardo della balestra lo aveva colpito tra l'ombelico e la virilità. Era penetrato talmente in profondità che se ne vedeva solo l'impennaggio. I peli pubici erano incrostati di sangue secco. Altro sangue si stava rapprendendo sull'inguine.

L'odore che emanava dal corpo le fece contrarre il naso. «Toglietegli quel dardo dalle carni!» ordinò. «È il Primo Cavaliere del re!» "Ed è mio padre. Il lord mio padre. Dovrei forse urlare? Strapparmi i capelli?"

Raccontavano che Catelyn Stark si fosse artigliata il volto, riducendolo a una maschera sanguinolenta, quando i Frey avevano macellato il suo prezioso primogenito Robb. "È questo che vuoi, padre?" avrebbe voluto chiedergli Cersei. "O invece vuoi che sia forte? Tu hai pianto, quando è morto tuo padre?" Suo nonno era morto quando lei aveva solamente un anno, ma Cersei conosceva la storia. Lord Tytos Lannister era diventato molto grasso e un giorno, mentre saliva i gradini che lo avrebbero portato dalla sua concubina, gli era scoppiato il cuore. Tywin allora era ad Approdo del Re, al servizio di Aerys Targaryen, il re Folle, in qualità di Primo Cavaliere. Quando Cersei e Jaime erano piccoli, lord Tywin era spesso ad Approdo del Re. Se anche aveva pianto nel ricevere la notizia della morte del proprio padre, lo aveva fatto dove nessuno poteva vederlo.

La regina sentì le unghie penetrarle nelle palme delle mani. «Come avete potuto lasciarlo in queste condizioni? Mio padre è stato Primo Cavaliere di tre diversi re, uno degli uomini più grandi che siano mai apparsi nei Sette Regni. Che le campane suonino per lui come suonarono per Robert Baratheon. Bisogna fargli un bagno e rivestirlo, come si addice al suo rango: ermellino, broccati d'oro e sete color porpora. Dov'è Pycelle? *Dove è Pycelle?*» Cersei si voltò verso gli armigeri. «Puckens, porta qui il gran maestro Pycelle. Deve occuparsi di lord Tywin.»

«È già venuto, maestà» rispose Puckens. «È arrivato, ha visto ed è andato ad avvertire le Sorelle del silenzio.»

"Sono stata l'ultima a sapere!" Una constatazione che la rese così furibonda da non riuscire a parlare. "E Pycelle che se ne va via per non sporcarsi quelle sue mani molli e rugose. Quell'uomo è inutile."

«Trovate il maestro Ballabar» comandò Cersei. «Trovate il maestro Frenken. Uno di loro.»

Puckens e Corto-orecchio si precipitarono a obbedire.

«Dov'è mio fratello?»

«Giù nel tunnel, maestà. C'è un cunicolo verticale, con scalini di ferro conficcati nella roccia. Ser Jaime si è calato per vedere quanto scende in profondità.»

"Jaime ha una mano sola" avrebbe voluto urlare Cersei. "Doveva andarci uno di voi. Lui non è in grado di scendere una scala di ferro. Gli uomini che hanno assassinato mio padre potrebbero essere là sotto, in agguato." Il suo fratello gemello, lo Sterminatore di re, ora lord comandante della Guardia reale, era sempre stato troppo impulsivo e nemmeno la perdita di una mano sembrava avergli insegnato la prudenza. Cersei stava per ordinare alle guardie di scendere a loro volta e di riportarlo indietro quando Puckens e Corto-orecchio tornarono, scortando un uomo dai capelli grigi.

«Maestà» disse Corto-orecchio «costui dice di essere stato un maestro.»

L'uomo fece un profondo inchino. «In quale modo posso servirti, maestà?»

Quella faccia le era vagamente familiare, per quanto Cersei non riuscisse a ricordare con chiarezza. Vecchio, ma non quanto Pycelle. "Questo è un uomo che ha ancora del vigore." Era alto, anche se leggermente incurvato, rughe attorno ai vividi occhi azzurri. "Il suo collo è nudo." «Tu non porti la catena di maestro della Cittadella.»

«Mi è stata tolta. Il mio nome è Qyburn, se compiace sua maestà. Fui io a occuparmi della mano di tuo fratello.»

«Del suo moncherino, vorrai dire.» Ora Cersei ricordava. Era venuto con Jaime da Harrenhal.

«Non ho potuto salvare la mano di ser Jaime, questo è vero.

Tuttavia, le mie arti gli hanno salvato il braccio, forse la vita stessa. La Cittadella mi ha portato via la catena, ma non ha potuto portarmi via la conoscenza.»

«Tu sarai sufficiente» decise Cersei. «Deludimi e perderai ben più della catena, è una promessa. Rimuovi il dardo dal ventre di mio padre e prepara il corpo per le Sorelle del silenzio.»

«Come la mia regina comanda.» Qyburn si accostò al letto, si fermò, si voltò. «Che cosa devo fare della ragazza, maestà?»

«Quale ragazza?»

Cersei non si era nemmeno accorta del secondo cadavere. Si avvicinò al letto, scostò il mucchio di coperte insanguinate. Era lì: nuda, fredda, rosa... tranne il viso, diventato nero come la mano di Joffrey al suo banchetto di nozze. Una catena di mani dorate, la catena del Primo Cavaliere, era mezzo affondata nella carne della gola, così stretta da lacerare la pelle.

«E questa che cosa ci fa qui?» Cersei sibilò come una gatta furiosa.

«L'abbiamo trovata lì, maestà» disse Corto-orecchio. «È la puttana del Folletto.» Come se quelle parole spiegassero perché si trovava, anche lei morta, nel letto di lord Tywin Lannister.

"Il lord mio padre non frequentava le puttane. E dopo la morte di nostra madre, non ha toccato altra donna." Cersei fulminò l'armigero con lo sguardo. «Questo non è... quando il padre di lord Tywin morì, anche lui, tornato a Castel Granito, trovò... una donna di siffatta risma... addobbata con i gioielli di mia madre, con uno dei suoi vestiti. Lord Tywin glieli strappò di dosso, e non furono certo le uniche cose che le strappò. Per un mese intero la donna marciò nuda nelle strade di Lannisport, confessando a ogni uomo che incontrava di essere una ladra e una meretrice. Così lord Tywin trattava le puttane. Lui non ha mai... questa donna deve essersi trovata qui per qualche altro motivo, non per...»

«Forse il lord voleva interrogare la ragazza riguardo alla sua padrona» suggerì Qyburn. «Ho sentito che Sansa Stark è scomparsa la notte in cui il re è stato assassinato.»

«È così.» Cersei non si lasciò sfuggire l'opportunità. «Certo, la stava interrogando. Non ci sono dubbi.»

Poteva quasi vedere Tyrion che se la rideva, la bocca distorta in un sogghigno da scimmia sotto il naso devastato. "E quale modo migliore per interrogarla, se non averla nuda, nel letto, con le gambe bene aperte?" le sembrò di sentirlo sussurrare. "Anche a me piace interrogarla così."

La regina si voltò. "Non la voglio guardare." Di colpo, perfino trovarsi nella medesima stanza con il cadavere di quella donna fu troppo per lei. Cersei scostò bruscamente Qyburn e tornò nella sala.

Erano arrivati anche i fratelli di ser Osmund, Osney e Osfryd. «Nella camera del Primo Cavaliere c'è una donna morta» disse Cersei ai tre Kettleblack. «Non si dovrà mai sapere.»

«*Aye*, mia signora.» Ser Osney aveva pallidi segni di graffi su una guancia, ricordo di un'altra delle puttane di Tyrion. «E che cosa dobbiamo fare di lei?»

«Datela in pasto ai vostri cani. Tenetevela come compagna di letto. Che cosa volete che me ne importi? *Non è mai stata qui*. Farò mozzare la lingua a chiunque osi dire il contrario. Sono stata chiara?»

Osney e Osfryd si scambiarono un'occhiata.

«*Aye*, maestà.»

Rientrò con loro nella stanza da letto e rimase a osservare mentre avvolgevano il corpo della ragazza nelle coperte insanguinate di suo padre. "Si chiamava Shae." L'ultima volta che loro due avevano parlato era stato la notte prima del processo per duello del nano, dopo che quel sorridente serpente dorniano si era offerto come campione per Tyrion. Shae era venuta a chiedere di certi gioielli che Tyrion le aveva dato, e di alcune promesse che forse Cersei le aveva fatto, più una magione in città e un cavaliere che la prendesse in sposa. La regina era stata chiara: quella puttana non avrebbe avuto nulla fino a quando non avesse rivelato dov'era finita Sansa Stark. "Eri la sua serva" le aveva detto. "Ti aspetti davvero che io creda che non sapevi nulla dei suoi piani?" Shae se ne era andata in lacrime.

Ser Osfryd si caricò in spalla il fagotto con dentro il cadavere. «Rivoglio quella catena» lo fermò Cersei. «Cercate di non graffiare l'oro.» Osfryd annuì e si diresse verso la porta. «No, non nel cortile.» Cersei indicò il passaggio segreto. «C'è un condotto che porta fino alle segrete. Da questa parte.»

Mentre ser Osfryd metteva un ginocchio a terra per infilarsi nel passaggio, si vide della luce provenire dall'interno. La regina udì dei rumori. Dal condotto emerse Jaime Lannister, curvo come una vecchia, gli stivali che sollevavano nuvole di caligine, residuo dell'ultimo fuoco di lord Tywin.

«Levatevi di mezzo» disse ai Kettleblack.

«Li hai trovati?» Cersei si precipitò verso di lui. «Hai trovato gli assassini? Quanti erano?» Perché dovevano essere più di uno. Un uomo da solo non poteva avere ucciso il Leone di Lannister.

Jaime appariva molto provato. «Il condotto scende fino a un punto dove converge una mezza dozzina di tunnel. Sono sbarrati da cancelli di ferro, con catene e lucchetti. Occorre trovare le chiavi.» Si guardò intorno nella stanza da letto. «Chiunque abbia commesso questo crimine, potrebbe essere ancora nascosto nei muri. Là dietro c'è un labirinto, immerso nell'oscurità.»

Cersei immaginò Tyrion strisciare nelle intercapedini come un ratto mostruoso. "No. Non essere sciocca. Il nano è rinchiuso nella sua cella." «Prendete delle mazze e abbattete i muri. Abbattete tutta la torre, se è necessario. Voglio che gli assassini vengano trovati. Chiunque siano. E voglio che vengano uccisi.»

Jaime la abbracciò, stringendola con la mano che gli restava. Lo Sterminatore di re sapeva di cenere, ma il sole del mattino si rifletteva nei suoi capelli, tramutandoli in un'aureola dorata. Cersei avrebbe voluto attirare a sé il suo viso e baciarlo. "Più tardi" si disse. "Più tardi verrà da me. In cerca di conforto."

«Noi siamo i suoi eredi, Jaime» gli sussurrò. «Spetta a noi portare a compimento la sua opera. Devi prendere il posto di nostro padre quale Primo Cavaliere. Ora lo devi accettare. Tommen ha bisogno di te...»

Jaime la respinse e alzò il braccio, avvicinando il moncherino verso il suo viso. «Un Primo Cavaliere mutilato? Pessima battuta, sorella. Non chiedermi di governare.»

Ser Kevan, loro zio, udì il secco rifiuto. Anche Qyburn, e anche i Kettleblack, alle prese con il loro fagotto fra la cenere. Perfino gli armigeri udirono, Puckens e Hoke Gamba di cavallo e Cortoorecchio. "Al tramonto, lo saprà l'intera fortezza." Cersei sentì il calore invaderle le guance.

«Governare? Non ho detto questo. Sarò *io* a farlo fino a quando mio figlio Tommen non avrà raggiunto l'età stabilita.»

«Non so davvero chi compatire di più» rispose il fratello. «Se Tommen o i Sette Regni.»

Cersei gli diede uno schiaffo. Jaime alzò il braccio per intercettare il colpo, rapido come un gatto... ma quel gatto aveva un moncone al posto della mano destra. Le dita di Cersei lasciarono tracce rosse sulla sua guancia.

Il suono dello schiaffo fece scattare in piedi ser Kevan. «Vostro padre giace qui... *morto*. Abbiate almeno la decenza di litigare fuori di qui.»

«Perdonaci, zio.» Jaime chinò il capo in segno di scuse. «Mia sorella è prostrata dal dolore. Non sa quello che fa.»

Cersei avrebbe voluto schiaffeggiarlo di nuovo per quelle parole. "Dovevo essere pazza a pensare che Jaime potesse essere Primo Cavaliere." Avrebbe dovuto abolire quella maledetta carica politica. Quando mai un Primo Cavaliere le aveva arrecato qualcosa di diverso dal dolore? Jon Arryn le aveva messo Robert Baratheon nel letto, e prima che lui morisse stava cominciando anche a sospettare di lei e di Jaime. Eddard Stark era partito esattamente da dove Arryn si era fermato: gli intrighi del Lupo del Nord l'avevano costretta a sbarazzarsi di Robert anzitempo, prima di poter chiudere la partita con Stannis e Renly, i suoi malefici fratelli. Tyrion aveva venduto Myrcella ai dorniani, aveva tramutato uno dei suoi figli in un ostaggio e aveva assassinato l'altro. E quando lord Tywin aveva fatto ritorno ad Approdo del Re...

"Il prossimo Primo Cavaliere dovrà stare al suo posto" si ripromise Cersei. Sarebbe stato ser Kevan. Suo zio era instancabile, prudente, assolutamente devoto. Cersei poteva contare su di lui, così come aveva fatto suo padre. "La mano non deve opporsi alla testa." Cersei aveva un regno da governare, ma per fare questo aveva bisogno di uomini. Pycelle era grottesco, uno sputo sulla faccia della Terra, Jaime con la mano che reggeva la spada aveva perso anche il coraggio, quanto a Mace Tyrell e ai suoi accoliti Redwyne e Rowan, non ci si poteva fidare di loro. Per quello che ne sapeva, potevano anche essere coinvolti nell'omicidio di suo padre. Lord Tyrell di Alto Giardino era consapevole che non avrebbe mai dominato i Sette Regni fino a quando Tywin Lannister fosse stato in vita.

"Dovrò fare attenzione con lui." La città brulicava dei suoi uomini, il lord di Alto Giardino era riuscito addirittura a piazzare uno dei suoi figli, l'avvenente ser Loras, nella Guardia reale e aveva intenzione di infilare sua figlia, la pur magnifica Margaery, nel letto di Tommen. "Una ragazza che ha il doppio dei suoi anni, due volte maritata e due volte vedova." Mace Tyrell spergiurava che Margaery era ancora vergine, ma Cersei aveva i suoi dubbi. Joffrey era stato assassinato prima che potesse deflorarla, ma prima di lui c'era stato Renly Baratheon... "Un uomo può anche preferire il gusto del membro virile, ma dopo qualche boccale di birra cambierà idea abbastanza in fretta." Doveva incaricare lord Varys di scoprire il più possibile.

Questo pensiero la lasciò senza fiato. Si era completamente dimenticata di Varys, il Ragno tessitore delle spie. "Dovrebbe essere qui. C'è sempre." Ogni volta che accadeva qualcosa di importante nella Fortezza Rossa, l'eunuco appariva come dal nulla. "Jaime è qui, zio Kevan è qui, Pycelle è venuto e se ne è andato, manca solo Varys." Un brivido le corse lungo la schiena. "È coinvolto. Forse temeva che mio padre volesse la sua testa, e ha colpito per primo." Lord Tywin non aveva mai provato simpatia per l'intrigante signore dei sussurri. E se c'era un uomo, o quanto ne rimaneva, che conosceva i segreti della Fortezza Rossa, quell'uomo era certamente lord Varys. "Deve essersi alleato con lord Stannis." Dopotutto, sotto Robert avevano fatto parte entrambi del consiglio ristretto del re...

Cersei si diresse verso la porta, dove stava ser Meryn Trant. «Trant, portami lord Varys. Berciante e scalciante, se necessario, ma illeso.»

«Come sua maestà comanda.»

Il cavaliere della Guardia reale se n'era appena andato che un altro cavaliere fece ritorno. Ser Boros Blount, rosso e affannato per la lunga corsa su per i gradini della torre. «Fuggito...» ansimò appena vide la regina. Crollò in ginocchio. «Il Folletto... la sua cella aperta, maestà... nessuna traccia di lui... da nessuna parte...»

"Il sogno diceva il vero." «Avevo dato ordini precisi» s'infuriò Cersei. «Doveva essere guardato a vista giorno e notte...»

Il petto di Blount si alzava e si abbassava. «Anche uno dei carcerieri è scomparso. Si chiama Rugen. Altri due uomini sono stati trovati addormentati.»

Cersei riuscì a trattenere a stento un grido di furore. «Spero che non li avrete svegliati, ser Boros. Lasciateli dormire.»

L'uomo la guardò, stupito. «*Aye*, maestà. Per quanto tempo?»

«Per sempre. Provvedi affinché il loro sonno duri per sempre, ser. Non tollererò che le mie guardie dormano nel loro turno di sorveglianza.»

"È nei muri. Ha ucciso mio padre, così come ha ucciso mia madre, e anche Joff." Il nano sarebbe venuto anche per lei, la regina lo sapeva, proprio come la vecchia le aveva profetizzato nella penombra di quella tenda. "Le risi in faccia, ma la vecchia aveva dei poteri. Vidi il mio futuro in una goccia di sangue. Vidi la mia fine." Cersei sentiva cederle le gambe come se fossero fatte d'acqua. Ser Boros cercò di sorreggerla per un braccio, ma la regina si ritrasse. Per quanto ne sapeva, anche *lui* poteva essere una delle creature di Tyrion.

«Stammi lontano» gli intimò. «Non mi toccare!» Barcollò fino a uno scanno.

«Maestà...?» tentò Blount. «Vuoi che ti porti un calice d'acqua?»

"Voglio sangue, non acqua. Il sangue di Tyrion, il sangue del *valonqar.*" Le torce rotearono vorticosamente attorno a lei. Cersei chiuse gli occhi, vide il nano che sogghignava. "No" pensò "ero quasi riuscita a sbarazzarmi di te." Ma le dita del nano si chiusero attorno al suo collo, e Cersei Lannister sentì che cominciavano a stringere.

BRIENNE

«Sto cercando una fanciulla di tredici anni» disse alla levatrice dai capelli grigi vicino alla fontana del villaggio. «Una fanciulla di nobile lignaggio, molto bella, con gli occhi azzurri e i capelli ramati. Forse viaggia con un cavaliere sulla quarantina, o forse con un giullare. L'hai vista?»

«Non che possa ricordare, ser» rispose la levatrice, dandosi dei colpetti con le nocche sulla fronte. «Ma terrò gli occhi aperti, questo sì.»

Nemmeno il fabbro l'aveva vista, né il septon nel tempio del villaggio, né il guardiano di porci, né la ragazzina che raccoglieva cipolle nel suo orto, o qualsiasi altro umile abitante che la Vergine di Tarth aveva trovato tra le capanne di paglia e fango di Rosby. Eppure, Brienne continuò a insistere. "Questa è la via più breve per Duskendale" si disse. "Se Sansa è venuta da questa parte, qualcuno dovrà pur averla vista." Al portale del castello pose la stessa domanda a due lancieri che portavano come emblema le tre losanghe rosse in campo bianco e nero, come l'ermellino, simbolo dei Rosby. «Se è per strada» rispose la guardia più anziana «non resterà fanciulla per molto.» L'armigero più giovane chiese se la fanciulla in questione avesse capelli rossi anche in mezzo alle gambe.

"Non troverò alcun aiuto qui." Mentre rimontava in sella, Brienne notò un ragazzino magro su un cavallo pezzato verso l'estremità del villaggio. "A lui non ho chiesto" pensò, ma il ragazzo scomparve dietro il tempio prima che lei potesse raggiungerlo. Brienne non perse tempo a corrergli dietro. Quasi certamente nemmeno lui ne sapeva di più di tutti gli altri che aveva interrogato. Rosby era un villaggio qualunque in una vasta terra: Sansa Stark non aveva ragione di fermarsi lì. Tornata sulla strada, Brienne si diresse a nordest, superando frutteti e campi di orzo. In breve si lasciò alle spalle il villaggio e le mura del castello. "È a Duskendale che troverò la mia preda" si disse. "Se mai Sansa è venuta da questa parte."

"Troverò la ragazza e la proteggerò." Così aveva promesso a ser Jaime Lannister ad Approdo del Re. "Nel nome di sua madre, lady Catelyn. E anche nel tuo."

Nobili parole, ma le parole sono merce facile. I fatti sono ben altra cosa. Nella città si era fermata troppo a lungo e aveva imparato troppo poco. "Avrei dovuto mettermi in viaggio prima... ma verso dove?" Sansa Stark era scomparsa la notte in cui re Joffrey era morto. Da allora, nessuno l'aveva più vista, e se anche qualcuno sapeva dove poteva essere andata, quel qualcuno non parlava. "Quanto meno, non con me."

Brienne riteneva che la ragazza avesse lasciato la città. Se fosse stata ancora ad Approdo del Re, le cappe dorate della Guardia cittadina l'avrebbero trovata. Sansa doveva essere andata da qualche altra parte... ma "qualche altra parte" era un posto molto grande. "Se io fossi una fanciulla che ha appena varcato la soglia della pubertà, sola, spaventata e in grave pericolo, che cosa farei?" si domandava Brienne. "Dove andrei?" Se si fosse trattato di lei, la risposta sarebbe stata facile. Si sarebbe diretta verso Tarth, per tornare da suo padre. Invece il padre di Sansa, lord Eddard Stark, era stato decapitato sotto i suoi stessi occhi. Anche sua madre, lady Catelyn, era morta, assassinata alle Torri Gemelle. Quanto a Grande Inverno, la gigantesca fortezza degli Stark, era stata saccheggiata e data alle fiamme, la sua gente passata a fil di spada. "Sansa non ha più una casa cui tornare, né padre, né madre, né fratelli." Poteva essere nel prossimo villaggio, oppure su una nave in rotta per Asshai delle Ombre, la città misteriosa al di là del mare: due alternative ugualmente valide.

E quand'anche Sansa Stark fosse voluta tornare a casa, in che modo ci sarebbe arrivata? La strada del Re non era sicura, questo lo sapeva anche un bambino. Gli uomini di ferro tenevano Moat Cailin, l'ancestrale piazzaforte all'estremità settentrionale dell'Incollatura. E le Torri Gemelle erano in mano ai Frey, che avevano assassinato la madre e il fratello maggiore di Sansa. La ragazza avrebbe potuto viaggiare via mare, se avesse avuto il conio necessario, ma dopo la battaglia delle Acque Nere il porto di Approdo del Re era ancora un cumulo di rovine, il fiume ridotto a un groviglio di moli distrutti e di relitti di galee bruciate o affondate. Brienne aveva interrogato molta gente al porto, ma nessuno ricordava un vascello salpato da Approdo del Re la notte della morte del giovane re Joffrey. Nella baia c'erano poche navi mercantili alla fonda, e il carico veniva portato a terra con le scialuppe, le aveva detto un uomo, ma la maggior parte degli scafi proseguiva verso nord, per Duskendale, il cui porto era più attivo che mai.

La giumenta di Brienne era un magnifico animale e teneva un bel passo. I viandanti erano più numerosi di quanto si era aspettata. Confratelli questuanti arrancavano con le ciotole al collo, appese a stringhe di cuoio. Un giovane septon la superò su un palafreno degno di un lord e, più tardi, Brienne incontrò un gruppo di Sorelle del silenzio, ma scossero il capo quando le interpellò. Una carovana di carri trainati da buoi avanzava verso sud con granaglie e sacchi di lana. In seguito, Brienne superò un guardiano di porci con i suoi maiali e un'anziana donna su una carrozza, scortata da guardie a cavallo. Brienne chiese anche a loro se avessero visto una fanciulla nobile di tredici anni, dagli occhi azzurri e i capelli ramati. Nessuno l'aveva vista. Brienne chiese anche della strada davanti a lei. «Fra Twixt e Duskendale è abbastanza sicura» le disse un vecchio «ma oltre Duskendale ci sono fuorilegge e uomini disperati nei boschi.»

Solamente i pini-soldato e gli alberi-sentinella mostravano ancora chiome verdi. Gli alberi latifoglie erano passati al porpora e al dorato, o avevano abbandonato i loro mantelli, artigliando il cielo con scuri rami nudi. A ogni soffio di vento, mulinelli di foglie morte vorticavano sulla strada piena di buche e solchi. Producevano un fruscio scricchiolante scivolando tra gli zoccoli della grande giumenta che Jaime Lannister aveva dato a Brienne. "Trovare una fanciulla dispersa nelle terre d'Occidente è semplice come rintracciare una foglia nel vento." Brienne si domandò se Jaime Lannister non le avesse affidato quella missione come una sorta di scherzo crudele. Forse Sansa Stark era morta, decapitata per aver preso parte all'assassinio di re Joffrey, sepolta in una fossa senza nome. Quale modo migliore per celare la sua morte che inviare una stupida donzella di Tarth alla sua ricerca?

"Jaime non farebbe una cosa del genere. Era sincero. Mi ha dato la spada di acciaio di Valyria, e l'ha chiamata Giuramento." Comunque, non aveva importanza. Brienne aveva promesso a lady Catelyn di riportarle le sue figlie, e non esisteva promessa più solenne di quella fatta a un defunto. La ragazza più giovane era morta da tempo, sosteneva Jaime; la Arya Stark che i Lannister avevano inviato a nord per andare in sposa al bastardo di Roose Bolton, il sinistro signore di Forte Terrore, era una frode. Restava solo Sansa.

Doveva trovarla.

Poco dopo il tramonto, in prossimità di un torrente, Brienne vide un fuoco di bivacco e due uomini seduti, intenti ad arrostire una trota, con le spade e le armature appoggiate a un albero. Uno dei due era anziano, l'altro un po' più giovane, ma non troppo. Fu lui ad alzarsi per accoglierla. Il suo ventre prominente tendeva le stringhe di una giubba di pelle di daino chiazzata. Una incolta barba spelacchiata, color oro antico, gli copriva le guance e il mento.

«Abbiamo abbastanza trote per tre, ser» dichiarò ad alta voce.

Non era la prima volta che Brienne veniva scambiata per un uomo. Si tolse l'elmo da guerra, liberando i capelli. Capelli gialli, colore della paglia sporca, e altrettanto ispidi. Le fluirono sulle spalle, lunghi e sottili. «I miei ringraziamenti, ser.»

Il cavaliere errante strizzò così tanto gli occhi che Brienne comprese che doveva essere miope. «Una lady, non è così? Con spada e armatura? Illy, per gli dèi, guarda quanto è grande.»

«Anch'io l'avevo presa per un cavaliere» disse il più anziano, voltando la trota sulle fiamme.

Se Brienne fosse stata un uomo, lo avrebbero definito grosso. Per essere una donna, era gigantesca. "Aberrazione" era la parola che aveva sentito per tutta la sua vita. Brienne aveva spalle ampie e fianchi ancora più ampi. Il torace era più muscoli che seno. Le gambe erano lunghe, le braccia robuste. Mani grandi, piedi enormi. Inoltre, era anche brutta, con un viso lentigginoso e cavallino, e denti che sembravano troppo grandi per la sua bocca. Non aveva bisogno che tutto questo le venisse ricordato.

«Cavalieri» chiese «per caso avete visto, lungo la strada, una fanciulla di tredici anni? Ha occhi azzurri e capelli fulvi, e forse era accompagnata da un uomo corpulento, dalla faccia rossa, sulla quarantina.»

Il cavaliere miope si grattò la testa. «Non ricordo una fanciulla del genere. Di che colore sono i capelli fulvi?»

«Rosso scuro» disse l'uomo anziano. «No, non l'abbiamo vista.»

«Non l'abbiamo vista, mia signora» ripeté il più giovane. «Ma vieni, smonta, il pesce è quasi cotto. Hai fame?»

Brienne aveva fame, ma era anche cauta. I cavalieri erranti avevano una brutta reputazione. "Un cavaliere errante e un cavaliere ladrone sono i due tagli della medesima spada" si diceva di loro. "Ma questi due non sembrano troppo pericolosi."

«Posso sapere i vostri nomi, ser?»

«Io ho l'onore di essere ser Creighton Longbough, di cui cantano i menestrelli» rispose quello con il panzone. «Avrai forse udito delle mie imprese nella battaglia delle Acque Nere. Il mio compagno è ser Illifer Tascavuota.»

Se anche c'era una canzone su Creighton Longbough, Brienne non l'aveva mai sentita. A lei, quei nomi non dicevano nulla più di quanto le dicessero le loro armi. Sullo scudo verde di ser Creighton c'era solo un bordo marrone, più la profonda fessura scavata da un'ascia di guerra. Ser Illifer mostrava una gironda in oro ed ermellino, per quanto tutto in lui suggerisse che quell'oro e la tinta ermellino fossero gli unici tratti nobiliari che avesse mai conosciuto. Aveva almeno sessant'anni, il volto rugoso e stretto sotto il cappuccio di un mantello di lana grezza tutto rattoppato. Portava la maglia di ferro, ma punteggiata di ruggine come lentiggini. Brienne li superava entrambi in statura di tutta la testa, inoltre aveva un cavallo più valido e armi migliori. "Se ho paura di questi due, farò meglio a scambiare la mia spada lunga per un paio di ferri da calza."

«Vi ringrazio, gentili cavalieri» disse. «Condividerò volentieri la vostra trota.»

Brienne volteggiò a terra, tolse la sella dal dorso della sua cavalla e l'abbeverò prima di condurla al pascolo. Sistemò le armi, lo scudo e le borse da sella sotto l'elmo. A quel punto, la trota era pronta e croccante. Ser Creighton le passò il pesce. Brienne sedette a terra a gambe incrociate e cominciò a mangiare.

«Noi siamo diretti a Duskendale, mia signora» le disse Longbough, staccando con le dita dei pezzi di trota. «Sarà buona cosa se vorrai cavalcare con noi. Le strade sono pericolose.»

Riguardo ai pericoli delle strade, Brienne sarebbe stata in grado di dirgli molto più di quanto lui avrebbe voluto sapere. «Grazie, ser, ma non ho bisogno della vostra protezione.»

«Insisto. Un vero cavaliere deve difendere il gentil sesso.»

Brienne toccò l'elsa della sua spada. «È questa a difendermi, ser.»

«Una spada vale solo quanto l'uomo che la brandisce.»

«La brandisco validamente quanto basta.»

«Come preferisci. Non sarebbe cortese discutere con una signora. Ti accompagneremo comunque fino a Duskendale. In tre si viaggia più sicuri che non da soli.»

“Eravamo in tre quando ce ne siamo andati da Delta delle Acque, eppure Jaime ha perduto la mano destra, e Cleos Frey la vita.”

«I vostri cavalli non riuscirebbero a stare al passo con il mio» osservò Brienne.

Il castrato marrone di ser Creighton era un vecchio ronzino sfiancato e dagli occhi reumatici, mentre il cavallo di ser Illifer sembrava sparuto e mezzo morto di fame.

«Il mio destriero mi ha servito molto bene alle Acque Nere» insistette ser Creighton. «Ho fatto strage in battaglia e mi sono guadagnato una dozzina di riscatti. La mia signora conosce ser Herbert Bolling? Ora non lo incontrerai più. L'ho ucciso lì dove stava. Quando cozzano le spade, ser Creighton Longbough non si tira mai indietro.»

Il suo compagno emise una risata breve, secca. «Creigh, lascia perdere. La gente come lei non ha bisogno di due come noi.»

«Quale gente?» Brienne non era sicura del significato di quelle parole.

Ser Illifer puntò un dito ossuto in direzione dello scudo di Brienne. Il colore era fessurato e scrostato, ma l'emblema era ancora ben visibile: un pipistrello nero in campo argento e oro diviso in due. «Porti lo scudo del mentitore e non ne hai il diritto. Il nonno di mio nonno aiutò a uccidere l'ultimo dei Lothston. Da allora, nessuno ha più osato mostrare quel pipistrello, nero come le imprese di coloro che lo avevano come emblema.»

Lo scudo era quello che ser Jaime aveva preso dall'arsenale di Harrenhal. Brienne lo aveva trovato nelle stalle assieme alla giumenta e a molte altre cose: la sella e i finimenti, l'usbergo di maglia di ferro e l'elmo di guerra con la celata, borse d'oro e d'argento e una pergamena il cui valore superava tutto.

«Io ho perduto il mio scudo» spiegò Brienne.

«L'unico scudo che serve a una fanciulla è un vero cavaliere» dichiarò ostinatamente ser Creighton.

Ser Illifer non gli prestò attenzione. «Un uomo scalzo va alla ricerca di stivali, un uomo infreddolito di un mantello. Ma chi mai vorrebbe ricoprirsi di vergogna? Lord Lucas portava quel pipistrello, il Malefico Pander, e Manfryd dal Cappuccio nero, suo figlio. Perché indossare armi simili, questo io chiedo, a meno che i peccati da te commessi non siano anche peggiori... e più recenti.» L'anziano cavaliere estrasse la daga, un pezzo di ferro da due soldi. «Una donna di dimensioni abominevoli che cela la sua vera appartenenza. Creigh, guardala bene: è la Vergine di Tarth, quella che ha squarciato la gola di Renly.»

«Questa è una menzogna!»

Per Brienne, Renly Baratheon era stato ben più di un re. Lo aveva amato non appena lui aveva messo piede a Tarth, sulla strada che lo avrebbe portato a diventare lord, e un uomo. Suo padre gli aveva dato il benvenuto con un banchetto e aveva ordinato a Brienne di parteciparvi; altrimenti, sarebbe rimasta chiusa nella sua stanza come una bestia ferita. Aveva più o meno la stessa età di Sansa Stark, più timorosa dei sogghigni che non delle spade. "Verranno a sapere della rosa" aveva detto a lord Selwyn "e rideranno di me." Ma il signore di Stelle al Tramonto non aveva ceduto.

E Renly Baratheon aveva avuto per lei ogni cortesia, come se lei fosse una fanciulla come le altre, e anche graziosa. Aveva addirittura danzato con lei, e tra le sue braccia Brienne si era sentita aggraziata, con i piedi che fluttuavano sul pavimento. In seguito, anche altri le avevano chiesto di ballare, seguendo quell'esempio. Da quel giorno in poi, l'unica cosa che Brienne desiderava era stare vicino a lord Renly, servirlo e proteggerlo. Ma aveva fallito. "Renly è morto tra le mie braccia, ma non sono stata io a ucciderlo." Ma quei due cavalieri erranti non lo avrebbero mai capito.

«Ero pronta a dare la mia vita per re Renly, e sarei morta felice» disse Brienne. «Non gli ho arrecato alcun male. Lo giuro sulla mia spada.»

«Solo un cavaliere può giurare sulla sua spada» ribatté ser Creighton.

«Giuralo sui Sette Dèi, allora» ammonì ser Illifer Tascavuota.

«E sia. Sui Sette Dèi. Non ho arrecato alcun male a re Renly. Lo giuro sulla Madre. Possa io non conoscere alcuna pietà se mento. Lo giuro sul Padre, e chiedo che egli mi giudichi con giustizia. Lo giuro sulla Vergine e sulla Vecchia, sul Fabbro e sul Guerriero. E lo giuro sullo Sconosciuto, possa egli prendermi adesso se la mia è una menzogna.»

«Giura bene, per essere una donna» concesse ser Creighton.

«*Aye.*» Ser Illifer Tascavuota scrollò le spalle. «Bene, se ha mentito, saranno gli dèi a punirla.» Mise via la daga. «Il primo turno di guardia tocca a te.»

Mentre i cavalieri erranti dormivano, Brienne passeggiò nervosamente avanti e indietro per il piccolo accampamento, ascoltando lo scoppiettio del fuoco. "Dovrei rimettermi in marcia, finché ne ho la possibilità." Non conosceva quegli uomini, e al tempo stesso non riusciva a risolversi ad abbandonarli senza difesa. Perfino nel buio della notte c'erano viandanti sulla strada, e i suoni provenienti dalla foresta forse erano gufi e volpi in cerca di preda, e forse no. Così Brienne continuò a passeggiare avanti e indietro, pronta a estrarre la lama della spada dal fodero.

Tutto considerato, il suo turno di guardia fu facile. La parte difficile venne dopo, quando ser Illifer si svegliò dicendo che le avrebbe dato il cambio. Brienne stese una coperta sul terreno, si raggomitolò e chiuse gli occhi. "Non dormirò" per quanto fosse stremata. Non dormiva mai tranquilla se erano presenti degli uomini. Perfino nell'accampamento di lord Renly esisteva il rischio dello stupro. Una lezione che aveva imparato tra le mura di Alto Giardino, e poi di nuovo quando lei e ser Jaime erano caduti tra le grinfie dei Guitti Sanguinari comandati dal demente Vargo Hoat.

Il freddo del terreno filtrò attraverso la coperta, penetrandole nelle ossa. In breve, dagli alluci alla mandibola, ogni muscolo divenne rigido e attanagliato da crampi. Si domandò se anche Sansa Stark, dovunque fosse in quel momento, stesse soffrendo il freddo. Lady Catelyn le aveva detto che Sansa aveva un animo delicato. Quella fanciulla, che amava le torte al limone, gli abiti di seta e le canzoni cavalleresche, aveva visto tagliare la testa a suo padre, per poi essere costretta a sposare uno dei suoi assassini. Se anche solo la metà di tutto questo era vero, il nano era il più crudele dei Lannister. "Se è stata davvero lei ad avvelenare re Joffrey, di certo è stato il Folletto a forzarle la mano." In quella corte Sansa era sola e senza amici. Ad Approdo del Re, Brienne aveva rintracciato una certa Brella, che era stata una delle servette di Sansa. Brella le aveva confermato che c'era ben poco affetto tra Sansa e Tyrion Lannister. Forse, oltre che dall'assassinio di Joffrey, Sansa aveva deciso di fuggire anche dal nano.

Qualsiasi sogno avesse fatto, era svanito quando Brienne si risvegliò all'alba. Sentiva le gambe rigide come pezzi di legno a causa del freddo, ma nessuno l'aveva molestata, e la sua roba non era stata toccata. I due cavalieri erranti erano in piedi e attivi. Ser Illifer stava scuoiando uno scoiattolo da mangiare a colazione. Ser Creighton, rivolto verso un tronco, stava facendo una lunga pisciata. "Cavalieri erranti" pensò Brienne "vecchi e vanesi, grassi e miopi, e pur con tutto questo uomini decenti." La rallegrò sapere che al mondo esistevano ancora uomini decenti.

Fecero colazione con carne di scoiattolo alla brace, pasta di granturco e cetrioli, mentre ser Creighton la allietava con la cronistoria di come si era coperto di gloria sul fiume delle Acque

Nere, dove aveva abbattuto una dozzina di temibili cavalieri che Brienne non aveva mai sentito nominare. «Oh, mia signora, è stato un combattimento grandioso» disse «grandioso e sanguinoso.» Né dimenticò che anche ser Illifer Tascavuota si era battuto nobilmente. Da parte sua, ser Illifer disse ben poco.

Quando fu il momento di riprendere il viaggio, i cavalieri si misero ai suoi fianchi, come guardie intente a proteggere una grande lady, che peraltro faceva apparire i due protettori dei nanerottoli ed era meglio armata e corazzata di loro.

«È passato qualcuno durante i vostri turni di guardia?» chiese loro Brienne.

«Qualcuno come una fanciulla di tredici anni, dai capelli fulvi?» ribatté ser Illifer Tascavuota. «No, mia signora. Nessuno.»

«Io qualcuno l'ho visto» intervenne ser Creighton. «Un ragazzo di fattoria su un cavallo pezzato e una mezz'ora dopo una dozzina di uomini a piedi con falci e picche. Hanno visto il nostro fuoco e si sono fermati a dare una lunga occhiata ai nostri cavalli, ma io gli ho mostrato un assaggio del mio acciaio e gli ho detto di continuare per la loro strada. Soggetti rozzi, a giudicare dall'aspetto, e anche disperati, ma non al punto di fare baruffa con ser Creighton Longbough.»

"No, di certo non disperati fino a quel punto." Brienne si voltò, nascondendo un sorriso. Fortunatamente, ser Creighton era troppo occupato a narrare la sua epica battaglia contro il cavaliere del Pollo rosso per notare il sogghigno della Vergine di Tarth. In fondo, era piacevole avere dei compagni di viaggio, perfino come quei due.

Era mezzogiorno quando Brienne udì una sorta di coro echeggiare tra gli scuri alberi spogli.

«Che cos'è questo suono?» chiese ser Creighton.

«Voci, levate in preghiera.» Brienne conosceva quel coro. "Implorano la protezione del Guerriero, chiedendo alla Vecchia di illuminare loro la via."

Ser Illifer Tascavuota snudò la sua lama malridotta e tirò le briglie, restando in attesa. «Stanno arrivando.»

Il coro scosse la foresta come un tuono sacro. E improvvisamente, sulla strada davanti a loro, apparve la fonte di quel suono. Un gruppo di fratelli questuanti formavano l'avanguardia, ispidi uomini barbuti con tonache di stoffa grezza, alcuni a piedi nudi, altri con sandali. Dietro di loro, su tre file, venivano uomini anziani, donne e bambini coperti di stracci, una scrofa maculata e parecchie pecore. Alcuni reggevano asce, altri impugnavano rozzi bastoni e mazze di legno. In mezzo a loro c'era un carretto di legno a due ruote, grigio e scheggiato, su cui erano ammucchiati teschi e ossa spezzate. Quando videro i cavalieri, i fratelli questuanti si fermarono e il coro si ammutolì.

«Bravi cavalieri» disse uno dei fratelli. «La Madre vi ama.»

«E ama anche te, fratello» rispose ser Illifer. «Chi siete?»

«Poveri uomini» disse un tipo massiccio, armato di ascia. A dispetto del freddo della foresta autunnale, era a torso nudo, e sul petto aveva tatuata una stella a sette punte. Gli antichi guerrieri andali avevano impresso stelle simili nelle loro carni quando avevano varcato per la prima volta il mare Stretto, invadendo e rovesciando i regni dei Primi Uomini.

«Stiamo marciando verso la città» disse una donna alta dietro il carretto «per portare queste sacre ossa al Tempio di Baelor, e per cercare l'aiuto e la protezione del re.»

«Unitevi a noi, amici» invocò un uomo di piccola statura con addosso una malconcia tonaca da septon, con una collana di cristalli attorno al collo. «Il continente occidentale ha bisogno delle spade di tutti.»

«Siamo diretti a Duskendale» dichiarò ser Creighton «ma forse vi possiamo scortare fino ad Approdo del Re.»

«*Se* avete il conio per pagare la nostra scorta» aggiunse ser Illifer, che sembrava tanto pratico quanto vuote erano le sue tasche.

«I passeri non hanno bisogno di oro» rispose il septon.

«Quali passeri?» Ser Creighton era perso.

«Il passero è il più umile e comune tra gli uccelli, così come noi siamo i più umili e comuni tra gli uomini.» Il septon aveva un volto affilato, contornato da una barba sale e pepe, corta e arruffata. I capelli sottili erano tirati indietro e annodati sulla nuca, i piedi erano scalzi e anneriti, duri e nodosi come le radici di un albero. «Queste sono le ossa di uomini sacri, assassinati per la loro fede. Hanno servito i Sette Dèi fino alla morte. Alcuni sono morti di fame, altri sono stati torturati. I templi sono stati spogliati, le fanciulle e le madri stuprate da uomini senza dio e da adoratori dei demoni. Perfino le Sorelle del silenzio sono state molestate. La Nostra Madre nei Cieli grida la sua angoscia. È tempo che tutti i cavalieri investiti voltino le spalle ai loro padroni terreni e difendano il nostro Sacro Credo. Venite con noi fino alla città, se amate i Sette Dèi.»

«Io li amo» disse ser Illifer «ma devo anche mangiare.»

«Lo stesso vale per tutti i figli della Madre.»

«Noi siamo diretti a Duskendale» ripeté ser Illifer in tono piatto.

Uno dei fratelli questuanti sputò, una donna si lasciò sfuggire un gemito. «Voi siete falsi cavalieri» disse l'uomo robusto con la stella tatuata sul petto. Parecchi altri brandirono le mazze.

«Non giudicate, fratelli, perché del Padre è il giudizio.» Il septon scalzo li blandì con la parola. «Lasciateli andare in pace. Anche loro sono poveri uomini, sperduti sulla Terra.»

Brienne spinse un po' in avanti la giumenta. «Anche mia sorella è perduta. Una fanciulla di tredici anni, con i capelli fulvi, di gradevole aspetto.»

«Tutti i figli della Madre sono di gradevole aspetto. Possa la Vergine vegliare su quella povera innocente, e anche su di te.»

Il septon si appoggiò sulla spalla una delle stanghe del carretto e ricominciò a tirare. I fratelli questuanti ripresero il loro coro. Brienne e i due cavalieri erranti rimasero in sella mentre la processione li superava lentamente, seguendo la strada malridotta in direzione di Rosby. A poco a poco il suono dei loro canti si affievolì e alla fine svanì.

Ser Creighton sollevò una chiappa dalla sella per darsi una grattata. «Che genere di uomo ucciderebbe un sacro septon?»

Brienne conosceva bene quale genere di uomo lo avrebbe fatto. Vicino a Maidenpool, ricordava, i Guitti Sanguinari avevano impiccato un septon al ramo di un albero, usando poi il cadavere come bersaglio per il tiro con l'arco. Si chiese se anche le sue ossa fossero ammucchiate su quel carretto assieme alle altre.

«Uno dovrebbe essere uno stolto per stuprare una Sorella del Silenzio» stava proseguendo ser Creighton. «Anche solo a toccarne una... si dice che siano le mogli dello Sconosciuto, e che le loro parti intime siano umide e fredde come il ghiaccio.» Gettò un'occhiata a Brienne. «Chiedo scusa.»

Brienne spronò la sua giumenta dal mantello baio in direzione di Duskendale. Poco dopo, ser Illifer la seguì, e da ultimo ser Creighton.

Tre ore dopo incontrarono un altro gruppo diretto a Duskendale. Un mercante e i suoi servitori, accompagnati da un altro cavaliere errante. Il mercante era in sella a un purosangue grigio pezzato, mentre i suoi servitori facevano a turno a tirare il carro. Quattro lottavano contro i solchi nella strada mentre altri due camminavano rasente alle ruote, ma non appena udirono il rumore dei cavalli si schierarono a difesa del carro, impugnando bastoni da combattimento di leccio. Il mercante estrasse una balestra, il cavaliere snudò la spada.

«Mi perdonerete se sono sospettoso» esordì il mercante «ma questi sono tempi difficili e ho solo il valido ser Shadrich a difendermi. Voi chi siete?»

«Ma come?» Ser Creighton era offeso. «Io sono il famoso ser Creighton Longbough, reduce della battaglia delle Acque Nere, e questo è il mio compagno, ser Illifer Tascavuota.»

«Non abbiamo intenzione di farvi del male» aggiunse Brienne.

Il mercante le lanciò uno sguardo dubbioso. «Mia signora, tu dovresti trovarti al sicuro a casa. Per quale ragione indossi quella tenuta così innaturale?»

«Sono alla ricerca di mia sorella.» Brienne non osò menzionare il nome di Sansa, accusata di regicidio. «È una fanciulla nobile, di bell'aspetto, occhi azzurri e capelli fulvi. Forse l'avete vista insieme a un cavaliere piuttosto in carne, o con uno stolto ubriacone.»

«Le strade sono piene di ubriaconi stolti e di fanciulle deflorate. Quanto a cavalieri bene in carne, è cosa ardua per un onest'uomo avere una pancia sovrabbondante quando così tanta gente non ha da mangiare... per quanto nemmeno il vostro ser Creighton pare abbia sofferto la fame.»

«Ho le ossa grosse» dichiarò ser Creighton. «Cavalchiamo insieme per un tratto? Non dubito del valore di ser Shadrich, ma è di piccola statura, e tre lame sono meglio di una.»

"Quattro lame" avrebbe voluto precisare Brienne, ma si morsicò la lingua.

Il mercante spostò lo sguardo sul cavaliere di scorta. «Tu che dici, ser?»

«Oh, questi tre non sono da temere.» Ser Shadrich era un ometto dalla faccia di volpe, il naso affilato e una gran massa di capelli color carota, in sella a un corsiero sauro. Superava di poco i cinque piedi e due pollici, ma appariva decisamente sicuro di sé. «Quello è un vecchio, l'altro è grasso e quello più alto è una donna. Che vengano pure.»

«Come dici tu» il mercante abbassò la balestra.

Dopo che ebbero ripreso il cammino, ser Shadrich rallentò l'andatura, cavalcando accanto a Brienne e scrutandola da capo a piedi. «Sei proprio una bella pollastra.»

All'epoca, la derisione di ser Jaime l'aveva ferita profondamente; le parole di quel piccoletto la sfiorarono appena. «Un gigante, confronto a certa gente.»

Il cavaliere rise. «Sono grosso quanto basta là dove conta.»

«Il mercante ti ha chiamato Shadrich.»

«Ser Shadrich di Gola Ombreggiata. Alcuni mi chiamano Topo

pazzo.» Ruotò lo scudo, mostrando il proprio emblema: un grosso topo bianco dagli occhi rossi fiammeggianti in campo marrone e azzurro. «Il marrone è per le terre che ho attraversato. L'azzurro per i fiumi che ho guadato. Il topo sono io.»

«E saresti pazzo?»

«Direi di sì. Un topo qualunque fuggirebbe dal combattimento e dal sangue. Quello pazzo ne va in cerca.»

«Sembrerebbe che tu li trovi di rado.»

«Li trovo, li trovo. Non sono un cavaliere da torneo, questo è vero. Il mio valore lo riservo per il campo di battaglia, donna.»

"Donna" era già meglio di "pollastra" pensò Brienne. «Tu e il buon ser Creighton, quindi, avete molto in comune.»

Ser Shadrich rise. «Oh, su questo ho i miei dubbi, ma può darsi che la tua ricerca abbia qualcosa in comune con la mia. Una sorella minore dispersa, è così? Occhi azzurri e capelli rossi?» Il Topo pazzo rise di nuovo. «Non sei la sola a caccia in questi boschi. Anch'io sto cercando Sansa Stark.»

Il viso di Brienne restò impassibile come una maschera, celando la sua ansia. «Chi è questa Sansa Stark? E come mai la cerchi?»

«Per amore, che altro?»

«Amore?» Brienne aggrottò la fronte.

«*Aye,* amore dell'oro. A differenza del tuo buon ser Creighton, io ho combattuto alle Acque Nere, ma dalla parte degli sconfitti. Il riscatto che sono stato costretto a pagare mi ha mandato in rovina. Tu sai chi è Varys, suppongo? L'eunuco offre una grassa borsa d'oro per quella ragazza che tu non hai mai sentito nominare. Non sono un uomo avido, e se una pollastra più grande della norma volesse darmi una mano a trovare quella discola, condividerei con lei il conio del Ragno tessitore.»

«Pensavo che tu fossi al soldo del mercante.»

«Solo fino a Duskendale. Hibald è tirchio quanto pauroso. Ed è molto pauroso. Allora, che ne dici, pollastra?»

«Non conosco nessuna Sansa Stark» insistette Brienne. «Sono alla ricerca di mia sorella, una ragazza nobile...»

«... con gli occhi azzurri e i capelli fulvi, *aye*. Ma ti prego, dimmi, chi è il cavaliere che viaggia con tua sorella? Hai anche nominato uno sciocco, forse un giullare?» Ser Shadrich non attese la risposta, il che fu un bene: Brienne non aveva niente da dirgli. «Anche un certo sciocco, o meglio un giullare, è scomparso da Approdo del Re proprio la notte in cui re Joffrey è morto, un individuo tozzo dal naso pieno di venuzze scoppiate, tale ser Dontos il Rosso, originario di Duskendale. Prego quindi che tua sorella e il suo sciocco ubriacone non vengano scambiati per Sansa Stark e ser Dontos. Potrebbe rivelarsi una vera sfortuna.»

Ser Shadrich diede di speroni e si riportò in testa alla carovana.

Nemmeno Jaime Lannister aveva fatto sentire Brienne tanto stupida. "Non sei la sola a caccia in questi boschi." Brella, l'altra serva di Sansa, le aveva spiegato di come Joffrey avesse strappato a ser Dontos il titolo di cavaliere, di come lady Sansa avesse implorato Joffrey di risparmiargli la vita. "Dontos l'ha aiutata a fuggire" aveva deciso Brienne dopo avere sentito quella storia. "Trova ser Dontos e troverai Sansa." Ma avrebbe dovuto intuire che anche altri erano sulla pista. "Alcuni dei quali anche meno ben disposti di ser Shadrich." Poteva solamente sperare che ser Dontos avesse nascosto Sansa in un luogo sicuro. "Ma in questo caso, come farò a trovarla?"

Brienne ingobbì le spalle e continuò a cavalcare, la fronte aggrottata.

Stava calando la notte quando giunsero a una locanda, un'alta struttura di tronchi che si ergeva alla confluenza di due fiumi, presso un antico ponte di pietra. E la locanda si chiamava proprio così, disse loro ser Creighton: il Vecchio ponte di pietra. Il locandiere era un suo amico. «Non male come cuoco, e le stanze hanno meno cimici del solito» spiegò. «Chi ha voglia di un letto caldo, questa notte?»

«Non noi, a meno che il tuo amico non ci ospiti per niente» disse ser Illifer Tascavuota. «Non abbiamo conio per pagare le stanze.»

«Per noi tre posso pagare io.» Brienne non aveva carenza di conio, cosa cui aveva provveduto ser Jaime: nelle borse da sella aveva trovato una grossa sacca di cervi d'argento e stelle di rame, una sacca più piccola zeppa di dragoni d'oro e una pergamena con un'ordinanza ai sudditi del re di fornire tutta l'assistenza necessaria al portatore, Brienne della Casa di Tarth, in missione per sua maestà. Era firmata dalla mano infantile di Tommen, primo del suo nome, re degli andali, dei rhoynar e dei Primi Uomini e sovrano dei Sette Regni.

Anche Hibald voleva fermarsi, diede quindi ordine ai suoi uomini di sistemare il carro vicino alle stalle. Una calda luce gialla accendeva i pannelli a forma di losanga delle finestre della locanda, Brienne udì uno stallone nitrire all'odore della sua giumenta. Stava allentando il sottopancia quando un ragazzo apparve sulla porta della stalla. «Lascia che faccia io, ser» disse.

«Non sono un *ser*» gli disse Brienne. «Comunque, puoi prendere il cavallo. Dagli da mangiare e striglialo per bene.»

Il ragazzo arrossì. «Chiedo venia, mia signora...»

«Un errore che commettono in molti.» Brienne gli consegnò le redini e seguì gli altri all'interno della locanda, con le borse da sella di traverso su una spalla e la coperta arrotolata sotto il braccio.

La segatura copriva il pavimento di assi della sala comune, l'aria sapeva di luppolo, di fumo e di carne. Un arrosto sfrigolava sul fuoco, e in quel momento nessuno ne teneva d'occhio la cottura. Attorno a uno dei tavoli sedevano sei avventori del posto intenti a parlare; all'ingresso dei forestieri si zittirono. Brienne sentì i loro sguardi su di sé. Nonostante la maglia di ferro, la cappa e la giubba di cuoio si sentiva nuda.

«Guarda un po' quello» disse uno degli uomini. E Brienne sapeva che non stava parlando di ser Shadrich.

Apparve il locandiere, con tre boccali per mano e la birra che debordava a ogni passo.

«Hai delle stanze, buon uomo?» gli chiese il mercante.

«Forse sì» rispose il locandiere «ma solo per quelli che hanno il conio.»

Ser Creighton fece la faccia offesa. «Naggle, è così che accogli un vecchio amico? Sono io, Longbough, non mi riconosci?»

«Ma certo. Mi devi sette cervi. Fammi vedere l'argento e io ti faccio vedere un letto.» Il locandiere mise giù i boccali uno alla volta, spargendo altra birra sul tavolo.

«Pagherò io, una stanza per me» Brienne indicò ser Creighton e ser Illifer «e una per i miei due compagni di viaggio.»

«Prenderò anch'io una stanza» disse a sua volta il mercante «per me e per il bravo ser Shadrich. I miei servitori possono dormire nelle stalle, se ti compiace.»

Il locandiere li scrutò tutti dalla testa ai piedi. «A me non compiace, ma può essere che ve lo permetto. Mangiate la cena? C'è del buon caprone su quello spiedo laggiù.»

«Giudicherò io, se è buono o no» dichiarò Hibald. «I miei uomini si accontenteranno di pane e companatico.»

Così cenarono. Brienne assaggiò il caprone, dopo aver seguito il locandiere su per le scale, avergli messo in mano alcune monete e sistemato la propria roba nella seconda stanza che lui le mostrò. Ordinò caprone anche per ser Creighton e ser Illifer, visto che i due cavalieri avevano condiviso con lei la loro trota. I cavalieri erranti e il mercante mandarono giù la carne con la birra, ma Brienne preferì una tazza di latte di capra. Ascoltò le conversazioni a tavola, senza troppa speranza di udire qualcosa che potesse aiutarla a trovare Sansa.

«Voi che venite da Approdo del Re» chiese a Hibald uno del posto «è vero che lo Sterminatore di re è stato mutilato?»

«Sì» rispose Hibald. «Ha perduto la mano della spada.»

«*Aye*» aggiunse ser Creighton «ho sentito dire che gliel'ha mangiata un meta-lupo, uno di quei mostri famelici venuti giù dal Nord. Niente che arrivi dal Nord è mai cosa buona. Perfino i loro dèi sono balordi.»

«Non è stato un lupo» intervenne Brienne suo malgrado. «Ser Jaime ha perduto la mano sotto la lama di un mercenario di Qohor.»

«Non è facile combattere senza una mano» osservò il Topo pazzo.

«Bah» fece ser Creighton Longbough. «Quanto a me, io combatto bene con entrambe le mani.»

«Oh, di questo non dubito.» Ser Shadrich sollevò il boccale in un gesto di saluto.

Brienne non avrebbe mai dimenticato il duello nella foresta tra lei e Jaime Lannister. Tenere a distanza la sua lama era stato il meglio che fosse riuscita a fare. "Era ancora indebolito dalla prigionia nelle segrete di Delta delle Acque, e portava anche le catene ai polsi. Fosse stato nel pieno delle forze, senza catene a intralciarlo, nessun cavaliere dei Sette Regni sarebbe uscito vincitore contro di lui." Jaime aveva commesso molti atti esecrabili, ma sapeva combattere! La mutilazione che gli era stata inflitta era la più crudele di tutte. Un conto era uccidere un leone, un altro mozzargli una zampa, lasciandolo inutile e attonito.

Improvvisamente, la sala comune divenne un luogo troppo rumoroso perché Brienne potesse sopportarlo un minuto di più. Mormorò la buonanotte e andò a dormire. Il soffitto della sua stanza era basso; entrando con un lume in mano, Brienne fu costretta a chinarsi per non battere la testa. Gli unici mobili erano un letto, abbastanza grande da accomodare sei persone, e un moccolo sul davanzale della finestra. Brienne lo accese con la fiamma del lume, sbarrò la porta e appese la cinghia della spada attorno a un pilastro del letto. Il fodero era molto semplice, del legno rivestito di cuoio marrone fessurato, e la spada era di qualità ancora più modesta. L'aveva comprata ad Approdo del Re, per rimpiazzare la lama che i Guitti Sanguinari le avevano rubato. "La spada di Renly." Soffriva ancora al pensiero di averla perduta.

Ma c'era una seconda spada lunga nascosta nella coperta arrotolata. Brienne sedette sul letto e la tirò fuori. Al chiarore della candela, l'oro emanava barbagli e i rubini scintillavano. Quando estrasse dal fodero Giuramento, così si chiamava quella spada, Brienne trattenne il respiro. Increspature di rosso e di nero percorrevano l'acciaio. "Acciaio di Valyria, forgiato con incantesimi." Era una spada fatta per un eroe. Quando era bambina, la sua nutrice le aveva riempito la testa di gesta cavalleresche, narrandole le valorose imprese di ser Galladon di Morne, Florian il Giullare, il principe Aemon Targaryen, cavaliere del Drago, e altri campioni. Ognuno impugnava una spada famosa, e Giuramento faceva senz'altro parte di quella schiera, anche se non Brienne. "Difenderai la figlia di Ned Stark con l'acciaio di Ned Stark" aveva promesso Jaime.

In ginocchio tra il letto e la parete, Brienne impugnò la lama e levò una preghiera silenziosa alla Vecchia, la cui lanterna dorata mostrava agli uomini il cammino nella vita. "Guidami tu" invocò Brienne "illumina il mio cammino, mostrami la via che conduce a Sansa Stark." Aveva fallito con Renly, aveva fallito con lady Catelyn. Non doveva fallire anche con Jaime. "Ha affidato a me la sua spada. Ha affidato a me il suo onore."

Dopo di che, si sistemò nel letto meglio che poté. Pur essendo largo, non era abbastanza lungo, per cui Brienne si sdraiò di traverso. Poteva ancora udire il cozzare dei boccali salire dalla sala comune, le voci echeggiare su per le scale. Le cimici di cui Longbough aveva parlato fecero la loro comparsa. Il prurito l'aiutò a stare sveglia.

Udì Hibald salire le scale e, qualche tempo dopo, anche i cavalieri. «... Non ho mai saputo come si chiamasse» stava dicendo ser Creighton, passando nel corridoio «ma sullo scudo aveva come emblema un pollo rosso sangue, e la sua lama grondava budella...» La sua voce si perse. Da qualche parte al piano superiore, una porta si aprì e si richiuse.

La candela si estinse. L'oscurità calò sul Vecchio ponte di pietra e la locanda divenne così silenziosa da poter udire il sussurro del fiume. Solo allora Brienne si alzò, per raccogliere le proprie cose. Si accostò alla porta, tese l'orecchio, restò in ascolto, scese le scale a piedi nudi. Una volta all'esterno, infilò gli stivali e si diresse verso le stalle per sellare la giumenta, chiedendo silenziosamente perdono a ser Creighton e ser Illifer mentre montava. Uno dei servitori di Hibald si svegliò quando lei gli passò davanti, ma non fece nulla per fermarla. Gli zoccoli della cavalla batterono sul vecchio ponte di pietra. Poi gli alberi si chiusero attorno a lei, neri come l'inchiostro, pieni di spettri e di memorie. "Sto venendo da te, lady Sansa" pensò Brienne cavalcando verso le tenebre. "Non temere. Non avrò requie fino a quando non ti avrò trovato."

SAMWELL

Stava leggendo degli Estranei quando notò il topo.

Aveva gli occhi arrossati e gli bruciavano. "Non dovrei continuare a stropicciarmeli" si ripeté per l'ennesima volta mentre se li sfregava. La polvere li faceva prudere e lacrimare, e là sotto la polvere era dappertutto. Piccoli sbuffi si sollevavano ogni volta che Sam voltava una pagina, altra polvere si gonfiava in nubi grigiastre quando spostava una intera pila di libri, per vedere che cosa poteva esserci nascosto sotto.

Samwell Tarly, il Guardiano della notte, il Distruttore, non ricordava quando era stata l'ultima volta che aveva dormito. Della grassa candela di sego che aveva acceso quando aveva cominciato a esaminare il fascio di pagine malridotte, trattenute alla meglio da un laccio, ormai restava meno di un pollice. Era stanco come una bestia da soma, eppure non riusciva a smettere. "Solo un altro libro" continuava a dirsi "poi mi fermo. Solo un altro foglio, solo uno. Un'altra pagina, poi vado di sopra a riposare e a mangiare qualcosa." Ma c'era sempre un'altra pagina, e dopo quella un'altra ancora, e un altro libro in attesa in fondo alla pila. "Do solo un'occhiata veloce, per vedere di cosa parla" pensava, e prima di rendersene conto ne aveva letto metà. Dopo la tazza di zuppa di fagioli e pancetta con Pyp e Grenn non aveva più mangiato niente. "Be', a parte il pane e il formaggio" pensò "ma quello era solo uno spuntino." Fu allora che lanciò uno sguardo al piatto vuoto e vide il topo banchettare con le briciole di pane.

Era un topino lungo la metà del suo dito mignolo, occhietti neri e morbido pelo grigio. Samwell sapeva che avrebbe dovuto ucciderlo. I topi prediligono il pane e il formaggio, ma mangiano anche le pergamene. Sam aveva trovato molti escrementi di topo tra gli scaffali e i montanti, e le rilegature in cuoio di alcuni libri mostravano di essere state rosicchiate.

"È una creatura talmente piccola, però. E affamata." Come poteva risentirsi per poche briciole? "Però, se mangia..."

Dopo tutte quelle ore trascorse seduto, Sam sentiva la schiena rigida come un'asse di legno e le gambe mezzo intorpidite. Sapeva di non essere abbastanza rapido per prenderlo, ma forse sarebbe riuscito a schiacciarlo. Accanto a lui c'era una robusta copia rilegata in pelle degli *Annali del Centauro Nero*, un resoconto estremamente dettagliato, scritto da septon Jorquen, dei nove anni in cui Orbert Caswell aveva servito come lord comandante dei Guardiani della notte. C'era una pagina per ogni singolo giorno del suo impero, e ognuna cominciava con "Lord Orbert si alzò all'alba e andò di corpo" tranne l'ultima: "Lord Orbert venne rinvenuto all'alba, morto nel suo letto durante la notte".

"Non c'è topo che possa tener testa a septon Jorquen." Con molta lentezza, Sam afferrò il libro con la sinistra. Era un volume spesso e pesante, e quando cercò di alzarlo con una mano sola, gli scivolò tra le dita grassocce e ricadde con un tonfo. In un attimo, il topo svanì, rapido come la folgore. Sam si sentì sollevato. Schiacciare quell'animaletto gli avrebbe procurato degli incubi.

«Però non dovresti mangiare i libri» disse a voce alta. Forse, la prossima volta avrebbe dovuto portare più formaggio.

Notò con sorpresa quanto si era consumata la candela. E quella zuppa di fagioli e pancetta, era ieri che l'aveva mangiata? "Ieri, sì, dev'essere stato ieri." Un pensiero che gli provocò uno sbadiglio. Jon probabilmente si stava domandando dove fosse finito, ma Sam non dubitava che maestro Aemon avrebbe capito. Prima di perdere la vista, l'anziano saggio del Castello Nero amava i libri quanto Samwell Tarly. E capiva in che modo a volte si potesse venir risucchiati da loro, come se ogni pagina fosse un vortice che trasporta in un altro mondo.

Sam si costrinse ad alzarsi, con una smorfia per i formicolii ai polpacci. Il sedile era molto duro, e ogni volta che Sam si chinava in avanti su una pagina il bordo premeva contro il retro delle sue cosce. "La prossima volta devo ricordarmi di portare giù un cuscino." Ancora meglio sarebbe stato dormire là sotto, nella cella che aveva trovato seminascosta dietro quattro bauli pieni di pagine sciolte, staccatesi dai libri cui erano appartenute, ma non voleva lasciare maestro Aemon da solo per così lungo tempo. L'anziano sapiente non era stato bene negli ultimi tempi e aveva bisogno di aiuto, specialmente con i corvi messaggeri. Aemon aveva Clydas, d'accordo, ma Sam era più giovane e se la cavava meglio con i corvi.

Con una quantità di libri e di rotoli sotto il braccio sinistro, reggendo la candela con la mano destra, Sam avanzò lungo l'intrico di tunnel che i confratelli in nero chiamavano "il labirinto dei vermi". Una lama di luce pallida illuminava i gradini di pietra che conducevano in superficie, e Sam capì che fuori era giorno. Lasciò la candela accesa in una nicchia nella parete e cominciò a salire. Al quinto gradino aveva il fiato grosso. Al decimo si fermò per passare i libri sotto il braccio destro.

Una volta emerso, si trovò sotto un cielo dal colore livido. "Cielo da neve" pensò, alzando lo sguardo. Neve. La prospettiva lo mise a disagio. Gli ricordava quella notte, sul Pugno dei Primi Uomini, quando i morti che camminano e le nevi si erano alleati. "Non essere tanto codardo. Hai al tuo fianco i confratelli in nero, per non parlare di Stannis Baratheon e di tutti i suoi cavalieri." I manieri e le torri del Castello Nero, piazzaforte dei Guardiani della notte, si ergevano tutt'attorno a lui, rimpiccioliti dall'immensità della Barriera. Sull'immane muraglia di ghiaccio, a un quarto dell'altezza, stava lavorando un piccolo esercito per costruire una nuova scala che sarebbe andata a ricongiungersi con quanto restava della vecchia, distrutta nell'estrema difesa contro i bruti. Il rumore delle seghe e delle mazze echeggiava tra i ghiacci. Jon Snow, nuovo lord comandante dei Guardiani della notte, stava facendo lavorare i costruttori giorno e notte. A cena, Sam ne aveva sentiti parecchi che si lamentavano, insistendo che lord Mormont, il Vecchio Orso, predecessore di Jon, non li aveva mai fatti sgobbare così tanto. Senza la grande scala, l'unico modo per raggiungere la sommità della Barriera era l'argano a catena. Samwell Tarly odiava le scale, tutte le scale, ma odiava ancora di più la gabbia dell'argano. Chiudeva sempre gli occhi, convinto che la catena stesse per spezzarsi. Ogni volta che la gabbia di ferro strisciava contro il ghiaccio, il suo cuore cessava per un attimo di battere.

"Duecento anni fa qui c'erano i draghi" si trovò a pensare Sam, guardando la gabbia completare la sua lenta discesa. "Loro potevano semplicemente volare oltre la Barriera." La regina Alysanne si era recata in visita al Castello Nero cavalcando un drago, seguita da Jaehaerys Targaryen, il re, in groppa a un altro drago. E se Ali d'argento si fosse lasciato dietro un uovo? O se Stannis avesse trovato a sua volta un uovo sulla Roccia del Drago? "Se anche così fosse, come potrebbe sperare di farlo dischiudere?" Baelor il Benedetto usava pregare sulle sue uova di drago, e altri Targaryen avevano tentato di farle dischiudere servendosi della stregoneria. Ma tutto quello che avevano ottenuto era stata farsa e tragedia.

«Samwell» chiamò una voce tetra «stavo venendo a prenderti. Mi è stato detto di portarti dal lord comandante.»

Un fiocco di neve si posò sul naso di Sam. «Jon vuole vedermi?»

«Questo non lo so» rispose Edd Tollett l'Addolorato, l'uomo più depresso e deprimente dell'intera confraternita in nero. «Quanto a me, non avrei voluto vedere neppure la metà delle cose che ho visto, mentre non ho mai visto nemmeno la metà delle cose che invece avrei voluto vedere. Non penso che la volontà c'entri qualcosa. Farai comunque meglio ad andare da lui. Lord Snow desidera parlarti non appena avrà finito con la moglie di Craster.»

«Gilly.»

«Lei. Se la mia nutrice avesse avuto l'aspetto che ha lei, me ne starei ancora appiccicato alla sua tetta. La mia aveva i baffi.»

«La maggior parte delle capre ha i baffi» gli fece eco Pyp, sbucando da dietro un angolo insieme a Grenn, con gli archi lunghi in mano e le faretre piene di frecce sulla schiena. «Dov'eri finito, Distruttore? Ieri sera a cena non ti sei fatto vedere. Un intero bue arrosto è rimasto lì solo soletto.»

«Non chiamarmi Distruttore.» Sam ignorò la battuta sul bue. Pyp era fatto così. «Stavo leggendo. C'era un topo...»

«Ah, non dirlo a Grenn: ha il terrore dei topi.»

«Non è vero» ribatté Grenn, indignato.

«Avresti troppa paura di mangiarne uno.»

«Ne potrei mangiare più di te.»

Edd l'Addolorato sospirò. «Quando ero ragazzo, i topi li mangiavamo solo nei giorni speciali. Io ero il più piccolo, per cui a me rimaneva solo la coda. Di carne sulla coda non ce n'è.»

«Dov'è il tuo arco lungo, Sam?» chiese Grenn.

Ser Alliser Thorne, l'odiato istruttore dei nuovi confratelli, lo chiamava *uro*, e ogni giorno che passava Grenn si avvicinava un po' di più a quella definizione. Quando era arrivato alla Barriera era grosso ma lento, il collo taurino, la vita grossa, rosso in faccia e goffo. Il suo collo diventava ancora rosso quando Pyp gli danzava attorno come un folletto impazzito, ma ore di pratica con la spada e lo scudo gli avevano buttato giù la pancia, rafforzato le braccia, allargato il torace. Grenn era proprio forte, e anche peloso, come un uro.

«Ulmer ti aspetta ai bersagli» aggiunse.

«Ulmer» ripeté Sam, abbacchiato.

Una delle prime cose che Jon aveva stabilito al suo insediamento quale lord comandante era la pratica quotidiana di tiro con l'arco per l'intera guarnigione del Castello Nero, attendenti e cuochi compresi. I Guardiani della notte avevano messo troppa enfasi sulla spada e non abbastanza sull'arco, aveva detto, vestigia di un tempo in cui un confratello su dieci era cavaliere, a differenza di oggi, in cui ce n'era uno su cento. Sam comprendeva la logica di quella decisione, ma odiava il tiro con l'arco lungo quasi quanto odiava le scale. Se metteva i guanti, non riusciva mai a colpire niente, e se li toglieva gli venivano le vesciche sulle dita. Quegli archi erano pericolosi. Una volta, nel tendere la corda, Satin si era spaccato mezza unghia del pollice.

«Me n'ero dimenticato» disse.

«Hai spezzato il cuore a quella principessa dei bruti, Distruttore» riprese Pyp. Negli ultimi tempi, Val aveva preso l'abitudine di osservare i confratelli dalla sua finestra nella Torre del re. «Ti stava cercando.»

«No, non è vero!»

Da quando maestro Aemon aveva voluto che Val lo aiutasse per essere sicuro che gli infanti restassero in salute, Sam aveva parlato con lei solo due volte. La principessa era così bella che in sua presenza spesso Sam si ritrovava a balbettare e ad arrossire.

«Perché no?» chiese Pyp. «Vuole essere la madre dei tuoi figli. Forse dovremmo chiamarti Sam il Seduttore.»

Sam arrossì. Sapeva che re Stannis aveva dei progetti per lei: Val era lo strumento con cui Stannis Baratheon intendeva suggellare la pace tra gli uomini del Nord e il popolo libero che viveva oltre la Barriera.

«Oggi non ho tempo per il tiro con l'arco, devo vedere Jon.»

«Jon? Conosciamo qualcuno che si chiama così, Grenn?»

«Parla del lord comandante.»

«Oh. Il grande lord Snow. Certo. E perché lo vuoi vedere? Non sa nemmeno muovere le orecchie.» Pyp fece muovere le sue, per mostrare di saperlo fare. Erano orecchie grandi, rosse dal freddo. «È *lord* Snow adesso, poco ma sicuro, troppo fottutamente nobile per quelli come noi.»

«Jon ha dei doveri» disse Sam in sua difesa. «È responsabile della Barriera, con tutto ciò che ne consegue.»

«Un uomo ha dei doveri anche verso gli amici. Se non fosse stato per noi, adesso il comandante sarebbe Janos Slynt. Lord Janos avrebbe mandato Snow di pattuglia nudo, a cavallo di un mulo. "Va' su fino al castello di Craster" gli avrebbe detto "e portami il mantello e gli stivali del Vecchio Orso." È da questo che noi lo abbiamo salvato, ma adesso ha così tanti doveri da non riuscire neppure a bere una coppa di vino al miele con noi?»

«I suoi doveri non lo tengono di certo lontano dal cortile degli addestramenti» concordò Grenn. «Un giorno sì e quello dopo anche, è là a battersi con qualcuno.»

Questo era vero, Sam dovette ammetterlo. Una volta, quando Jon era venuto a consultarsi con maestro Aemon, Sam gli aveva chiesto per quale motivo passasse così tanto tempo ad addestrarsi con la spada. "Il Vecchio Orso non si addestrava tanto duramente quando era lord comandante" gli aveva fatto notare. Per tutta risposta, Jon gli aveva messo in mano Lungo artiglio. Aveva fatto sentire a Sam la leggerezza, l'equilibrio della spada. Gli aveva fatto esaminare la lama, e le increspature erano parse fluire lungo il metallo scuro come fumo. "Acciaio di Valyria" aveva spiegato Jon "forgiato con incantesimi e affilato come un rasoio, quasi indistruttibile. Uno spadaccino dovrebbe valere quanto la sua spada, Sam. Lungo artiglio è acciaio di Valyria, ma io no. Qhorin il Monco avrebbe potuto uccidermi con la stessa facilità con cui schiacci un insetto."

Sam gli aveva restituito la spada. "Quando cerco di schiacciare un insetto, quello se ne vola via. Finisco per darmi da solo un colpo sul braccio. E mi faccio male."

Jon aveva riso. "Come credi. Allora diciamo che Qhorin avrebbe potuto uccidermi con la stessa facilità con cui mangi una ciotola di porridge." Sam adorava il porridge, specialmente quando era addolcito con il miele.

«Adesso non ho tempo per discutere.» Sam si congedò dagli amici e si diresse verso l'arsenale, con i libri stretti al petto. "Io sono lo scudo che protegge il regno degli uomini" ricordò. Si chiese che cosa avrebbero pensato quegli uomini se si fossero resi conto che i loro regni venivano protetti da personaggi come Grenn, Pyp e Edd l'Addolorato.

La Torre del lord comandante era stata sventrata da un incendio e Stannis Baratheon si era praticamente impossessato della Torre del re, facendone la propria residenza, perciò Jon Snow si era sistemato nei modesti quartieri dietro l'armeria appartenuti a Donal Noye, l'eroico fabbro del Castello Nero caduto nell'estrema difesa contro i bruti. Quando Sam arrivò, Gilly se ne stava andando, avvolta nella vecchia cappa che Sam stesso le aveva dato durante la loro fuga dal castello di Craster. La ragazza fece per correre via, ma Sam l'afferrò per un braccio; nel fare questo lasciò cadere due libri nella neve.

«Gilly.»

«Sam» disse lei con voce roca. Gilly era magra, con i capelli scuri e grandi occhi castani da cerbiatta. Quasi inghiottita tra le pieghe del vecchio mantello di Sam, aveva il viso seminascosto dal cappuccio, eppure tremava. La sua espressione era vacua, spaventata.

«Che cosa c'è che non va?» le chiese Sam. «Come stanno i piccoli?»

Gilly si staccò da lui. «Stanno bene, Sam. Bene.»

«Avendone due, mi chiedo come tu riesca a dormire» disse Sam in tono gentile. «Chi era che piangeva ieri notte? Pensavo non avrebbe più smesso.»

«Il figlio di Dalla. Piange quando vuole la tetta. Il mio... il mio non piange quasi mai. A volte rutta, ma...» Gli occhi le si riempirono di lacrime. «Devo andare. Sono già in ritardo per la poppata. Se non mi sbrigo finisce che mi gocciolo il latte addosso.»

Attraversò il cortile di corsa, lasciandosi alle spalle un Sam molto perplesso.

Sam si inginocchiò per raccogliere i volumi che aveva lasciato cadere. "Non avrei dovuto portarne così tanti" si disse mentre ripuliva dal fango *Il compendio di Giada*, di Colloquo Votar, un tomo di racconti e leggende orientali che maestro Aemon gli aveva ordinato di cercare. Non sembrava che il libro avesse subito danni. Invece l'opera di maestro Thomax, *Stirpe di drago. La storia di casa Targaryen dall'esilio all'apoteosi, con una considerazione riguardante la vita e la morte dei draghi*, non aveva avuto la medesima fortuna. Cadendo si era aperto, alcune pagine si erano imbrattate, compresa quella con un'illustrazione a inchiostri colorati piuttosto bella di Balerion, il Terrore nero. Lisciando e ripulendo le pagine, Sam si maledisse: che razza di goffo caprone era stato. La presenza di Gilly lo agitava sempre, facendo sorgere anche... delle *erezioni*. Un confratello ordinato dei Guardiani della notte non avrebbe dovuto provare quel genere di cose che Gilly gli faceva provare, soprattutto quando parlava dei suoi seni e...

«Lord Snow ti sta aspettando.»

Due uomini con mantelli neri e mezzi elmi di ferro montavano la guardia alle porte dell'armeria, puntellati alle loro lance. Quello che aveva parlato era Hal il Peloso. Mully aveva aiutato Sam a rialzarsi. Lui mormorò una sorta di ringraziamento e li superò in tutta fretta, aggrappandosi disperatamente alla pila di libri mentre oltrepassava la forgia con i suoi incudini e mantici. Su un banco da lavoro c'era una cotta di maglia di ferro, completata a metà. Spettro era disteso sotto un'incudine, a rosicchiare un osso di bue. Al passaggio di Sam, il grande meta-lupo albino alzò lo sguardo, ma non emise alcun suono.

La stanza di Jon si trovava dietro le rastrelliere con le lance e gli scudi. Quando Sam entrò, Jon stava leggendo una pergamena. Il corvo appartenuto al lord comandante Mormont era appollaiato sulla sua spalla, e gli occhi di ossidiana scrutavano in basso come se anche lui stesse leggendo. Quando l'uccello notò Sam, spalancò le ali e calò verso di lui. «*Grano, grano!*» gracchiò.

Passando i libri da un braccio all'altro, Sam affondò la mano nel sacchetto vicino alla porta e tirò fuori una manciata di chicchi. Il corvo gli atterrò sul polso e beccò direttamente dalla sua palma, talmente forte che Sam cacciò un mezzo grido e ritirò la mano di scatto. Il corvo volò via, mentre chicchi gialli e rossi schizzavano dappertutto.

«Chiudi la porta, Sam.» Pallide cicatrici segnavano la guancia di Jon Snow nel punto in cui un'aquila aveva cercato di cavargli un occhio. «Ti ha ferito, quella bestiaccia?»

Sam posò i libri e si tolse il guanto. «Sì...» Si sentiva svenire. «Sto perdendo *sangue*.»

«Tutti noi versiamo il nostro sangue per i Guardiani della notte. Devi usare guanti più spessi.» Con un piede, Jon spinse una sedia verso di lui. «Siediti. Guarda un po' qui.» Gli tese una pergamena.

«Di che cosa si tratta?» chiese Sam. Il corvo stava beccando i chicchi tra le lenzuola del letto sfatto.

«Di uno scudo di carta» rispose Jon.

Sam lesse succhiandosi il sangue dalla ferita sulla mano. Riconobbe immediatamente la calligrafia del maestro Aemon. Era minuta e precisa, ma l'anziano sapiente non si accorgeva quando l'inchiostro sbavava lasciando qua e là macchie frastagliate.

Sam alzò lo sguardo. «Una lettera per re Tommen?»

«A Grande Inverno, Tommen e mio fratello Bran si affrontarono con delle spade di legno. Tommen aveva addosso così tanta imbottitura di protezione da sembrare un'anatra ripiena. Bran lo mandò a terra.» Jon si alzò e si avvicinò alla finestra. «Oggi Bran è morto, e Tommen, grassoccio e dalla faccia rubiconda, siede sul Trono di Spade, con la corona sui suoi riccioli d'oro.»

"Bran non è morto" avrebbe voluto dire Sam. "È andato a nord della Barriera, insieme a Manifredde e ai due ragazzi della Torre delle Acque Grigie." Parole che rimasero impigliate nella sua gola. "Ma al Portale delle Tenebre ho giurato di non rivelarlo." «Non hai firmato la lettera» disse invece.

«Cento e cento volte il Vecchio Orso implorò l'aiuto del Trono di Spade. E loro ci hanno mandato Janos Slynt. Nessuna lettera indurrà i Lannister ad appoggiarci di più, soprattutto quando avranno saputo che stiamo aiutando Stannis Baratheon.»

«Solo per difendere la Barriera, non la sua rivolta.» Sam rilesse il testo. «È così che viene detto qui.»

«Una finezza che a lord Tywin potrebbe sfuggire.» Jon riprese la lettera. «Per quale motivo dovrebbe aiutarci? Finora non l'ha mai fatto.»

«Be'» disse Sam «non vorrà che si dica che Stannis ha marciato in difesa del regno degli uomini mentre re Tommen si trastullava con i suoi giocattoli. Getterebbe vergogna sulla casa Lannister.»

«Io voglio gettare sui Lannister morte e distruzione, non vergogna.» Jon sollevò la lettera. «"I Guardiani della notte non prendono parte alcuna nelle guerre dei Sette Regni"» lesse. «"Noi prestiamo giuramento al regno, e ora il regno è in grave pericolo. Stannis Baratheon ci è venuto in aiuto contro i nostri nemici oltre la Barriera, cionondimeno noi non siamo suoi uomini."»

«Ma» obiettò Sam a disagio «in effetti *non* siamo suoi uomini, vero?»

«Ho dato a Stannis cibo, riparo e il Forte della Notte, più il consenso che una parte del popolo libero si insediasse nelle terre del Dono di Brandon, a sud della Barriera. Questo è tutto.»

«Lord Tywin dirà che è troppo.»

«E Stannis dice che non è abbastanza. Più si dà a un re, più lui vorrà. Stiamo camminando su un ponte di ghiaccio sospeso su un precipizio. Compiacere un re è già difficile, compiacerne due è pressoché impossibile.»

«Sì, ma... se i Lannister dovessero prevalere e lord Tywin decidesse che noi, aiutando Stannis, abbiamo tradito il re, questo potrebbe significare la fine dei Guardiani della notte. Lord Tywin ha l'appoggio dei Tyrell, con tutta la potenza di Alto Giardino. E ha sconfitto lord Stannis alle Acque Nere.» La vista del sangue faceva svenire Sam, certo, ma lui era comunque ben consapevole di come si vincevano le guerre. Una cosa cui Randyll Tarly, il lord suo padre, aveva pensato.

«Quella delle Acque Nere è stata *una* battaglia. Mio fratello

Robb ha vinto tutte le sue battaglie, eppure ha perso la testa. Se Stannis riuscisse a sollevare il Nord...»

"Sta cercando di convincere se stesso" comprese Sam "ma non ci riesce." I corvi messaggeri avevano spiccato il volo dal Castello Nero in un vortice di ali oscure, portando ai lord del Nord l'invocazione di schierarsi con Stannis Baratheon, di unire le loro forze alle sue contro i Lannister. Era stato Sam a inviare la maggior parte di quei corvi. Fino a quel momento, solo uno aveva fatto ritorno, quello che avevano inviato a Karhold, piazzaforte dei Karstark. Per il resto, il silenzio era stato assordante.

E quand'anche Stannis fosse riuscito nel suo intento di portare dalla sua parte gli uomini del Nord, Sam non vedeva in che modo l'ultimo dei Baratheon potesse sperare di contrastare l'alleanza di Castel Granito, Alto Giardino e le Torri Gemelle. Del resto, senza il Nord, la causa di Stannis era perduta. "Così come saranno perduti i Guardiani della notte, se lord Tywin decide di bollarci quali traditori."

«Anche i Lannister hanno i loro uomini del Nord» aggiunse Sam. «Lord Bolton e il suo bastardo.»

«Stannis ha i Karstark. Se avrà dalla sua Porto Bianco...»

«Se...» sottolineò Sam. «Altrimenti, mio signore, perfino uno scudo di carta è meglio che niente.»

Jon scosse la pergamena. «Suppongo di sì.» Sospirò, poi prese una penna d'oca e scarabocchiò la sua firma in fondo al documento. «Prendi la lacca per il sigillo.»

Sam scaldò un po' di cera nera alla fiamma della candela, ne fece colare alcune gocce sulla pergamena, poi guardò Jon imprimere il sigillo del lord comandante dei Guardiani della notte nel grumo scuro.

«Porta questo a maestro Aemon, quando te ne vai» ordinò a Sam «e digli di inviare un uccello ad Approdo del Re.»

«Lo farò.» Sam esitò. «Mio signore, se posso chiedere... Ho visto Gilly che si allontanava. Era quasi in lacrime.»

«Val l'ha di nuovo mandata a chiedere clemenza per Mance.»

«Oh.»

Val era la sorella di Dalla, la donna che Mance Rayder, il re oltre la Barriera, capo del popolo libero, aveva preso quale sua regina. La "principessa bruta", era così che Stannis e i suoi uomini la chiamavano. Dalla era morta durante la battaglia, per quanto nessuna lama l'avesse toccata. Era perita dando alla luce il figlio di Mance Rayder. E Rayder stesso l'avrebbe presto seguita nella tomba, standо alle voci che Sam continuava a udire.

«Che cosa le hai detto?» chiese a Jon.

«Che avrei parlato a Stannis, anche se dubito che le mie parole gli faranno cambiare idea. Un re ha il dovere di difendere il suo regno, e gli uomini di Mance lo hanno attaccato. È improbabile che sua maestà possa dimenticarlo. Mio padre diceva sempre che Stannis Baratheon era un uomo giusto. Nessuno però ha mai detto che sia anche un uomo incline al perdono.» Jon fece una pausa, la fronte aggrottata. «Vorrei quasi essere io a staccare la testa a Mance. Un tempo era un confratello dei Guardiani della notte. Per legge, la sua vita appartiene a noi.»

«Pyp dice che lady Melisandre intende consegnarlo alla fiamma, per compiere qualche sortilegio.»

«Pyp dovrebbe imparare a tenere la bocca chiusa. Anch'io ho udito la stessa cosa da altri. Del sangue reale per risvegliare un drago. Dove Melisandre ritenga di poter trovare un drago dormiente, non si sa. È assurdo. Il sangue di Mance non è più reale del mio. Non ha mai avuto una corona in testa, né si è mai seduto su un trono. È un brigante, niente di più. Non c'è alcun potere nel sangue di un brigante.»

Dal pavimento, il corvo alzò lo sguardo. «*Sangue*» gracchiò.

Jon non ci fece caso. «Intendo allontanare Gilly.»

«Oh.» Sam assentì. «Be', questo... è un bene, mio signore.» Per lei sarebbe stata la cosa migliore: andare in un posto caldo e sicuro, lontano dalla Barriera e dai combattimenti.

«Lei e il bambino. Dovremo trovare un'altra nutrice per il suo fratellino di latte.»

«Si può usare il latte di capra. Per un infante è meglio di quello di vacca.» Sam lo aveva letto da qualche parte. Si agitò sulla sedia. «Mio signore, mentre studiavo gli annali della confraternita, sono incappato in un altro comandante ragazzo. Quattrocento anni prima della Grande Conquista da parte dei Targaryen. Osric Stark aveva dieci anni quando venne scelto, ma servì per sessant'anni. E ce ne sono stati altri quattro, mio signore. Tu non sei neanche lontanamente il più giovane lord comandante in carica. A oggi, sei il quinto.»

«E quei quattro erano tutti figli, fratelli o bastardi del re del Nord. Dimmi qualcosa di utile, Sam. Parlami dei nostri nemici.»

«Gli Estranei.» Sam si umettò le labbra. «Negli annali sono menzionati, ma non così spesso come pensavo. Parlo degli annali che ho esaminato, anche se so che sono molti di più quelli che non ho ancora trovato. Alcuni dei libri più vecchi stanno cadendo a pezzi. Le pagine si sbriciolano quando faccio per voltarle.

Quanto ai libri *veramente* antichi, o si sono già disgregati o sono sepolti in qualche luogo che non ho ancora scoperto... ma potrebbe anche essere che non esistano, che non siano mai esistiti. I trattati storici più antichi che abbiamo qui sono stati scritti quando gli andali invasero il continente occidentale. I Primi Uomini ci hanno lasciato solamente rune incise sulla pietra, per cui tutto quello che pensiamo di sapere sull'Età degli eroi, sul Tempo dell'alba e sulla Lunga notte si basa su resoconti scritti dai septon migliaia di anni dopo. Alla Cittadella, ci sono arcimaestri che mettono in dubbio tutto questo. Quelle storie antiche sono piene di re che hanno regnato per secoli, e di cavalieri che percorrevano la terra migliaia di anni *prima* di diventare cavalieri. Le conosci anche tu: Brandon il Costruttore, Symeon Occhi di stelle, il re della Notte... Noi ti consideriamo il novecentonovantottesimo lord comandante dei Guardiani della notte, ma la lista più antica che ho trovato annovera seicentosettantaquattro comandanti, quindi dovrebbe essere stata scritta durante...»

«Molto tempo fa» lo interruppe Jon. «Che cosa mi dici degli Estranei?»

«Ho trovato menzione del vetro di drago. Nell'Età degli eroi, i Figli della foresta erano soliti dare ai Guardiani della notte cento daghe di ossidiana all'anno. Gli Estranei vengono quando c'è il gelo, quasi tutte le storie concordano su questo. Oppure è il loro arrivo a portare il freddo. A volte appaiono durante le tempeste di neve, dissolvendosi quando torna il sereno. Rifuggono la luce del sole ed escono di notte... oppure compaiono al calare delle tenebre. Certe storie narrano degli Estranei in sella a cadaveri di animali. Orsi, meta-lupi, mammut, cavalli, non ha importanza, purché la bestia sia morta. L'Estraneo che uccise Piccolo Paul era in sella a un cavallo morto, quindi questo particolare è sicuramente vero. Certi resoconti parlano anche di giganteschi ragni di ghiaccio. Non so che cosa siano. Gli uomini che cadono in battaglia contro gli Estranei vanno bruciati, altrimenti i morti risorgeranno come loro creature.»

«Tutto questo la sappiamo. La domanda è: come li possiamo combattere?»

«Se vogliamo dare credito alle storie, la corazza degli Estranei non può essere intaccata dalle lame convenzionali» riprese Sam. «E le loro spade sono talmente dure da disintegrare l'acciaio. Il fuoco però li spaventa, e sono vulnerabili all'ossidiana.» Sam continuava a ricordare l'Estraneo che aveva affrontato nella foresta Stregata, pugnalandolo con la daga di ossidiana che Jon aveva fatto per lui. L'evento che aveva trasformato il pavido, grasso Samwell Tarly, nel letale "Distruttore". «Ho trovato un resoconto della Lunga notte, in cui si dice che l'ultimo degli eroi sterminava gli Estranei con una lama di acciaio di drago. A quanto pare, non lasciava loro scampo.»

«Acciaio di drago?» Jon corrugò la fronte. «Acciaio di Valyria?»

«È la prima cosa che ho pensato anch'io.»

«Così, se riuscissimo a convincere i lord dei Sette Regni a consegnarci le loro lame di Valyria, tutto sarebbe risolto? Niente di più facile.» Non c'era alcuna allegria nella risata di Jon Snow. «Hai scoperto chi sono gli Estranei, da dove vengono e che cosa vogliono?»

«Non ancora, mio signore, ma forse ho semplicemente letto i libri sbagliati. Ce ne sono centinaia che non ho neppure aperto. Dammi più tempo e troverò quanto è possibile trovare.»

«Non c'è più tempo.» La voce di Jon era triste. «Prepara le tue cose, Sam. Anche tu lascerai la Barriera con Gilly.»

«Lasciare la Barriera?» Per un attimo Sam non comprese. «Me ne vado *anch'io*? Al Forte Orientale, mio signore? O dove...»

«Vecchia Città.»

«*Vecchia Città?*» il nome gli uscì come una specie di belato. La Collina del Corno era vicina a Vecchia Città. "Casa." Quel pensiero gli diede le vertigini. "Mio padre."

«E anche Aemon.»

«Aemon? Il *maestro* Aemon? Ma, mio signore, ha centodue anni, non può... mandi via lui *e* me? Chi si occuperà dei corvi? Se si ammalano, o se sono feriti, chi...»

«Clydas.»

«Ma è solo un attendente, e i suoi occhi sono malandati. Maestro Aemon è così fragile, un viaggio per mare...» Sam ripensò ad Arbor, al vascello *Regina di Arbor*, e per poco non gli mancò il fiato. «Potrebbe... lui è vecchio, è...»

«La sua vita sarà a rischio, lo so, Sam, ma il rischio maggiore è qui. Stannis sa chi è Aemon. Se Melisandre, la Donna rossa, vuole sangue di re per le sue stregonerie...»

«Oh.» Sam impallidì. Aemon era un Targaryen.

«Dareon verrà con te al Forte Orientale. La mia speranza è che le sue canzoni convincano alcuni uomini del Sud a entrare nella confraternita in nero. La galea *Uccello nero* vi porterà fino alla città libera di Braavos. Da là, provvederai tu a trovare il modo per raggiungere Vecchia Città. Se è sempre tua intenzione riconoscere il bimbo di Gilly quale tuo bastardo, manda lei e il piccolo alla Collina del Corno. Altrimenti, Aemon le troverà un lavoro come serva alla Cittadella.»

«Il mio ba-ba-bastardo.» Questo Sam lo *aveva* detto, certo, ma... "Tutta quell'acqua. Potrei finire annegato. Le navi affondano di continuo, e l'autunno è stagione di tempeste." Gilly però sarebbe stata con lui, e il piccolo sarebbe cresciuto al sicuro. «Sì, mia madre e le mie sorelle aiuterebbero Gilly con il bimbo.» "Potrei inviare una lettera, non dovrei andare di persona alla Collina del Corno." «Dareon potrebbe scortarla a Vecchia Città al posto mio. Io sono... mi sto allenando ogni pomeriggio con Ulmer al tiro con l'arco, come tu hai comandato. Be', tranne quando sono giù nelle cripte, ma sei stato tu a dirmi di scoprire tutto il possibile sugli Estranei. L'arco lungo mi indolenzisce le spalle e mi fa venire le vesciche alle dita.» Mostrò a Jon una vescica scoppiata. «Però io vado avanti comunque. Adesso riesco a colpire il bersaglio quasi tutte le volte, anche se sono sempre il peggior arciere di questa terra. Ma mi piacciono le storie di Ulmer. Qualcuno dovrebbe metterle per iscritto e raccoglierle in un libro.»

«Sarai tu a farlo. Hanno sia pergamene sia inchiostro alla Cittadella, e anche archi lunghi. Mi aspetto che tu continui a fare pratica. Sam, nei Guardiani della notte centinaia di uomini sono capaci di lanciare frecce, ma soltanto pochi di loro sanno leggere e scrivere. Ho bisogno che tu diventi il mio nuovo maestro.»

"Maestro." Sam strinse gli occhi a quella parola. "No, padre, non ne parlerò mai più, lo giuro sui Sette Dèi. Lasciami andare, ti prego, lasciami andare." «Mio signore, io... il mio lavoro è qui, i libri...»

«... saranno ancora qui al tuo ritorno.»

Sam si portò una mano alla gola. Poteva quasi sentire la stretta soffocante della catena di vari metalli. «Mio signore, alla Cittadella... loro ti fanno sezionare i cadaveri.» E ti fanno indossare una catena attorno al collo. "Se è una catena che vuoi, vieni con me." Di nuovo le parole minacciose di suo padre. Per tre giorni e tre notti Sam aveva pianto fino a crollare esausto, con i ceppi alle mani e ai piedi contro un muro. La catena attorno al collo era talmente stretta da lacerargli la pelle e ogni volta che cambiava posizione nel sonno, voltandosi dalla parte sbagliata, arrivava a mozzargli il respiro. «Non posso portare una catena.»

«Puoi farlo, Sam. E la porterai. Maestro Aemon è vecchio e cieco. Le forze lo stanno abbandonando. Chi prenderà il suo posto quando morirà? Maestro Mullin alla Torre delle Ombre è più guerriero che sapiente, e maestro Harmune al Forte Orientale è più ubriaco che sobrio.»

«Potresti chiedere alla Cittadella di inviarti altri maestri...»

«Intendo farlo. Avremo bisogno di tutti quanti. Tuttavia, Aemon Targaryen non potrà essere sostituito facilmente.» Jon appariva perplesso. «Ero certo che la cosa ti avrebbe fatto piacere. Ci sono così tanti libri alla Cittadella che nessuno può neppure sperare di riuscire a leggerli tutti. Ti troverai bene laggiù, Sam, ne sono sicuro.»

«No, posso leggere i libri, ma un ma-maestro deve essere un guaritore, e il sa-sangue mi fa svenire.» Mostrò a Jon una mano tremante. «Io sono Sam lo Spaventato, non Sam il Distruttore.»

«Spaventato? Da che cosa? Le chiacchiere dei vecchi? Sam, tu hai visto l'orda dei morti che camminano dare l'assalto al Pugno dei Primi Uomini, esseri mostruosi con mani nere e rilucenti occhi azzurri. Tu hai ucciso un Estraneo.»

«È stato il ve-vetro di drago a ucciderlo, non io.»

«Sei stato *tu* a colpire. Sei stato tu a mentire, a circuire, a complottare in modo che io diventassi lord comandante della confraternita. E adesso tu mi *obbedirai*. Andrai alla Cittadella e forgerai la tua catena di maestro, e se dovrai sezionare cadaveri, lo farai. Per lo meno, a Vecchia Città i cadaveri non avranno nulla da obiettare.»

"Non vuole capire." «Mio signore» disse Sam «mio pa-pa-padre, lord Randyll, lui, lui... la vita di un maestro è una vita di servizio.» Sam stava balbettando, ne era consapevole. «Nessun figlio della casa Tarly può portare una catena al collo. Gli uomini della Collina del Corno non si inchinano né si piegano a nessun signorotto.» "Se è una catena che vuoi, vieni con me." «Jon, io non posso disobbedire a mio *padre*.»

Lo aveva chiamato Jon, ma Jon non c'era più: di fronte a lui adesso c'era lord Snow, con gli occhi grigi freddi come il ghiaccio.

«Tu non hai più un padre» disse lord Snow. «Hai solamente fratelli. Solamente noi. La tua vita appartiene ai Guardiani della notte, per cui va a mettere le tue mutande in una bisaccia, assieme a tutto quello che vorrai portare con te a Vecchia Città. Partirai un'ora prima dell'alba. E ho anche un altro ordine per te. Da oggi in poi, tu non ti definirai più un codardo. Nell'anno appena trascorso, hai affrontato più cose di quelle che la maggior parte degli uomini affronta in tutta la vita. Quindi puoi affrontare anche la Cittadella, ma la affronterai come confratello ordinato dei Guardiani della notte. Non posso ordinarti di essere coraggioso, però posso ordinarti di nascondere la tua paura. Tu hai pronunciato il giuramento, Sam. Ricordi?»

"Io sono la spada delle tenebre." Ma in verità non era bravo a maneggiare la spada, e le tenebre lo spaventavano. «Io... ci proverò.»

«No, Sam, non ci proverai. Tu obbedirai.»

«*Obbedirai.*» Il corvo di Mormont agitò le grandi ali nere.

«Come il mio signore comanda. E... maestro Aemon lo sa?»

«È un'idea tanto sua quanto mia.» Jon andò ad aprirgli la porta. «Nessun addio tra di noi. Meno gente è a conoscenza di questo, meglio sarà. Un'ora prima dell'alba, nel cimitero.»

Samwell Tarly non conservò alcuna memoria di quando aveva lasciato l'arsenale del Castello Nero. L'unica cosa che ricordava era il suo arrancare tra fanghiglia e chiazze di neve vecchia, mentre si dirigeva verso gli alloggi di maestro Aemon. "Potrei nascondermi. Potrei scendere giù nelle cripte insieme ai libri. Potrei vivere là sotto con quel topolino e strisciare fuori la notte a procurarmi del cibo." Pensieri folli, si rese conto, tanto futili quanto disperati. Le cripte sarebbero state il primo posto dove sarebbero andati a cercarlo. Invece, l'*ultimo* posto era oltre la Barriera, ma quello era un pensiero ancora più folle. "I bruti mi prenderebbero e mi ucciderebbero lentamente. Potrebbero bruciarmi vivo, come la Donna rossa intende fare con Mance Rayder."

Trovò maestro Aemon nell'uccelliera, gli consegnò la lettera che Jon aveva firmato e fece dilagare le proprie paure in un profluvio di parole.

«Il lord comandante non *capisce*!» A Sam pareva di essere sul punto di vomitare. «Se io portassi una catena al collo, il lord mio pa-pa-padre... lui...»

«Anche mio padre ebbe le medesime obiezioni quando scelsi una vita basata sul servizio» disse l'anziano saggio. «Fu *suo* padre a mandarmi alla Cittadella. Re Daeron aveva generato quattro figli, tre dei quali avevano a loro volta generato figli. "Troppi draghi sono altrettanto pericolosi quanto troppo pochi draghi" udii sua maestà dire al lord mio padre il giorno in cui mi inviarono a Vecchia Città.» Aemon portò una mano chiazzata dall'età alla catena di molti metalli che pendeva dal suo esile collo. «La catena è pesante, Sam, ma mio nonno aveva ragione. Lo stesso vale per lord Snow.»

«*Snow*» gracchiò uno dei corvi. «*Snow*» fece eco un altro. Poi tutti quanti ripeterono: «*Snow, Snow, Snow, Snow*». Era stato Sam a insegnare loro quel nome. Non avrebbe trovato alcun aiuto qui, si rese conto. Maestro Aemon era in trappola quanto lui.

"Morirà in mare" pensò Sam in preda alla disperazione. "È

troppo vecchio per sopravvivere a un viaggio del genere. E anche il bimbo di Gilly potrebbe morire, non è grande e forte come il figlio di Dalla. Forse Jon ha intenzione di ucciderci tutti?"

Il mattino seguente, Sam si ritrovò a sellare il cavallo con il quale era arrivato alla Barriera dalla Collina del Corno e a condurlo verso il cimitero vicino alla strada orientale. Le sue bisacce erano gonfie di formaggio, salsicce, uova sode e metà del prosciutto cotto che Hobb Tre Dita gli aveva regalato per il suo compleanno. "Tu sì che sei un uomo che sa apprezzare il buon cibo, Distruttore" gli aveva detto il cuoco del Castello Nero. "C'è bisogno di gente come te." Il prosciutto avrebbe aiutato, nessun dubbio. Sarebbe stato un lungo, freddo viaggio, e non esistevano villaggi né locande all'ombra della Barriera.

L'ora prima dell'alba era buia e silenziosa. Il Castello Nero sembrava avvolto in una quiete innaturale. Nel cimitero erano in attesa un paio di carretti a due ruote, oltre a Black Jack Bulwer e a una dozzina di ranger veterani, duri come i destrieri che montavano. Kedge Occhiobianco imprecò ad alta voce quando il suo occhio buono scorse Sam.

«Non fargli caso, Distruttore» disse Black Jack. «Ha perso la scommessa: era certo che ti avremmo dovuto tirare fuori da sotto il letto, scalciante e urlante.»

Maestro Aemon era troppo debole per reggersi in sella, per cui c'era un carretto pronto per lui, carico di pellicce e con un tetto di cuoio per riparare l'anziano saggio dalla pioggia e dalla neve. Gilly e il bimbo avrebbero viaggiato con lui. Sul secondo carretto c'erano vestiti ed effetti personali, più un baule di antichi libri rari che maestro Aemon riteneva sarebbero stati utili alla Cittadella. Sam aveva trascorso metà della notte a cercarli, ma alla fine ne aveva trovato solamente uno su quattro. "E per fortuna, altrimenti avremmo avuto bisogno di un altro carretto."

Arrivò il maestro, avvolto da una pelle d'orso grossa il triplo di lui. Mentre Clydas lo accompagnava verso il carretto, un'improvvisa raffica di vento fece barcollare il vecchio.

Sam corse al suo fianco, per sorreggerlo. "Un'altra ventata come questa e finirà dall'altra parte della Barriera." «Afferrati al mio braccio, maestro. Non dobbiamo fare molta strada.»

Il vecchio cieco annuì, mentre il vento abbassava i loro cappucci. «È sempre caldo a Vecchia Città. In un'isola nel fiume Vino di Miele c'è una locanda dov'ero solito fermarmi da giovane. Sarà piacevole tornare a sedere là, a sorseggiare sidro.»

Avevano appena sistemato il maestro sul carretto quando arrivò anche Gilly, con il bimbo tra le braccia, tutto infagottato. Sotto il cappuccio, gli occhi della ragazza erano rossi di pianto. Arrivò anche Jon assieme a Edd l'Addolorato.

«Lord Snow» chiamò maestro Aemon. «Ho lasciato un libro per te nel mio alloggio. *Il compendio di Giada*. È stato scritto da Colloquo Votar, un avventuriero della città libera di Volantis, che viaggiò in Oriente, visitando tutte le isole del mare di Giada. C'è un passaggio che potrai trovare interessante. Ho detto a Clydas di evidenziarlo.»

«Sarà mia cura leggerlo, maestro» rispose Jon.

Un pallido filo di muco colava dal naso di maestro Aemon. Lui lo ripulì con il dorso della mano inguantata. «La conoscenza è un'arma, Jon. Munisciti bene prima di andare in battaglia.»

«Lo farò.»

Una neve leggera, grandi fiocchi soffici, aveva cominciato a cadere pigramente dal cielo.

«Cerca di avanzare più in fretta possibile» disse Jon rivolgendosi a Black Jack Bulwer «ma non correre rischi inutili. Hai con te un vecchio e un infante. Fa' in modo che stiano al caldo e che siano ben nutriti.»

«E anche tu, mio signore» disse Gilly. «Fa' lo stesso con quell'altro bimbo. Trovagli una nutrice, come hai detto. Me l'hai promesso. Il piccolo... il piccolo di Dalla... il piccolo principe, voglio dire... trovagli una brava donna, in modo che cresca sano e forte.»

«Hai la mia parola» disse Jon Snow con solennità.

«Non dargli il nome. Non darglielo finché non ha due anni di età. È cattiva sorte dargli un nome quando stanno ancora al seno. Voi corvi neri questo magari non lo sapete, ma è così.»

«Come tu comandi, mia signora.»

«Non chiamarmi così.» Un'espressione d'ira apparve sul viso di Gilly. «Io sono una madre, non una signora. Io sono moglie di Craster e figlia di Craster, e una *madre*.»

Edd l'Addolorato prese il bimbo mentre Gilly montava sul carretto e si copriva le gambe con delle pellicce. A quel punto, il cielo a est stava virando dal nero al grigio. Lew il Mancino voleva mettersi in marcia. Edd riconsegnò il bimbo a Gilly, che iniziò ad allattarlo.

"Questa potrebbe essere l'ultima volta che vedo il Castello Nero" pensò Sam montando in sella al proprio cavallo. Una volta odiava quel posto, ma adesso andarsene lo dilaniava.

«Partenza» comandò Bulwer. Una frusta schioccò, i carretti cominciarono ad avanzare lentamente lungo la strada piena di solchi, mentre la neve calava su di loro. Sam si attardò con Clydas, Edd l'Addolorato e Jon Snow.

«Bene» disse. «Addio.»

«Addio a te, Sam» lo salutò Edd l'Addolorato. «Vedrai che la tua barca non affonda. Le barche affondano solo quando ci sto sopra io.»

Jon rimase a fissare i carretti. «La prima volta che ho visto Gilly» disse «era con le spalle al muro nel castello di Craster, una ragazzina con i capelli scuri e il pancione, che cercava di stare lontana da Spettro. Lui era andato a infilarsi tra i suoi conigli, e penso che Gilly avesse paura che divorasse il suo bimbo... Ma, alla fine, non era del lupo che doveva avere paura, o sbaglio?»

"No" pensò Sam. "Era Craster il vero pericolo, il suo stesso padre." «Ha più coraggio di quanto non dia a vedere.»

«Lo stesso vale per te, Sam. Che tu possa avere un viaggio rapido e sicuro. Abbi cura di lei, del bimbo e di Aemon.» Jon sorrise, un sorriso strano e triste. «E tira su il cappuccio. I fiocchi di neve ti stanno bagnando i capelli.»

ARYA

Debole e remoto scintillava quel chiarore, basso sull'orizzonte, vivido tra le nebbie oceaniche.

«Sembra una stella» disse Arya Stark.

«La stella di casa» aggiunse Denyo.

Il padre di Denyo stava impartendo ordini. Marinai si arrampicavano su e giù per i tre grandi alberi del vascello, muovendosi lungo il sartiame, dispiegando le spesse vele di colore viola. Sotto coperta, i rematori si spezzavano la schiena sui due ordini di lunghi remi. Le tolde si inclinarono scricchiolando mentre la galea *Figlia del Titano* iniziava la virata a babordo.

"La stella di casa." Arya rimase sulla prora, reggendosi con una mano all'elaborata polena, una fanciulla che reggeva un cesto di frutta. Per un battito di ciglia, Arya volle fingere di credere che davanti a lei ci fosse davvero la sua casa.

Ma era un'idea sciocca. La sua casa non c'era più, i suoi genitori erano morti e tutti i suoi fratelli erano stati assassinati, tranne Jon Snow, ancora sulla Barriera. Era là che anche Arya sarebbe voluta andare. Lo aveva detto al capitano della *Figlia del Titano*, ma neppure la singolare moneta di ferro era bastata a smuoverlo. Sembrava che Arya Stark non riuscisse mai ad andare dove voleva. Yoren, il confratello reclutatore dei Guardiani della notte, aveva giurato di riportarla a Grande Inverno. Invece Arya era finita a Harrenhal, la fortezza maledetta, e Yoren era sotto terra. Una volta fuggita da Harrenhal diretta a Delta delle Acque, Lem, Anguy e Tom Settecorde, guerrieri e fuorilegge, l'avevano presa prigioniera e trascinata fino alla collina cava. Poi era riapparso Sandor Clegane, il Mastino, che l'aveva presa dalla collina cava e trascinata alle Torri Gemelle. Dopo la morte di suo fratello Robb e la distruzione dell'esercito del Nord a opera del vile tradimento dei Frey, Arya aveva lasciato il Mastino a morire lungo il Tridente ed era andata avanti da sola fino alle Padelle Salate, nella speranza di trovare un passaggio fino al Forte Orientale, caposaldo est della Barriera, ma...

"Braavos potrebbe non essere così male. Syrio era di Braavos, e anche Jaqen potrebbe essere là." Era stato Jaqen H'ghar, il misterioso uomo in grado di mutare il proprio aspetto, a darle l'altrettanto misteriosa moneta di ferro. Jaqen non era stato un suo vero amico, non come Syrio Forel, il defunto maestro di scherma, ma infine cosa mai avevano fatto per lei i buoni amici? "Non mi servono amici: mi basta Ago." Passò il pollice sul liscio pomello dell'elsa della spada, desiderando...

In verità, Arya non era certa di che cosa desiderasse, così come non era certa di che cosa l'aspettasse oltre quella luce lontana. Il capitano della galea le aveva dato un passaggio ma non aveva avuto tempo da dedicarle. Una parte degli uomini dell'equipaggio l'aveva ignorata, in compenso altri le avevano fatto dei regali: una forchetta d'argento, guanti a mezze dita, un berretto floscio di lana con pezze di cuoio. Uno le aveva insegnato a fare i nodi da marinaio. Un altro le aveva offerto minuscole coppe di vino di fuoco. I marinai amichevoli si indicavano il petto, ripetendo senza sosta i loro nomi fino a quando Arya riusciva a pronunciarli, anche se nessuno le aveva mai chiesto il suo, di nome. La chiamavano Salty, perché si era imbarcata alle Padelle Salate, vicino alla foce del Tridente. Era un nome come un altro, pensò Arya.

L'ultima stella della notte era scomparsa... a parte le due che brillavano esattamente davanti alla prora.

«Adesso le stelle sono *due*.»

«Due occhi» disse Denyo. «Il Titano ci vede.»

"Il Titano di Braavos." La Vecchia Nan, l'anziana nutrice di Grande Inverno, raccontava a lei e ai suoi fratelli storie del Titano. Un gigante di pietra, alto quanto una montagna, che emetteva fiamme dagli occhi ogni volta che Braavos era in pericolo, e quando attraversava il mare per schiacciare i nemici i suoi arti di pietra facevano un rumore terribile.

"I braavosiani lo nutrono con la carne rosea delle fanciulle nobili" concludeva sempre la Vecchia Nan, e Sansa emetteva un lamento simile a un belato. Ma maestro Luwin, il saggio di Grande Inverno, diceva che il Titano era solo una statua, e che le storie della Vecchia Nan erano frutto della sua fantasia.

"Grande Inverno adesso è bruciata e in rovina" ricordò Arya a se stessa. Probabilmente la Vecchia Nan e maestro Luwin erano morti entrambi, e anche Sansa. Pensare a loro non serviva a nulla. "Tutti gli esseri umani devono morire." Era questo il significato delle parole che Jaqen H'ghar le aveva insegnato, dandole l'usurata moneta di ferro. Da quando aveva lasciato Padelle Salate, Arya aveva appreso altre parole in braavosiano, "per favore", "grazie", "mare", "stella" e "vino di fuoco", ma a quelle parole era arrivata sapendo che "tutti gli esseri umani devono morire". La maggior parte della ciurma della *Figlia* aveva una infarinatura del linguaggio comune grazie alle notti trascorse in franchigia a Vecchia Città, ad Approdo del Re e a Maidenpool, per quanto solo il capitano e i suoi figli lo parlassero bene abbastanza da comunicare con lei. Dei figli, Denyo era il più giovane, un ragazzino di dodici anni, rotondetto e allegro, che teneva in ordine la cabina del padre e aiutava i fratelli maggiori a far di conto.

«Spero che il tuo Titano non sia affamato» gli disse Arya.

«Affamato?» ripeté Denyo, perplesso.

«Lascia perdere.»

Quand'anche il Titano si fosse davvero cibato della carne rosea delle fanciulle nobili, Arya non lo temeva. Era una ragazzina minuta, certamente non adatta al pasto di un gigante, e a quasi undici anni era ormai una donna fatta. "E poi Salty non è una fanciulla nobile."

«Il Titano è il dio di Braavos?» chiese a Denyo. «Oppure venerate i Sette Dèi?»

«Tutti gli dèi vengono venerati a Braavos.» Il figlio del capitano amava parlare della sua città tanto quanto della nave di suo padre. «I tuoi Sette Dèi hanno un tempio, qui, il Tempio al di là del Mare, ma solo i marinai del continente occidentale ci vanno.»

"Non sono i miei Sette Dèi. Quelli erano gli dèi di mia madre, eppure hanno permesso che anche lei venisse assassinata dai Frey alle Torri Gemelle." Arya si domandò se a Braavos avrebbe potuto trovare un parco degli dèi, con un albero-diga al centro. Denyo forse lo sapeva, ma lei non poteva chiedergli una cosa del genere. Salty veniva da Padelle Salate, e una ragazzina di Padelle Salate che cosa mai poteva saperne degli antichi dèi del Nord? "Gli antichi dèi sono morti... come mia madre, mio padre, Robb, Bran, Rickon. Sono tutti morti." Molto tempo prima, ricordava che suo padre, lord Eddard Stark, le aveva detto che quando i gelidi venti soffiano il lupo solitario muore mentre il branco sopravvive. "Invece è vero il contrario." Arya, il lupo solitario, continuava a vivere, mentre i lupi del branco erano stati presi, uccisi e scuoiati.

«I Cantori della Luna ci guidarono in questo rifugio, dove i draghi di Valyria non ci potevano trovare» disse Denyo. «Il loro è il tempio più grande. Noi veneriamo anche il Padre delle Acque, ma la sua dimora viene ricostruita ogni volta che lui prende moglie. Gli altri dèi risiedono tutti insieme su un'isola al centro della città. È là che troverai il... dio dai Mille volti.»

Gli occhi del Titano sembravano più luminosi, adesso, e più distanziati l'uno dall'altro. "Ser Gregor" pensò Arya "Dunsen, Rafa Dolcecuore, ser Ilyn, ser Meryn, regina Cersei." I nomi dell'odio. I nomi di coloro che Arya voleva uccidere. "Ne rimangono solamente sei." Joffrey era morto avvelenato al banchetto delle sue nozze, il Mastino aveva sventrato Polliver e lei stessa aveva accoltellato Messer Sottile, l'infame torturatore di ser Gregor Clegane, e aveva infilzato quello stupido stalliere il giorno della sua fuga dalla Fortezza Rossa. "Se non mi avesse afferrata non lo avrei ucciso." Quando lo aveva abbandonato sulla riva del Tridente, anche il Mastino era in punto di morte, arso dalla febbre causata da una brutta ferita. "Avrei dovuto concedergli il dono della misericordia e piantargli una lama nel cuore."

«Salty, guarda!» Denyo la prese per un braccio e la fece voltare. «Lo vedi? Là!» indicò con il braccio teso.

Davanti allo scafo, le nebbie si sfilacciarono, grigi tendaggi divisi in due dalla prora. La *Figlia del Titano* fendeva le acque verde cupo su grandi ali viola. In alto, Arya poteva udire lo stridere degli uccelli marini. Là dove Denyo indicava, una cordigliera pietrosa si innalzava all'improvviso dal mare, pendii ripidi ricoperti di pini-soldato e di cespugli neri. Ma diritto davanti alla prora, nel mare si era aperto un varco. Ed era là, sul mare aperto, che torreggiava il Titano, gli occhi fiammeggianti e i lunghi capelli verdi agitati dal vento.

Le sue gambe divaricate incombevano sul varco, un piede piantato su ciascuna montagna e le enormi spalle superavano le guglie di roccia. Le sue gambe erano scolpite nella solida pietra, il medesimo granito nero delle montagne marine su cui si ergeva, e attorno alle anche aveva un gonnellino di bronzo verdastro che completava la corazza pettorale, anch'essa di bronzo. Sulla testa, un mezzo elmo a cresta. Una mano era appoggiata sul costone di roccia alla sua sinistra, le dita di bronzo su un rostro, l'altra era protesa verso il cielo, stretta attorno all'elsa di una spada spezzata.

"È solo di poco più grosso della statua di re Baelor ad Approdo del Re" notò Arya quando erano ancora molto distanti. Eppure, a mano a mano che la galea si avvicinava al punto in cui si infrangevano le onde, il Titano diventava sempre più gigantesco. Arya poteva udire il padre di Denyo ringhiare ordini nella sua voce profonda, sopra di lei i marinai stavano raccogliendo le vele. "Passeremo a remi tra le gambe del Titano." Arya vide le feritoie degli arcieri nella grande armatura di bronzo, le macchie e le protuberanze sulle braccia e sulle spalle del Titano, dove gli uccelli marini erano andati a nidificare. Allungò il collo. "No, invece, Baelor il Benedetto non gli arriva neppure alle ginocchia. Con un solo passo potrebbe scavalcare le mura di Grande Inverno."

Poi il Titano emise un possente ruggito.

Il suono fu gigantesco quanto il Titano stesso, un terribile, stridente scricchiolio, talmente forte da inghiottire perfino la voce del capitano e il rombo delle onde contro le montagne ricoperte di conifere. Centinaia di uccelli marini si levarono in volo tutti assieme e Arya socchiuse gli occhi... fino a quando notò Denyo che rideva.

«Avverte l'Arsenale del nostro arrivo, tutto qui» gridò. «Non devi avere paura.»

«Non ho paura» ribatté Arya prontamente. «Era solo molto forte.»

Ora vento e onde avevano la *Figlia del Titano* in loro potere, spingendola rapidamente verso il canale. I doppi ordini di remi ondeggiavano ritmicamente, punteggiando il mare di spuma bianca mentre l'ombra del Titano si protendeva su di loro. Per un momento, parve certo che sarebbero andati a schiantarsi contro le rocce in mezzo alle gambe della statua. Premuta contro Denyo, sulla prora investita dagli spruzzi, Arya sentì sulle labbra il gusto salato dell'acqua di mare. Dovette guardare direttamente in verticale per riuscire a vedere la testa del Titano. "I braavosiani lo nutrono con la carne rosea delle fanciulle nobili." Arya udì nuovamente la voce della Vecchia Nan, ma lei non era una fanciulla, e non avrebbe avuto paura di una stupida statua.

Però, mentre scivolavano tra le gambe di quella stupida statua, Arya tenne comunque Ago a portata di mano. All'interno delle mastodontiche cosce di pietra si aprivano numerose feritoie per gli arcieri, e quando Arya girò il capo a osservare la coffa in cima all'albero maestro passare tra le gambe del Titano con uno scarto di almeno dieci iarde, vide altri varchi difensivi sotto le placche metalliche, e facce pallide che scrutavano in basso da dietro le sbarre di ferro.

E poi furono al di là.

L'ombra del Titano recedette, le pendici ricoperte di pini si allargarono su entrambi i lati, i venti si placarono e la nave si ritrovò a navigare in una vasta laguna. Di prora spuntava dal mare un'altra montagna, un agglomerato di pietra che perforava le acque come un pugno irto di rostri, fortificazioni di pietra cariche di scorpioni, sputafuoco e catapulte.

«L'Arsenale di Braavos» disse Denyo, orgoglioso come se fosse opera sua. «Sono in grado di costruire una galea da guerra in una sola giornata.»

Arya vide dozzine di galee ormeggiate ai moli e disposte sugli scivoli di varo. Le prore dipinte di altre galee ancora sporgevano da innumerevoli strutture di legno allineate lungo le coste rocciose. Parevano mastini in un canile, asciutti, feroci e affamati, pronti a lanciarsi all'attacco al suono del corno da caccia. Arya cercò di contarle, ma erano troppe, e altre navi ancora, e magazzini, capannoni e moli, si protendevano là dove la costa si incurvava.

Due galee erano uscite a incontrarli. Sembravano scivolare sull'acqua come libellule, le pale dei loro remi mandavano scintille. Arya udì il capitano gridare qualcosa in direzione dei due vascelli, e i loro capitani rispondere, ma non distinse le parole. Un corno possente suonò. Le galee passarono talmente vicine alla *Figlia del Titano* che Arya poté udire il rombo soffocato dei tamburi all'interno delle carene dipinte di viola, *bom, bom, bom, bom, bom*, simile al pulsare di un cuore.

Superarono le galee, e anche l'Arsenale. Davanti a loro si aprì una vasta distesa di acque verde pallido, liscia come una lastra di vetro colorato. E da quel cuore liquido si ergeva la città vera e propria, un grande labirinto di cupole e torri e ponti, grigi, oro e rossi. Le cento isole di Braavos sul mare.

Maestro Luwin le aveva parlato di Braavos, ma Arya aveva dimenticato gran parte di quegli insegnamenti. Era una città che si sviluppava in orizzontale, questo l'aveva notato fin da lontano, ben diversa da Approdo del Re, distribuita sulle sue tre alte colline. Gli unici rilievi di Braavos erano quelli costruiti dagli uomini, in mattoni e granito, bronzo e marmo. Mancava qualcosa, ma Arya impiegò qualche momento per rendersi conto di che cosa fosse. "La città è senza mura." Ma quando lo disse a Denyo, lui rise. «Le nostre mura sono di legno e di tela tinta di viola» le disse. «Sono le nostre galee. Non ci serve altro.»

Dietro di loro, la tolda emise uno scricchiolio. Arya si voltò, il padre di Denyo incombeva alle loro spalle nel suo lungo pastrano di lana viola. Il capitano mercante Ternesio Terys aveva capelli grigi, tagliati corti e ordinati, senza basette, che gli incorniciavano il volto squadrato, solcato dai venti. Durante la traversata, Arya lo aveva visto spesso scherzare con l'equipaggio, ma gli bastava aggrottare la fronte e gli uomini si dileguavano come davanti a una tempesta. In quel momento la sua fronte era aggrottata.

«Il nostro viaggio è prossimo alla conclusione» disse ad Arya. «Dirigiamo verso il porto di Chequy, dove gli ufficiali doganali del Signore del mare verranno a bordo a ispezionare le nostre stive. Impiegheranno almeno mezza giornata, come sempre accade, ma non devi aspettare che abbiano finito. Raccogli le tue cose. Lancerò una scialuppa e Yorko ti porterà a terra.»

"A terra." Arya si mordicchiò il labbro inferiore. Aveva attraversato il mare Stretto per arrivare là, ma se il capitano glielo avesse chiesto, lei gli avrebbe detto che avrebbe preferito rimanere a bordo della *Figlia del Titano*. Salty era di corporatura troppo minuta per maneggiare un remo, questo lo aveva capito, ma avrebbe potuto imparare ad attorcigliare funi e a filare le vele e a manovrare il timone nei grandi mari salati. Una volta Denyo l'aveva fatta salire in coffa e lei non aveva avuto paura, per quanto il ponte le fosse sembrato minuscolo e lontanissimo. "E so anche far di conto e tenere pulite le cabine."

Ma la galea non aveva bisogno di un aiuto mozzo. Inoltre, le bastò dare un'occhiata all'espressione del capitano Terys per rendersi conto di quanto fosse ansioso di sbarazzarsi di lei. Per cui Arya si limitò ad annuire. «A terra» ripeté, anche se questo significava solo incontrare altri sconosciuti.

«*Valar dohaeris.*» Il capitano si portò due dita alla fronte. «Ti chiedo di rammentare Ternesio Terys e il servigio che egli ti ha reso.»

«Lo farò» rispose Arya con un filo di voce. Il vento le agitava il mantello, insistente come uno spettro. Era tempo di andare.

"Raccogli le tue cose" le aveva detto il capitano, ma aveva ben poco. Soltanto i vestiti che aveva addosso, la piccola sacca di conio, i regali che l'equipaggio le aveva fatto, la daga al fianco sinistro e Ago al destro.

La scialuppa fu pronta ancor prima di lei, con Yorko già ai remi. Anche Yorko era figlio del capitano, maggiore di Denyo di qualche anno e meno amichevole. "Non sono riuscita a salutare Denyo" pensò Arya mentre scendeva nel piccolo scafo. Si domandò se avrebbe mai più rivisto il ragazzo. "Avrei dovuto dirgli addio."

La *Figlia del Titano* divenne sempre più piccola alle loro spalle, mentre la città cresceva di dimensioni a ogni colpo di remi. Sulla destra, era visibile un porto, un groviglio di moli e approdi affollato di baleniere di Ibben dalle ampie chiglie, navi-cigno delle isole dell'Estate e più galee di quante una ragazzina come Arya potesse contare. Un altro porto, ancora più distante, si sviluppava alla sua sinistra, oltre una fossa nel fondale dalla quale cime di edifici parzialmente sommersi si ergevano dalla superficie delle acque. Arya non aveva mai visto così tanti edifici di grandi dimensioni ammucchiati tutti assieme nello stesso posto. Approdo del Re aveva la Fortezza Rossa e il Grande Tempio di Baelor e la Fossa del Drago, ma Braavos sembrava vantare una quantità di templi, torri e palazzi di quella grandezza o addirittura più grandi. "Diventerò di nuovo un topo" pensò tetramente Arya "così come lo ero a Harrenhal, prima di fuggire."

Vista dal Titano, la città appariva come un'unica grande isola, però a mano a mano che si avvicinavano Arya si rese conto che in realtà era formata da molte isole più piccole collegate le une alle altre dalle arcate di ponti di pietra che scavalcavano innumerevoli canali. Oltre il porto, Arya distinse file di case di pietra grigia, addossate l'una all'altra. Ai suoi occhi, era uno scenario strano, tutte quelle case alte quattro o cinque piani e molto strette, con tetti di tegole simili a cappelli a punta. Non vide strutture di stucco, e solamente poche case di legno simili a quelle che lei conosceva nelle terre d'Occidente. "Non ci sono alberi" notò. "Braavos è fatta tutta di pietra, una città grigia riflessa in un mare verde."

Yorko deviò a nord dei moli imboccando un grande canale, un'ampia, verde via d'acqua che correva dritta verso il cuore della città. Passarono sotto le arcate di un ponte di pietra decorato con decine di bassorilievi rappresentanti pesci, granchi e seppie. Più avanti, apparve un secondo ponte, istoriato con viticci frondosi, più avanti ancora un terzo ponte, che li scrutava con migliaia di occhi dipinti. Le imboccature di canali più piccoli si aprivano su entrambe le sponde, e da essi si diramavano altri canali ancora più piccoli. Alcune case erano costruite sopra le vie d'acqua, osservò Arya, trasformando i canali in una sorta di gallerie. Barche affusolate scivolavano dentro e fuori, gli scafi a forma di serpenti d'acqua, con le teste dipinte e le code sollevate. Questi scafi non si spostavano a remi, come vide Arya, ma a mezzo di lunghi pali, spinti da uomini piazzati a poppa che indossavano cappe color grigio e marrone e verde muschio. Arya vide anche enormi chiatte a fondo piatto, sulle quali erano ammassate pile di casse e di barili e spinte in avanti da venti uomini su ogni lato, tutti muniti di pali. Vide lussuose case galleggianti con lanterne di vetro colorato, tende di velluto ed elaborate polene. In lontananza, torreggiante su case e canali, c'era una sorta di massiccia strada sopraelevata, sorretta da tre ordini di arcate gigantesche, che si perdeva nella foschia a sud.

«Quella che cos'è?» chiese a Yorko.

«Il fiume dell'acqua dolce» le rispose. «Convoglia l'acqua potabile dalla terraferma, attraverso le paludi e gli acquitrini. Buona acqua fresca per le fontane.»

Arya spostò lo sguardo dietro di sé: il porto e la laguna interna erano ormai fuori vista. Davanti a lei, su entrambi i lati del canale, si ergevano file di statue possenti, solenni uomini di pietra in lunghe tuniche di bronzo, punteggiate dal guano degli uccelli marini. Alcune delle figure reggevano libri, altre daghe, altre ancora mazze. Una delle statue levava in alto una stella dorata. Un'altra inclinava verso il canale una caraffa di pietra da cui si riversava una cascata senza fine.

«Sono dèi?» chiese Arya.

«Signori del Mare» rispose Yorko. «L'isola degli Dèi è più avanti, vedi? Sei ponti più in là, sulla sponda destra. Quello è il Tempio dei Cantori della Luna.»

Era una delle strutture che Arya aveva notato dalla laguna interna, una gigantesca massa di marmo bianco sormontata da una cupola argentata altrettanto gigantesca: sui vetri delle finestre erano dipinte in un colore latteo tutte le fasi della luna. Coppie di fanciulle di marmo, alte quanto le statue dei Signori del mare, fiancheggiavano gli ingressi del tempio, sostenendo architravi a forma di mezzaluna.

Più oltre si ergeva un altro tempio, un edificio di pietra rossa, austero come una fortezza. Sulla cima del grande torrione quadrato un fuoco ardeva in un braciere di ferro da venti piedi di diametro e fuochi più piccoli bruciavano ai lati dei portali di bronzo.

«I preti rossi amano il loro fuoco» spiegò Yorko. «Il Signore della luce è il loro dio, R'hllor il Rosso.»

"Lo so." Arya ricordava fin troppo bene Thoros di Myr, il prete rosso guerriero, con la sua armatura fatta di parti scompagnate, portata su tonache talmente sbiadite da farlo apparire più un prete rosa che rosso. Eppure, il suo bacio magico aveva riportato indietro dalla morte lord Beric Dondarrion. Arya osservò la casa del dio rosso sfilare accanto a lei e poi allontanarsi alle sue spalle, domandandosi se anche i preti rossi di Braavos fossero in grado di fare la stessa cosa.

Poi si profilò un'enorme struttura di mattoni coperta da festoni di lichene. Arya l'avrebbe presa per un magazzino se Yorko non avesse detto: «Quello è il Rifugio Sacro, nel quale noi rendiamo onore ai piccoli dèi che il mondo ha dimenticato. Alcuni lo chiamano anche "il Labirinto".» Un piccolo canale fluiva tra le sue incombenti mura coperte di licheni, e Yorko lo imboccò con una virata improvvisa. Passarono sotto un tunnel, e tornarono di nuovo alla luce. Altri templi torreggiavano su entrambi i lati.

«Non avevo idea che esistessero così tanti dèi» disse Arya.

Yorko emise un grugnito. Superarono un'ansa e passarono sotto un altro ponte. Alla loro sinistra apparve un'altura rocciosa sulla cui cima sorgeva un tempio di scura pietra grigia, privo di finestre. Una rampa di gradini di pietra scendeva dal portale fino a un approdo coperto.

Yorko remò all'indietro, accostando lentamente di poppa contro i pilastri di pietra del molo. Afferrò l'anello di ferro degli ormeggi. «Ti lascio qui.»

L'approdo era avvolto dalle ombre, i gradini ripidi. Il tetto di tegole nere del tempio formava una cuspide decisa, simile a quella delle case lungo i canali. Arya si morsicò forte un labbro. "Syrio veniva da Braavos. Forse ha visitato questo tempio. Forse ha salito questa stessa scala." Arya afferrò a sua volta l'anello di ferro e si issò sul molo.

«Tu sai come mi chiamo» disse Yorko dalla barca.

«Yorko Terys.»

«*Valar dohaeris.*» Yorko usò il remo per allontanare la scialuppa dal molo e si diresse verso acque più profonde.

Arya lo guardò remare nella direzione dalla quale erano venuti, fino a quando fu inghiottito dalle ombre del ponte. Mentre il fruscio dei remi si affievoliva, poté quasi udire il battito del proprio cuore. E all'improvviso fu da un'altra parte... forse a Harrenhal con Gendry, oppure nelle foreste del Tridente, insieme al Mastino. "Salty è una ragazzina stupida" si disse. "Io sono un lupo, e non ho paura." Diede un paio di colpetti all'impugnatura di Ago, come buon auspicio, poi avanzò nelle ombre, salendo i gradini due alla volta in modo che nessuno potesse dire che aveva paura.

In cima alla gradinata trovò due portali di legno scolpito, alti dodici piedi. Quello di sinistra era di legno di albero-diga, pallido come le ossa, quello di destra era di ebano rilucente. Per una qualche ragione, quei portali le fecero tornare alla mente l'alberocuore nel parco degli dèi di Grande Inverno. "Queste due porte mi stanno osservando." Le spinse entrambe simultaneamente con le palme delle mani guantate, ma nessuna delle due si mosse. "Chiuse e sbarrate."

«Lasciatemi entrare, stupide porte» disse. «Ho attraversato il mare Stretto.» Serrò un pugno e colpì. «È stato Jaqen a dirmi di venire. Ho la moneta di ferro.» La estrasse dalla sacca e la sollevò. «Visto? *Valar morghulis*.»

Le porte non risposero, ma si aprirono.

Si spalancarono verso l'interno senza rumore, senza che mano umana le avesse toccate. Arya fece un passo avanti, poi un altro. Le porte si richiusero dietro di lei e per un momento fu come cieca. Aveva Ago in pugno, anche se non ricordava di avere estratto la spada.

Alcune candele bruciavano lungo le pareti, ma la luce che emettevano era talmente debole che non riusciva neppure a vedere i propri piedi. Qualcuno stava sussurrando, a voce troppo bassa perché lei riuscisse a distinguere le parole. Qualcun altro stava piangendo. Udì dei passi leggeri, come di cuoio che scivolava sulla pietra, una porta aprirsi, chiudersi. "Acqua, sento anche dell'acqua."

Lentamente, i suoi occhi si adattarono all'oscurità. Dall'interno, il tempio sembrava molto più grande che non dall'esterno. I templi del continente occidentale avevano sette lati, con sette altari – uno per ognuno degli dèi – ma qui c'era un numero maggiore di divinità. Le loro statue si ergevano lungo le pareti, monumentali, minacciose. Ai loro piedi balenavano candele rosse, tremolanti come stelle remote. La statua più vicina raffigurava una donna alta dodici piedi. Lacrime vere ruscellavano dai suoi occhi, riempiendo la ciotola che reggeva tra le mani. Dietro di lei c'era un uomo con la testa di leone seduto su un trono di ebano scolpito. Al di là delle porte, un enorme cavallo di bronzo e ferro si impennava su due zampe poderose. Più avanti, Arya riuscì a distinguere un grande volto di pietra, un pallido infante con una spada, una spelacchiata capra nera grossa quanto un uro, un uomo incappucciato che si appoggiava a un bastone. Le altre statue le apparivano solo come forme quasi indistinte nella fitta oscurità. Tra gli dèi c'erano nicchie immerse nelle tenebre, dove qua e là bruciava una candela.

Silenziosa come un'ombra, con la spada in pugno, Arya avanzò tra file di panche di pietra. Anche il pavimento era di pietra, le dissero i piedi, non di marmo lucido come quello del Grande Tempio di Baelor, ma qualcosa di più ruvido. Arya superò alcune donne che bisbigliavano. L'aria era calda e densa, tanto da indurla a sbadigliare. Percepiva l'odore delle candele. Un odore che non conosceva e che ipotizzò fosse una sorta di incenso, ma quanto più avanzava nelle profondità del tempio tanto più le parve odore di neve e aghi di pino, e di stufato caldo. "Buoni odori" si disse, sentendosi anche un po' più coraggiosa. Coraggiosa al punto di rimettere Ago nel fodero.

Al centro del tempio trovò l'acqua che aveva udito. Una vasca larga dieci piedi, nera come l'inchiostro, illuminata da altre deboli candele rosse. Vicino alla vasca c'era un giovane con un mantello argentato, che piangeva sommessamente. Arya lo osservò immergere una mano nell'acqua, mandando increspature scarlatte a dilatarsi attraverso la vasca. Il giovane ritirò la mano e si leccò le dita, una dopo l'altra. "Deve avere sete." C'erano delle coppe di pietra sul bordo della vasca. Arya ne riempì una e la porse al giovane, in modo che potesse bere. Quando gliela offrì, il giovane la fissò per un lungo momento.

«*Valar morghulis*» disse il giovane.

«*Valar dohaeris*» rispose Arya.

Il giovane bevve avidamente, poi lasciò cadere la coppa nella vasca con un tonfo soffocato. Si alzò in piedi, barcollando, tenendosi il ventre. Per un momento, Arya credette che stesse per cadere. Fu solo a quel punto che notò la chiazza scura sotto la sua cintola, una chiazza che continuava ad allargarsi davanti ai suoi occhi.

«Tu... sei stato pugnalato» disse con voce roca.

Ma lui non le prestò attenzione. Si trascinò a passi incerti fino a un'alcova e si lasciò cadere su un duro giaciglio di pietra. Arya scrutò tra le ombre, notò anche altre alcove. In alcune di esse c'erano dei vecchi che dormivano.

"No." Un vacuo sussurro nella sua mente, simile a una memoria frantumata. "Sono morti, o morenti. Guarda con gli occhi."

Una mano le toccò il braccio.

Arya si girò, facendo un balzo indietro. Ma era solo una bambina, una bimba pallida con un mantello metà nero e metà bianco munito di cappuccio che sembrava inghiottirla. Sotto il cappuccio, un visino scavato, ossuto, dalle guance infossate, gli occhi scuri spalancati.

«Non cercare di afferrarmi» Arya avvertì la bambina spettro. «Un ragazzo mi ha afferrato, una volta, e io l'ho ucciso.»

La bambina pronunciò qualche parola in un linguaggio ignoto.

Arya scosse la testa. «Non conosci la lingua comune?»

«Io la conosco» disse una voce alle sue spalle.

Ad Arya non piaceva il modo in cui continuavano a sorprenderla, dentro quel tempio. L'uomo incappucciato era alto, avvolto in una versione più grande della medesima cappa bianca e nera che indossava la bambina. Tutto quello che Arya riusciva a distinguere sotto il cappuccio era il riflesso evanescente delle candele negli occhi dell'uomo.

«Che luogo è questo?» gli chiese.

«Un luogo di pace.» La sua voce era gentile. «Tu qui sei al sicuro. Questa è la Casa del Bianco e del Nero, piccola mia. Anche se tu sei giovane per cercare il favore del dio dalle Molte facce.»

«È come il dio del Sud, quello con sette facce?»

«Sette? No. Le sue facce sono innumerevoli, piccola mia, tante quante sono le stelle nel cielo. A Braavos, gli uomini adorano chi preferiscono... ma alla fine di ogni strada c'è colui dalle Molte facce, in attesa. Sarà là anche per te, un giorno, non temere. Non è necessario che ti precipiti verso il suo abbraccio.»

«Io sono venuta qui solo per trovare Jaqen H'ghar.»

«Non conosco questo nome.»

Il cuore di Arya sprofondò. «Viene da Lorath. Ha capelli bianchi da una parte e rossi dall'altra. Ha detto che mi avrebbe insegnato dei segreti, e mi ha dato questa.» Arya teneva stretta in pugno la moneta di ferro. Quando aprì la mano, il sudore la fece rimanere attaccata alla palma.

Il prete studiò la moneta, ma non fece nemmeno il gesto di toccarla. Anche i grandi occhi della bambina spettro la stavano osservando.

«Dimmi il tuo nome, piccola» disse il prete.

«Salty. Vengo da Padelle Salate, sul Tridente.»

Arya non poteva vedere il suo volto, ma in qualche modo percepì che stava sorridendo. «No» disse «dimmi come ti chiami.»

«Squab» rispose questa volta Arya.

«Il tuo vero nome, piccola.»

«Mia madre mi chiamava Nan, ma loro mi chiamano Donnola.»

«Il tuo nome.»

«Arry.» Arya inghiottì. «Sono Arry.»

«Quasi. E ora, la verità?»

"La paura ferisce più della spada." «Arya.» Sussurrò quel nome per la prima volta dopo molto tempo. La seconda volta, fu come se lo scagliasse contro la figura incappucciata. «Sono Arya, della Casa Stark.»

«Proprio così» disse il prete «ma la Casa del Bianco e del Nero non è un luogo per Arya della Casa Stark.»

«Ti prego, non ho altro posto dove andare.»

«Hai paura della morte?»

Arya si morsicò il labbro. «No.»

«Vediamo.» Il prete si abbassò il cappuccio. Non aveva faccia, soltanto un teschio giallastro con alcuni brandelli di pelle che pendevano dalle ossa. Un verme bianco si torceva in una delle cavità orbitali svuotate. «Dammi un bacio, piccola!» La sua voce era secca e aspra come un rantolo di morte.

"Pensa forse di spaventarmi?" Arya lo baciò nel punto dove avrebbe dovuto trovarsi il naso. Poi prese il verme dall'occhio, con l'intenzione di mangiarselo. Ma il verme si dissolse tra le sue dita come un'ombra.

Anche il teschio giallastro stava svanendo. Adesso, al suo posto c'era l'uomo anziano più gentile che Arya avesse mai visto e le stava sorridendo. «Prima di oggi, nessuno aveva mai cercato di mangiare il mio verme» disse. «Sei affamata, piccola?»

"Ho fame" pensò Arya Stark "ma non di cibo."

CERSEI

Una fredda pioggia rendeva le mura e le fortificazioni della Fortezza Rossa scure come sangue. Tenendo il re per mano, la regina lo condusse con fermezza attraverso il cortile invaso dal fango, verso la carrozza in attesa assieme alla scorta.

«Zio Jaime ha detto che potevo venire in sella al mio cavallo» obiettò il piccolo re Tommen «e gettare conio al popolino.»

«Vuoi forse prenderti un'infreddatura?» Cersei non intendeva certo correre quel rischio: Tommen non era mai stato di costituzione robusta come Joffrey. «Tuo nonno avrebbe voluto che apparissi come un vero re ai suoi funerali. Non ci presenteremo al Grande Tempio fradici e scarmigliati.»

"È già abbastanza brutto che io debba tornare a indossare il lutto." Il nero era un colore che non le aveva mai donato. Con la sua pelle chiara, le dava un aspetto cadaverico. Cersei si era alzata un'ora prima dell'alba per fare il bagno e acconciarsi i capelli e non avrebbe permesso alla pioggia di vanificare tutti i suoi sforzi.

Dentro la carrozza, Tommen si sprofondò nei cuscini e guardò fuori la pioggia che cadeva. «Gli dèi stanno piangendo per il nonno. Lady Jocelyn dice che le gocce di pioggia sono le loro lacrime.»

«Jocelyn Swyft è una sciocca. Se gli dèi potessero realmente piangere, avrebbero pianto anche per tuo fratello Joffrey. La pioggia è solo pioggia. Tira le tendine prima di bagnarti del tutto. Quel mantello è di zibellino, vuoi rovinarlo?»

Tommen fece quanto gli veniva chiesto. La sua mansuetudine era un cruccio per Cersei. Un re doveva essere forte. Joffrey avrebbe protestato. Non era mai stato facile intimidirlo.

«Non stare lì come un sacco di patate» disse a Tommen. «Stai seduto come un re. Tieni le spalle aperte, raddrizza la corona. Vuoi che ti cada davanti a tutti i lord?»

«No, madre.» Il ragazzo si sedette diritto sul sedile e con una mano si sistemò la corona. Era la corona di Joff, troppo grande per lui. Tommen era sempre stato incline alla pinguedine, ma il suo viso adesso era più affilato. "Mangerà bene?" Cersei doveva ricordarsi di chiederlo all'attendente. Non poteva rischiare che Tommen si ammalasse, non con Myrcella tra le grinfie dei dorniani. "Col tempo crescerà e la corona di Joff gli andrà bene." Ma fino a quel momento, bisognava fargliene una più piccola, che non rischiasse di inghiottirgli la testa. Cersei decise di dare istruzioni agli orafi.

La carrozza risalì lentamente l'Alta Collina di Aegon. Davanti a loro cavalcavano due uomini della Guardia reale, cavalieri bianchi su cavalli bianchi, con le cappe bianche intrise d'acqua che penzolavano afflosciate dalle spalle. Dietro di loro venivano cinquanta armigeri con i colori oro e cremisi dei Lannister.

Attraverso le tende, Tommen osservò le strade vuote. «Pensavo che ci sarebbe stata più gente. Quando è morto papà, tutti sono usciti a guardarci passare.»

«È la pioggia a farli restare chiusi nelle case.»

Approdo del Re non aveva mai amato lord Tywin Lannister. "Né lui ha mai voluto l'amore di questa città." "Non puoi mangiarlo, l'amore" Cersei lo aveva udito dire a Jaime una volta, quando suo fratello non aveva molti più anni di Tommen "non puoi comprarci un cavallo, né usarlo per riscaldare le tue sale in una notte fredda."

Al Grande Tempio di Baelor, il magnifico gioiello architettonico sulla cima della collina di Visenya, il piccolo gruppo di persone in lutto era superato in numero dalle cappe dorate della Guardia cittadina che ser Addam Marbrand aveva dislocato sull'intera piazza. "Più tardi ne arriveranno altri" si disse la regina mentre ser Meryn Trant, della Guardia reale, la aiutava a scendere dalla carrozza. Solo i nobili e i loro cortigiani erano ammessi all'ufficio funebre del mattino. Ce ne sarebbe stato un altro al pomeriggio per i comunardi mentre alle preghiere serali erano ammessi tutti. Cersei avrebbe dovuto partecipare anche a quelle, in modo che il popolino potesse vederla in lutto. "La plebaglia deve pur avere il suo spettacolo." Era una seccatura. Cersei aveva doveri da assolvere, una guerra da vincere, un regno da governare. Suo padre questo lo avrebbe compreso.

L'Alto Sacerdote venne a incontrarli sulla sommità della scalinata del tempio. Un vecchio curvo con la barba grigia spelacchiata, talmente oppresso dal peso delle tonache dagli elaborati ricami che aveva gli occhi all'altezza del seno della regina... anche se la sua corona, un'aerea struttura di cristallo e oro fino, aggiungeva oltre un piede e mezzo alla sua statura.

Era stato lord Tywin a dargli quella corona, in sostituzione di quella andata perduta quando la folla inferocita aveva ucciso l'Alto Sacerdote suo predecessore. Nel corso di una sommossa aizzata dalla fame, i disperati di Approdo del Re avevano strappato quel grasso idiota dalla sua carrozza e lo avevano fatto a pezzi, proprio il giorno in cui Myrcella era salpata per Dorne. "Quello era un incorreggibile goloso, e corruttibile. Questo invece..." Era una creatura di Tyrion, ricordò improvvisamente Cersei. Un pensiero inquietante.

Quando emerse dalla manica ornata di alamari dorati e piccoli cristalli, la mano chiazzata del vegliardo sembrava la zampa di un pollo. Cersei si inginocchiò sul marmo bagnato e gli baciò le dita, e accennò a Tommen di fare lo stesso. "Che cosa sa di me, questo vecchio? Che cosa gli ha rivelato il nano?" L'Alto Sacerdote sorrise e la scortò all'interno del tempio. Ma cos'era quel suo sorriso: una minaccia carica di verità non dette, oppure semplicemente la vacua contrazione delle labbra avvizzite di un vecchio? La regina non lo poteva sapere.

Avanzarono nella sala delle Lampade, sotto i pesanti globi di vetro colorato, Cersei con la mano di Tommen tra le sue. Trant e Kettleblack, i due cavalieri della Guardia reale, li affiancavano, con l'acqua che colava dai loro mantelli bianchi, tracciando scie liquide sul pavimento. L'Alto Sacerdote camminava con lentezza, appoggiandosi a un bastone di legno di albero-diga sormontato da un pomo di cristallo. Al suo seguito c'erano sette dei Più Devoti, scintillanti nei loro mantelli di tessuto argentato. Sotto la cappa di zibellino, Tommen indossava un abito di stoffa dorata, la regina un vecchio abito di velluto nero con guarnizioni di ermellino. Non c'era stato il tempo di far confezionare un abito nuovo, e non poteva indossare lo stesso che aveva messo alle esequie di Joffrey, né quello con il quale aveva seppellito Robert Baratheon.

"Quanto meno non ci si aspetterà che porti il lutto anche per Tyrion. Per l'occasione mi vestirò di sete cremisi e tessuto dorato, con rubini tra i capelli." L'uomo che le avesse portato la testa mozzata del nano maledetto sarebbe stato innalzato al rango di lord, aveva proclamato Cersei, senza alcun pregiudizio di origini o lignaggio. Corvi messaggeri stavano portando quella promessa in ogni angolo dei Sette Regni, e ben presto la notizia sarebbe arrivata sulla sponda opposta del mare Stretto, fino alle nove città libere e alle terre al di là. "Che il nano scappi pure fino all'ultimo confine del mondo: non riuscirà a sfuggirmi."

La processione reale oltrepassò le porte interne, raggiungendo il cuore vero e proprio del Grande Tempio di Baelor. Si inoltrarono lungo uno dei sette corridoi che andavano a convergere sotto la cupola. A destra e a sinistra, nobili in lutto si inginocchiarono al passaggio del re e della regina reggente. Erano presenti molti lord alfieri di Tywin Lannister, e anche cavalieri che avevano combattuto al suo fianco in cento battaglie. La vista di tutti quei fedeli fece sentire Cersei più sicura di sé. "Non sono priva di amici."

Sotto l'ampia cupola di vetro, oro e cristallo del Grande Tempio, il corpo di lord Tywin Lannister riposava su un giaciglio di marmo posto al centro di una piattaforma a gradini. Vicino alla testa c'era Jaime che lo vegliava, l'unica mano posata sull'elsa di una grande spada la cui punta toccava il pavimento. La cappa con cappuccio che indossava era candida come neve appena caduta, le scaglie del lungo usbergo erano di madreperla montata in oro. "Lord Tywin lo avrebbe voluto nei colori oro e cremisi dei Lannister" rimuginò Cersei. "Vedere Jaime nel bianco della Guardia reale lo faceva sempre infuriare."

Jaime si stava anche facendo crescere di nuovo la barba. I corti peli che gli ricoprivano il mento e le guance gli conferivano un aspetto trasandato. "Quanto meno avrebbe potuto aspettare fino a quando le ossa di nostro padre non fossero state deposte nelle cripte di Castel Granito."

Cersei guidò il re su per i tre brevi gradini, facendolo inginocchiare accanto al feretro. Gli occhi di Tommen erano pieni di lacrime.

«Piangi in silenzio» gli ordinò Cersei, protendendosi verso di lui. «Sei un re, non un bamboccio qualunque. I tuoi lord ti stanno guardando.»

Il ragazzino si asciugò le lacrime con il dorso della mano. Aveva gli stessi occhi di Cersei, verde smeraldo, grandi e luminosi come erano stati quelli di Jaime quando aveva la sua età. Suo fratello Jaime era stato un bambino così *carino*, ma anche fiero, come Joffrey, un vero cucciolo di leone. La regina passò un braccio attorno alle spalle di Tommen e gli baciò i riccioli dorati. "Bisognerà che io gli insegni a governare, e che lo protegga dai suoi nemici." Alcuni di loro erano lì perfino in quel momento, fingendo di essere amici.

Le Sorelle del silenzio avevano composto lord Tywin come se dovesse affrontare la battaglia finale. Indossava la sua armatura più raffinata, acciaio pesante smaltato di una cupa tonalità cremisi, con istoriazioni d'oro sui guanti ferrati, i gambali e la corazza pettorale. Le rondelle ai gomiti e alle ginocchia erano lampi di sole coperti d'oro. Su ciascuna spalla c'era una leonessa dorata, un leone ornava il grande elmo a lato della salma. Sul petto era stata posata una spada lunga con il fodero istoriato tempestato di rubini, le mani guantate di maglia di ferro sovrapposte sull'elsa. "Il suo viso è nobile perfino nella morte" pensò Cersei "ma la sua bocca..." Gli angoli della bocca di suo padre erano leggermente incurvati verso l'alto, conferendogli un'espressione vagamente divertita. "Non dovrebbe essere così." Cersei biasimò per questo il gran maestro Pycelle: avrebbe dovuto dire lui alle Sorelle del silenzio che lord Tywin Lannister non sorrideva *mai*. "Quel vecchio è utile quanto dei capezzoli su un'armatura." Il mezzo sorriso faceva apparire lord Tywin meno minaccioso. Questo, più il fatto che i suoi occhi erano chiusi. Gli occhi del capostipite dei Lannister erano sempre stati inquietanti: di un verde slavato, quasi scintillanti, punteggiati d'oro. Occhi che potevano vedere un uomo dentro e capire quanto potesse essere debole, inetto e brutto nel profondo. "E quando lui ti guardava, anche tu ne diventavi consapevole."

D'un tratto, affiorò in lei un ricordo, il banchetto che Aerys Targaryen, il re Folle, aveva dato in onore di Cersei quando lei era venuta a corte, una ragazza ingenua e verde come l'erba dell'estate. Il vecchio lord Merryweather berciava riguardo all'aumento delle tasse sul vino quando lord Rykker aveva detto: "Se è d'oro che abbiamo bisogno, sua maestà dovrebbe far sedere lord Tywin sul suo vaso da notte". Aerys e i suoi leccapiedi avevano riso forte, mentre lord Tywin fissava Rykker da sopra il bordo della sua coppa. E aveva continuato a fissarlo anche dopo che l'ilarità era scemata. Rykker aveva distolto lo sguardo, poi si era voltato di nuovo, incontrando ancora gli occhi di lord Tywin; a quel punto li aveva ignorati, aveva scolato il boccale di birra e alla fine aveva lasciato la sala, rosso in faccia, sconfitto da quegli occhi implacabili.

"Ora gli occhi di lord Tywin sono chiusi per sempre. È il mio sguardo che da ora in poi gelerà il sangue nelle vene. Anch'io appartengo alla stirpe del Leone."

Il Grande Tempio di Baelor era pieno di ombre cupe, con il cielo fuori così plumbeo. Se la pioggia fosse cessata, il sole sarebbe sceso in lame oblique attraverso i cristalli appesi alla volta, avvolgendo la salma nei colori dell'arcobaleno. Il lord di Castel Granito meritava arcobaleni. Era stato un uomo importante. "Io sarò addirittura più grande di te. Tra mille anni, quando i maestri scriveranno di questa epoca, tu sarai ricordato solamente come il padre della regina Cersei."

«Madre.» Tommen la tirò per la manica. «Cos'è questo cattivo odore?»

"Il lord mio padre..."

«La morte.»

Anche Cersei lo percepiva: un leggero lezzo di carne in decomposizione che rischiò di farle arricciare il naso. Si impose di non farci caso. I sette septon nelle loro tonache argentate erano in piedi alle sue spalle sulla piattaforma, implorando il Padre di lassù affinché giudicasse benevolmente lord Tywin. Una volta che ebbero finito l'invocazione, settantasette septon si radunarono davanti all'altare della Madre e iniziarono a cantare, invocando la sua pietà. A quel punto, Tommen cominciava a essere irrequieto, e anche alla regina dolevano le ginocchia. Cersei gettò un'occhiata a Jaime. Suo fratello gemello stava diritto come se fosse stato scolpito nella pietra e non volle incontrare i suoi occhi.

Ser Kevan, loro zio, era inginocchiato tutto ingobbito su una panca del tempio, con il figlio al fianco. "Lancel ha una cera anche peggiore di quella di lord Tywin." Pur avendo solo diciassette anni, il giovane Lannister sembrava un settantenne: grigio di faccia, scheletrico, le guance scavate, gli occhi infossati, i capelli bianchi e aridi come stoppa. "Com'è possibile che Lancel sia ancora tra i vivi mentre lord Tywin Lannister è morto? Che gli dèi siano impazziti?"

Il perennemente malandato lord Gyles Rosby tossiva più del solito, coprendosi il naso con un fazzoletto di seta rossa. "Anche lui sente l'odore." Il gran maestro Pycelle teneva gli occhi chiusi. "È mezzo addormentato: lo farò frustare, lo giuro!" Sul lato destro della piattaforma erano inginocchiati i Tyrell: il lord di Alto Giardino, la sua orribile madre, chiamata regina di Spine, la sua insipida moglie, suo figlio Garland, sua figlia Margaery. "*La regina Margaery*" si corresse Cersei: vedova di Joffrey e futura moglie di Tommen. Margaery assomigliava molto a suo fratello ser Loras, il Cavaliere di Fiori, ora anche lui tra le Spade bianche. Cersei si domandò che cos'altro avessero in comune. "La nostra piccola rosa ha una quantità di cortigiane tutte pronte per lei, notte e giorno." Erano con Margaery anche in quel momento, circa una dozzina. Cersei studiò le loro facce, facendosi delle domande. "Quale di loro è la più spaventata? Quale la più laida? Quale la più avida di favori? Quale ha la lingua più sciolta?" Cersei decise di scoprirlo.

Fu un sollievo quando il canto finalmente si concluse. Il fetore emanato dal cadavere di lord Tywin sembrava aumentare. La maggior parte dei presenti alla cerimonia ebbe il buongusto di far finta di niente, ma a Cersei non sfuggì che un paio dei cuginetti di Margaery stavano arricciando il loro piccolo naso Tyrell.

Mentre Cersei e Tommen ripercorrevano il corridoio del tempio, la regina credette di udire qualcuno mormorare la parola "latrina" e sghignazzare, ma quando voltò la testa per capire chi fosse vide soltanto un mare di facce austere che la fissavano prive di espressione. "Non avrebbero mai osato fare dello spirito quando *lui* era ancora in vita. Gli sarebbe bastata una sola occhiata per far loro rivoltare le viscere."

Una volta lasciata la sala delle Lampade, i presenti alle esequie sciamarono attorno a loro, fitti come una nube di locuste, servili e pronti a offrire a Cersei le loro inutili condoglianze. I due gemelli Redwyne, ser Orrore e ser Fetore, le baciarono la mano, il loro padre le baciò le guance. Hallyne il Piromante le promise che una mano fiammeggiante avrebbe incendiato il cielo sopra la città il giorno in cui le ossa di lord Tywin sarebbero state inviate verso ovest. Tra un colpo di tosse e l'altro, lord Gyles le disse di aver assunto un maestro scultore, affidandogli il compito di realizzare una statua di lord Tywin che potessse montare guardia sempiterna alla Porta del leone. Ser Lambert Turnberry apparve con una benda nera sull'occhio destro, spergiurando che l'avrebbe tenuta fino a quando non fosse riuscito a portare a Cersei la testa mozzata di Tyrion. La regina era appena riuscita a liberarsi di quell'imbecille che si ritrovò tra le grinfie di lady Falyse di Stokeworth e di suo marito, ser Balman Byrch. «La lady mia madre ti porge le sue condoglianze, maestà» bofonchiò Falyse. «Lollys è costretta a letto a causa dei dolori per la gravidanza, e mia madre ha voluto restare con lei. Implora il tuo perdono, e mi ha incaricata di chiederti... mia madre ammirava il tuo defunto padre più di qualsiasi altro uomo. Dovesse mia sorella dare alla luce un maschio, è suo desiderio che venga chiamato Tywin, se... ti compiace.»

«Compiacermi?» Cersei la fissò stupefatta. «Quella mentecatta di tua sorella si fa fottere da metà della feccia di Approdo del Re, e Tanda pensa di onorare il suo bastardo dandogli il nome di mio padre? Che se lo scordi!»

Falyse arretrò come se fosse stata schiaffeggiata, ma suo marito si limitò a lisciarsi i folti baffi biondi. «È quello che ho detto anch'io a lady Tanda. Troveremo un nome... più adatto per il bastardo di Lollys, hai la mia parola, maestà.»

«Cerca di mantenerla.»

Cersei voltò loro le spalle e si allontanò. Vide che Tommen era finito tra le spire di Margaery Tyrell e della di lei nonna. La grinzosa, caustica regina di Spine era talmente bassa di statura che per un istante Cersei pensò si trattasse di un'altra bambina. Ma prima che potesse lanciarsi al salvataggio di suo figlio, la calca la portò faccia a faccia con suo zio, ser Kevan Lannister. La regina gli ricordò che dovevano incontrarsi più tardi. Per tutta risposta, ser Kevan annuì con aria assente e chiese licenza di ritirarsi. Lancel per contro rimase, l'incarnazione di un uomo con un piede nella fossa. "Ma sta entrando o uscendo da quella fossa?"

Cersei si costrinse a sorridere. «Lancel, sono felice di vedere che stai recuperando così bene le forze. Maestro Ballabar continuava a dare notizie talmente tristi da farci temere per la tua vita. Pensavo che tu fossi già in viaggio per Darry, per prendere possesso del tuo dominio quale nuovo lord.» Allo scopo di compiacere ser Kevan, suo fratello, dopo la battaglia delle Acque Nere lord Tywin aveva concesso a Lancel il titolo di lord.

«Non ancora. Nel mio castello ci sono dei fuorilegge.» La voce del giovane era sottile come i baffi sul suo labbro superiore. Per quanto i capelli gli fossero diventati bianchi, quell'ombra di baffi conservava il colore biondo.

Durante la loro illecita relazione erotica, Cersei aveva spesso guardato quei baffi dal basso, mentre Lancel faceva il suo dovere piantandole dentro la propria erezione. "Sembrano una traccia di sporco sul labbro." A quel tempo, Cersei ripuliva quello sporco con un po' di saliva.

«Alle terre dei fiumi serve una mano decisa, dice mio padre» aggiunse Lancel.

"Peccato che quella mano non possa essere la tua" voleva dire Cersei. Invece sorrise. «E stai anche per sposarti.»

Un'espressione tetra apparve sul volto distrutto del giovane cavaliere. «Una fanciulla Frey, e non di mia scelta. Non è neppure vergine. Una vedova, di sangue Darry. Secondo mio padre, questo matrimonio sarà di aiuto con i contadini, solo che adesso sono tutti morti.» Lancel le prese la mano. «È una cosa crudele, Cersei. Sua maestà sa che io amo...»

«... la Casa Lannister» finì Cersei per lui. «Nessuno potrà mai dubitare di questo, Lancel. Possa tua moglie darti figli robusti.» "Ma non permettere al lord suo nonno di offrire il banchetto." L'ultimo banchetto offerto dal vetusto quanto malefico patriarca Frey – un bieco, sanguinario tradimento, a detta di molti – si era risolto nello spaventoso massacro di Robb e Catelyn Stark e nella distruzione pressoché completa dell'esercito del Nord. «Sono certa che a Darry compirai nobili gesta.»

Lancel annuì, visibilmente prostrato. «Quando sembrava che stessi per morire, mio padre portò l'Alto Sacerdote affinché pregasse per me. È un brav'uomo.» Gli occhi del giovane erano umidi e lucidi, occhi di un bambino nel volto di un vecchio. «Sostiene che la Madre ha voluto risparmiarmi per l'alto proposito di fare ammenda per i miei peccati.»

Cersei si domandò in quale modo Lancel intendesse fare ammenda per lei. "Concedergli il cavalierato è stato un errore, concedergli il mio corpo un errore ancora maggiore." Lancel era ridotto a un debole giunco, e quel suo nuovo atteggiamento di autocommiserazione non le piaceva affatto: era molto più divertente quando faceva finta di essere Jaime. "Che cosa avrà detto, questo patetico stupido, all'Alto Sacerdote? E che cosa potrà mai dire alla sua piccola moglie Frey quando si ritroveranno a giacere l'uno di fianco all'altra nel buio?" Quand'anche avesse confessato di avere fornicato con Cersei, bene, lei sarebbe stata in grado di affrontarlo. Gli uomini mentivano sempre riguardo alle proprie avventure: Cersei avrebbe semplicemente liquidato il problema come la vanteria di un ragazzo irruente travolto dalla bellezza della regina. "Ma se dovesse mettersi a cantare di Robert e del vino opportunamente corretto..."

«Il modo migliore per fare ammenda è la preghiera» gli disse Cersei. «La preghiera *silenziosa*.» Lo lasciò a riflettere su quelle parole e si preparò ad affrontare la testuggine dei Tyrell.

Margaery la abbracciò come una sorella, cosa che la regina trovò presuntuosa, ma quello non era il luogo adatto per richiamarla all'ordine. Lady Alerie e i cugini si accontentarono di baciarle le dita. Lady Graceford, visibilmente gravida, chiese alla regina di poter chiamare Tywin il bambino, se fosse stato maschio, Lanna se fosse stato femmina. "Anche tu?" fu sul punto di sbottare Cersei. "Il regno pullulerà di Tywin." Diede il proprio consenso con tutta la buonagrazia che riuscì a trovare, fingendo di essere deliziata.

Fu lady Merryweather, però, a darle il massimo compiacimento. «Maestà» le disse nel suo sensuale accento di Myr «ho inviato messaggi ai miei amici al di là del mare Stretto, chiedendo loro di catturare il Folletto nel momento stesso in cui dovesse mostrare la sua brutta faccia in una qualsiasi delle città libere.»

«E ne hai molti, di amici, al di là delle acque?»

«A Myr, molti. Anche a Lys, e a Tyrosh. Uomini di potere.»

Cersei non aveva difficoltà a crederlo. La donna di Myr era incredibilmente bella: lunghe gambe, seno pieno, liscia pelle olivastra, labbra carnose, enormi occhi scuri e folti capelli neri la facevano sembrare sempre appena scesa dal letto. "Questa donna ha addosso addirittura l'odore del peccato, come una sorta di fiore di loto selvaggio."

«Lord Merryweather e io desideriamo unicamente servire sua maestà e il piccolo re» concluse la donna con uno sguardo ammaliante, pregno quanto lady Graceford.

"Ambiziosa, e il lord suo marito è un uomo orgoglioso ma povero." «Dovremo parlare ancora, mia signora. Taena, sì? La tua squisita cortesia mi compiace. Sono certa che ci sarà amicizia tra noi.»

Dopo di che, calò su di lei il signore di Alto Giardino.

Mace Tyrell aveva solo una decina d'anni più di Cersei, eppure la regina lo vedeva come un uomo dell'età di suo padre, non della sua. Non era alto quanto lo era stato lord Tywin, però era più grosso, con un torace massiccio e la pancia ancora di più. Aveva i capelli castano scuro, e fili bianchi e grigi striavano la sua barba. Spesso era rosso in viso. «Lord Tywin era un grande uomo, un uomo straordinario» dichiarò solennemente dopo aver baciato Cersei su entrambe le guance. «Mai più, temo, vedremo qualcun altro a par suo.»

"L'hai di fronte, qualcun altro a par suo, idiota" pensò Cersei. "È sua figlia che hai di fronte." Ma per tenere Tommen sul trono aveva bisogno di Tyrell e della potenza di Alto Giardino, per cui tutto quello che disse fu: «Mancherà molto a tutti noi».

Tyrell le pose una mano sulla spalla. «Nessun uomo su questa Terra sarà mai in grado di riempire l'armatura di lord Tywin, questo è palese. Ma si deve andare avanti e il regno deve essere governato. Se c'è qualcosa che io possa fare per assisterti in questa ora oscura, maestà, non hai che da chiedere.»

"Se vuoi diventare il Primo Cavaliere del re, milord, abbi il coraggio di dirlo con chiarezza." La regina sorrise. "E che a questo sorriso tu dia tutte le interpretazioni che vuoi." «Di certo ci sarà bisogno della tua nobile presenza sull'Altopiano.»

«Mio figlio Willas è un giovane capace» replicò Mace Tyrell, rifiutandosi di capire il chiaro sottinteso di Cersei. «Ha una gamba inabile, ma l'arguzia di certo non gli manca. E presto Garlan prenderà Acquachiara. Con loro, l'Altopiano sarà in buone mani, e a tutti gli effetti c'è bisogno della mia presenza altrove. Il governo del regno deve venire prima di qualsiasi altra cosa, soleva dire lord Tywin. E mi compiaccio che tu, maestà, stia seguendo così bene le sue orme. Mio zio Garth è pronto a servire quale maestro del conio, come desiderava il lord tuo padre. Sta dirigendosi verso Vecchia Città per imbarcarsi su una nave che lo porterà qui ad Approdo del Re. I suoi figli lo accompagneranno. Lord Tywin menzionò qualcosa riguardo alla possibilità di affidare cariche anche a loro. Forse il comando della Guardia cittadina.»

Il sorriso si era talmente congelato sul viso di Cersei da farle temere che i denti fossero sul punto di spezzarsi. "Garth il Grosso nel concilio ristretto e i suoi due bastardi tra le cappe dorate... I Tyrell credono forse che offrirò loro il regno su un piatto d'argento?" L'arroganza di lord Mace quasi le tolse il fiato.

«Garth mi ha servito bene come lord siniscalco, così come servì mio padre prima di me» continuava intanto Tyrell. «Ditocorto aveva fiuto per l'oro, questo lo riconosco, ma Garth...»

«Milord» lo interruppe Cersei «temo che ci sia stato un malinteso. Ho chiesto a lord Gyles Rosby di servire quale nuovo maestro del conio, e lui mi ha fatto l'onore di accettare.»

Mace la fissò a bocca aperta. «Rosby? Quel... tisico? Ma... era già deciso, maestà. Garth si sta già muovendo alla volta di Vecchia Città.»

«Allora farai meglio a inviare un corvo messaggero a lord Hightower, chiedendogli di accertarsi che tuo zio non salga su quella nave. Detesteremmo imporre al coraggioso Garth i rigori di un autunno in mare per niente.» Cersei si sciolse in un sorriso.

«Questo...» Una vampata di rossore coprì il collo tozzo di Tyrell. «... Il lord tuo padre mi aveva garantito...» balbettò.

A quel punto si avvicinò sua madre, la regina di Spine, e prendendolo sottobraccio disse: «Sembrerebbe che lord Tywin non abbia condiviso la sua politica con la nostra regina reggente, non riesco proprio a immaginare perché. Ciononondimeno, è chiaro, non c'è ragione di assillare sua maestà. Ella ha ragione: devi scrivere a lord Leyton Hightower prima che Garth si imbarchi. Sai bene che soffre il mal di mare e questo peggiora la sua flatulenza». Lady Olenna rivolse a Cersei un sorriso sdentato. «Le sale del tuo concilio ristretto avranno un olezzo più delicato con la presenza di lord Gyles, per quanto, oserei dire, troverei quel suo continuo tossire di notevole distrazione. Noi tutti adoriamo il caro, vecchio zio Garth, però è meteorico, non lo si può negare. E sapessi quanto aborro i cattivi odori.» La sua faccia grinzosa si fece ancora più grinzosa. «Mi è giunto alle nari un effluvio sgradevole nel sacro tempio, in verità. Forse lo hai sentito anche tu?»

«No» rispose Cersei, gelida. «Un odore, dici?»

«Un puzzo, a dire il vero.»

«Forse ti mancano le tue rose d'autunno. Ti abbiamo trattenuta qui troppo a lungo.»

Quanto prima Cersei avesse liberato la corte da lady Olenna, tanto meglio sarebbe stato. Senza dubbio lord Tyrell avrebbe distaccato un numero più che consistente di cavalieri per fare da scorta alla madre. Minore il numero di spade Tyrell ad Approdo del Re, migliori i sonni di Cersei.

«Mi mancano le fragranze di Alto Giardino, lo confesso» disse la regina di Spine «ma naturalmente non posso certo andarmene prima di avere visto la mia dolce Margaery andare in sposa al tuo prezioso piccolo Tommen.»

«Un giorno che anch'io attendo con favore» si associò Mace Tyrell. «Lord Tywin e io eravamo sul punto di definire una data, in effetti. Forse un giorno, maestà, potremmo riprendere quella conversazione.»

«Lo faremo presto.»

«Presto andrà bene» concordò lady Olenna, tirando su col naso. «Ora andiamo, Mace, lasciamo che sua maestà proceda con il suo... lutto.»

"Ti voglio vedere morta, vecchia maledetta" promise Cersei a se stessa guardando la regina di Spine allontanarsi tra due gigantesche guardie del corpo, una coppia di gemelli identici alti sette piedi che lady Olenna trovava divertente chiamare Sinistro e Destro. "E allora sentiremo che profumo avrà il tuo cadavere." L'anziana madre del signore di Alto Giardino aveva due volte il senno del figlio, era fin troppo evidente.

Cersei andò al salvataggio del figlio, strappandolo a Margaery e alle sue cugine e si diresse verso i portali.

Fuori, la pioggia era finalmente cessata. L'aria dell'autunno sapeva di buono, di fresco. Tommen si tolse la corona.

«Rimettitela» gli ordinò Cersei.

«Mi fa male il collo» si lamentò il ragazzo, ma obbedì. «Mi sposerò presto? Margaery dice che, prima ci sposiamo, prima andiamo ad Alto Giardino.»

«Tu non andrai ad Alto Giardino, ma puoi fare ritorno al castello in sella.» Cersei fece un cenno a ser Meryn Trant. «Porta un cavallo a sua maestà, e chiedi a lord Gyles di farmi l'onore di condividere la mia carrozza.»

Tutto si stava muovendo più in fretta di quanto lei avesse anticipato: non c'era tempo da perdere.

Tommen fu molto felice della prospettiva di cavalcare, e naturalmente lord Gyles fu più che onorato dell'invito della regina... ma quando Cersei gli chiese di diventare maestro del conio, il malandato lord fu colto da un accesso di tosse così violento da far pensare che sarebbe morto all'istante. Ma la Madre fu misericordiosa e Gyles riuscì a riprendersi quanto bastava per accettare l'offerta, anzi, cominciò addirittura a tirar fuori i nomi degli uomini che voleva rimpiazzare, ufficiali doganali e mercanti assortiti nominati da Ditocorto, includendo addirittura uno dei custodi delle chiavi.

«Chiama pure chi diavolo vuoi» approvò Cersei «basta che sia valido. E se qualcuno te lo chiedesse, tu sei entrato a fare parte del concilio ristretto a partire da *ieri*.»

«Ieri...» Un altro accesso di tosse piegò Gyles Rosby in due. L'anziano lord si portò alla bocca un fazzoletto di seta rossa, come per celare il sangue espettorato. Cersei fece finta di non vedere.

"Dovesse crepare, troverò qualcun altro." Forse avrebbe chiamato di nuovo Ditocorto. La regina faceva fatica a immaginare che, essendo morta Lysa Arryn, Petyr Baelish potesse restare protettore della valle di Arryn ancora a lungo. I lord locali stavano già dando segni di malcontento. "Una volta che gli avranno strappato quel grottesco ragazzino, lord Petyr tornerà qui strisciando."

«Maestà?» Lord Gyles tossì con la bocca nel fazzoletto. «Potrei...» tossì di nuovo «... chiedere chi...» Venne scosso da un'ennesima raffica di colpi di tosse. «... chi sarà Primo Cavaliere del re?»

«Mio zio» rispose Cersei in tono assente. «Ser Kevan Lannister.»

Vide con sollievo i portali della Fortezza Rossa incombere nuovamente davanti a lei. Affidò Tommen alle cure dei suoi scudieri e finalmente poté ritirarsi nelle sue stanze per avere un po' di riposo.

Si era appena tolta le scarpe quando Jocelyn entrò timidamente, annunciandole che Qyburn, l'ex maestro che si era occupato della salma di lord Tywin, era alla soglia e chiedeva udienza.

«Che entri» comandò la regina. "Nessun riposo per i governanti."

Qyburn era vecchio, ma i suoi capelli erano ancora più biondi che bianchi e le rughe di espressione agli angoli della bocca lo facevano apparire come il nonno preferito di ogni bambina. "Un nonno piuttosto male in arnese, però." Il colletto della tonaca era tutto sfilacciato, uno strappo su una manica era stato rattoppato alla meglio.

«Chiedo il perdono di sua maestà per il mio aspetto» esordì Qyburn. «Sono stato nelle segrete della fortezza a cercare tracce della fuga del Folletto, come mi avevi comandato.»

«E che cosa hai scoperto?»

«La notte in cui lord Varys e tuo fratello sono scomparsi, è sparito anche un terzo uomo.»

«Lo so, il carceriere. Ebbene?»

«Quell'uomo si chiama Rugen. Un carceriere di secondo grado incaricato delle celle nere. Il carceriere capo lo descrive come corpulento, non rasato, dalla parlata brusca. Serviva anche sotto il vecchio re, andando e venendo a suo piacimento. In anni recenti, le celle nere spesso non erano occupate. A quanto sembra, gli altri aguzzini avevano paura di questo Rugen, ma nessuno di loro sapeva molto di lui. Non aveva amici né parenti. Non beveva, non frequentava i bordelli. La cella dove alloggiava era umida e tetra, il paglericcio su cui dormiva era muffito. Il secchio della sua latrina traboccava.»

«So già tutto questo» rispose Cersei. Jaime aveva esaminato la cella di Rugen e le cappe dorate di ser Addam l'avevano ispezionata a loro volta.

«*Aye*, maestà» disse Qyburn «ma sapevi anche che sotto quella latrina puzzolente c'era una pietra staccata, che celava una piccola cavità? Il genere di buco in cui un uomo nasconde oggetti di valore che non vuole vengano scoperti.»

«Oggetti di valore?» Quello era nuovo. «Conio, intendi dire.» Cersei aveva sospettato fin dall'inizio che Tyrion fosse in qualche modo riuscito a corrompere il carceriere.

«Senza alcun dubbio. Una cosa è certa: quando l'ho trovata, la cavità era vuota. Né possono esserci dubbi che, al momento della fuga, questo Rugen abbia portato con sé il suo tesoro di oscura provenienza. Tuttavia, mentre ero chinato sulla cavità, alla luce della torcia ho notato qualcosa che brillava, così ho tolto il terriccio fino a estrarla.» Qyburn aprì la mano. «Una moneta d'oro.»

"Oro, certo." Ma nel momento stesso in cui Cersei prese la moneta si rese conto che qualcosa non andava. "Troppo piccola" pensò "troppo sottile." Era una moneta vecchia e usurata. Su una faccia, il profilo di un re, sull'altra il simbolo di una mano.

«Questo non è un dragone d'oro» dichiarò Cersei.

«No, infatti» concordò Qyburn. «È conio antecedente alla Grande Conquista dei Targaryen, maestà. Il re in effigie è Garth Dodicesimo, e la mano è l'emblema di Casa Gardener.»

"Antenati di Alto Giardino." Cersei strinse la moneta in pugno. "Quale tradimento è mai questo?" Mace Tyrell era stato uno dei giudici di Tyrion, e aveva invocato a gran voce la sua messa a morte. "E se invece fosse stato un complotto? Se Tyrell avesse cospirato con il Folletto fin da principio, e avessero ordito la morte del lord mio padre?" Con Tywin Lannister nella tomba, lord Tyrell sarebbe stato la scelta più ovvia per la carica di Primo Cavaliere del re, eppure...

«Tu non fare parola di questo con *nessuno*» ordinò Cersei.

«Sua maestà può confidare nella mia discrezione. Chiunque si accompagni a una banda di soldati di ventura impara a tenere a freno la lingua, altrimenti quella medesima lingua non durerebbe a lungo.»

«Lo stesso vale per coloro che si accompagnano a me.» La regina mise via la moneta. Ci avrebbe pensato in seguito. «Che cosa mi dici dell'altra questione?»

«Ser Gregor Clegane.» Qyburn scrollò le spalle. «L'ho esaminato, come tu mi hai comandato di fare. Il veleno sulla lancia della Vipera rossa era estratto di manticora dell'Oriente, sarei pronto a scommettere la mia vita.»

«Pycelle sostiene di no. Aveva detto al lord mio padre che il veleno di manticora uccide nell'istante stesso in cui raggiunge il cuore.»

«Ed è vero. Ma questo particolare veleno è stato in qualche modo reso più denso, in modo da rallentare la morte della Montagna che cavalca.»

«Reso più denso? E come? Con qualche altra sostanza?»

«Potrebbe essere come sua maestà suggerisce, per quanto in molti casi l'adulterazione di un veleno ne indebolisca la potenza. Ma la causa potrebbe anche essere... meno naturale, per così dire. Una stregoneria.»

"Che anche quest'uomo sia un grande stolto come Pycelle?"

«Quindi mi vorresti dire che la Montagna sta morendo a causa di qualche magia nera?»

Qyburn ignorò lo scherno nella voce di Cersei. «Sta morendo a causa del veleno, ma lentamente, e con atroci sofferenze. I miei sforzi per attenuare il dolore si sono rivelati futili quanto quelli di Pycelle. Ser Gregor si è ormai assuefatto al latte di papavero, temo. Il suo scudiero mi ha detto che il cavaliere è assillato da fortissime emicranie e che spesso ingolla latte di papavero come uomini meno robusti di lui ingollano birra. Ma, in ogni caso, le sue vene sono diventate nere dalla testa ai piedi, la sua orina è inquinata dal pus e nel fianco ferito il veleno gli ha scavato un foro grosso quanto il mio pugno. A dire il vero, è un miracolo che quell'uomo sia ancora in vita.»

«Le sue dimensioni» suggerì la regina, aggrottando la fronte. «Gregor è un uomo gigantesco. Ma anche la sua stupidità è gigantesca. Troppo stupido per capire quando è ora di morire, a quanto pare.» Cersei tese la mano che reggeva la coppa e Senelle le versò di nuovo da bere. «Le sue grida spaventano Tommen. E qualche notte hanno svegliato anche me. Direi che è giunto il momento di convocare ser Ilyn Payne.»

«Maestà» suggerì Qyburn «e se spostassi ser Gregor nelle segrete? Le sue urla non potrebbero disturbarti da là sotto, e io potrei occuparmi di lui in tutta libertà.»

«Occuparti di lui?» Cersei rise. «Sarà ser Ilyn a farlo.»

«Se tale è il desiderio di sua maestà» disse Qyburn «ma questo veleno... sarebbe utile saperne qualcosa di più, non trovi, mia regina? Manda un cavaliere a uccidere un cavaliere e un arciere a uccidere un arciere, dice spesso il popolino. Per combattere le arti oscure...» Il maestro sconsacrato non finì la frase, limitandosi a sorridere.

"Non è come Pycelle, questo è poco ma sicuro." La regina lo scrutò, soppesandolo. «Per quale motivo la Cittadella ti ha portato via la catena di maestro?»

«Nel profondo, tutti gli arcimaestri sono dei codardi. Le pecore grigie, li chiama Marwyn. Io ero un guaritore abile quanto Ebrose, ma aspiravo a superarlo. Per centinaia di anni, gli uomini della Cittadella hanno sezionato cadaveri per studiare la natura della vita. Io desideravo comprendere la natura della morte, così sezionai i corpi dei vivi. Per quel crimine, le pecore grigie mi coprirono di vergogna e mi costrinsero all'esilio... ma io comprendo la natura della vita e della morte meglio di qualsiasi altro uomo di Vecchia Città.»

«Davvero?» Cersei era affascinata da quel concetto. «Molto bene. La Montagna è tua. Fa' di lui quello che vuoi, ma tieni i tuoi studi circoscritti alle celle nere. Quando sarà morto, portami la sua testa. Mio padre la promise a Dorne. So che il principe Doran Martell preferirebbe uccidere Gregor Clegane con le sue mani, ma a questo mondo tutti siamo destinati a patire delle delusioni.»

«Benissimo, maestà.» Qyburn si schiarì la voce. «Ricorda però che non ho a disposizione gli stessi mezzi di Pycelle. Sarà necessario che io mi provveda...»

«Darò incarico a lord Gyles di fornirti conio sufficiente alle tue necessità. E comprati anche delle tonache nuove. Sembri appena uscito dal Fondo delle Pulci.» Cersei lo guardò diritto negli occhi, domandandosi quanto avrebbe potuto fidarsi di quell'uomo. «È necessario che ti dica che le cose si metteranno molto male per te qualora anche una sola parola dei tuoi... sforzi... dovesse varcare queste mura?»

«Non è necessario, maestà.» Qyburn le rivolse un sorriso rassicurante. «I tuoi segreti sono al sicuro con me.»

Quando se ne fu andato, Cersei si versò una coppa di vino forte e la sorseggiò vicino alla finestra, osservando le ombre allungarsi nel cortile della Fortezza Rossa, e ripensò alla strana moneta. "Oro dell'Altopiano. Come può un infimo carceriere di Approdo del Re essere in possesso di oro dell'Altopiano, se non come compenso per la sua complicità nella morte del lord mio padre?"

A dispetto di tutti i suoi sforzi, Cersei continuava a non riuscire a richiamare alla mente il volto di lord Tywin senza quello stupido sorriso e l'odore mefitico che emanava dal suo cadavere. Si domandò se in qualche modo, anche dietro quelle macabre beffe, non potesse esserci Tyrion. "Cose meschine e crudeli, proprio come lui." E se Tyrion si fosse servito proprio di Pycelle come emissario? "Ha mandato il vecchio nelle celle nere" ricordò Cersei "di cui si occupava questo aguzzino Rugen." Trame ordite le une nelle altre in grovigli che a Cersei non piacevano affatto. "Anche il nuovo Alto Septon è un uomo di Tyrion" ricordò improvvisamente Cersei "e il corpo del mio povero padre è stato nelle sue mani dal tramonto fino all'alba."

Ser Kevan Lannister, suo zio, si presentò da lei puntualmente al tramonto, con indosso un farsetto di lana imbottita color antracite, tetro quanto la sua faccia. Come tutti i Lannister, anche ser Kevan era biondo e di carnagione chiara, anche se all'età di cinquantacinque anni aveva perduto quasi tutti i capelli. Nessuno lo avrebbe definito un uomo attraente. Ventre prominente, spalle ingobbite, mascella squadrata, mento sporgente, che la barba bionda tagliata corta non riusciva a nascondere, a Cersei ricordava un vecchio mastino... ma un vecchio mastino fedele era proprio quello che le serviva.

Consumarono una cena frugale a base di barbabietole, pane e manzo al sangue, annaffiando il tutto con una caraffa di vino dorniano. Ser Kevan parlò ben poco e quasi non toccò la sua coppa. "Pensa troppo" decise Cersei. "Deve essere messo subito in azione per superare il dolore."

E fu precisamente questo che gli disse, non appena i resti del cibo furono portati via e i servi si furono dileguati. «So quanto mio padre facesse conto su di te, zio. Ora, anch'io devo fare lo stesso.»

«Hai bisogno di un Primo Cavaliere» rilevò ser Kevan. «E Jaime ha rifiutato.»

"È un uomo diretto. Molto bene." «Jaime... Mi sentivo talmente sperduta a causa della dipartita di mio padre, da non sapere nemmeno quello che stavo dicendo. Siamo franchi: Jaime è un uomo valoroso, ma anche uno sciocco. A Tommen serve un uomo di maggiore esperienza. Un uomo in età...»

«Mace Tyrell è in età.»

Le narici di Cersei si dilatarono. «Mai!» Scostò una ciocca di capelli dalla fronte. «I Tyrell sono troppo avidi.»

«Saresti sciocca a nominare Mace Tyrell Primo Cavaliere» ammise ser Kevan «ma saresti doppiamente sciocca a inimicartelo. Ho sentito di quanto è accaduto nella sala delle Lampade. Mace avrebbe dovuto avere maggiore discernimento prima di affrontare un simile argomento in pubblico, ciononostante tu non hai agito in modo saggio a coprirlo di vergogna davanti a metà della corte.»

«Meglio questo che subire un altro Tyrell nel concilio ristretto.» La critica di suo zio l'aveva indispettita. «Rosby sarà un maestro del conio all'altezza del suo compito. Tu hai visto la sua carrozza, tutta bassorilievi e tende di seta. I suoi cavalli hanno finimenti migliori di quelli della maggior parte dei cavalieri. Un uomo così ricco non dovrebbe avere problemi nel reperire oro. Quanto alla carica di Primo Cavaliere... chi potrà portare a compimento il lavoro di mio padre meglio del fratello che ha preso posto al suo fianco in tutte le riunioni?»

«Ogni uomo ha bisogno di qualcuno di cui fidarsi. Tywin aveva me e, un tempo, tua madre.»

«L'ha amata moltissimo.» Cersei rifiutò di pensare alla puttana trovata morta nel letto del padre. «Io so che ora loro due sono l'uno al fianco dell'altra.»

«È anche la mia preghiera.» Ser Kevan studiò l'espressione di lei per un lungo momento prima di proseguire. «Mi stai chiedendo molto, Cersei.»

«Non più di quanto ti chiedeva mio padre.»

«Sono stanco.» Ser Kevan prese la coppa con il vino e bevve un sorso. «Ho una moglie che non vedo da due anni, un figlio morto per il quale sono tuttora in lutto, un altro figlio che sta per sposarsi e diventare lord. Il castello di Darry deve tornare a essere quello di un tempo, le terre protette, i campi bruciati nuovamente arati e seminati. Lancel ha bisogno del mio aiuto.»

«Lo stesso vale per Tommen.» Cersei non si era aspettata di dover convincere Kevan. "Con mio padre non si è mai fatto pregare." «Il regno ha bisogno di te.»

«Il regno. *Aye*. E Casa Lannister.» Bevve un altro sorso di vino rosso. «Molto bene: rimarrò a servire sua maestà...»

«Ottimo...» cominciò Cersei, ma ser Kevan alzò la voce e le impedì di continuare.

«... ma solamente a patto che nomini me Primo Cavaliere *e* reggente, e che tu faccia ritorno a Castel Granito.»

Per un istante che le sembrò non finire mai, tutto quello che Cersei riuscì a fare fu fissarlo. «Sono *io* la reggente» gli ricordò.

«Lo eri. Non era intenzione di Tywin che tu continuassi a ricoprire quella carica. Mi parlò dei suoi piani di rimandarti alla Rocca e di trovarti un nuovo marito.»

Cersei sentì il furore crescerle dentro. «Parlò di questo, sì. E io gli dissi che non intendevo sposarmi di nuovo.»

Suo zio non si lasciò impressionare. «Se sei contraria al matrimonio, non sarò io a importelo. Quanto all'altro argomento... tu ora sei la signora di Castel Granito. Il tuo posto è là.»

"Come osi?" avrebbe voluto urlare Cersei. «Io sono anche la regina reggente» disse invece. «Il mio posto è vicino a mio figlio.»

«Tuo padre non la pensava così.»

«Mio padre è morto.»

«Con mio dolore, e per il sollievo dell'intero regno. Apri gli occhi, Cersei, e guardati attorno. Il regno è in rovina. Tywin sarebbe forse stato in grado di rimettere le cose a posto, ma...»

«Sarò *io* a farlo!» Cersei poi addolcì il tono. «Con il tuo aiuto, zio. Se tu mi servirai fedelmente come hai servito mio padre...»

«Tu non sei tuo padre. E Tywin ha sempre guardato a Jaime quale suo erede di diritto.»

«Jaime... Jaime ha prestato giuramento nelle Spade bianche. Jaime non pensa. Mai. Jaime se la ride di tutto e di tutti, e dice qualsiasi cosa gli passi per la testa. Jaime è uno sciocco.»

«Eppure era lui la tua preferenza quale Primo Cavaliere. Allora, Cersei, tu che cosa sei?»

«Te l'ho già detto: ero accecata dal dolore, non pensavo...»

«No, infatti, *non* pensavi» concordò ser Kevan. «Ed è proprio per questo che dovresti ritornare a Castel Granito, affidando il re a quelli che invece continuano a pensare.»

«Il re è mio figlio!» Cersei si alzò in piedi.

«*Aye*» concordò di nuovo suo zio «e da tutto quanto ho visto di Joffrey, sei tanto incapace di essere madre quanto di governare.»

Cersei gli scaraventò in faccia tutto il vino della coppa.

Ser Kevan Lannister si alzò a sua volta, con austera dignità. «Maestà.» Il vino rosso gli grondava lungo le guance, gocciolando nella barba corta. «Con tua licenza, posso ritirarmi?»

«In base a quale diritto ritieni di dettare condizioni *a me*? Tu non sei nulla di più di uno dei cavalieri di mio padre.»

«Non possiedo terre, è vero. Ma ho certi introiti, e casse di conio messe da parte. Alla sua morte, mio padre non dimenticò nessuno dei suoi figli, e Tywin sapeva come ricompensare i buoni servigi. Io mantengo duecento cavalieri, un numero che posso raddoppiare, se necessario. Ci sono soldati erranti pronti a seguire i miei vessilli, e ho oro per assoldare mercenari. Sarebbe saggio da parte tua non prendermi alla leggera, maestà, e ancora più saggio non fare di me un tuo nemico.»

«Mi stai forse... minacciando?»

«Ti sto consigliando. Se non intendi cedermi la reggenza, allora nominami lord di Castel Granito e fai Primo Cavaliere Mathis Rowan o Randyll Tarly.»

"Alfieri dei Tyrell, sia l'uno sia l'altro." Quel suggerimento lasciò Cersei senza parole. "Che si sia fatto comprare?" si chiese. "Che abbia preso l'oro dei Tyrell, tradendo Casa Lannister?"

«Mathis Rowan è uomo sensibile, prudente, molto apprezzato» continuò ser Kevan, ignaro. «Randyll Tarly è il più capace uomo d'arme del regno. In tempo di pace, non un'eccelsa scelta come Primo Cavaliere, ma essendo morto Tywin non c'è uomo migliore di lui per concludere questa guerra. Lord Tyrell non potrà ricevere oltraggio qualora tu nominassi Primo Cavaliere uno dei suoi alfieri. Tarly e Rowan sono entrambi uomini validi... e leali. Nomina uno di loro due, e Tyrell sarà dalla tua. Rafforzerai la tua posizione e indebolirai quella di Alto Giardino, ma è comunque probabile che Mace Tyrell ti ringrazierà per questo.» Ser Kevan scrollò le spalle. «Tale è il mio consiglio, che tu lo accolga o no. Nomina Ragazzo di luna Primo Cavaliere, per quello che m'importa. Mio fratello è morto. E ora io lo riporterò a casa.»

"Traditore!" pensò Cersei. "Voltagabbana!" Si domandò quanto Mace Tyrell lo avesse pagato. «Tu abbandoni il tuo re proprio quando ha maggiormente bisogno di te» gli disse. «Tu abbandoni Tommen.»

«Tommen ha sua madre.» Gli occhi verdi di ser Kevan incontrarono quelli di Cersei: non c'era esitazione nello sguardo di lui, nessun ammiccamento. Un'ultima goccia di vino tremolò sulla sua barba, e infine cadde. «*Aye*, ha sua madre» ripeté in tono remoto, poi, dopo una pausa: «E ha anche un padre, suppongo».

JAIME

Ser Jaime Lannister, vestito interamente di bianco, si ergeva immobile a fianco della salma di suo padre, la mano serrata attorno all'elsa della grande spada dorata.

Crepuscolo. L'interno del Grande Tempio di Baelor era tetro e inquietante. L'ultima luce del giorno scendeva in obliquo dalle alte finestre, avvolgendo i torreggianti simulacri dei Sette Dèi in un alone purpureo. Attorno ai loro altari ardevano candele profumate, ombre profonde si addensavano nelle nicchie, strisciavano silenziose sui pavimenti di marmo. Gli echi dei canti funebri si affievolivano a mano mano che gli ultimi convenuti alle esequie si allontanavano. Balon Swann e ser Loras Tyrell, cavalieri della Guardia reale, rimasero dopo che tutti gli altri se ne furono andati.

«Nessun uomo può vegliare per sette giorni e sette notti» ser Balon apostrofò Jaime. «Quando è stata l'ultima volta che hai dormito, mio signore?»

«Quando mio padre era ancora in vita.»

«Permettimi di sostituirti nella veglia di questa notte» si offrì ser Loras.

«Non era tuo padre.» "Né sei stato tu a ucciderlo, ma io. Tyrion avrà anche lanciato il dardo della balestra che lo ha abbattuto, ma sono stato io a liberare Tyrion dalla sua nera cella."

«Come il mio signore comanda» disse Swann.

Ser Loras stava per insistere, ma ser Balon lo prese per un braccio e lo portò via. Jaime ascoltò il rumore dei loro passi che si allontanavano. Fu nuovamente solo con il lord suo padre, tra le candele, i cristalli e l'odore della morte, dolciastro e repellente. Aveva la schiena dolorante a causa del peso dell'armatura, e quasi non sentiva più le gambe. Cambiò leggermente posizione, serrando ancora di più le dita attorno all'impugnatura della grande spada dorata. Non era più in grado di duellare, ma riusciva ancora a impugnare una spada. La mano che aveva cessato di esistere pulsava. Era quasi comico. C'era più sensibilità nella mano che aveva perduto che nel resto del suo corpo.

"La mia mano brama una spada. Ho bisogno di uccidere qualcuno. Varys, per cominciare, ma prima devo trovare la pietra sotto la quale quel viscido eunuco è strisciato a nascondersi."

«Ho dato ordine al Ragno di portare Tyrion su una nave, non nella tua camera da letto» disse Jaime al cadavere del padre. «Il tuo sangue lorda le sue mani tanto quanto lorda... quelle di Tyrion.» "Tanto quanto lorda le mie mani" avrebbe voluto dire, ma le parole gli rimasero bloccate in gola. "Qualsiasi cosa Varys abbia fatto, sono stato *io* a fargliela fare."

Quella notte maledetta, Jaime aveva atteso nelle stanze dell'eunuco. Alla fine, era giunto alla cruciale decisione: non avrebbe lasciato morire Tyrion. Nell'attesa, aveva affilato il pugnale con l'unica mano, traendo un bizzarro piacere nell'udire il ritmico *rrriiippp rrriiippp rrriiippp* dell'acciaio contro la pietra. Rumore di passi. Jaime si era appostato a lato della porta. Varys era entrato accompagnato da una zaffata di cipria e lavanda. Jaime gli era scivolato alle spalle, gli aveva sferrato un calcio nell'incavo del ginocchio e si era seduto sul suo torace. Aveva premuto la lama nella carne bianca e morbida del suo collo, costringendo l'eunuco a sollevare la testa.

"Lord Varys" aveva detto piacevolmente "quale inaspettato piacere incontrarti qui."

"Ser Jaime?" aveva farfugliato Varys. "Mi hai spaventato."

"Era esattamente quello che volevo." Jaime aveva ruotato leggermente il pugnale e un filo di sangue era colato lungo la lama. "Stavo pensando che potresti togliere mio fratello Tyrion dalla cella prima che ser Ilyn Payne gli stacchi la testa. È una brutta testa, me ne rendo conto, ma è l'unica che ha."

"Sì... ecco... se tu potessi... allontanare la lama, sì, delicatamente, come compiace al mio signore, delicatamente, oh, un piccolo graffio..." L'eunuco si era tastato la gola, poi aveva fissato a bocca aperta il sangue che gli imbrattava le dita. "Non ho mai sopportato la vista del mio sangue."

"Avrai da sopportare ben di peggio se rifiuti di aiutarmi."

"Tuo fratello..." Varys si era sforzato di mettersi seduto. "Se il Folletto dovesse svanire misteriosamente dalla sua cella, ve-verrebbero fatte domande. Io te-temerei per la mia vita..."

"La tua vita dipende da me. Non mi importa quali e quanti segreti conosci, Varys. Se Tyrion muore, tu non vivrai a lungo dopo di lui, è una promessa."

"Ah." L'eunuco si era leccato il sangue dalle dita. "Mi chiedi una cosa terribile... liberare il Folletto che ha assassinato il nostro grazioso sovrano Joffrey. O forse tu lo ritieni innocente?"

"Innocente o colpevole" aveva risposto Jaime, folle com'era "un Lannister paga sempre i propri debiti." Parole che gli erano venute così naturali.

Da allora Jaime non aveva più dormito. E rivedeva suo fratello, adesso, il modo in cui aveva sogghignato mentre la luce della torcia gli scivolava sul viso. "Povero cieco storpio patetico" gli aveva ringhiato Tyrion, pieno di malvagità. "Cersei è solo una puttana bugiarda... Si è fatta fottere da Lancel, da Osmund Kettleblack e, per quanto ne so, perfino dal nostro guitto di corte. E io sono il mostro che tutti dicono. Sì, ho ucciso io quel tuo figlio infame."

"Ma non ha mai detto che intendeva uccidere anche nostro padre. Se lo avesse detto, lo avrei fermato. Sarei stato io a spargere il sangue del mio sangue, non lui."

Jaime si domandò dove fosse andato a nascondersi Varys. Saggiamente, il maestro delle spie non aveva fatto ritorno ai propri appartamenti, né le ricerche nella Fortezza Rossa avevano portato ad alcun risultato. Forse, piuttosto che restare a rispondere a domande scomode, l'eunuco si era imbarcato insieme a Tyrion. In quel caso, erano entrambi ormai lontani, nella cambusa di una galea a brindare con una caraffa di vino dorato di Arbor.

"A meno che mio fratello non abbia assassinato anche Varys, lasciando il suo cadavere in pasto ai vermi nelle segrete della fortezza."

Un oscuro labirinto dove ci sarebbero voluti anni prima di trovare le sue ossa. Jaime aveva guidato in quelle tenebre una dozzina di armigeri muniti di torce, funi, lanterne. Avevano brancolato per ore tra passaggi tortuosi, stretti varchi nei muri in cui si riusciva a malapena a strisciare, porte nascoste, scale segrete, pozzi a strapiombo sulla totale oscurità. Mai come allora Jaime Lannister si era sentito così mutilato. Un uomo dà troppe cose per scontate quando ha due mani. Per esempio, salire una scala a pioli. E non era semplice neppure strisciare, non per nulla si diceva procedere "a quattro zampe". Jaime non poteva nemmeno salire reggendo al contempo una torcia, come facevano tutti gli altri.

Ed era stato tutto inutile. Avevano trovato solamente buio, polvere e ratti. "E draghi, draghi in agguato nell'abisso." Rivide il tenue chiarore arancione delle braci nella bocca del drago di ferro. Il braciere riscaldava la sala al fondo del condotto verticale nella quale convergeva una mezza dozzina di gallerie. Sul pavimento, a tessere nere e rosse, Jaime aveva trovato un frammento di mosaico che rappresentava il drago a tre teste di Casa Targaryen. "Io so chi sei, Sterminatore di re" sembrava dire il mostro. "Sono sempre stato qui, in attesa che tu arrivassi." A Jaime era addirittura parso di riconoscere quella voce, le intonazioni metalliche che un tempo erano appartenute a Rhaegar Targaryen, principe della Roccia del Drago.

In una giornata ventosa Jaime aveva detto addio a Rhaegar nel cortile interno della Fortezza Rossa. Il principe indossava la sua armatura nera come la notte, con il drago a tre teste tempestato di rubini sulla corazza pettorale. "Maestà" lo aveva implorato Jaime "lascia che oggi sia Darry a proteggere il re, oppure ser Barristan. I loro mantelli sono bianchi quanto il mio."

Il principe Rhaegar aveva scosso la testa. "Il nostro sovrano teme più tuo padre che non il cugino Robert Baratheon. Ti vuole accanto a lui, in modo che lord Tywin non possa ferirlo. Da parte mia, in un momento simile, non oso togliergli questo sostegno."

"Io non sono un sostegno!" Jaime aveva sentito l'ira salirgli alla gola. "Io sono un cavaliere della Guardia reale."

"E allora fa' la guardia al re" aveva ribattuto ser Jon Darry. "Quando hai indossato quel mantello, Lannister, hai giurato obbedienza."

Rhaegar aveva posato una mano sulla spalla di Jaime. "Quando questa battaglia sarà conclusa, intendo convocare il concilio ristretto. Molte cose cambieranno. Era mia intenzione farlo molto tempo fa, ma... be', è inutile rimpiangere strade mai imboccate. Parleremo al mio ritorno."

Erano state quelle le ultime parole che Rhaegar Targaryen aveva detto a Jaime Lannister. Fuori dei portali della Fortezza Rossa si era radunato un esercito, mentre un secondo esercito era calato sul Tridente. Così il principe della Roccia del Drago era montato in sella, aveva indossato il suo alto elmo nero e aveva cavalcato verso la tragedia.

"Aveva più ragione di quanto potesse immaginare. Quando fu conclusa quella battaglia, molte cose sono effettivamente cambiate."

«Aerys il re Folle pensava che nulla di male gli sarebbe accaduto tenendomi al suo fianco» disse Jaime al cadavere di suo padre. «Non è divertente?»

Anche lord Tywin sembrava pensarla a quel modo: sorrideva più di prima. "Pare quasi che si diverta a essere morto." Che strano, Jaime non provava dolore. "Dove sono le mie lacrime? Dov'è la mia furia?" La rabbia non era mai mancata in Jaime Lannister.

«Padre» disse rivolgendosi di nuovo al cadavere «fosti tu a insegnarmi che le lacrime in un uomo sono segno di debolezza, quindi non puoi aspettarti che ora io ne versi per te.»

Almeno in mille, tra lord e lady, erano sfilati quella mattina davanti al catafalco, e svariate migliaia di popolani lo avevano fatto nel pomeriggio. Indossavano abiti austeri, mostravano espressioni di circostanza, ma Jaime sospettava che, in realtà, fossero in tanti a rallegrarsi della caduta di quel grande uomo. Anche nei territori a ovest lord Tywin era stato più rispettato che amato, e ad Approdo del Re molti, troppi, non avevano dimenticato il saccheggio perpetrato nella città dalle truppe del Leone di Lannister.

Fra tutti coloro che avevano presenziato alle esequie, il più disperato era apparso il gran maestro Pycelle. "Ho servito sei re" aveva detto a Jaime dopo il secondo ufficio funebre, continuando ad annusare con fare dubbioso attorno al cadavere "ma di fronte a noi ora giace l'uomo più illustre che io abbia mai conosciuto. Lord Tywin non aveva corona, eppure era tutto ciò che un re dovrebbe essere."

Senza barba, Pycelle appariva non solo vecchio, ma decrepito. "Rasarlo è stato l'oltraggio più crudele che Tyrion potesse fargli." Jaime sapeva bene che cosa significasse perdere una parte di se stessi, specialmente quella che definisce la propria identità. La barba di Pycelle era magnifica: bianca come la neve, morbida come lana d'agnello, una cascata lussureggiante che copriva guance e mento, arrivando fino alla cintola. Al gran maestro piaceva accarezzarsela mentre pontificava. Gli conferiva un'aria di saggezza, celando ogni sorta di imperfezione: flosce grinze di pelle lungo l'arco della mandibola; la bocca piccola, querula, sdentata; rughe, verruche e chiazze dovute all'età, troppo numerose per riuscire a contarle. Pycelle aveva tentato di fare ricrescere quanto era andato perduto, ma era stato un fallimento. Solo ciuffi irregolari e radi pelucchi spuntavano sulle guance rugose e sul mento sfuggente, così radi che Jaime poteva vedere la pelle rosacea e macchiata.

"Ser Jaime, nella mia vita sono stato testimone di cose terribili" aveva detto il vecchio. "Guerre, battaglie, delitti fra i più atroci... Ero solo un ragazzo a Vecchia Città quando il morbo grigio spazzò via metà della popolazione, oltre a due terzi dei maestri e degli accoliti della Cittadella. Lord Hightower fece bruciare tutte le navi alla fonda, fece chiudere le porte della città e diede ordine ai suoi armati di sterminare chiunque avesse tentato di fuggire... uomini, donne, infanti. Tutti. Una volta che l'epidemia si fu sfogata, lo uccisero. Il giorno stesso in cui il porto venne riaperto, trascinarono lord Hightower giù dal suo cavallo e gli tagliarono la gola, a lui e anche al suo giovane figlio. Perfino oggi, solamente a udire il suo nome, i rozzi abitanti di Vecchia Città sputano con disprezzo, ma Quenton Hightower fece quanto andava fatto. Anche tuo padre era un uomo del genere. Un uomo che faceva quello che andava fatto."

"Quindi è per questa ragione che adesso pare così compiaciuto di se stesso?"

I miasmi che salivano dal cadavere facevano lacrimare gli occhi di Pycelle. "La carne... quando la carne si prosciuga, i muscoli si irrigidiscono, stirando le labbra. Quello non è un sorriso, è solo un... essiccamento, nient'altro." L'anziano sapiente aveva socchiuso le palpebre, ricacciando indietro le lacrime. "Ora chiedo venia, cavaliere. Sono molto stanco."

Appoggiandosi al bastone, Pycelle era uscito lentamente dal tempio. "Un altro che sta morendo" aveva pensato Jaime. Nessuna meraviglia che Cersei lo definisse inutile.

In realtà, la sua dolce sorellina sembrava ritenere che metà corte fosse composta da personaggi inutili, o da traditori. Pycelle, la Guardia reale, i Tyrell, lui stesso... perfino ser Ilyn Payne, il cavaliere silenzioso che assolveva il ruolo di boia. In qualità di Giustizia del re, le segrete della Fortezza Rossa erano sotto il suo comando. Silenzioso perché gli era stata mozzata la lingua, Payne aveva largamente demandato quella responsabilità ai suoi sottoposti, ma era comunque a lui che Cersei addossava la colpa della fuga di Tyrion. "È stata opera mia, non sua" era stato sul punto di dirle Jaime, ma non lo aveva fatto. Per contro, aveva promesso di interrogare il capo carceriere, un vecchio dalla schiena curva chiamato Rennifer Longwaters.

"Vedo che sei perplesso, ser Jaime" aveva sghignazzato l'aguzzino quando Jaime si era presentato per interrogarlo. "Longwaters, lunghe acque: che razza di nome è? Un nome antico, questo è vero. Non sono uno che si vanta, ma c'è sangue di re nelle mie vene. Io sono discendente di una principessa. Mio padre mi ha raccontato la storia quando ero alto quanto un soldo di cacio." A giudicare dalla pelle chiazzata del cranio e dai peli bianchi che gli spuntavano sul mento, era passato un bel po' di tempo da allora. "Quella principessa era il tesoro più ricco di Maidenvault. Lord Pugno di quercia aveva perso la testa per lei anche se era sposato con un'altra. Lei diede al loro bastardo il nome di Waters in onore del padre, e da grande è diventato un cavaliere, così come poi fece suo figlio, che aggiunse 'Long' davanti a 'Waters', per far sapere che lui non era nato da una canaglia. Perciò anch'io dentro di me ci ho un po' di sangue di drago."

"Infatti, stavo quasi per prenderti per Aegon il Conquistatore" aveva risposto Jaime. Waters era un nome comune per i bastardi del golfo delle Acque Nere, era quindi più probabile che Longwaters discendesse da qualche cavaliere di una casata minore che non da una principessa. "In ogni caso, sono venuto qui per qualcosa di più importante del tuo albero genealogico."

Longwaters aveva chinato la testa. "Il prigioniero scomparso."

"E anche il carceriere scomparso."

Il vecchio aveva annuito. "Rugen, carceriere in seconda. Era addetto al terzo livello, le celle nere."

"Parlami di lui" lo aveva esortato Jaime. "Fottuta farsa." Lui sapeva benissimo chi era Rugen, Longwaters invece no.

"Malmesso, mal rasato, rozzo di parlata. Lo ammetto: non mi piaceva, quello lì, è vero questo che ti dico. Rugen era già qua quando ci sono venuto anch'io, dodici anni addietro. Era stato nominato da re Aerys. Veniva qua di rado, questo va detto. Io l'ho scritto nei miei rapporti. Milord, di questo ti do la mia parola, la parola di un uomo che ha sangue regale nelle vene."

"Parla un'altra volta del tuo sangue regale, e ne farò scorrere parecchio" aveva pensato Jaime. "Chi ha visto questi rapporti?" aveva chiesto.

"Certi sono andati al maestro del conio, altri al maestro delle spie. Tutti al capo carceriere e alla Giustizia del re. È sempre stata questa la regola, qua sotto nelle segrete." Longwaters si era dato una grattatina al naso. "Rugen era qua tutte le volte che c'era bisogno, milord, questo va detto. Le celle nere si usano di rado. Prima del fratello piccoletto del milord, c'è stato per un po' il gran maestro Pycelle, e prima di lui lord Stark il traditore. C'erano anche altri tre, uomini del popolo, ma lord Stark li ha dati ai Guardiani della notte. Io non credo che è stato bene liberare quei tre là, ma le carte stavano in ordine. Anche di questa cosa ho fatto nota nel mio rapporto, puoi starne certo."

"Parlami dei due carcerieri che si sono addormentati."

"Carcerieri?" Longwaters aveva tirato su col naso. "Quei due là non erano mica carcerieri. Erano solamente aguzzini. La corona paga il salario per venti aguzzini, milord, un intero plotone, ma da quando sono qua sotto non ce ne sono mai stati più di dodici. Si dice che dovremmo avere anche sei sottocarcerieri, due per ogni livello, ma ce ne sono solo tre."

"Tu e altri due?"

"Io sono il capo carceriere, milord" aveva risposto Longwaters tirando di nuovo su col naso. "Io sto sopra ai sottocarcerieri. Io ho il compito di fare di conto. Se milord vuole guardare i miei libri, vede bene che tutti i conti stanno giusti." Longwaters aveva consultato il massiccio volume rilegato in cuoio spalancato davanti a lui. "Al presente, abbiamo quattro prigionieri al primo livello e uno al secondo, in aggiunta al fratello di milord." Il vecchio aveva corrugato la fronte. "Che però è scappato, è vero. Quindi lo cancello dalla lista." Aveva preso una penna d'oca e cominciato a farle la punta.

"Sei prigionieri" aveva pensato Jaime con rabbia "mentre noi paghiamo salari per venti aguzzini, sei sottocarcerieri, un carceriere, un capo carceriere e il boia del regno." "Voglio interrogare questi due aguzzini" aveva detto.

Rennifer Longwaters aveva smesso di affilare la penna d'oca e aveva scrutato Jaime con aria dubbiosa. "Interrogarli, milord?"

"Mi hai udito."

"Ti ho udito, milord, sì, ma... milord può interrogare tutti quelli che vuole, è vero, non sta certo a me dirgli che non può. Ma, ser, se posso osare di dire come la penso, io non credo che quei due risponderanno. Sono morti, milord."

"Morti? Per ordine di chi?"

"Ordine tuo, credevo, o... forse del re? Io non ho chiesto. Non... non sta a me discutere con la Guardia reale."

"La Guardia reale!" Quella rivelazione era stato come gettare sale su una ferita: Cersei aveva usato le Spade bianche, uomini di Jaime! Li aveva mandati a fare il lavoro sporco, insieme ai suoi preziosi Kettleblack.

"Razza di idioti senza cervello!" In seguito, dentro una segreta intrisa del tanfo del sangue e della morte, Jaime aveva aggredito Boros Blount e Osmund Kettleblack. "Che cosa credevate di fare?"

"Niente più di quanto ci è stato detto, milord." Ser Boros era più basso di Jaime, ma più massiccio. "Sua maestà ha dato l'ordine. Tua sorella."

Ser Osmund aveva infilato un pollice nel cinturone della spada. "Ha detto che dovevano dormire per sempre. Così ci abbiamo pensato i miei confratelli e io."

"Poco ma sicuro." Uno dei cadaveri giaceva a faccia in giù sul tavolo, come qualcuno crollato alla fine di un banchetto, ma la pozza sotto la sua testa era di sangue, non di vino. Il secondo aguzzino era riuscito a spingere indietro la panca e a estrarre il pugnale prima che qualcuno gli piantasse una spada lunga nelle costole. La sua fine era stata più lunga, più sporca. "Avevo detto a Varys che non volevo spargimento di sangue nella fuga di Tyrion" aveva pensato Jaime "ma avrei dovuto dirlo anche a mio fratello, e a mia sorella."

"La vostra è stata una pessima mossa, ser Osmund."

"Nessuno sentirà la mancanza di quei due." Ser Osmund aveva scrollato le spalle. "Scommetto che erano complici, e anche quello che è scomparso."

"Non erano complici" avrebbe potuto contraddirlo Jaime. "Varys ha drogato il loro vino." "Se anche fosse stato così, avremmo potuto interrogarli, strappare loro una confessione" aveva detto e poi aveva ricordato le parole di Tyrion: "Si è fatta fottere da Lancel, da Osmund Kettleblack e, per quanto ne so, perfino dal nostro guitto di corte..." "Se fossi un uomo dall'indole sospettosa, mi potrei chiedere come mai avete avuto tanta fretta di impedire che a quei due aguzzini venissero fatte domande. Avevate forse bisogno di ridurli al silenzio, in modo da celare anche il vostro coinvolgimento?"

"Noi?" Kettleblack aveva rischiato di soffocare. "Ci siamo limitati a fare quello che la regina ha ordinato. Hai la mia parola di confratello ordinato delle Spade bianche."

Jaime aveva sentito le dita dell'arto fantasma contrarsi mentre diceva: "Fate venire qui Osney e Osfryd e ripulite il vostro mattatoio. E la prossima volta che la mia dolce sorellina vi ordina di uccidere qualcuno, venite prima da me. E ora toglietevi dalla mia vista... cavalieri".

Quelle parole continuavano a rimbalzare dentro la sua testa nella penombra del Grande Tempio di Baelor. Sopra di lui, adesso, tutte le finestre erano nere, le tenebre erano vinte solo dal chiarore evenescente di stelle lontane. Il sole era definitivamente svanito. A dispetto delle candele profumate, il tanfo della morte stava diventando sempre più mefitico. Quel lezzo fece tornare alla mente di Jamie il passo sotto la Zanna Dorata, dove aveva riportato una gloriosa vittoria nei primi giorni della guerra dei Cinque re, come già veniva chiamata. Il mattino dopo la battaglia, i corvi avevano banchettato su vincitori e vinti, senza alcuna distinzione, nello stesso modo in cui avevano banchettato con Rhaegar Targaryen dopo la battaglia sul Tridente.

"Che valore ha mai una corona se un corvo può fare scempio di un re?"

I corvi volteggiavano attorno alle sette torri e alla cupola del Grande Tempio di Baelor anche in quel preciso momento, sospettava Jaime, le loro ali nere fendevano l'aria della notte alla ricerca di una via per entrare. "Ogni singolo corvo dei Sette Regni dovrebbe venire a renderti omaggio, padre. Da Castamere alle Acque Nere, tu li hai nutriti generosamente." Lord Tywin si compiacque di quella affermazione: il suo sorriso si stirò ancora di più. "Per tutti gli inferi, sta sogghignando come uno sposo alla prima notte di nozze."

Un ghigno talmente grottesco che Jaime non trattenne una risata. Echeggiò tra le absidi e le cappelle dei Sette Dèi, come se anche i morti inumati tra quelle mura partecipassero. Perché no, in fondo?

"L'intera faccenda è più assurda di una farsa da guitti, io che sono di veglia a un padre del cui assassinio mi sono reso complice, che mando uomini a catturare un fratello alla cui fuga ho contribuito..."

Jaime aveva dato ordine a ser Addam Marbrand, nuovo lord comandante della Guardia cittadina di Approdo del Re, di battere a tappeto la strada della Seta. "Cercate sotto ogni letto, tu sai che assiduo frequentatore di bordelli sia mio fratello." Anche se le cappe dorate avrebbero trovato molto più interessante frugare sotto le sottane delle baldracche che non sotto i loro letti. Jaime si domandò quanti figli bastardi sarebbero stati generati da quella ricerca insensata.

Ormai privi di pastoie, i suoi pensieri andarono a Brienne di Tarth. "Stupida, rozza donzella testarda." Si chiese dove fosse in quel momento. "Padre, dalle la forza." Quasi una preghiera, quella dello Sterminatore di re... Forse era dio che stava invocando, il Padre di lassù, la cui effigie istoriata ammiccava al chiarore delle candele sul lato opposto del tempio? Oppure stava rivolgendosi al cadavere che giaceva davanti a lui? "Ha davvero importanza? Non ascoltano, nessuno dei due ascolta." L'unico vero dio di Jaime Lannister, fin da quando aveva avuto l'età per impugnare una spada, era stato il Guerriero. Altri uomini potevano essere padri, figli, mariti, ma nessuno di loro sarebbe mai stato Jaime Lannister, la cui spada era d'oro come i suoi capelli. Lui era un guerriero, e non sarebbe mai stato altro.

"Dovrei dire a Cersei la verità, confessarle di essere stato io a liberare Tyrion dalla sua cella." In fondo, nel caso di Tyrion la verità aveva funzionato in modo superlativo. "Sì, ho ucciso io quel tuo figlio infame, e adesso sto andando a uccidere anche tuo padre." Jaime poteva udire il Folletto ridere nell'oscurità. Voltò la testa, frugando le ombre con lo sguardo, ma quella risata era solamente la sua risata, rimandata dagli echi. Chiuse gli occhi, un istante dopo li riaprì di scatto. "Non devo dormire!" Se si fosse addormentato, forse avrebbe sognato. Ah, come se la rideva Tyrion... "una puttana bugiarda... si è fatta fottere da Lancel, da Osmund Kettleblack..."

A mezzanotte, i cardini dei portali del Padre cigolarono. Molte centinaia di septon entrarono nel tempio, per procedere alle loro orazioni. Alcuni erano vestiti con tonache di tessuto d'argento, con in capo le tiare di cristallo che indicavano i Più Devoti. I septon di rango inferiore avevano pendagli di cristallo appesi al collo e tuniche bianche strette alla vita da cinture arcobaleno intrecciate. Attraverso i portali della Madre, uscite dai loro conventi, marciarono septa in bianco, allineate per sette e cantando sommessamente, mentre le Sorelle del silenzio vennero dalla scalinata dello Sconosciuto, anche loro cantando piano. Le ancelle della morte erano vestite di grigio pallido, i loro volti celati da veli e cappucci, solamente gli occhi erano scoperti. Apparve anche un folto gruppo di confratelli questuanti, avvolti in tonache marroni, gialle, grigie, oppure di stoffa grezza, legate in vita da tratti di corda di canapa. Attorno al collo, alcuni di loro avevano la mazza di ferro simbolo del Fabbro, altri portavano ciotole da questua.

Nessuno di quei devoti prestò a Jaime la benché minima attenzione. Si mossero per il tempio seguendo un percorso circolare, pregando davanti a ciascuno dei sette altari che onoravano i sette aspetti della deità. Per ogni dio compirono un sacrificio, per ogni dio cantarono un inno. Le loro voci si levarono delicate e solenni. Jaime chiuse gli occhi e rimase ad ascoltare, ma quando cominciò a barcollare tornò a riaprirli. "Sono più stanco di quanto pensassi."

Erano passati anni dalla sua ultima veglia. "A quel tempo ero molto più giovane, un ragazzo di quindici anni." In quell'occasione non indossava armatura, ma una semplice tunica bianca. Il tempio nel quale aveva passato la notte non era grande neppure un terzo di una qualsiasi delle sette absidi del Grande Tempio di

Baelor. Jaime aveva posato la spada sulle ginocchia del Guerriero, quindi aveva deposto l'armatura ai suoi piedi e si era inginocchiato sul pavimento di pietra davanti all'altare. Quando era spuntata l'alba, le ginocchia di Jaime erano scorticate, insanguinate. "Tutti i cavalieri devono sanguinare, Jaime" gli aveva detto ser Arthur Dayne quando le aveva viste. "È il sangue il sigillo della nostra devozione." Ser Arthur gli aveva posato sulla spalla la propria spada, la Spada dell'alba. La pallida lama era talmente affilata che perfino quel tocco pressoché impercettibile aveva lacerato la tunica di Jaime, facendo sgorgare altro sangue. Lui non se ne era reso neppure conto. Quello che si era inginocchiato era un ragazzo, ma ad alzarsi era stato un cavaliere.

"Il Giovane Leone, non lo Sterminatore di re."

Ma questo era stato molto tempo prima: adesso quel ragazzo era morto.

Jaime Lannister non sarebbe stato in grado di dire quando erano cessati gli inni funebri. Forse si era addormentato, rimanendo comunque sempre in piedi. Quando i devoti se ne andarono, il Grande Tempio ripiombò nel silenzio. Le candele erano una parete di stelle scintillanti nelle tenebre, l'aria era ammorbata dal lezzo della morte. Jaime cambiò presa sull'impugnatura della grande spada dorata. Forse avrebbe davvero dovuto permettere a ser Loras Tyrell di sostituirlo. "Cersei non lo avrebbe sopportato." Il Cavaliere di Fiori era poco più che un ragazzo, arrogante e vanesio, ma in lui c'era una promessa di grandezza, c'era il seme di grandi imprese, degne di essere scritte nel *Libro bianco* della Guardia reale.

Una volta che quella veglia fosse terminata, il *Libro bianco* sarebbe stato lì, ad aspettarlo, la pagina aperta in una sorta di muto rimprovero. "Lo farò a pezzi, quel libro maledetto, prima di scriverci anche una sola menzogna." Per contro, se non avesse mentito, quale verità vi avrebbe scritto?

E adesso c'era una donna di fronte a lui.

"Ha ricominciato a piovere" pensò Jaime, notando che la donna era fradicia. Acqua ruscellava lungo la cappa, formando una pozza ai suoi piedi. "Come ha fatto ad arrivare fin qui? Non l'ho neppure sentita entrare." Era vestita come una serva da taverna, avvolta da uno spesso mantello di tela grezza, tinto malamente a chiazze marroni, i bordi sfrangiati dall'usura. Il suo viso era celato dal cappuccio, ma nei suoi grandi occhi verdi Jaime vide riflettersi il tremolio delle candele. E quando la donna si mosse, capì istantaneamente chi era.

«Cersei.» Jaime parlò con lentezza, come un uomo che si risvegli da un sogno e continui a domandarsi dove si trovi. «Che ora è?»

«L'ora del lupo.» Sua sorella abbassò il cappuccio, accennando a un sorriso. «Forse annegato.» Il sorriso fu completo, dolcissimo. «Ricordi la prima volta che venni da te, vestita così? Fu in una di quelle orribili locande giù nel vicolo della Donnola; indossai degli abiti da serva per superare le guardie di nostro padre.»

«Ricordo. Ma era il vicolo dell'Anguilla.» "Vuole qualcosa da me." «Perché sei qui, a quest'ora? Che cosa vuoi da me?»

Memememememememememememe... l'eco parve espandersi all'infinito all'interno del tempio, svanendo a poco a poco come in un sussurro. Per un breve istante, Jaime osò sperare che tutto quello che Cersei voleva fosse il conforto delle sue braccia.

«Parla piano.» La voce di Cersei aveva un suono strano... un afflato incerto, quasi spaventato. «Ser Kevan ha rifiutato la mia offerta, Jaime. Non sarà Primo Cavaliere del re, lui... sa di noi due. Me lo ha rivelato.»

«Ha rifiutato?» Jaime ne fu sorpreso. «Come fa a sapere? Avrà magari letto ciò che ha scritto Stannis, ma questo non...»

«Tyrion sapeva tutto» gli ricordò Cersei. «Chi può dire quali storie quel nano infame può avere raccontato, e a chi? Zio Kevan è il minore dei problemi. L'Alto Sacerdote... è stato Tyrion a concedergli la corona di cristallo alla morte del suo grasso predecessore. Forse anche lui sa.» Cersei gli si avvicinò. «Jaime, devi essere tu il Primo Cavaliere di Tommen. Non posso fidarmi di Mace Tyrell. Se fosse coinvolto nella morte di nostro padre? Se avesse cospirato con Tyrion? In questo momento, il Folletto potrebbe essere in viaggio per Alto Giardino...»

«Non è in viaggio per Alto Giardino.»

«Accetta di essere il mio Primo Cavaliere, Jaime» implorò Cersei. «Domineremo i Sette Regni *insieme*, come re e regina.»

«Tu eri la regina di Robert. Eppure, rifiuti di essere la mia regina. E sai che cosa intendo dire.»

«Lo farei, se potessi. Ma nostro figlio...»

«Tommen non è mio figlio, non più di quanto lo fosse Joffrey.» La voce di Jaime era aspra. «Tu hai reso anche loro figli di Robert.»

«Hai giurato di amarmi per sempre.» Il viso di Cersei si contrasse. «E non è l'amore a farmi supplicare.»

Era la paura. Jaime poteva percepirla in lei, molto più forte del lezzo repellente del cadavere. Avrebbe voluto prenderla tra le braccia e baciarla, affondare il volto nei suoi riccioli dorati, prometterle che nessuno le avrebbe mai fatto del male... "Non qui, non di fronte agli dèi. E a nostro padre."

«No» disse Jaime Lannister. «Non lo farò. Non posso.»

«Ho bisogno di te. Ho bisogno dell'altra metà di me.»

Jaime poteva udire la pioggia martellare sopra le loro teste, contro le alte finestre della cupola.

«Tu sei me, e io sono te» insistette Cersei. «Ho bisogno di averti con me. Dentro di me. Ti prego, Jaime. *Ti prego.*»

Jaime spostò lo sguardo, come per accertarsi che lord Tywin non risorgesse dal marmo, furibondo. Ma suo padre continuò a giacere, freddo, putrefatto.

«Io appartengo ai campi di battaglia, non ai consigli politici. E ora, potrei non appartenere più nemmeno a quelli.»

«Benissimo. Sono i campi di battaglia che vuoi?» Cersei si asciugò le lacrime con la ruvida stoffa della manica. «E io te li darò.» Sollevò il cappuccio con un gesto di rabbia. «Sono stata una sciocca a venire qui. Ancora più sciocca ad amarti.»

I suoi passi rimbombarono nel tempio deserto, lasciando tracce umide sul pavimento di marmo.

L'alba colse Jaime Lannister quasi di sorpresa. Mentre il vetro della cupola cominciava progressivamente a schiarirsi, arcobaleni apparvero d'un tratto sulle pareti, sui pilastri, sul pavimento, avvolgendo il cadavere di lord Tywin in un caleidoscopio di luci multicolori. Il Primo Cavaliere del re stava ormai decomponendosi visibilmente. Il suo viso aveva assunto una sfumatura verdognola, gli occhi erano infossati, due pozzi oscuri. Fessure si erano aperte nelle guance, fetido liquido biancastro fuoriusciva dalle articolazioni della sfolgorante armatura oro e porpora, formando una pozza viscida sotto il corpo.

I septon furono i primi a rendersene conto, rientrando per le orazioni dell'alba. Levarono i loro inni, recitarono le preghiere e storsero il naso. Uno dei Più Devoti ebbe un mancamento e dovette essere accompagnato fuori dal tempio. Poco dopo, apparve un gruppo di novizi. Si misero a fare ondeggiare gli aspersori e l'aria divenne talmente satura d'incenso che la piattaforma con la salma parve svanire in quella nebbia. Ma il tanfo di morte, putrido e dolciastro, non svanì. Jaime aveva voglia di vomitare.

Quando vennero aperti i portali, i Tyrell furono tra i primi a entrare, come si confaceva al loro lignaggio. Margaery aveva portato un grande mazzo di rose dorate. Lo collocò con ostentazione ai piedi di lord Tywin, ma ne conservò una per sé, tenendola a contatto del naso mentre prendeva posto. "Fanciulla graziosa quanto astuta. Come futura regina, a Tommen sarebbe potuto capitare ben di peggio. Altri sono stati meno fortunati." Le damigelle di Margaery imitarono il suo esempio.

Cersei attese che tutti avessero preso posto prima di fare il proprio ingresso, con Tommen al fianco. Li scortava ser Osmund Kettleblack, con la corazza pettorale bianca smaltata e il mantello di lana bianca.

"... Si è fatta fottere da Lancel, da Osmund Kettleblack e, per quanto ne so, perfino dal nostro guitto di corte..."

Nella sala dei lavacri, Jaime aveva visto Kettleblack nudo, aveva visto la peluria nera sul suo torace, e aveva visto quella più spessa che aveva in mezzo alle gambe. Immaginò quel torace premuto contro il seno di sua sorella, quei peli neri che si strusciavano contro la pelle delicata di lei. "Cersei non farebbe mai una cosa del genere. Il Folletto mi ha mentito!" Oro fino e nero filo metallico attorcigliati insieme, sudati. Le mascelle serrate di Kettleblack che si contraevano a ogni colpo delle anche. Jaime poteva udire i gemiti di sua sorella. "No. No! Una menzogna!"

Gli occhi arrossati, pallida, Cersei salì i gradini di marmo, si inginocchiò vicino a loro padre, tirando Tommen accanto a sé. Alla vista del cadavere, il ragazzo cercò di ritrarsi, Cersei gli strinse il polso in una morsa prima che potesse battere in ritirata. «Prega!» gli ordinò in un sibilo.

Tommen cercò di pregare. Ma aveva solo otto anni, e lord Tywin era un'oscenità. Un unico, disperato respiro e il re cominciò a singhiozzare.

«*Smettila!*» ringhiò Cersei.

Tommen voltò la testa, poi si piegò in avanti e vomitò. La corona gli cadde dal capo, rotolando sul pavimento di marmo. Cersei arretrò, disgustata. Non dal cadavere putrefatto, ma dal vomito del figlio. E poi il re si diede alla fuga, correndo verso i portali alla massima velocità che gli consentivano le sue gambe di ragazzino di otto anni.

«Ser Osmund» disse Jaime in tono secco. «Prendi il mio posto.»

Mentre Kettleblack cercava di raccogliere la corona che continuava a rotolare sul marmo, Jaime gli passò la spada dorata e si lanciò all'inseguimento del re. Lo raggiunse nella sala delle Lampade, sotto gli sguardi attoniti di una dozzina di septa.

«Mi dispiace...» Tommen piangeva. «Domani sarò più bravo. La mamma dice che un re deve sempre dare l'esempio, ma l'odore mi ha fatto stare male.»

"Non qui, non ora. Troppe orecchie aperte, troppi occhi curiosi." «Meglio uscire, maestà.»

Jaime condusse il ragazzino all'esterno del tempio, dove l'aria era fresca e pulita, un evento raro ad Approdo del Re. Due schiere di cappe dorate della Guardia cittadina erano state dislocate attorno alla piazza, di guardia a cavalli e carrozze dei notabili. Jaime guidò il re in disparte, a prudente distanza da tutti, e lo fece sedere sui gradini di marmo.

«Non ero spaventato» insistette il ragazzo. «È l'odore che mi ha fatto stare male. A te no? Non ha fatto stare male anche te, zio, ser?»

"Ho dovuto respirare la putrefazione della mia stessa carne quando Vargo Hoat mi costrinse a portare la mia mano mozzata attorno al collo come un pendaglio." «Un uomo può sopportare quasi qualsiasi cosa, quando è costretto» disse Jaime Lannister al figlio. "E ho dovuto respirare l'odore di un uomo che arrostiva, quando re Aerys il Folle cucinò Brandon Stark all'interno della sua stessa armatura." «Il mondo è pieno di cose brutte, Tommen. Puoi combatterle, puoi riderne, oppure puoi guardarle senza vederle... puoi ritirarti in altri spazi, dentro di te.»

Tommen soppesò quelle parole. «Io... a volte vado in altri spazi» confessò. «Quando Joffy...»

«Joffrey.» Cersei incombeva su di loro, il vento sospingeva le sottane contro le sue gambe. «Il nome di tuo fratello era Joffrey. E lui non mi avrebbe coperto di vergogna come hai fatto tu oggi.»

«Non era mia intenzione, madre. Non avevo paura. È solo che il lord tuo padre aveva un tale cattivo odore...»

«Credi forse che per me fosse un odore migliore? Anch'io ho un naso.» Cersei prese Tommen per un orecchio e lo costrinse ad alzarsi. «Lord Tyrell ha un naso. Lo hai forse visto mettersi a vomitare nel sacro tempio? Hai forse visto Margaery mettersi a piagnucolare come una bimba?»

Jaime si alzò a sua volta. «Cersei, basta.»

Le narici della regina si dilatarono. «Ser? Per quale motivo ti trovi qui? Se ben ricordo, hai giurato di vegliare nostro padre fino alla conclusione delle esequie.»

«Le esequie *sono* concluse. Va' a guardarlo.»

«No. Sette giorni e sette notti, hai detto. Di certo il lord comandante delle Spade bianche saprà contare fino a sette. Il numero delle dita che ti rimangono, sommato a due.»

Ma adesso altri avevano cominciato a fluire sulla piazza, in fuga dal lezzo repellente che ammorbava il tempio.

«Abbassa la voce, Cersei» la ammonì Jaime. «Si sta avvicinando lord Tyrell.»

L'avvertimento fece effetto. La regina tirò Tommen al suo fianco. Mace Tyrell si inchinò al loro cospetto. «Sua maestà non è indisposto, spero.»

«Il re è prostrato dal dolore» rispose Cersei.

«Come tutti noi. Se c'è qualcosa che posso fare...»

In alto, gracchiò un corvo. Appollaiato sulla statua di re Baelor, stava cacando sulla sua sacra testa.

«C'è molto che puoi fare per Tommen, milord» intervenne Jaime. «Molto davvero. Forse, alla conclusione degli uffici funebri serali, potresti fare a sua maestà l'onore di cenare con lei.»

Cersei gli lanciò una feroce occhiata, ma per una volta ebbe il buonsenso di mordersi la lingua.

«Cenare?» Tyrell non se l'aspettava. «Credo di... ma naturalmente, ne sarei molto onorato. La lady mia moglie e io.»

La regina si costrinse a sorridere e a emettere suoni gradevoli. Ma quando Tyrell se ne fu andato, dopo che Tommen fu affidato a ser Addam Marbrand, Cersei si voltò verso Jaime, livida di rabbia.

«Sei ubriaco, ser, o stai sognando? Parla, di grazia: per quale motivo dovrei sprecare una cena con quel ridicolo idiota e la sua inutile moglie?» Un refolo di vento fece ondeggiare i suoi capelli dorati. «Non intendo nominare Tyrell Primo Cavaliere del re, se è questo che...»

«Tyrell ti serve» tagliò corto Jaime «ma non qui, e non alla Fortezza Rossa. Chiedigli di prendere Capo Tempesta a nome di Tommen. Lusingalo, digli che lo vuoi sul campo, al posto di nostro padre. Mace Tyrell vede se stesso come un forte guerriero. Ci sono due sole possibilità: o riuscirà a consegnarti Capo Tempesta, o farà la figura dell'inetto. In un caso come nell'altro, sarai tu a vincere.»

«Capo Tempesta?» Cersei si fece pensierosa. «Sì, ma... Lord Tyrell mi ha tediato a morte ribadendo che non intende lasciare Approdo del Re fino al matrimonio di Tommen e Margaery.»

«E allora fai in modo che si sposino.» Jaime sospirò. «Passeranno anni prima che Tommen sia in età di consumare il matrimonio. E fino a quando questo non sarà accaduto, la loro unione potrà essere messa da parte. Dai a Tyrell le sue nozze e poi mandalo a giocare al soldato.»

Un sorriso infido increspò le labbra di Cersei. «Anche un assedio ha i suoi rischi» mormorò. «Chi può dirlo... in una simile impresa il lord di Alto Giardino potrebbe addirittura perdere la vita.»

«Quel rischio esiste certamente» concesse Jaime. «Soprattutto se Tyrell dovesse perdere la pazienza e lanciarsi in un assalto frontale.»

«Sai» disse Cersei lanciandogli una lunga occhiata «per un momento, mi era quasi sembrato di sentire la voce di nostro padre.»

BRIENNE

I portali di Duskendale erano chiusi, sbarrati. Nelle tinte plumbee della prealba, le mura della città riflettevano un debole chiarore. Leggere velature di nebbia si muovevano sulle fortificazioni, simili a sentinelle fantasma. Una dozzina tra carretti di contadini e carri trainati da buoi erano fermi all'esterno delle porte, in attesa del sorgere del sole.

Brienne si mise in coda dietro un cumulo di rape. Aveva i polpacci indolenziti e fu piacevole smontare di sella e sgranchirsi le gambe. Poco dopo, un altro carretto uscì rumorosamente dal bosco. Quando finalmente il cielo cominciò a rischiararsi, la fila di contadini era lunga un quarto di miglio.

I villici le lanciarono occhiate incuriosite, ma nessuno le rivolse la parola. "Sono io che devo rivolgere loro la parola" si disse Brienne, ma aveva sempre avuto difficoltà a parlare con gli sconosciuti. Era stata timida anche da bambina. Lunghi anni di oltraggi l'avevano resa ancora più timida. "Devo farmi forza e chiedere di Sansa. Altrimenti, come potrò trovarla?" Si schiarì la voce.

«Buona donna» disse alla contadina seduta sul carro delle rape «hai forse visto mia sorella lungo la strada? Una fanciulla di tredici anni, di bell'aspetto, con gli occhi azzurri e i capelli ramati. Forse era in compagnia di un cavaliere ubriaco.»

La donna scosse la testa. «In tal caso» intervenne il marito «non è più una fanciulla. Ha un nome, la poveretta?»

La testa di Brienne era vuota. "Avrei dovuto inventarmi un nome al posto di Sansa." Ma in quel momento non gliene venne in mente nessuno.

«No? Be', le strade sono piene di ragazze senza nome.»

«E i cimiteri anche di più» concluse la moglie.

Alla prima luce dell'alba, gli armigeri apparvero sui parapetti. I contadini salirono sui loro carri e fecero schioccare le redini. Anche Brienne rimontò in sella, gettando uno sguardo dietro di sé. La maggior parte dei popolani in attesa di entrare a Duskendale era gente delle campagne, i loro carri pieni di frutta e verdura da vendere. Una decina di passi dietro Brienne, in sella a due palafreni ben nutriti, c'era una coppia di ricchi signorotti di città. Più oltre, Brienne notò un ragazzo mingherlino su un pony pezzato. Nessuna traccia dei due cavalieri erranti, né di ser Shadrich, il Topo pazzo.

Le guardie facevano cenno ai carretti di passare esaminandoli appena, ma non fu così quando toccò a Brienne.

«Ehi, tu! Fermati!» intimò il capitano. Due uomini in usbergo di maglia di ferro incrociarono le lance, sbarrandole la strada. «Rivela lo scopo del tuo arrivo qui.»

«Cerco il lord di Duskendale, o anche il suo maestro.»

Gli occhi del capitano si soffermarono sullo scudo di Brienne. «Il pipistrello nero di Lothston. Quello è uno stemma di infausta reputazione.»

«Non è il mio. Vorrei far ridipingere questo scudo.»

«*Aye?*» il capitano si grattò il mento ispido. «Guarda caso, mia sorella fa proprio questo genere di lavori. La trovi alla casa con le porte colorate, di fronte alle Sette spade.» Fece cenno alle guardie. «Lasciatela passare. È una donzella.»

Il posto di guardia dava direttamente sulla piazza del mercato, dove chi aveva superato la cinta delle mura stava scaricando rape, cipolle e sacchi d'orzo. Altri vendevano armi e armature, e per poco prezzo a giudicare dalle cifre che Brienne sentì gridare passando a cavallo. "Dopo ogni battaglia, il festino dei saccheggiatori accompagna il banchetto dei corvi." Brienne smontò e condusse la sua giumenta per le briglie oltre maglie di ferro ancora incrostate di sangue secco, elmi ammaccati, spade lunghe scheggiate. Venivano offerti anche vestiti: stivali di cuoio, mantelli di pelliccia, giubbe chiazzate dagli emblemi sospetti. Brienne conosceva molti di quei simboli. Il pugno coperto di maglia di ferro, l'alce, il sole bianco, l'ascia bipenne... tutti simboli del Nord. Ma erano morti anche uomini di Tarly, e molti della zona di Capo Tempesta. Brienne vide mele verdi e rosse, uno scudo con le tre folgori di Leygood, le orme di cavallo circondate da formiche di Ambrose. Il cacciatore al galoppo di lord Randyll Tarly, signore della Collina del Corno, appariva su molti farsetti di broccato. "Amici o nemici, non fa differenza al banchetto dei corvi."

C'erano scudi di pino e di leccio in vendita per pochi spiccioli, ma Brienne superò anche quelli. Aveva intenzione di tenersi lo spesso scudo di quercia che le aveva dato ser Jaime, trovato nell'arsenale di Harrenhal. Uno scudo di legno di pino aveva i suoi vantaggi: era più leggero e agevole da maneggiare, inoltre il legno meno robusto avrebbe trattenuto più facilmente l'ascia o la spada dell'avversario. Ma la quercia offriva maggiore protezione, a patto di essere abbastanza forti da reggerne il peso.

Duskendale era costruita attorno al porto. A nord della città si alzavano scogliere bianche come gesso. Verso sud, un promontorio roccioso proteggeva le navi alla fonda dalle tempeste provenienti dal mare Stretto. Il castello dominava il porto, il maniero squadrato e i suoi torrioni cilindrici erano visibili da ogni angolo della città. Lungo le strade acciottolate, era più agevole muoversi a piedi che a cavallo. Brienne lasciò quindi la giumenta in uno stallaggio e proseguì a piedi, con lo scudo di traverso sulla schiena e la coperta arrotolata sotto il braccio.

Non le fu difficile trovare la sorella del capitano delle guardie. Le Sette spade era la locanda più grande della città, un edificio a quattro piani che torreggiava su quelli circostanti. E le doppie porte della casa di fronte alla locanda erano splendidamente dipinte. Raffiguravano un castello in un bosco autunnale, con le foglie giallo oro e rosso ruggine. L'edera si abbarbicava ai tronchi di antiche querce, perfino le ghiande erano riprodotte con grande perizia. Osservando più da vicino, Brienne notò delle creature nel fogliame: una volpe rossa, due stornelli su un ramo e, dissimulata tra le felci, l'ombra di un cinghiale.

«La tua porta è bellissima» disse Brienne alla donna con i capelli scuri che venne ad aprire. «Di quale castello si tratta?»

«Tutti i castelli» rispose la sorella del capitano. «L'unico che conosco è il Forte Grigio, vicino al porto. L'altro l'ho dipinto seguendo la mia immaginazione, come io penso che sia fatto un castello. Non ho mai visto un drago, neanche un grifone e nemmeno un unicorno.» Aveva modi cordiali, ma quando Brienne le mostrò il pipistrello nero sullo scudo la sua espressione si incupì. «La mia vecchia mamma diceva che pipistrelli giganti volavano da Harrenhal nelle notti senza luna per portare i bambini cattivi nei pentoloni di Danelle la Pazza. Certe volte io li sentivo grattare contro le imposte.» La donna risucchiò tra i denti per un momento. «Che cosa ci vuoi al suo posto?»

L'emblema di Tarth era uno scudo inquartato rosa e azzurro, con un sole giallo e una luna crescente. Ma fino a quando la gente la credeva l'assassina di un re, non osava mostrare quell'emblema. «La tua porta mi ricorda un vecchio scudo che vidi un tempo nell'armeria di mio padre.» Brienne descrisse il simbolo meglio che poté.

La donna annuì. «Posso dipingerlo subito, ma poi la pittura deve asciugarsi. Prendi alloggio alle Sette spade, se ti compiace. Ti porterò lo scudo domani mattina.»

Brienne non aveva pensato di passare la notte a Duskendale, ma forse era per il meglio. Non sapeva se il lord di Duskendale fosse nel suo castello, né se le avrebbe concesso udienza. Ringraziò la donna e si accomiatò, quindi attraversò l'acciottolato, dirigendosi verso la locanda. Sopra la porta, sette spade di legno oscillavano appese a un rostro di ferro. La tinta bianca che le ricopriva era fessurata, scrostata, ma Brienne conosceva il significato di quelle spade. Rappresentavano i sette figli di Darklyn che avevano indossato le cappe bianche della Guardia reale. "Erano la gloria della loro casata. Adesso di loro rimane solo un'insegna sulla porta di una locanda." Brienne entrò nella sala comune e chiese al locandiere una stanza e un bagno.

Il locandiere la sistemò al secondo piano, e una donna con una voglia marrone scuro sulla faccia portò su una tinozza di legno e poi l'acqua, un secchio dopo l'altro.

«È rimasto ancora qualcuno dei Darklyn, qui a Duskendale?» le chiese Brienne entrando nella vasca.

«Be', ci sono ancora i Darke, io sono una di loro. Mio marito dice che ero Darke prima di sposarci, e che adesso lo sono ancora di più. Darke vuole dire "gli oscuri".» La donna rise. «A Duskendale, non tiri sasso senza colpire un Darke, un Darkwood o un Dargood, ma i nobili Darklyn sono tutti andati. Lord Denys era l'ultimo, caro giovane sventato. Lo sapevi che i Darklyn erano re a Duskendale prima ancora che venissero gli andali? A guardare me, non lo diresti mai, ma io ho sangue reale. Riesci a vederlo? "Maestà, un altro boccale di birra" così dovrei fargli dire. "Maestà, il bugliolo della stanza deve essere svuotato, e porta su un po' di fascine fresche. Sua maestà fottuta, il fuoco è quasi spento."» Rise di nuovo e scrollò le ultime gocce d'acqua dal secchio. «Bene, ecco fatto. L'acqua è calda abbastanza?»

«Andrà benissimo.» Era appena tiepida.

«Te ne posso portare dell'altra, ma finisce che straborda. Una ragazza grande come te riempie già la tinozza.»

"Solo se è piccola e stretta come questa." A Harrenhal c'erano enormi vasche, fatte di pietra. La sala dei lavacri era impregnata dei vapori che si levavano dall'acqua. Jaime aveva varcato quella foschia nudo come il giorno in cui era venuto al mondo, sembrando per metà un cadavere e per l'altra metà un dio. "È entrato nella vasca con me" ricordò Brienne, arrossendo. Afferrò un pezzo di sapone grezzo e se lo strofinò sotto le braccia, cercando di riportare alla memoria il viso di Renly.

Con l'acqua divenuta ormai fredda, Brienne si era pulita quanto più possibile. Indossò gli stessi abiti che si era tolta, affibbiandosi il cinturone della spada attorno alla vita, ma tralasciò la maglia di ferro e l'elmo, per non apparire troppo minacciosa presentandosi al presidio del Forte Grigio. Fu gradevole sgranchirsi un po' le gambe.

Le guardie alle porte del castello indossavano giubbe di cuoio con un emblema raffigurante due mazze da guerra che si incrociavano in campo bianco sale.

«Vorrei conferire con il vostro lord» disse loro Brienne.

Una delle guardie rise. «Meglio che gridi molto forte, allora.»

«Lord Rykker è andato a Maidenpool insieme a Randyll Tarly» spiegò l'altro armigero. «Ha lasciato ser Rufus Leek come castellano, a vegliare su lady Rykker e i piccoli.»

La scortarono quindi da ser Rufus Leek. Era un uomo basso e tozzo, con la barba grigia, la gamba sinistra che terminava con un moncone.

«Mi perdonerai se non mi alzo» disse.

Brienne gli presentò la sua lettera, ma Leek non sapeva leggere, quindi la passò al maestro, un uomo calvo, dal cranio lentigginoso, con un paio di rigidi baffi rossi.

All'udire il nome Hollard, il maestro corrugò la fronte in un moto di irritazione. «Quante altre volte dovrò cantare questa canzone?» L'espressione di Brienne doveva essere stata rivelatrice. «Pensi forse di essere la prima a venire qui alla ricerca di ser Dontos? Sarai almeno la ventunesima. Le cappe dorate si sono presentate pochi giorni dopo l'assassinio di re Joffrey, su mandato di lord Tywin. E tu, di grazia, quale mandato avresti?»

Brienne gli mostrò la lettera con il sigillo del nuovo re, Tommen Baratheon, e la firma nella grafia infantile. Il maestro emise mugugni e grugniti, tormentò la ceralacca con le unghie e alla fine restituì la lettera.

«Sembra in ordine.» Si sistemò su uno sgabello e fece cenno a Brienne di accomodarsi su un altro. «Non ho mai incontrato ser Dontos Hollard. Era appena un ragazzo quando lasciò Duskendale. Un tempo gli Hollard erano una nobile casata, questo è vero. Conoscevi il loro emblema? Rosso ciliegia e rosa, con tre corone dorate in campo azzurro. I Darklyn erano re minori dell'Età degli eroi, e tre di loro presero in moglie tre Hollard. In seguito, il loro piccolo regno venne inghiottito da regni più grandi, cionondimeno i Darklyn ressero e gli Hollard continuarono a servirli... *aye*, perfino nella Rivolta. Lo sapevi, questo?»

«Vagamente.» Il maestro di Brienne soleva dire che era stata proprio la Rivolta di Duskendale a far diventare folle re Aerys Targaryen.

«A Duskendale, lord Denys Darklyn è ancora amato, a dispetto della donna che portò con sé, lady Serala, cui danno tutte le colpe, una donna della città libera di Myr. La Serpe di merletto, la chiamavano. Se solo lord Darklyn avesse sposato una Staunton o una Stokeworth... be', tu sai che il popolino non la smette mai. Dicono che la Serpe di merletto riempì le orecchie del marito di veleno di Myr, fino a quando lord Denys non si sollevò contro il re e lo prese prigioniero. Nell'impresa, il suo maestro d'armi, ser Symon Hollard, abbatté ser Gwayne Gaunt della Guardia reale. Per quasi sei mesi re Aerys rimase prigioniero tra queste stesse mura, mentre il Primo Cavaliere cingeva Duskendale d'assedio con un possente esercito. Lord Tywin Lannister aveva forze sufficienti da assaltare la città in qualsiasi momento avesse voluto, ma lord Denys aveva fatto sapere che, al primo accenno di attacco, avrebbe ucciso il re.»

Brienne ricordava quello che era successo dopo. «Il re venne salvato» disse. «Barristan il Valoroso lo portò al sicuro.»

«Proprio così» assentì il maestro. «Una volta che lord Denys ebbe perduto il suo prezioso ostaggio, aprì le porte e pose fine alla Rivolta, in modo da evitare che lord Tywin prendesse la città. Lord Denys fece anche atto di sottomissione e implorò misericordia, ma re Aerys non era uomo pronto al perdono. Lord Denys venne decapitato e la stessa sorte subirono i suoi fratelli, sorelle, cugini e tutti i nobili Darklyn. La Serpe di merletto fu arsa viva, povera donna, ma prima le fu strappata la lingua, e anche le parti intime, con le quali, si vociferava, aveva ridotto il suo lord in schiavitù. Metà della popolazione di Duskendale ti direbbe che re Aerys fu fin troppo gentile con lei.»

«E gli Hollard?»

«Imprigionati e giustiziati» disse il maestro. «Quando questo accadde, io stavo forgiando la mia catena alla Cittadella, ma ho letto i resoconti relativi ai loro processi e alle loro punizioni. Ser

Jon Hollard, l'attendente, aveva sposato la sorella di lord Denys e morì con la moglie, lo stesso vale per il loro figlioletto, per metà un Darklyn. Robin Hollard era uno scudiero. Mentre il re era prigioniero, lui gli aveva ballato attorno, tirandogli la barba. Morì sul telaio dello squartamento. Ser Symon Hollard cadde ucciso per mano di ser Barristan durante la fuga del re. Le terre degli Hollard vennero confiscate, il loro castello demolito, i loro villaggi dati alle fiamme. Come era accaduto ai Darklyn, anche gli Hollard si estinsero.»

«Tranne Dontos.»

«È vero. Il giovane Dontos era figlio di ser Steffon Hollard, fratello gemello di ser Symon, che era morto di febbri alcuni anni prima e non aveva preso parte alla Rivolta. Aerys avrebbe comunque preso anche la testa del ragazzo, ma fu ser Barristan a chiedere che gli fosse risparmiata la vita. Il re non poté opporsi all'uomo che lo aveva salvato, per cui Dontos venne condotto ad Approdo del Re come scudiero. Per quanto ne so, non fece più ritorno a Duskendale. E perché mai avrebbe dovuto? Non aveva più terre qui, né parenti, né un castello. Se Dontos e quella ragazza del Nord, Sansa Stark, hanno preso parte all'assassinio del nostro grazioso sovrano Joffrey, a me sembra che dovrebbero frapporre quante più leghe possibile tra loro e la giustizia della corona. Va' a cercarli a Vecchia Città, se proprio devi, o sull'altra sponda del mare Stretto. Va' a cercarli a Dorne, o alla Barriera. Va' a cercarli da qualche altra parte.» Il maestro si alzò. «Sento i miei corvi che chiamano. Mi perdonerai se ora mi congedo augurandoti una buona giornata.»

A Brienne, il tragitto di ritorno a piedi fino alla locanda parve più lungo di quello dell'andata, forse a causa del pessimo umore in cui era piombata.

Non avrebbe trovato Sansa Stark a Duskendale, questo ormai le era chiaro. Se ser Dontos l'aveva portata a Vecchia Città, oppure al di là del mare Stretto, come il maestro del Forte Grigio sembrava ritenere, la sua ricerca era senza speranza. "Cosa può esserci per Sansa a Vecchia Città?" si chiese Brienne. "Il maestro non l'ha mai incontrata, così come non ha mai incontrato Dontos Hollard. Sansa non si sarebbe rivolta a estranei."

Ad Approdo del Re, nella lavanderia di un bordello, Brienne aveva rintracciato una delle serve di Sansa. "Ho servito sotto lord Renly prima di lady Sansa, ed è venuto fuori che tutti e due erano traditori" si era lamentata Brella, piena di acrimonia. "Nessun lord mi vuole più toccare, così adesso lavo i panni delle baldracche." Ma quando Brienne le aveva chiesto di Sansa, Brella aveva risposto: "Ti dico quello che ho detto a lord Tywin. Quella ragazza pregava sempre. Andava nel tempio dei Sette Dèi e accendeva le candele come una lady ben educata, ma quasi ogni notte se ne andava nel parco degli dèi. Secondo me è tornata nel Nord. È lassù che vivono i suoi dèi".

Il Nord dei Sette Regni era un territorio immenso, e Brienne non aveva idea di quale alfiere, tra quanti avevano giurato fedeltà a Grande Inverno, Sansa avrebbe potuto davvero fidarsi. "E se invece fosse andata alla ricerca del sangue del proprio sangue?" Anche se tutti i suoi fratelli e le sue sorelle erano stati uccisi, Brienne sapeva che Sansa aveva uno zio, Benjen Stark, e un fratello bastardo, Jon Snow, entrambi alla Barriera, confratelli dei Guardiani della notte. Un altro suo zio, Edmure Tully, era prigioniero alle Torri Gemelle, ma lo zio di questi, ser Brynden Tully, il letale guerriero soprannominato Pesce Nero, continuava a tenere la fortezza di Delta delle Acque. Inoltre, la sorella minore di lady Catelyn, Lysa, vedova di Jon Arryn, dominava la valle di Arryn. "Sangue chiama sangue." Forse Sansa aveva scelto di rivolgersi a uno di questi parenti. "Ma quale?"

La Barriera era troppo lontana, questo era certo, ed era anche un luogo ostile. Quanto a Delta delle Acque, per arrivarci la ragazza sarebbe stata costretta ad attraversare le terre dei fiumi tuttora devastate dalla guerra e attraversare le linee di assedio dei Lannister. Il Nido dell'Aquila sarebbe stata una meta più semplice, e lady Lysa avrebbe di certo accolto con benevolenza la figlia di sua sorella...

Davanti a Brienne, la via faceva una svolta. Chissà come, era andata nella direzione sbagliata. Si ritrovò in un vicolo cieco, un piccolo cortile fangoso dove tre maiali grufolavano attorno al muretto di un basso pozzo. Nel vederla, uno dei maiali grugnì, e una vecchia che stava prendendo l'acqua la guardò con sospetto.

«Che cosa vuoi?»

«Cercavo le Sette spade.»

«Torna da dove sei venuta. A sinistra del tempio.»

«Grazie.»

Brienne si voltò... finendo dritta addosso a qualcuno che stava svoltando l'angolo. L'urto lo fece barcollare all'indietro, e finì con il culo per terra, nel fango.

«Chiedo scusa» mormorò Brienne.

Era solamente un ragazzo, esile, con i capelli sottili e un neo sotto l'occhio.

«Ti sei fatto male?»

Brienne gli tese una mano per aiutarlo ad alzarsi, ma il ragazzo arretrò puntellandosi con i gomiti e i talloni. Non poteva avere più di dieci, dodici anni, anche se indossava una giubba di maglia di ferro senza maniche e aveva una spada lunga in un fodero di cuoio di traverso sulla schiena.

«Ti conosco, forse?» gli chiese Brienne. La faccia del ragazzo le sembrava vagamente familiare, anche se non riusciva a ricordare dove o quando l'avesse vista.

«No, non mi conosci. Io non ti ho mai...» Il ragazzo schizzò in piedi. «Pe-pe-perdonami, mia signora. Non stavo guardando. Voglio dire, stavo guardando, ma in basso. I miei piedi.» Il ragazzo volò via come il vento, svanendo nel vicolo da cui era arrivato.

Eppure, qualcosa in lui aveva insospettito Brienne, anche se non si sarebbe messa di certo a inseguirlo per le strade di Duskendale. "Fuori delle porte della città, proprio questa mattina: ecco dove l'ho visto. Era in sella a quel pony pezzato." Inoltre, le sembrava di averlo visto anche da qualche altra parte, ma dove?

Rientrando alle Sette spade, Brienne trovò la sala comune piuttosto affollata. Quattro septa, con le tonache macchiate e impolverate dal cammino, sedevano vicino al fuoco. Gente del posto gremiva le panche, ingollando ciotole di zuppa di granchio bollente, intingendo pezzi di pane. All'odore del cibo, Brienne sentì lo stomaco rumoreggiare, ma non vide nessun posto libero.

«Mia signora, prendi il mio posto.»

Una voce dietro di lei. Decisamente più in basso di lei. Chi aveva parlato saltò giù dalla panca e Brienne si rese conto che si trattava di un nano. Non poteva essere alto più di cinque piedi. Il suo naso era bitorzoluto e pieno di varici, i suoi denti arrossati per avere masticato foglie amare. Indossava il saio di stoffa grezza dei confratelli questuanti, e dal collo robusto pendeva la mazza ferrata, simbolo del Fabbro.

«Tieni pure il tuo posto» disse Brienne. «Anch'io posso stare in piedi come te.»

«*Aye*, ma la mia testa mi sa che non rischia di sbattere contro il soffitto.»

La parlata del nano era rozza ma cortese. Brienne notò la nuda sommità del suo cranio, dove si era rasato i capelli. Erano molti i confratelli appartenenti ai vari ordini ecclesiali a scegliere la tonsura. Una volta, septa Roelle le aveva detto che lo facevano per dimostrare che non avevano nulla da nascondere allo sguardo del Padre di lassù. "Allora il Padre non è in grado di vedere sotto i capelli?" aveva chiesto Brienne. "Una domanda stupida." Da bambina era stata lenta nell'apprendere, septa Roelle glielo diceva spesso. Si sentiva lenta anche in quel luogo, in quel momento, così accettò il posto che l'ometto le offriva all'estremità della panca. Fece cenno a una serva perché le portasse dello stufato e si girò per ringraziare il nano.

«Tu servi in un sacro tempio a Duskendale, fratello?»

«Stavo vicino a Maidenpool, mia signora, ma i lupi del Nord ci hanno bruciato tutto» rispose il nano, masticando un tozzo di pane. «Abbiamo ricostruito meglio che potevamo, fino a quando sono arrivati dei mercenari. Non posso dire chi erano quegli uomini, ma ci hanno preso i maiali e hanno ammazzato i miei confratelli. Io mi sono infilato dentro un tronco cavo per nascondermi, ma gli altri confratelli erano troppo grossi. Ci ho messo tanto, tanto tempo a seppellirli tutti, ma il Fabbro, me l'ha data lui la forza. Dopo, ho tirato fuori un po' di conio che il confratello anziano aveva messo da parte e sono venuto qui da solo.»

«Ad Approdo del Re ho incontrato altri confratelli.»

«*Aye*, ce ne sono a centinaia sulle strade. E mica solo loro. Anche septon e popolino. Tutti che migrano. Mi sa che lo faccio anch'io. Il Fabbro mi ha fatto piccino quanto basta.» Il nano ridacchiò. «E la tua triste storia qual è, mia signora?»

«Cerco mia sorella. Una ragazza nobile di solo tredici anni, graziosa, con gli occhi azzurri e i capelli rossi. Forse l'hai vista viaggiare in compagnia di un uomo. Un cavaliere, forse un giullare. C'è oro per ricompensa a chi mi aiuta a ritrovarla.»

«Oro?» Il nano le fece un cauto sorriso. «Una ciotola di quello stufato di granchio a me basterebbe anche, come ricompensa, ma temo di non poterti aiutare. Sciocchi e giullari ne ho incontrati tanti, ma di fanciulle carine poche.» Inclinò il capo da una parte e ci pensò su. «C'era un giullare a Maidenpool, adesso che ci penso bene. Era vestito di stracci, per quanto ho visto, ma sotto aveva un vestito da giullare.»

"Che Dontos Hollard fosse vestito a quel modo?" Quello non glielo aveva mai detto nessuno. Ma nessuno aveva nemmeno sostenuto il contrario. E poi, per quale motivo lui avrebbe voluto andarsene in giro vestito di stracci? Forse una malasorte si era abbattuta su lui e Sansa, dopo la loro fuga da Approdo del Re? Poteva essere, con le strade del regno diventate così pericolose. "O forse invece non era lui." «E questo giullare, aveva forse il naso rosso, pieno di venuzze viola?»

«Questo non lo posso giurare. Lo confesso, non gli ho fatto molto caso. Ero andato a Maidenpool dopo aver seppellito i miei confratelli, con l'idea di trovare una nave per andare ad Approdo del Re. Quando l'ho visto la prima volta, quel giullare, era sui moli. Aveva un'aria furtiva e stava attento a evitare i soldati di Tarly. Dopo, l'ho incontrato di nuovo all'Oca puzzolente.»

«Oca... puzzolente?» ripeté Brienne, esitante.

«Non è un bel posto» precisò il nano. «Gli uomini di lord Tarly pattugliavano il porto, giù a Maidenpool, ma l'Oca è sempre piena di marinai, e si sa che i marinai, sulle loro navi, contrabbandano uomini. Quel giullare cercava un imbarco per tre verso l'altra costa del mare Stretto. L'ho visto spesso là, all'Oca, che parlava coi rematori delle galee. Certe volte cantava una canzone balorda.»

«Cercava un imbarco per *tre* persone? Non per due?»

«Tre, mia signora. Lo giuro sui Sette Dèi.»

"Tre" pensò Brienne. "Sansa, ser Dontos... ma la terza persona, chi è? Il Folletto?" «E quel giullare ha trovato la nave?»

«Non so dirlo» rispose il nano. «Ma una notte un po' di soldati di lord Tarly sono venuti all'Oca a cercarlo. E pochi giorni dopo ho sentito un altro uomo che diceva di avere fatto fesso un fesso, e aveva l'oro che lo provava. Era ubriaco, e pagava da bere a tutti.»

«Aveva fatto fesso un fesso...» ripeté Brienne. «O forse aveva preso in giro un giullare, è questo che voleva dire?»

«Non lo so. Il suo nome, però, era Dick lo Svelto, questo me lo ricordo.» Il nano aprì le braccia. «Mi sa che è tutto quello che posso offrirti, a parte le preghiere di un piccolo uomo.»

Rispettando la parola data, Brienne gli fece portare una ciotola di stufato di granchio... e anche pane appena sfornato e una coppa di vino. Mentre il nano mangiava, in piedi accanto a lei, Brienne rimuginò su quanto le aveva detto. "È possibile che il Folletto sia andato con loro?" Se dietro la scomparsa di Sansa Stark c'era Tyrion Lannister – e non Dontos Hollard – aveva senso che cercassero di fuggire assieme oltre il mare Stretto.

Quando il piccolo uomo ebbe finito il suo stufato, diede fondo anche a quanto rimaneva di quello di Brienne. «Tu dovresti mangiare di più» le disse. «Una donzella grande ha bisogno di mantenersi in forze. Maidenpool non è lontano, ma le strade, di questi tempi, sono pericolose.»

"Lo so fin troppo bene." Era stato infatti lungo la strada per Maidenpool che ser Cleos Frey aveva perso la vita, e lei e ser Jaime erano stati presi prigionieri dai Guitti Sanguinari. "Jaime cercò di uccidermi" ricordò Brienne "per quanto indebolito, emaciato e incatenato ai polsi." Era stato tutto molto improvviso e rapido, prima che Zollo, il grasso mercenario dothraki, mozzasse a Jaime la mano della spada. Zollo, Rorge e Shagwell l'avrebbero stuprata cento volte se ser Jaime non li avesse fermati, raccontando loro la storia assurda che Brienne valeva il suo peso in zaffiri.

«Mia signora? Tu hai la faccia triste. Pensi alla tua piccola sorella?» Il nano le diede qualche colpetto sulla mano. «La Vecchia ti illumina già la strada per arrivare a lei, non temere. E la Vergine la terrà al sicuro.»

«Prego che tu abbia ragione.»

«Certo che ho ragione.» Fece un inchino. «Ma adesso devo riprendere la mia strada, ce n'è ancora tanta prima di arrivare ad Approdo del Re.»

«Hai un cavallo? Un mulo?»

«Due muli.» Il piccolo uomo rise. «Eccoli qua, in fondo alle mie gambe.» Indicò i propri piedi. «Mi portano sempre dove voglio andare.» Fece un altro inchino, quindi si avviò alla porta ondeggiando.

Dopo che il nano se ne fu andato, Brienne rimase seduta al tavolo, rimuginando davanti a una coppa di vino annacquato. Non beveva spesso, ma una volta ogni tanto il vino la aiutava a pacificare lo stomaco. "E io? Dove voglio andare? A Maidenpool, a cercare Dick lo Svelto in un luogo chiamato l'Oca puzzolente?"

L'ultima volta che aveva visto Maidenpool, o Fonte della Vergine, la città era una desolazione, il lord sprangato all'interno del suo castello, la popolazione sterminata o che si nascondeva. Brienne ricordava solo case bruciate, strade vuote, porte sfondate e distrutte. Cani tornati allo stato brado si erano aggirati attorno ai loro cavalli, corpi rigonfi galleggiavano come livide ninfee nella fontana alimentata dalla sorgente che dava il nome alla città. "Jaime cantò *Sei vergini nella fontana*, e rise quando lo implorai di restare in silenzio." E a Maidenpool c'era anche Randyll Tarly, un'altra ragione per indurla a evitare quel posto. Avrebbe fatto bene a prendere una nave per Città del Gabbiano o per Porto Bianco. "Ma potrei fare entrambe le cose: una visita all'Oca puzzolente per parlare con quel Dick lo Svelto, poi trovare una nave che da Maidenpool mi porti più a nord."

La sala della locanda aveva cominciato a svuotarsi. Brienne spezzò una pagnotta, ascoltando le conversazioni agli altri tavoli. L'argomento principale era la morte di lord Tywin Lannister.

«Assassinato, pare, dal suo stesso figlio» stava dicendo un uomo del posto, un selciatore, a giudicare dall'aspetto «quel malefico nanerottolo.»

«E il re è solo un ragazzino» disse la più anziana delle quattro septa. «Chi governerà il regno fino a quando lui non sarà in età per farlo?»

«Il fratello di lord Tywin» intervenne un armigero. «Oppure magari quel lord Tyrell. O lo Sterminatore di re.»

«No, lui no» dichiarò il locandiere. «Non quel cane senza onore.» Sputò nel fuoco.

Brienne lasciò cadere il pane sul tavolo e si tolse le briciole dalle brache. Aveva sentito abbastanza.

Quella notte, sognò. Era nuovamente nella tenda di Renly. Tutte le candele si stavano spegnendo. Attorno a lei l'aria era fredda. Nelle tenebre verdastre qualcosa si muoveva, qualcosa di osceno e di orribile si avventava contro il suo re. Brienne voleva proteggerlo, ma aveva gli arti rigidi, congelati. Anche solo per sollevare una mano era necessaria una forza enorme. La spada fatta d'ombra squarciò la gorgiera d'acciaio dipinto di verde, il sangue cominciò a scorrere... Fu allora che Brienne vide: il re non era affatto Renly Baratheon.

Era Jaime Lannister.

E lei aveva fallito anche con lui.

La sorella del capitano la trovò nella sala comune, intenta a bere una tazza di latte con il miele e tre uova crude.

«Hai fatto un bellissimo lavoro» disse Brienne quando la donna le mostrò lo scudo di quercia ridipinto.

Era più un dipinto che non un vero e proprio emblema nobiliare e, osservandolo, Brienne tornò indietro negli anni, al freddo e all'oscurità dell'armeria di suo padre. Ricordò lo scivolare delle proprie dita sulla pittura sbiadita, fessurata, sulle foglie verdi dell'albero, seguendo la scia della stella cadente.

Brienne pagò alla sorella del capitano l'altra metà della somma pattuita, si mise lo scudo in spalla e lasciò la locanda, non senza avere comprato dal cuoco del pane non lievitato, formaggio e farina. Uscì dalla città dalla Porta nord, cavalcando lentamente tra i campi e le fattorie dove avevano avuto luogo i combattimenti più feroci, quando i lupi del Nord erano calati su Duskendale.

Lord Randyll Tarly era al comando dell'esercito di Joffrey, composto da uomini dei domini occidentali e di Capo Tempesta e da cavalieri dell'Altopiano. Quelli di loro che erano caduti in battaglia erano stati portati entro le mura, per riposare in tombe di eroi nei templi di Duskendale. I caduti del Nord, di gran lunga più numerosi, erano stati sepolti in una fossa comune vicino al mare. Sul grande tumulo che segnava il punto del loro riposo eterno, il vincitore aveva innalzato una rozza scritta di legno. QUI GIACCIONO I LUPI, nient'altro. Brienne si fermò e recitò una preghiera silenziosa per tutti quegli uomini, per lady Catelyn Stark, per suo figlio Robb, il re del Nord assassinato troppo giovane, e per tutti gli altri che erano caduti con loro nelle famigerate Nozze rosse delle Torri Gemelle.

Brienne ricordava bene la notte in cui lady Catelyn aveva appreso della morte dei suoi figli, i due ragazzini che aveva lasciato a Grande Inverno nella speranza che fossero al sicuro. Brienne aveva capito subito che qualcosa di terribile era accaduto. Aveva chiesto a lady Catelyn se avesse notizie dei due giovani figli. "Non ho altri figli tranne Robb" era stata la risposta di lady Catelyn. Nel dire quelle parole, pareva che qualcuno le stesse girando una lama nel ventre. Brienne aveva allungato una mano sul tavolo per confortarla, ma poi si era bloccata nel timore che lei si scostasse. Lady Catelyn aveva voltato le mani, mostrando a Brienne le cicatrici nelle palme e nelle dita lasciate un tempo dal coltello di un assassino. Poi aveva cominciato a parlare delle sue figlie. "Sansa era una piccola lady" aveva detto "sempre cortese e pronta a compiacere. Adorava le storie di valorosi cavalieri. Diventerà una donna molto più bella di me, questo lo puoi vedere anche tu. Spesso le spazzolavo io stessa i capelli. Aveva capelli rossi, molto folti e morbidi... che alla luce delle torce acquistavano sfumature ramate."

Lady Catelyn aveva parlato anche di Arya, la figlia minore, che ora però era dispersa, quasi certamente morta. Sansa invece... "La ritroverò, mia signora" giurò nuovamente Brienne all'ombra di lady Catelyn. "Non cesserò mai di cercare. Darò la mia vita, se necessario, darò il mio onore, darò tutti i miei sogni, ma la ritroverò."

Oltre quello che era stato il campo di battaglia, la strada correva lungo la costa, tra l'impetuoso mare verdazzurro e una linea di basse colline argillose. Brienne non era l'unica a percorrere quella strada. Villaggi di pescatori si susseguivano per molte leghe lungo la costa, e i pescatori usavano la strada per portare il pescato ai mercati. Brienne superò una pescivendola e le sue figlie, di ritorno con le gerle vuote sulle spalle. A causa dell'armatura, presero Brienne per un cavaliere, almeno fino a quando non la videro in faccia. Le due ragazzine bisbigliarono tra loro e le lanciarono un'occhiata furtiva.

«Avete visto una fanciulla di tredici anni lungo questa strada?» chiese loro Brienne. «Dai nobili tratti, con gli occhi azzurri e i capelli rossi?» Ser Shadrich l'aveva resa più cauta, ma Brienne non cessava di tentare. «Forse viaggia in compagnia di un giullare.»

Ma le due ragazzine scossero la testa, ridacchiando e coprendosi la bocca con le mani.

Nel primo villaggio che incontrò, bambini a piedi nudi corsero a fianco del suo cavallo. Dopo le risatine delle pescivendole, Brienne aveva indossato l'elmo, in modo da essere scambiata per un uomo. Uno di loro si offrì di venderle delle vongole, un altro le offrì granchi, un altro ancora le propose la sorella.

Brienne comprò tre granchi dal secondo ragazzino. Uscendo dal villaggio, aveva cominciato a piovere e il vento era aumentato. "Sta arrivando una tempesta" pensò Brienne, scrutando l'orizzonte marino. Le gocce di pioggia presero a battere contro l'acciaio dell'elmo, facendole fischiare le orecchie mentre cavalcava, ma questo era certamente meglio che ritrovarsi in balia delle onde a bordo di una barca.

A un'altra ora di cammino più a nord, vicino a una piramide di pietre crollate, vestigia delle rovine di un piccolo castello, la strada si biforcava. A destra proseguiva lungo la costa, continuando un percorso serpeggiante verso la punta della Chela Spezzata, un territorio ostile fatto di paludi e aspre foreste di conifere. A sinistra si inoltrava tra colline, campi e boschi fino a Maidenpool. La pioggia ora cadeva più violenta. Brienne smontò, conducendo la giumenta per le redini lontano dalla strada per cercare un rifugio tra i ruderi. Il tracciato delle mura del castello era ancora riconoscibile tra rovi, erbacce e olmi inselvatichiti. Le pietre di un tempo erano disseminate sulla biforcazione tra le due strade come mattoni giocattolo. Una parte dell'antico maniero era ancora in piedi. Le sue triple torri erano di granito grigio, come le mura devastate, tranne i merli, che erano di arenaria gialla. "Tre corone" si rese conto Brienne, guardando il castello nella pioggia. "Tre corone dorate." Un tempo, quello era la dimora di Casa Hollard. "Forse ser Dontos è nato qui, o forse no."

Brienne condusse la giumenta oltre i ruderi, varcando l'ingresso principale della fortezza. Del portale rimanevano solamente i cardini di ferro arrugginito, ma il tetto era ancora in buone condizioni e l'interno era asciutto. Brienne legò le briglie a un anello al muro, si tolse l'elmo e scosse i capelli. Si mise a cercare della legna asciutta per accendere un fuoco. Udì un rumore: erano gli zoccoli di un altro cavallo che si avvicinava. L'istinto la spinse a nascondersi tra le ombre, dove non poteva essere vista dalla strada. Era la medesima strada dove ser Jaime era stato catturato. Brienne non aveva alcuna intenzione di affrontare quell'umiliazione una seconda volta.

Il cavaliere era un uomo di modesta statura. "Il Topo pazzo" pensò Brienne alla prima occhiata. "Non so come, mi ha seguito fin qui." La sua mano si spostò sull'elsa della spada. Brienne si trovò a domandarsi se ser Shadrich ritenesse che fosse una preda facile per il solo fatto di essere una donna. Una volta, il castellano di lord Grandison aveva commesso il medesimo errore. Humfrey Wagstaff era il suo nome, un vecchio orgoglioso di cinquantasei anni, dal naso aquilino e la testa calva disseminata di chiazze scure. Il giorno delle loro nozze, aveva avvertito Brienne: dopo il matrimonio si aspettava che lei si comportasse come una signora. "Non permetterò alla lady mia moglie di andarsene in giro con addosso una maglia di ferro da uomo. Riguardo a questo, tu mi devi obbedienza. Altrimenti, sarò costretto a punirti."

Brienne all'epoca aveva sedici anni ed era tutt'altro che inesperta nell'uso della spada ma, a dispetto della sua abilità, nel cortile degli addestramenti era ancora timida. Eppure, in qualche modo trovò il coraggio di dire a ser Humfrey che avrebbe accettato punizioni solamente dall'uomo che fosse stato in grado di batterla in duello. L'anziano cavaliere era diventato paonazzo, ma aveva acconsentito a indossare l'armatura e a ristabilire chi deteneva il potere tra un uomo e una donna. Avevano combattuto con armi da torneo, prive di punta e di affilatura, e la mazza ferrata di Brienne era senza rostri. Aveva spezzato la clavicola e due costole a ser Humfrey, e il loro fidanzamento. Era il suo terzo ipotetico marito, terzo e ultimo. A quel punto, il padre di Brienne aveva cessato di insistere. Se era davvero ser Shadrich a starle alle calcagna, tanto valeva che Brienne lo affrontasse a mani nude. Non aveva alcuna intenzione di far lega con quell'individuo, né di permettergli di seguirla fino a Sansa. "Il Topo pazzo ha l'arroganza tipica generata dal mestiere delle armi, ma è piccolo. A mio favore ho l'allungo, e anche la forza fisica."

Brienne era forte come qualsiasi cavaliere maschio, e il suo vecchio maestro d'armi soleva dire che era più rapida di qualsiasi altra donna della sua stazza. Gli dèi le avevano concesso anche la resistenza fisica, che ser Goodwin giudicava un dono non da poco. Il combattimento con spada e scudo era una prova di nervi ma anche di muscoli, e spesso il vincitore era il contendente con maggiore resistenza. Ser Goodwin le aveva insegnato a combattere con cautela, a risparmiare le forze mentre i suoi avversari le bruciavano in attacchi furibondi. "Gli uomini ti sottovaluteranno sempre" diceva "il loro orgoglio li indurrà a tentare di liquidarti in fretta, non sia mai che una donna li metta in difficoltà." Una verità di cui Brienne aveva trovato conferma una volta avventuratasi nel mondo. Lo stesso Jaime Lannister era caduto in quella trappola, nei boschi di Maidenpool. Se gli dèi erano benevoli, il Topo pazzo avrebbe commesso il medesimo errore. "Sarà anche un cavaliere di esperienza, ma non è certo Jaime Lannister."

Brienne estrasse la spada dal fodero.

Ma non fu il corsiero di ser Shadrich ad avvicinarsi alla biforcazione della strada, bensì un malridotto pony pezzato con sopra un ragazzino mingherlino. Nel vedere il cavallo, Brienne si ritirò, confusa. "È solo un ragazzino" pensò, poi riconobbe la faccia sotto il cappuccio. "Lo stesso che mi è venuto addosso nel vicolo di Duskendale."

Il ragazzo non degnò di un'occhiata il castello in rovina, guardò prima una strada, poi l'altra. Dopo un attimo di esitazione, fece voltare il pony verso le colline e proseguì. Brienne lo osservò svanire nella pioggia battente. Di colpo, si rese conto che lo aveva visto anche a Rosby. "Mi sta seguendo in modo furtivo" intuì "ma è un gioco che si può fare in due." Slegò la giumenta, volteggiò in sella e gli andò dietro.

Il ragazzo cavalcava tenendo lo sguardo a terra, per studiare i solchi nella strada infangata. La pioggia soffocò il rumore degli zoccoli del cavallo di Brienne e anche il cappuccio sollevato del ragazzo fece la sua parte. Lui non si voltò mai indietro, Brienne gli arrivò alle spalle e con la spada lunga assestò un colpo di piatto al deretano del pony. Il cavallò si impennò, disarcionando il suo cavaliere, la cui cappa si aprì come un paio di ali. Il ragazzo ruzzolò nel fango, si rialzò con dei fili d'erba scura e morta tra i denti. Brienne torreggiava su di lui. Era proprio lo stesso ragazzo di Rosby e di Duskendale, non c'erano dubbi.

«Tu chi sei?» intimò.

Il ragazzo aprì la bocca senza riuscire ad articolare alcun suono. I suoi occhi erano grandi come uova al tegamino. «Peh...» fu tutto quello che riuscì a dire. «Peh.» Tremava, e la sua cotta di maglia di ferro emetteva un cigolio di ferraglia. «Peh. Peh.»

«Per favore?» disse Brienne. «Stai dicendo per favore?» Gli puntò la spada contro il pomo della gola. «Allora, *per favore*, dimmi chi sei e perché mi stai seguendo.»

«Non peh-peh-per favore...» Il ragazzo si infilò un dito in bocca e sputò un grumo di fango. «Peh-poh-Pod. Il mio nome. Poh-poh-*Podrick*. Pah-Payne.»

Brienne abbassò la spada. Provò un'improvvisa ondata di simpatia per quel ragazzino. Le tornò in mente una sera a Evenfall e un giovane cavaliere con una rosa tra le dita. "Ha portato una rosa per me." O almeno così le spiegò la sua septa. Tutto quello che Brienne doveva fare era dargli il benvenuto al castello del padre. Il giovane aveva diciotto anni, lunghi capelli rossi gli fluivano sulle spalle. Brienne aveva dodici anni, i lacci del suo abito nuovo strettamente serrati, il corpetto tempestato di pietre scintillanti. Lei e il giovane cavaliere erano della stessa statura, ma Brienne non osò incontrare il suo sguardo, né fu in grado di pronunciare le parole che la septa le aveva insegnato. "Ser Ronnet, io ti do il benvenuto al seggio di mio padre. È un piacere incontrarti, finalmente."

«Perché mi stai seguendo?» chiese di nuovo al ragazzino. «Ti hanno forse detto di spiarmi? Appartieni a Varys, oppure alla regina Cersei?»

«No. Né all'uno né all'altra. A nessuno.»

Brienne valutò che doveva avere una decina d'anni, ma non era mai stata brava nel dare l'età ai bambini. Pensava sempre che fossero più piccoli di quanto erano in realtà, forse perché lei era sempre stata più grande della sua età. "Assurdamente grande" era solita dire septa Roelle "come un maschio."

«La strada è troppo pericolosa perché un ragazzo se ne vada in giro da solo.»

«Non per uno scudiero. Io sono il suo scudiero. Del Primo Cavaliere.»

«Lord Tywin?» Brienne rinfoderò la spada.

«No, quello prima di lui. Ho combattuto nella battaglia del fiume. Ho gridato: "Mezzo-uomo! Mezzo-uomo!".»

"Lo scudiero del Folletto!" Brienne non aveva neppure mai saputo che il Folletto ne avesse uno. Tyrion Lannister non era un cavaliere. Ci si sarebbe potuti aspettare che avesse un ragazzo a servirlo, o forse due, ipotizzò Brienne, un paggio e un coppiere, qualcuno che lo aiutasse a vestirsi. Ma uno scudiero?

«Perché continui a seguirmi?» insistette Brienne. «Cosa vuoi?»

«Trovare lei.» Il ragazzo si rimise in piedi. «La sua lady. Anche tu la stai cercando. Me lo ha detto Brella. È sua moglie. Non Brella, ma lady Sansa. Così ho pensato che se tu riuscivi a trovarla...» La faccia di Pod si deformò in un'improvvisa espressione di angoscia. «Io sono il suo scudiero» ripeté, con la pioggia che gli ruscellava sul viso «ma lui mi ha abbandonato.»

SANSA

Un tempo, quando Sansa Stark era ancora una bambina, un cantastorie errante era arrivato a Grande Inverno ed era rimasto con loro per quasi mezzo anno. Era vecchio, con i capelli bianchi e le guance scavate dal vento, ma cantava di cavalieri, imprese e belle dame, e quando se ne era andato Sansa aveva pianto calde lacrime, implorando il lord suo padre di non lasciarlo partire. "Quell'uomo ci ha cantato almeno tre volte ogni canzone che conosce" le aveva spiegato gentilmente lord Eddard. "Non posso trattenerlo qui contro la sua volontà. Ma non devi piangere. Ci saranno altri cantastorie, te lo prometto."

Ma non fu così, per oltre un anno. Sansa aveva pregato i Sette Dèi nel loro tempio e gli antichi dèi del Nord davanti all'albero-cuore, chiedendo loro di far tornare l'anziano cantore o, addirittura meglio, di farne venire uno diverso, più giovane e avvenente. Ma gli dèi non le avevano mai risposto, né gli uni né gli altri, e le sale di Grande Inverno erano rimaste silenziose.

Ma tutto questo era stato quando lei era ancora una bambina, una bimba sciocca. Adesso, aveva ormai tredici anni, era una fanciulla. Le sue notti erano piene di altre canzoni, e durante il giorno pregava in silenzio.

Se il Nido dell'Aquila fosse stato costruito come gli altri castelli, solamente i ratti e i carcerieri sarebbero stati in grado di udire il canto dell'uomo morto. Le segrete della fortezza sulla cima della montagna inaccessibile avevano muri abbastanza spessi da inghiottire sia i canti sia le urla. Ma una delle pareti era fatta di vuoto, per cui ogni accordo dell'arpa dell'uomo morto echeggiava rimbalzando sui contrafforti rocciosi della Lancia del Gigante. E poi le canzoni che sceglieva... *La danza dei draghi*, *La bella Jonquil e il suo giullare*, *Jenny di Vecchie Pietre e il principe delle Libellule*.

Cantava di tradimenti, dei più orribili delitti, di uomini impiccati e di vendette sanguinarie. Cantava di lutti e di tristezza.

Non faceva differenza in quale parte del castello Sansa si trovasse, né dove andasse: non riusciva a sfuggire alle note del cantastorie. Marillion era il suo nome. Le sue melodie strisciavano su per i gradini a chiocciola della torre, la sorprendevano nuda nel bagno, cenavano con lei all'ora del crepuscolo, arrivavano addirittura a infilarsi nella sua camera da letto quando chiudeva le imposte. Canti nella fredda aria rarefatta, canti che, proprio come quell'aria fredda, le penetravano nel profondo delle ossa. Sul Nido dell'Aquila non nevicava dal terribile giorno in cui lady Lysa era stata inghiottita dal baratro, ma le notti erano gelide.

La voce del cantastorie era forte e ben modulata. Sansa trovava che il suo talento fosse sempre più eccelso, la sua voce in qualche modo più ricca, piena di dolore, paura e rimpianto. Sansa non comprendeva per quale motivo gli dèi avessero dato una voce così meravigliosa a un uomo tanto malvagio. "Mi avrebbe posseduta con la forza se Petyr non avesse mandato ser Lothor a proteggermi" fu costretta a ricordare a se stessa. "E quando lady Lysa cercò di uccidermi, lui suonò ancora più forte per coprire le mie grida." Il che non rendeva più facile ascoltare le sue canzoni.

«Ti prego» Sansa implorò lord Petyr «non puoi farlo smettere?»

«Ho dato a quell'uomo la mia parola, tesoro.»

Petyr Baelish, lord di Harrenhal, sommo lord del Tridente, protettore del Nido dell'Aquila e della valle di Arryn, sollevò lo sguardo dalla lettera che stava scrivendo. Ne aveva già scritte a centinaia, dalla caduta di lady Lysa. Sansa aveva visto i corvi messaggeri andare e venire dall'uccelliera quasi senza sosta. «Preferisco comunque ascoltare le sue canzoni che sopportare i suoi singhiozzi.»

"Certo, le canzoni sono meglio, ma..." «Deve proprio suonare tutta la notte, milord? Il piccolo lord Robert non riesce a dormire. Piange...»

«... sua madre, lo so. Non possiamo fare nulla: è morta.» Petyr alzò le spalle. «Non durerà ancora per molto. Lord Nestor salirà domani mattina.»

Sansa aveva incontrato lord Nestor Royce solamente un'altra volta, dopo le nozze di Petyr con sua zia, ora defunta. Royce era il custode delle Porte della Luna, la grande fortezza alla base della montagna, posta a guardia dei gradini che salivano fino al Nido dell'Aquila. Gli sposi e la loro corte vi avevano passato la notte prima di iniziare l'ascesa per la vetta. Lord Nestor aveva rivolto a Sansa solo un'occhiata, ma la prospettiva del suo arrivo lassù al castello la gettava nel terrore. Lord Nestor era anche alto attendente della Valle, fidato alfiere sia di Jon Arryn sia di lady Lysa.

«Lui non... tu non permetterai a lord Nestor di vedere Marillion, vero?»

L'orrore dell'espressione di Sansa doveva essere fin troppo evidente, perché Petyr posò la penna d'oca.

«Anzi, al contrario, insisterò.» Le fece cenno di sedersi accanto a lui. «Marillion e io abbiamo un accordo. Mord sa essere quanto mai convincente. E nel caso in cui il nostro cantore dovesse deluderci e decidesse di esibirsi in qualcosa non di nostro gradimento, be', tutto quello che tu e io dovremo fare è dire che mente. A chi pensi che crederà, lord Nestor?»

«A... noi?» Sansa desiderava poterne essere certa.

«Naturalmente. Dalle nostre menzogne anche lord Nestor trarrà profitto.»

Lo studio era caldo, il fuoco scoppiettava allegramente, ma Sansa era percorsa da brividi. «Sì, ma... che cosa accadrebbe se...»

«Se per lord Nestor l'onore fosse più importante del profitto?» Petyr le mise un braccio attorno alle spalle. «Cosa accadrebbe se volesse la verità, se volesse giustizia per la sua lady assassinata?» Le sorrise. «Conosco bene quell'uomo, cara. Riesci davvero a immaginarlo incline a fare del male a mia figlia?»

"Io non sono tua figlia. Sono Sansa Stark, figlia di lord Eddard e di lady Catelyn, e sono di Grande Inverno." Ma questo, Sansa non lo disse. Se non fosse stato per Petyr Baelish, sarebbe stata lei, e non Lysa Arryn, a vorticare nel freddo cielo blu fino a incontrare il letale abbraccio del granito seicento piedi più in basso. "È così coraggioso." Sansa avrebbe voluto avere anche lei quel coraggio. Desiderava solamente tornare nel proprio letto, nascondersi sotto le coperte, e poi dormire e dormire. Era dalla morte di Lysa Arryn che non riusciva più a riposare una notte intera.

«Non potresti dire a lord Nestor che sono... indisposta... o qualcosa di simile...»

«Vorrà udire anche il tuo resoconto riguardo alla morte di lady Lysa.»

«Milord, ma se... se Marillion dirà che cosa è veramente...»

«Se Marillion *mentirà,* intendi?»

«Mentire? Sì... se mentirà, sarà la mia versione contro la sua, e se lord Nestor dovesse guardarmi diritto negli occhi, se dovesse vedere come sono spaventata...»

«Un'ombra di paura non sarà fuori posto, Alayne. Sei stata testimone di un evento terribile. Nestor sarà commosso.» Petyr studiò gli occhi di Sansa, come se li vedesse per la prima volta. «Hai gli stessi occhi di tua madre. Onesti, innocenti. Azzurri come il mare illuminato dal sole. Quando avrai qualche anno di più, molti uomini annegheranno nel tuo sguardo.»

Sansa non sappe che cosa rispondere.

«A lord Nestor dovrai semplicemente dire la stessa cosa che hai detto a lord Robert» continuò Petyr.

«Robert è solo un ragazzino malaticcio. Lord Nestor è un uomo adulto, austero e sospettoso.» Il piccolo Robert Arryn, ormai orfano sia di padre sia di madre, non era di costituzione forte e andava protetto, perfino dalla verità. "Certe menzogne sono amorevoli" l'aveva rassicurata Petyr. Qualcosa che Sansa volle ricordargli. «A lord Robert abbiamo mentito» disse «ma è stato solo per risparmiargli altro dolore.»

«E questa nuova menzogna risparmierà noi. Altrimenti, sia tu sia io saremo costretti ad andarcene dal Nido dell'Aquila per la medesima porta varcata da Lysa.» Petyr riprese in mano la penna d'oca. «Così noi serviremo a lord Nestor menzogne e vino dorato di Arbor, lui berrà e chiederà un'altra coppa, delle une e dell'altro, te lo prometto.»

"Anche tu mi stai mescendo delle menzogne" si rese conto Sansa. Erano menzogne confortevoli, però, e Sansa pensò che il loro intento fosse buono. "Una menzogna non è una cosa cattiva quando è a fin di bene." Se solo avesse potuto crederlo...

Eppure le cose che sua zia aveva detto prima di precipitare nel vuoto continuavano a tormentarla. "Delirio" le aveva giudicate Petyr. "Mia moglie era pazza, lo hai visto tu stessa." E Sansa se n'era accorta. "Tutto quello che ho fatto è stato costruire un castello di neve, ma Lysa ha cercato di spingermi fuori dalla Porta della Luna. Petyr mi ha salvato. Ha amato anche mia madre e..."

... E voleva bene anche a lei. Quindi, come poteva dubitare?

"Petyr ha salvato Alayne, sua figlia" le sussurrò una voce ignota. Ma lei non era soltanto Alayne, falsa figlia bastarda del lord protettore della Valle, era anche Sansa Stark di Grande Inverno. E a volte aveva l'impressione che anche il lord della Valle fosse due persone. Una era Petyr Baelish, quello che voleva proteggerla, sensibile, divertente e delicato... l'altro era Ditocorto, il nobile intrigante che lei aveva conosciuto ad Approdo del Re, l'uomo dal sorriso mellifluo, che si accarezzava la barbetta mentre sussurrava chissà che cosa all'orecchio della regina Cersei. E

Ditocorto non era amico di Sansa Stark. Quando Joffrey si divertiva a farla picchiare dagli uomini in bianco, era stato il Folletto a difenderla, non Ditocorto. Quando la folla inferocita e affamata aveva cercato di stuprarla, era stato il Mastino a portarla in salvo, non Ditocorto. Quando i Lannister le avevano imposto contro la sua volontà di sposare Tyrion, era stato ser Garlan Tyrell il Galante a darle conforto, non Ditocorto. Per lei, Ditocorto non aveva mai alzato neppure il suo dito più corto.

"Tranne che per farmi fuggire dalla Fortezza Rossa. In questo mi ha aiutata. Io credevo che il mio eroe fosse ser Dontos, il mio povero ubriaco, invece era sempre stato Petyr. Ditocorto era soltanto una maschera che lui era costretto a indossare." Solo che a volte Sansa trovava difficile capire dove finiva l'uomo e iniziava la maschera. Ditocorto e lord Petyr si assomigliavano in tante cose. Fosse dipeso da lei, sarebbe fuggita da entrambi, solo che non esisteva un luogo dove potesse andare. Il castello di Grande Inverno era stato bruciato e abbandonato. I suoi fratelli minori, Bran e Rickon, erano morti e sepolti. Alle Torri Gemelle, Robb, il primogenito, era stato tradito dai Frey e assassinato assieme alla lady sua madre. Tyrion era stato messo a morte con l'accusa di avere avvelenato Joffrey. Quanto a lei, se mai avesse fatto ritorno ad Approdo del Re, la regina le avrebbe fatto staccare la testa. Lysa Arryn, la zia in cui Sansa aveva sperato, aveva cercato di ucciderla. Suo zio Edmure Tully era prigioniero nelle segrete dei Frey. Ser Brynden Tully, il Pesce nero, il suo prozio, era sotto assedio a Delta delle Acque. "L'unico posto dove posso stare è questo" pensò Sansa con disperazione "e l'unico amico che ho è Petyr."

Quella notte, l'uomo morto cantò *Il giorno che impiccarono Robin il Nero, Le lacrime della Madre* e *Le piogge di Castamere*. Poi per un po' si interruppe, ma proprio quando Sansa stava per scivolare nel sonno, riprese a cantare. *Sei dolori, Foglie cadute* e *Alysanne*. "Sono canzoni così tristi" pensò Sansa. Quando chiuse gli occhi, poté vedere il cantastorie Marillion, solo, nella sua cella lassù, raccolto su se stesso nell'angolo più lontano dal vuoto oscuro e gelido, avvolto in una pelliccia, con l'arpa di legno stretta al petto. "Non devo provare pietà per lui" ripeté a se stessa. "Era vanesio, crudele e presto sarà morto." Lei non poteva salvarlo. Inoltre, perché mai avrebbe dovuto? Marillion aveva cercato di stuprarla e Petyr le aveva salvato la vita non una volta ma due. "Siamo costretti a dire certe menzogne." Erano state le menzogne a farla restare in vita ad Approdo del Re. Se non avesse mentito a Joffrey, gli uomini della Guardia reale l'avrebbero uccisa con le loro percosse.

Dopo *Alysanne* il cantastorie si interruppe di nuovo, quanto bastava perché Sansa riuscisse a prendersi un'ora di sonno. Ma mentre la prima luce dell'alba cercava di aprirsi la strada tra le imposte, udì salire dal basso i lievi accordi di *Un mattino brumoso*, svegliandosi di soprassalto. Si trattava di una canzone per voce femminile, il lamento di una madre che nell'alba successiva a una terribile battaglia vaga nel campo del massacro alla ricerca del corpo del suo unico figlio. "La madre canta il dolore per la perdita del figlio" pensò Sansa, ma Marillion è in lutto per le sue dita, per i suoi occhi. Le parole si levarono come frecce, perforando le tenebre.

Oh, hai forse visto il mio ragazzo, ser?
Castani sono i suoi capelli
di tornare da me promise
nella nostra casa di Wendish Town.

Sansa si coprì le orecchie con un cuscino di piumino d'oca per soffocare il resto delle rime, ma fu inutile. Il giorno ormai era arrivato e lei era sveglia.

E lord Nestor Royce stava salendo la montagna.

L'alto attendente della valle di Arryn e il suo seguito giunsero al Nido dell'Aquila nel tardo pomeriggio. Sotto di loro, la grande vallata era color rosso e oro, e si stava alzando il vento. Lord Royce aveva portato con sé il figlio, ser Albar, più una dozzina di cavalieri e una falange di armigeri. "Così tanti estranei." Sansa osservò con ansia le loro facce, domandandosi se fossero amici o nemici.

Petyr accolse i visitatori indossando un farsetto di velluto nero con maniche grigie in tinta con le brache di lana, una scelta di colori che conferiva una sorta di oscurità ai suoi occhi grigioverdi. Accanto a lui c'era maestro Colemon, con la catena composta da molti metalli che pendeva dal suo lungo collo esile. Sebbene il maestro fosse più alto, era comunque il lord protettore ad attirare tutti gli sguardi. Per l'occasione, Petyr Baelish sembrava aver messo da parte i suoi immancabili sorrisi. Ascoltò con atteggiamento solenne lord Royce che gli presentava i cavalieri che lo accompagnavano.

«Miei lord, siate i benvenuti al Nido dell'Aquila» disse Petyr alla fine. «Conoscete tutti maestro Colemon, naturalmente. Lord Nestor, tu ricordi Alayne, mia figlia?»

«Certamente.»

Lord Nestor Royce era un uomo con il collo taurino, il torace massiccio e ben pochi capelli in testa; la barba grigio scuro gli conferiva un aspetto severo. Inclinò la testa quasi impercettibilmente in segno di saluto.

Sansa si inchinò, troppo spaventata per parlare, nel timore di dire la cosa sbagliata. Petyr la aiutò a rialzarsi. «Cara, sii gentile e accompagna lord Robert nella sala Alta, in modo che possa accogliere gli ospiti.»

«Sì, padre.»

A Sansa, la sua stessa voce suonò tesa e incerta. "Una voce bugiarda" pensò nel precipitarsi su per gli scalini e quindi lungo il ponte coperto di collegamento con la Torre della luna. "Una voce colpevole."

Gretchel e Maddy stavano aiutando Robert Arryn a infilarsi le brache quando Sansa entrò nella sua stanza da letto. Il piccolo lord del Nido dell'Aquila aveva pianto di nuovo. I suoi occhi erano rossi e straniti, le ciglia incrostate, il naso gonfio e gocciolante. Un filo di muco scintillava sotto una delle sue narici e c'era del sangue sul labbro inferiore, là dove Robert se lo era morso. "Lord Nestor non deve vederlo in questo stato" pensò Sansa, in preda alla disperazione.

«Gretchel, portami il bacile.» Sansa prese il ragazzo per mano e lo condusse fino al letto. «E il mio dolce pettirosso? Ha dormito bene questa notte?»

«No.» Robert tirò su con il naso. «Non ho mai dormito, Alayne. Lui stava di nuovo cantando, e la mia porta era chiusa a chiave. Ho chiamato perché mi lasciassero uscire, ma non è venuto nessuno. Qualcuno mi ha chiuso dentro.»

«È stata proprio una cosa cattiva.»

Sansa imbevve un soffice panno di acqua calda e cominciò a ripulirgli il viso, delicatamente... molto delicatamente. A strofinare in modo troppo brusco, Robert avrebbe potuto mettersi a tremare. Era un ragazzo fragile e molto piccolo per la sua età. Aveva otto anni, ma Sansa conosceva bambini di cinque anni molto più robusti di lui.

Il labbro di Robert tremolava. «Stavo per venire a dormire con te.»

"So che avresti voluto farlo." Il dolce pettirosso era stato abituato ad andare nel letto di sua madre, almeno fino a quando lei non aveva sposato lord Petyr. Dalla morte di lady Lysa, si era messo a vagare per il Nido dell'Aquila, alla ricerca di altri letti in cui infilarsi. Quello che gli piaceva più di tutti era quello di Sansa... motivo per cui lei aveva chiesto a ser Lothor Brune di chiudere a chiave la porta del ragazzo. Se Robert si fosse limitato a dormire, Sansa avrebbe anche potuto tollerarlo vicino a sé, invece il bambino cercava sempre di succhiarle i seni, e quando aveva le sue cicliche crisi di tremito spesso bagnava il letto.

«Lord Nestor Royce è salito dalle Porte della Luna per vederti.» Sansa lo pulì sotto il naso.

«Ma io non voglio vedere lui» ribatté Robert. «Voglio ascoltare una storia. Una storia del Cavaliere Alato.»

«Più tardi» disse Sansa. «Prima devi vedere lord Nestor.»

«Lord Nestor ha una verruca» Robert si contorse. Gli uomini con le verruche gli facevano paura. «Mamma diceva che è orribile.»

«Povero il mio dolce pettirosso.» Sansa gli ravviò i capelli. «La tua mamma ti manca tanto, lo so. Manca tanto anche a lord Petyr. Lui l'amava quanto l'amavi tu.»

Un'altra menzogna, anche se detta a fin di bene. L'unica donna che Petyr Baelish aveva veramente amato era stata lady Catelyn, la madre di Sansa, assassinata anche lei. E questo, Petyr lo aveva confessato a lady Lysa... un attimo prima di scaraventarla fuori dalla Porta della Luna, mandandola a sfracellarsi sulla roccia della Lancia del Gigante. "Lysa era pazza, una pazza pericolosa. Ha assassinato il lord suo marito, il grande Jon Arryn. Avrebbe assassinato anche me, se Petyr non fosse arrivato in tempo a salvarmi."

Ma questo, non era necessario che Robert lo sapesse. Era solamente un ragazzino malaticcio che aveva voluto bene alla sua mamma.

«Ecco» concluse Sansa. «Adesso sì che hai l'aspetto di un lord. Maddy, porta il suo mantello.»

Era una cappa di lana di pecora, morbida e calda, di un magnifico colore azzurro cielo che faceva risaltare la tunica color crema del ragazzo. Sansa gliela affibbiò sulle spalle con un fermaglio d'argento a forma di luna crescente e lo prese per mano. Per una volta tanto, Robert andò senza fare capricci o avere crisi di tremito.

La sala Alta era rimasta chiusa dal giorno della caduta di lady Lysa, e rientrandovi Sansa sentì un brivido lungo la schiena. La sala, di forma allungata, era certamente grande e bella, ma a lei non piaceva affatto. Per lei era uno spazio gelido, con colori lividi. I sottili pilastri sembravano dita scheletriche e le vene nel marmo bianco ricordavano quelle delle gambe di una vecchia. Almeno cinquanta nicchie argentate si susseguivano lungo le pareti, ma c'era solamente una dozzina di torce accese. Le ombre quindi ondeggiavano sui pavimenti, addensandosi negli angoli. Il rumore dei passi echeggiava sul marmo e Sansa udiva la Porta della Luna scricchiolare sotto la spinta del vento. "Non devo guardarla" si disse "altrimenti mi metto anch'io a tremare come Robert."

Con l'aiuto di Maddy, fece accomodare Robert sul trono di albero-diga, sopra una pila di cuscini, annunciando ad alta voce che il lord del Nido dell'Aquila era pronto per ricevere gli ospiti. Due guardie con la cappa azzurro cielo aprirono i portali in fondo alla sala. Petyr Baelish condusse il gruppo sulla lunga passatoia blu tra i pilastri bianchi come le ossa.

Il ragazzo salutò lord Nestor Royce con la sua vocina stridula, e non menzionò la sua verruca. Quando l'alto attendente della Valle di Arryn chiese della lady sua madre, le mani di Robert ebbero un leggero tremito.

«Marillion ha fatto male alla mamma. L'ha buttata fuori dalla Porta della Luna.»

«Milord, l'hai visto con i tuoi occhi?» chiese ser Marwyn Belmore, un cavaliere snello, con i capelli rossi, che era stato capitano delle guardie di Lysa fino a quando Petyr lo aveva destituito, mettendo al suo posto ser Lothor Brune.

«L'ha visto Alayne» rispose il ragazzino. «E anche il lord mio patrigno.»

Lord Nestor spostò lo sguardo su Sansa. Anche ser Albar, ser Marwyn, maestro Colemon e tutti gli altri la stavano guardando. "Era mia zia ma mi voleva uccidere" pensò Sansa. "Mi ha trascinato fino alla Porta della Luna e ha cercato di spingermi nel vuoto. Non ho mai voluto un bacio, stavo solo costruendo un castello di neve." Si strinse le braccia attorno al corpo, per non mettersi a tremare.

«Perdonatela, miei lord» disse Petyr Baelish dolcemente. «Da quel giorno la fanciulla è tormentata dagli incubi. Nessuna meraviglia che non riesca a parlare.» Andò dietro a Sansa e le pose delicatamente le mani sulle spalle. «So quanto è difficile per te, Alayne, ma i nostri amici devono sapere la verità.»

«Sì.» Sansa aveva la gola talmente arida che parlare era quasi doloroso. «Io ho visto... Ero con lady Lysa quando...» Una lacrima le scese lungo la gota. "Cosa buona, una lacrima è cosa buona." «... quando Marillion... l'ha spinta.»

Così Sansa raccontò nuovamente la storia, udendo a malapena le parole che lei stessa pronunciava. Prima ancora che arrivasse a metà del resoconto, Robert cominciò a piangere e i cuscini sotto di lui cedevano pericolosamente.

«Ha ucciso la mia mamma. Voglio che lui voli!» Il tremito alle mani era peggiorato, adesso gli tremavano anche le braccia. La sua testa era scossa da sussulti, i denti battevano furiosamente. «Che voli!» strillò. «Che voli! Che voli...!» Gambe e braccia si agitavano follemente.

Lothor Brune raggiunse a passi rapidi la piattaforma e riuscì ad afferrare il ragazzo mentre cadeva dallo scanno. Maestro Colemon si avvicinò a sua volta, ma non poté fare nulla.

Anche Sansa poté solo restare a guardare impotente, aspettando che la crisi di tremito facesse il proprio corso. Una gamba di Robert colpì ser Lothor in faccia. Brune imprecò, ma continuò a trattenere il ragazzo scalciante, urlante, che si pisciava addosso. Gli ospiti non dissero una parola, lord Nestor aveva già assistito a simili spettacoli. Dopo minuti che sembrarono ore, gli spasmi di Robert cominciarono a calmarsi. Alla fine, il piccolo lord era talmente indebolito da non riuscire neppure a reggersi in piedi.

«Meglio riportare lord Robert nelle sue stanze e procedere a un salasso» disse lord Petyr.

Lothor Brune prese in braccio il ragazzino e uscì dalla sala, con maestro Colemon che lo seguiva, tetro in volto.

Dopo che l'eco dei loro passi si fu dissolta, nella sala Alta del Nido dell'Aquila calò il silenzio. Sansa udiva solo il vento gemere all'esterno della Porta della Luna. Sentiva molto freddo ed era stanchissima. "Dovrò raccontare la storia di nuovo?" si domandò.

Ma quello che aveva raccontato doveva essere stato sufficiente. Lord Nestor si schiarì la gola. «Quel cantastorie non mi è piaciuto dal primo momento» grugnì. «Ho insistito molte volte con lady Lysa perché lo mandasse via.»

«Le hai sempre dato saggi consigli, milord» concordò Petyr.

«Che lei però ignorava» si lagnò Royce. «Mi ascoltava controvoglia e ignorava quello che le dicevo.»

«La mia lady si fidava troppo di questo mondo.» Parole che Petyr pronunciò con tale dolcezza che per un istante Sansa quasi credette che Ditocorto avesse veramente amato la moglie. «Lysa non vedeva la malvagità negli uomini, vedeva solamente la bontà. Marillion cantava canzoni dolci e Lysa pensava che quella fosse anche la sua natura.»

«Ci ha chiamato porci» intervenne ser Albar Royce. Era un cavaliere con le spalle larghe e i modi bruschi, si rasava il mento ma folti favoriti neri andavano a unirsi ai baffi, incorniciandogli il volto come scure siepi. Ser Albar era una versione più giovane di lord Nestor, il padre. «Ha composto una canzone su due porci che grufolavano in montagna, cibandosi degli escrementi dei falchi. Eravamo noi, quei porci, ma quando glielo feci notare, lui mi rise in faccia. "Andiamo, cavaliere" disse "questa canzone parla solo di maiali".»

«Si è presa gioco anche di me» intervenne ser Marwyn Belmore. «Mi ha chiamato ser Ding-dong. E quando ho giurato di mozzargli la lingua, è scappato a nascondersi dietro le sottane di lady Lysa.»

«Cosa che faceva fin troppo spesso» riprese lord Nestor. «Quell'uomo è un vile, ma il favore di lady Lysa lo ha reso anche insolente. Lo vestiva come un lord, gli ha regalato anelli d'oro e una cintura di pietre di luna.»

«Gli ha perfino donato il falcone preferito di lord Jon.» Il farsetto del cavaliere che aveva parlato era decorato con le sei candele bianche della casata Waxley. «Lord Jon amava quell'uccello: era stato re Robert a darglielo.»

Petyr Baelish sospirò. «La situazione era diventata intollerabile» disse «e io vi posi fine. Lysa era d'accordo nell'allontanare il cantastorie. Ecco perché lo volle incontrare in questa sala, quel giorno fatale. Avrei dovuto essere con lei, ma non avrei mai immaginato... se solo avessi insistito... sono stato *io* a ucciderla.»

"No!" pensò Sansa. "Non devi dire così, non devi dirglielo, non devi."

Ma Albar Royce stava scuotendo la testa. «No, milord, non devi biasimare te stesso.»

«È stata la mano del cantastorie» ribadì suo padre, lord Nestor. «Che venga portato qui, lord Petyr. Scriviamo il capitolo finale di questa triste vicenda.»

Petyr Baelish ritrovò la propria compostezza. «Come desideri, milord.»

Si voltò verso gli armigeri e impartì un ordine. Il cantastorie venne tirato fuori dalle segrete della fortezza. Lo accompagnava il carceriere Mord, un mostro con piccoli occhi neri e la faccia storta, sfregiata. Un orecchio e parte di una guancia gli erano stati staccati in una qualche battaglia, ma alcuni brandelli di carne pallida si ostinavano a restare attaccati al cranio. Indossava abiti sformati e attorno a lui aleggiava un odore rancido, fetido.

Al suo confronto, Marillion pareva quasi elegante. Qualcuno gli aveva fatto il bagno e lo aveva vestito con brache azzurro cielo e un'ampia tunica bianca con le maniche a sbuffo, stretta dalla cintura d'argento, dono di lady Lysa. Portava guanti di seta bianca, una benda di seta attorno al capo nascondeva ai lord la vista dei suoi occhi.

Mord rimase in piedi al suo fianco, con in mano una frusta. Il carceriere lo pungolò nel torace e il cantastorie si mise in ginocchio. «Buoni lord, imploro il vostro perdono.»

Lord Nestor emise un altro grugnito. «Confessi il tuo crimine?»

«Se avessi ancora gli occhi, piangerei.» La voce del cantastorie, così forte e decisa durante la notte, in quel momento era un bisbiglio roco, spezzato. «L'amavo così tanto da non poter tollerare di vederla tra le braccia di un altro uomo, di sapere che condivideva il talamo con lui. Non era mia intenzione arrecare alcun male alla mia dolce lady, lo giuro. Sbarrai la porta della sala affinché nessuno potesse disturbarci mentre le dichiaravo la mia passione, ma lady Lysa fu così algida... quando disse di avere in grembo il figlio di lord Petyr... una follia si è impossessata di me...»

Mentre Marillion parlava, Sansa osservò le sue mani. Maddy la Grassa sosteneva che Mord gli aveva mozzato tre dita, entrambi i mignoli e un anulare. I mignoli apparivano in effetti leggermente più rigidi delle altre dita, ma con i guanti era difficile esserne certi. "Forse è solo una storia inventata. Come farebbe Maddy a sapere?"

«Lord Petyr è stato clemente, mi ha consentito di tenere la mia arpa» disse il cantore cieco. «La mia arpa... e la mia lingua... così posso cantare le mie canzoni. Lady Lisa adorava le mie canzoni...»

«Portate via questo... *essere*, prima che lo uccida con le mie mani» ringhiò lord Nestor. «La sua sola vista mi fa rivoltare le viscere.»

«Mord» ordinò Petyr «riportalo nella sua cella.»

«Sì, milord.» Mord afferrò brutalmente Marillion per la collottola. «Basta parlare.»

Sansa, stupefatta, si rese conto che i denti dell'aguzzino erano d'oro. Gli astanti rimasero a osservare Mord trascinare e spintonare il cantastorie verso i portali della sala.

«Deve morire» dichiarò ser Belmore una volta che furono usciti. «Avrebbe già dovuto seguire lady Lysa oltre la Porta della Luna.»

«E senza la lingua» aggiunse ser Albar Royce. «Senza quella sua lingua irridente e mendace.»

«Sono stato troppo tenero con lui, lo so» disse Petyr Baelish in tono di scusa. «In realtà, provo compassione per quell'uomo. Ha ucciso per amore.»

«Per amore o per odio» insistette Belmore «comunque deve morire.»

«E sarà presto» intervenne lord Nestor. «Nessuno resiste per molto tempo nelle celle del cielo. Il vuoto lo chiamerà a sé.»

«Può anche essere» disse Petyr Baelish «ma se Marillion risponderà oppure no a quel richiamo, solamente lui lo sa.» Fece un gesto, i suoi armati aprirono le porte in fondo alla sala. «Ser, mi rendo conto che dovete essere molto stanchi dopo la salita. Sono state preparate delle stanze dove potrete passare la notte, cibo e vino vi attendono nella sala Bassa. Oswell, mostra loro la via, provvedi affinché tutte le loro necessità siano soddisfatte.» Si rivolse a Nestor Royce. «Milord, vorresti seguirmi nel mio studio a condividere una coppa di vino? Alayne, cara, vieni tu a versare.»

Basse fiamme illuminavano lo studio, dove una caraffa di vino li stava aspettando. Vino dorato di Arbor. Sansa riempì la coppa di lord Nestor mentre Petyr rivoltava i ceppi con un attizzatoio.

Lord Nestor andò a sedersi vicino al fuoco. «Comunque non finisce qui» disse a Petyr, come se Sansa non fosse nemmeno presente. «Anche mio cugino Yohn ha intenzione di interrogare il cantastorie.»

«Yohn il Bronzeo non si fida di me.» Petyr spinse da parte uno dei ceppi.

«Ha intenzione di venire al Nido dell'Aquila accompagnato da notevoli forze. Con lui ci sarà senza dubbio Symond Templeton. E anche lady Waynwood, temo.»

«Più lord Belmore, lord Hunter il Giovane, Horton Redfort. I quali a loro volta porteranno Sam Stone il Forte, i Tollett, gli Shett, i Coldwater, alcuni Corbray.»

«Sei ben informato, lord Petyr. Quali dei Corbray? Anche lord Lyonel?»

«No, il fratello. Per qualche ragione, nemmeno ser Lyn ha simpatia per me.»

«Lyn Corbray è un uomo pericoloso» ribadì lord Nestor. «Che cosa intendi fare?»

«Che cosa posso fare se non dare loro il benvenuto quando

verranno?» Petyr spostò i ceppi un'ultima volta e posò l'attizzatoio.

«Mio cugino intende deporti quale lord protettore della Valle.»

«E io non sono in grado di fermarlo. La mia guarnigione è di venti uomini. Lord Royce e i suoi amici invece ne possono radunare ventimila.» Petyr andò verso il baule di rovere che si trovava sotto la finestra. «Yohn il Bronzeo farà quello che deve fare» disse, inginocchiandosi. Aprì il baule, estrasse una pergamena arrotolata e la portò a lord Nestor. «Milord. Questo è un pegno dell'amore che la mia lady provava nei tuoi confronti.»

Sansa osservò Royce che srotolava la pergamena. «Non... questo non me l'aspettavo, milord.» Sansa si stupì nel vedere lacrime apparire negli occhi del duro guerriero.

«È una cosa inattesa, ma non immeritata. La mia lady ti considerava più di tutti gli altri suoi alfieri. Tu eri la sua roccia, mi diceva.»

«La sua roccia.» Lord Nestor arrossì. «Davvero diceva così?»

«Spesso. E questa» Petyr accennò alla pergamena «ne è la testimonianza.»

«Mi... mi fa piacere. So che Jon Arryn aveva una buona opinione del mio servizio, ma lady Lysa... mi umiliò quando mi presentai alla sua corte, e temevo che...» Lord Nestor aggrottò la fronte. «Vedo il sigillo degli Arryn, ma la firma...»

«Lysa è stata assassinata prima che il documento potesse esserle presentato per la firma, per cui sono stato io a firmarlo, quale lord protettore. Sapevo che era suo desiderio.»

«Capisco.» Lord Nestor arrotolò la pergamena. «Tu sei... un uomo ligio al dovere, milord. *Aye*, e non ti manca il coraggio. La carica di custode della Valle non è mai stata ereditaria. Furono gli Arryn a innalzare le Porte, quando avevano la Corona del Falcone ed erano i re della valle di Arryn. Il Nido dell'Aquila era la loro residenza estiva, ma quando iniziava a cadere la neve la corte si preparava a scendere. C'è chi dice che le Porte hanno la medesima regalità del Nido dell'Aquila.»

«Sono ormai trecento anni che non esiste più un re della Valle» puntualizzò Petyr.

«Vennero i draghi, i Targaryen» concordò lord Nestor. «Ma perfino dopo, le Porte rimasero un castello Arryn. Jon stesso fu custode delle Porte mentre suo padre era ancora in vita. Dopo la sua ascesa, elevò a quell'onore il fratello Ronnel, e in seguito il cugino Denys.»

«Lord Robert non ha fratelli, e solo lontani cugini.»

«È vero.» Lord Nestor strinse più forte la pergamena. «Non posso dire, lord Fetyr, di non averlo sperato. All'epoca in cui lord Jon governava il regno quale Primo Cavaliere del re, spettò a me governare la Valle in sua vece. Feci tutto quello che mi veniva ordinato, e non chiesi nulla per me stesso.... Ma, per gli dèi, *questo* me lo sono guadagnato!»

«Nessun dubbio» ammise Petyr «e lord Robert dorme sonni più tranquilli sapendo che tu sei al suo fianco, un amico fidato ai piedi della sua montagna. Quindi...» Sollevò la coppa. «Un brindisi, milord. A Casa Royce, custodi delle Porte della Luna... ora e *sempre*.»

«Ora e sempre, *aye*!»

Le coppe d'argento tintinnarono l'una contro l'altra.

Più tardi, molto più tardi, quando la caraffa di vino dorato di Arbor fu vuota, lord Nestor lasciò la stanza per tornare dai cavalieri del suo seguito. A quel punto, Sansa stava quasi dormendo in piedi e il suo unico desiderio era trascinarsi nel suo letto, ma Petyr la prese per un polso.

«Vedi quali meravigliosi risultati si possono ottenere con le menzogne e il vino dorato di Arbor?»

Era una buona cosa che lord Nestor fosse dalla loro parte. E allora per quale motivo Sansa aveva solo voglia di piangere? «Erano davvero tutte menzogne?»

«Non tutte. Lysa definiva spesso lord Nestor una roccia, anche se non ritengo usasse quella parola come un complimento. Lo chiamava figlio di uno zotico. Sapeva che lord Nestor sognava di detenere le Porte della Luna di diritto, come lord di nome oltre che di fatto, ma Lysa sognava di avere altri figli e voleva che la fortezza alla base del Nido dell'Aquila andasse all'ipotetico fratello minore di Robert.» Petyr si alzò. «Hai capito che cosa è accaduto qui, vero, Alayne?»

Sansa ebbe un momento di esitazione. «Hai dato a lord Nestor le Porte della Luna in modo da ottenere il suo appoggio.»

«Ho fatto questo» ammise Petyr «ma la nostra roccia è pur sempre un Royce, ossia un uomo molto orgoglioso e permaloso. Se gli avessi chiesto qual era il suo prezzo, si sarebbe gonfiato come un rospo pieno di bava velenosa, interpretando la cosa come un'onta. Mentre così... lord Nestor non è *completamente* stupido, ma le menzogne che gli ho servito sono state più appetibili della verità. Royce *vuole* credere che Lysa lo considerasse al di sopra di tutti gli altri alfieri della Valle. Uno di quegli alfieri, dopotutto, è

Yohn il Bronzeo e Nestor sa benissimo di provenire da un ramo *cadetto* di Casa Royce. Ai suoi figli vuole poter dare di più. E per i figli, gli uomini d'onore sono pronti a fare cose che mai e poi mai farebbero per loro stessi.»

Sansa annuì. «La firma... avresti potuto fare sì che fosse lord Robert a firmare e quindi apporre il sigillo, invece...»

«... invece l'ho firmata io stesso, quale lord protettore. Perché l'ho fatto?»

«Perché... se tu venissi deposto... oppure ucciso...»

«... Il diritto di lord Nestor sulle Porte della Luna verrebbe immediatamente messo in gioco. Ti garantisco che questo aspetto non gli è di certo sfuggito. Sei stata astuta a intuirlo. Né mi sarei aspettato niente di diverso da mia figlia.»

«Grazie.» Sansa si sentiva assurdamente orgogliosa per essere riuscita a cogliere il bandolo, ma al tempo stesso era anche confusa. «Però non lo sono. Intendo dire che io non sono tua figlia. Fingo di essere Alayne, ma tu sai che...»

Ditocorto le pose un dito sulle labbra. «Io so quello che so, e lo stesso vale per te. Certe cose, cara, è bene che rimangano non dette.»

«Anche quando siamo soli?»

«*Soprattutto* quando siamo soli. Diversamente, arriverà il giorno in cui un servo si permetterà di entrare in una stanza senza farsi annunciare, o un armigero di guardia a una porta udirà cose che non dovrebbe udire. Non vorrai che le tue splendide manine siano lordate di altro sangue, vero, tesoro?»

La faccia di Marillion parve fluttuare davanti a Sansa, la benda di stoffa livida che gli copriva gli occhi. Dietro di lui, poteva quasi vedere ser Dontos, nei suoi ultimi attimi di vita, prima di essere inghiottito dal golfo delle Acque Nere, con un dardo di balestra conficcato nel petto.

«No» disse Sansa. «Ti prego...»

«Stavo per dirti che questo non è un gioco, figlia mia, invece lo è. È il gioco del trono.»

"Non ho mai chiesto di partecipare a questo gioco." Era troppo pericoloso. "Un passo falso, uno solo, e sono morta." «Oswell... Mio signore, la notte della mia fuga, Oswell Kettleblack mi portò a remi da Approdo del Re fino alla tua nave. Lui deve sapere chi sono in realtà.»

«Se ha quanto meno l'intelligenza dello sterco di una capra, in effetti dovrebbe saperlo. Ma Oswell Kettleblack è al mio servizio da molto tempo, e Lothor Brune tiene di natura la bocca chiusa.

Kettleblack sorveglia Brune per conto mio, e Brune sorveglia Kettleblack, sempre per conto mio. "Non fidarti di nessuno" dissi una volta a Eddard Stark, ma lui non mi volle ascoltare. Tu sei Alayne, e dovrai essere Alayne in *ogni momento*.» Petyr le posò due dita sul petto. «Perfino qui. Nel profondo del tuo cuore. Puoi essere lei? Puoi essere mia figlia nel profondo del tuo cuore?»

«Io...» "Io non lo so, mio signore" fu sul punto di dirgli Sansa, ma non erano quelle le parole che Ditocorto voleva udire. "Menzogne" pensò Sansa Stark. "Menzogne e vino dorato di Arbor." «Io sono Alayne, padre. Chi altri potrei essere?»

«Con la mia astuzia e la bellezza di Catelyn, il mondo sarà tuo, tesoro.» Lord Ditocorto la baciò sulla guancia. «E ora, a dormire.»

Gretchen aveva acceso il fuoco nel caminetto della stanza e aveva sprimacciato il letto di piume. Sansa si svestì e si infilò sotto le coperte. "Questa notte non canterà" sperò Sansa "non con lord Nestor e gli altri al castello. Non oserà." Chiuse gli occhi.

A un certo punto della notte si svegliò: il piccolo Robert stava entrando nel suo letto. "Ho dimenticato di dire a Lothor Brune di chiuderlo a chiave nella sua stanza" si rese conto Sansa. Non c'era nulla che potesse fare, tranne abbracciare il ragazzino.

«Dolce pettirosso? Puoi restare vicino a me, ma cerca di non agitarti. Chiudi gli occhi e dormi, piccolo.»

«Va bene.» Robert si raggomitolò contro di lei, appoggiando la testa al suo seno. «Alayne? Sei tu la mia mamma, adesso?»

«Credo di sì» rispose Sansa.

"Se una menzogna è detta a fin di bene, non c'è malvagità."

La sala era zeppa di Harlaw ubriachi, tutti lontani cugini. Ogni lord aveva appeso il proprio vessillo dietro le panche sulle quali erano seduti i suoi uomini. "Troppo pochi" pensò Asha Greyjoy, guardando giù dalla galleria. "Decisamente troppo pochi." Le panche erano per tre quarti vuote.

Così aveva detto Qarl la Fanciulla, mentre la *Vento nero* stava arrivando dal mare. Asha aveva contato le navi lunghe attraccate sotto il castello di suo zio, stringendo le labbra. «Non sono venuti» aveva osservato Qarl «o comunque non in numero sufficiente.»

Non aveva torto, ma Asha non aveva potuto dichiararsi d'accordo con lui, non là, sulla tolda, dove la ciurma l'avrebbe sentita. Asha non nutriva dubbi sulla loro fedeltà, ma perfino gli uomini di ferro esitavano a mettere in gioco la vita per una causa chiaramente persa in partenza.

"Ho davvero così pochi amici?" Tra i vessilli nella sala, Asha distinse il pesce argenteo dei Botley, l'albero di pietra degli Stonetree, il leviatano nero dei Volmark, i nodi scorsoi dei Myre. Il resto erano falci, emblema degli Harlaw. Quella di Boremund era in campo azzurro pallido, quella di Hotho era contornata da bordi frastagliati, il Cavaliere aveva lo sfondo inquartato, con il pavone sgargiante della casata di sua madre. Perfino Sigfryd Capelli d'argento innalzava due falci, l'una di fronte all'altra su uno sfondo diviso in diagonale. Solamente lord Harlaw mostrava la falce argentea senza orpelli in campo nero come la notte, emblema immutato dall'alba dei giorni: Rodrik, chiamato il Lettore, signore di Dieci Torri, lord di Harlaw, Harlaw di Harlaw... lo zio favorito di Asha Greyjoy.

L'alto scanno di lord Rodrik era vuoto. Due falci d'argento si incrociavano sopra di esso, talmente enormi che perfino un gigante avrebbe avuto difficoltà a impugnarle, ma in basso i cuscini del trono erano vuoti. Asha non ne fu sorpresa. Il banchetto si era concluso da molto tempo. Sui tavoli a cavalletti c'erano solo ossa spolpate e piatti unti. Adesso era solamente bere smodato, anche se zio Rodrik non aveva mai avuto problemi a ritrovarsi in compagnia di ubriachi pronti alla rissa.

Asha si voltò verso Tre-denti, la vecchia donna che era stata al servizio di suo zio fin dai tempi in cui era conosciuta come Dodici-denti. «Mio zio è in mezzo ai suoi libri?»

«*Aye*, e dove se no?» La donna era talmente decrepita che un septon, una volta, aveva detto che doveva essere stata la nutrice della Vecchia. Era l'epoca in cui il Credo dei Sette Dèi veniva ancora tollerato sulle Isole di Ferro. Lord Rodrik aveva avuto septon a Dieci Torri, non per la salvezza della sua anima ma per i suoi libri. «Con i libri, e con Botley. C'era anche lui.»

Anche il vessillo dei Botley era appeso nella sala, un branco di pesci argentei in campo verde chiaro, sebbene Asha non avesse visto la *Pinna veloce* tra le altre navi lunghe.

«Ho sentito dire che mio zio Occhio di corvo ha annegato il vecchio Sawane Botley.»

«Lord Tristifer Botley, è lui con tuo zio.»

"Tris." Asha si domandò che cosa fosse accaduto a Harren, il figlio maggiore di Sawane. "Lo scoprirò di certo presto. E non sarà piacevole." Non vedeva Tris da... no, era meglio non pensarci. «La lady mia madre?»

«Sta riposando nella Torre della vedova» rispose Tre-denti.

"*Aye*, e dove, se no?" Il nome della torre veniva dalla zia di Asha. Lady Gwynesse era tornata a casa in lutto dopo che il marito era morto al largo di isola Bella durante la prima ribellione di Balon Greyjoy. "Rimarrò solo il tempo del lutto" era stata la celebre dichiarazione che lady Gwynesse aveva fatto al fratello "anche se Dieci Torri dovrebbe appartenermi di diritto, visto che sono maggiore di te di sette anni." Lunghi anni erano passati da quel momento, ma la vedova era rimasta alla fortezza, sempre in lutto, mugugnando di quando in quando riguardo al castello che avrebbe dovuto essere suo. "E adesso lord Rodrik si ritrova sotto lo stesso tetto con un'altra vedova: una sorellastra semidemente" rifletté Asha. "Nessuna meraviglia che cerchi sollievo nei libri."

Perfino in quei giorni era difficile accettare che la fragile, malaticcia lady Alannys fosse sopravvissuta a lord Balon Greyjoy, suo marito, un uomo che pareva così forte e coriaceo. Quando Asha era salpata per la guerra che aveva portato alla presa di Grande Inverno, la piazzaforte degli Stark, lo aveva fatto con il cuore gonfio di tristezza, con la paura che la madre potesse morire prima del suo ritorno. Non aveva neppure considerato l'idea che il primo a morire potesse essere suo padre. "Il dio Abissale ci infligge scherzi crudeli, ma gli uomini sono ancora più crudeli." Un'improvvisa tempesta e una fune spezzata avevano decretato la morte di Balon Greyjoy. "O almeno è questo che dicono."

L'ultima volta che Asha aveva visto la madre era stato durante la sosta a Dieci Torri per fare rifornimento di acqua dolce, prima di dirigersi a nord per dare l'assalto a Deepwood Motte. Alannys Harlaw non aveva mai posseduto il genere di avvenenza celebrata dai cantastorie, ma la figlia amava i suoi lineamenti forti e decisi, l'allegria nei suoi occhi. In quell'ultima visita aveva trovato lady Alannys sul sedile presso la finestra, avvolta in un cumulo di pellicce, intenta a fissare la distesa del mare. "È mia madre o il suo fantasma?" ricordava di avere pensato nel darle un bacio sulla guancia.

La pelle di lady Alannys era sottile come una pergamena, i lunghi capelli erano diventati bianchi. Rimaneva ancora una sorta di orgoglio nel modo in cui teneva eretta la testa, ma i suoi occhi erano spenti e opachi, e nel chiedere di Theon le tremolavano le labbra. "Hai con te il mio bambino?" aveva chiesto. Theon Greyjoy aveva dieci anni quando era stato portato a Grande Inverno come ostaggio degli Stark alla sanguinosa conclusione della ribellione di Balon. Pareva che per lady Alannys, Theon avrebbe *sempre* avuto dieci anni. "Theon non è potuto venire" era stata costretta a dirle Asha. "Nostro padre lo ha mandato a invadere la Costa Pietrosa." Lady Alannys non aveva risposto. Si era limitata ad annuire lentamente, ma era fin troppo chiaro quanto le parole della figlia l'avessero ferita.

"E adesso le dovrò dire che Theon è morto, pugnalandola un'altra volta al cuore." Dove erano già stati conficcati due pugnali, che portavano incisi sulle lame i nomi di Rodrik e Maron, e quelle lame molte, troppe volte si torcevano ferocemente dentro di lei nel buio della notte. "La vedrò domani" si ripromise Asha. Aveva appena compiuto un viaggio lungo e difficile, in quel momento non era in grado di affrontare la madre.

«Devo parlare con lord Rodrik» disse a Tre-denti. «Provvedi al mio equipaggio, quando avranno finito di scaricare la *Vento nero*. Porteranno dei prigionieri. Voglio che abbiano un letto caldo e un pasto decente.»

«C'è del manzo freddo nelle cucine. E senape in una grande anfora di pietra, senape di Vecchia Città.» Il pensiero della senape portò un sorriso sul viso dell'anziana donna. Un unico, lungo dente marrone spuntava dalle sue gengive.

«Non va bene. Abbiamo avuto una dura traversata. Voglio che mettano qualcosa di caldo nello stomaco.» Asha infilò un pollice nel cinturone borchiato. «Lady Glover e i suoi figli non avranno né cibo né calore. Sistemali in una delle torri, non nelle segrete. L'infante è malato.»

«Gli infanti sono spesso malati. I più muoiono e la gente si dispiace. Chiederò a milord dove metterla, quella gente.»

«Tu farai come ti dico *io*.» Asha afferrò il naso della donna tra pollice e indice, e strinse. «E se questo infante muore, nessuno sarà più dispiaciuto di te.» Tre-denti berciò, promettendo di obbedire. Asha la lasciò libera e andò a cercare lo zio.

Era bello rivedere quelle colline. Asha aveva sempre considerato Dieci Torri la sua casa, molto più di Pyke. "Non un unico castello, ma dieci castelli stretti l'uno contro l'altro" aveva pensato la prima volta. Ricordava le corse a perdifiato su e giù per le scale, lungo i camminamenti delle mura, sui ponti coperti. Ricordava le ore di pesca dal molo Lungapietra, i giorni e le notti persa tra i libri del padre. Era stato il nonno di suo nonno a costruire il castello, il più recente dell'arcipelago di Ferro. Lord Theomore Harlaw aveva perso tre figli ancora nella culla: di quei lutti aveva ritenuto responsabili gli scantinati allagati, le pietre umide, i nitrati putrescenti dell'antica Fortezza Harlaw. Dieci Torri era molto più luminosa, come fortezza, e più confortevole, in una migliore posizione... ma lord Theomore era un uomo volubile, come tutte le sue mogli avrebbero potuto attestare. Ne aveva avute sei, di mogli, diverse l'una dall'altra quanto le torri del suo nuovo castello.

Delle dieci torri che lo componevano, la più massiccia era quella del Libro, di forma ottagonale ed edificata con grossi blocchi di pietra. La scala era costruita all'interno dello spessore delle mura. Asha la salì rapidamente, raggiungendo il quinto piano e la sala di lettura di suo zio. "Non che esistano delle sale in cui lui non legge." Ben di rado lord Rodrik veniva visto senza un libro in mano, che fosse nella latrina, sulla tolda della *Canto del mare* o tenendo udienza. Asha lo aveva visto spesso leggere seduto sul suo alto scanno, sotto le due grandi falci d'argento. Ascoltava ogni caso che gli veniva presentato, emetteva la sentenza... dopo di che, mentre il capitano delle guardie accompagnava al suo cospetto il prossimo supplice, andava avanti a leggere qualche altra frase.

Asha lo trovò curvo su un tavolo vicino alla finestra, circondato da rotoli di pergamena, che avrebbero anche potuto provenire da Valyria e risalire all'epoca antecedente al Disastro, e da pesanti tomi rilegati in pelle con cerniere in bronzo e ferro. Candele di cera d'api, alte e spesse quanto il braccio di un uomo, bruciavano ai due lati della poltrona, poste su candelabri di ferro. Lord Rodrik Harlaw non era né grasso né magro, né alto né basso, né brutto né bello. Aveva capelli e occhi castani; la sua barba, ben curata e tagliata corta, era diventata grigia. Era un uomo a tutti gli effetti dall'aspetto ordinario, distinto solamente dall'amore che nutriva per le parole scritte, che la maggior parte degli uomini di ferro considerava poco mascoline e perverse.

«Zio.» Asha si chiuse la porta alle spalle. «Quale lettura è tanto urgente da indurti a lasciare i tuoi ospiti senza il loro anfitrione?»

«*Il Libro dei Libri perduti,* dell'arcimaestro Marwyn.» Lord Rodrik alzò lo sguardo dalla pagina per osservarla. «Hotho me ne ha portata una copia da Vecchia Città. Ha una figlia che vorrebbe darmi in sposa.» Una delle sue lunghe unghie diede qualche colpetto sulla carta. «Vedi qui? Marwyn sostiene di avere ritrovato tre pagine di *Segni e portenti,* visioni profetiche scritte dalla figlia vergine di Aenar Targaryen prima che il Disastro si abbattesse su Valyria. Lanny sa che sei qui?»

«Non ancora.» Lanny era il nomignolo che lord Rodrik usava per indicare la madre di Asha: era l'unico a chiamarla a quel modo. «Lasciamola riposare.» Asha tolse una pila di libri da uno sgabello e si sedette. «Tre-denti sembra averne persi altri due. La chiami Un-dente, adesso?»

«La chiamo di rado. Quella donna mi fa paura. Che ore sono?» Lord Rodrik spostò lo sguardo fuori dalla finestra, verso il mare illuminato dalla luna. «È già buio? Non me sono neanche accorto. Sei arrivata tardi alle isole. Ti aspettavamo qualche giorno fa.»

«Abbiamo incontrato venti contrari, e avevo con me dei prigionieri di cui occuparmi. La moglie e i figli di Robett Glover. Il più piccolo è ancora un poppante, e durante la traversata lady Glover è rimasta senza latte. Ho dovuto per forza approdare con la *Vento nero* sulla Costa Pietrosa e mandare degli uomini a cercare una nutrice. Invece hanno trovato una capra. La piccola però non sta bene. C'è una madre in grado di allattare al villaggio? Per i miei piani, Deepwood è molto importante.»

«I tuoi piani dovranno cambiare. Sei arrivata troppo tardi.»

«Tardi e affamata.» Asha distese le lunghe gambe sotto il tavolo, sfogliando le pagine del libro a lei più vicino, la disquisizione di un septon sulla guerra di Maegor il Crudele contro la confraternita dei Poveri. «Oh, e anche assetata. Un corno di birra di malto mi aiuterebbe, zio.»

Lord Rodrik protese le labbra in avanti. «Tu sai che nella mia biblioteca non permetto che vengano portati cibi o bevande. I libri...»

«... potrebbero esserne danneggiati.» Asha rise.

Suo zio corrugò la fronte. «Ti diverti a provocarmi.»

«Oh, non fare quella faccia. Non c'è uomo che non abbia provocato, e questo dovresti saperlo meglio di chiunque altro. Ma ora basta parlare di me. Tu stai bene, zio?»

Lord Rodrik scrollò le spalle. «Quanto basta. I miei occhi stanno diventando sempre più deboli. Ho chiesto una lente di Myr per aiutarmi nella lettura.»

«E mia zia come sta?»

Lord Rodrik sospirò. «Di sette anni più anziana di me, e ancora convinta che Dieci Torri dovrebbe appartenere a lei. Gwynesse comincia a dimenticare le cose, ma quella non la scorda mai. Piange il suo defunto marito con la stessa intensità del giorno della sua dipartita, anche se non riesce a ricordare il suo nome.»

«Non sono certa che lo abbia mai saputo.» Asha richiuse il tomo del septon con un tonfo. «Mio padre è stato assassinato?»

«Così pensa tua madre.»

"Ci sono state volte in cui lo avrebbe assassinato con le sue stesse mani." «E mio zio che cosa crede?»

«Balon è caduto verso la morte quando un ponte di corda si è spezzato sotto di lui. Stava levandosi una tempesta, il ponte si scuoteva e sussultava a ogni colpo di vento.» Rodrik scrollò le spalle. «O almeno così ci hanno raccontato. Tua madre ha ricevuto un corvo messaggero da maestro Wendamyr.»

Asha fece scivolare il pugnale fuori dal fodero e usò la punta per pulirsi le unghie. «Dopo tre anni passati a vagare per gli oceani, Occhio di corvo rientra alle isole proprio il giorno della morte di mio padre.»

«Il giorno dopo, ci è stato riferito. La *Silenzio* era ancora al largo quando Balon è morto, o almeno questo è quanto si dice. Ma se anche così fosse, concordo che il ritorno di Euron è stato... diciamo, tempestivo?»

«Non è quello che direi *io*.» Asha conficcò il pugnale nel tavolo. «Dove sono le mie navi? Qui alla fonda, ho contato due schiere di navi lunghe, neanche lontanamente sufficienti a scardinare Occhio di corvo dallo scanno mio padre.»

«Ho convocato l'adunata. Nel tuo nome, e per l'affetto che nutro per te e per tua madre. La Casa Harlaw si è riunita. Lo stesso vale per gli Stonetree, e per i Volmark. Alcuni Myre...»

«Tutti dall'isola degli Harlaw... un'isola sola su sette. Nella sala ho visto un unico stendardo dei Botley, quello di Pyke. Dove sono le navi da Saltcliffe, da Orkwood, dalle Wyk?»

«Baelor Blacktyde è venuto da Blacktyde per consultarsi con me, ed è subito ripartito.» Lord Rodrik chiuse *Il Libro dei Libri perduti*. «Ormai sarà a Vecchia Wyk.»

«Vecchia Wyk?» Asha aveva temuto che dicesse che tutti quanti erano andati a Pyke, a rendere omaggio a Occhio di corvo. «Perché a Vecchia Wyk?»

«Pensavo avessi sentito la notizia. Aeron Capelli bagnati ha chiesto un'acclamazione di re.»

Asha rovesciò indietro la testa e rise. «Il dio Abissale deve avere piantato un pesce palla su per il culo del devoto zio Aeron. Un'acclamazione di re? Cos'è, uno scherzo o Aeron fa sul serio?»

«Capelli bagnati ha smesso di scherzare il giorno in cui fu annegato. Gli altri preti hanno risposto alla sua invocazione. Beron Blacktyde il Cieco, Tarle il Tre volte annegato... perfino il vecchio Gabbiano Grigio ha lasciato la roccia su cui vive per predicare l'acclamazione di re in tutta Harlaw. In questo preciso momento, i capitani si stanno radunando a Vecchia Wyk.»

Asha era stupefatta. «E anche Occhio di corvo è d'accordo nel partecipare a questa sacra farsa, sottomettendosi al verdetto?»

«Occhio di corvo non si confida con me. Da quando mi ha chiamato a Pyke per rendergli omaggio, da lui non ho avuto altri messaggi.»

Un'acclamazione di re. Ecco una cosa nuova. O, meglio, molto antica. «E mio zio Victarion? Lui che ne pensa dell'idea di Capelli bagnati?»

«Victarion ha ricevuto la notizia della morte di tuo padre. E anche quella dell'acclamazione di re, non ne dubito. Al di là di questo, non so dire.»

"Meglio un'acclamazione di re di una guerra fratricida" pensò Asha. «Vorrà dire che bacerò i fetidi piedi di Capelli bagnati e gli toglierò le alghe dagli alluci.» Asha estrasse il pugnale dal legno e lo rinfoderò. «Una maledetta *acclamazione di re*!»

«Su Vecchia Wyk» confermò lord Rodrik. «Per quanto, da parte mia, prego non sia maledetta nel sangue. Ho consultato la *Storia degli uomini di ferro* di Haereg. Quando gli ultimi re del sale e della Roccia si incontrarono per l'acclamazione di re, Urron di Orkmont scatenò contro di loro i suoi guerrieri armati di asce, e il costato di Nagga diventò rosso di sangue e visceri. Da quel giorno oscuro in avanti, e senza essere stata scelta, Casa Greyiron dominò per mille anni, fino all'invasione degli andali.»

«Devi prestarmi il libro di Haereg, zio.» Prima di raggiungere a sua volta Vecchia Wyk, era necessario che Asha apprendesse tutto quello che poteva riguardo al rito dell'acclamazione di re.

«Puoi leggerlo qui. È un tomo antico e fragile.» Lord Rodrik la scrutò, con la fronte aggrottata. «L'arcimaestro Rigney una volta scrisse che la storia è come una ruota, in quanto la natura umana di fondo rimane la medesima. Ciò che accadde nel passato è destinato ad accadere di nuovo, disse. È a questo che penso ogniqualvolta la mia mente si rivolge a Occhio di corvo. Alle mie vecchie orecchie, il nome Euron Greyjoy risuona stranamente simile a Urron Greyiron. Io non andrò a Vecchia Wyk. E non dovresti andarci nemmmeno tu.»

Asha sorrise. «E perdermi la prima acclamazione di re che viene convocata da... quanto tempo è passato, zio?»

«Quattromila anni, se vogliamo prestare fede a Haereg. Duemila anni, se invece si accettano le argomentazioni che maestro Denestan pone in *Quesiti*. Andare a Vecchia Wyk non ha senso. Il sogno della regalità è la follia che noi uomini di ferro abbiamo nel sangue. Questo dissi a tuo padre la prima volta che si sollevò contro il Trono di Spade, ed è tanto più vero ora di quanto non lo fosse allora. Noi abbiamo bisogno di terre, non di corone. Con Stannis Baratheon e Tywin Lannister che si scontrano per quello che fu lo scanno dei draghi, abbiamo una rara opportunità di espandere il nostro dominio. Schieriamoci, quindi, dico io. Scegliamo di combattere da una parte o dall'altra, aiutiamo quella fazione a raggiungere la vittoria con le nostre flotte, quindi chiediamo nuove terre a un sovrano che ci è grato.»

«Una strategia che merita attenzione» disse Asha «una volta che *io* sarò assisa sul Trono del Mare.»

«Quanto sto per dirti non ti piacerà, Asha...» Lord Rodrik sospirò. «Non sarai tu a essere scelta per il Trono del Mare. Nessuna donna ha mai dominato gli uomini di ferro. Gwynesse è mia sorella maggiore di sette anni, ma alla morte di nostro padre il castello di Dieci Torri venne dato a me. Tu non sei il figlio di Balon Greyjoy: sei la *figlia*. E hai tre zii.»

«Quattro.»

«Tre zii della piovra. Io non conto.»

«Per me invece tu conti. Fino a quando avrò uno zio a Dieci Torri, avrò Harlaw.»

Harlaw non era l'isola più grande dell'arcipelago delle Isole di Ferro, ma era la più ricca e la più popolata, e il potere di lord Rodrik era tutt'altro che di secondo piano. Su Harlaw, gli Harlaw non avevano rivali. I Volmark e gli Stonetree avevano ampi possedimenti sull'isola, vantavano capitani celebri e duri guerrieri, ma perfino i più celebri e i più duri si inchinavano davanti agli stendardi con la falce. I Kenning e i Myre, acerrimi nemici storici degli Harlaw, da lungo tempo erano ormai loro vassalli.

«I miei cugini mi hanno giurato fedeltà, e in guerra sarei io a comandare le loro vele e le loro spade. In un'acclamazione di re, però...» Lord Rodrik scosse il capo. «Al cospetto delle ossa di Nagga ogni capitano si erge come un pari. Alcuni di loro potranno anche gridare il tuo nome, Asha, non ne dubito. Ma non saranno abbastanza. E quando quelle grida invocheranno Victarion oppure Occhio di corvo, alcuni di coloro che ora stanno bevendo nella mia sala si uniranno a quelle grida. Per la seconda volta ti dico: non affrontare questa tempesta. La tua è una battaglia senza speranza.»

«Nessuna battaglia è senza speranza fino a quando non viene combattuta. E il mio diritto è il più valido. Io sono l'erede di sangue di Balon Greyjoy.»

«Tu sei ancora una ragazzina testarda. Pensa alla tua povera madre. Sei tutto quello che le rimane. Sono pronto a dare fuoco io stesso alla *Vento nero*, se necessario, pur di non farti partire.»

«Davvero? E costringermi a raggiungere Vecchia Wyk a nuoto?»

«Una lunga, fredda nuotata, per una corona che non potrai avere. Tuo padre aveva più coraggio che buonsenso. L'Antica Via fu valida per le nostre isole fino a quando eravamo solo un piccolo regno fra tanti, ma la Conquista di Aegon Targaryen ha posto fine a questo. L'Antica Via è morta con Harren il Nero e i suoi figli.»

«Ne sono consapevole.» Asha aveva amato suo padre, ma non si era mai fatta illusioni: per molti versi, Balon era stato cieco. "Un uomo coraggioso, ma un pessimo lord." «Con questo vuoi dire che dovremo vivere e morire come servi del Trono di Spade? Se ci sono scogli a babordo e una tempesta a tribordo, il capitano saggio sceglie una terza rotta.»

«Allora mostramela, questa terza rotta.»

«Lo farò... alla mia acclamazione di regina. Zio, come puoi anche solo pensare di non esserci? Questa è storia da vivi...»

«La mia storia, la preferisco da morto. La storia dei morti è vergata con l'inchiostro, quella dei vivi è scritta nel sangue.»

«Intendi forse morire vecchio e pavido nel tuo letto?»

«In quale altro modo? Ma non prima di aver completato le mie letture.» Lord Rodrik andò alla finestra. «Non mi hai chiesto della lady tua madre.»

"Avevo paura di farlo." «Come sta?»

«È più in forze. Potrebbe sopravvivere a tutti noi. Vivrà certamente più a lungo di te, se persisterai nella follia di perseguire il potere. Tua madre mangia più di quanto non facesse quando arrivò qui, e spesso riesce a dormire tutta la notte.»

«Bene.»

Negli ultimi anni che aveva trascorso a Pyke, lady Alannys era insonne. La notte, vagava per le sale a lume di candela, cercando i suoi figli. "Maron?" chiamava con voce stridula. "Rodrik, dove siete? Theon, piccolo mio, vieni dalla mamma." Spesso, la mattina seguente, Asha aveva visto il maestro togliere le schegge dalle piante dei piedi della madre, perché aveva attraversato a piedi nudi l'ondeggiante ponte di assi verso la Torre del mare.

«La vedrò domani mattina.»

«Ti chiederà notizie di Theon.»

"Il principe di Grande Inverno." «Tu che cosa le hai detto?»

«Poco, anzi, meno ancora. Non c'è niente da dire.» Lord Rodrik esitò. «Sei sicura che sia morto?»

«Non sono sicura di niente.»

«Hai trovato il corpo?»

«Abbiamo trovato parti di molti corpi. I lupi erano arrivati alle rovine della fortezza degli Stark prima di noi... parlo dei lupi a quattro zampe, che hanno mostrato ben poco rispetto per i loro simili a due zampe. Le ossa dei caduti erano disseminate dappertutto, spezzate dalle zanne per arrivare al midollo. Era come se gli uomini del Nord avessero combattuto gli uni contro gli altri.»

«I corvi combattono gli uni contro gli altri per la carne di un cadavere, e si uccidono gli uni con gli altri per divorare gli occhi.» Lord Rodrik tenne lo sguardo sull'orizzonte marino, studiando i riflessi mutevoli della luna sulle onde. «Avevamo un unico re, non cinque. Ora, tutto quello che vedo sono corvi, intenti a beccarsi tra loro sulla carcassa del continente occidentale.» Chiuse le imposte. «Non andare a Vecchia Wyk, Asha. Resta con tua madre. Non sarà tra noi ancora per molto.»

Asha si agitò sul sedile. «Mia madre mi ha cresciuta all'insegna del coraggio. Se non andassi, passerei il resto dei miei giorni nel dubbio di che cosa sarebbe accaduto se ci fossi andata.»

«Se davvero ci andrai, il resto dei tuoi giorni potrebbe essere troppo breve per domandarselo.»

«Meglio così che passare tutto il tempo a rimpiangere quel Trono del Mare che avrebbe dovuto essere mio di diritto. Io sono diversa da Gwynesse.»

A quelle parole un'espressione tetra si disegnò sul volto di lord Rodrik Harlaw. «Asha, i miei due figli maggiori sono diventati cibo per i granchi a isola Bella. È molto difficile che io prenda un'altra moglie. Resta, e io nominerò te erede di Dieci Torri. Accontentati di questo.»

«Dieci Torri?» "Come vorrei accettare." «Ai tuoi cugini non piacerà affatto. Il Cavaliere, il vecchio Sigfryd, Hotho il Gobbo...»

«Hanno tutti terre e castelli.»

Era vero. L'umida, decadente Harlaw Hall apparteneva al vecchio Sigfryd Harlaw Capelli d'argento. Il gobbo Hotho Harlaw aveva la sua sede a Torre dei Riflessi, su uno sperone roccioso sulla costa occidentale. Quello chiamato il Cavaliere, ser Harras Harlaw, teneva corte a Giardino Grigio. Boremund l'Azzurro dominava dalla cima di Harridan Hill. Ma tutti erano sudditi di lord Rodrik.

«Boremund ha tre figli» disse Asha. «Sigfryd Capelli d'argento ha dei nipoti e Hotho ha molte ambizioni. Tutti loro intendono succederti, perfino Sigfryd, che vuole vivere in eterno.»

«Il Cavaliere diventerà lord di Harlaw dopo di me» disse lord Rodrik «ma può governare da Giardino Grigio con la stessa facilità con cui lo farebbe da qui. Giuragli fedeltà da questo castello e ser Harras ti proteggerà.»

«Sono in grado di proteggermi da sola, zio. Io sono Asha Greyjoy, Asha della stirpe della piovra.» Si alzò in piedi di scatto. «È il trono di mio padre che voglio, non il tuo. Le falci sopra il tuo scanno mi spaventano. Una di loro potrebbe cadere e affettarmi il cranio. No, io siederò sul Trono del Mare.»

«Allora anche tu sei come loro, un corvo in cerca di preda.» Rodrik tornò a sedersi al tavolo. «Va' ora. Desidero dedicarmi di nuovo all'arcimaestro Marwyn e alla sua ricerca storica.»

«Se dovesse trovare un'altra pagina, fammelo sapere.» Suo zio era suo zio. Non sarebbe cambiato mai. "Ma nonostante quello che dice, verrà anche lui a Vecchia Wyk."

A quell'ora, i suoi uomini stavano mangiando nella sala della fortezza. Asha sapeva che avrebbe dovuto unirsi a loro, parlare del ritrovo a Vecchia Wyk, di quello che avrebbe significato. Loro l'avrebbero sostenuta senza esitazione, ma Asha aveva bisogno anche degli altri, i cugini Harlaw, Volmark e Stonetree. "Devo portarli dalla mia parte." La sua vittoria su Deepwood Motte le forniva una buona base, una volta che i suoi uomini avessero cominciato a vantarsene, e lei sapeva che lo avrebbero fatto. L'equipaggio della *Vento nero* traeva un perverso orgoglio dalle imprese della donna che li comandava. Metà di loro l'amava come una figlia, l'altra metà avrebbe voluto allargarle le gambe, ma tutti si sarebbero fatti uccidere per lei. "E lo stesso vale per me" pensò varcando la porta in fondo alle scale per poi uscire nel cortile interno illuminato dalla luna.

«Asha?»

Un'ombra emerse da dietro il pozzo.

Istantaneamente, la destra di Asha andò al pugnale... fino a quando il chiaro di luna non trasformò l'ombra in un uomo con addosso una cappa di pelle di foca. "Un altro spettro." «Tris. Pensavo di trovarti nella sala.»

«Volevo vederti.»

«Quale parte di me?» ribatté Asha sogghignando. «Bene, eccomi qui, tutta cresciuta. Guarda pure finché ti pare.»

«Una donna.» L'uomo si avvicinò. «Una donna bellissima.»

Anche Tristifer Botley era cresciuto dall'ultima volta che Asha lo aveva visto, ma riconobbe i capelli, arruffati come li ricordava, e gli occhi grandi e ingenui come quelli di un'otaria. "Occhi delicati, in realtà." Era proprio quello il problema del povero Tristifer: troppo delicato per le Isole di Ferro. "Ha un bel viso" pensò Asha. Da adolescente, Tris era stato tormentato dai foruncoli. Anche Asha aveva avuto il medesimo problema, e forse era stato quello ad avvicinarli.

«Mi dispiace per tuo nonno» gli disse.

«E io soffro per il tuo.»

"Perché?" stava quasi per chiedere Asha. Era stato Balon Greyjoy ad allontanare il ragazzo da Pyke, per farne il protetto di Baelor Blacktyde. «È vero che adesso sei il lord Botley?»

«Quanto meno di nome. Harren è morto sul Moat Cailin. Un diavolo di palude lo ha colpito con un dardo avvelenato. Ma io sono lord di nulla. Quando mio padre si schierò contro la sua pretesa al Trono del Mare, Occhio di corvo lo ha annegato, costringendo i miei zii a giurargli fedeltà. Questo addirittura dopo avere dato a Holt il Ferreo metà delle terre di mio padre. Lord Wynch è stato il primo a fare atto di sottomissione e a chiamarlo re.»

Casa Wynch era forte a Pyke, ma Asha fu attenta a non mostrare segni di costernazione. «Wynch non ha mai avuto il coraggio di tuo padre.»

«Tuo zio Euron lo ha comprato» disse Tris. «La *Silenzio* è rientrata alle isole con le stive piene di tesori. Platino e perle, smeraldi e rubini, zaffiri grossi come uova, sacchi di conio talmente pesanti che un uomo da solo non riesce a sollevarli... Occhio di corvo compra amici a ogni angolo di strada. Mio zio Germund adesso si definisce lord Botley e governa Lordsport nel nome di Euron.»

«Il legittimo lord Botley sei tu» lo rassicurò Asha. «Quando sarò salita al Trono del Mare, le terre che appartenevano a tuo padre ti verranno restituite.»

«Se è questo che vuoi. A me non importa. Sei splendida al chiaro di luna, Asha. Una donna fatta, ormai, eppure ti ricordo quando eri una ragazzina con il viso pieno di foruncoli.»

"Perché deve sempre menzionare quei dannati foruncoli?" «Li ricordo anch'io.» "Anche se non con il tuo stesso affetto."

Dei cinque ragazzi che la madre di Asha aveva portato a Pyke come suoi protetti dopo che lord Eddard Stark aveva preso Theon, l'unico figlio superstite, in ostaggio a Grande Inverno, era Tris quello più vicino all'età di Asha. Non era stato il primo ragazzo che lei aveva baciato, ma era stato il primo a slacciare i nodi della sua giubba di cuoio e a far scivolare la mano sudata fino ai suoi seni acerbi.

"Gli avrei permesso di farla scivolare ben oltre, se lui avesse avuto il coraggio." Asha aveva superato la pubertà durante la guerra degli uomini di ferro contro il Trono di Spade e il suo desiderio si era svegliato, ma era stata curiosa anche prima di allora. "Tris era là, aveva la mia stessa età, e mi voleva, non gli importava altro, quello e il mio sangue a ogni ciclo di luna." Eppure, Asha lo aveva chiamato "amore", almeno fino a quando Tristifer non si era messo a parlare dei figli che lei gli avrebbe dato: almeno una dozzina di maschi, e anche qualche figlia, certo. «Io non voglio avere una dozzina di figli» si era ribellata lei, sconvolta. «Voglio avere delle *avventure*.» Non molto tempo dopo quel dialogo, maestro Qalen li aveva sorpresi nei loro giochi amorosi, e il giovane Tristifer Botley era stato immediatamente rimandato a Blacktyde.

«Ti scrissi delle lettere» disse Tris «ma maestro Joseran non volle mandarle. Una volta, diedi un cervo d'argento a un rematore su un cargo diretto a Lannisport: aveva promesso di consegnare la lettera nelle tue mani.»

«Il tuo rematore ti ha fatto fesso e ha buttato la lettera in mare.»

«Lo avevo temuto. Non mi sono arrivate nemmeno le tue, di lettere.»

"Perché non te ne ho mai scritte." In verità, Asha si era sentita addirittura sollevata quando Tris era stato allontanato. Ormai, il suo goffo corteggiamento le era venuto a noia. Ma questa non era una cosa che lui avrebbe voluto udire, né allora né mai.

«Aeron Capelli bagnati ha convocato un'acclamazione di re» disse Asha. «Verrai a pronunciarti in mio favore?»

«Farò qualsiasi cosa per te, ma... lord Blacktyde dice che questa acclamazione di re è una pericolosa follia. Pensa che tuo zio Euron calerà su di loro e li ucciderà tutti, come fece Urron Grayiron migliaia di anni fa.»

"Euron è abbastanza pazzo per farlo." «Non ha le forze necessarie.»

«E tu che ne sai? Arruola uomini a Pyke. Orkwood e Orkmont gli hanno portato venti navi lunghe, e Jon Myre Faccia ossuta una dozzina. Lucas Codd il Mancino è dei loro. E anche Harren Mezzo remo, il Rematore rosso, Kemmett Pyke il Bastardo, Rodrik Freeborn, Torwold Dentescuro...»

«Uomini che contano poco.» Asha li conosceva, uno per uno. «Figli di mogli di sale, nipoti di serve. I Codd... conosci le parole sul loro vessillo?»

«"Benché disprezzati da tutti gli uomini"» disse Tris «ma se ti dovessero intrappolare nelle loro reti, moriresti come se loro fossero i signori dei draghi. E c'è di peggio. Occhio di corvo ha portato alle nostre isole mostri dell'Oriente... *aye*, e anche negromanti.»

«Il caro zio Euron ha sempre avuto un debole per gli esseri grotteschi e i giullari» disse Asha. «Mio padre litigava spesso con lui per questo. Che i negromanti invochino pure i loro dèi. Capelli bagnati invocherà i nostri, e li annegherà. Avrò la tua voce all'acclamazione di regina, Tris?»

«Avrai ogni parte di me. Io sono il tuo uomo, per sempre. Asha, io ti voglio sposare. La lady tua madre ha dato il suo consenso.»

Asha represse un gemito. "Avresti potuto chiederlo prima a me... anche se dubito molto che la risposta sarebbe stata di tuo gradimento."

«Non sono più un figlio secondogenito» riprese Tris. «Sono il legittimo lord Botley, come anche tu hai detto. E tu sei...»

«Ciò che io sono verrà deciso a Vecchia Wyk. Tris, non siamo più i due ragazzini che amoreggiavano cercando di scoprire dove mettere le mani. Tu *pensi* di volermi sposare, ma non è questo che vuoi.»

«Invece sì. Non faccio altro che pensare a te. Asha, te lo giuro sulle ossa di Nagga, non ho mai toccato un'altra donna.»

«Va' a toccarne una, allora... o magari due, o dieci. Io ho toccato più uomini di quanti riesca a ricordare. Alcuni con le labbra, altri con l'ascia da guerra.»

A sedici anni Asha Greyjoy aveva concesso la propria virtù a un bellissimo marinaio di una galea mercantile di Lys. Del linguaggio comune, lui conosceva solamente sei parole, e una era "scopare", proprio quella che Asha aveva sperato di udire. In seguito, aveva avuto il buonsenso di trovare una strega dei boschi, che le aveva insegnato come fare il tè della luna, per mantenere piatto il proprio ventre.

Tristifer Botley ammiccò, come se stentasse a capire quello che lei gli stava dicendo. «Tu... io credevo che avresti aspettato. Perché...» Si passò le dita sulla bocca. «Asha, sei stata forse... *costretta*?»

«Talmente costretta da strappargli la tunica di dosso. Tu non vuoi sposare me, Tris, dammi retta. Sei un ragazzo dolce, lo sei sempre stato, mentre io non sono dolce affatto. Dovessimo sposarci, in breve tempo finiresti con l'odiarmi.»

«Mai! Asha io continuo a soffrire per te.»

Asha ne aveva abbastanza. Una madre malata, un padre assassinato e un'infestazione di zii erano troppo per qualsiasi donna: l'ultima cosa di cui aveva bisogno in quel momento era un cucciolone dal cuore spezzato.

«Va' in un bordello, Tris. Lì troverai chi saprà curare quel tipo di sofferenza.»

«Io non potrei mai...» Tristifer scosse la testa. «Tu e io siamo destinati a stare insieme, Asha. Io ho sempre saputo che saresti stata mia moglie, e la madre dei miei figli.» La prese per un braccio.

«Toglimi le mani di dosso, Tristifer... *Subito*.» In un battito di ciglia, il pugnale di Asha fu contro la gola di lui. «O non vivrai abbastanza a lungo per generare un figlio.» Quando lui ebbe obbedito, Asha abbassò la lama. «Tu vuoi una donna, giusto? Bene, te ne metterò una nel letto questa notte stessa. Fingi pure che sia io, se è questo che ti dà piacere, ma non osare afferrarmi un'altra volta. Io sono la tua regina, non tua moglie. Ricordatelo bene.»

Asha rinfoderò il pugnale e voltò le spalle a Tristifer. Una spessa goccia di sangue gli scivolava lentamente lungo il collo, nera alla luce livida della luna.

CERSEI

«Oh, prego i Sette Dèi affinché non portino la pioggia sul matrimonio del re» disse Jocelyn Swyft, allacciando il sontuoso abito da cerimonia della regina.

«Nessuno vuole la pioggia» ribatté Cersei Lannister. Quanto a lei, avrebbe voluto neve e ghiaccio, venti feroci e urlanti, tuoni da far tremare ogni singola pietra della Fortezza Rossa. Avrebbe voluto una tempesta pari alla sua rabbia. «Più stretto» disse invece a Jocelyn. «Lo voglio *più stretto*, razza di idiota.»

Era quel matrimonio a mandarla su tutte le furie. La giovane Swyft, decisamente corta di cervello, era solo il bersaglio più a portata di mano. La presa di Tommen sul Trono di Spade non era abbastanza solida perché Cersei potesse correre il rischio di offendere Alto Giardino. Non con Stannis Baratheon che ancora controllava la Roccia del Drago e Capo Tempesta, non con Delta delle Acque che continuava a opporre resistenza, non con gli uomini di ferro che solcavano i mari come branchi di lupi. Per cui la piccola Swyft era costretta a ingoiare il boccone avvelenato che Cersei avrebbe presto cacciato giù per la gola di Margaery Tyrell e di quella sua odiosa nonna rugosa, la regina di Spine.

Per colazione, la regina ordinò dalle cucine due uova alla coque, del pane e una coppa di miele. Ma quando aprì il primo uovo, ritrovandosi fra le mani un pulcino ormai formato e sanguinolento, le si rivoltò lo stomaco. «Porta via tutto e fammi avere del vino caldo speziato» ordinò a Senelle. Il freddo che aleggiava nell'aria le stava penetrando nelle ossa. La aspettava un giorno lunghissimo e orribile.

Jaime non l'aiutò di certo a cambiare umore quando si presentò tutto in bianco e non sbarbato per comunicarle come intendeva agire per fare in modo che suo figlio non venisse avvelenato. «Metterò uomini nelle cucine che controlleranno la preparazione di ogni piatto» disse. «Le cappe dorate di ser Addam scorteranno la servitù mentre il cibo viene portato in tavola, per assicurarsi che non ci siano manipolazioni nel percorso. Ser Boros assaggerà ogni portata prima che Tommen possa addentare un solo boccone. E se tutto questo non dovesse bastare, maestro Ballabar sarà seduto in fondo al salone e avrà a portata di mano purghe e antidoti per i venti veleni più comuni. Tommen sarà al sicuro, te lo prometto.»

«Al sicuro.» Un'espressione che le lasciava un sapore amaro sulla lingua. Jaime non capiva, nessuno capiva. Solo Melara era stata in quella tenda e aveva sentito le minacce gracchiate dalla vecchia megera, e Melara era morta da tempo. «Tyrion non ucciderà due volte nello stesso modo. È troppo astuto. In questo stesso momento potrebbe trovarsi proprio qui, sotto il pavimento, ad ascoltare le nostre parole, complottando per recidere la gola di Tommen.»

«Supponiamo anche che sia così» ribatté Jaime. «Qualsiasi piano organizzi, Tyrion rimane pur sempre un nano striminzito, mentre Tommen sarà circondato dai migliori cavalieri delle terre d'Occidente. La Guardia reale lo proteggerà.»

Lo sguardo di Cersei andò alla manica della casacca bianca del fratello, dove era stata ripiegata sul moncherino. «Ricordo quanto meravigliosamente abbiano protetto Joffrey, questi tuoi eccezionali cavalieri. Voglio che tu rimanga al fianco di Tommen tutta la sera, siamo intesi?»

«Ci sarà una guardia fuori dalla sua stanza.»

«Non una guardia.» Cersei lo prese per un braccio. «*Tu*. E non fuori, ma dentro la sua camera da letto.»

«Qualora Tyrion dovesse uscire dalle viscere della Terra? Non lo farà.»

«Questo lo dici tu. Puoi giurarmi di avere trovato tutti i cunicoli nascosti in questi muri?» Sapevano entrambi che non era così. «Non lascerò Tommen solo con Margaery, nemmeno per un istante.»

«Non saranno soli, ci saranno anche i cugini.»

«E tu con loro. Te lo ordino, in nome del re.»

Cersei non avrebbe voluto che Tommen e la moglie condividessero il talamo, ma i Tyrell avevano insistito. "Marito e moglie devono dormire insieme" aveva detto la regina di Spine "anche se si limitano a dormire e basta. Il letto di sua maestà è di certo abbastanza grande per due." Lady Alerie aveva fatto eco alla propria madre. "Lasciamo che i ragazzi si scaldino a vicenda per la notte, questo li avvicinerà. Spesso Margaery condivide il proprio giaciglio con le cugine. Cantano e giocano e si sussurrano segreti una volta che le candele vengono spente."

"Che meraviglia" aveva risposto Cersei. "Lasciamoli continuare allora. A Maidenvault."

"Sono certa che sua maestà sa cosa è meglio" aveva detto lady Olenna a lady Alerie. "Dopotutto, lei è la madre del ragazzo, almeno questo è sicuro. E di certo ci possiamo accordare per la notte delle nozze, non è così? Un uomo non deve dormire separato dalla propria moglie la notte del loro matrimonio. È di cattivo auspicio."

"Un giorno ti insegnerò io che cosa significa 'cattivo auspicio'" aveva giurato a se stessa la regina. "Margaery potrà condividere la stanza da letto di Tommen per quella notte" era stata obbligata a concedere. "Nulla di più."

"Sua maestà è talmente gentile" aveva risposto la regina di Spine e tutti si erano scambiati sorrisi.

Le dita di Cersei affondavano nel braccio di Jaime con tanta forza da lasciarvi i segni. «Ho bisogno che vi siano degli *occhi* in quella stanza» sibilò.

«Per vedere *cosa*?» rispose Jaime. «Non può esserci pericolo che consumino. Tommen è troppo giovane.»

«E Ossifer Plumm era tanto morto da poter procreare un figlio, o no?»

«Chi era Ossifer Plumm?» Suo fratello parve smarrito. «Il padre di lord Philip, oppure... ma chi?»

"È stolto quasi quanto Robert. Doveva avere il cervello nella mano della spada." «Lascia stare Plumm, ricorda solo ciò che ti ho detto. Giurami che starai a fianco di Tommen fino al sorgere del sole.»

«Ai tuoi comandi» rispose Jaime, come se le paure della regina fossero prive di fondamento. «Hai ancora intenzione di portare avanti la tua idea di bruciare la Torre del Primo Cavaliere?»

«Dopo le celebrazioni.» Si trattava dell'unica parte dei festeggiamenti di quel giorno che Cersei pensava di godersi. «È dove il signore nostro padre è stato assassinato. Non posso sopportare di vederla ancora. Se gli dèi vorranno, il fuoco potrebbe fare uscire allo scoperto qualche ratto dalle macerie.»

Jaime roteò gli occhi. «Tyrion, vuoi dire?»

«Lui e lord Varys e quel carceriere, Rugen.»

«Se fossero nascosti nella torre li avremmo già trovati. Ho riunito un piccolo esercito munito di picconi e martelli. Abbiamo abbattuto muri e divelto pavimenti e scoperto oltre una cinquantina di passaggi segreti.»

«E per quello che ne sappiamo, potrebbero essercene altrettanti.»

Alcuni di quei cunicoli si erano rivelati così angusti che Jaime aveva dovuto ricorrere a paggi e garzoni di stalla per esplorarli. Avevano scoperto un passaggio per le celle nere, oltre a un pozzo in pietra che pareva non avere fondo. Avevano trovato anche una stanza piena di teschi e ossa ingiallite e quattro sacchi di monete d'argento ossidate risalenti al regno di re Viserys I. Avevano anche trovato un migliaio di ratti... ma non Tyrion né tanto meno Varys erano tra questi, così Jaime alla fine aveva insistito per porre fine alla ricerca. Un ragazzo era rimasto incastrato in un passaggio e, urlante, dovettero tirarlo fuori per i piedi. Un altro era caduto in un condotto, spezzandosi le gambe. Due guardie erano scomparse durante l'esplorazione di un tunnel laterale. Altre guardie avevano giurato di aver sentito dei flebili richiami attraverso la pietra, ma quando gli uomini di Jaime avevano abbattuto il muro, dall'altra parte avevano trovato solo terra e macerie.

«Il Folletto è piccolo e astuto» insistette Cersei. «Potrebbe trovarsi ancora nei muri. Se così è, il fuoco lo farà venire allo scoperto.»

«Se anche Tyrion fosse ancora nascosto nel castello, di certo non è nella Torre del Primo Cavaliere: è rimasto solo lo scheletro esterno.»

«E la stessa cosa dovremmo fare con il resto di quell'infame castello» rifletté Cersei. «Quando finirà la guerra, ho intenzione di far costruire un nuovo palazzo dietro il fiume.» L'aveva sognato due notti prima: uno splendido castello bianco, circondato da boschi e giardini, nulla a che vedere con i miasmi e il fracasso di Approdo del Re. «Questa città è una fogna. Per due monetine sposterei la corte a Lannisport e governerei il regno di Castel Granito.»

«Quella sarebbe una follia ancora più grande che mettere a ferro e fuoco la Torre del Primo Cavaliere. Tommen continuerà a essere considerato re solo se resta saldamente sul Trono di Spade. Se lo nascondi sotto Castel Granito, non sarà altro che uno dei tanti pretendenti al trono, proprio come Stannis.»

«Ne sono pienamente consapevole» replicò bruscamente la regina. «Ho detto che *vorrei* spostare la corte a Lannisport, non che lo farei sul serio. Sei sempre stato così lento, oppure avere perso la mano ti ha reso stupido?»

Jaime ignorò l'ultima frase. «Se le fiamme dovessero estendersi dietro la torre, potresti ritrovarti con tutta la Fortezza Rossa in cenere, che tu lo voglia oppure no. Un incendio non ben controllato può essere molto pericoloso.»

«Lord Hallyne mi ha assicurato che i piromanti sono in grado di controllare il fuoco.» L'ordine degli Alchimisti stava distillando altofuoco fresco da un mese. «Che tutta Approdo del Re veda le fiamme. Sarà un monito per i nostri nemici.»

«Ora sei tu a parlare come Aerys.»

Le narici di Cersei si dilatarono. «Bada a quello che dici, ser.»

«Anch'io ti voglio tanto, *tanto* bene, sorella mia dolce.»

"Come ho mai potuto amare una creatura così ignobile?" si domandò Cersei dopo che lui se ne fu andato. "Era il tuo gemello, la tua ombra, la tua altra metà" le sussurrò un'altra voce. "Un tempo, forse. Ora non più. Ora è diventato un estraneo."

A confronto della magnificenza, dell'opulenza delle nozze di Joffrey, quelle di re Tommen furono ben poca cosa. Nessuno voleva un'altra cerimonia stravagante, la regina meno di tutti, e nessuno era disposto a pagarne i costi, di certo non i Tyrell. Così il giovanissimo re prese Margaery Tyrell in moglie nel tempio reale della Fortezza Rossa, con meno di cento ospiti presenti rispetto alle migliaia che avevano visto suo fratello maggiore, ormai da tempo defunto, prendere in moglie la stessa donna.

La sposa era bionda, felice e bellissima, lo sposo ancora con il viso da bimbo e rotondetto. Recitò la formula di rito con la sua vocina infantile, promettendo amore e devozione alla figlia di lord Mace Tyrell, già vedova di due re, Renly Baratheon prima, Joffrey Baratheon poi, paradossalmente zio e nipote. Margaery indossava lo stesso abito delle nozze con Joffrey, con un vaporoso decoro di seta color avorio, merletti di Myr e microscopiche perle. Quanto a Cersei, portava ancora il nero, in segno di lutto per la morte del figlio maggiore assassinato. La giovane vedova poteva anche ridere, danzare e gettarsi alle spalle il ricordo di Joff, ma sua madre non lo avrebbe dimenticato altrettanto facilmente.

"Non va, è sbagliato" rimuginò Cersei. "È troppo presto. Un anno, due anni, ecco un tempo più consono. Alto Giardino avrebbe dovuto accontentarsi di un fidanzamento reale." Cersei posò lo sguardo su Mace Tyrell a fianco della moglie e della madre. "Sei stato tu a costringermi a questo matrimonio farsa, milord, e ti garantisco che non lo dimenticherò facilmente."

Quando arrivò il momento dello scambio dei mantelli, la sposa scivolò in ginocchio con un movimento aggraziato e Tommen la ricoprì con la pesante mostruosità intessuta d'oro con cui Robert aveva ammantato Cersei il giorno delle loro nozze, con il cervo incoronato emblema dei Baratheon che spiccava sul dorso, disegnato con perline di onice. Cersei avrebbe voluto usare la raffinata cappa di seta rossa che aveva usato Joffrey. "La cappa che il lord mio padre usò sposando mia madre" aveva spiegato ai Tyrell, ma la regina di Spine si era opposta. "Quel vecchio drappo?" aveva detto la megera. "Mi sembra un po' poco e, se posso osare... anche di malaugurio. Inoltre, non è forse un cervo dalle ampie corna il simbolo più adatto per un figlio che è il sangue del sangue di re Robert Baratheon? Ai miei tempi, una sposa indossava i colori del marito, non quelli della madre del marito."

Grazie a Stannis e alla sua lettera di accuse contro Cersei e Jaime, c'erano già fin troppe voci riguardo alle parentele di Tommen. Cersei non aveva osato soffiare sul fuoco di quegli incendi insistendo che Tommen posasse sulle spalle della sua sposa la porpora dei Lannister, e aveva ceduto con la maggior buona grazia possibile. "Più io concedo a questi Tyrell, più le loro richieste aumentano."

Una volta pronunciati i giuramenti nuziali, il re e la nuova regina uscirono dal tempio per ricevere le congratulazioni dei convenuti. «Il continente occidentale ora ha due regine, e la giovane è splendida quanto la prima!» tuonò Lyle Crakehall, un bestione di cavaliere che a Cersei ricordava il suo defunto e tutt'altro che compianto marito. Cersei avrebbe voluto prenderlo a sberle. Gyles Rosby tentò un baciamano e l'unico risultato fu di tossirle bava sulle dita. Lord Redwyne la baciò su una guancia e lord Tyrell su tutt'e due. Il gran maestro Pycelle disse a Cersei che non aveva perso un figlio, bensì acquistato una figlia. Quanto meno, le furono risparmiati gli abbracci lacrimosi di lady Tanda. Nessuna delle donne Stokeworth era apparsa, almeno di questo la regina era grata.

Tra gli ultimi a rendere omaggio fu Kevan Lannister. «Allora è tua intenzione lasciarci per presenziare ad altre nozze» gli disse la regina.

«Hardstone ha sgombrato i corpi dei caduti dal castello di Darry» spiegò suo zio. «La sposa di Lancel ci aspetta là.»

«La lady tua moglie verrà con te alla cerimonia?»

«Le terre dei fiumi sono ancora troppo pericolose. La feccia un tempo comandata da Vargo Hoat non ha cessato di uccidere e razziare, e il ribelle Beric Dondarrion continua a impiccare i Frey.

È vero che Sandor Clegane si è unito a lui e alla sua banda di fuorilegge?»

"Come fa a saperlo?" «C'è chi lo dice» rispose Cersei. «I rapporti sono confusi.»

Il corvo messaggero era arrivato la sera prima, da un monastero su un'isola alla foce del Tridente. Padelle Salate, una città non lontana sulla riva, era stata brutalmente saccheggiata da una banda di fuorilegge. Alcuni dei superstiti dichiaravano che tra i razziatori c'era un bruto ringhiante con l'elmo a forma di testa di mastino. Dicevano che avesse ucciso una dozzina di uomini e stuprato una ragazzina di dodici anni.

«Sono certa che Lancel sarà ben determinato a dare la caccia sia a Clegane sia a lord Beric, in modo da ripristinare la pace del re nelle terre dei fiumi.»

Ser Kevan incontrò lo sguardo di Cersei per un lungo momento. «Mio figlio non è l'uomo adatto per affrontare Sandor Clegane.»

"Almeno su questo siamo d'accordo." «Però potrebbe esserlo suo padre.»

Le labbra di Kevan assunsero una piega dura. «Se i miei servigi non sono richiesti a Castel Granito...»

"I tuoi servigi sono richiesti *qui*." Cersei aveva nominato suo cugino Damion Lannister castellano di Castel Granito, e un altro cugino, ser Daven Lannister, Protettore dell'Ovest. "L'insolenza, caro zio, ha il suo prezzo." «Tu portaci la testa del Mastino» concluse Cersei «e sono certa che sua maestà te ne sarà grato. A Joffrey quell'uomo piaceva, invece Tommen ha sempre avuto paura di lui... con valida ragione, sembrerebbe.»

«Quando un cane diventa cattivo, la colpa è del padrone.» Con queste parole, ser Kevan Lannister le voltò le spalle e se ne andò.

Jaime la scortò nella sala piccola, dove stava per cominciare il banchetto di nozze.

«La colpa è *tua*» sibilò Cersei mentre vi si dirigevano. «"E allora lascia che si sposino", parole tue, non mie. Margaery dovrebbe essere in lutto per Joffrey, non sposare suo fratello. Dovrebbe essere devastata dal dolore tanto quanto lo sono io. E non penso affatto che sia vergine. Renly il cazzo lo aveva, o sbaglio? Era il fratello di Robert, quindi lo aveva di sicuro. Se quella orribile megera crede davvero che permetterò che *mio* figlio...»

«Lady Olenna ti libererà ben presto della sua presenza» la interruppe Jaime con calma. «Rientrerà ad Alto Giardino domani mattina.»

«Così dice lei.» Cersei non si fidava delle promesse dei Tyrell.

«Parte» insistette Jaime. «Mace intende portare metà truppe dei Tyrell a Capo Tempesta, l'altra metà farà ritorno all'Altopiano con ser Garlan, per far valere i suoi diritti su Acquachiara. Pochi giorni ancora, e le uniche rose rimaste ad Approdo del Re saranno Margaery, le sue damigelle e pochi armigeri.»

«E ser Loras? O forse ti sei dimenticato del tuo... *confratello ordinato*?»

«Ser Loras è un cavaliere della Guardia reale.»

«Ser Loras è talmente Tyrell da pisciare acqua di rose. Non gli si sarebbe mai dovuto concedere di indossare la cappa bianca.»

«Io non lo avrei fatto, te lo assicuro. Ma nessuno si è premurato di consultarmi. Loras si comporterà bene, penso. Un uomo cambia, quando si mette quel mantello sulle spalle.»

«*Tu* sei cambiato, e non certo per il meglio.»

«Anch'io ti voglio tanto, *tanto* bene, dolce sorella.»

Jaime le tenne aperta la porta, accompagnandola fino al tavolo regale e al suo scanno a fianco del re. Margaery sedeva accanto a Tommen, sull'altro lato: al posto d'onore. Quando era arrivata, sottobraccio al piccolo re, non aveva esitato a fermarsi, baciando Cersei sulle guance e gettandole le braccia al collo. "Maestà" aveva detto la giovinetta, solare come ottone lucidato "in questo momento, mi sento come se avessi una seconda madre. Prego che potremo essere sempre vicine, accumunate dall'amore verso il tuo dolce figlio."

"Amavo entrambi i miei figli."

"Anche Joffrey è nelle mie preghiere" aveva risposto Margaery. "Lo amavo molto, pur non avendo avuto la possibilità di conoscerlo."

"Bugiarda" pensò la regina. "Se lo avessi amato davvero, anche solo per un istante, non avresti avuto così tanta fretta di sposare suo fratello. L'unica cosa che vuoi è la corona." Cersei arrivò vicino a schiaffeggiare la delicata sposina lì, sul palco che metteva il tavolo reale sotto gli occhi di metà corte.

Come la cerimonia, anche il banchetto di nozze fu modesto. Lady Alerie si era occupata dell'allestimento. Cersei non aveva trovato la forza di costringersi ad affrontare quella pantomima una seconda volta, non dopo la *velenosa* conclusione del matrimonio di Joffrey. Vennero servite solamente sette portate. Palla di burro e Ragazzo di luna, i giullari rispettivamente dei Tyrell e della Corona, intrattennero gli ospiti tra una portata e l'altra, i musicanti suonarono mentre i convenuti mangiavano. Gli ospiti ascoltarono pifferai e violinisti, un liuto, un flauto e un'arpa alta. L'unico cantastorie presente era una sorta di favorito di lady Margaery, un fascinoso bellimbusto addobbato con tutte le sfumature dell'azzurro che si faceva chiamare il Bardo Blu. Cantò poche canzoni d'amore quindi si ritirò. «Che delusione!» si lamentò lady Olenna, la regina di Spine. «E io che speravo tanto di sentire *Le piogge di Castamere*.»

Ogni volta che Cersei guardava la vecchia megera, la ghigna di Maggy la Rana sembrava fluttuare davanti ai suoi occhi, grinzosa, orrida e saggia. "Le vecchie si assomigliano tutte" cercò di dire a se stessa Cersei "è solo questo." In realtà, i lineamenti della maga dalla schiena ricurva non avevano nulla in comune con quelli della regina di Spine. Ma per una qualche arcana ragione, la sola vista del sorrisetto malevolo di lady Olenna fu sufficiente a riportare Cersei nella tenda di Maggy. Riusciva ancora a ricordare l'odore che c'era là dentro, e come erano molli le gengive di Maggy mentre succhiava il sangue dal dito di Cersei. "Regina tu sarai" le aveva promesso la vecchia con le labbra ancora umide, scintillanti di sangue "fino a quando un'altra, più giovane e più bella, non arriverà ad abbatterti e a portarti via tutto ciò che ti è caro."

Cersei spostò lo sguardo al di là di Tommen, fino a Margaery, che rideva con il padre. "Bella lo è di certo" fu costretta ad ammettere Cersei "ma soprattutto è giovane. Perfino le ragazze del volgo sono graziose a una certa età, quando sono ancora fresche, innocenti e integre, e molte di loro hanno i suoi stessi capelli e occhi castani. Solamente un idiota oserebbe affermare che Margaery Tyrell è più bella di me." Peccato che di idioti fosse pieno il mondo. E lo stesso valeva per la corte di suo figlio Tommen.

Né l'umore di Cersei migliorò quando Mace Tyrell si alzò per procedere con i brindisi. Sollevò ben alto un calice dorato, sorridendo a quella smorfiosa di sua figlia, e disse con voce tonante: «Al re e alla regina!». E tutti gli altri pecoroni presenti belarono all'unisono. «Al re e alla regina!» gridarono, picchiando le coppe le une contro le altre. Cersei non ebbe altra scelta che brindare anche lei, desiderando a ogni istante che tutte quelle facce si fondessero in una sola per poterle gettare il vino negli occhi, giusto per ricordare loro che l'unica vera regina era *lei*. Tra tutti i leccapiedi di Tyrell, l'unico che sembrò effettivamente ricordarsi di questo fu Paxter Redwyne, il quale si alzò per proporre il suo brindisi. «A entrambe le nostre regine» gorgogliò, ondeggiando leggermente. «La giovane regina e la vecchia!»

Cersei ingollò svariate coppe di vino e giocherellò con il cibo che aveva nel piatto dorato. Jaime mangiò meno ancora di lei, occupando di rado il suo posto sul palco reale. "È preoccupato quanto me" capì la regina osservandolo aggirarsi per la sala, scostando gli arazzi con l'unica mano che gli restava per assicurarsi che nessuno fosse in agguato dietro di essi. C'erano lanceri Lannister dislocati tutto attorno all'edificio, Cersei lo sapeva. Ser Osmund Kettleblack sorvegliava una delle porte, ser Meryn Trant l'altra. Balon Swann era in piedi dietro lo scanno del re, Loras Tyrell dietro quello della regina. Non erano state ammesse spade all'interno della sala, eccezion fatta per quelle al fianco dei cavalieri della Guardia reale.

"Mio figlio è al sicuro" si ripeté Cersei. "Non gli verrà fatto alcun male, non qui, non ora." Eppure, ogni volta che gurdava Tommen, rivedeva Joffrey che si artigliava la gola. E quando il ragazzino si mise a tossire, per un momento il cuore della regina cessò di battere. Scaraventò lontano una delle servette nella foga di raggiungerlo.

«Solo un po' di vino andato di traverso» la rassicurò sorridendo Margaery Tyrell. Prese la mano di Tommen tra le sue e gli baciò le dita. «Mio piccolo amore, devi bere sorsi più piccoli. Visto? Hai spaventato a morte la lady tua madre.»

«Mi dispiace, madre» disse Tommen, rattristato.

Per Cersei questo fu davvero troppo. "Non lascerò che mi vedano piangere" pensò, sentendo gli occhi che le diventavano umidi. Aggirò ser Meryn Trant ed entrò in un corridoio sul retro della sala. Da sola vicino a una candela di sego, si concesse un singhiozzo che la scosse fino alle ossa, poi un altro. "Una donna può piangere, non una regina."

«Maestà?» Una voce alle sue spalle. «È forse un'intrusione, la mia?»

Una voce di donna, con un marcato accento dell'Oriente. Per un istante, Cersei pensò che Maggy la Rana le stesse parlando dall'oltretomba. Ma si trattava solo della moglie di Merryweather, la bellezza dagli occhi scuri che lord Orton aveva sposato durante l'esilio e che aveva portato a casa con sé a Lunga Tavola.

«L'aria nella sala piccola è talmente greve» riuscì a dire Cersei. «Il fumo mi faceva lacrimare gli occhi.»

«Anche i miei, maestà.»

Lady Merryweather era alta quanto la regina, ma aveva la carnagione scura invece che chiara, capelli corvini, pelle olivastra e almeno dieci anni di meno. Offrì a Cersei un fazzoletto di seta e merletto di colore azzurro chiaro. «Anch'io ho un figlio. E so già che il giorno del suo matrimonio piangerò a dirotto.»

Cersei si asciugò le guance, furibonda con se stessa per averle permesso di vedere le sue lacrime. «I miei ringraziamenti» disse rigidamente.

«Maestà, io...» La donna di Myr abbassò la voce. «C'è qualcosa che devi sapere. La tua servetta è comprata e venduta. Riferisce a lady Margaery *tutto* quello che fai.»

«Senelle?» Un'ondata di furore squassò le viscere di Cersei Lannister. Esisteva ancora qualcuno, *una sola persona,* di cui potesse fidarsi? «Sei certa di questo?»

«Falla seguire. Margaery non la incontra mai di persona. I corvi messaggeri sono le sue cugine, sono loro a portarle i messaggi. A volte Elinor, altre volte Alla, altre volte ancora Megga. Per tutte loro Margaery è come una sorella. Si incontrano nel tempio e fingono di pregare. Metti un uomo sul ponte di collegamento, domani mattina, vedrà se Senelle sussurra all'orecchio di Megga al cospetto dell'ara della Vergine.»

«Se questo è vero, perché venire a dirlo a me? Tu sei una cortigiana di Margaery. Per quale motivo vorresti tradirla?» Era da suo padre, il defunto lord Tywin, che Cersei aveva appreso l'arte del sospetto: questa mossa di lady Merryweather poteva anche essere una trappola, una menzogna volta a seminare discordia tra le casate della rosa e del leone.

«Lunga Tavola avrà anche giurato fedeltà ad Alto Giardino» replicò la donna myriana, gettando i capelli corvini da una parte con un secco movimento del capo «ma io sono di Myr, e la mia lealtà è verso mio marito e mio figlio. Io voglio ciò che è meglio per loro.»

«Capisco.»

In quell'angusto corridoio, Cersei percepiva il profumo della bruna bellezza myriana, un'intensa fragranza che ricordava il muschio, la terra e i fiori selvaggi. E sotto tutto questo, percepì l'odore acre dell'ambizione. "Ha testimoniato al processo contro Tyrion" ricordò all'improvviso Cersei. "Ha visto il Folletto versare il veleno nella coppa di Joffrey e non ha avuto paura di dirlo."

«Investigherò la cosa» promise la regina. «Se quanto dici è vero, verrai ricompensata.» "E se mi hai mentito, strapperò a te la lingua, e l'oro e le terre al lord tuo marito.

«Sua maestà è cortese. E molto bella.» Lady Merryweather sorrise. I suoi denti erano candidi, le labbra piene e scure.

Quando la regina fece ritorno nella sala piccola, trovò Jaime intento a passeggiare avanti e indietro, senza sosta.

«Solo un sorso di vino andato di traverso» le disse. «Eppure la cosa ha messo in allarme anche me.»

«Ho lo stomaco talmente annodato che non riesco nemmeno a mangiare» ringhiò Cersei in risposta. «Il vino sembra bile. E queste nozze sono state un errore.»

«Queste nozze erano necessarie. Il ragazzo è al sicuro.»

«Stupido! Nessuno che abbia una corona sul capo è mai al sicuro.» Cersei lanciò uno sguardo nella sala.

Mace Tyrell stava ridendo, circondato dai suoi cavalieri. Lord Redwyne e lord Rowan parlottavano in modo furtivo. Ser Kevan sedeva verso il fondo della sala con una coppa di vino in mano, l'espressione tetra, mentre Lancel comunicava a bisbigli con un septon. Senelle si stava spostando lungo il tavolo, riempiendo le coppe delle cugine della sposa di un vino rosso come il sangue. Gran maestro Pycelle si era addormentato. "Non c'è nessuno su cui possa contare, nemmeno Jaime" si rese conto cupamente Cersei. "Dovrò sbarazzarmi di tutta questa gente e circondare il re di persone fidate."

Più tardi, dopo che erano stati serviti i dolci, le noci e il formaggio e portati via gli avanzi, Margaery e Tommen aprirono le danze, apparendo decisamente ridicoli mentre volteggiavano sul pavimento di pietra. La giovane Tyrell era di almeno un piede e mezzo più alta del marito. Inoltre, Tommen era un ballerino a dir poco goffo, ben lontano dall'agile grazia di Joffrey. Faceva del suo meglio, però, e sembrava ignaro dell'assurdo spettacolo che stava offrendo di se stesso. La *vergine* Margaery aveva appena finito, che le sue cugine si lanciarono all'assalto, insistendo che sua maestà dovesse ballare anche con loro. "Finita questa infamia, il ragazzo sarà fradicio di sudore e senza fiato come un guitto" pensò Cersei, piena di risentimento. "Metà corte gli riderà dietro."

Mentre Alla, Elinor e Megga ballavano a turno con Tommen, Margaery danzò con il padre, poi con il fratello Loras. Il Cavaliere di Fiori era tutto in seta bianca, con una cintura di rose dorate attorno alla vita e il fermaglio della cappa a forma di rosa di giada. "Potrebbero essere gemelli" pensò Cersei, osservandoli. Ser Loras era di un anno maggiore della sorella, ma avevano entrambi gli stessi grandi occhi castani, gli stessi folti capelli castani che fluivano sulle loro spalle in onde pigre, la stessa carnagione liscia, priva di imperfezioni. "Una bella fioritura di foruncoli insegnerebbe a questi due un po' di umiltà." Loras era più alto, in viso aveva una rada peluria, e Margaery aveva le forme di una donna, ma per il resto si assomigliavano addirittura più di Cersei e Jaime.

E fu proprio Jaime a interrompere i suoi pensieri. «Sua maestà concede una danza al suo cavaliere bianco?»

«E permetterti di raschiarmi con quella mano mozza?» Cersei lo folgorò con lo sguardo. «Non credo proprio. Invece ti concederò di riempirmi la coppa... se pensi di riuscirci senza spargere vino sul pavimento.»

«Uno storpio come me? Ne dubito.» Jaime se ne andò a fare un altro giro d'ispezione per la sala. Quanto alla coppa, Cersei fu costretta a riempirla da sola.

Rifiutò di ballare anche con Mace Tyrell, e poi con Lancel. Tutti gli altri compresero il messaggio e non le si avvicinarono nemmeno. "Rapidi amici e leali lord." Non poteva più nemmeno fidarsi delle stirpi dell'Occidente, le spade e gli alfieri che avevano giurato fedeltà a suo padre. Non se perfino suo zio Kevan cospirava con i nemici della Corona...

Margaery stava danzando con sua cugina Alla, Megga con ser Tallad l'Alto. L'altra cugina, Elinor, stava bevendo coppe di vino assieme al giovane, avvenente Bastardo di Driftmark, Aurane Waters. Non era la prima volta che la regina notava Waters, un giovane aitante dagli occhi grigioverdi e lunghi capelli biondo argenteo. La prima volta che lo aveva visto, per un istante aveva quasi creduto che Rhaegar Targaryen fosse risorto dalle ceneri. "Sono i suoi capelli" disse a se stessa. "Non è bello nemmeno la metà di Rhaegar, in più ha la fossetta nel mento." I Velaryon provenivano dall'antico ceppo di Valyria, tuttavia alcuni di loro avevano gli stessi capelli argentei dell'antica stirpe dei draghi.

Tommen fece ritorno al suo scanno per smangiucchiare una pasta con ripieno di mele. Il posto di ser Kevan era vuoto. Alla fine, la regina lo individuò in un angolo, intento a confabulare con ser Garlan, figlio di Mace Tyrell. "Di che cosa staranno parlando?" L'Altopiano poteva pure definire Galante ser Garlan, ma Cersei non si fidava di lui più di quanto non si fidasse di Margaery o di Loras. Non aveva dimenticato la moneta d'oro che Qyburn, il maestro disonorato, aveva scoperto sotto la latrina del carceriere delle celle nere. Una mano dorata da Alto Giardino. E Margaery che la faceva spiare. Quando Senelle le si avvicinò per riempirle la coppa di vino, la regina represse l'impulso di prenderla per la gola e strozzarla. "Non fare finta di sorridermi, razza di vile sgualdrinella. Implorerari la mia pietà prima che io abbia finito con te.”

«Penso che sua maestà la regina abbia bevuto a sufficienza per questa sera.» La voce di suo fratello Jaime.

“No: tutto il vino della Terra non basterà a farmi superare queste nozze.” Si alzò talmente in fretta che per poco non cadde. Jaime la prese per un braccio, sorreggendola. Cersei si divincolò, poi batté più volte le mani. La musica cessò, tutte le voci tacquero.

«Lord e lady» esordì Cersei ad alta voce «se vorrete cortesemente seguirmi all'esterno, accenderemo una candela per celebrare l'unione tra Alto Giardino e Castel Granito, nel nome di una nuova era di pace e di prosperità per i nostri Sette Regni.»

Oscura e tetra si ergeva la Torre del Primo Cavaliere, niente altro che occhiaie cieche indicavano i punti in cui un tempo erano esistite porte di quercia e finestre munite di imposte. Eppure, per quanto devastata e inerte, la struttura continuava a ergersi sul cortile esterno della Fortezza Rossa. Uscendo dalla sala piccola, gli ospiti sfilarono nella sua ombra. Quando Cersei sollevò lo sguardo, vide la linea frastagliata dei merli e delle fortificazioni stagliarsi contro la luna piena. Non poté fare a meno di domandarsi quanti Primi Cavalieri di quanti re, nel corso degli ultimi tre secoli, avessero avuto la loro dimora in quella torre diventata ora così sorda e grigia.

A un centinaio di iarde dalla torre, Cersei fece un respiro profondo nel tentativo di fermare i capogiri. «Lord Hallyne! Che abbia inizio!»

Hallyne il piromante emise un «*Mmmmmmmmmmmm*» facendo ondeggiare la torcia che impugnava. Sulle mura, gli arcieri tesero i loro archi e lanciarono una dozzina di frecce infuocate dentro i vuoti delle finestre.

Uooossshhh! La Torre del Primo Cavaliere avvampò. In un battito di ciglia, il suo interno divenne un turbinare di luci: gialle, rosse, arancioni... e verdi, un sinistro verde scuro, il colore della bile e della giada e del piscio bruciante di piromanti. “La sostanza”, così la chiamavano gli alchimisti, ma per il popolino era semplicemente “l'altofuoco”. Cinquanta otri di altofuoco erano stati collocati all'interno della Torre del Primo Cavaliere, oltre a ceppi di legno e barili di catrame, e la maggior parte delle cose possedute su questa Terra da un nano deforme di nome Tyrion Lannister.

La regina sentiva il calore che si levava da quelle fiamme verdi. Secondo i piromanti, solamente tre cose bruciavano più della loro sostanza: il respiro infuocato emesso dai draghi, i grandi fuochi nelle viscere della Terra e il sole dell'estate. Parecchie lady gemettero quando le prime fiamme fecero la loro comparsa alle finestre, strisciando lungo il muro esterno della torre, simili a lunghe lingue verdi.

"Che bello spettacolo" pensò Cersei "come quando mi misero Joffrey tra le braccia." Nessun uomo le aveva mai fatto provare ciò che aveva sentito quando l'infante aveva preso in bocca il suo capezzolo per succhiare il latte.

Tommen osservava i fuochi con gli occhi sgranati, affascinato e al tempo stesso spaventato, poi Margaery gli bisbigliò all'orecchio qualcosa che lo fece ridere. Alcuni dei cavalieri si misero a scommettere su quanto ci sarebbe voluto prima che la torre crollasse. Lord Hallyne, capo dei piromanti, si tenne in disparte, canticchiando tra sé e sé, dondolandosi sui talloni.

Cersei ripensò a tutti i Primi Cavalieri del re che aveva conosciuto nel corso degli anni: Owen Merryweather, Jon Connington, Qarlton Chelsted, Jon Arryn, Eddard Stark, suo fratello Tyrion. E suo padre, Tywin Lannister, suo padre più di chiunque altro. "Ora stanno tutti bruciando." Cersei assaporò quel pensiero. "Sono morti e stanno bruciando, dal primo all'ultimo, con tutti i loro complotti e i loro inganni e i loro tradimenti. Questo è il *mio* giorno. Il *mio* castello, il *mio* regno."

Dalla Torre del Primo Cavaliere venne un rombo improvviso, talmente possente che tutte le conversazioni si interruppero all'istante. La pietra si fessurò, si spezzò. Parte delle fortificazioni sulla sommità si staccò, precipitando a terra con un impatto che fece tremare l'intera collina, sollevando una nube di polvere e fumo. L'aria fresca dilagò nella struttura devastata e l'incendio si protese verso l'alto. Fiamme verdi schizzarono fino al più alto dei cieli, attorcigliandosi le une sulle altre. Tommen arretrò, cercando di ripararsi. Margaery lo prese per mano. «Guarda: le fiamme danzano» gli disse. «Come noi due, amore mio.»

«È proprio vero!» La voce del piccolo re era piena di meraviglia. «Mamma, guarda, danzano.»

«Lo vedo. Lord Hallyne, per quanto tempo durerà l'incendio?»

«Per tutta la notte, maestà.»

«Proprio una bella candela, nessun dubbio» commentò lady Olenna Tyrell, puntellandosi al bastone nel mezzo di Destro e Sinistro, le sue ciclopiche guardie del corpo. «Abbastanza vivida da illuminare le scale fino alle nostre stanze da letto, suppongo.

Le vecchie ossa si stancano facilmente, e questi ragazzi hanno avuto abbastanza divertimenti per la serata. È tempo di mettere a letto il re e la regina.»

«Sì.» Cersei fece cenno a Jaime. «Lord comandante, cortesemente, scorta sua maestà il re e la sua reginetta nelle loro stanze.»

«Come comandi. Intendi coricarti anche tu?»

«Non ora.» Cersei si sentiva troppo eccitata per dormire. L'altofuoco la stava purificando, stava disgregando tutta la sua rabbia, tutte le sue paure, la stava riempiendo di determinazione. «Le fiamme sono così belle. Voglio restare ad ammirarle ancora per un po'.»

Jaime esitò. «Non dovresti restare sola.»

«Ma io non sarò sola. Ser Osmund può restare con me, a proteggermi. Il tuo confratello ordinato delle gloriose Spade bianche.»

«Se così compiace sua maestà» disse Kettleblack.

«Così mi compiace.»

Cersei fece scivolare il braccio sotto quello di ser Osmund. Fianco a fianco, rimasero a osservare la furia del fuoco.

IL CAVALIERE DISONORATO

La notte era insolitamente fredda, perfino per l'autunno. Il vento, umido, soffiava nei vicoli, agitando la polvere della giornata.

"Un vento del nord, e pieno di gelo."

Ser Arys Oakheart, cavaliere della Guardia reale, sollevò il cappuccio per nascondere il volto. Non voleva essere riconosciuto. Un mese prima, un mercante era stato sgozzato nella città delle ombre: un uomo inoffensivo venuto a Dorne per acquistare frutta e che invece dei datteri aveva trovato la morte. Il suo crimine? Essere di Approdo del Re.

"Quella gentaglia troverebbe in me un ben più temibile avversario." Ser Arys desiderava quasi essere attaccato. La sua mano si abbassò, sfiorando appena l'elsa della spada lunga seminascosta tra le pieghe delle tonache di lino che indossava: quella esterna, a strisce turchesi, con una fila di soli dorati e sotto una più leggera, di colore arancione. Gli abiti dorniani erano comodi, ma suo padre, se fosse stato ancora in vita, sarebbe rimasto sconvolto nel vedere il figlio conciato a quel modo. Era un uomo dell'Altopiano e per lui, come testimoniavano gli arazzi di Vecchia Quercia, i dorniani erano sempre stati dei nemici. Arys doveva soltanto chiudere gli occhi per rivedere quelle immagini nella propria mente. Lord Edgerran Mano-aperta seduto trionfante, le teste di centinaia di guerrieri dorniani ammassate ai suoi piedi. Le Tre Foglie del passo del Principe, perforate da lance dorniane, Alester che con l'ultimo respiro suona il corno di guerra. Ser Olyvar, la Quercia verde, tutto in bianco, che muore al fianco di re Daeron Targaryen, il Giovane Drago, unico conquistatore di Dorne. "Dorne non è un posto adatto a nessuno di noi Oakheart."

Anche prima della morte del principe Oberyn Martell, Arys non si era mai sentito a suo agio inoltrandosi nei vicoli scuri della città. Ovunque andasse, aveva sempre la sensazione di essere osservato: piccoli, scuri occhi dorniani lo fissavano con malcelata ostilità. I bottegai facevano del loro meglio per imbrogliarlo a ogni occasione, e a volte Arys si domandava se i tavernieri non sputassero nelle sue bevande. Una volta, un gruppo di ragazzini vestiti di stracci aveva iniziato a tirargli sassi, finché lui li aveva messi in fuga estraendo la spada. La morte della Vipera rossa aveva infiammato ulteriormente gli animi dorniani, anche se le strade erano tranquille da quando il principe Doran aveva confinato le Serpi delle Sabbie in una torre della fortezza. Ma nella città delle ombre, mostrarsi apertamente con la cappa bianca della Guardia reale voleva dire andare in cerca di guai. Arys ne aveva portate tre: due di lana, una pesante e l'altra leggera, la terza di raffinata seta bianca. Si sentiva nudo senza una di esse sulle spalle.

"Meglio nudo che morto" si disse. "Sono ancora uno della Guardia reale, anche senza la cappa. E lei dovrà tenerne conto. Glielo farò capire." Non avrebbe mai dovuto farsi coinvolgere in quella situazione, ma il cantastorie aveva detto che l'amore può tramutare chiunque in uno stolto.

Nel calore del giorno, quando solamente le mosche ronzanti frequentavano le strade polverose, la città delle ombre di Lancia del Sole appariva spesso deserta. Ma, una volta calata la sera, quelle medesime strade tornavano ad animarsi. Passando sotto delle finestre chiuse con le imposte, ser Arys udì il debole suono di una musica; dei tamburelli scandivano il ritmo accelerato di una danza della lancia, facendo vibrare la notte. Sotto le Mura Serpeggianti, dove tre vicoli si incrociavano, una giovane prostituta coperta di unguenti e gioielli lanciava richiami da una finestra. Ser Arys le lanciò un breve sguardo, incassò la testa nelle spalle e continuò a camminare controvento. "Noi uomini siamo talmente deboli. I nostri corpi tradiscono perfino i più nobili tra noi." Pensò a re Baelor il Benedetto, che digiunava fino allo stremo per combattere i desideri lussuriosi che gli arrecavano vergogna. E lui? Doveva forse comportarsi nello stesso modo?

Un uomo basso, fermo sulla soglia di un'arcata, cuoceva sfrigolanti fette di carne di serpente su una griglia, rigirandole con pinze di legno. L'aroma pungente delle salse piccanti fece lacrimare gli occhi di Arys. Le migliori salse di serpente contenevano almeno una goccia di veleno, aveva sentito dire, oltre a semi di senape e peperoncini di drago. Myrcella si era infatuata del cibo dorniano con la medesima rapidità con cui aveva perso la testa per il suo principe dorniano. A volte, per compiacerla, Arys assaggiava una pietanza o due. Quel cibo gli bruciava la bocca e doveva bere subito del vino; uscendo, quel cibo bruciava addirittura di più che non entrando. Eppure, la piccola principessa ne andava matta.

Arys l'aveva lasciata nelle sue stanze, curva su una scacchiera di fronte al principe Trystane, intenta a spostare pezzi intagliati su riquadri di giada, cornalina e lapislazzuli. Le labbra piene di Myrcella erano leggermente dischiuse, gli occhi verdi socchiusi per la concentrazione. Cyvasse si chiamava quel gioco. Era arrivato nella Suburra dorniana a bordo di una galea mercantile dalla città libera di Volantis, e gli orfani l'avevano diffuso lungo tutte le sponde del Sangue Verde. La corte del principe Doran ne andava matta.

Quanto a ser Arys, trovava quel gioco semplicemente assurdo. C'erano dieci pezzi, ognuno con caratteristiche e poteri diversi. Inoltre, la base suddivisa in caselle quadrate cambiava da una partita all'altra, a seconda di come i giocatori dislocavano il loro schieramento iniziale. Il principe Trystane era rimasto immediatamente sedotto dal cyvasse, e anche Myrcella l'aveva imparato, per poter giocare con lui. La fanciulla non aveva ancora undici anni, il suo promesso sposo tredici, tuttavia negli ultimi tempi Myrcella vinceva sempre più spesso. Trystane non sembrava prendersela. L'aspetto dei due ragazzi non avrebbe potuto essere più diverso: Trystane aveva la pelle olivastra e i capelli neri lisci, Myrcella era pallida come il latte, con una massa di riccioli dorati. Luce e ombra, come la regina Cersei e re Robert. Arys pregava che in quel ragazzo dorniano Myrcella potesse trovare più gioia di quella che sua madre aveva avuto con il lord di Capo Tempesta.

Per quanto nella fortezza la giovane principessa fosse al sicuro, Arys preferiva non allontanarsi mai da lei. Le stanze di Myrcella nella Torre del sole avevano due sole porte di accesso, a ciascuna delle quali il cavaliere aveva fatto mettere due uomini di guardia. Armigeri Lannister, venuti con loro da Approdo del Re, veterani di molte battaglie e leali fino al midollo. Myrcella aveva portato con sé anche le sue servette e septa Eglantine, quanto al principe Trystane era scortato dalla sua guardia del corpo personale, ser Gascoyne di Sangue Verde. "Nessuno le farà del male" si ripeteva Arys Oakheart "e tra un mese saremo al sicuro lontano da qui."

Così infatti aveva promesso il principe Doran. Arys era rimasto sconvolto nel vedere quanto apparisse infermo e invecchiato il signore dorniano, ma non dubitava della sua parola. "Sono spiacente di non averti potuto ricevere prima, e di non aver potuto incontrare Myrcella" aveva dichiarato Doran Martell accogliendo Arys nel suo solarium "ma spero che mia figlia Arianne ti abbia fatto sentire il benvenuto qui a Dorne, cavaliere."

"Così è stato, mio principe" aveva risposto Arys, pregando che il rossore sul suo viso non lo tradisse.

"La nostra terra è dura e povera, ma possiede una sua bellezza. Ci addolora che di Dorne tu abbia visto solamente Lancia del Sole, ma temo che fuori da queste mura né tu né la principessa sareste al sicuro. Noi dorniani siamo un popolo dal sangue bollente, rapidi nel furore, lenti nel perdono. Il mio cuore vorrebbe poterti rassicurare che le Serpi delle Sabbie sono le uniche a volere la guerra, ma non ti mentirò, ser. Anche tu hai udito il popolo nelle strade reclamare che io chiami a raccolta le lance di guerra. E metà dei miei lord, temo, è d'accordo con loro."

"E tu, mio principe?" aveva osato chiedere il cavaliere.

"Mia madre molto tempo fa mi insegnò che è da folli combattere guerre perse in partenza." Se la franchezza della domanda lo aveva offeso, il principe Doran l'aveva nascosto bene. "Eppure la pace è ancora fragile... quanto la tua principessa."

"Solamente un animale farebbe del male a una bimba."

"Anche mia sorella Elia aveva una figlia. Si chiamava Rhaenys. E anche lei era una principessa." Il principe aveva sospirato. "Chi è pronto ad affondare un pugnale nel corpo della principessa Myrcella non lo farebbe con malvagità, così come non c'era malvagità in ser Amory Lorch quando uccise Rhaenys, se è realmente stato lui a ucciderla. Il loro intento è solo di forzarmi la mano. Perché, se Myrcella dovesse cadere assassinata mentre si trova sotto la mia protezione, chi mai crederebbe alle mie smentite?"

"Nessuno farà mai del male a Myrcella finché io avrò vita."

"Nobile intento" aveva commentato Doran Martell con un lieve sorriso "ma tu, cavaliere, sei da solo. Avevo sperato che, imprigionando le mie testarde nipoti, le acque si sarebbero calmate, invece l'unico risultato è stato di indurre gli scarafaggi a nascondersi tra le lenzuola. Ogni notte li sento bisbigliare e affilare i loro coltelli."

"Ha paura" aveva notato ser Arys a quel punto. "La sua mano sta tremando. Il principe di Dorne è terrorizzato." Non sapeva però che cosa dire.

"Le mie scuse, cavaliere" aveva ripreso il principe Doran. "Sono debole e infermo... Lancia del Sole, con il suo frastuono, la sua polvere, i suoi odori, mi sta consumando. Non appena i miei doveri me lo consentiranno, intendo fare ritorno ai Giardini dell'Acqua. E allora porterò con me la principessa Myrcella."

Prima che il cavaliere della Guardia reale potesse obiettare, il principe aveva sollevato una mano dalle nocche gonfie e arrossate.

"Verrai anche tu. E la septa di Myrcella, le sue serve, le sue guardie. Le mura di Lancia del Sole sono robuste, ma ai loro piedi si stende la città delle ombre. E perfino tra queste mura, centinaia di persone vanno e vengono ogni giorno. I Giardini sono il mio paradiso. Fu il principe Maron a erigerli, come dono per la sua sposa Targaryen, simbolo del connubio tra Dorne e il Trono di Spade. L'autunno là è una splendida stagione... le giornate sono calde, le notti fresche, la brezza salmastra che soffia dal mare, le fontane e gli stagni. E ci sono anche altri bambini, ragazzi e fanciulle di alto lignaggio. Myrcella avrà amici della sua età con i quali giocare. Non si sentirà sola."

"Come dici."

Le parole del principe gli riecheggiavano nella testa. "Là Myrcella sarà al sicuro." Ma per quale motivo, allora, il principe Doran aveva insistito che lui non mandasse messaggi ad Approdo del Re informando la Corona del trasferimento? "Myrcella sarà ancora più al sicuro se nessuno sa dove si trova." Ser Arys aveva accettato, ma quale altra scelta gli restava? Lui era un cavaliere della Guardia reale, ma rimaneva pur sempre un uomo solo, proprio come aveva detto il principe Doran.

Il vicolo sbucava all'improvviso in un cortile illuminato dalla luna. "Oltre la bottega del candelaio" gli aveva scritto lei "ci sono un cancello e una piccola scala esterna." Arys aprì il cancello e salì i gradini scavati dal tempo fino a una porta anonima. "Devo bussare?" Invece spinse il battente. Si ritrovò in una grande stanza con il soffitto basso, immersa nella penombra. Alcune candele profumate bruciavano in nicchie scavate nelle pareti di terra battuta. Arys notò folti tappeti di Myr sotto i suoi piedi, un arazzo appeso al muro, un letto.

«Mia signora?» chiamò. «Dove sei?»

«Qui.» Ed emerse dalle ombre dietro la porta.

Un serpente dai vividi colori era attorcigliato attorno al suo avambraccio destro, scaglie color rame e oro scintillavano a ogni movimento. La donna non indossava altro.

"No" voleva dirle Arys "sono venuto solo per dirti che me ne devo andare." Ma quando la vide, nel chiarore della candela, perse la parola. Aveva la gola riarsa come le sabbie di Dorne. Restò immobile, in silenzio, immergendosi nella magnificenza di quel corpo, l'incavo della gola, i seni pieni e rotondi dagli enormi capezzoli scuri, le curve generose della vita e dei fianchi. E poi, senza sapere come, Arys la stringeva tra le braccia e lei gli stava sfilando le tuniche. Quando arrivò alla sottotunica, afferrò la seta all'altezza delle spalle e squarciò la stoffa fino alla cintola, ma a quel punto per Arys Oakheart nulla aveva più importanza. Sotto le dita, sentiva la pelle di lei, liscia, calda come sabbia arroventata dal sole di Dorne. Arys le sollevò il viso, trovò le sue labbra. La bocca della donna si dischiuse sotto quella di lui, i seni furono nelle sue mani. Sfiorandoli con la punta delle dita, Arys sentì i capezzoli indurirsi. I capelli della donna, folti e neri, sapevano di orchidea, un odore oscuro, intenso che lo fece eccitare al punto di fargli quasi provare dolore.

«Toccami, cavaliere» gli sussurrò lei all'orecchio.

Arys fece scivolare la mano lungo la convessità del suo ventre, fino a trovare l'umido recesso tra i ciuffi di peluria nera.

«Sì...» mormorò la donna mentre Arys faceva scivolare un dito dentro di lei. Poi la donna emise un gemito, trascinò Arys fino al letto. «Di più, oh sì, mio cavaliere, mio dolce cavaliere bianco, sì, ti voglio.» Le sue mani guidarono Arys dentro di lei, le braccia avvolsero la sua schiena, attirandolo più vicino. «Più a fondo» sussurrò la donna. «Oh, sì.» Quando lo avvolse con le gambe, Arys ebbe l'impressione che fossero forti come l'acciaio. Gli affondò le unghie nella schiena mentre lui la penetrava, ancora e ancora, finché lei non urlò, inarcando la schiena; le dita trovarono i suoi capezzoli e li strinsero, finché Arys sentì il seme sprizzare in lei. "Ora potrei morire felice" pensò il cavaliere, e per una dozzina di battiti del cuore si sentì in pace.

Non morì.

Il suo desiderio era profondo e sconfinato come il mare, ma quando la marea si ritirò, le rocce della colpa e della vergogna tornarono a ergersi, affilate come non mai. A volte le onde le sommergevano, ma quelle rocce restavano in agguato sotto le acque, dure, nere e viscide. "Che cosa sto facendo?" domandò a se stesso. "Io sono un cavaliere della Guardia reale." Rotolò sulla schiena e si mise a fissare il soffitto. Una crepa gigantesca lo attraversava, da parete a parete. Arys non l'aveva mai notata prima, così come non aveva notato l'immagine sull'arazzo, una scena di Nymeria, regina della Royne, e delle sue diecimila navi. "Vedo solo lei. Avrebbe potuto esserci un drago che guardava dalla finestra, e io avrei visto soltanto i suoi seni, il suo viso, il suo sorriso."

«C'è del vino» mormorò la donna, le labbra contro il collo di Arys. Face scivolare una mano sul suo petto. «Hai sete?»

«No.» Arys si scostò da lei e si mise a sedere sulla sponda del letto. L'aria nella stanza era torrida, eppure lui fu scosso da un brivido.

«Stai sanguinando» disse la donna. «Devo averti graffiato.» Gli sfiorò la schiena.

Arys si ritrasse come se quelle dita fossero lingue di fuoco. «Non toccarmi.» Si alzò. «Basta.»

«Ho dell'unguento per le ferite.»

"Ma nessun unguento per la vergogna che provo." «Non è nulla. Perdonami, mia signora, devo andare...»

«Così presto?» La donna aveva una voce roca, una bocca grande fatta per sussurrare, labbra carnose fatte per baciare. I capelli, folti e scuri, le fluivano sulle spalle nude, fino all'attaccatura dei seni rotondi. Si avvolgevano su se stessi in grandi boccoli, soffici e pigri. Perfino la peluria del suo pube era morbida e riccia. «Resta con me questa notte, ser. Ho ancora molto da insegnarti.»

«Ho già imparato fin troppo da te.»

«Eppure sembravi contento di queste lezioni, ser. Sei certo di non frequentare qualche altro letto, qualche altra donna? Dimmi chi è. L'affronterò in duello, a petto nudo, lama contro lama.» Gli sorrise. «A meno che non sia una delle Serpi delle Sabbie. In questo caso, potrei dividerti con lei. Voglio bene alle mie cugine.»

«Sai che non ho nessun'altra donna. Solo... il dovere.»

«Il dovere?» Lei si appoggiò su un gomito, osservandolo, con i grandi occhi neri scintillanti al chiarore delle candele. «Quella fetida sgualdrina? La conosco. Arida come polvere in mezzo alle gambe, i cui baci ti lasciano coperto di sangue. Lascia che donna dovere dorma sola per una volta, e rimani con me questa notte.»

«Il mio posto è a palazzo.»

«Con l'altra tua principessa.» La donna sospirò. «Mi renderai gelosa. Penserò che ami più lei di me. Quella fanciulla è decisamente troppo giovane per te. Tu hai bisogno di una donna, non di una ragazzina, ma posso interpretare la verginella innocente, se questo ti eccita.»

«Non dovresti dire queste cose.» "Ricorda che è una dorniana." Sull'Altopiano, la gente diceva che era il cibo a rendere i dorniani così iracondi e le dorniane così sensuali e lascive. "Peperoni piccanti e spezie esotiche scaldano il sangue, non è colpa sua." «Myrcella per me è come una figlia.» Non avrebbe mai avuto una figlia sua e nemmeno una moglie. Al loro posto aveva una magnifica cappa bianca. «Andremo ai Giardini dell'Acqua.»

«Prima o poi accadrà di certo» concordò la donna «anche se con mio padre per ogni cosa ci vuole quattro volte il tempo che occorre di solito. Se il principe Doran dice di volere partire l'indomani, puoi stare certo che partirete dopo due settimane. Ti sentirai solo, là, nei Giardini. E che fine ha fatto il coraggioso guerriero che aveva dichiarato di voler passare il resto della sua vita tra le mie braccia?»

«Ero ubriaco quando l'ho detto.»

«Avevi bevuto solo tre coppe di vino annacquato.»

«Ero ebbro *di te.* Erano passati dieci anni da... Sei la prima donna che tocco da quando sono entrato nelle Spade bianche. Non ho mai conosciuto che cosa fosse l'amore, fino adesso... e mi fa paura.»

«Che cosa spaventa il mio bianco cavaliere?»

«Temo per il mio onore» disse Arys. «E per il tuo.»

«Al mio onore ci penso io.» Lei si toccò un seno, seguendo lentamente la curva del capezzolo con il polpastrello. «E anche al mio piacere, se fosse necessario. Sono una donna adulta.»

Su questo non c'era alcun dubbio. Guardandola sul materasso di piume, con quel sorriso perverso, giocare con il proprio seno... era mai esistita una donna dai capezzoli così grandi e sensibili?. Arys faticava a guardarli senza desiderare di toccarli, succhiarli fino a farli diventare duri, tumidi e lucenti...

Distolse lo sguardo. La sua biancheria era disseminata sul pavimento. Il cavaliere si chinò a raccoglierla.

«Hai le mani che ti tremano» osservò la donna. «Vorrebbero accarezzarmi, penso. Hai proprio tanta fretta di rivestirti, ser? Ti preferisco così come sei ora. A letto, nudi, è quando siamo più sinceri con noi stessi, un uomo e una donna, amanti, una sola carne, vicini come più non è possibile essere. I vestiti ci rendono persone diverse. Da parte mia preferisco essere carne e sangue piuttosto che sete e gioielli, e tu... tu non sei quel tuo mantello bianco.»

«Invece sì» rispose Arys. «Io sono il mio mantello bianco. E questa cosa tra noi deve finire, per il tuo bene e per il mio. Se dovessimo essere scoperti...»

«Gli altri penserebbero che sei un uomo fortunato?»

«Penserebbero che sono un traditore. Cosa accadrebbe se qualcuno andasse da tuo padre e gli dicesse che ti ho disonorata?»

«Mio padre è molte cose, ma nessuno ha mai detto che è uno stolto. Il Bastardo di Grazia degli Dèi si prese la mia virtù quando entrambi avevamo quattordici anni. Sai che cosa fece mio padre quando lo venne a sapere?» La donna strinse le lenzuola nel pugno e se le tirò fin sotto il mento, per nascondere la sua nudità. «Niente. Mio padre è straordinario nel non fare niente. Lui lo chiama *pensare*. Dimmi la verità, ser, è il mio, di disonore, che ti preoccupa, oppure il tuo?»

«Entrambi.» Quel tono d'accusa faceva male. «Ecco perché deve essere la nostra ultima volta.»

«Lo avevi già detto.»

"L'ho detto e dicevo anche sul serio. Ma sono debole, altrimenti adesso non sarei qui." Ma Arys non poteva dirglielo: sentiva che era il tipo di donna che disprezzava la debolezza. "Assomiglia più a suo zio, la Vipera rossa, che non a suo padre." Le voltò le spalle, su una sedia trovò la sottotunica di seta. Gliel'aveva lacerata fino alla cintola, facendosela poi scivolare lungo le braccia.

«Questa è strappata» si lamentò Arys. «Come faccio a metterla?»

«Mettila al contrario» suggerì lei. «Una volta che avrai indossato le altre tuniche, nessuno vedrà lo strappo. Forse la tua piccola principessa te la potrà ricucire. Altrimenti posso fartene avere una nuova ai Giardini dell'Acqua.»

«Non mandarmi regali.» La cosa avrebbe attirato troppo l'attenzione. Arys scosse la sottotunica e se la infilò con il dietro davanti. La seta era fresca al contatto della pelle, ma aderì alla schiena in corrispondenza dei graffi. Quanto meno, però, avrebbe potuto rientrare a palazzo. «Quello che voglio è solo porre fine a questa...»

«Ti stai comportando in modo nobile, ser? Mi stai facendo male. E io comincio a pensare che le tue parole d'amore fossero tutte menzogne.»

"Non potrei mai mentirti!" Ser Arys si sentì schiaffeggiato. «Per quale altra ragione avrei messo in gioco il mio onore, se non per amore? Quando sono con te io... riesco a malapena a pensare. Tu sei tutto quello che ho sempre sognato, ma...»

«Le parole sono vento. Se tu mi ami davvero, non andartene.»

«Ho giurato di...»

«... non sposarti e non avere figli. Be', io ho bevuto il latte di luna, e *sai* che non posso sposarti.» Gli sorrise. «Però potrei accettare di tenerti come amante.»

«Mi stai deridendo.»

«Un po', forse. Pensi di essere l'unico cavaliere della Guardia reale ad avere amato una donna?»

«Ci sono sempre stati uomini che trovano più facile prestare giuramento che non tener fede a quanto hanno giurato» ammise Arys. Ser Boros Blount era tutt'altro che uno sconosciuto nella strada della Seta, e ser Preston Greenfield soleva recarsi a casa di un certo tessitore, quando il tessitore non era in casa, ma Arys non intendeva accusare i suoi confratelli ordinati parlando dei loro fallimenti. «Ser Terrence Toyne fu trovato nel letto dell'amante del suo re» disse invece. «Era amore, giurò, ma pagò con la sua vita, e anche con quella di lei, oltre che con la caduta della sua casata e la morte del più nobile cavaliere mai vissuto.»

«Giusto, e che cosa mi dici di Lucamore il Lussurioso, con le sue tre mogli e i suoi sedici figli? Quella canzone mi fa sempre ridere.»

«La verità non è altrettanto divertente. In vita, non venne mai chiamato Lucamore il Lussurioso. Il suo vero nome era Lucamore Strong, e la sua esistenza fu tutta una menzogna. Quando il suo inganno venne scoperto, gli stessi confratelli ordinati lo castrarono, e il Vecchio Re lo spedì alla Barriera. I sedici figli vennero lasciati a piangerlo. Non fu un vero cavaliere, come del resto Terrence Toyne...»

«E il cavaliere del Drago?» La donna gettò da parte le lenzuola e mise i piedi a terra. «Il più nobile cavaliere mai vissuto, dicesti, però si è portato a letto la regina e l'ha messa incinta.»

«Non ci credo» ribatté Arys, offeso. «La leggenda del tradimento di Aemon Targaryen con la regina Naerys è solo questo: una storia, una menzogna che il fratello del principe mise in giro quando volle rinnegare il suo vero figlio in favore del figlio bastardo. Non a caso Aegon fu chiamato il Mediocre.» Arys trovò il cinturone della spada e se lo strinse attorno alla vita. Per quanto l'arma sembrasse contrastare con gli sgargianti abiti dorniani, il peso familiare della spada lunga e del pugnale gli ricordò chi era. «Io non verrò ricordato come ser Arys il Mediocre» dichiarò. «Non disonorerò la mia cappa bianca.»

«Certo» disse lei. «La bella cappa bianca. Dimentichi che anche mio zio la indossava. Morì quando ero piccola, ma ancora mi ricordo di lui. Era alto come un campanile e mi faceva il solletico finché non riuscivo più a respirare.»

«Non ho mai avuto l'onore di conoscere il principe Lewyn» rispose ser Arys «ma tutti dicono che sia stato un grande cavaliere.»

«Un grande cavaliere con un'amante. Adesso è una donna anziana, ma da giovane, si dice, era di una bellezza rara.»

"Il principe Lewyn?" Arys non era a conoscenza di quella storia. Ne fu sconvolto: il tradimento di Torrence Toyne e gli inganni di Lucamore il Lussurioso erano annotati nel *Libro bianco* della Guardia reale, ma non c'erano tracce di una donna sulla pagina dedicata al principe Lewyn Martell.

«Mio zio diceva sempre che è la spada che un uomo stringe nel pugno a definire il suo valore, non quella che ha in mezzo alle gambe» riprese la donna «quindi risparmiami tutte queste ipocrisie sulle cappe bianche disonorate. Non è il nostro amore a disonorarti, sono i mostri che hai servito e i bruti che hai chiamato confratelli.»

Anche queste parole lo ferirono in profondità. «Robert Baratheon non era un mostro.»

«È salito sul Trono di Spade calpestando i cadaveri di bambini» disse la donna «anche se ammetto che era meno mostruoso di Joffrey.»

"Joffrey." Un bel ragazzo, alto per la sua età, e anche forte, ma questo era tutto quello che si poteva dire in positivo di lui. Ser Arys si vergognava ancora per tutte le volte che aveva percosso la povera Stark per ordine del giovane re. E quando Tyrion lo aveva scelto per scortare Myrcella a Dorne, aveva acceso un cero davanti all'ara del Guerriero.

«Joffrey è morto, avvelenato dal Folletto.» Arys non avrebbe mai immaginato che il nano fosse capace di una tale enormità. «Il re adesso è Tommen, ed è ben diverso dal fratello.»

«Come lo è dalla sorella.»

Aveva ragione. Tommen era un ragazzino di buon cuore che cercava sempre di fare del suo meglio, ma l'ultima volta che ser Arys lo aveva visto era in lacrime su un molo. Myrcella invece non aveva versato neanche una lacrima, anche se era lei a lasciare gli affetti e la casa, diretta a suggellare un'alleanza con la propria virtù. La verità era che la principessa era più coraggiosa del fratello, e anche più intelligente e più sicura di sé. La sua mente era più arguta, le sue maniere più raffinate. Nulla l'aveva turbata, neppure Joffrey. "È vero che le donne sono più forti." E Arys non stava pensando solamente a Myrcella, ma anche alla madre di lei, la regina Cersei, alla propria madre, alla regina di Spine, alle affascinanti, letali Serpi delle Sabbie generate dai lombi della Vipera rossa. Ma soprattutto Arys pensava alla splendida donna che aveva davanti: la principessa Arianne Martell.

«Non voglio dire che sbagli.» La voce di ser Arys era roca.

«Non vuoi dirlo? Non *puoi* semplicemente farlo! Myrcella è più adatta a regnare...»

«Un figlio viene prima di una figlia.»

«Perché? Quale dio ha stabilito questa regola? Io sono l'erede di mio padre. Dovrei forse rinunciare al mio diritto per favorire i miei fratelli?»

«Stai travisando le mie parole. Non ho mai detto che... A Dorne è diverso. Sui Sette Regni non ha mai regnato una *donna*.»

«Re Viserys Targaryen voleva che a succedergli fosse la figlia Rhaenyra, puoi forse negarlo? Ma mentre il re era sul letto di morte, il lord comandante della Guardia reale decise altrimenti.»

"Ser Criston Cole." Criston il Creatore di re aveva messo il fratello contro la sorella, dividendo perfino la stessa Guardia reale e scatenando la terribile guerra fratricida che i cantastorie chiamavano la *Danza dei Draghi*. Alcuni sostenevano che Criston avesse agìto per ambizione, in quanto il principe Aegon era più malleabile della sua determinata sorella maggiore. Altri, invece, dicevano che aveva agìto per più nobili motivi e che intendeva difendere l'antica usanza degli andali. Altri ancora, pochi in verità, bisbigliavano che, prima di entrare nella Guardia reale, Criston fosse stato l'amante della principessa Rhaenyra e che quindi avesse voluto vendicarsi della donna che lo aveva respinto.

«Il Creatore di re causò grandi lutti» ammise ser Arys «e pagò per ciò un duro prezzo, ma...»

«... ma forse i Sette Dèi ti hanno inviato qui a Dorne affinché un cavaliere bianco ripari il torto fatto da un altro prima di lui. Sai che quando mio padre farà ritorno ai Giardini dell'Acqua intende portare Myrcella con sé?»

«Per tenerla al sicuro da quelli che le vogliono male.»

«No. Per tenerla lontano da quelli che le vogliono dare la corona. La Vipera rossa l'avrebbe incoronata di persona se fosse sopravvissuto, ma mio padre non ha abbastanza coraggio.» Arianne Martell si alzò. «Tu dici di amare quella fanciulla come se fosse tua figlia, sangue del tuo sangue. Permetteresti che tua figlia venisse defraudata dei suoi diritti e rinchiusa in una prigione?»

«I Giardini dell'Acqua non sono una prigione» protestò Arys debolmente.

«Perché una prigione non ha fontane o alberi di fico, è questo che pensi? Eppure, una volta che la fanciulla sarà là, non le verrà più permesso di andarsene. E nemmeno a te. A questo penserà Hotah, il capitano delle guardie di mio padre. Tu non conosci quell'uomo come lo conosco io. Diventa davvero terribile quando si scatena.»

Ser Arys corrugò la fronte. Il grosso guerriero di Norvos dal volto solcato di cicatrici lo inquietava profondamente. "Dicono che dorma con a fianco la sua grande ascia." «Secondo te che cosa dovrei fare?»

«Quello che hai giurato. Proteggere Myrcella a costo della vita. Difendere lei... *e* i suoi diritti. Metterle una corona sulla testa.»

«Io ho prestato un *giuramento*!»

«A Joffrey, non a Tommen.»

«*Aye*, ma Tommen è un ragazzino di buon cuore. Sarà un re migliore di Joffrey.»

«Ma non di Myrcella. Anche lei vuole bene a quel ragazzo. So che non permetterà che gli capiti niente di male. Capo Tempesta appartiene a Tommen di diritto: lord Renly è morto senza lasciare eredi e lord Stannis è accusato di tradimento. Col tempo, attraverso la lady sua madre, anche Castel Granito passerà a Tommen. Resterà comunque uno dei grandi lord del regno... ma Myrcella è la legittima erede del Trono di Spade.»

«La legge... non so se...»

«Io lo so.» Arianne si fermò davanti a lui. La folta massa scura dei capelli le ricadeva fino alle natiche. «Fu Aegon il Drago a creare la Guardia reale e i suoi giuramenti, ma quello che un re crea, un altro re può distruggere, oppure cambiare. Un tempo, la Guardia reale serviva a vita, eppure Joffrey cacciò ser Barristan solo perché il suo mastino potesse avere la cappa bianca. Myrcella vorrà che tu sia felice, e vuole bene anche a me. Darà il consenso al nostro matrimonio, se glielo chiederemo.» Arianne lo abbracciò, appoggiandogli la testa sul petto. «Puoi avere sia me sia la tua cappa bianca: basta che tu lo voglia.»

"Mi sta squarciando dentro." «So che è così, ma...»

«Io sono una principessa di Dorne» disse con la sua voce roca «e non è bene che mi abbassi a implorare.»

Ser Arys percepiva il profumo dei suoi capelli, sentiva il battito del suo cuore mentre Arianne si stringeva contro di lui. Il suo corpo rispondeva a quel contatto, e Arys non dubitava che anche lei lo sentisse. Quando le mise le braccia attorno alle spalle, sentì che tremava.

«Arianne? Mia principessa? Amore, che cosa c'è?»

«Devo proprio dirlo, ser? Ho paura. Mi chiami amore, eppure mi respingi, proprio quando ho un bisogno disperato di te. È davvero così sbagliato desiderare un cavaliere che mi protegga?»

Arys non l'aveva mai vista così vulnerabile. «No» rispose «ma ci sono le guardie di tuo padre a proteggerti, perché...»

«Sono proprio le guardie di mio padre quelle che temo di più.» Per un momento, parve addirittura più giovane di Myrcella. «Sono state loro a trascinare via in catene le mie dolci cugine.»

«Non in catene. Ho sentito che la loro sistemazione è confortevole.»

Arianne scoppiò in un'amara risata. «Tu le hai viste? Mio padre non mi permette di vederle, lo sapevi?»

«Tramavano tradimenti, tentavano di fomentare una guerra...»

«Loreza ha sei anni, Dorea otto. Che guerre potrebbero mai fomentare? Eppure mio padre ha imprigionato anche loro insieme alle sorelle più grandi. Hai visto anche tu com'è ridotto, no? La paura spinge anche gli uomini più valorosi a fare cose che altrimenti non farebbero, e mio padre non è mai stato un valoroso. Arys, tesoro mio, nel nome di quell'amore che dici di provare per me, ascoltami! Non sono mai stata coraggiosa come le mie cugine, il mio ceppo è più debole, ma Tyene e io abbiamo la stessa età e siamo state come sorelle da quando eravamo piccole. Non esistono segreti tra noi. Se lei può essere imprigionata, la stessa sorte può toccare anche a me, e per la stessa ragione... a Myrcella.»

«Tuo padre non farebbe mai una cosa del genere.»

«Tu non lo conosci. Per lui, sono stata una delusione fin dal giorno in cui venni al mondo: sono senza cazzo. Per cinque o sei volte ha cercato di darmi in sposa a vecchi barbogi sdentati, uno più deprecabile dell'altro. Non mi ha ordinato di sposarli, questo è vero, ma la scelta dei pretendenti dimostra l'opinione che ha di me.»

«Ma tu resti comunque la sua erede.»

«Tu credi?»

«Ti ha lasciato a regnare su Lancia del Sole durante la sua lunga permanenza ai Giardini dell'Acqua, o sbaglio?»

«Regnare? No. Ha lasciato suo cugino ser Manfrey come castellano, il vecchio e cieco Ricasso come siniscalco, i suoi gabellieri a raccogliere tasse e tributi perché Alyse Ladybright, la tesoriera, potesse contarli, i suoi sceriffi a mantenere l'ordine nella città delle ombre, il suo boia di corte ad assicurare la giustizia e maestro Myles a occuparsi di tutte le lettere del principe di Dorne tranne quelle strettamente personali. E sopra tutti loro aveva collocato la Vipera rossa. I miei compiti riguardavano feste e banchetti, e l'intrattenimento degli ospiti importanti. Oberyn si recava ai Giardini una volta la settimana. Io venivo convocata una volta ogni sei mesi. Non sono l'erede che mio padre vuole, lo ha fatto capire apertamente. Le nostre leggi glielo impongono, ma lui vorrebbe che fosse mio fratello a succedergli.»

«Tuo fratello?» Ser Arys le pose una mano sotto il mento e le sollevò la testa, per guardarla negli occhi. «Non starai parlando di Trystane: è solo un ragazzo.»

«Non Trys, Quentyn.» Gli occhi di Arianne erano neri come il peccato e privi di esitazione. «Conosco la verità da quando avevo quattordici anni, dal giorno in cui mi recai nel solarium di mio padre a dargli il bacio della buonanotte. Solo che lui non c'era. Mia madre lo aveva mandato a chiamare, scoprii in seguito. Era rimasta accesa una candela. Quando mi avvicinai per spegnerla, vidi lì accanto una lettera, ancora incompiuta. Era indirizzata a mio fratello Quentyn, che si trovava a Yronwood. Mio padre gli diceva che doveva obbedire in tutto e per tutto al suo maestro e al maestro d'armi, perché "un giorno tu siederai dove io siedo ora, e regnerai su Dorne, e per regnare bisogna essere forti di mente e di corpo".» Una lacrima scivolò lungo la guancia morbida di Arianne. «Parole di mio padre, scritte di suo pugno. Si sono incise a fuoco nella mia memoria. Piansi tutta la notte, e per molte altre notti a venire.»

Ser Arys doveva ancora incontrare Quentyn Martell. Il giovane principe era stato educato da lord Yronwood fin dalla più tenera età, lo aveva servito come paggio, poi come scudiero e aveva addirittura ricevuto il cavalierato dalle sue mani, preferendo lui alla Vipera rossa. "Se fossi un padre, anch'io vorrei che mio figlio fosse il mio successore" pensò. Ma sentiva la pena nella voce di Arianne, e sapeva che se le avesse detto quello che realmente pensava, l'avrebbe perduta.

«Forse hai letto male» disse invece. «Eri solo una ragazzina. Forse il principe Doran aveva scritto quelle parole solo per spronare Quentyn a essere più diligente.»

«Tu credi? Dimmi allora: dov'è Quentyn adesso?»

«Il principe si trova assieme all'esercito di lord Yronwood sulla strada delle Ossa» rispose cautamente ser Arys. Era ciò che gli aveva detto il decrepito castellano di Lancia del Sole, al suo arrivo a Dorne. E il maestro dalla serica barba lo aveva confermato.

«Questo è quello che mio padre vuole farci credere, ma io ho amici che dicono cose ben diverse.» Arianne abbassò la voce. «Mio fratello ha attraversato in segreto il mare Stretto, sotto le spoglie di un anonimo mercante. Perché?»

«Come faccio a saperlo? Possono esserci più di cento ragioni.»

«Oppure una soltanto. Sapevi che la Compagnia dorata ha rotto il suo contratto con la città libera di Myr?»

«I mercenari lo fanno spesso.»

«Non la Compagnia dorata. "La nostra parola vale come oro", così dice il loro motto fin dai tempi di Acreacciaio. Myr è sul piede di guerra contro Lys e Tyrosh. Per quale ragione rompere un contratto che offre l'opportunità di buoni guadagni e ampi saccheggi?»

«Forse la città libera di Lys offre un soldo più alto. O forse lo offre quella di Tyrosh.»

«No» tagliò corto Arianne. «Ci crederei per qualsiasi altra compagnia di ventura: cambierebbero padrone per mezza moneta. La Compagnia dorata è diversa. Una confraternita di esiliati e figli di esiliati, uniti dal sogno di Acreacciaio. È una patria che vogliono, oltre all'oro. E questo, lord Yronwood lo sa bene quanto me. I suoi antenati cavalcarono al fianco di Acreacciaio durante tre delle Ribellioni dei Blackfyre.» Prese Arys per la mano e intrecciò le sue dita con quelle di lui. «Hai mai visto l'emblema della Casa Toland di Collina Fantasma?»

Arys ci pensò su un momento. «Un drago che si mangia la coda?»

«Quel drago è il tempo. Non ha inizio, non ha fine, per questo tutto ritorna. Anders Yronwood è Criston Cole che risorge e sussurra all'orecchio di mio fratello che dovrebbe essere lui a regnare su Dorne dopo mio padre, che non è giusto che gli uomini s'inchinino al cospetto di una donna... e che Arianne in particolare non è atta a governare, essendo una ambiziosa meretrice.» Si scostò i capelli in un gesto di sfida. «Quindi, ser, le tue due principesse, Myrcella e Arianne, hanno una causa in comune... e in comune hanno anche un cavaliere che dichiara di amarle entrambe, ma rifiuta di combattere per loro.»

«Combatterò.» Ser Arys mise un ginocchio a terra. «Myrcella è la figlia maggiore, ed è più adatta a governare. Chi ne difenderà i diritti se non il suo cavaliere della Guardia reale? La mia spada, la mia vita, il mio onore, tutto appartiene a lei... e anche a te, delizia del mio cuore. Lo giuro: fino a quando avrò la forza di alzare una spada, nessuno ti sottrarrà il diritto alla successione. Io sono tuo. Che cosa ti posso dare di me?»

«Tutto.» Arianne si inginocchiò a sua volta, baciandolo sulle labbra. «Tutto, mio amore, mio unico amore, mio dolce amore, e per sempre. Prima però...»

«Chiedi, e sarà tuo.»

«... Myrcella.»

BRIENNE

Il muro di pietra nel campo era vecchio e cadente, ma quando lo vide Brienne sentì i capelli rizzarsi sulla nuca.

"È dove gli arcieri tesero l'agguato al povero ser Cleos Frey" pensò... però mezzo miglio più in là trovò un altro muro quasi identico al primo, e questo la gettò nell'incertezza. La strada segnata dai solchi svoltava, si torceva, gli spogli alberi marrone avevano un aspetto diverso dalle verdi fronde che lei ricordava. Aveva effettivamente superato il luogo dove ser Jaime aveva strappato dal fodero la spada di suo cugino? Dov'erano i boschi in cui lui e Brienne avevano combattuto? Dov'era il torrente nel quale si erano avventati l'uno contro l'altra fino a quando i Bravi Camerati, la banda mercenaria al comando del turpe Vargo Hoat, non erano piombati su di loro?

«Mia lady? Ser?» Podrick non sapeva mai bene come apostrofarla. «Che cosa stai cercando?»

"Spettri." «Un muro dove passai un tempo. Non ha importanza.» "Era il tempo in cui ser Jaime aveva ancora entrambe le mani. Quanto lo disprezzavo, con i suoi scherni e i suoi sorrisi." «Stai buono, Podrick. Potrebbero esserci ancora fuorilegge in questi boschi.»

Il ragazzo lanciò un'occhiata al filare di alberi spogli, alle foglie bagnate, alla strada fangosa davanti a loro. «Ho una spada lunga. Posso combattere.»

"Non bene abbastanza." Brienne non dubitava del suo coraggio, bensì del suo addestramento. "Sarà anche stato uno scudiero, quanto meno di nome, ma gli uomini che ha servito sono stati un pessimo esempio."

Brienne aveva messo insieme la sua storia a spizzichi e bocconi lungo la strada da Duskendale. Discendeva da un ramo cadetto di Casa Payne, una genia impoverita generata dai lombi di un figlio minore. Il padre aveva trascorso la vita come scudiero dei cugini più ricchi e aveva avuto Podrick dalla figlia di un mercante di granaglie che aveva sposato poco prima di andare a morire nella ribellione di Greyjoy. All'età di quattro anni, la madre lo aveva abbandonato lasciandolo a una delle sue cugine, per poter scappare con il cantastorie che l'aveva messa incinta di un altro figlio. Podrick non ricordava il viso di sua madre. Ser Cedric era stato quanto di più vicino a un padre avesse avuto, anche se, a giudicare dai racconti sconnessi del ragazzo, a Brienne sembrava che avesse trattato Podrick più come un servo che come un figlio. Quando Castel Granito chiamò a raccolta il vessillo dei Payne, il cavaliere aveva portato Podrick con sé perché si occupasse del suo cavallo e gli pulisse la maglia di ferro. Poi ser Cedric era caduto nelle terre dei fiumi combattendo nelle file di lord Tywin.

Lontano da casa, solo e senza un soldo, il ragazzo si era unito a un grasso cavaliere di ventura chiamato ser Lorimer il Pancione, che faceva parte del contingente di lord Lefford con l'incarico di proteggere le salmerie del principe di Dorne. "Quelli che fanno la guardia al cibo mangiano sempre meglio di tutti" si compiaceva di dire ser Lorimer, finché non fu scoperto con un prosciutto salato che aveva sottratto dalla scorta personale di lord Tywin. Lord Tywin Lannister decise di impiccarlo quale monito per altri saccheggiatori. Podrick aveva condiviso il prosciutto salato e stava per condividere anche la forca, ma il suo nome lo salvò. Ser Kevan Lannister si prese cura del ragazzo e qualche tempo dopo lo mandò come scudiero dal nipote Tyrion, il Folletto.

Ser Cedric aveva insegnato a Podrick a strigliare un cavallo e a verificare che sotto i ferri degli zoccoli non si fossero incastrate delle pietre, ser Lorimer gli aveva insegnato a rubare, ma nessuno dei due lo aveva addestrato a usare la spada. Arrivando alla corte di Approdo del Re, il Folletto quanto meno lo aveva mandato da ser Aron Santagar, maestro d'armi della Fortezza Rossa. Ma durante la sommossa del pane, ser Aron era stato tra quelli linciati dalla folla disperata, e la sua fine aveva decretato anche la fine dell'addestramento del giovane Payne.

Così Brienne aveva ricavato due spade di legno da un paio di rami caduti, per verificare le capacità del ragazzo. Podrick era lento di parola ma svelto di mano, notò con piacere. Per quanto sveglio e coraggioso, era però magro e denutrito, di certo non forte abbastanza. Se, come sosteneva, era riuscito a sopravvivere alla battaglia delle Acque Nere, era stato solo perché gli avversari avevano ritenuto che non valesse la pena di ucciderlo. "Potrai anche definire te stesso uno scudiero" gli aveva detto Brienne "ma ho visto paggi della metà dei tuoi anni che potrebbero suonartele di santa ragione. Se decidi di rimanere al mio fianco, andrai a letto ogni notte con le mani piagate e il corpo coperto di lividi. Ogni tua parte sarà indolenzita e non riuscirai quasi a dormire. Tu non vuoi che sia così."

"Invece sì" aveva risposto il ragazzo. "Voglio i lividi e le piaghe. Oddio, non li vorrei, ma accetto. Ser. Mia lady."

Fino a quel momento, aveva tenuto fede alla promessa, Brienne di Tarth anche. Podrick non si era lamentato. Ogni volta che una nuova vescica appariva sulla mano con cui impugnava la spada, sentiva il bisogno di mostrarla a Brienne con orgoglio. E si prendeva buona cura anche dei loro cavalli. "Continua a non essere un vero scudiero" Brienne ricordò a se stessa "ma neppure io sono un vero cavaliere, anche se lui mi chiama sempre 'ser'." Brienne lo avrebbe fatto andare per la sua strada, solo che Podrick non aveva dove andare. Inoltre, anche se il ragazzo aveva detto di non sapere dov'era finita Sansa Stark, forse sapeva più di quello che credeva. Qualche parola casuale, ricordata a metà, poteva rivelarsi la chiave di volta nella ricerca di Brienne.

«Ser? Mia lady?» Podrick indicò. «Là avanti c'è un carro.»

Lo vide anche Brienne: un carro da buoi, a due ruote e con le sponde alte, ma senza buoi. Un uomo e una donna arrancavano nel fango, tirando il carro nei solchi della strada, in direzione di Maidenpool. "Contadini, a giudicare dall'aspetto." «Stai calmo» disse Brienne al ragazzo. «Potrebbero pensare che siamo fuorilegge. Non dire più di quanto devi e sii cortese.»

«Lo farò, ser. Sarò cortese, mia lady.» Podrick sembrava quasi compiaciuto di poter essere preso per un fuorilegge.

I contadini li scrutarono con diffidenza mentre si avvicinavano al trotto, ma quando Brienne dichiarò che non avevano intenzioni ostili, accettarono di farli cavalcare al loro fianco.

«Avevamo un bue» disse l'uomo, mentre avanzavano tra i campi invasi dalle erbacce, laghi di fango e alberi bruciati, anneriti. «Ma se lo sono portato via i lupi.» Aveva la faccia arrossata dallo sforzo di tirare il carro. «Si sono portati via anche nostra figlia e ci hanno fatto quello che volevano, ma dopo la battaglia di Duskendale lei è tornata. Il bue invece non è più tornato. I lupi se lo sono mangiato, suppongo.»

La donna non aveva molto da aggiungere. Era più giovane

dell'uomo di una ventina d'anni, ma non disse una sola parola, si limitò a fissare Brienne come se avesse di fronte un vitello con due teste. La Vergine di Tarth aveva già visto quel genere di sguardo. Lady Stark era stata gentile con lei, ma generalmente le donne erano crudeli quanto gli uomini. Brienne non sapeva quali fossero le peggiori, le belle ragazze dalla lingua affilata e la risatina acida o le nobildonne dagli occhi gelidi che celavano il loro disprezzo dietro la maschera della cortesia. Quanto alle donne del volgo, potevano essere addirittura le peggiori di tutte.

«Maidenpool era ridotta in rovina l'ultima volta che l'ho vista» disse la ragazza del carro. «Le porte erano distrutte e la città mezzo bruciata.»

«In parte l'hanno ricostruita» riprese l'uomo. «Quel Tarly è un uomo spietato, ma come lord è migliore di Mooton. Ci sono ancora fuorilegge nei boschi, ma meno di quanti ce n'erano prima. Tarly ha dato la caccia ai peggiori e ha mozzato loro la testa con la sua grande spada.» L'uomo voltò la testa e sputò. «Voi avete visto dei fuorilegge sulla strada?»

«No» rispose Brienne. "Non questa volta."

Più si allontanavano da Duskendale, più le strade erano deserte. Gli unici viandanti che Brienne e Podrick avevano intravisto si erano dileguati nei boschi prima che loro li potessero raggiungere, a parte un grosso septon con la barba in cammino verso sud, seguito da due colonne di seguaci dai piedi malconci. Quanto alle locande che avevano incontrato, o erano state saccheggiate e quindi abbandonate o erano state tramutate in accampamenti militari. Il giorno prima avevano incrociato una pattuglia di lord Randyll, irta di archi lunghi e lance. I cavalieri li avevano circondati mentre il capitano interrogava Brienne; alla fine però li avevano lasciati proseguire. "Sii cauta, donna" l'aveva avvertita il capitano. "I prossimi che incontrerai potrebbero non essere onesti come i miei soldati. Il Mastino ha varcato il Tridente con un centinaio di fuorilegge. Si dice che stuprino tutte le donzelle che incontrano, e poi taglino loro le tette a mo' di trofeo."

Brienne si sentì in dovere di riferire l'avvertimento al contadino e a sua moglie. L'uomo annuì e sputò di nuovo nel fango. «Cani, lupi, leoni...» disse. «Che gli Estranei se li portino tutti all'inferno. Questi fuorilegge non oseranno avvicinarsi troppo a Maidenpool. Almeno fintanto che domina lord Randyll.»

Brienne conosceva lord Randyll Tarly da quando serviva nell'esercito di re Renly Baratheon. Per quanto non riuscisse a farsi piacere quell'uomo, non poteva nemmeno dimenticare il debito che aveva nei suoi confronti. "Se gli dèi sono misericordiosi, avremo oltrepassato Maidenpool prima che lui scopra che siamo qui."

«La città verrà restituita a lord Mooton non appena i combattimenti saranno finiti» disse al contadino. «Sua signoria ha ricevuto il regale perdono.»

«Regale perdono?» Il vecchio rise. «E per che cosa? Starsene seduto sul culo dentro il suo fottuto castello? Ha mandato gli uomini a combattere a Delta delle Acque, lui però non c'è mai andato. La sua città è stata saccheggiata prima dai leoni di Lannister, poi dai lupi del Nord, poi dai soldati mercenari, ma la sua signoria se ne è rimasto al sicuro dietro le sue mura. Suo fratello non si sarebbe mai nascosto così. Ser Myles era un tipo coraggioso finché re Robert non l'ha ammazzato.»

"Altri spettri" pensò Brienne. «Sono alla ricerca di mia sorella, una bella fanciulla vergine di tredici anni. L'avete forse vista?»

«Non abbiamo visto fanciulle vergini, né belle né brutte.»

"Non l'ha vista nessuno." Ma Brienne doveva continuare a chiedere.

«La figlia di Mooton è una fanciulla vergine» riprese l'uomo. «Almeno per ora. Queste uova sono per le nozze. Sue e del figlio di Tarly. Ai cuochi servono uova per le torte.»

«Certo.» "Il figlio di lord Tarly. Il giovane Dickon si sposa."

Brienne cercò di ricordare quanti anni avesse. Otto o dieci, suppose. Anche lei era stata promessa sposa all'età di sette anni, a un ragazzo che ne aveva tre più di lei, il figlio minore di lord Caron, un ragazzino timido con una verruca sul labbro superiore. Si erano incontrati solo una volta, in occasione dello scambio delle promesse di fidanzamento. Due anni dopo era morto, portato via dal medesimo duro inverno che aveva falcidiato anche lord e lady Caron e le loro figlie. Altrimenti si sarebbero sposati entro un anno dal primo ciclo mestruale di Brienne, e tutta la sua vita sarebbe stata diversa. Non si sarebbe mai trovata in quel posto e in quel momento, con addosso una maglia di ferro e con una spada al fianco, alla ricerca della figlia di una donna morta. Quasi certamente sarebbe stata a Canto Notturno, a correre dietro al suo primo bimbo e magari con un altro in grembo. Non era un pensiero nuovo per Brienne. Questo la faceva sempre sentire un po' triste, ma al tempo stesso anche sollevata.

Il sole era offuscato da un banco di nubi quando emersero dagli alberi anneriti e si ritrovarono davanti a Maidenpool, con le profonde acque della baia sullo sfondo. Le porte della città erano state ricostruite e rinforzate, notò subito Brienne, e i balestrieri erano tornati a pattugliare la sommità delle mura di pietra rosata. Sopra il posto di guardia sventolava il vessillo reale di re Tommen, il cervo nero e il leone dorato che lottavano su un campo metà oro e metà porpora. Sugli altri vessilli c'era il cacciatore, simbolo dei Tarly. Il salmone rosso di Casa Mooton ondeggiava solamente sul castello sulla collina.

Alla grata del portale si ritrovarono davanti a una dozzina di guardie armate di alabarde. I loro emblemi li identificavano come soldati dell'esercito di lord Tarly, anche se non facevano parte delle sue truppe personali. Brienne notò una miscellanea di simboli: due centauri, una folgore, uno scarafaggio blu, una freccia verde; ma non il cacciatore al galoppo, sigillo di Collina del Corno. Sul pettorale, il sergente al comando aveva un pavone, con i vividi colori della coda sbiaditi dal sole. Quando vide avvicinarsi il carro emise un fischio.

«Che cosa portate questa volta? Uova?» Ne lanciò una in aria e l'afferrò al volo. «Le prendiamo.»

«Sono per lord Mooton» ringhiò il vecchio. «Per le torte di nozze.»

«Fanne deporre altre alle tue galline. Saranno sei mesi che non mangio un uovo. Ecco...» Il sergente lanciò ai piedi del vecchio una manciata di monetine. «E non dire che non sei stato pagato.»

«Non basta» intervenne la moglie del contadino. «Non è sufficiente.»

«Io invece dico che basta» ribatté il sergente. «Per le uova e anche per te. Portatela qui, soldati. È troppo giovane per quel vecchio.»

Due guardie appoggiarono le alabarde alle mura e trascinarono la donna lontano dal carro. L'anziano contadino, grigio in volto, non osò muoversi.

Brienne diede di speroni, facendo avanzare la giumenta. «Lasciatela andare.»

La sua voce indusse le guardie a esitare, abbastanza perché la moglie del contadino riuscisse a divincolarsi. «Non sono affari tuoi» disse uno degli armigeri. «Chiudi la bocca, balorda.»

Per tutta risposta, Brienne estrasse la spada.

«Ma bene» disse il sergente. «Si sfodera l'acciaio. A me sembra di sentire puzza di fuorilegge. Lo sai che cosa fa lord Tarly ai fuorilegge?» Aveva ancora in mano l'uovo che aveva preso dal carro. La serrò a pugno, e il tuorlo viscido gli sgocciolò tra le dita.

«So benissimo che cosa fa lord Randyll ai fuorilegge» ribatté Brienne. «E so anche che cosa fa agli stupratori.»

Aveva sperato che questo bastasse. Sbagliava: il sergente si limitò ad asciugarsi le dita e fece cenno ai soldati di allargare la formazione. Brienne si trovò circondata da punte d'acciaio. «Cosa dicevi, balorda? Cosa fa lord Tarly agli...»

«... stupratori» concluse per lui una voce grave. «Li castra o li spedisce alla Barriera. E ai ladri mozza le dita.»

Un giovane dall'aspetto languido uscì dal corpo di guardia, il cinturone della spada stretto in vita. Un tempo la sopratunica che indossava sulla corazza doveva essere stata bianca. Qua e là, tra chiazze d'erba e sangue disseccato, un po' di bianco persisteva. Sul suo petto spiccava un emblema: un cervo marrone, morto, con le zampe legate, giaceva alla base di un palo.

"Lui." Per Brienne, la voce del cavaliere fu come un pugno nello stomaco, e il suo volto come una lama nelle viscere. «Ser Hyle» disse rigidamente.

«È meglio che la lasciate in pace, ragazzi» ammonì ser Hyle Hunt. «Vi presento Brienne la Bella, la Vergine di Tarth, che ha ucciso re Renly Baratheon e metà della sua Guardia dell'arcobaleno. È tanto cattiva quanto è brutta, e più racchia di lei non c'è nessuno... tranne forse te, Pisciasotto, ma visto che tuo padre era il buco del culo di un uri, hai una buona scusa. Il padre di Brienne, invece, è il lord di Tarth.»

Le guardie risero, le alabarde si aprirono.

«Non dovremmo catturarla, ser?» chiese il sergente. «Per aver ammazzato Renly?»

«Perché mai? Renly era un ribelle. Lo stesso vale per tutti noi: eravamo ribelli, certo, ma adesso siamo il leale esercito di re Tommen.» Ser Hyle fece cenno ai contadini di oltrepassare il portale. «All'attendente del lord farà piacere vedere quelle uova. Lo troverete al mercato.»

Il vecchio portò la mano alla fronte. «I miei ringraziamenti, milord. Tu sì che sei un vero cavaliere, come tutti possono vedere. Vieni, moglie.» Afferrarono di nuovo le stanghe del carro e varcarono la soglia del castello.

Brienne li seguì al trotto, con Podrick alle calcagna. "Un vero cavaliere" pensò, la fronte aggrottata. Una volta dentro la città, Brienne tirò le redini. Alla sua sinistra, in un vicolo fangoso, c'erano le rovine di una stalla. Dalla parte opposta, tre eleganti baldracche si mettevano in mostra sul balcone di un bordello, bisbigliando tra loro. Una assomigliava vagamente a una donna da soldati che una volta si era avvicinata a Brienne, chiedendole che cosa avesse in mezzo alle gambe, la fregna o il cazzo.

«Quello è il ronzino più fetente che ho mai visto» commentò ser Hyle, accennando al pony di Podrick. «Mi sorprende che non sia tu a cavalcarlo, mia lady. A proposito, non pensi che meriti un ringraziamento per l'aiuto che ti ho dato?»

Brienne smontò. Superava ser Hyle di tutta la testa. «Un giorno avrai il mio ringraziamento, cavaliere: in una mischia.»

«Lo stesso ringraziamento che hai offerto a Ronnet il Rosso?» Ser Hyle Hunt rise. Una risata grassa e piena, a dispetto dei suoi lineamenti anonimi. La faccia di un uomo onesto, aveva pensato Brienne un tempo, prima di cambiare decisamente idea. Capelli castani arruffati, occhi azzurri, con una piccola cicatrice vicino all'orecchio sinistro. Ser Hyle aveva la fossetta nel mento e il naso storto, ma rideva bene, e spesso.

«Non devi restare di guardia al portale?»

«Mio cugino Alyn è andato a caccia di fuorilegge.» Ser Hyle assunse un'espressione beffarda. «Tornerà di certo con la testa del Mastino, pieno di boria e coperto di gloria. Nel frattempo, a me tocca sorvegliare il castello, e questo grazie a te. Spero che ti faccia piacere, mia leggiadra fanciulla. Che cosa stai cercando?»

«Una stalla.»

«Alla Porta est. Questa è bruciata.»

"Lo vedo." «Quello che hai detto a quegli armigeri... Sì, io ero con Renly quando è morto, ma a ucciderlo fu una sorta di stregoneria. Lo giuro sulla mia spada.» Brienne pose la mano sull'elsa, pronta a combattere se ser Hyle le avesse detto in faccia che era una bugiarda.

«*Aye*, ed è stato il Cavaliere di Fiori a sgominare la Guardia dell'arcobaleno. Nel tuo giorno fortunato, saresti anche stata in grado di sconfiggere ser Emmon. Era un combattente rude e si stancava in fretta. Ma Royce? No, come spadaccino ser Robar Royce valeva due volte te. Anche se, in realtà, per te bisognerebbe dire spadaccina. Allora, che cosa ti porta a Maidenpool, mi chiedo?»

"Sto cercando mia sorella, una fanciulla vergine di tredici anni" stava per rispondere Brienne, ma ser Hyle sapeva benissimo che lei non aveva sorelle. «Sto cercando un uomo, in un posto chiamato l'Oca puzzolente.»

«E io che pensavo che Brienne la Bella non sapesse cosa farsene degli uomini.» Adesso c'era una punta di crudeltà nel sorriso di ser Hyle Hunt. «L'Oca puzzolente. Nome quanto mai adatto...

almeno la seconda parte. È vicino al porto. Ma prima verrai con me a incontrare il lord.»

Brienne non aveva paura di ser Hyle, ma era comunque uno dei capitani di lord Randyll. Un suo cenno, e cento uomini sarebbero corsi a difenderlo.

«Sarei dunque in arresto?»

«Per che cosa? Per Renly? E chi era? Abbiamo cambiato re da allora, alcuni di noi addirittura due volte. A nessuno importa, nessuno ricorda.» Ser Hyle la prese per un braccio. «Da questa parte, se ti compiace.»

Brienne si liberò con uno strattone. «Ti sarei grata se non mi toccassi.»

«Oh, guarda, la gratitudine è arrivata, alla fine» di nuovo il sorriso beffardo.

L'ultima volta che Brienne aveva visto Maidenpool, la città era un antro di desolazione, un luogo tetro fatto di strade vuote e case bruciate. Ora le strade erano piene di maiali e bambini, e la maggior parte degli edifici bruciati erano stati abbattuti. In alcuni dei lotti di terreno dove sorgevano un tempo, adesso cresceva la verdura. In altri c'erano tende di mercanti e padiglioni di cavalieri. Brienne vide altre case in costruzione, una locanda di pietra al posto di quella di legno che era andata distrutta, un tetto nuovo di ardesia sul tempio della città. La fredda aria autunnale era piena del ritmico cigolio delle seghe e del pestare delle mazze dei carpentieri. Nelle strade, uomini trasportavano assi e i selciatori trascinavano carri nelle strade fangose. Molti riportavano l'emblema del cacciatore al galoppo.

«Quindi sono i soldati a ricostruire la città?» Brienne era sorpresa.

«Preferirebbero di gran lunga giocare a dadi, bere e chiavare, non c'è dubbio» rispose ser Hyle. «Ma a lord Randyll non piacciono gli sfaccendati.»

Brienne si aspettava di venire condotta al castello. Invece, ser Hyle guidò lei e Podrick verso il porto brulicante di attività. Le navi mercantili avevano fatto ritorno a Maidenpool, notò con piacere Brienne. Un galeone, una galea e un grosso cargo a due alberi erano alla fonda, oltre a una flottiglia di piccole barche da pesca. Altri pescatori erano al largo nella baia. "Se non scoprirò niente all'Oca puzzolente, cercherò un passaggio per mare" decise Brienne. Il viaggio fino a Città del Gabbiano era breve. Da là, non avrebbe avuto troppe difficoltà a raggiungere il Nido dell'Aquila.

Trovarono lord Randyll Tarly al mercato del pesce, intento a dispensare giustizia.

In prossimità dell'acqua era stata eretta una piattaforma da cui il lord poteva guardare dall'alto in basso gli uomini accusati di aver commesso dei crimini. Alla sua sinistra torreggiava una lunga forca, munita di abbastanza cappi da impiccare venti uomini. Già quattro cadaveri testimoniavano la condanna finale. Uno dei quattro era stato appeso di recente, gli altri tre invece pendevano da tempo. Un corvo stava banchettando con quello che restava di una delle facce. Altri corvi si tenevano a distanza dalla folla che si era raccolta nella speranza di assistere alla prossima impiccagione.

Lord Randyll divideva la piattaforma con lord Mooton, un uomo pallido, molle e in carne, con un farsetto bianco, brache rosse e la cappa di ermellino fissata alla spalla da un fermaglio di oro rosso a forma di salmone. Tarly indossava una giubba di cuoio, la maglia di ferro e la corazza pettorale di acciaio. L'elsa di una spada lunga sporgeva sopra la spalla sinistra. Veleno del cuore, era il suo nome, orgoglio della casata di Collina del Corno.

Quando Brienne, Podrick e ser Hyle arrivarono, si stava ascoltando il caso di uno straccione con un mantello di tela grezza e la giubba lercia.

«Non ho fatto del male a nessuno, milord» spiegava lo straccione. «I septon erano scappati, così ho preso solo quello che si erano lasciati dietro. Se mi devi tagliare un dito per questo, fallo, milord.»

«È usanza che ai ladri venga mozzato un dito» rispose lord Tarly in tono duro «ma chi ruba in un tempio ruba agli dèi.» Si rivolse al capitano delle guardie. «Mozzategli sette dita. Un dito per ognuno degli dèi che ha offeso. Lasciategli i pollici.»

«*Sette?*» Il ladro divenne terreo.

Le guardie lo afferrarono. Lui cercò di lottare, ma debolmente, come fosse già mutilato. Guardandolo, Brienne non poté fare a meno di pensare a ser Jaime: perfino lui aveva urlato quando l'*arakh* a lama ricurva di Zollo era calata lampeggiando, mozzandogli la mano della spada.

Allo straccione seguì un fornaio, accusato di avere mescolato la farina con della segatura. Lord Randyll lo multò di cinquanta cervi d'argento. Il fornaio spergiurò di non possedere una simile somma in argento, allora sua signoria il lord decretò una frustata per ogni cervo in meno. Al fornaio seguì una baldracca decrepita, dalla faccia grigiastra. L'accusa era di aver passato lo scolo a quattro soldati di Tarly. «Lavatele le parti intime con la soda caustica e gettatela in una segreta» comandò il lord. Mentre la baldracca veniva trascinata via, lord Randyll scorse Brienne in mezzo alla folla, tra Podrick e ser Hyle. Corrugò la fronte, ma nulla nel suo sguardo rivelò che l'avesse riconosciuta.

Poi fu la volta di un marinaio di una galea. Ad accusarlo era un arciere della guarnigione di lord Mooton, con una mano bendata e l'emblema del salmone sul petto. «Se compiace a milord» disse l'arciere «questo bastardo mi ha piantato il pugnale nella mano. Ha detto che baravo ai dadi.»

Lord Randyll distolse lo sguardo da Brienne, spostandolo sui due uomini di fronte a lui. «Era vero?»

«No, milord.»

«Ruba, e ti faccio mozzare un dito. Raccontami una menzogna, e ti faccio impiccare. Se ti chiedessi di mostrarmi quei dadi?»

«I dadi?» L'arciere cercò lo sguardo di lord Mooton, ma il suo signore era troppo intento ad ammirare le barche da pesca nel golfo. «Be', può essere che io...» L'arciere deglutì. «... quei dadi mi portano fortuna, è vero, ma io...»

Randyll Tarly aveva udito abbastanza. «Mozzategli un mignolo: scelga lui di quale mano. Conficcategli un chiodo nella palma dell'altra mano.» Si alzò. «Abbiamo finito. Riportate gli altri nelle segrete, mi occuperò di loro domattina.» Si voltò, facendo cenno a ser Hyle di avvicinarsi. Brienne lo seguì.

«Milord» disse quando fu al suo cospetto. E di colpo era tornata a essere una bimba di otto anni.

«Mia lady. A che cosa devo un tale... *onore*?»

«Sono stata mandata alla ricerca di... di...» Brienne esitò.

«Come farai a trovare chi stai cercando, se non sai nemmeno il suo nome? Sei stata tu ad assassinare lord Renly?»

«No.»

Tarly soppesò quell'unica, secca parola.

"Lui mi sta giudicando, così come ha giudicato gli altri."

«No» decise Tarly alla fine «lo hai semplicemente lasciato morire.»

In effetti era morto tra le sue braccia, inondandola di sangue. «È stata una stregoneria. Io non ho mai...»

«Non hai mai che cosa?» La voce di lord Randyll divenne una frusta. «*Aye*. Non avresti mai dovuto indossare una maglia di ferro, né impugnare una spada. Non avresti mai dovuto lasciare il regno di tuo padre. Per tutti gli dèi, dovrei rispedirti direttamente a Tarth.»

«Se lo fai, ne risponderai direttamente al Trono di Spade.» La voce di Brienne uscì stridula, infantile, mentre la sua intenzione era di mostrare che non aveva paura. «Podrick. Nella mia bisaccia c'è una pergamena. Portala a sua signoria il lord.»

Tarly prese la lettera e la srotolò con espressione tetra. Le sue labbra si muovevano mentre leggeva. «Missione per conto del re. Che genere di missione?»

"Raccontami una menzogna, e ti faccio impiccare." «S-Sansa Stark.»

«Se la giovane Stark fosse qui, io lo saprei. È scappata su al Nord, scommetto. Nella speranza di trovare rifugio presso uno degli alfieri di suo padre. E di scegliere quello giusto.»

«O forse potrebbe essersi diretta verso la valle di Arryn» riuscì a dire Brienne «dalla sorella di sua madre.»

Lord Randyll le lanciò uno sguardo di disprezzo. «Lady Lysa è morta. Una sottospecie di cantastorie l'ha scaraventata giù dalla montagna. Adesso è Ditocorto a governare il Nido dell'Aquila... anche se non per molto ancora. I lord della Valle non sono inclini a fare atto di sottomissione a un viscido essere la cui unica abilità è contare le monete altrui.» Tarly le restituì la pergamena. «Va' dove ti pare e fa' quello che ti pare... ma se dovessi essere stuprata, non rivolgerti a me per cercare giustizia. Te lo sarai meritato perseguendo questa tua follia.» Guardò ser Hyle. «Quanto a te, cavaliere, dovresti trovarti al presidio dove ti avevo mandato, se non vado errato.»

«Naturalmente non sbagli, milord» rispose Hyle Hunt «ma avevo pensato che...»

«Tu pensi troppo.» Lord Tarly se ne andò.

"Lysa Tully è morta!" Brienne era rimasta immobile sotto le forche, con la preziosa pergamena in mano. La folla si era dispersa, i corvi avevano ripreso il loro banchetto. "Un cantastorie l'ha scaraventata giù dalla montagna." I corvi avevano dunque banchettato anche con la sorella di lady Catelyn?

«Hai nominato l'Oca puzzolente, mia lady» disse ser Hyle. «Se vuoi che ti mostri...»

«Torna alla tua porta.»

Sul viso di Hyle Hunt apparve un'espressione irritata. "Una faccia normale, non una faccia onesta." «Se è questo che desideri.»

«È questo.»

«Era solo un modo per far passare il tempo. Non volevamo fare del male.» Ser Hyle esitò. «Ben è morto, lo sai? Nella battaglia delle Acque Nere. Anche Farrow, e anche Will la Cicogna. E Mark Mullendore ci ha rimesso mezzo braccio.»

"Bene" stava per dire Brienne. "Se l'è meritato." Ma poi ricordò Mullendore, seduto fuori dal suo padiglione con la sua scimmietta sulla spalla, vestita anche lei con una piccola maglia di ferro, uomo e scimmia che si facevano le smorfie a vicenda. Come li aveva definiti lady Catelyn Stark, quella notte maledetta a Ponte Amaro? "I cavalieri dell'estate." Ma adesso era autunno, e stavano cadendo uno dopo l'altro come foglie secche...

Brienne voltò le spalle a Hyle Hunt. «Podrick, vieni.»

Il ragazzo trotterellò dietro di lei, conducendo i loro cavalli. «Andiamo a cercare quel posto? L'Oca puzzolente?»

«Io vado là. Tu vai a cercare una stalla, vicino alla Porta orientale. Chiedi allo stalliere se conosce una locanda dove possiamo trascorrere la notte.»

«Lo farò, ser. Mia lady.» Mentre camminavano, il ragazzo teneva gli occhi a terra, dando di tanto in tanto un calcio a qualche pietra. «Tu sai dove sta l'Oca puzzolente?»

«No.»

«Lui ha detto che poteva mostrarci la strada. Ser Kyle.»

«Hyle.»

«Sì. Che cosa ti ha fatto, ser? Cioè, mia lady.»

"Questo ragazzo si imbroglierà anche nel parlare, ma è tutt'altro che stupido." «Ad Alto Giardino, quando re Renly chiamò a raccolta i suoi vessilli di guerra, alcuni dei suoi uomini fecero un gioco con me. Ser Hyle era uno di loro. Era un gioco crudele, doloroso e per niente cavalleresco.» Brienne si fermò. «La Porta orientale è da quella parte. Aspettami là.»

«Come vuoi, mia lady. Ser.»

Nessuna insegna indicava l'Oca puzzolente.

Brienne impiegò quasi un'ora a trovarla, giù per una rampa di legno, sotto la stalla di un macellatore di cavalli. Era uno scantinato male illuminato, con il soffitto basso, tanto che entrando Brienne picchiò la testa contro una trave. Nessuna oca era in vista. Pochi sgabelli erano disseminati qua e là, una panca era addossata a una parete di terra battuta. I tavoli erano vecchie botti di vino, con il legno reso grigio dal tempo, pieno di buchi. Il puzzo promesso dal nome pervadeva ogni angolo. Quello che Brienne annusò era più che altro un misto di vino, umido e muffa, ma anche la latrina faceva la sua parte, per non parlare dell'odore di cimitero.

Gli unici avventori erano tre marinai della città libera di Tyrosh seduti in un angolo, intenti a ringhiarsi a vicenda dietro le barbe dipinte di verde e viola. Le lanciarono una breve occhiata, uno di loro disse qualcosa che fece ridere gli altri. Dietro il banco, un'asse appoggiata su due barili, c'era il proprietario: una donna, grassa, pallida, con pochi capelli in testa, enormi seni flaccidi che ondeggiavano sotto una tunica lercia. Sembrava che gli dèi l'avessero plasmata con della pasta per fare il pane.

Brienne qui non osò chiedere dell'acqua. Prese una coppa di vino e disse: «Cerco un uomo chiamato Dick lo Svelto».

«Dick Crabb. Viene qui quasi tutte le notti.» La donna guardò la maglia di ferro e la spada di Brienne. «Se vuoi ammazzarlo, va' da qualche altra parte. Qui non vogliamo guai con lord Tarly.»

«Voglio solo parlargli. Perché dovrei fargli del male?»

La donna alzò le spalle.

«Se mi fai un cenno quando entra, te ne sarò grata.»

«Grata quanto?»

Brienne mise sull'asse una stella di rame, poi si trovò un posto nell'oscurità con una buona visuale sull'ingresso.

Assaggiò il vino. Era oleoso e dentro ci galleggiava un capello. "Sottile come le mie speranze di ritrovare Sansa Stark" pensò nel toglierlo dalla coppa. Dare la caccia a ser Dontos Hollard era stata un'impresa infruttuosa, e con lady Lysa morta nemmeno la valle di Arryn sembrava più un possibile rifugio. "Dove sei, lady Sansa? Sei ritornata a Grande Inverno, oppure sei con Tyrion tuo marito, come Podrick sembra suggerire?" Brienne non aveva intenzione di inseguire la ragazza fino all'altra sponda del mare Stretto, dove perfino il linguaggio le sarebbe stato estraneo. "In quelle terre, apparirei ancora più mostruosa, esprimendomi a grugniti e a gesti per cercare di farmi capire. Riderebbero di me, come fecero ad Alto Giardino."

Al solo pensiero, Brienne sentì una vampata arrossarle le guance.

Quando Renly Baratheon si era autoincoronato, la Vergine di Tarth aveva attraversato a cavallo l'intero Altopiano per raggiungerlo. Il giovane sovrano in persona l'aveva accolta con cortesia e si era dichiarato lieto di averla al suo servizio. Non così i suoi lord e i suoi cavalieri. Non che Brienne si fosse aspettata un caloroso benvenuto. Era preparata alla freddezza, alla derisione, all'ostilità: aveva già abbondantemente assaggiato queste pietanze in passato. Quello che la lasciava confusa e vulnerabile non era il disprezzo dei molti, ma la gentilezza dei pochi. Tre volte era stata promessa in sposa, ma non era mai stata realmente corteggiata finché non era giunta ad Alto Giardino.

Il primo era stato Big Ben Bushy, uno dei pochi uomini nell'accampamento di Renly a superarla in statura. Aveva mandato il suo scudiero a pulirle la maglia di ferro, le aveva fatto dono di un boccale di corno ornato d'argento. Ser Edmund Ambrose era arrivato a fare anche di meglio, portandole fiori e chiedendole di cavalcare con lui. Ser Hyle Hunt li aveva superati entrambi. Le aveva donato un libro, splendidamente illustrato e con cento storie di valore cavalleresco. Aveva portato mele e carote per il suo cavallo, e una piuma di seta azzurra per il suo elmo. Le aveva riferito i pettegolezzi che giravano nell'accampamento e si era prodigato in battute argute e taglienti che l'avevano fatta sorridere. Un giorno, addirittura si era allenato con lei, cosa che per Brienne contava più di qualsiasi altra cosa.

Aveva pensato che fosse stato l'atteggiamento di ser Hyle a indurre gli altri a essere cortesi con lei. "Più che semplicemente cortesi." A mensa, gli uomini litigavano pur di sedersi al suo fianco, offrendole coppe di vino, andando a prenderle pane dolce. Ser Richard Farrow le aveva suonato canzoni d'amore fuori della sua tenda, accompagnandosi con il liuto. Ser Hugh Beesbury le aveva portato un'anfora di miele "dolce come le fanciulle di Tarth". Ser Mark Mullendore l'aveva fatta ridere con la sua scimmietta, una strana creatura bianca e nera proveniente dalle isole dell'Estate. Un cavaliere errante chiamato Will la Cicogna si era offerto di massaggiarle le spalle.

Brienne l'aveva respinto. Aveva respinto tutti. Quando una notte ser Owen Inchfield l'aveva presa e baciata, Brienne l'aveva scaraventato con il culo sul fuoco di uno dei bivacchi. Più tardi, aveva visto la propria immagine riflessa in uno specchio. Una faccia larga, con i denti grandi, piena di lentiggini, le labbra grosse, la mascella spessa. Una faccia brutta, *molto* brutta. Il suo unico desiderio era essere un cavaliere al servizio di re Renly, eppure adesso...

E non era certo stata l'unica donna dell'accampamento. Perfino le baldracche al seguito dell'esercito erano più graziose di lei, e ogni notte, su al castello, lord Tyrell offriva a re Renly un banchetto, mentre vergini di alto lignaggio e magnifiche lady danzavano alle melodie di flauti, corni, arpe. "Perché sei gentile con me?" avrebbe voluto urlare Brienne ogni volta che un cavaliere le faceva un complimento. "Che cosa vuoi?"

Era stato Randyll Tarly a svelare l'enigma, il giorno in cui le aveva mandato due dei suoi armigeri perché la scortassero al suo padiglione. Il suo figlio minore, Dickon, aveva udito per caso quattro cavalieri sghignazzare mentre sellavano i loro cavalli, ed era poi andato a riferire al padre quello che avevano detto.

Avevano fatto una scommessa.

A iniziare erano stati tre dei cavalieri più giovani, aveva detto Tarly a Brienne. Ambrose, Bushy e Hyle Hunt, uomini al servizio di Collina del Corno. Ma via via che la cosa si era risaputa nell'accampamento, anche altri avevano voluto starci. Ognuno aveva versato un dragone d'oro: l'intera somma sarebbe andata a chi avesse avuto la verginità di Brienne.

"Ho posto fine a questo gioco" aveva dichiarato Tarly. "Alcuni di questi... *contendenti*... sono meno onorevoli di altri, e la posta cresceva ogni giorno di più. Era solo questione di tempo prima che qualcuno decidesse di vincere con la violenza."

"Sono dei cavalieri!" Brienne era stupefatta. "Ordinati con i sette unguenti."

"E sono uomini d'onore. La colpa è tua."

"Ma io non..." L'accusa le aveva tolto la parola. "Non ho fatto nulla per incoraggiarli!"

"È bastata la tua presenza a incoraggiarli. Se una donna si comporta come un soldato, non può obiettare a essere trattata come tale. Un esercito in guerra non è un posto adatto a una vergine. Se ci tieni alla tua virtù o all'onore della tua casata, ti dovresti togliere quella maglia di ferro, fare ritorno a casa e implorare il lord tuo padre di trovarti un marito."

"Io sono qui per combattere" aveva insistito Brienne. "Per essere un cavaliere."

"Gli dèi hanno fatto gli uomini per combattere, e le donne per generare figli" aveva ribattuto lord Randyll Tarly. "Il posto di combattimento per una donna è il letto del parto."

Qualcuno stava scendendo i gradini di legno dello scantinato. Brienne spinse di lato la coppa. All'Oca puzzolente entrò un giovane in abiti cenciosi, segaligno, con la faccia affilata e i capelli castani unti e sporchi. Gettò una rapida occhiata ai tre marinai di Tyrosh, uno sguardo più lungo a Brienne, poi si diresse verso l'asse tra i due barili.

«Del vino» ordinò «e senza piscio di cavallo dentro.»

La donna lanciò uno sguardo a Brienne, annuendo.

«Te lo offro io» disse Brienne ad alta voce «in cambio di una parola.»

Il giovanotto la scrutò da capo a piedi, con occhi pieni di diffidenza. «Una parola? Io conosco un sacco di parole.» Andò a sedersi sullo sgabello davanti a lei. «Dimmi quale vuoi sentire, e Dick lo Svelto te la dice.»

«Ho sentito che hai fatto fesso un fesso.»

Lo straccione sorseggiò il vino. «Magari l'ho fatto fesso, e magari no.» Indossava un farsetto lacero e sbiadito, da cui era stato strappato via l'emblema di chissà quale lord. «Chi lo vuole sapere?»

«Re Robert.» Brienne mise un cervo d'argento sul coperchio del barile che li divideva. L'effigie del defunto re Robert su una faccia della moneta, il cervo di Casa Baratheon sull'altra.

«Ma davvero?» Sorridendo, Dick lo Svelto prese la moneta e la fece vorticare. «A me piace vederli ballare, i re, *hey-nonny hey-nonny hey-nonny-ho*. Magari l'ho visto, quel fesso che dici.»

«C'era una fanciulla con lui?»

«Due.»

«*Due* fanciulle?» "Arya? Che l'altra fosse Arya?"

«Be'» fece l'uomo «io non le ho proprio viste, quelle bamboline, ma lui cercava un passaggio per tre.»

«Un passaggio per dove?»

«Dall'altra parte del mare Stretto, se ricordo bene.»

«Ricordi che aspetto aveva?»

«Quello di un fesso.» Dick lo Svelto fu molto svelto ad afferrare la moneta il cui moto vorticoso stava rallentando e a farla sparire. «Un fesso spaventato.»

«Da che cosa?»

«Non l'ha mica detto da cosa.» Dick lo Svelto scrollò le spalle. «Ma Dick lo Svelto conosce bene il puzzo della paura. Viene qui quasi ogni sera, il fesso. Offre da bere ai marinai, racconta barzellette, canta. Ma poi una notte vengono altri uomini qua, quelli che hanno il cacciatore sulla tetta, e il tuo fesso diventa bianco come il latte e se ne sta tutto zitto finché loro non vanno via.» Spostò lo sgabello più vicino a Brienne. «Tarly ha soldati che strisciano su tutti i moli, che controllano ogni nave che va e che viene. Uno cerca un cervo? Va nel bosco. Uno cerca una nave? Va al molo. Ma il tuo fesso non osa. Allora lo aiuto io.»

«Che genere di aiuto?»

«Quello che costa più di un cervo d'argento.»

«Parla, e ne avrai un altro.»

«Prima vediamolo» disse Dick lo Svelto.

Brienne mise un secondo cervo d'argento sul piano del barile. L'uomo lo fece vorticare, sorrise, lo intascò. «Un uomo che non può andare dove ci sono le navi, ha bisogno che le navi vadano dove sta lui. Così io gli dico dov'è un posto del genere. Tipo, un posto nascosto.»

«Una baia di contrabbandieri.» Brienne sentì la pelle d'oca strisciarle lungo le braccia. «Lo hai mandato dai contrabbandieri.»

«E quelle due ragazze.» Dick lo Svelto ridacchiò. «È solo che, ecco, nel posto dove li ho mandati, di navi non ne partono da un bel pezzo. Metti, trent'anni.» Si grattò il naso. «Ma quel fesso, perché ti interessa?»

«Le due ragazze sono mie sorelle.»

«Davvero? Poverine. Anch'io avevo una sorella, una volta. Una ragazzina magra con le ginocchia tutte ossa, ma poi le sono spuntate le tette e il figlio di un cavaliere se l'è messa in mezzo alle gambe. L'ultima volta che l'ho vista, andava ad Approdo del Re a guadagnarsi il pane stando straiata sulla schiena.»

«Dove li hai mandati?»

Un'altra alzata di spalle. «Mica me lo ricordo.»

«*Dove?*» Brienne mise una terza moneta sul barile.

Dick lo Svelto respinse la moneta con un buffetto dell'indice. «In un posto dove non ci sono cervi... ma magari un dragone.»

L'argento non era sufficiente a strappargli una risposta, capì Brienne. "L'oro, forse. O forse no. Ma l'acciaio certamente sì." Brienne sfiorò il pugnale, ma estrasse dalla borsa del conio. Trovò un dragone d'oro. Lo mise sul barile.

«Dove?»

Lo straccione prese la moneta, l'addentò. «Buona. Mi fa ricordare punta della Chela. Che è a nord di qua, in quella terra selvaggia di paludi e colline, dove sono nato e cresciuto. Dick Crabb mi chiamo, Dick il Granchio, ma tutti mi conoscono come Dick lo Svelto.»

Brienne invece non disse il suo nome. «*Dove*, a punta della Chela?»

«I Sussurri. Avrai senz'altro sentito parlare di Clarence Crabb.»

«No.»

Dick lo Svelto parve sorpreso. «Ser Clarence Crabb. Ho il suo sangue, io. Era alto otto piedi, e così forte che poteva strappare dalla terra i pini con una mano sola e lanciarli lontano un mezzo miglio. Non c'era cavallo che poteva reggere il suo peso, per cui girava a dorso di un uri.»

«E questo che cosa c'entra con la baia dei contrabbandieri?»

«Sua moglie era una strega. Ogni volta che Clarence ammazzava un uomo, prendeva la testa del morto, la portava a casa e la moglie la baciava sulla bocca, e quella testa tornava in vita. Erano lord e maghi, famosi cavalieri e pirati. Uno era il re di Duskendale. E davano buoni consigli al vecchio Crabb. Erano solo le teste, e non potevano parlare tanto forte, però non stavano mai in silenzio. Perché quando sei solo una testa, per passare la giornata puoi solo parlare. E così il castello di Crabb lo chiamiamo i Sussurri. C'è ancora, ma è tutto in rovina da mille anni. Un posto molto malinconico, i Sussurri.» Dick lo Svelto si passò abilmente la moneta da una nocca all'altra. «Anche un drago, da solo si sente malinconico. Ma dieci draghi però...»

«Dieci dragoni d'oro sono una fortuna. Mi prendi per un fesso?»

«No, però posso procurarti un fesso.» La moneta danzò in una direzione, poi nell'altra direzione. «Ti porto ai Sussurri, milady.»

A Brienne non piaceva affatto come le dita di Dick lo Svelto facevano danzare la moneta d'oro. Eppure... «Sei dragoni se troviamo le mie sorelle. Due se troviamo solo il fesso. Niente se non troviamo niente.»

Dick lo Svelto scrollò le spalle. «Sei va bene. Sei ci sto.»

"Troppo in fretta." Brienne gli afferrò il polso in una morsa prima che potesse far sparire anche quella moneta. «Non provarti a fare il furbo con me. Scopriresti che non sono affatto tenera.» Lo lasciò andare.

«Piscio di sangue...» Dick lo Svelto si massaggiò il polso. «Mi hai fatto male.»

«Spiacente. Mia sorella ha tredici anni. Devo trovarla prima che...»

«... qualche cavaliere se la metta tra le gambe. *Aye*. Dick lo Svelto adesso è dalla tua parte. Vieni alla Porta occidentale alle prime luci dell'alba. Non c'è bisogno che mi procuri un cavallo.»

SAMWELL

Il mare faceva rivoltare le budella a Samwell Tarly.

Non era solamente la paura di annegare, per quanto quello fosse un aspetto del problema. Era il rollio della nave, il modo in cui la tolda ondeggiava sotto i suoi piedi. "Sono debole di stomaco" aveva confessato a Dareon il giorno della partenza dal Forte Orientale. Lui gli aveva dato una pacca sulla schiena: "Con uno stomaco grosso come il tuo, Distruttore, è una debolezza piuttosto robusta".

Samwell aveva cercato di mostrarsi coraggioso, soprattutto per Gilly. La ragazza non aveva mai visto il mare. Mentre arrancavano nella neve, dopo la loro fuga dal castello di Craster, avevano incontrato alcuni laghi, ma perfino quelle acque erano state per Gilly fonte di meraviglia. E quando la *Uccello nero* era salpata dal porto, grosse lacrime salate le erano scese lungo le guance. "Dèi, siate misericordiosi" l'aveva udita sussurrare. Il Forte Orientale era svanito per primo, poi anche la Barriera era diventata sempre più piccola finché era svanita. A quel punto, era salito il vento. Le vele erano di un grigio sbiadito, come un mantello nero dei Guardiani della notte lavato troppe volte, e la faccia di Gilly era livida per la paura. "È una bella nave" aveva cercato di rassicurarla Sam. "Non devi temere." Ma Gilly si era limitata a guardarlo, stringendo più stretto il suo bimbo, ed era scappata.

In breve, Sam si era ritrovato aggrappato al parapetto superiore, a osservare il ritmo dei remi. La maniera in cui si muovevano all'unisono era, a suo modo, uno spettacolo magnifico ed era comunque meglio che guardare l'acqua. In realtà, l'unica cosa cui Sam pensava guardando l'acqua era annegare. Quando era bambino, il lord suo padre aveva cercato di insegnargli a nuotare gettandolo nello stagno di Collina del Corno. L'acqua gli era entrata in bocca, nel naso, nei polmoni. Sam aveva tossito per ore dopo che ser Hyle Hunt era venuto a tirarlo fuori. A seguito di quell'unica esperienza, Sam non aveva mai più neppure tentato di avanzare nell'acqua oltre la cintola.

La baia delle Foche era molto più profonda della sua cintola, e molto meno amichevole del piccolo stagno pescoso dietro il castello di suo padre. Acque grigie, verdi, infide. La sponda coperta di foreste era un intrico di rocce sommerse e vortici d'acqua. Anche se Sam fosse riuscito a scalciare e contorcersi fino a terra, le onde lo avrebbero scaraventato contro le pietre, spaccandogli il cranio in mille pezzi.

«Cerchi le sirene, Distruttore?» gli domandò Dareon nel vederlo intento a scrutare la baia. Capelli biondi e occhi violetti, l'avvenente giovane cantastorie del Forte Orientale sembrava più un principe tenebroso che un confratello ordinato dei Guardiani della notte.

«No.»

In realtà, Sam non sapeva che cosa stesse cercando, né che cosa ci stesse facendo su quella nave. "Vado alla Cittadella, a forgiare una catena e diventare un maestro per servire meglio la confraternita in nero" ma quel pensiero lo metteva ancora più a disagio. Non voleva essere un maestro, con una pesante catena appesa al collo, gelida sulla pelle. Non voleva lasciare i suoi confratelli, gli unici amici che avesse mai avuto. E di certo non voleva affrontare di nuovo suo padre, che lo aveva mandato a morire alla Barriera.

Per gli altri era diverso. Per loro il viaggio avrebbe avuto un lieto fine. Gilly sarebbe stata al sicuro a Collina del Corno, con tutto il continente occidentale a separarla dagli orrori che aveva conosciuto nella foresta stregata. Come servetta nel castello di lord Randyll Tarly, sarebbe stata al caldo e ben nutrita, partecipe di quel grande mondo che Gilly non aveva mai neppure sognato quale moglie di Craster. Avrebbe guardato il suo bimbo crescere alto e robusto, per diventare un cacciatore, uno stalliere o un fabbro. E se il ragazzo si fosse dimostrato portato per le armi, un cavaliere lo avrebbe anche potuto prendere come proprio scudiero.

Anche maestro Aemon stava andando in un posto migliore. Era bello immaginarlo passare gli anni che gli restavano immerso nelle calde brezze di Vecchia Città, a conversare con gli altri maestri, a condividere la sua saggezza con accoliti e novizi. Un riposo che si era guadagnato cento volte.

Perfino Dareon sarebbe stato più felice. Si era sempre proclamato innocente dello stupro a seguito del quale era stato inviato alla Barriera, insistendo che il suo posto era alla corte di un lord, per allietare le cene dei nobili con le sue canzoni. Adesso avrebbe avuto quella possibilità. Jon Snow lo aveva nominato "reclutatore", rimpiazzando un uomo chiamato Yoren, che era svanito nel nulla ed era dato per morto. Quel compito lo avrebbe portato a viaggiare per i Sette Regni, cantando il valore della confraternita in nero. Di quando in quando, avrebbe fatto ritorno alla Barriera con le nuove reclute.

Il viaggio per mare sarebbe stato lungo e difficile, nessuno lo poteva negare, ma per tutti gli altri avrebbe avuto un lieto fine. Per Samwell Tarly, quella era l'unica consolazione. "Vado per loro, per i Guardiani della notte, e per il lieto fine." Ma più a lungo scrutava il mare, più gelido e profondo gli appariva.

Ma non guardare le acque era ancora peggio, si era reso conto stando nella cabina sotto il castello di prora che tutti i passeggeri condividevano. Aveva cercato di distrarsi dai contorcimenti del proprio stomaco parlando con Gilly mentre allattava il suo bimbo. "Questa nave ci porterà fino alla città libera di Braavos" le aveva detto. "Là prenderemo un'altra nave per Vecchia Città. Da piccolo, ho letto un libro che parlava di Braavos. La città è costruita su una laguna con centinaia di piccole isole, e hanno un titano, un gigante di pietra alto centinaia di piedi. Al posto dei cavalli, hanno le barche e, invece delle solite farse, i loro guitti mettono in scena delle storie scritte. E anche il cibo è ottimo, soprattutto il pesce. Hanno tutti i tipi di frutti di mare, appena pescati nella laguna. Tra una nave e l'altra, credo che avremo qualche giorno a disposizione. In tal caso, magari andremo a vedere uno spettacolo di guitti e mangeremo un po' di ostriche."

Sam aveva pensato che tutto questo l'avrebbe rallegrata. Niente di più lontano dal vero. Gilly si era limitata a osservarlo, con uno sguardo spento e smorto dietro le ciocche di capelli non lavati. "Se tu vuoi, milord."

"Ma tu che cosa vuoi?" le aveva chiesto Sam.

"Niente." Aveva distolto lo sguardo, spostando il bambino da un seno all'altro.

Il movimento della nave stava rimescolando le uova, la pancetta e il pane fritto che Sam aveva mangiato prima di salpare. All'improvviso, non era più stato in grado di sopportare quell'antro angusto nemmeno per un istante. Si era alzato di scatto e aveva salito la scaletta, preparandosi a consegnare la colazione al mare. La nausea lo aveva assalito con tale forza che non si era soffermato a pensare da che parte tirasse il vento. Aveva vomitato fuori dalla murata sbagliata, e tutta la poltiglia gli era ritornata addosso. In ogni caso, dopo si era sentito meglio... ma non per molto.

La *Uccello nero* era la più grande delle galee dei Guardiani della notte. La *Corvo della tempesta* e la *Artiglio* erano più veloci, aveva detto Cotter Pyke a maestro Aemon, ma erano vascelli da battaglia, predatori snelli e rapidi con i rematori sistemati in ponti scoperti. La *Uccello nero* rimaneva la scelta migliore per le acque ostili del mare Stretto oltre Skagos. "Ci sono state tempeste" aveva avvertito il comandante del Forte Orientale. "Le tempeste invernali sono peggiori, ma quelle d'autunno sono più frequenti."

I primi dieci giorni erano stati abbastanza calmi: la *Uccello nero* avanzava nella baia delle Foche rimanendo sempre in vista della terraferma. Faceva freddo quando si alzava il vento, ma l'odore di salmastro dell'aria era comunque piacevole. Sam faceva fatica a mangiare, e anche quando si costringeva a mandare giù qualcosa, quel qualcosa non restava giù a lungo, ma a parte questo le cose non andavano poi malissimo. Cercava di fare coraggio a Gilly e di rallegrarla, ma non era facile. Aveva provato a convincerla, ma la ragazza rifiutava di salire sul ponte e preferiva rimanere raggomitolata al buio con il suo bimbo. E al piccolo la nave non sembrava piacere più che alla madre. Quando non vomitava, succhiava il latte al seno. Le sue evacuazioni erano erratiche e imprevedibili: chiazze fetide si moltiplicavano sulle pellicce in cui Gilly lo avvolgeva per tenerlo al caldo e l'aria della cabina era satura di lezzo. Per quante candele di sego Sam accendesse, l'odore di merda permaneva.

Fuori, all'aria aperta, si stava molto meglio, specialmente quando Dareon cantava. Il giovane cantastorie era noto ai rematori della *Uccello nero* e cantava tutte le loro canzoni preferite. Quelle tristi come *Il lamento della sirena* e *L'autunno dei miei giorni*; quelle eroiche come *Lance di ferro* e *Sette spade per sette figli*; quelle oscene come *La cena della lady*, *Umido fiorellino* e *Meggett era un'allegra donzella, un'allegra donzella lei era*. Ogni volta che cantava *L'orso e la fanciulla della fiera*, tutti i rematori cantavano in coro e la *Uccello nero* sembrava volare sull'acqua. Come spadaccino Dareon non era mai stato granché, Sam lo sapeva dal loro addestramento con ser Alliser Thorne al Castello Nero, in compenso aveva una bellissima voce. "Miele versato su un rombo di tuono" l'aveva definita una volta maestro Aemon. Dareon sapeva suonare l'arpa e anche il violino, componeva canzoni sue... benché a

Sam non piacessero poi tanto. Tuttavia, era bello sedersi ad ascoltare, anche se le assi erano talmente dure e piene di schegge che a Sam faceva quasi piacere avere le chiappe carnose. "I grassi si portano dietro un cuscino, ovunque vadano."

Anche maestro Aemon preferiva trascorrere le sue giornate sul ponte, sotto una pila di pellicce a scrutare l'orizzonte marino. "Ma che cosa guarderà mai?" aveva domandato Dareon un giorno. "Per lui, qui è buio come in cabina."

L'anziano saggio lo aveva sentito. La luce nei suoi occhi era diminuita fino a lasciare posto all'oscurità, ma le orecchie gli funzionavano alla perfezione. "Non sono nato cieco" aveva ricordato loro Aemon. "L'ultima volta che ho percorso questa rotta, potevo vedere ogni roccia, ogni albero, ogni cresta di spuma, potevo osservare i gabbiani seguire la nostra scia. Avevo trentacinque anni allora, ed ero maestro da sedici. Egg voleva che io lo aiutassi a regnare, ma io sapevo che il mio posto era qui. Mi inviò a nord a bordo della *Drago dorato*, e insistette con il suo amico ser Duncan affinché mi scortasse fino al Forte Orientale. Nessuna recluta era mai arrivata alla Barriera accompagnata da simile pompa dal tempo in cui la regina Nymeria aveva inviato alla confraternita in nero sei re, tutti in ceppi d'oro. Egg aveva anche svuotato le segrete, in modo che non dovessi pronunciare il giuramento da solo. Li chiamava la mia guardia d'onore. Uno di loro era niente meno che Brynden Rivers. In seguito, fu scelto come lord comandante."

"Corvo di sangue?" aveva esclamato Dareon. "Conosco una canzone su di lui: *Mille e un occhio* si chiama. Ma pensavo che fosse vissuto cento anni fa."

"Tutti noi lo pensavamo. Un tempo, anch'io sono stato giovane come te." Quel pensiero era parso rattristarlo. Aemon aveva tossito e chiuso gli occhi. Poi si era addormentato, oscillando nelle sue pellicce insieme al rollio dello scafo.

Avevano navigato sotto cieli grigi, a est e a sud, poi nuovamente a est, a mano a mano che la baia delle Foche si apriva davanti a loro. Il comandante, un confratello irsuto con una pancia che sembrava un barile di birra, indossava abiti neri talmente macchiati e sbiaditi che l'equipaggio lo chiamava Vecchio Straccio di mare. Apriva bocca ben di rado. Il suo primo ufficiale pareggiava i conti, incendiando l'aria salmastra di imprecazioni ogni volta che calava il vento o i rematori battevano la fiacca. Mangiavano porridge d'orzo al mattino, porridge di piselli a mezzogiorno, e carne salata, salmone salato e montone salato la sera, il tutto annaffiato da birra di malto. Dareon cantava, Sam vomitava, Gilly piangeva e allattava il suo bimbo, maestro Aemon dormiva, e a ogni nuova alba i venti diventavano sempre più freddi, più forti.

Eppure, rimaneva comunque un viaggio migliore dell'ultimo viaggio per mare che Sam aveva compiuto. Non aveva più di dieci anni quando si era ritrovato a bordo di una delle galee di lord Redwyne, la *Regina di Arbor*. Cinque volte più grande della *Uccello nero* e splendida da vedere: tre enormi vele color borgogna e ordini di remi che alla luce del sole emettevano raggi oro e bianco. Osservare come i remi si sollevavano e si immergevano mentre il vascello si allontanava da Vecchia Città aveva lasciato Sam senza fiato... l'ultimo ricordo piacevole che gli restava degli stretti di Redwyne. Anche allora il mare gli aveva fatto rivoltare le budella, con grande disgusto del lord suo padre.

E quando erano arrivati ad Arbor, le cose erano andate di male in peggio. I due figli gemelli di lord Redwyne avevano preso Sam in antipatia fin dal primo momento. Ogni mattina trovavano un nuovo modo per umiliarlo nel cortile degli addestramenti. Il terzo giorno, Horas Redwyne lo aveva costretto a rugliare come un maiale quando aveva chiesto clemenza. Il quinto giorno, suo fratello Hobber aveva fatto indossare la propria armatura a una delle sguattere e le aveva permesso di pestare Sam con una spada di legno finché lui non era scoppiato a piangere. Quando la ragazza si era rivelata, tutti gli scudieri, i paggi, gli stallieri si erano rotolati a terra dalle risate.

"Il ragazzo ha solo bisogno di stagionarsi un po'" aveva detto suo padre a lord Redwyne quella sera. Ma era stato il giullare di quast'ultimo a rispondere, facendo tintinnare il berretto a sonagli. "*Aye*, con un pizzico di pepe, qualche chiodo di garofano e una mela in bocca." Dopo di che lord Randyll aveva proibito a Sam di mangiare mele per tutto il tempo in cui si sarebbero trovati sotto il tetto di lord Paxter Redwyne.

Sam aveva sofferto il mal di mare anche durante il viaggio di ritorno, ma era talmente sollevato di andarsene da trovare quasi piacevole il sapore del vomito in gola. Era stato solo quando erano rientrati a Collina del Corno che sua madre gli aveva rivelato che lord Randyll non aveva previsto il suo ritorno. "Avrebbe dovuto tornare con noi Horas Redwyne e tu rimanere ad Arbor, come coppiere e paggio di lord Redwyne. Se gli fossi andato a genio, saresti potuto diventare promesso sposo di sua figlia." Sam ricordava ancora il tocco delicato delle mani di sua madre che gli toglieva le lacrime dalla faccia con un angolo di merletto inumidito della sua saliva. "Mio povero Sam" mormorava. "Mio povero povero Sam."

"Sarà bello rivederla" pensò tenendosi aggrappato alla murata della galea, osservando le onde infrangersi sulla costa rocciosa. "Se mi vedesse negli abiti neri della confraternita, forse sarebbe addirittura orgogliosa di me. 'Adesso sono un uomo' potrei dirle 'un attendente e un Guardiano della notte. A volte i confratelli mi chiamano Sam il Distruttore, perché ho ucciso un Estraneo.'" Avrebbe rivisto anche suo fratello Dickon, e le sorelle. "'Guardate' potrei dire loro 'non ero un buono a nulla.'"

Ma se fosse andato a Collina del Corno, avrebbe rischiato di incontrare anche suo padre.

Al solo pensiero, le sue viscere tornarono a contrarsi. Sam si piegò oltre il parapetto e vomitò, questa volta non controvento. Era andato alla murata giusta, questa volta. Stava imparando a vomitare.

Questi furono i suoi pensieri fino a quando la *Uccello nero* non si allontanò dalla terra per inoltrarsi nella baia in direzione est, verso le coste di Skagos.

L'isola si ergeva all'imboccatura della baia delle Foche, massiccia e montagnosa, una terra ostile e sinistra popolata da selvaggi. Vivevano in caverne e in tetri villaggi sulle montagne, aveva letto Sam, e andavano in guerra cavalcando grandi unicorni pelosi. Nell'antico linguaggio, Skagos significava "pietra". E gli abitanti chiamavano se stessi "nati dalla pietra", ma per gli uomini del Nord, scomodi vicini, erano semplicemente skaggs e non nutrivano troppa simpatia per loro.

Appena un centinaio di anni prima, Skagos si era sollevata in una rivolta. Erano occorsi anni per sedarla ed era costata la vita del lord di Grande Inverno e di centinaia delle sue spade. Certe canzoni dicevano che gli skaggs erano cannibali: sembrava che i loro guerrieri divorassero cuore e fegato dei nemici uccisi. Nei tempi antichi, gli skaggs avevano raggiunto a vela la vicina isola di Skane, rapito le donne, sterminato gli uomini e mangiato i loro corpi su una spiaggia sassosa in un banchetto durato un intero mese. Da allora Skane era rimasta spopolata.

Anche Dareon conosceva quelle canzoni. Quando i tetri picchi grigi di Skagos apparvero dal mare, raggiunse Sam a prora. «Se gli dèi sono dalla nostra, magari vediamo un unicorno.»

«Se il comandante è dalla nostra, non arriveremo così vicino.

Le correnti attorno a Skagos sono pericolose, e ci sono rocce affioranti che possono aprire lo scafo di una nave come un guscio d'uovo. Ma non dirlo a Gilly, è già abbastanza spaventata.»

«Lei e quel suo cucciolo ululante. Non so chi dei due fa più baccano. Le uniche volte in cui il bambino smette di piangere è quando lei gli caccia la tetta in bocca. E a quel punto comincia a piangere lei.»

Anche Sam lo aveva notato. «Forse il piccolo le fa male» disse flebilmente. «Se gli stanno spuntando i dentini...»

Dareon suonò una corda del liuto, traendone una nota di derisione. «Avevo sentito dire che i bruti fossero più coraggiosi.»

«Gilly è coraggiosa» ribatté Sam.

In realtà non l'aveva mai vista ridotta in quello stato pietoso. Si nascondeva quasi sempre il viso e teneva le tende della cabina tirate, ma Sam vedeva comunque che i suoi occhi erano sempre arrossati e le lacrime rigavano le sue guance. Quando le chiedeva che cosa ci fosse che non andava, Gilly si limitava a scuotere la testa, lasciando a lui di trovare da solo la risposta.

«Il mare le fa paura, ecco cosa» disse a Dareon. «Prima di arrivare alla Barriera, il suo mondo era stato il castello di Craster e la foresta che lo circondava. Non so nemmeno se si è mai allontanata più di una lega dal posto dove è nata. Conosce i fiumi e i torrenti, ma non aveva mai visto un lago fino a quando non se ne è trovata uno davanti, e il mare... fa davvero paura.»

«Non abbiamo mai perso di vista la terra.»

«Lo faremo.» Nemmeno Sam era troppo allegro a quell'idea.

«Di certo il Distruttore non avrà paura di un po' d'acqua.»

«No» mentì Sam. «Io non ho paura. Ma Gilly... forse se tu suonassi qualche ninnananna, il piccolo riuscirebbe a dormire.»

La bocca di Dareon si distorse in una smorfia di disgusto. «Solo se lei gli mette un tappo nel culo. Non reggo proprio quell'odore.»

Il giorno dopo iniziò a piovere, e il mare si ingrossò.

«Meglio andare sotto coperta, dov'è asciutto» disse Sam ad Aemon, ma l'anziano maestro si limitò a sorridere. «Mi piace sentire la pioggia sul viso, Sam. Le sue gocce sembrano lacrime. Lasciami restare ancora un po', te ne prego. È passato troppo tempo dall'ultima volta che ho pianto.»

Se il maestro Aemon, vecchio e fragile com'era, desiderava rimanere sul ponte, Sam non aveva altra scelta che fare lo stesso. Restò al suo fianco per quasi un'ora, avvolto nel mantello, mentre una pioggia lenta e continua lo inzuppava fino al midollo. Aemon non pareva quasi sentirla. Sospirò e chiuse gli occhi. Sam si spostò più vicino a lui, cercando di ripararlo dalle raffiche di vento. "Tra poco mi chiederà di aiutarlo a scendere in cabina." Ma Aemon continuava a non dire niente. Alla fine, un tuono rumoreggiò in lontananza, verso est.

«Maestro» disse Sam, scosso dai tremiti «dobbiamo scendere di sotto.» Nessuna risposta. Solo allora Sam si rese conto che l'anziano saggio si era addormentato. «Maestro» lo scosse gentilmente per la spalla «maestro Aemon, svegliati.»

Gli occhi ciechi di Aemon si aprirono. «Egg?» La pioggia scivolava sul suo volto scavato. «Egg, stavo sognando di essere vecchio.»

Sam non sapeva che cosa fare. Si inginocchiò, prese il vecchio tra le braccia e lo portò sottocoperta. Nessuno aveva mai definito Samwell Tarly un giovane forte, e la pioggia aveva inzuppato gli abiti neri del maestro raddoppiando il suo peso, eppure a Sam parve di sollevare un bambino.

Quando entrò con Aemon nella cabina, vide che Gilly aveva lasciato che le candele si spegnessero. Il bambino dormiva, Gilly era raggomitolata in un angolo, singhiozzando piano tra le pieghe della grande cappa nera che Sam le aveva dato per coprirsi.

«Aiutami» le disse in tono concitato. «Aiutami ad asciugarlo e a metterlo al caldo.»

Gilly si alzò all'istante. Insieme, riuscirono a estrarre il vecchio maestro dagli abiti bagnati e lo seppellirono sotto una pila di pellicce. «Va' sotto con lui» disse Sam. «Abbraccialo. Riscaldalo con il tuo corpo. Dobbiamo dargli calore.» Gilly obbedì ancora, senza fiatare, continuando a tirare su con il naso. «Dov'è Dareon?» chiese Sam. «Faremmo più caldo se fossimo tutti insieme. Deve venire anche lui.» Stava per tornare sul ponte a cercare il cantastorie quando il pavimento dietro di lui si sollevò, e poi si abbassò di nuovo. Gilly emise un lamento, Sam perse l'equilibrio e cadde per terra; il bimbo si svegliò urlando.

Il successivo rollio dello scafo arrivò mentre Sam stava cercando di rimettersi in piedi. Gli scaraventò Gilly tra le braccia e la ragazza dei bruti gli si aggrappò così forte che non riusciva quasi a respirare.

«Non avere paura» cercò di rassicurarla Sam. «È un'avventura. Un giorno racconterai questa storia a tuo figlio.»

Gilly gli affondò le unghie nel braccio. Stava tremando, il corpo era tutto scosso dai singhiozzi. "Qualsiasi cosa le dica, non potrò che peggiorare la situazione." Sam la tenne stretta, consapevole dell'imbarazzante presenza dei seni di lei premuti contro il suo petto. Anche se era spaventato a morte, gli venne duro comunque. "Lei se ne accorgerà" pensò Sam, pieno di vergogna, ma anche se Gilly se ne accorse, non lo diede a vedere: lo abbracciò solo più stretto.

Da quel momento in poi, le giornate si susseguirono una dopo l'altra. Non vedevano mai il sole. I giorni erano grigi e le notti nere, tranne quando i lampi illuminavano le cime di Skagos. Tutti avevano fame ma nessuno riusciva a tenere niente nello stomaco. Il comandante diede fondo a un barile di vino di fuoco per infondere forza ai rematori. Sam cercò di berne una coppa, emise una specie di rantolo mentre serpi ribollenti gli strisciavano in gola e poi giù fino al petto. Dareon invece ci prese gusto, dopo di che era quasi sempre più ubriaco che sobrio.

Le vele si alzarono, poi tornarono ad abbassarsi, una fu sradicata dall'albero e volò via come un enorme gabbiano grigio. Quando la *Uccello nero* doppiò la costa meridionale di Skagos, scorsero il relitto di una galea finita contro le rocce. I corpi di alcuni membri dell'equipaggio erano stati spinti a riva; granchi e gamberi erano usciti in massa a fare loro onore. «Troppo fottutamente vicini» grugnì Vecchio Straccio di mare a quella vista. «Una sola ondata di quelle forti, e andiamo a fargli compagnia.» I suoi rematori erano allo stremo delle forze, eppure ce la misero tutta e il vascello puntò a sud, verso il mare Stretto, finché Skagos si ridusse a poche forme nere all'orizzonte, forse altocumuli di tempesta, forse cime inaccessibili, forse entrambe le cose.

Seguirono otto giorni e otto notti di navigazione tranquilla, sotto cieli sereni. Poi le tempeste ricominciarono, addirittura peggiori delle precedenti.

Furono tre diverse tempeste, oppure una soltanto, spezzata da venti contrari? Samwell non lo seppe mai, per quanto cercasse disperatamente una risposta. «Che differenza fa?» gli urlò Dareon una notte, mentre stavano ammassati nella cabina.

"Nessuna" avrebbe voluto rispondergli Sam "ma finché penserò a cose del genere, eviterò di pensare che potrei finire in fondo al mare, mi potrei ammalare o al tremore di maestro Aemon." «Non fa differenza» riuscì a belare poi, ma un tuono cancellò il resto della frase, mentre il ponte si inclinava, gettandolo da una parte. Gilly stava singhiozzando. Il bimbo urlava. E al di sopra di tutto questo, Sam poteva udire Vecchio Straccio di mare, il comandante che non parlava quasi mai, ringhiare all'equipaggio.

“Odio il mare” pensò Sam “odio il mare, odio il mare.” Il lampo successivo fu talmente accecante da illuminare la cabina attraverso le fessure nel soffitto. “Questa è una bella nave robusta, una nave robusta, una bella nave robusta. Non affonderà. Io non ho paura.”

Durante una pausa nella furia degli elementi, mentre Sam si aggrappava con tutte le sue forze alla murata cercando disperatamente di vomitare, udì un dialogo tra gli uomini dell’equipaggio. Quelle maledette tempeste? Li punivano perché avevano portato una donna a bordo, peggio ancora: una donna dei bruti. «Ha scopato con il suo stesso padre» diceva uno degli uomini, mentre il vento tornava a ululare. «È peggio che fare la baldracca, peggio di qualsiasi cosa. Affogheremo se non ci sbarazziamo di lei e di quell’abominio che ha generato.»

Sam non osò affrontarli. Erano uomini maturi, forti e muscolosi, con braccia e spalle massicce dopo gli anni passati ai remi. Ma fece in modo che il suo pugnale fosse sempre affilato, e ogni volta che Gilly lasciava la cabina per orinare, lui era sempre al suo fianco.

Neppure Dareon aveva una buona parola per la ragazza dei bruti. Un’unica volta, esortato da Sam, accettò di cantare una ninnananna per calmare il bimbo, ma a metà della prima strofa Gilly si mise a singhiozzare in modo incontrollabile. «Per i sette maledetti inferi!» scattò Dareon. «Non riesci a smettere di frignare nemmeno il tempo di una stramaledetta canzone?»

«Suona e basta» implorò Sam. «Vai avanti a cantare.»

«Non ha bisogno di una canzone» ribatté Dareon. «Per lei ci vuole una buona sculacciata, o magari una chiavata. Levati dai piedi, Distruttore.» Spinse da parte Sam e uscì dalla cabina, per cercare sollievo in una coppa di vino di fuoco e nella dura fratellanza dei rematori.

A quel punto, perfino Samwell Tarly aveva esaurito ogni risorsa. Ormai si era quasi abituato all’odore ma, tra l’infuriare delle tempeste, il pianto continuo di Gilly e le urla del bambino, erano giorni che non chiudeva occhio. «Non potresti darle qualcosa?» chiese a maestro Aemon, gentilmente, notando che l’anziano saggio era sveglio. «Delle erbe, una pozione, in modo che non abbia tanta paura?»

«Non è paura quella che senti» gli rispose il vecchio sapiente. «È il suono della sofferenza e non c’è pozione che possa curarlo. Lascia che le lacrime seguano il loro corso. Non le puoi fermare.»

«Ma lei sta andando in un posto sicuro.» Sam non capiva. «Un posto ospitale. Perché dovrebbe soffrire?»

«Sam» sussurrò il vecchio «hai due occhi buoni, eppure non riesci a vedere. Gilly è una madre che soffre per il suo piccolo.»

«Ha il mal di mare, tutto qui. Ce l'abbiamo anche noi. Una volta che saremo approdati a Braavos...»

«... il piccolo continuerà a essere figlio di Dalla, non il frutto del suo grembo.»

Sam impiegò alcuni momenti per afferrare appieno il senso di quelle parole. «Non può essere... lei non avrebbe mai... ma certo che è suo figlio. Gilly non avrebbe mai lasciato la Barriera senza di lui. Lo ama!»

«Ha allattato entrambi i bambini e li ama entrambi» disse Aemon «ma non nello stesso modo. Nessuna madre ama gli altri bambini come i propri figli, nemmeno la Madre di lassù. Gilly non ha abbandonato il bambino di sua volontà, ne sono certo. Quali minacce abbia fatto il lord comandante, quali promesse, posso solamente ipotizzare... ma erano di certo minacce e promesse.»

«No, maestro Aemon. No! Non è vero. Jon non avrebbe mai...»

«Jon non lo avrebbe mai fatto. Ma il lord comandante Snow sì. In certe circostanze, Sam, nessuna scelta è felice. Esiste soltanto una scelta meno dolorosa di un'altra.»

"Nessuna scelta è felice." Samwell ripensò a tutte le prove che lui e Gilly avevano superato. Il castello di Craster, la morte violenta del Vecchio Orso, la neve e il ghiaccio, i venti raggelanti, giorni e giorni di marcia, i morti che camminano a Whitetree, Manifredde e l'albero dei corvi, la Barriera e ancora la Barriera, il Portale delle Tenebre sotto la terra. E tutto questo per cosa? "Nessuna scelta è felice, non c'è lieto fine."

Voleva mettersi a urlare. Voleva ululare e singhiozzare, tremare, raggomitolarsi su se stesso e gemere.

"Ha scambiato i bambini! Jon... lord Snow ha agito così! Lo ha fatto per proteggere il piccolo principe dei bruti, per salvarlo dai roghi di lady Melisandre, per tenerlo lontano dal suo dio rosso. Se anche la maga delle fiamme bruciasse il figlio di Gilly, a chi importerebbe? A nessuno tranne che a Gilly. Era solamente uno dei tanti figli di Craster, un abominio generato dall'ennesimo incesto, non il figlio di Mance Rayder, il re oltre la Barriera. Un bimbo che non serve come ostaggio, che non serve come vittima sacrificale, che non serve a niente. Un bimbo che non ha neppure un nome."

Senza parole, Sam si trascinò fino alla tolda per vomitare, ma non aveva nulla nello stomaco. La notte era calata su di loro, una strana notte immobile, come non ne vedevano da molti giorni. Il mare era nero come un cristallo oscuro. Ai remi, gli uomini riposavano. Uno o due dormivano sul posto. C'era vento a gonfiare le vele. Verso nord, Sam poteva vedere una manciata di stelle, e la stella rossa vagante che il popolo libero chiamava il Ladro. "Quella dovrebbe essere la mia stella" pensò Sam al culmine della disperazione. "Ho aiutato Jon a diventare lord comandante... e gli ho portato Gilly e il piccolo. Non esiste alcun lieto fine."

«Distruttore.»

Dareon era apparso accanto a lui, ignaro del suo dolore.

«Una bella notte, tanto per cambiare. Guarda: stanno spuntando le stelle. Potremmo addirittura avere una falce di luna. Forse il peggio è passato.»

«No.» Samwell Tarly si pulì il naso gocciolante e indicò a sud, verso le tenebre. «Là.»

Non aveva neppure finito di parlare che folgori brutali avvamparono nel cielo nero, silenziose, improvvise e accecanti. Le nubi lontane scintillarono per un battito di ciglia, montagne sopra altre montagne, purpuree, rosse e gialle, più alte del mondo.

«Il peggio non è passato. Il peggio sta iniziando adesso. E non esiste alcun lieto fine.»

«Dèi siate misericordiosi» rise Daeron. «Distruttore, sei diventato così codardo!»

JAIME

Lord Tywin Lannister aveva fatto il suo ingresso nella capitale dei Sette Regni in sella a uno stallone da guerra, con un'armatura di acciaio smaltato color porpora, tempestata di gemme e istoriata d'oro. Se ne andò su un alto carro drappeggiato di stendardi purpurei, con sei Sorelle del silenzio che cavalcavano al suo fianco, di scorta alle sue ossa.

Il corteo funebre uscì da Approdo del Re dalla Porta degli dèi, più grande e più sontuosa della Porta del leone. Una scelta che Jaime non approvò. Suo padre era stato un leone, questo nessuno poteva negarlo, ma nemmeno lord Tywin aveva mai avuto la presunzione di considerarsi un dio. Una guardia d'onore di cinquanta cavalieri circondava il carro, con i vessilli porpora simili a flagelli tra le lance levate. Poco più indietro, seguivano i lord dell'Occidente. Il vento faceva schioccare i loro stendardi, li faceva danzare, ondeggiare. Risalendo verso la testa della colonna, Jaime superò al trotto i vari emblemi: cinghiali, cani da caccia, una freccia verde e un bue rosso, alabarde incrociate, lance incrociate, un gatto selvatico, una fragola, quattro folgori contrapposte.

Lord Brax indossava un farsetto grigio chiaro sotto una tunica di tessuto d'argento, con un unicorno di ametista appuntato sul cuore. Lord Jast era in armatura di acciaio nero, con tre teste di leone dorate sulla corazza pettorale. Le voci sulla sua morte non erano troppo lontane dal vero: le ferite e la prigionia lo avevano ridotto all'ombra dell'uomo che era stato. Lord Banefort aveva superato la battaglia in modo migliore e sembrava pronto a tornare immediatamente a combattere. Plumm era in viola, Prester in ermellino, Moreland in rosso e verde, ma ognuno di loro portava una cappa di seta porpora, in onore dell'uomo che stavano scortando nell'ultimo viaggio.

Sulla scia dei lord venivano cento balestrieri e trecento armigeri, e il porpora fluttuava anche dalle spalle di tutti loro. In mezzo a quel fiume rosso, con il mantello bianco e l'armatura bianca a scaglie della Guardia reale, Jaime si sentiva fuori posto.

E suo zio non lo mise certo a suo agio. «Lord comandante» disse ser Kevan Lannister quando Jaime arrivò al suo fianco alla testa della colonna. «Sua maestà la regina ha forse un ultimo ordine per me?»

«Non sono qui per conto di Cersei.» Dietro di loro, cominciò a risuonare un tamburo. Un ritmo lento, misurato, lugubre. "Morto" sembravano scandire quei colpi "morto, morto." «Sono qui per dare il mio saluto. Era mio padre.»

«E anche il suo.»

«Io non sono Cersei. Io ho la barba, lei i seni. E se ancora ci confondi, zio, conta le mani. Lei ne ha sempre due.»

«Ma entrambi godete nel deridere gli altri» ribatté ser Kevan. «Risparmiami le battute, cavaliere, non sono di mio gusto.»

«Come desideri.» "Questo dialogo non sta prendendo la piega che avevo sperato." «Anche Cersei avrebbe voluto essere qui a salutarti, ma ha molti doveri pressanti.»

«Lo stesso vale per tutti noi.» Ser Kevan emise una specie di grugnito. «E il tuo re come sta?» Il suo tono fece suonare la domanda come un rimprovero.

«Bene quanto basta» rispose Jaime sulla difensiva. «Al mattino, con lui c'è Balon Swann, un prode cavaliere.»

«Un tempo, quando si parlava degli uomini che indossavano la cappa bianca, questa precisazione era superflua.»

"Nessuno può scegliersi i propri fratelli" pensò Jaime. "A volte, nemmeno i propri confratelli. Lascia che io decida quali uomini avere al mio fianco, e la Guardia reale tornerà di nuovo a essere grande." Ma anche a pronunciarla con determinazione, suonava debole: una vuota vanteria da parte di un uomo che nel regno era chiamato Sterminatore di re. "Un uomo il cui onore non vale niente." Jaime lasciò perdere. Non era venuto per discutere con suo zio. «Ser» riprese «è necessario che tu faccia pace con Cersei.»

«Siamo dunque in guerra? Nessuno me lo aveva detto.»

Jaime ignorò la battuta. «Uno scontro tra Lannister può solo avvantaggiare i nemici della nostra casata.»

«Se tale scontro esiste, non è per mia volontà. Cersei vuole governare. Magnifico. Il regno è suo. Tutto quello che chiedo è di essere lasciato in pace. Il mio posto è a Darry, con mio figlio. Il castello deve essere ricostruito, le terre difese e coltivate.» La sua risata fu un ringhio raschiante. «Inoltre, tua sorella mi ha lasciato ben poco d'altro con cui occupare il mio tempo. Come lei, anch'io devo partecipare alle nozze di un figlio. La sua sposa è sempre più impaziente nell'attesa che si raggiunga Darry.»

"La vedova delle Torri Gemelle." Lancel, figlio di ser Kevan e cugino di Jaime, cavalcava una decina di iarde dietro di loro. Con gli occhi infossati, i capelli bianchi stopposi, sembrava addirittura più vecchio e malridotto di lord Jast. Al solo vederlo, Jaime sentiva formicolare le dita dell'arto fantasma... "Si è fatta fottere da Lancel, da Osmund Kettleblack e, per quanto ne so, perfino dal nostro guitto di corte..." Aveva cercato di parlare con Lancel tante volte che aveva perso il conto, ma non era mai riuscito a trovarlo da solo. Quando ser Kevan non era con lui, c'era qualche septon. "Sarà anche il figlio di ser Kevan, ma ha latte nelle vene. Tyrion mi ha mentito. Le sue parole volevano solo ferirmi."

Jaime distolse i propri pensieri dal cugino e tornò a dedicarsi allo zio. «Resterai a Darry anche dopo le nozze?»

«Per qualche tempo, forse. Sandor Clegane sta cavalcando lungo il Tridente, sembra. Tua sorella vuole la sua testa. È possibile che si sia unito ai fuorilegge di Beric Dondarrion.»

Anche Jaime sapeva dell'assalto contro Padelle Salate. A quel punto, metà del regno era informata. Una razzia molto selvaggia. Donne stuprate e mutilate, bambini macellati in braccio alle madri, mezza città data alle fiamme. «Randyll Tarly è a Maindepool. Lascia che sia lui a occuparsi dei fuorilegge. Preferirei che tu tornassi al più presto a Delta delle Acque.»

«Ser Daven è al comando là. Il Protettore dell'Ovest. Non ha alcun bisogno di me. Lancel invece sì.»

«Come credi meglio, zio.» La testa di Jaime pulsava al ritmo del tamburo funebre. "Morto, morto, morto." «Farai comunque bene a tenerti al fianco i tuoi cavalieri.»

Ser Kevan gli lanciò uno sguardo glaciale. «È forse una minaccia, cavaliere?»

"Una minaccia?" Quella domanda colse Jaime di sorpresa. «Una cautela. Intendevo semplicemente dire... che il Mastino è pericoloso.»

«Io impiccavo fuorilegge e banditi di strada quando tu ancora cacavi nel letto. È improbabile che vada ad affrontare Clegane e Dondarrion da solo, se è questo che temi, cavaliere. Non tutti i Lannister sono assetati di gloria.»

"Chissà come, zio, ho l'impressione che tu ti stia riferendo a me." «Addam Marbrand può occuparsi di quei fuorilegge al posto tuo. Lo stesso vale per Brax, Banefort, Plumm o uno qualsiasi degli altri uomini. Invece nessuno di loro potrebbe essere un bravo Primo Cavaliere.»

«Tua sorella conosce le mie condizioni. Non sono cambiate. Diglielo la prossima volta che sarai nella sua stanza da letto.» Ser Kevan diede di speroni e partì al galoppo, ponendo bruscamente fine alla conversazione.

Jaime lo lasciò andare; la mano fantasma continuava a pulsare. Contro ogni logica, aveva sperato che Cersei avesse capito male. Vana speranza. "Sa di noi due. Di Tommen e Myrcella. E Cersei sa che lui sa." Ser Kevan era un Lannister di Castel Granito. Jaime si rifiutava di credere che lei gli avrebbe mai fatto del male, però... "Se mi sono sbagliato sul conto di Tyrion, non potrei sbagliarmi anche con Cersei?" Quando i figli assassinano i padri, che cosa poteva impedire a una nipote di ordinare l'assassinio di uno zio? "Uno zio scomodo, che sa troppo." Anche se forse Cersei sperava che il Mastino avrebbe fatto il lavoro per lei. Se Sandor Clegane avesse ucciso ser Kevan, Cersei non si sarebbe insanguinata le mani. "E lo ucciderà, qualora dovessero incontrarsi." Kevan Lannister in passato era stato un valoroso guerriero con la spada, ma non era più giovane, mentre il Mastino...

La colonna funebre lo aveva raggiunto. Mentre suo cugino gli sfilava accanto, fiancheggiato dai suoi due septon, Jaime lo apostrofò. «Lancel, cugino. Volevo congratularmi con te per le tue nozze. Mi dispiace solo che i miei doveri non mi permettano di partecipare.»

«Sua maestà il re deve essere protetto.»

«E lo sarà. Comunque, rimpiango di mancare alla tua messa a letto. Il primo matrimonio per te, il secondo per lei, credo di capire. Sono certo che la tua lady sarà ben lieta di mostrarti come si fa.»

La battuta strappò un sorriso beffardo ai lord attorno a Lancel e attirò occhiate di disapprovazione da parte dei septon.

«So quanto basta riguardo ai miei doveri di marito, cavaliere» ribatté ser Lancel.

«Ed è proprio quello che una sposina desidera la prima notte di nozze» concordò Jaime. «Un marito consapevole dei propri doveri.»

Un'ombra di rossore apparve sulle guance di Lancel. «Prego per te, cugino. E anche per sua maestà la regina. Che la Vecchia possa guidarla alla saggezza e il Guerriero difenderla.»

«Perché mai Cersei avrebbe bisogno del Guerriero? Ha già me.»

Jaime fece voltare il cavallo, e la sua cappa bianca schioccò nel vento. "Il Folletto mentiva: Cersei preferirebbe avere tra le gambe il cadavere di Robert piuttosto che un imbecille bigotto come Lancel. Tyrion, maledetto bastardo, avresti dovuto scegliere qualcuno di più credibile." Jaime superò al galoppo il carro funebre di suo padre, diretto verso la città visibile in lontananza.

Le strade di Approdo del Re apparivano semideserte quando Jaime Lannister rientrò alla Fortezza Rossa sulla sommità dell'Alta Collina di Aegon. I soldati che avevano affollato le bische e le bettole ormai se ne erano andati quasi tutti. Ser Garlan il Galante aveva riportato metà esercito dei Tyrell ad Alto Giardino, e la madre e la nonna, la regina di Spine, erano partite con lui. L'altra metà dell'esercito marciava verso sud, con Mace Tyrell e Mathis Rowan, alla conquista di Capo Tempesta.

Quanto all'armata dei Lannister, duemila veterani rimanevano accampati fuori dalle mura della città, in attesa dell'arrivo della flotta di Paxter Redwyne, lord di Arbor, per essere trasportati attraverso il golfo delle Acque Nere fino a Roccia del Drago. Partendo per il Nord, lord Stannis pareva aver lasciato sull'isola solo una piccola guarnigione per cui, Cersei aveva deciso, duemila uomini sarebbero stati più che sufficienti.

Il resto dei soldati dell'Occidente aveva fatto ritorno dalle loro mogli e dai loro figli, a ricostruire le loro case, seminare i campi e fare un ultimo raccolto. Cersei aveva portato Tommen a ispezionare gli accampamenti prima della partenza, in modo che i soldati potessero acclamare il piccolo re. La regina non era mai apparsa bella come quel giorno, sorridente e con il sole autunnale che si riflettava sui capelli color oro. Qualsiasi cosa si potesse dire di sua sorella, sapeva come farsi amare dagli uomini, quando le interessava.

Jaime varcò al trotto la porta del castello e trovò due dozzine di cavalieri intente a disputare una quintana nel cortile esterno. "Un'altra cosa che io non sono più in grado di fare." Una lancia era più pesante e ingombrante di una spada, e impugnare la spada con la sinistra era già un'ardua impresa. Forse avrebbe potuto anche tentare di reggere la lancia, ma questo avrebbe significato spostare lo scudo sul braccio destro. In un assalto alla quintana, il colpo arriva sempre sulla sinistra. Lo scudo a destra avrebbe avuto la medesima utilità di un paio di capezzoli sulla corazza pettorale. "No, i miei giorni di torneo sono conclusi" pensò smontando di sella, ma restò comunque per un po' a guardare.

Ser Tallad l'Alto cadde da cavallo quando il sacco di sabbia volteggiò dietro di lui e lo colpì alla testa. Strongboar colpì lo scudo così forte da spezzarlo. Kennos di Kayce finì di distruggerlo. Lambert Turnberry colpì solamente di striscio, ma Jon Bettley il Glabro, Humfrey Swyft e Alys Stackspear fecero tutti centro, e Ronnet Connington il Rosso spezzò in due la sua lancia. Poi montò in sella il Cavaliere di Fiori, che coprì tutti gli altri di vergogna.

Saper giostrare dipendeva per tre quarti dall'abilità equestre, aveva sempre ritenuto Jaime. Ser Loras era un ottimo cavaliere e maneggiava la lancia come se fosse nato stringendone una in pugno... il che spiegava senz'altro l'espressione perennemente accigliata della madre. "Mette la punta esattamente dove vuole, e sembra avere il senso dell'equilibrio di un gatto. Forse non è un caso che sia riuscito a disarcionarmi." Era accaduto nell'ultimo torneo indetto da re Robert. Purtroppo Jaime non avrebbe più avuto la possibilità di affrontare quel ragazzo. Lasciò quei cavalieri al loro sport.

Cersei era nel suo solarium, nel Fortino di Maegor, assieme a Tommen e alla moglie di lord Merryweather, la bellezza di Myr dai capelli scuri. Tutti e tre ridevano con il gran maestro Pycelle. O forse del gran maestro Pycelle.

«Mi sono perso una bella battuta?» chiese Jaime varcando l'ingresso.

«Oh, guarda, sua maestà» esclamò lady Merryweather «il tuo valente fratello è tornato.»

«Quasi per intero.»

La regina aveva alzato parecchio il gomito, osservò Jaime. Negli ultimi tempi, Cersei sembrava avere sempre una caraffa piena a portata di mano, lei che un tempo disprezzava Robert Baratheon perché beveva troppo. A Jaime non piaceva affatto, ma in quei giorni sembrava non piacergli niente di quello che lei faceva.

«Gran maestro» disse la regina «perché non ripeti la battuta al lord comandante?»

«È arrivato un corvo messaggero.» Pycelle pareva molto a disagio. «Da Stokeworth. Lady Tanda annuncia che sua figlia Lollys ha dato alla luce un bimbo forte e sano.»

«E tu, fratello, non indovinerai mai che nome hanno dato al piccolo bastardo» intervenne Cersei.

«Volevano chiamarlo Tywin, se ben ricordo.»

«È vero: ma io gliel'ho proibito. Ho detto a Falyse che non avrei mai tollerato che il nobile nome di nostro padre venisse dato a una creatura nata dall'infamia di qualche garzone di porcile con una scrofa dalla mente annacquata.»

«Lady Stokeworth insiste che il nome del bimbo non è opera sua» riprese il gran maestro Pycelle. La sua fronte rugosa era coperta di sudore. «È stato il marito di Lollys a scegliere, scrive. Questo Bronn, be'... ecco, sembra che...»

«Tyrion» azzardò Jaime. «Lo ha chiamato Tyrion.»

L'anziano saggio annuì con un tremolante cenno della testa, asciugandosi la fronte con la manica della tonaca.

Jaime non poté fare a meno di ridere. «Eccoti servita, cara sorella. Stai cercando Tyrion dappertutto... e lui non faceva altro che nascondersi nel ventre di Lollys Stokeworth.»

«Guitto. Tu e Bronn siete due guitti. Non c'è dubbio che il piccolo bastardo in questo momento sta succhiando dalle tette di Lollys tutto quello che può, mentre quel mercenario si gode lo spettacolo, sghignazzando compiaciuto della propria insolenza.»

«Forse il bambino presenta qualche somiglianza con vostro fratello» intervenne lady Merryweather. «Potrebbe essere nato con una deformità, o privo del naso.» Scoppiò in una risata roca.

«Dobbiamo mandare un regalino a quel caro bambino» dichiarò la regina. «Non è vero, Tommen?»

«Potremmo mandargli un cucciolo.»

«Un cucciolo di leone» disse lady Merryweather. "Perché gli possa squarciare la gola da un orecchio all'altro" suggeriva il suo sorriso.

«Avevo in mente un altro tipo di regalo» disse Cersei.

"Probabilmente un nuovo patrigno." Jaime conosceva quello sguardo negli occhi della sorella. Lo aveva già visto altre volte; la più recente, la notte delle nozze di Tommen, quando aveva ridotto in cenere la Torre del Primo Cavaliere. I bagliori verdastri dell'altofuoco si erano irradiati sui volti degli spettatori, facendoli apparire sinistramente simili a cadaveri in putrefazione, ma alcuni di quei cadaveri erano più attraenti di altri. Perfino in quelle luci infernali Cersei era apparsa bellissima. Si ergeva immobile, una mano sul seno, le labbra dischiuse, gli occhi verdi scintillanti. Stava piangendo, si era reso conto Jaime, ma non sapeva se per dolore o estasi.

Quella vista lo aveva inquietato, riportandogli alla mente Aerys Targaryen e come il re Folle si eccitava davanti alle fiamme. Un re non ha segreti per la sua Guardia. Negli ultimi anni del regno, i rapporti tra l'ultimo sovrano della dinastia dei draghi e la regina si erano progressivamente incrinati. Dormivano in stanze separate e durante il giorno facevano del loro meglio per evitarsi. Ma ogni volta che il re Folle consegnava qualcuno alle fiamme, la notte la regina Rhaella aveva un visitatore. Quando aveva bruciato il suo Primo Cavaliere dal pugno di ferro, Jaime e Jon Darry avevano montato la guardia fuori dagli appartamenti della regina mentre il re traeva il proprio piacere. "Mi stai facendo male..." avevano sentito gridare Rhaella da dietro la spessa porta di quercia. "Mi stai facendo male!" Per certi versi, quelle grida erano addirittura peggiori delle urla di lord Chelsted mentre bruciava vivo. "Abbiamo giurato di proteggere anche la regina" si era ritrovato a dire Jaime. "È vero" aveva risposto Darry "ma non dal re."

Dopo quella notte, Jaime aveva rivisto Rhaella soltanto un'altra volta, la mattina in cui era partito alla volta di Roccia del Drago. Una figura avvolta in un mantello, con il cappuccio sollevato, che saliva sulla carrozza reale che dalla cima dell'Alta Collina di Aegon l'avrebbe portata al vascello in attesa nel porto. Ma dopo che se ne era andata, Jaime aveva udito i bisbigli delle serve. La regina sembrava essere stata dilaniata da una belva, dicevano, segni sulle cosce, morsi sui seni. "Una belva incoronata" sapeva Jaime.

Alla fine, il re Folle era talmente ossessionato da non volere lame attorno a sé, tranne quelle delle spade della Guardia reale. La sua barba era incrostata e lercia, i capelli color oro e argento un groviglio che gli scendeva fino alla vita, le unghie degli artigli giallastri, fessurati, lunghi nove pollici. Eppure, le lame continuavano a tormentarlo, quelle da cui non sarebbe mai stato in grado di liberarsi: le lame del Trono di Spade. Le sue gambe e le sue braccia erano costantemente ricoperte di tagli, piaghe, ferite solo parzialmente rimarginate.

"Che rimanga re di ossa annerite e carne bruciata" rievocò Jaime, osservando il sorriso della sorella. "Che rimanga re delle ceneri." «Maestà» disse. «Posso dirti una parola in privato?»

«Come desideri. Tommen, sei in ritardo per le tue lezioni quotidiane. Va' con il gran maestro.»

«Sì, madre. Stiamo studiando Baelor il Benedetto.»

Anche lady Merryweather si alzò, baciando la regina su entrambe le guance. «Vuoi che ritorni da te per cena, maestà?»

«Sarei quanto mai contrariata se tu non lo facessi.»

Jaime non poté fare a meno di notare il modo in cui la donna di Myr faceva ondeggiare le anche a ogni passo. "Ogni passo è una seduzione." Quando la porta si fu chiusa dietro di lei, Jaime si schiarì la gola. «Prima i Kettleblack, poi Qyburn, adesso questa donna. Allinei una strana collezione di questi tempi, cara sorella.»

«Sento un affetto crescente per lady Taena. Mi fa divertire.»

«È una delle dame di corte di Margaery Tyrell» le ricordò Jaime. «E ti tiene informata sulla piccola regina.»

«Naturalmente.» Cersei raggiunse lo stipo e si riempì di nuovo la coppa. «Margaery è stata deliziata quando le ho chiesto di concedere che lady Taena facesse parte della mia corte. Avresti dovuto sentirla. "Sarà per te come una sorella, proprio come lo è stata per me. Ma è certo che devi averla! Io ho le mie cugine e le altre lady." La nostra reginetta non vuole che io mi senta sola.»

«Se sai che è una spia, perché la tieni con te?»

«Margaery pensa di essere più astuta di quello che è. Non ha la benché minima idea di che razza di serpe sia quella puttana di Myr. Mi servo di Taena per passare alla reginetta solo quello che voglio che lei sappia. In certi casi, rari, è perfino la verità.» Gli occhi di Cersei lampeggiavano di malizia. «E Taena mi dice tutto di Margaery.»

«Davvero? Tu che ne sai, di quella donna?»

«So che è una madre, con un figlio che vuole fare salire molto in alto. So che farà tutto quello che è necessario pur di riuscirci. Le madri sono tutte uguali. Lady Merryweather sarà anche una serpe, ma è tutt'altro che stupida. È consapevole che io posso fare per lei molto più di Margaery, per questo vuole rendersi utile. Saresti sorpreso di tutte le cose interessanti che mi ha rivelato.»

«Quali cose?»

Cersei andò a sedersi vicino alla finestra. «Lo sapevi che la regina di Spine tiene una cassa di monete nel suo carro? Antico oro dei tempi della Grande Conquista. Se per caso un mercante fosse così stupido da pretendere un pagamento in oro, lady Olenna lo accontenta con il vecchio conio di Alto Giardino, che vale la metà dei nostri dragoni. E quale mercante oserebbe mai lamentarsi per essere stato imbrogliato dalla lady madre di Mace Tyrell?» Cersei sorseggiò il vino. «Ti sei divertito nella tua gita fuori le mura?»

«Nostro zio Kevan non ha gradito la tua assenza.»

«Le opinioni di zio Kevan mi lasciano del tutto indifferente.»

«Pessima consigliera, l'indifferenza. Potresti far buon uso di lui. Se non a Delta delle Acque o a Castel Granito, allora nel Nord, contro lord Stannis. Nostro padre ha sempre fatto affidamento su Kevan le volte che...»

«È Roose Bolton il nostro Protettore del Nord. Sarà lui a fare i conti con Stannis.»

«Roose Bolton è bloccato sotto l'Incollatura, tagliato fuori dalle terre a nord dagli uomini di ferro che tengono il Moat Cailin.»

«Non per molto. Presto il figlio bastardo di Bolton rimuoverà quel piccolo ostacolo. Lord Bolton avrà duemila armigeri Frey di rinforzo, al comando di Hosteen e Aenys, figli di lord Walder. Un esercito più che sufficiente per liquidare Stannis e poche migliaia di uomini allo stremo delle forze.»

«Ser Kevan...»

«... sarà occupato a Darry, a insegnare al figlio come pulirsi il culo. La morte di nostro padre gli ha dato il colpo finale. È ridotto a un vecchio inutile. Daven e Damion ci serviranno meglio di lui.»

«Faranno il loro dovere.» Jaime non aveva obiezioni nei confronti dei cugini. «Ma a te serve un Primo Cavaliere. Se non nostro zio, chi?»

Cersei rise. «Tu no di certo. Non ti preoccupare di questo. Forse proprio il marito di Taena. Suo nonno è stato Primo Cavaliere sotto Aerys.»

"Il Primo Cavaliere dalle mani bucate." Jaime ricordava molto bene Owen Merryweather: un uomo amabile, ma del tutto inefficace. «Se non ricordo male, ha agito così bene che Aerys lo mandò in esilio e confiscò le sue terre.»

«Robert poi gliele restituì. Almeno alcune. A Taena farebbe piacere se Orton potesse riavere le altre.»

«Per cui il tuo scopo sarebbe di far piacere a una baldracca di Myr? E io che pensavo fosse governare bene il paese.»

«Del governo del paese mi occupo io.»

"O Sette Dèi, abbiate misericordia di noi." A Cersei piaceva considerarsi come una replica del padre con le tette, ma si sbagliava. Lord Tywin era stato inesorabile e implacabile come un ghiacciaio, Cersei invece era un barile di altofuoco, specialmente quando veniva contrariata. Era diventata allegra come una verginella nell'apprendere che lord Stannis aveva abbandonato Roccia del Drago, certa che avesse rinunciato alla lotta e si fosse ritirato in esilio. Ma quando dal Nord era giunta la notizia che era invece apparso alla Barriera, la sua furia era stata spaventosa. "L'intelligenza non le manca, ma è priva di discernimento e di pazienza."

«Hai comunque bisogno di un solido Primo Cavaliere al tuo fianco.»

«Sono i governanti deboli ad avere bisogno di un solido Primo Cavaliere, così come Aerys aveva bisogno di nostro padre. Un dominatore forte ha bisogno solo di servitori diligenti che eseguano i suoi ordini.» Cersei fece roteare il vino nella coppa. «Lord Hallyne potrebbe andare bene. E non sarebbe il primo piromante a ricoprire la carica di Primo Cavaliere del re.»

"Vero: l'ultimo, infatti, l'ho sgozzato io." «Gira voce che tu intenda nominare Aurane Waters maestro della flotta.»

«Hai forse qualcuno che ti informa sul mio conto?» Jaime non rispose. Cersei si ravviò i capelli. «Waters è più che adatto a quel compito» disse. «Ha passato metà della sua vita in mare.»

«Metà della sua vita? Ma se non ha più di vent'anni.»

«Ventidue, e allora? Nostro padre non ne aveva compiuti ancora ventuno quando Aerys Targaryen lo nominò Primo Cavaliere. È tempo che Tommen abbia accanto a sé uomini giovani, invece di questi vecchi incartapecoriti. Aurane è forte e vigoroso.»

"Forte, vigoroso e bello" pensò Jaime... "Si è fatta fottere da Lancel, da Osmund Kettleblack e, per quanto ne so, perfino dal nostro guitto di corte..." «Paxter Redwyne sarebbe una scelta migliore. Comanda la più grande flotta delle terre d'Occidente. Aurane Waters potrebbe, al massimo, comandare una scialuppa a patto che tu gliene comprassi una.»

«Sei un bambino, Jaime. Redwyne è un alfiere dei Tyrell, ed è nipote di quella orrenda vecchiaccia, la regina di Spine. Non voglio nessuno di Alto Giardino nel mio concilio ristretto.»

«Il concilio di Tommen, vuoi dire.»

«Sai bene che cosa voglio dire.»

"Fin troppo bene." «Aurane Waters è una pessima idea. Il piromante di male in peggio. Quanto a Qyburn... per gli dèi, Cersei, quell'uomo cavalcava con i Guitti Sanguinari di Vargo Hoat! E la Cittadella gli ha tolto la catena di maestro!»

«La pecora grigia della Cittadella. Qyburn mi è stato di grande aiuto. Ed è leale, cosa che non posso dire del sangue del mio sangue.»

"Se imbocchi questa strada, cara sorella, i corvi banchetteranno con il nostro sangue." «Cersei, ma senti quello che dici? Vedi nani in agguato a ogni angolo e trasformi gli amici in nemici. Zio Kevan non è contro di te. Io nemmeno.»

«Ho implorato il tuo aiuto. Mi sono messa in ginocchio davanti a te...» Il viso della regina si trasformò in una maschera d'ira. «E tu mi hai rifiutato!»

«Il mio giuramento...»

«... non ti ha certo impedito di uccidere Aerys! Vento. Le parole sono questo. Potevi avere me, invece hai scelto una cappa bianca. Vattene di qui.»

«Sorella...»

«*Vattene*, ho detto. Mi nausea vedere il tuo moncherino. *Vai via*!»

Per farlo andare, Cersei gli lanciò addosso la coppa di vino, mirando alla testa. Mancò il bersaglio, ma Jaime non ebbe bisogno d'altro.

Il calare delle tenebre lo trovò seduto da solo nella sala comune della Torre delle Spade bianche, con una coppa di vino dorniano e il *Libro bianco*. Stava girando le pagine con il suo grottesco moncherino quando il Cavaliere di Fiori entrò, appese il mantello e il cinturone della spada alla rastrelliera, vicino a quelli di Jaime.

«Ti ho visto nel cortile, questo pomeriggio» disse Jaime. «Hai giostrato bene.»

«*Più* che bene.» Ser Loras Tyrell si versò una coppa di vino e sedette dall'altra parte del tavolo a forma di mezzaluna.

«Un uomo modesto avrebbe risposto "milord è troppo gentile" oppure "avevo un buon cavallo".»

«Il cavallo era adeguato, e milord è tanto gentile quanto io sono umile.» Loras fece un cenno al libro. «Lord Renly diceva sempre che i libri vanno lasciati ai maestri.»

«Questo libro particolare è fatto per noi. Qui è scritta la storia di tutti quelli che hanno indossato la cappa bianca.»

«Gli ho dato un'occhiata. Gli emblemi non sono male. Io preferisco i libri con più illustrazioni. Lord Renly ne aveva alcuni con degli schizzi che avrebbero cavato gli occhi a un septon.»

Jaime non trattenne un sorriso. «Niente del genere tra queste pagine, ser: le storie aprono gli occhi, invece di cavarli. Anche tu faresti bene a conoscere le vite di coloro che ti hanno preceduto.»

«Le conosco. Il principe Aemon, cavaliere del Drago, ser Ryam Redwyne, il Grandecuore, Barristan il Valoroso...»

«... Gwayne Corbray, Alyn Connington, il Demone di Darry, *aye*. E avrai anche sentito di Lucamore Strong.»

«Ser Lucamore il Lussurioso?» Ser Loras pareva divertito. «Tre mogli e trenta figli, giusto? Lo hanno evirato. Vuoi che ti canti la canzone che hanno composto su di lui, milord?»

«E ser Terrence Toyne?»

«Ha fornicato con l'amante del re ed è morto urlando. La lezione è che gli uomini che indossano brache bianche fanno meglio a tenerle ben allacciate.»

«Gyles Cappa grigia? Orivel Mano aperta?»

«Gyles era un traditore, Orivel un codardo. Uomini che hanno gettato vergogna sulle Spade bianche. Dove vuole arrivare milord?»

«A poco o niente. Non ritenerti inutilmente offeso, ser. Che cosa mi dici di Long Tom Costayne?»

Ser Loras scosse la testa.

«È stato cavaliere della Guardia reale per sessant'anni.»

«Quando? Io non ho mai...»

«E ser Donnel di Duskendale?»

«Forse l'ho sentito nominare, ma...»

«Addison Hill? Il Gufo bianco, Michael Mertyns? Jeffory Norcross? Lo chiamavano l'Inflessibile. Robert Flowers il Rosso? Che cosa sai dirmi di loro?»

«Flowers è il nome di un bastardo. E anche Hill.»

«Eppure entrambi arrivarono a comandare la Guardia reale. Le loro storie sono in questo libro. C'è anche Rolland Darklyn, l'uomo più giovane che abbia mai servito le Spade bianche prima di me. Gli venne dato il mantello sul campo di battaglia, e morì combattendo nemmeno un'ora dopo averlo indossato.»

«Non deve essere stato un grande combattente.»

«Quanto basta: lui morì, ma il suo re visse. Molti uomini valorosi hanno indossato la cappa bianca. I più sono stati dimenticati.»

«I più meritano di essere dimenticati. Solo gli eroi vengono ricordati per sempre. I migliori.»

«I migliori e i peggiori.» "Quindi uno di noi probabilmente sopravvivrà in una canzone." «E alcuni sono l'una e l'altra cosa. Come lui.» Jaime indicò la pagina che stava leggendo.

«Chi?» Ser Loras allungò il collo per vedere. «Dieci ciottoli neri in campo rosso. Non conosco quell'emblema.»

«Apparteneva a Criston Cole, che servì il primo Viserys e il secondo Aegon.» Jaime chiuse il *Libro bianco*. «Lo chiamavano il Creatore di re.»

CERSEI

"Tre poveri sciocchi con una sacca di pelle" rifletté la regina mentre si inginocchiavano davanti a lei. Il loro aspetto non era di certo incoraggiante.

"Però non si può mai dire l'ultima."

«Maestà» esordì Qyburn mestamente «il concilio ristretto...»

«... attenderà il mio favore. Può essere che portiamo loro notizia della morte di un traditore.»

Dalla parte opposta della città, le campane di Baelor suonavano la loro musica mesta. "Per te non ci saranno campane, Tyrion" pensò Cersei. "Ti immergerò la testa nella pece e getterò ai cani il tuo corpo deforme." «Alzatevi» ordinò ai futuri lord. «Mostratemi ciò che avete portato.»

Si levarono in piedi. Tre uomini mostruosi e coperti di stracci. Uno aveva un bitorzolo sul collo e nessuno di loro si era lavato da almeno sei mesi. L'idea di elevarli al rango di lord la divertiva. "Potrei farli accomodare vicino a Margaery ai banchetti." Quando il capo slegò il nastro che chiudeva il sacco e vi affondò dentro una mano, il puzzo di decomposizione riempì la sala delle udienze come ci fossero delle rose marce. La testa che uscì dal sacco era di un verde grigiastro, brulicante di vermi. "Puzza come mio padre." Dorcas non riusciva a respirare, Jocelyn si coprì la bocca e vomitò.

La regina soppesò il bottino, senza battere ciglio. «Avete ucciso il nano sbagliato» sentenziò alla fine, scandendo le parole.

«Impossibile» osò ribattere uno dei tre straccioni. «Dev'essere lui. Un nano, vedi. È solo un po' marcio, tutto qui.»

«Gli è anche cresciuto un naso nuovo» osservò Cersei. «Piuttosto grande, a quanto pare. Tyrion Lannister, il suo, lo ha perso in battaglia.»

I tre si scambiarono un'occhiata. «Nessuno ce l'ha detto» aggiunse quello che reggeva la testa. «Questo nano qui ci è venuto incontro, tutto baldanzoso, un nano bruttissimo, così abbiamo pensato...»

«Diceva di essere un Reietto» disse quello con il bitorzolo «e tu hai detto che non era vero» aggiunse, rivolgendosi al terzo uomo.

La regina era furibonda all'idea che stava facendo attendere il concilio ristretto per quella farsa da guitti. «Avete fatto perdere tempo a me e avete assassinato un innocente. Dovrei farvi tagliare la testa.» Ma se lo avesse fatto, i prossimi avrebbero potuto esitare, e il Folletto sarebbe potuto fuggire tra le maglie della rete. Piuttosto, avrebbe lasciato ammucchiare una pila di nani morti alta trenta iarde. «Toglietevi dalla mia vista.»

«*Aye*, maestà» disse il bitorzoluto. «Chiediamo perdono.»

«Lasciamo comunque la testa?» chiese l'uomo che la teneva ancora in mano.

«Datela a ser Meryn. Dentro al sacco, idiota! Ser Osmund, accompagnali fuori.»

Trant portò via la testa e Kettleblack i tre tagliagole. Nella sala, a testimoniare il loro passaggio, rimase solo la colazione di lady Jocelyn. «Ripulite subito quella roba» ordinò bruscamente la regina. Era la terza testa mozzata che le portavano. "Almeno questa era di un nano." L'ultima era solo stata di un bambino brutto.

«Qualcuno troverà il nano, non temere» la rassicurò ser Osmund Kettleblack. «E a quel punto lo uccideremo davvero.»

"Lo farai?" La notte precedente Cersei aveva sognato la vecchia strega, con le guance butterate e la voce gracchiante. Maggy la Rana, la chiamavano a Lannisport. "Se mio padre avesse saputo quello che mi ha detto, le avrebbe fatto strappare la lingua." Ma Cersei non l'aveva mai rivelato a nessuno, neppure a Jaime. "Melara mi aveva detto che se non avessimo più parlato delle sue profezie le avremmo dimenticate. Aveva detto che una profezia dimenticata non può avverarsi."

«Ho ovunque informatori che sono alla caccia del Folletto, maestà» disse Qyburn. Indossava abiti simili a quelli da maestro, ma bianchi anziché grigi, immacolati come le cappe della Guardia reale. Spirali d'oro ne decoravano l'orlo, le maniche e il collo, alto e rigido; intorno alla vita portava una fusciacca dorata. «Vecchia Città, Città del Gabbiano, Dorne, persino le città libere. Ovunque cerchi rifugio, i miei informatori saranno là ad attenderlo.» Cersei si fece scura in volto e lasciò che Dorcas l'aiutasse ad alzarsi. «Vieni, milord. Il concilio ci aspetta.» Prese Qyburn sottobraccio mentre scendevano le scale. «Ti sei occupato della faccenda di cui ti avevo parlato?»

«L'ho fatto, maestà. Mi dispiace che ci sia voluto così tanto tempo. Era una testa enorme. Gli scarafaggi hanno impiegato molte ore per ripulire le ossa dalla carne. Per farmi perdonare, ho foderato una scatola di ebano e argento con del feltro, in modo da consentire una adeguata presentazione del teschio.»

«Va benissimo anche un sacco di stoffa. Il principe Doran vuole la testa. Non gli importa un bel niente del contenitore.»

Nel cortile, il lamento delle campane risuonava più forte. "Era solo un Alto Septon. Per quanto ancora dovremo sopportare questo strazio?" Di certo il loro rintocco era più melodioso di quanto non lo fossero state le ultime urla di agonia della Montagna che cavalca, ma...

Qyburn parve intuire quello che Cersei stava pensando. «Le campane cesseranno di suonare al tramonto, maestà.»

«E sarà un vero sollievo. Come fai a saperlo?»

"Varys aveva fatto pensare a tutti che lui fosse insostituibile. Che stolti siamo stati." Una volta che la regina aveva fatto sapere che Qyburn aveva preso il posto dell'eunuco, il solito parassita non aveva perso tempo e si era presentato loro, per vendere qualche insinuazione in cambio di poche monete. "È sempre stato merito dell'argento, non del Ragno tessitore. Qyburn andrà benissimo." Non vedeva l'ora di godersi l'espressione sul volto del gran maestro Pycelle quando Qyburn sarebbe andato a sedersi su quello scanno.

Quando il concilio ristretto era riunito, c'era sempre un cavaliere della Guardia reale fuori dalle porte. Quel giorno c'era ser Boros Blount. «Ser Boros» esordì la regina in tono amabile «hai un colorito grigiastro stamane. Ti è forse rimasto qualcosa sullo stomaco?» Dopo la morte di Joffrey, Jaime l'aveva nominato assaggiatore ufficiale del re. "Un compito gustoso, ma disonorevole per un cavaliere." Blount odiava quell'incarico. Le sue guance afflosciate ebbero un tremito mentre teneva aperta la porta per farli passare.

Al loro ingresso il parlottio degli altri membri del concilio cessò. Lord Gyles Rosby tossì a mo' di saluto, abbastanza forte da svegliare Pycelle. Gli altri si alzarono in piedi, pronunciando frasi di circostanza. Cersei si concesse un tiepido sorriso. «Miei lord, so che perdonerete il mio ritardo.»

«Siamo qui per servire sua maestà» disse ser Harys Swyft. «È un piacere anticipare il tuo arrivo.»

«Voi tutti conoscete di certo lord Qyburn.»

Il gran maestro Pycelle non la deluse. «Lord Qyburn?» riuscì a stento a dire, arrossendo. «Maestà, questo... un maestro presta un sacro giuramento, di non detenere terre o signorie...»

«La tua Cittadella gli ha portato via la catena» gli ricordò Cersei. «Se non è più un maestro, non è nemmeno tenuto a prestar fede ai voti. Anche l'eunuco lo chiamavamo "lord", come forse ricordi.»

Pycelle farfugliò. «Quell'uomo è... non è degno...»

«Non osare discutere con me di ciò che è degno. Non dopo il tuo indecoroso fallimento con il cadavere di mio padre.»

«Sua maestà non penserà...» Pycelle sollevò una mano cosparsa di chiazze, come per parare un colpo. «Le Sorelle del silenzio hanno tolto i visceri e gli organi di Lord Tywin, drenato il sangue... si è prestata ogni cura... il suo corpo è stato riempito di sali ed erbe profumate...»

«Risparmiami questi dettagli disgustosi. Ho sentito l'odore delle tue cure. Le arti curative di lord Qyburn hanno salvato la vita a mio fratello, e non ho dubbi che servirà il re con maggiore competenza di quello sciocco eunuco. Milord, conosci gli altri consiglieri?»

«Sarei un informatore da poco se così non fosse, maestà.» Qyburn sedette tra Orton Merryweather e Gyles Rosby.

"I miei consiglieri." Cersei aveva sradicato tutte le rose di Alto Giardino, e tutti coloro che dovevano riconoscenza allo zio e ai suoi fratelli. Al loro posto c'erano uomini leali a lei. Aveva dato loro nuovi stili, presi a prestito dalle città libere. La regina non voleva "maestri" di sorta a corte, oltre a se stessa. Orton Merryweather era il giudice supremo, Gyles Rosby il maestro del conio e infine Aurane Waters, l'ardito giovane Bastardo di Driftmark, sarebbe stato maestro della flotta.

E ser Harys Swyft il nuovo Primo Cavaliere.

Paffuto, calvo e ossequioso, al posto del mento Swyft aveva un assurdo ciuffo di barba bianca. Sul morbido tessuto giallo del farsetto spiccava il gallo azzurro della sua casata, tempestato di lapislazzuli. Sopra, indossava un mantello di velluto blu decorato con cento mani d'oro, simbolo del rango di Primo Cavaliere. Ser Harys era stato entusiasta della nomina, troppo ottuso per rendersi conto di essere più un ostaggio che un Primo Cavaliere. Sua figlia era moglie dello zio della regina e ser Kevan adorava la sua signora dal mento sfuggente, senza seno e con gambe da gallina. Fino a quando ser Harys fosse stato nelle mani di Cersei, Kevan

Lannister doveva pensarci due volte prima di opporsi a lei. "A dire il vero, un suocero non è l'ostaggio ideale, ma uno scudo fragile è pur sempre meglio di niente."

«Il re si unirà a noi?» chiese Orton Merryweather.

«Mio figlio sta giocando con la sua piccola regina. Per il momento il suo concetto di sovranità si limita all'impressione del sigillo reale sui documenti. Sua maestà è ancora troppo giovane per comprendere gli affari di Stato.»

«E il valoroso lord comandante?»

«Ser Jaime è dall'armiere, a farsi attaccare una mano di metallo. Eravamo tutti stufi di quell'orribile moncherino. E immagino che troverebbe queste attività noiose tanto quanto Tommen.» Aurane Waters si lasciò sfuggire un risolino. "Ottimo" pensò Cersei. "Più ridono meno sono pericolosi. Lasciamo che si divertano." «Abbiamo del vino?»

«Certamente, maestà.» Orton Merryweather non era un bell'uomo, con quel grande naso e la folta chioma di capelli ribelli color carota, ma era sempre molto cortese. «Abbiamo del rosso di Dorne e del bianco di Arbor, e un buon hippocras dolce di Alto Giardino.»

«Bianco, direi. Trovo i vini dorniani aspri quanto gli omonimi abitanti.» Mentre Merryweather le riempiva la coppa, Cersei disse: «Immagino che possiamo iniziare».

Le labbra del gran maestro Pycelle stavano ancora fremendo, ma l'anziano saggio riuscì comunque a parlare. «Come comandi. Il principe Doran ha messo sotto custodia le figlie bastarde insubordinate del fratello, ma Lancia del Sole è ancora in fermento. Doran Martell scrive di non poter sperare di calmare le acque fino a quando non sarà stata fatta giustizia come gli è stato promesso.»

«Certo.» "Che seccatura, questo principe." «La sua attesa è quasi terminata. Invierò Balon Swann a Lancia del Sole, per consegnargli la testa di Gregor Clegane.» Ser Balon aveva anche un altro compito, ma era meglio che lei non lo rivelasse.

«Ah.» Ser Harys Swyft armeggiò con la sua buffa barbetta, tenendola tra pollice e indice. «Ser Gregor è dunque morto?»

«Pare proprio di sì, milord» rispose seccamente Aurane Waters. «Staccare la testa dal corpo ha spesso esiti fatali.»

Cersei lo ricompensò con un sorriso: le piaceva un po' di ironia, naturalmente quando non era lei a farne le spese. «Ser Gregor è perito a seguito delle sue ferite, proprio come aveva previsto il gran maestro Pycelle.»

Pycelle rumoreggiò per manifestare il proprio dissenso e lanciò un'occhiata ostile a Qyburn. «La lancia del principe Oberyn era avvelenata. Nessuno avrebbe potuto salvarlo.»

«Proprio come avevi anticipato. Lo ricordo.» La regina si rivolse al Primo Cavaliere. «Di che cosa stavate parlando, ser Harys, quando sono entrata?»

«Di Reietti, maestà. Septon Raynard dice che potrebbero essercene quasi duemila in città e ogni giorno che passa ne arrivano altri. I loro capi predicano di morte, distruzione e adorazione dei demoni.»

Cersei bevve un sorso di vino. "Ottimo." «E dei tempi andati, vero? Come chiamereste quel dio rosso che Stannis venera se non demone? La fede dovrebbe opporsi a questa eresia.» Glielo aveva ricordato Qyburn, da uomo intelligente qual era. «Il nostro defunto Alto Septon ha affrontato troppe tribolazioni, temo. L'età gli aveva velato la vista e fiaccato la forza.»

«Era un vecchio decrepito, maestà.» Qyburn sorrise a Pycelle. «La sua dipartita non ci dovrebbe sorprendere. Nessuno può chiedere di meglio che morire tranquillamente nel sonno, alla fine dei propri anni.»

«No, infatti» intervenne Cersei «ma dobbiamo sperare che il suo successore sia più vigoroso. I miei amici sulla sacra collina di Baelor mi dicono che probabilmente sarà Torbert o Raynard.»

Il gran maestro Pycelle si schiarì la gola. «Anch'io ho amici tra i Più Devoti e parlano di septon Ollidor.»

«E non dimenticate quel Luceon» intervenne Qyburn. «Ieri sera ha festeggiato insieme a trenta dei Più Devoti con maialetti da latte e vino bianco di Arbor, e durante il giorno, per dimostrare quanto è pio, distribuisce pane duro ai poveri.»

Aurane Waters sembrava annoiato quanto Cersei da quelle chiacchiere sui preti. Visti da vicino, i suoi capelli erano più argentei che dorati e gli occhi grigio verde, mentre quelli del principe Rhaegar erano stati viola. Ma la somiglianza con l'ultimo dei Targaryen era comunque... La regina si chiese se Waters si sarebbe tagliato la barba per lei. Sebbene fosse di dieci anni più giovane, Aurane la desiderava: Cersei lo capiva dal modo in cui lui la guardava. Gli uomini avevano cominciato a scrutarla in quel modo da quando le erano spuntati i seni. "Perché ero bella, dicevano, ma anche Jaime lo era, però nessuno lo fissava in quel modo." A volte, da piccola, indossava gli abiti del fratello. La stupiva sempre come gli uomini la trattassero diversamente, quando pensavano di trovarsi di fronte Jaime. Perfino lord Tywin...

Pycelle e Merryweather stavano ancora disquisendo su chi sarebbe diventato il nuovo Alto Septon.

«Uno o l'altro non farà alcuna differenza» annunciò bruscamente la regina «ma chiunque indosserà la corona di cristallo dovrà lanciare un anatema sul Folletto.» L'ultimo Alto Septon non si era pronunciato in modo abbastanza deciso nei confronti di Tyrion. «Per quanto riguarda questi Reietti del dio rosso, finché non predicano il tradimento sono un problema per la fede, non per noi.»

Lord Orton e ser Harys mormorarono il loro consenso. Gyles Rosby tentò di fare la stessa cosa ma ebbe un attacco di tosse, con tanto di espettorazione di catarro sanguinolento.

Cersei distolse lo sguardo disgustata. «Maestro, hai portato la lettera dalla valle di Arryn?»

«Sì, maestà.» Pycelle la recuperò da una pila di carte e la dispiegò. «Più che una lettera è una dichiarazione. Firmata a Rune da Yohn Royce il Bronzeo, lady Waynwood, lord Hunter, Redfort e Belmore e Symond Templeton, il cavaliere delle Nove stelle. Hanno tutti apposto il loro sigillo. Scrivono che...»

"Un mucchio di sciocchezze." «I lord, se lo desiderano, possono leggere questa lettera. Royce e gli altri stanno ammassando uomini sotto il Nido dell'Aquila. Intendono destituire Ditocorto come lord protettore della Valle, se necessario con la forza. La domanda è: dobbiamo lasciare che ciò avvenga?»

«Lord Baelish richiede il nostro aiuto?» chiese Harys Swyft.

«Per ora no. In verità, non pare neanche preoccupato. Nella sua ultima lettera citava i ribelli solo di sfuggita, prima di supplicarmi di inviargli dei vecchi arazzi di Robert.»

Ser Harys si accarezzò la barba che sostituiva il mento. «E questi lord della dichiarazione fanno appello al re per avere aiuto?»

«No, non lo fanno.»

«Allora... forse non dobbiamo intervenire.»

«Una guerra nella valle di Arryn sarebbe una vera tragedia» intervenne Pycelle.

«Una guerra?» Orton Merryweather rise. «Lord Baelish è un uomo molto spiritoso, ma non si combatte una guerra con le arguzie. Dubito che ci saranno spargimenti di sangue. E che importanza ha chi è il reggente del piccolo lord Robert, finché la Valle continua a pagare le tasse?»

"No" decise Cersei. A dire la verità, Ditocorto era stato più utile a corte. Aveva la capacità di trovare l'oro e non tossiva mai. «Lord Orton mi ha convinto. Maestro Pycelle, istruisci i lord firmatari della dichiarazione che non si faccia del male a Petyr. Per il resto, qualsiasi azione intraprendano per il dominio della Valle durante la minore età di Robert Arryn, la Corona si riterrà soddisfatta.»

«Molto bene, maestà.»

«Possiamo discutere della flotta?» chiese Aurane Waters. «Meno di una dozzina delle nostre navi è sopravvissuta all'inferno sulle Acque Nere. Dobbiamo ripristinare le nostre forze navali.»

Merryweather annuì. «È di vitale importanza.»

«Potremmo ricorrere agli uomini di ferro?» chiese Orton Merryweather. «Il nemico del nostro nemico? Che cosa esigerebbe il Trono del Mare quale contropartita per un'alleanza?»

«Loro chiedono il Nord» rispose il gran maestro Pycelle «che il nobile padre della nostra regina ha promesso alla Casa Bolton.»

«Una vera seccatura» commentò Merryweather. «Il Nord comunque è grande, le terre potrebbero venire divise. Non dovrà essere un accordo permanente. Bolton potrebbe acconsentire, a condizione che le nostre forze militari si schierino con lui una volta distrutto Stannis.»

«Balon Greyjoy è morto, o almeno così mi è stato riferito» intervenne ser Harys Swyft. «Sappiamo chi governa le isole ora? Lord Balon aveva un figlio?»

«Leo?» tossì lord Gyles. «Theo?»

«Theon Greyjoy è stato educato a Grande Inverno, protetto di Eddard Stark» disse Qyburn. «È molto probabile che non sia schierato a nostro favore.»

«Mi era giunta voce della sua morte» commentò Merryweather.

«Aveva solo un figlio?» Ser Harys Swyft si tirava la barbetta. «Non c'erano anche dei fratelli?»

"Varys l'avrebbe saputo" rifletté Cersei con irritazione. «Meglio non legarsi con un contratto a quel branco di piovre. Verrà anche il loro turno, una volta che avremo finito con Stannis. Quello che ci serve è la nostra flotta.»

«Propongo di costruire nuovi dromoni» disse Aurane Waters. «Cominciamo con dieci.»

«Dove prendiamo il denaro?» chiese Pycelle.

Lord Gyles colse l'occasione per ricominciare a tossire. Produsse altra saliva sanguinolenta che asciugò con un pezzo di seta rossa. «Non ci sono...» riuscì solo a dire, prima che la tosse inghiottisse le sue parole. «Noi... noi non...»

Ser Harys si dimostrò il più pronto a cogliere il significato tra tutti quei colpi di tosse. «Le casse della Corona non sono mai state così piene» obiettò. «Me l'ha detto ser Kevan in persona.»

Lord Gyles tossì. «... spese... cappe dorate...»

Cersei aveva già sentito quella obiezione. «Il nostro maestro del conio sta cercando di dirci che abbiamo tante cappe dorate e poco oro.» La tosse di Rosby stava iniziando a infastidirla. "Forse Garth il Grosso non sarebbe stato così malato." «Per quanto piene, le casse non bastano per far fronte ai debiti di Robert. Ho infatti deciso di rinviare il pagamento delle somme dovute alla Santa Fede e alla Banca di Ferro di Braavos a guerra finita.» Di certo, il nuovo Alto Septon si sarebbe mangiato le sante mani e i braavosiani avrebbero starnazzato e si sarebbero lagnati con lei, ma che importava? «Il denaro risparmiato verrà usato per la costruzione della nuova flotta.»

«Sua maestà è prudente» disse lord Merryweather. «Questa è una mossa saggia. E necessaria sino alla fine della guerra. Sono pienamente d'accordo.»

«Anch'io» disse ser Harys.

«Maestà» intervenne Pycelle con voce tremula. «Questo causerà più guai di quanto non immagini, temo. La Banca di Ferro...»

«... resta a Braavos, sull'altra sponda del mare Stretto. Riavranno il loro oro, maestro. Un Lannister paga sempre i propri debiti.»

«I braavosiani avranno da dire la loro.» La catena al collo di Pycelle mandò un leggero tintinnio. «"La Banca di Ferro avrà quanto le spetta" dicono.»

«La Banca di Ferro avrà ciò che le spetta quando lo dirò io» ribatté Cersei. «Fino allora, attenderà rispettosamente. Lord Waters, si cominci la costruzione dei nostri dromoni.»

«Molto bene, maestà.»

«La prossima questione...» Ser Harys sfogliò alcune carte. «Abbiamo ricevuto una lettera di lord Frey, il quale avanza delle richieste...»

«Quante terre e onori vuole quel vecchio?» sbottò la regina. «Sua madre deve avere avuto tre mammelle.»

«Forse gli esimi lord non lo sanno» intervenne Qyburn «ma nelle bettole e nelle osterie di questa città c'è chi insinua che la Corona potrebbe essere complice del crimine di lord Walder.»

Gli altri consiglieri lo fissarono perplessi. «Ti riferisci alle Nozze rosse?» chiese Aurane Waters.

«Quale crimine?» si stupì ser Harys. Pycelle si schiarì rumorosamente la voce. Lord Gyles tossì.

«Questi Reietti non hanno peli sulla lingua» li mise in guardia Qyburn. «Le Nozze rosse sono state un affronto a tutte le leggi degli dèi e degli uomini, dicono, e tutti coloro che vi sono coinvolti sono dannati.»

Cersei non ci mise molto a cogliere il significato di quelle parole. «Tra non molto lord Walder dovrà affrontare il giudizio del Padre. È molto anziano. Che i Reietti sputino sulla sua memoria. Non ha nulla a che vedere con noi.»

«No» ribadì ser Harys.

«No» si associò lord Merryweather.

«Nessuno potrebbe pensarlo» aggiunse Pycelle. Lord Gyles tossì.

«Un po' di saliva sulla tomba di lord Walder non disturberà di certo il lavoro dei vermi» concordò Qyburn «ma sarebbe utile se qualcuno venisse *punito* per quelle nozze. Qualche testa dei Frey andrebbe benissimo per rabbonire il Nord.»

«Lord Walder non sacrificherà di certo la sua» obiettò Pycelle.

«È vero» disse Cersei, quasi tra sé e sé «ma i suoi eredi potrebbero essere meno schizzinosi. Lord Walder ci farà presto la cortesia di crepare, si spera. Quale modo migliore per il nuovo Signore del Guado di liberarsi di fratellastri scomodi, sorelle intriganti e cugini spiacevoli se non indicarli come colpevoli della cospirazione delle Nozze rosse?»

«In attesa della dipartita di lord Walder, c'è un'altra questione» disse Aurane Waters. «La Compagnia dorata ha rotto il suo contratto con Myr. Nella zona del porto ho sentito dire che lord Stannis ha assoldato quegli uomini e li sta facendo attraversare il mare Stretto.»

«E con che cosa li paga?» chiese Merryweather. «Con il ghiaccio della Barriera? Non si chiamano Compagnia dorata per niente. Quanto oro ha Stannis?»

«Quel tanto che basta» affermò Cersei. «Lord Qyburn ha parlato con la ciurma di quella galea nella baia. Dicono che la Compagnia dorata è diretta a Volantis. Se intendono attraversare le terre d'Occidente, stanno muovendosi nella direzione sbagliata.»

«Forse si sono stancati di combattere dalla parte dei perdenti» suggerì lord Merryweather.

«Anche questo è vero» concordò la regina. «Solo un cieco non vedrebbe che la guerra è ben lungi dall'essere vinta. Lord Tyrell sta andando all'attacco di Capo Tempesta. Delta delle Acque è assediata dai Frey e da mio cugino Daven, il nuovo Protettore dell'Ovest. Le navi di lord Redwyne hanno attraversato lo stretto di Tarth e stanno risalendo rapidamente la costa. A Roccia del Drago restano solo poche barche da pesca a opporsi allo sbarco di Redwyne. Magari la fortezza terrà per qualche tempo, ma quando avremo preso il controllo del porto potremo tagliar fuori la guarnigione dal mare. A quel punto, il nostro problema sarà solo Stannis.»

«Se dobbiamo credere a lord Janos, sta cercando di fare fronte comune con i bruti» li mise in guardia il gran maestro Pycelle.

«Selvaggi fatti e finiti» dichiarò lord Merryweather. «Lord Stannis dev'essere proprio disperato per cercare alleati del genere.»

«Disperato e stupido» aggiunse la regina. «Gli uomini del Nord odiano i bruti. Roose Bolton non dovrebbe avere difficoltà a portarli dalla nostra parte. Alcuni si sono già uniti a suo figlio, quello bastardo, per aiutarlo a spazzare via gli uomini di ferro dal Moat Cailin e aprire la strada al ritorno di lord Bolton. Umber, Ryswell... ho dimenticato gli altri nomi. Anche Porto Bianco sta per unirsi a noi. Il suo lord ha acconsentito a far sposare entrambe le sue nipoti ai nostri amici Frey e ad aprire il porto alle nostre navi.»

«Pensavo non avessimo navi.» Ser Harys era confuso.

«Wyman Manderly era un leale alfiere di Eddard Stark» interloquì il gran maestro Pycelle. «Ci si può fidare di un uomo del genere?»

"Non ci si può fidare di nessuno." «È vecchio, grasso e spaventato. Ma su un punto si sta dimostrando testardo. Insiste che non farà atto di sottomissione fino a quando non gli sarà reso il suo erede.»

«È in mano nostra questo erede?» chiese ser Harys.

«Se è ancora vivo, è a Harrenhal. Lo fece prigioniero Gregor Clegane.» La Montagna non era sempre gentile con i propri reclusi, neppure con quelli che valevano un riscatto sostanzioso. «Se è morto, immagino dovremo mandare a lord Manderly le teste di quelli che l'hanno ucciso, con le nostre scuse più sincere.» Se una testa era sufficiente per placare un principe di Dorne, un sacco pieno di teste sarebbe stato più che adeguato a un grassone del Nord avvolto in pelli di foca.

«Lord Stannis non cercherà di assicurarsi l'alleanza di Porto Bianco?» chiese il gran maestro Pycelle.

«Oh, sì, ci ha provato. Lord Manderly ci ha passato le sue lettere e ha risposto evasivamente. Stannis esige le spade di Porto Bianco e argento, e in cambio offre... be', *niente*.» Un giorno la regina avrebbe dovuto accendere una candela allo Sconosciuto per essersi portato via Renly e aver lasciato Stannis. Fosse accaduto il contrario, tutto sarebbe stato molto più difficile. «Proprio questa mattina c'era un altro corvo messaggero. Stannis ha inviato a Porto Bianco ser Davos Seaworth, il suo contrabbandiere delle cipolle, a trattare per lui. Manderly ha sbattuto il poveretto in una cella. Ci chiede che cosa farne.»

«Facciamolo venire qui in modo da interrogarlo» suggerì lord Merryweather. «Potrebbe avere informazioni preziose.»

«Che muoia» disse Qyburn. «Servirà da monito per il Nord, a dimostrazione di che cosa accade ai traditori.»

«Sono d'accordo» disse la regina. «Che si diano istruzioni a lord Manderly di fargli tagliare subito la testa. Questo dovrebbe porre fine a qualsiasi possibilità che Porto Bianco sostenga Stannis.»

«Stannis avrà bisogno di un altro Primo Cavaliere» osservò Aurane Waters con un risolino soffocato. «Magari il cavaliere delle rape?»

«Quale cavaliere delle rape?» chiese ser Harys piuttosto confuso. «Chi sarebbe... non ne ho mai sentito parlare.»

Waters non rispose, limitandosi a roteare gli occhi.

«E se lord Manderly dovesse rifiutare?» chiese Merryweather.

«Non oserà. La testa del Cavaliere della Cipolla è la moneta di scambio che gli serve per salvare la vita di suo figlio.» Cersei sorrise. «Quel vecchio grassone sarà anche stato, a modo suo, leale agli Stark ma una volta estinti i lupi di Grande Inverno...»

«Maestà, hai dimenticato lady Sansa» intervenne Pycelle.

La regina si inalberò. «Non ho affatto dimenticato la piccola lupa.» Si rifiutò di pronunciare il nome della ragazza. «Avrei dovuto farle vedere l'interno delle celle nere, in quanto figlia di un traditore, invece l'ho accolta nella mia famiglia. Le ho aperto il mio cuore e la mia casa, ha giocato con i miei figli. L'ho nutrita, vestita, ho cercato di renderla un po' meno ignorante delle cose di questo mondo. E come ha ripagato tutte queste gentilezze? Ha aiutato l'assassino di mio figlio. Quando troveremo il Folletto troveremo anche lady Sansa. Non è morta... ma prima che io abbia finito con lei, canterà allo Sconosciuto, implorandone il bacio.»

Seguì un pesante silenzio. "Si sono mangiati tutti la lingua?" si chiese Cersei con irritazione. Le bastò per domandarsi perché mai perdeva tempo con il concilio.

«Comunque» proseguì la regina «la figlia minore di lord Eddard è con lord Bolton, e si unirà in matrimonio con suo figlio Ramsay non appena il Moat Cailin cadrà.» Se la ragazza che Cersei aveva inviato a Forte Terrore continuava a recitare bene il proprio ruolo così da consolidare la loro pretesa su Grande Inverno, nessuno dei Bolton si sarebbe preoccupato troppo del fatto che in realtà si trattava della mocciosa di un cortigiano agghindata per l'occasione da Ditocorto. «Se il Nord deve avere una Stark, gliela daremo.» Lasciò che lord Merryweather le riempisse di nuovo la coppa. «Alla Barriera però è insorto un altro problema. I confratelli dei Guardiani della notte hanno perso il lume della ragione e hanno scelto come loro nuovo lord comandante il figlio bastardo di Ned Stark.»

«Snow è il nome del ragazzo» disse inutilmente Pycelle.

«L'ho visto una volta a Grande Inverno» riprese la regina «anche se gli Stark fecero del loro meglio per nasconderlo. È identico al padre.» Anche i bastardi generati dai lombi di suo marito gli somigliavano, ma almeno Robert aveva avuto la grazia di tenerli celati. Una volta, dopo quell'increscìosa vicenda con il gatto, aveva fatto un po' parlare la sua idea di portare a corte una figlia di umili origini. "Fai come vuoi" gli aveva detto Cersei "ma potresti renderti conto che la città non è il luogo ideale dove far crescere una bambina." Era stato difficile nascondere a Jaime il livido che quelle parole le avevano procurato, ma non sentirono più nominare la ragazzina illegittima. "Catelyn Tully era un coniglio, altrimenti avrebbe soffocato quel Jon Snow nella culla. Invece ha lasciato questo compito a me." «Snow ha lo stesso gusto per il tradimento di lord Eddard» disse la regina. «Il padre avrebbe consegnato il regno a Stannis. Il figlio gli ha dato terre e castelli.»

«I Guardiani della notte hanno giurato di non partecipare alle guerre dei Sette Regni» ricordò loro Pycelle. «I confratelli in nero portano avanti questa tradizione da migliaia di anni.»

«Fino a oggi» affermò Cersei. «Il giovane bastardo ci ha confermato per iscritto che i Guardiani della notte non prendono posizione, ma le azioni smentiscono le sue parole. Ha dato alloggio e protezione a Stannis e ha ancora l'insolenza di chiederci armi e uomini.»

«Un oltraggio» dichiarò lord Merryweather. «Non possiamo permettere che i Guardiani della notte uniscano le loro forze a quelle di lord Stannis.»

«Dobbiamo dichiarare quello Snow un traditore e un ribelle» convenne ser Harys Swyft. «I confratelli in nero devono sostituirlo.»

Il gran maestro Pycelle annuì con un lento movimento del capo. «Propongo di informare il Castello Nero che non verranno inviati altri uomini fino a quando Snow non se ne sarà andato.»

«I nostri nuovi dromoni avranno bisogno di rematori» fece presente Aurane Waters. «Diamo istruzioni che d'ora in poi i lord inviino ladri e bracconieri da me, invece che alla Barriera.»

Qyburn si sporse in avanti con un sorriso. «I Guardiani della notte difendono tutti noi dagli elfi e dai folletti. Miei lord, io dico che dobbiamo *aiutare* i prodi confratelli in nero.»

Cersei lo fulminò con un'occhiata. «Che cosa stai vaneggiando?»

«Questo» rispose Qyburn. «Per anni i Guardiani della notte hanno chiesto di avere uomini. Lord Stannis ha risposto alla loro richiesta. Può re Tommen essere da meno? Sua maestà dovrebbe inviare alla Barriera un centinaio di uomini. Per prendere il nero, apparentemente, ma in realtà...»

«... per togliere di mezzo Jon Snow» concluse Cersei, esultante. "Sapevo di avere ragione a volerlo nel concilio." «Ed è esattamente ciò che faremo.» Rise. "Se è figlio di suo padre, non avrà il minimo sospetto. Forse addirittura mi ringrazierà, prima che la lama affondi nelle sue carni." «Naturalmente sarà necessario organizzare bene le cose. Affidate pure il compito a me, miei lord.» Questo era il modo in cui andava affrontato il nemico: con un pugnale, non con una dichiarazione. «Abbiamo fatto un buon lavoro oggi, miei lord. Vi ringrazio. C'è altro?»

«Un'ultima cosa, maestà» rispose Aurane Waters, in tono di scusa. «Sono restio a sprecare il tempo del concilio con tali quisquilie, ma ultimamente sono circolate strane voci nella zona del porto, da marinai provenienti da oriente. Parlano di draghi...»

«... e manticore, certo, e di elfi con la barba?» Cersei sghignazzò. «Milord, torna da me quando sentirai parlare di *nani*.» Si alzò in piedi, a indicare che la riunione era conclusa.

Soffiava un forte vento autunnale quando Cersei lasciò la sala del concilio. Le campane di Baelor il Benedetto facevano riecheggiare ancora la loro nenia luttuosa in tutta la città. Nel cortile della fortezza, una ventina di cavalieri si stava addestrando con spada e scudo, aumentando ancora di più il frastuono. Ser Boros Blount scortò Cersei ai suoi appartamenti, dove la regina trovò lady Merryweather che rideva con Jocelyn e Dorcas. «Che cosa c'è di tanto divertente?»

«I gemelli Redwyne» disse Taena. «Si sono innamorati tutti e due di lady Margaery. Lottavano per chi doveva essere il prossimo lord di Arbor. Adesso vogliono entrare entrambi nella Guardia reale, solo per essere vicini alla piccola regina.»

«I Redwyne hanno sempre avuto più lentiggini che cervello.»

Era comunque una cosa utile da sapere. "Se Orrore o Fetore venissero scoperti nel letto di Margaery..." Cersei si chiese se la piccola regina amasse le lentiggini. «Dorcas, chiamami ser Osney Kettleblack.»

Dorcas arrossì. «Ai tuoi comandi.»

Quando la ragazza se ne fu andata, Taena Merryweather guardò Cersei con aria interrogativa. «Perché è arrossita così?»

«Amore.» Questa volta fu Cersei a ridere. «Si è invaghita del nostro ser Osney.» Era il più giovane dei Kettleblack, quello senza barba. Sebbene avesse anche lui i capelli neri, il naso adunco e il sorriso aperto del fratello Osmund, una guancia mostrava tre lunghi graffi, regalo di una delle puttane di Tyrion. «Credo che le piacciano le sue cicatrici.»

Gli occhi scuri di lady Merryweather brillarono di malizia. «Proprio così. Gli uomini con le cicatrici sembrano pericolosi, e il pericolo è eccitante.»

«Mi stupisci, mia lady» disse la regina in tono canzonatorio. «Se il pericolo davvero ti eccita, come mai hai sposato lord Orton? Noi tutti lo amiamo, è vero, tuttavia...» Una volta Petyr aveva fatto notare come il corno dell'abbondanza che adorna lo stemma dei Merryweather si adattasse alla perfezione a lord Orton, visto che aveva i capelli color carota, il naso bulboso che ricordava una barbabietola e il cervello grande quanto un pisello.

Taena rise di nuovo. «Il mio signore è senza dubbio più generoso che pericoloso. Tuttavia... spero che sua maestà non cambi opinione su di me, ma non sono giunta illibata al letto di Orton.»

"Siete tutte puttane nelle città libere, non è forse così?" Buono a sapersi, un giorno avrebbe potuto farne uso. «E, di grazia, chi era questo amante così... carico di pericolo?»

La pelle olivastra di Taena si fece ancora più scura al suo arrossire. «Oh, non avrei dovuto parlare. Maestà, manterrai il segreto, vero?»

«Gli uomini hanno cicatrici, le donne segreti.» Cersei la baciò sulla guancia. "Avrò presto quel nome."

Quando Dorcas tornò con ser Osney Kettleblack, la regina congedò le sue lady. «Ti prego, ser Osney, siedi con me alla finestra. Desideri un po' di vino?» Versò lei stessa da bere per entrambi. «La tua cappa è logora. Ho intenzione di fartene avere una nuova.»

«Cosa, una cappa bianca? Chi è morto?»

«Finora nessuno» rispose la regina. «Se non erro il tuo desiderio è raggiungere tuo fratello Osmund nella Guardia reale.»

«Preferirei essere una guardia della regina, se compiace a sua maestà.» Quando Osney sorrideva, le cicatrici sulla guancia diventavano di un rosso brillante.

Le dita di Cersei seguirono il corso dei segni sul suo volto. «La tua lingua è audace, ser. Mi farai perdere di nuovo il controllo.»

«Benissimo.» Ser Osney le prese la mano e baciò rudemente le dita. «Mia dolce regina.»

«Penso che sei un uomo cattivo» sussurrò Cersei «e per niente cavaliere.» Lasciò che lui le toccasse il seno attraverso la seta della veste. «Basta.»

«No, non basta. Ti voglio.»

«Mi hai avuto.»

«Solo una volta.» Le afferrò di nuovo il seno sinistro e lo strizzò maldestramente, così come era solito fare Robert.

«Una notte per avere un cavaliere. Il tuo servizio è stato valoroso e sei stato ricompensato.» Cersei fece scorrere le dita sulle stringhe delle sue brache. Poteva sentire il turgore attraverso la stoffa. «Ieri pomeriggio stavi montando un cavallo nuovo in cortile?»

«Lo stallone nero? *Aye*. Un regalo di mio fratello Osfryd. L'ho chiamato Mezzanotte.»

"Che originalità." «Un'ottima monta per la battaglia. Per il piacere però non c'è nulla di meglio di una galoppata su una giovane puledra focosa.» Lei gli sorrise e strinse forte con la mano. «Dimmi la verità: trovi carina la nostra piccola regina?»

Ser Osney si ritrasse, guardingo. «Immagino di sì... per essere una ragazza. Io però preferirei una donna.»

«Perché non entrambe?» mormorò lei. «Cogli la piccola rosa per me e scoprirai che non sono certo un'ingrata.»

«La piccola... Margaery, vuoi dire?» Nelle brache, l'ardore di ser Osney si andava rapidamente afflosciando. «È la moglie del re. Non c'è stato un confratello della Guardia reale che ha perso la testa per essere andato a letto con la moglie del re?»

«Secoli fa.» "Era l'amante del re, non sua moglie, e la testa fu l'unica cosa che non perse. Aegon lo smembrò un pezzo dopo l'altro, e costrinse la donna ad assistere." Cersei però non voleva che Osney si soffermasse su quell'antica spiacevolezza. «Tommen non è Aegon il Mediocre. Non temere, farà ciò che io gli ordinerò. Voglio che sia Margaery a perdere qualcosa, non tu.»

Questo lo fece fermare. «La sua verginità, intendi?»

«Anche quella, sempre che ce l'abbia ancora.» Passò di nuovo le dita sulle cicatrici. «A meno che tu non pensi che Margaery si mostri insensibile al tuo... fascino?»

Osney le rivolse uno sguardo ferito. «Le piaccio, stanne certa. Le sue cugine, invece, mi prendono sempre in giro per il mio naso. E quanto è grande e via dicendo. L'ultima volta che Megga l'ha fatto, Margaery ha detto loro di smettere e ha aggiunto che ho un bel viso.»

«Bene, ottimo.»

«Già» concordò Osney, in tono dubbioso «ma che fine farò se lei... se io... dopo che...»

«... l'avrete fatto?» Cersei gli rivolse un sorriso pungente. «Giacere con una regina è tradimento. Tommen non avrà altra scelta e dovrà inviarti alla Barriera.»

«Alla Barriera?» ripeté lui sgomento.

Cersei fece di tutto per non ridergli in faccia. "No, è meglio di no. Gli uomini odiano che si rida di loro." «La cappa nera starebbe benissimo con gli occhi e i capelli corvini che ti ritrovi.»

«Nessuno è mai tornato dalla Barriera.»

«Tu sì. Tutto quello che dovrai fare è uccidere un ragazzo.»

«Quale ragazzo?»

«Un bastardo che si è messo in combutta con Stannis. È giovane e inesperto, e tu avrai cento uomini.»

Osney Kettleblack era spaventato, Cersei sentiva l'odore della sua paura, ma era troppo orgoglioso per ammetterlo. "Gli uomini sono tutti uguali." «Ho ucciso più ragazzi di quanti riesco a ricordare» insistette. «Una volta che avrò ammazzato quel ragazzo avrò il perdono del re?»

«Quello, più il rango di lord.» "A meno che i confratelli di Snow non ti impicchino prima." «Una regina deve avere un emissario, uno che non conosca la paura.»

«Lord Kettleblack?» Lentamente un sorriso si spalmò sul volto di Osney e le cicatrici diventarono di un rosso fiammeggiante. «*Aye*. Mi piace come suona. Un lord degno dei lord...»

«... e pronto a portarsi a letto una regina.»

Osney si accigliò. «La Barriera è fredda.»

«E io sono calda.» Cersei gli circondò il collo con le braccia. «Portati a letto la ragazza, uccidi il bastardo e sarò tua. Hai abbastanza coraggio?»

Osney ci pensò un attimo prima di annuire. «Sono il tuo uomo.»

«Lo sei, ser.» Cersei lo baciò, facendogli assaggiare anche un po' la sua lingua prima di scostarsi. «Basta per il momento. Il resto deve attendere. Mi sognerai questa notte?»

«*Aye*.» La voce di Osney era roca.

«E quando ti troverai a letto con la nostra verginella Margaery?»

gli chiese, punzecchiandolo. «Quando sarai dentro di lei, sognerai me?»

«Lo farò» giurò Osney Kettleblack.

«Bene.»

Dopo che se ne fu andato, Cersei chiamò Jocelyn per farsi spazzolare i capelli, sfilandosi le scarpe e stiracchiandosi come una gatta. "Sono fatta per queste cose" disse a se stessa. Era l'assoluta eleganza di quel piano che la soddisfaceva di più. Neppure Mace Tyrell avrebbe osato difendere la sua cara figliola, se fosse stata colta in flagrante con un tipo come Osney Kettleblack. Né Stannis Baratheon né Jon Snow si sarebbero insospettiti del fatto che Osney venisse mandato alla Barriera. Lei avrebbe fatto in modo che fosse proprio ser Osmund a scoprire il fratello a letto con la reginetta, in questo modo la lealtà degli altri due Kettleblack non poteva essere messa in dubbio. "Se mio padre potesse vedermi ora, non avrebbe tanta fretta di farmi rimaritare. È un vero peccato che sia morto. Lui, Robert, Jon Arryn, Ned Stark, Renly Baratheon, tutti morti. Resta solo Tyrion, e non per molto ancora."

Quella sera la regina fece chiamare lady Merryweather nella sua stanza da letto. «Vuoi una coppa di vino?» le chiese.

«Piccola.» La donna di Myr rise. «Grande.»

«Voglio che domani tu vada a trovare mia nuora» le comunicò Cersei, mentre Dorcas la preparava per la notte.

«A lady Margaery fa sempre piacere vedermi.»

«Lo so.» La regina non si era lasciata sfuggire il modo in cui Taena si rivolgeva alla giovane moglie di Tommen. «Dille che ho inviato sette candele di cera d'api al Tempio di Baelor, in memoria del nostro compianto Alto Septon.»

Taena rise. «Allora, lei provvederà a mandarne altre settantasette, per non essere da meno di te.»

«Sarei molto contrariata se non lo facesse» disse la regina sorridendo. «Dille anche che ha un ammiratore segreto, un cavaliere così innamorato di lei e della sua bellezza da non riuscire a dormire la notte.»

«Posso chiedere a sua maestà chi è questo cavaliere?» Un lampo di malizia scintillava nei grandi occhi scuri di Taena. «Forse ser Osney?»

«Può essere» disse la regina «ma tu non lasciarti sfuggire il nome così facilmente. Fa' in modo che Margaery te lo tiri fuori a forza. Hai capito?»

«Se ti compiace. E compiacerti è tutto ciò che desidero, maestà.»

Fuori si stava levando un vento gelido. Restarono sveglie fino alle prime ore del mattino, a bere bianco di Arbor e raccontarsi storie. Taena si ubriacò non poco e Cersei riuscì a strapparle il nome del suo amante segreto: un capitano di mare di Myr, un mezzo pirata, con i capelli neri lunghi fino alle spalle e una cicatrice che gli correva dal mento all'orecchio. «Cento volte gli ho detto no e lui diceva sì» le rivelò Taena «fino a quando, alla fine, anche io ho detto sì. Non era uomo cui si poteva dire di no.»

«Conosco il genere» disse la regina con un sorriso sardonico.

«Maestà, hai per caso incontrato un uomo così?»

«Robert» mentì Cersei, pensando a Jaime.

Ma quando chiuse gli occhi, fu l'altro fratello a invadere i suoi sogni, lui e i tre disgraziati con cui aveva iniziato la giornata. Nel sogno le avevano portato nel sacco la testa di Tyrion. Lei l'aveva ricoperta di bronzo e la teneva nel vaso da notte.

IL COMANDANTE DI FERRO

Il vento spirava da nord quando la *Vittoria di ferro* doppiò la punta, entrando nella baia sacra chiamata Culla di Nagga. Victarion raggiunse Nute il Barbiere a prora. Di fronte a loro si profilavano le venerabili sponde di Vecchia Wyk e, sopra, la collina erbosa, dove le costole di Nagga emergevano dalla terra come tronchi di enormi fusti bianchi, larghi quanto l'albero maestro di un dromone e alti il doppio.

"Le ossa della Sala del re Grigio." Victarion poteva quasi percepire la magia di quel posto. «Balon stava sotto quelle ossa quando si proclamò re per la prima volta» ricordò. «Giurò che ci avrebbe ridato la nostra libertà e Tarle, il Tre-volte-annegato, gli pose una corona di pezzi di legno sul capo. "BALON!" gridarono. "BALON! BALON! RE BALON!"»

«Grideranno con altrettanta foga anche il tuo nome» disse Nute.

Victarion annuì, pur non condividendo la sicurezza del Barbiere. "Balon aveva tre figli e una figlia che adorava."

Aveva detto la stessa cosa ai suoi comandanti al Moat Cailin, la prima volta che gli avevano chiesto di rivendicare il Trono del Mare. "I figli di Balon sono morti" aveva sostenuto Ralf Stonehouse il Rosso "e Asha è una donna. Tu eri il braccio destro di tuo fratello, devi essere tu a raccogliere la spada che lui ha lasciato cadere." Quando Victarion ricordò loro che Balon gli aveva comandato di tenere il Moat contro gli uomini del Nord, Ralf Kenning aveva ribattuto: "I lupi ormai sono sgominati, lord. Che senso ha prendere questa palude e perdere le isole?" e Ralf lo Zoppo aveva aggiunto: "Occhio di corvo è stato lontano troppo a lungo. Non ci conosce".

"Euron Greyjoy, re delle Isole del Nord." Quel pensiero continuava a risvegliare una rabbia antica nel suo cuore, eppure...

"Le parole sono scritte nel vento" aveva risposto loro Victarion "e l'unico vento buono è quello che riempie le nostre vele. Vorresti farmi combattere contro Occhio di corvo? Fratello contro fratello, uomo di ferro contro uomo di ferro?" Euron era pur sempre il maggiore, indipendentemente da quanto cattivo sangue potesse scorrere tra loro. "Nessun uomo è maledetto quanto chi versa il sangue del suo sangue."

Ma quando giunse la convocazione di Capelli bagnati, la chiamata all'acclamazione di re, tutto cambiò. "Aeron parla con la voce del dio Abissale" ricordò a se stesso Victarion "e se il dio vuole che sia lui a sedere sul Trono del Mare..." Il giorno successivo aveva assegnato il comando del Moat Cailin a Ralf Kenning ed era partito via terra verso il fiume della Febbre, dove la flotta di Ferro era alla fonda tra i salici e i canneti. I mari agitati e i venti instabili avevano rallentato la traversata, ma aveva perso solo una nave e adesso era a casa.

La *Dolore* e la *Vendetta di ferro* seguivano a breve distanza quando la *Vittoria di ferro* superò il capo. Sulla sua scia seguivano *Mano dura, Vento di ferro, Fantasma grigio, Lord Quellon, Lord Vickon, Lord Dagon* e tutti gli altri vascelli. Nove decimi della flotta di Ferro solcavano le onde della marea serale, formando una colonna frastagliata che si estendeva per molte leghe. Lo spettacolo delle loro vele riscaldò il cuore di Victarion Greyjoy. Nessun uomo aveva mai amato le proprie mogli la metà di quanto il lord comandante amava le sue navi.

Lungo le sacre sponde di Vecchia Wyk, le navi lunghe punteggiavano la costa a perdita d'occhio, con i loro alberi maestri protesi come lance verso il cielo. Nelle acque più profonde stavano alla fonda le prede di guerra: cocche, caracche e dromoni vinti durante le razzie o in battaglia, troppo grandi per stare a riva. Dalle prore, dalle poppe e dagli alberi garrivano stendardi conosciuti.

Nute il Barbiere guardò a riva, socchiudendo gli occhi. «Quella non è la *Canto del mare* di lord Harlaw?»Il Barbiere era un uomo grosso, con le gambe storte e le braccia lunghe, ma la sua vista non era più così acuta com'era stata in gioventù. A quei tempi poteva lanciare un'ascia con tale precisione che si diceva potesse raderti le guance.

«*Aye*, è la *Canto del mare*.» Perfino Rodrik il Lettore, a quanto pareva, aveva lasciato i suoi amati libri. «E c'è la *Tonante* del vecchio Drumm, con a fianco la *Uccello della notte* di Blacktyde.» La vista di Victarion era acuta come sempre. Lui riconosceva le navi anche con le vele abbassate e gli stendardi afflosciati, così come si addiceva al lord comandante della flotta di Ferro. «C'è anche la *Pinna d'argento*. Un parente di Sawane Botley.» Era giunto all'orecchio di Victarion che Occhio di corvo aveva affogato lord Botley e il suo erede era morto al Moat Cailin, ma c'erano fratelli e anche altri figli. "Quanti? Quattro? No, cinque... e nessuno di loro ha un buon motivo per amare Occhio di corvo."

Alla fine la vide: una galea a un solo albero, snella e bassa, con una carena rosso scuro. Le vele, ora ripiegate, erano nere come un cielo senza stelle. Perfino immobile in rada, la *Silenzio* appariva spietata e veloce. A prora c'era una polena di ferro nero raffigurante una fanciulla con un braccio proteso. Aveva la vita sottile, i seni alti e fieri, le gambe lunghe e snelle. Una folta capigliatura di ferro nero mossa dal vento le decorava il capo; gli occhi erano di madreperla, ma il suo viso non aveva la bocca.

Le mani di Victarion si strinsero a pugno. Aveva ucciso quattro uomini con quelle mani, e anche una moglie. Sebbene i suoi capelli fossero striati di bianco, era ancora forte come un tempo, con il torace ampio di un toro e il ventre piatto di un ragazzo. "Chi sparge sangue del proprio sangue è maledetto dagli dèi e dagli uomini" gli aveva ricordato Balon il giorno che aveva costretto Occhio di corvo a lasciare le isole.

«Euron è qui» comunicò Victarion al Barbiere. «Ammainate le vele. Procediamo a remi. Ordina alla *Dolore* e alla *Vendetta di ferro* di posizionarsi tra la *Silenzio* e il mare. Il resto della flotta veleggi nel golfo. Nessuno potrà allontanarsi, se non dietro un mio preciso ordine, né uomini né corvi.»

Da riva avevano scorto le loro vele. Nella baia echeggiavano le grida di amici e parenti che davano loro il benvenuto. Ma non dalla *Silenzio*. Sui ponti, una ciurma eterogenea di muti e meticci non emise alcun suono all'avvicinarsi della *Vittoria di ferro*. Uomini neri come la pece, altri tarchiati e pelosi come i gorilla di Sothoros. "Mostri" pensò Victarion.

Gettarono l'ancora a una ventina di iarde dalla *Silenzio*. «Calate una scialuppa. Scendo a terra.»

Mentre i rematori si disponevano ai loro posti, Victarion si strinse il cinturone della spada, con la lama lunga su un fianco, la daga sull'altro. Nute il Barbiere affibbiò il mantello sulle spalle del lord comandante. Era fatto con nove strati di stoffa intessuta d'oro, cucita a forma della piovra dei Greyjoy, con i tentacoli che scendevano fino agli stivali. Sotto indossava una pesante cotta di maglia su cuoio nero rigido. Al Moat Cailin aveva preso l'abitudine di indossare la cotta giorno e notte. Meglio avere le spalle e la schiena doloranti che non le viscere squarciate. Bastava la scalfittura di un rostro avvelenato dei diavoli della palude. Poche ore dopo si urlava e si zampillava sangue, e la vita scivolava via dalle gambe in fiotti rossi e marroni. "Chiunque salga sul Trono del Mare, continuerò a essere io a vedermela con i diavoli della palude."

Victarion indossò un elmo di guerra alto e nero, a forma di piovra, con i lati che si avvolgevano attorno alle guance per unirsi sotto la mascella. La barca era stata approntata. «Ti affido le casse» disse a Nute mentre scavalcava la murata. «Assicurati che siano ben custodite.» Molto, troppo dipendeva da quei forzieri.

«Come sua maestà comanda.»

Victarion gli rivolse un'occhiata tetra. «Non sono ancora re.» Scese a fatica nella barca.

Aeron Capelli bagnati lo attendeva sulla linea dove venivano a infrangersi le onde, con la fiasca d'acqua salmastra sotto il braccio. Il prete era magro e alto, anche se non quanto Victarion. Il naso sporgeva dal volto ossuto come la pinna di uno squalo, gli occhi sembravano d'acciaio. La barba gli scendeva fino alla vita. Quando soffiava il vento, i capelli simili a funi attorcigliate sbattevano contro la parte posteriore delle cosce.

«Fratello» esordì Aeron, mentre ondate fredde e biancastre si infrangevano sulle loro caviglie «ciò che è morto non potrà più morire.»

«Ma risorgerà, più forte e vigoroso.» Victarion si tolse l'elmo e si inginocchiò. L'acqua della baia gli riempì gli stivali e gli inzuppò le brache mentre Aeron gli versava acqua salata sulla fronte. E così pregarono.

«Dov'è il nostro fratello Occhio di corvo?» chiese il lord comandante ad Aeron Capelli bagnati, una volta terminate le preghiere.

«La sua tenda è quella intessuta d'oro, là dove le grida si levano più alte. Euron si circonda di uomini e mostri senza dio, addirittura peggio di prima. In lui, il sangue di nostro padre è deteriorato.»

«Anche quello di nostra madre.»

Victarion non aveva intenzione di parlare dell'omicidio di un consanguineo, non in quel luogo sacro al cospetto delle ossa di Nagga e della Sala del re Grigio. Ma molte e molte notti aveva sognato di colpire la faccia ghignante di Euron con un pugno coperto di maglia di ferro, fino a tagliargli la carne e a far colare quel rivoltante sangue rosso. "Non devo. Ho dato la mia parola a Balon."

«Sono arrivati tutti?» chiese al fratello sacerdote.

«Tutti quelli che contano. I comandanti e i re.» Sulle Isole di Ferro, le due cariche combaciavano: ogni comandante era re sul ponte della propria nave e ogni re doveva essere un comandante. «Hai intenzione di rivendicare la corona di nostro padre?»

Victarion vide se stesso seduto sul Trono del Mare. «Se il dio Abissale lo vorrà.»

«Le onde parleranno» disse Aeron Capelli bagnati, allontanandosi. «Ascolta le onde, fratello.»

«*Aye*.»

Victarion si chiese come sarebbe stato il suo nome sussurrato dalle onde e gridato dai comandanti e dai re. "Se la coppa dovesse passare a me, non sprecherò l'occasione."

Nel frattempo si era radunata una folla per augurargli ogni bene e richiedere la sua protezione. Victarion vide uomini venuti da tutte le isole: Blacktyde, Tawney, Orkwood, Stonetree, Wynch e molte altre. I Buonfratello di Vecchia Wyk, quelli di Grande Wyk e quelli di Orkmont erano venuti tutti. C'erano i Codd, anche se le persone perbene li disprezzavano. I Weaver e i Netley si ritrovarono fianco a fianco con uomini appartenenti ad antichi e nobili casati; persino gli umili Humble, sangue degli schiavi e delle mogli di sale. Un Volmark diede una pacca sulla schiena a Victarion, due Sparr lo obbligarono a prendere un otre di vino. Victarion bevve a lungo, si asciugò la bocca e lasciò che lo guidassero ai loro bivacchi, per ascoltarli discutere di guerra, corone, razzie, della gloria e della libertà del suo regno.

Quella sera gli uomini della flotta di Ferro innalzarono un'enorme tenda, fatta con il tessuto delle vele, sulla linea della marea. Victarion dovette offrire a una cinquantina di leggendari comandanti una cena a base di capretto arrosto, merluzzo affumicato e aragosta. Anche Aeron si unì a loro. Mangiò pesce e bevve acqua, mentre i comandanti tracannarono abbastanza birra da far galleggiare l'intera flotta. Molti promisero a Victarion il loro sostegno: Fralegg il Forte, Alvyn Sharp l'Astuto, Hotho Harlaw il Gobbo. Hotho gli offrì in sposa una delle sue figlie. «Non ho fortuna con le mogli» gli rispose Victarion. La prima era morta di parto, lasciandogli una bambina anch'essa senza vita. La seconda era stata colpita dal vaiolo. E la terza...

«Un re deve avere un erede» insistette Hotho. «Occhio di corvo porta tre figli maschi all'acclamazione di re.»

«Tutti nati bastardi. Quanti anni ha tua figlia?»

«Dodici» rispose Hotho. «Bella e fertile, appena fiorita, ha capelli color del miele. I seni sono ancora piccoli ma ha fianchi buoni. Ha preso più da sua madre che da me.»

Victarion capì che intendeva dire che la ragazza era senza gobba. Tuttavia, cercando di immaginarsela, riusciva solo a vedere la moglie che aveva ucciso. Aveva singhiozzato a ogni colpo che le aveva inferto e dopo l'aveva trascinata sugli scogli per darla in pasto ai granchi. «Darò volentieri un'occhiata alla ragazza una volta che sarò incoronato» concluse. Era quanto Hotho aveva osato sperare. Soddisfatto, il Gobbo si allontanò strascicando i piedi.

Fu molto più difficile accontentare Baelor Blacktyde. Era seduto a fianco di Victarion, con una tunica di lana d'agnello bordata di vaio nero e verde, il volto liscio e aggraziato. Indossava un mantello di zibellino, fermato con una spilla d'argento a forma di stella a sette punte. Era rimasto come ostaggio a Vecchia Città per otto anni ed era diventato un adoratore dei Sette Dèi delle Terre Verdi. «Balon era folle, Aeron lo è ancora di più ed Euron è il più folle di tutti» dichiarò lord Baelor. «E tu, lord comandante? Se in questa acclamazione griderò il tuo nome, porrai fine a questa folle guerra?»

Victarion si accigliò. «Vorresti quindi che facessi atto di sottomissione al Trono di Spade?»

«Se sarà necessario. Non possiamo combattere da soli contro l'intero Occidente. Re Robert ce l'ha dimostrato, con nostro grande scorno. Balon avrebbe versato il prezzo di ferro per la libertà, aveva detto, ma le nostre donne hanno pagato le corone di Balon con giacigli vuoti. Mia madre fu una di loro. L'Antica Via non c'è più.»

«Ciò che è morto non può più morire, ma risorgerà più forte e vigoroso. Tra cento anni, gli uomini canteranno di Balon l'Audace.»

«Balon il Fabbricante di vedove, direi piuttosto. Scambierei volentieri la sua libertà per un padre. Ne hai uno da rendermi?» Quando Victarion non rispose, Blacktyde alzò le spalle e si allontanò.

Nella tenda faceva sempre più caldo e anche il fumo aumentava. Due dei figli di Gorold Buonfratello rovesciarono un tavolo in una rissa; Will Humble perse una scommessa e dovette mangiarsi uno stivale; Lenwood Tawney il Piccolo suonò mentre Romny Weaver cantava *La coppa insanguinata*, *Pioggia d'acciaio* e altre vecchie canzoni di razzie. Qarl la Fanciulla ed Eldred Codd danzarono il ballo delle dita. Uno scroscio di risate si levò quando una delle dita di Eldred finì nella coppa di Ralf lo Zoppo.

Tra quelli che ridevano c'era una donna. Victarion si alzò e la scorse vicino all'ingresso della tenda mentre mormorava qualcosa all'orecchio di Qarl la Fanciulla, il quale rise a sua volta. Victarion aveva sperato che non sarebbe stata così stolta da presentarsi all'acclamazione, ma vederla lo fece comunque sorridere.

«Asha» la chiamò, con tono di voce imperioso. «Nipote.»

Asha Greyjoy si diresse verso di lui, snella e agile con i suoi stivali alti di pelle macchiati di sale, le brache di lana verdi, una casacca marrone trapuntata e un farsetto di pelle senza maniche mezzo slacciato.

«Zio.» Asha era alta per essere una donna, ma dovette alzarsi sulle punte dei piedi per baciare Victarion sulla guancia. «Sono felice di vederti alla mia acclamazione di regina.»

«Acclamazione di regina?» rise Victarion. «Sei ubriaca, nipote mia? Siedi. Non ho visto la tua *Vento nero* a riva.»

«L'ho tirata in secca sotto il castello di Norne Buonfratello e ho attraversato l'isola a cavallo.» Asha sedette su uno sgabello e si servì del vino di Nute il Barbiere senza chiederglielo. Nute non fece obiezioni, aveva alzato un po' troppo il gomito e aveva perso conoscenza. «Chi è rimasto al Moat Cailin?»

«Ralf Kenning. Morto il Giovane lupo, restano solo i diavoli della palude a infastidirci.»

«Gli Stark non erano i soli uomini del Nord. Il Trono di Spade ha nominato Protettore del Nord il lord di Forte Terrore.»

«Vuoi darmi lezioni di arte della guerra? Io già combattevo quando tu ancora succhiavi il latte di tua madre.»

«E già perdevi battaglie.» Asha bevve un altro sorso di vino.

A Victarion non piaceva che gli si ricordasse di isola Bella. «Tutti dovrebbero perdere una battaglia da giovani, per non ripetere lo stesso errore quando sono vecchi. Spero che tu non sia venuta per avanzare una pretesa al Trono del Mare.»

Lo punzecchiò con un sorriso. «E se così fosse?»

«Ci sono uomini che ricordano quando eri una ragazzina e nuotavi nuda in mare giocando con le bambole.»

«Giocavo anche con le asce.»

«È vero» dovette ammettere Victarion «ma una donna ha bisogno di un marito, non di una corona. Quando sarò re, te ne procurerò uno.»

«Mio zio è molto buono con me. Quando sarò regina, dovrò forse trovare a te una mogliettina?»

«Non ho fortuna con le mogli. Da quanto tempo sei qui?»

«Abbastanza a lungo da vedere che zio Capelli bagnati ha risvegliato più di quanto era nelle sue intenzioni. Drumm vuole avanzare una richiesta e Tarle il Tre volte annegato pare abbia detto che il vero erede della dinastia nera è Maron Volmark.»

«Il re deve essere della dinastia della piovra.»

«Occhio di corvo è della piovra. Il fratello maggiore viene prima di quello più giovane.» Asha si avvicinò. «Ma io sono carne della carne di re Balon, quindi vengo prima di voi due. Ascolta, zio...»

In quel momento calò un improvviso silenzio. I canti cessarono, Lenwood Tawney il Piccolo abbassò il suo strumento, gli uomini voltarono la testa. Anche il clangore di piatti e coltelli si placò.

Nella tenda c'era una dozzina di nuovi arrivati. Victarion riconobbe Jon Myre Facciastorta, Torwold Dentescuro, Lucas Codd il Mancino. Germund Botley incrociò le braccia sul pettorale dorato che aveva strappato a un comandante Lannister durante la prima ribellione di Balon. Orkwood di Orkmont era al suo fianco. Dietro di loro si trovavano Stonehand, Quellon Humble e il Rematore Rosso, con i capelli fulvi raccolti in trecce. C'erano anche Ralf il Pastore, Ralf di Lordsport e Qarl lo Schiavo.

E Occhio di corvo, Euron Greyjoy.

"Non è affatto cambiato" pensò Victarion. "È lo stesso di quando rise di me e se ne andò." Dei figli di lord Quellon, Euron era il più avvenente, e tre anni di esilio non lo avevano cambiato. I suoi capelli erano ancora neri come il mare di mezzanotte, senza neanche un solo filo argentato, e il suo volto era ancora pallido e liscio sotto la barba scura ben curata.

Una benda di pelle nera gli copriva l'occhio sinistro, ma il destro era ancora azzurro come il cielo d'estate.

"Il suo occhio sorridente" pensò Victarion. «Occhio di corvo» esordì.

«*Re* Occhio di corvo, fratello.» Euron sorrise. Le labbra erano di un colore molto scuro, blu e livide, sotto la luce della lanterna.

«Il re verrà solo dall'acclamazione.» Capelli bagnati si alzò in piedi. «Nessun uomo senza dio...»

«... può sedere sul Trono del Mare, *aye*.» Euron si guardò intorno. «A dire il vero, ultimamente sono stato spesso seduto sul Trono del Mare e nessun dio ha sollevato obiezioni.» Il suo occhio sorridente scintillava. «Chi conosce gli dèi meglio di me? Divinità dei cavalli e del fuoco, fatte d'oro con occhi di gemme, intagliate in legno di cedro, cesellate nelle montagne, fatte di aria vuota... Le conosco tutte. Ho visto i loro popoli coprirle con fiori e spargere nel loro nome il sangue di capre, tori e bambini. E ho udito preghiere in più di cinquanta lingue diverse. Cura la mia gamba malata, fa' che quella fanciulla mi ami, assicurami un figlio sano. Salvami, soccorrimi, fammi diventare ricco... proteggimi! Dai nemici, dall'oscurità, dai granchi nella pancia, dai signori dei cavalli, dai mercanti di schiavi, dai mercenari alla mia porta. Proteggimi dalla *Silenzio*.» Occhio di corvo rise. «*Senza dio*? Aeron, io sono l'uomo più devoto che abbia mai solcato il mare! Tu, Capelli bagnati, servi un dio, ma io ne ho serviti diecimila. Da Ib a Asshai, quando la gente vede le mie vele, tutti si mettono a pregare.»

Il prete sollevò un dito ossuto. «Pregano alberi e idoli d'oro e abomini dalla testa di capra. Falsi dèi...»

«Difatti» rispose Euron «e per quel peccato io li ucciderò tutti. Spargerò il loro sangue in mare e feconderò le loro donne urlanti con il mio seme. I loro piccoli dèi non mi possono fermare, perché sono così chiaramente falsi. Sono ancora più devoto di te, Aeron. Forse dovresti essere tu a inginocchiarti per avere la mia benedizione.»

Il Rematore Rosso rise rumorosamente a quest'ultima uscita, gli altri lo seguirono a ruota.

«Pazzi» disse il prete «pazzi e schiavi e uomini ciechi, ecco cosa siete. Non vedete che cosa vi aspetta?»

«Un re» rispose Quellon Humble.

Capelli bagnati sputò e uscì a lunghi passi nella notte.

Quando se ne fu andato, Occhio di corvo spostò il suo occhio sorridente su Victarion. «Lord comandante, non saluti un fratello che è stato molto tempo lontano? Neanche tu, Asha? Come se la passa la lady tua madre?»

«Male» rispose Asha. «Qualcuno l'ha resa vedova.»

Euron alzò le spalle. «Ho sentito dire che il dio della Tempesta ha portato via Balon. Chi è l'uomo che l'ha ucciso? Dimmi il suo nome, nipote, così che io stesso possa vendicarlo.»

Asha si alzò in piedi. «Conosci quel nome, come lo conosco io. Sei stato lontano da noi tre anni e la *Silenzio* torna giusto un giorno dopo la morte del lord mio padre.»

«Mi stai accusando?» chiese soavemente Euron.

«Dovrei forse?»

Udendo l'asprezza nella voce di Asha, Victarion corrugò la fronte. Era pericoloso parlare a quel modo a Occhio di corvo, anche quando il suo occhio sorridente scintillava divertito.

«Comando io i venti?» chiese Euron ai suoi cuccioli.

«No, maestà» rispose Orkwood di Orkmont.

«Sarebbe una bella cosa se tu potessi farlo» si accodò il Rematore Rosso. «Potresti veleggiare ovunque senza incontrare mai la bonaccia.»

«Ecco, te lo hanno detto tre uomini coraggiosi» concluse Euron. «Quando Balon è morto, la *Silenzio* era in alto mare. Se dubiti della parola di tuo zio, ti do il permesso di chiedere alla mia ciurma.»

«Una ciurma di muti?» Asha era sprezzante. «*Aye*, mi sarebbe molto utile.»

«A te sarebbe utile un marito.» Euron si voltò di nuovo verso i suoi seguaci. «Torwold, non ricordo bene: hai una moglie?»

«Solo quella.» Torwold Dentescuro sogghignò e mostrò il motivo del suo nome.

«Io non sono sposato» annunciò Lucas Codd il Mancino.

«E a ragione» rispose Asha. «Tutte le donne disprezzano i Codd. Non guardarmi con quell'aria così afflitta. Hai ancora la tua famosa mano.» Fece un movimento avanti e indietro con la mano stretta a pugno.

Codd cominciò a imprecare finché Occhio di corvo non gli posò una mano sul petto. «È stata una cosa gentile, Asha? Hai colpito Lucas sul vivo.»

«Più facile che colpirlo tra le gambe. Sono brava quanto un uomo a lanciare le asce, ma quando l'obiettivo è così piccolo...»

«La ragazza è impazzita» ringhiò Jon Myre Facciastorta. «Balon le ha fatto credere di essere un uomo.»

«Anche tuo padre ha fatto lo stesso errore con te» ribatté Asha.

«Dalla a me, Euron» suggerì il Rematore Rosso. «La sculaccerò fino a farle diventare il culo rosso come i miei capelli.»

«Vieni a provarci» disse Asha «e poi ti chiameranno l'Eunuco Rosso.» In pugno aveva un'ascia da lancio. La mandò in aria e la recuperò con abilità. «Ecco mio marito, zio. L'uomo che mi vuole deve vedersela con questa.»

Victarion picchiò un pugno sul tavolo. «Non ci saranno spargimenti di sangue qui. Euron, prendi i tuoi... ragazzi... e vattene.»

«Mi sarei aspettato un'accoglienza più calorosa da parte tua, fratello. Sono maggiore di te... e presto sarò anche il tuo legittimo re.»

Victarion si rabbuiò in viso. «Quando ci sarà l'acclamazione di re, vedremo chi indosserà la corona di legno.»

«Puoi starne certo.»

Euron sollevò di due dita la benda che gli copriva l'occhio sinistro e prese congedo. Gli altri lo seguirono come un branco di cani bastardi. Il silenzio calò nella tenda, finché Lenwood Tawney il Piccolo raccolse il suo strumento. Il vino e la birra ripresero a scorrere, ma molti degli ospiti non avevano più sete. Eldred Codd uscì, reggendosi la mano insanguinata. Poi seguirono Will Humble, Hotho Harlaw e un gruppo di Buonfratello.

«Zio.» Asha gli mise una mano sulla spalla. «Vieni a fare due passi con me, te ne prego.»

Fuori dalla tenda, si stava alzando il vento. Le nuvole scorrevano sul volto pallido della luna. Sembravano dei cunei di galee intenti a speronarla. Le stelle erano poche e pallide. Sulla riva riposavano le navi lunghe, con gli alberi eretti come una foresta sulle onde. Victarion sentiva gli scafi scricchiolare quando si appoggiavano alla sabbia. Udiva il lamento delle funi e lo schioccare dei vessilli al vento. Dietro, nelle acque più profonde della baia, le navi più grosse oscillavano in rada, le torri avvolte dalla bruma.

Si incamminarono lungo la spiaggia, poco sopra la riva, lontano dai campi e dai bivacchi. «Dimmi la verità, zio» chiese Asha. «Perché Euron è partito così in fretta?»

«Occhio di corvo si è spesso dato alle razzie.»

«Mai per così tanto tempo.»

«Ha portato la *Silenzio* a oriente. È un viaggio lungo.»

«Ho chiesto *perché* è partito, non dove è andato.» Victarion non rispose, Asha allora continuò: «Ero lontana quando la *Silenzio* salpò. Avevo portato *Vento nero* al porto di Scala di Pietra, a rubare qualche ninnolo ai pirati di Lys. Tornata a casa, scoprii che Euron era partito e che la tua nuova moglie era morta».

«Era solo una moglie di sale.» Non aveva più toccato altra donna da quando l'aveva gettata ai granchi. "Quando sarò re dovrò prendere di nuovo moglie. Una moglie vera, che sia la regina e partorisca i miei figli. Un re *deve* avere un erede."

«Mio padre si rifiutava di parlare di lei» insistette Asha.

«Non è bene discutere di cose che nessuno può cambiare.» Victarion si era stancato di quell'argomento. «Ho visto la nave lunga del Lettore.»

«C'è voluto tutto il mio fascino per snidarlo dalla sua Torre del libro.»

"Allora lei ha gli Harlaw dalla sua." Victarion aggrottò la fronte. «Non puoi sperare di governare. Sei una donna.»

«È per questo che perdo sempre le gare a chi piscia più lontano?» Asha rise. «Zio, mi addolora ammetterlo, ma temo che tu abbia ragione. Per quattro giorni e quattro notti ho bevuto con i comandanti e i re, ascoltando quello che dicono... e anche quello che non dicono. I miei sono con me e molti Harlaw. Ho anche Tristifer Botley e qualche altro. Non bastano.» Diede un calcio a un sasso e lo spedì in acqua, dove sollevò uno spruzzo tra due navi lunghe. «Ho intenzione di acclamare il nome di mio zio.»

«Quale zio?» chiese. «Ne hai tre.»

«Quattro. Zio, ascoltami. Porrò io stessa la corona di legno sulla tua fronte... se accetti di dividere il potere con me.»

«*Dividere* il potere? E come?» La ragazza stava delirando. "Vuole essere la mia regina?" Victarion si ritrovò a guardare Asha con occhi nuovi. Sentiva la sua virilità inturgidirsi. "È la figlia di Balon" ricordò a se stesso. La ricordava da piccola, che lanciava asce contro la porta. Incrociò le braccia sul petto. «Sul Trono del Mare può sedere una sola persona.»

«Allora che vi sieda mio zio» disse Asha. «Io sarò dietro di te, a coprirti le spalle e a sussurrarti all'orecchio. Nessun re può governare da solo. Anche quando i draghi stavano sul Trono di Spade avevano degli uomini che li aiutavano. I Primi Cavalieri. Lascia che sia il tuo Primo Cavaliere, zio.»

Nessun re delle Isole aveva mai avuto bisogno di un Primo Cavaliere, tanto meno di un cavaliere donna. "I comandanti e i re si prenderebbero gioco di me a ogni loro sbronza." «Perché vorresti essere il mio Primo Cavaliere?»

«Per porre fine a questa guerra, prima che sia la guerra a porre fine a noi. Abbiamo preso tutto quello che potevamo prendere... e rischiamo di perdere tutto con la stessa rapidità, a meno di non stipulare la pace. Mi sono mostrata estremamente cortese con lady Glover e lei giura che il suo signore tratterà con me. Se restituiamo Deepwood Motte, Piazza di Torrhen e il Moat Cailin, lei dice, gli uomini del Nord ci cederanno punta del Drago Marino e tutta la Costa Pietrosa. Quelle terre sono scarsamente popolate, ma sono dieci volte più grandi di tutte le nostre isole messe assieme. Uno scambio di ostaggi suggellerà il patto e ciascuna parte concorderà di fare causa comune con l'altra se il Trono di Spade...»

Victarion ridacchiò. «Quella lady Glover ti ha preso in giro, nipote mia. Punta del Drago Marino e tutta la Costa Pietrosa sono già nostre. Perché cedere qualcosa in cambio? Grande Inverno è stato messo a ferro e fuoco e il Giovane lupo marcisce senza testa sotto terra. Avremo *tutto* il Nord, proprio come il lord tuo padre sognava.»

«Forse lo avremo quando le lunghe navi impareranno ad avanzare tra gli alberi. Un pescatore può anche prendere un leviatano grigio con l'amo, ma il leviatano lo trascinerà verso una morte sicura se il pescatore non taglierà la lenza. Il Nord è troppo grande per noi, non riusciremmo a controllarlo e ci sono troppi uomini del Nord.»

«Tornatene a giocare con le bambole, nipote. Lascia che siano i guerrieri a vincere le guerre.» Victarion le mostrò i pugni. «Ho due mani. Nessuno ha bisogno di averne tre.»

«Però conosco un uomo che ha bisogno di Casa Harlaw.»

«Hotho il Gobbo mi ha offerto sua figlia in moglie. Se prendo lei avrò gli Harlaw.»

Questo colse la ragazza di sorpresa. «Lord Rodrik controlla Casa Harlaw.»

«Rodrik non ha figlie, solo libri. Hotho sarà il suo erede e io re.» Dette ad alta voce, quelle parole parevano vere. «Occhio di corvo è stato lontano troppo a lungo.»

«Alcuni uomini sembrano più grandi, da lontano» lo ammonì Asha. «Prova a camminare tra i bivacchi e ascolta. Gli uomini di ferro non parlano né della tua forza né della mia bellezza. Parlano solo di Occhio di corvo: dei luoghi remoti che ha visitato, delle donne che ha stuprato, degli uomini che ha ucciso, delle città che ha saccheggiato, di come ha incendiato la flotta di lord Tywin a Lannisport...»

«Sono io che ho incendiato la flotta del Leone» precisò Victarion. «Io, con queste stesse mani, ho lanciato la prima torcia sulla nave ammiraglia.»

«Occhio di corvo ha ordito il piano.» Asha gli appoggiò una mano sul braccio. «E ha anche ucciso tua moglie... Non è vero?»

Balon aveva ordinato loro di non parlare della faccenda ma adesso lui era morto. «Euron aveva messo una creatura nel suo ventre e ho dovuto ucciderla. Avrei ammazzato anche lui, ma Balon non voleva spargimenti di sangue tra fratelli. Ha mandato Euron in esilio, non sarebbe più dovuto tornare...»

«... finché Balon fosse rimasto in vita?»

Victarion si osservò i pugni. «Mi ha tradito. Non avevo scelta.» "Se si fosse venuto a sapere, gli uomini avrebbero riso di me, proprio come ha fatto Occhio di corvo quando l'ho affrontato. 'È venuta da me tutta bagnata e vogliosa' si è vantato. 'Pare che Victarion sia grande e grosso ma non dove conta.'" Questo, però, non glielo poteva raccontare.

«Mi dispiace per te» concluse Asha «e ancora di più per lei... ma non mi lasci altra scelta: rivendicherò io stessa il Trono del Mare.»

"Non puoi!" «Se vuoi sprecare fiato, fa' pure.»

«Infatti lo farò» disse e se ne andò.

L'ANNEGATO

Solo quando sentì le braccia e le gambe intorpidite dal freddo, Aeron Greyjoy tornò verso la spiaggia per rimettersi gli abiti. Era passato di corsa davanti a Occhio di corvo come se fosse stato ancora la debole creatura del passato, ma quando le onde si infransero sopra la sua testa, Aeron ricordò ancora una volta che quell'uomo debole era morto. "Sono risorto dal mare, più forte e vigoroso." Nessun mortale poteva spaventarlo, non più di quanto potesse farlo il buio, o le ossa della sua anima, le grigie e spaventose ossa della sua anima. "Il rumore di una porta che si apriva, il lamento di un cardine di ferro arrugginito."

Gli abiti del profeta scricchiolarono quando li infilò, ancora rigidi per il sale dell'ultimo bagno due settimane prima. La lana si appiccicò al petto umido, assorbendo la salsedine che colava dai suoi capelli. Riempì l'otre d'acqua salmastra e se lo caricò sulle spalle.

Mentre attraversava la spiaggia, un ubriaco che tornava da un'impellente necessità corporale gli andò addosso nell'oscurità.

«Capelli bagnati...» mormorò l'uomo.

Aeron gli pose una mano sulla testa, lo benedisse e proseguì per la sua strada. Il terreno cominciò a salire sotto i suoi passi, dapprima lievemente, poi sempre più ripido. Quando arrivò a sentire la sterpaglia tra le dita dei piedi, Aeron capì di essersi lasciato la spiaggia alle spalle. Salì lentamente, ascoltando le onde. "Il mare non si stanca mai. Devo essere altrettanto infaticabile."

In cima alla collina, quarantaquattro mostruose costole di pietra si ergevano dalla terra, come tronchi di grandi alberi pallidi. Questa visione fece battere più forte il cuore di Aeron. Nagga era stato il primo drago marino a sorgere dalle onde, il più potente in assoluto. Divorava piovre e leviatani, con la sua ira furente faceva affondare intere isole, eppure il re Grigio lo aveva ucciso e il dio Abissale aveva trasformato le sue ossa in pietra, così che gli uomini non smettessero mai di ammirare il coraggio dei primi re. Le costole di Nagga diventarono le travi e i pilastri della sua sala lunga, proprio come le sue mascelle divennero il trono. "Lui regnò qui per mille e sette anni" ricordò Aeron. "Qui prese in moglie una sirena e progettò le guerre contro il dio della Tempesta. Da qui governò sul sale e sulla pietra, indossando vesti tessute di alghe e una corona alta e biancastra fatta con i denti di Nagga."

Ma tutto questo risaliva alla notte dei tempi, quando uomini potenti abitavano ancora la Terra e il mare. La sala era stata riscaldata dal fuoco vivo di Nagga, che il re Grigio aveva domato. Alle pareti erano appesi arazzi intessuti di alghe marine argentate, di rara bellezza. I guerrieri del re Grigio avevano banchettato con la munificenza che il mare aveva da offrire, seduti a un enorme tavolo a forma di stella marina, seduti su troni intagliati nella madreperla. "Svanita, tutta quella gloria è svanita." Ora gli uomini erano più piccoli. Le loro vite si erano abbreviate. Dopo la morte del re Grigio, il dio della Tempesta aveva estinto il fuoco di Nagga, gli scanni e gli arazzi erano stati rubati, il soffitto e i muri erano marciti. Anche il grande trono di zanne del re Grigio era stato inghiottito dal mare. Solamente le costole di Nagga resistevano, ricordando agli uomini di ferro la gloria passata.

"Basta" pensò Aeron Greyjoy.

Nove ampi gradini erano stati rozzamente tagliati nella roccia stessa della collina. Al di là, si ergevano le alture sinistre di Vecchia Wyk, ancora più in lontananza si delineavano i monti, neri e crudeli. Aeron fece una sosta dove un tempo era esistita la porta. Tolse il tappo di sughero dall'otre, bevve un sorso e si voltò indietro, verso il mare. "Siamo nati dal mare e al mare dobbiamo ritornare." Anche da lì poteva udire il rombo incessante delle onde e sentiva il potere del dio che si celava negli abissi. Aeron si inginocchiò. "Hai mandato il tuo popolo da me" pregò. "Hanno lasciato le loro dimore e i loro tuguri, i loro castelli e le loro fortezze, e dal più piccolo villaggio di pescatori e dalla valle più nascosta, sono giunti qui, alle ossa di Nagga. Dona loro la saggezza di riconoscere il vero re quando si paleserà di fronte a loro, e concedi loro la forza di respingere il falso re." Pregò tutta la notte, poiché quando il dio era in lui Aeron Greyjoy non aveva bisogno di dormire, come del resto le onde o i pesci del mare.

Nuvole scure si rincorrevano nel vento quando la prima luce si affacciò sul mondo. Da nero, il cielo divenne grigio come ardesia, il mare plumbeo assunse una tinta grigioverde. Dall'altra parte della baia, le montagne scure di Grande Wyk viravano sulle tonalità verde blu dei grossi pini. Mentre il colore tornava furtivamente a illuminare il creato, un centinaio di stendardi si levarono e cominciarono a sventolare. Aeron contemplò il pesce argentato dei Botley, la luna insanguinata dei Wynch, gli alberi verde scuro degli Orkwood. Vide corni di guerra, leviatani, falchi e, ovunque, le grandi piovre dorate. Sotto, schiavi e mogli di sale stavano cominciando a darsi da fare, ravvivando i carboni dei bivacchi, pulendo pesci per la colazione di comandanti e re. La luce dell'alba inondò la spiaggia pietrosa e vide uomini risvegliarsi dal sonno, gettare da parte le coperte di pelle di foca e chiedere il primo calice di birra della giornata. "Toglietevi la sete" pensò "perché oggi ci aspetta un lavoro importante."

Anche il mare si stava agitando. Con l'alzarsi del vento le onde aumentavano e schizzi di schiuma andavano a infrangersi contro le navi lunghe. "Il dio Abissale si sta risvegliando" pensò Aeron. Sentiva la sua voce risalire dalle profondità marine. "Sarò con te in questo giorno, mio forte e fedele servitore" diceva. "Nessun uomo senza dio potrà sedere sul mio Trono del Mare."

Fu sotto l'arco delle costole di Nagga che i suoi Annegati lo trovarono, eretto e austero, con i lunghi capelli neri agitati dal vento.

«È l'ora?» chiese Rus.

Aeron annuì. «È l'ora. Andate e chiamate l'adunata.»

Gli Annegati presero le loro mazze di legno e cominciarono a percuoterle l'una contro l'altra mentre scendevano dalla collina. Altri si unirono a loro, e il fragore si diffuse nella spiaggia. Producevano un rumore terribile, di schiocchi e oggetti sbattuti, come se centinaia di alberi stessero lottando con i loro rami. Cominciarono a battere anche i timpani, *buum-buum-buum-buum-buum, buum-buum-buum-buum-buum*. Risuonò un corno di guerra, poi un altro. *AAAAAAooooooooooooooooooooo*.

Gli uomini di ferro abbandonarono i bivacchi per dirigersi verso le ossa della Sala del re Grigio: rematori, timonieri, chi cuciva le vele, maestri d'ascia, i guerrieri con le loro scuri e i pescatori con le reti. Alcuni avevano degli schiavi a servirli, altri erano accompagnati dalle mogli di sale. Altri ancora, che avevano veleggiato troppo spesso verso le Terre Verdi, venivano accuditi da maestri, cantori e cavalieri. Gli uomini comuni si riunirono, formando una mezzaluna attorno alla base dell'altura, con schiavi, bambini e donne verso il fondo. I comandanti e i re si avviarono verso le pendici. Aeron Capelli bagnati vide l'allegro Sigfry Stonetree, Andrik Senza Sorriso, il cavaliere ser Harras Harlaw. Lord Baelor Blacktyde, con la cappa di ermellino sulle spalle, stava a fianco di Stonehouse, coperto da pelli di foca che avevano visto giorni migliori. Victarion svettava su tutti gli altri, tranne Andrik. Suo fratello non portava l'elmo, ma a parte quello era ricoperto da capo a piedi dall'armatura, con il suo mantello con la piovra dorata che gli pendeva dalle spalle. "Sarà il nostro re. Chi guardandolo potrebbe dubitarne?"

Quando Capelli bagnati alzò le mani nodose, i timpani e i corni tacquero, gli Annegati abbassarono le mazze, le voci si spensero. L'unico suono che rimase fu il martellare delle onde, un ruggito che nessun uomo poteva fermare.

«Siamo nati dal mare e al mare dobbiamo tutti fare ritorno» esordì Aeron, all'inizio in tono sommesso, in modo che la gente dovesse sforzarsi di udire. «Il dio della Tempesta nella sua ira ha sradicato Balon dal suo castello e l'ha abbattuto, ma ora egli banchetta sotto i flutti nelle liquide sale del dio Abissale.» Sollevò gli occhi al cielo. «*Balon è morto! Il re del Ferro è morto!*»

«*Il re del Ferro è morto!*» gridarono i suoi Annegati.

«Ma tutto ciò che è morto non potrà più morire, può solo risorgere, più forte e vigoroso!» ricordò loro. «Balon è caduto, mio fratello Balon, che onorava l'Antica Via e ha pagato il prezzo di ferro. Balon il Coraggioso, Balon il Benedetto, Balon il Due volte incoronato, che ci ha ridato le nostre libertà e il nostro dio, Balon è morto... ma un re del Ferro ora risorgerà, per sedere sul Trono del Mare e governare le isole.»

«*Un re risorgerà!*» risposero. «*Risorgerà!*»

«Sì, risorgerà. Sarà così.» La voce di Aeron tuonava come le onde. «Ma chi? Chi siederà al posto di Balon? Chi governerà su queste sacre isole? È qui tra noi, ora?» Il prete arringò con le mani levate. «*Chi sarà il re che ci governerà?*»

Un gabbiano rispose al suo grido. La folla cominciò a rumoreggiare, come uomini che si sveglino da un sogno. Ciascuno guardava la persona che aveva a fianco, per vedere chi avrebbe rivendicato la corona. "Occhio di corvo non è mai stato paziente" si disse Aeron Capelli bagnati. "Forse parlerà per primo." E sarebbe stata la sua rovina. I comandanti e i re avevano percorso una lunga strada per partecipare a quell'acclamazione e non avrebbero accettato il primo piatto che fosse stato messo loro sotto il naso. "Vorranno assaggiare e provare, un morso di questo, un boccone di quell'altro, fino a quando non troveranno ciò che li soddisfa."

Anche Euron doveva saperlo. Se ne stava a braccia conserte tra i suoi muti e i suoi meticci. Solo il vento e le onde risposero all'appello di Aeron.

«Gli uomini di ferro devono avere un re» insistette il profeta, dopo un lungo silenzio. «Chiedo ancora: *Chi sarà il re che ci governerà?*»

«Io» venne una risposta dal basso.

Immediatamente si levò un grido: «Gylbert! Gylbert re!». I comandanti aprirono un varco in mezzo a loro per far passare l'uomo che si era fatto avanti e i suoi sostenitori. Salirono sulla collina per mettersi a fianco di Aeron, sotto le costole di Nagga.

Quell'ipotetico re era un lord alto e magro, con un aspetto melanconico, le mascelle affilate rasate alla perfezione. I suoi tre seguaci si disposero due passi sotto di lui, reggendogli spada, scudo e vessillo. Avevano una certa somiglianza con il lord e Aeron pensò fossero i suoi figli. Uno di loro srotolò il vessillo: rappresentava una nave lunga, grande e nera, sullo sfondo di un sole calante. «Sono Gylbert Farwynd, lord di Luce Solitaria» dichiarò all'assemblea reale riunita.

Aeron conosceva alcuni Farwynd, gente strana, che aveva terre sulle rive occidentali di Grande Wyk e di altre isole più remote, così piccole da ospitare non più di una famiglia. Di quelle isole, Luce Solitaria era la più distante, a otto giorni di navigazione in direzione nordovest, tra colonie di foche e leoni marini, avvolta dai grigi oceani infiniti. I Farwynd erano i più peculiari di tutti. Si diceva che fossero metamorfi, empie creature in grado di assumere le sembianze di leoni di mare, trichechi e anche squali balena maculati, i lupi del mare aperto.

Lord Gylbert cominciò a parlare. Raccontò di una terra meravigliosa oltre il mare del Tramonto, una terra senza inverni e miseria, dove la morte non aveva dominio. «Se mi incoronerete vostro re, vi condurrò là» gridò. «Costruiremo diecimila vascelli come Nymeria fece un tempo e con le nostre genti salperemo verso la terra oltre il tramonto. Là ogni uomo sarà re e ogni moglie regina.»

I suoi occhi, notò Aeron, erano ora grigi ora blu, mutevoli come il mare. "Occhi pazzi" pensò "gli occhi di un folle." Il miraggio di cui parlava era di certo un tranello architettato dal dio della Tempesta per attirare gli uomini di ferro alla distruzione. I doni che i suoi uomini offrirono all'assemblea includevano pelli di foca e zanne di tricheco, bracciali in osso di balena, corni di guerra laminati in bronzo. I comandanti guardarono, poi si girarono, lasciando che gli uomini inferiori si accaparrassero quei beni. Quando il pazzo ebbe finito di parlare e i suoi sostenitori iniziarono a invocare il suo nome, solo i Farwynd si unirono, e neppure tutti. Rapidamente il grido "Gylbert! Gylbert re!" si affievolì e si spense. Sopra di loro, un gabbiano lanciò un grido stridulo e venne a posarsi su una delle costole di Nagga, mentre il lord di Luce Solitaria si incamminava verso la base della collina.

Aeron Capelli bagnati si fece avanti ancora una volta. «Ve lo chiedo di nuovo. *Chi sarà il re che ci governerà?*»

«*Io!*» tuonò una voce profonda e ancora una volta la folla si aprì.

Chi aveva parlato fu trasportato in cima alla collina su uno scanno di pezzi di legno intagliati, sostenuto a spalla dai nipoti. Un enorme uomo decrepito, duecento libbre per novant'anni d'età, avvolto in una pelle d'orso bianco. Anche i suoi capelli erano candidi come neve. Aveva una barba enorme che lo avvolgeva come una coperta, dalle guance fino alle cosce, per cui era difficile dire dove finiva la barba e cominciava la pelle. I suoi nipoti erano grandi e grossi, eppure fecero fatica a salire i gradini di pietra, a causa del peso. Lo depositarono di fronte alla Sala del grande re Grigio, e tre di loro restarono più in basso, come suoi sostenitori.

"Sessant'anni fa quest'uomo avrebbe potuto benissimo guadagnarsi il favore dell'assemblea" pensò Aeron "ma il suo tempo ormai è passato."

«*Aye*, io!» ruggì l'uomo dal suo scanno, con una voce possente quanto lui. «Perché no? Chi meglio di me? Sono Erik il Temibile fabbro, per chi non lo sapesse. Erik il Giusto, Erik il Distruttore di incudini. Thormor, mostra loro la mia mazza.»

Uno dei suoi sostenitori la sollevò in modo che tutti potessero vederla: un oggetto mostruoso, con il manico ricoperto di pelle usurata e la testa costituita da un mattone d'acciaio grande quanto una pagnotta.

«Non so dire quante mani ho ridotto in poltiglia con questa mazza» riprese Erik «ma forse qualche ladro se lo ricorderà. Né so dirvi quante teste ho schiacciato contro la mia incudine, ma qualche vedova lo sa. Potrei raccontarvi tutte le mie gesta compiute in battaglia, ma ho ottantotto anni e non vivrei abbastanza a lungo per farlo. Se vecchio significa saggio, nessuno è più saggio di me. Se grande significa forte, nessuno è più forte di me. Volete un re che abbia degli eredi? Ne ho più di quanti possa contarne. Re Erik, *aye*, suona bene. Avanti, ditelo con me. *ERIK! ERIK IL DISTRUTTORE DI INCUDINI! ERIK RE!*»

I suoi nipoti si unirono al grido e i loro figli si fecero avanti con delle casse sulle spalle. Quando le rovesciarono alla base dei gradini di pietra, ci fu una pioggia di argento, bronzo e acciaio: bracciali, collari, pugnali, daghe e asce da lancio. Alcuni comandanti afferrarono un oggetto e aggiunsero la loro voce al coro ritmato. Quel coro stava crescendo. Una voce di donna lo interruppe.

«*Erik!*» Gli uomini si spostarono per lasciarla passare. Con un piede sul gradino inferiore, la donna disse: «Erik, alzati».

Calò un improvviso silenzio. Il vento soffiava, le onde si infrangevano sulla battigia, gli uomini bisbigliavano tra loro. Erik il Temibile fabbro guardò in basso, verso Asha Greyjoy. «Ragazza. Ragazza tre volte maledetta. Come osi?»

«Alzati, Erik» ripeté Asha. «Alzati e acclamerò il tuo nome insieme agli altri. Alzati e sarò la prima a seguirti. Vuoi la corona, *aye*. Alzati e vieni a prenderla.»

In un punto dell'assembramento, Occhio di corvo rise. Erik lo fulminò con lo sguardo. Le mani del gigante si strinsero più forte ai braccioli dello scanno. Il suo volto divenne rosso, poi viola. Le braccia gli tremavano per lo sforzo. Aeron poteva vedere una grossa vena blu che gli pulsava nel collo mentre cercava di alzarsi. Per un attimo, Erik il Distruttore di incudini sembrò quasi farcela, ma poi svuotò di colpo l'aria dai polmoni, grugnì e tornò ad affondare sui cuscini. Euron rise ancora più forte. Il grosso uomo chinò il capo e invecchiò, in meno di un battito di ciglia. I suoi nipoti lo portarono via.

«Chi governerà gli uomini di ferro?» chiese ancora una volta Aeron Capelli bagnati. «Chi sarà il nostro re?»

Gli uomini si guardarono l'un l'altro. Alcuni osservarono Euron, altri Victarion, qualcuno Asha. Le onde si infrangevano, verdi e bianche, contro gli scafi dei vascelli. Il gabbiano lanciò un altro grido, uno strepito roco e sconsolato.

«Fatti avanti, Victarion» disse Merlyn. «Facciamola finita con questa farsa.»

«Quando sarò pronto» gridò Victarion in risposta.

Aeron era contento. "È meglio se aspetta."

Il successivo fu Drumm, un altro uomo anziano, anche se non vecchio come Erik. Salì sulla collina con le proprie gambe. Al fianco aveva Pioggia rossa, la sua celebre spada, forgiata con acciaio di Valyria prima del Disastro. I suoi sostenitori erano uomini di un certo rilievo: i figli, Denys e Donnel, entrambi valorosi combattenti, e con loro c'era anche Andrik il Triste, un gigante d'uomo con braccia grosse come tronchi d'albero. Era un bene per Drumm avere un personaggio così possente dalla sua parte.

«Dove sta scritto che il nostro re deve essere una piovra?» cominciò Drumm. «Che diritto ha Pyke di governarci? Grande Wyk è l'isola più grande, Harlaw la più ricca, Vecchia Wyk la più sacra. Quando la dinastia nera fu consumata dal fuoco del drago, gli uomini di ferro diedero la supremazia a Vickon Greyjoy, *aye*... ma come *lord*, non come re.»

Era un buon inizio. Aeron udì grida di approvazione, ma scemarono quando l'anziano candidato alla corona iniziò a parlare della gloria dei Drumm. Parlò di Dale il Terrore, Roryn il Saccheggiatore, dei cento figli di Gormond Drumm il Vecchio padre. Estrasse Pioggia rossa e raccontò di come Hilmar Drumm l'Astuto avesse preso la lama da un cavaliere con l'armatura, utilizzando l'astuzia e una mazza di legno. Parlò di vascelli perduti da tempo e di battaglie dimenticate da ottocento anni e la folla si fece irrequieta. Continuò a parlare e parlare, all'infinito.

E quando le casse dei Drumm vennero aperte, i comandanti videro che aveva portato ben miseri doni. "Nessun trono è mai stato comprato con il bronzo" pensò Capelli bagnati. E la verità di quel pensiero si fece evidente quando le grida "*Drumm! Drumm! Dunstan re!*" si affievolirono.

Aeron sentì una stretta allo stomaco, gli sembrò che le onde si infrangessero con maggiore violenza. "È il momento" pensò. "È ora che Victarion reclami il proprio posto."

«Chi sarà il nostro re?» gridò di nuovo il profeta, e questa volta i suoi feroci occhi neri trovarono il fratello tra la folla. «Dai lombi di Quellon Greyjoy sono nati nove figli maschi. Di tutti, uno era il più forte e non conosceva la paura.»

Victarion incrociò il suo sguardo e annuì. I comandanti gli aprirono un varco e lui iniziò a salire i gradini.

«Fratello, dammi la tua benedizione» disse quando giunse in cima. Si inginocchiò e chinò la testa. Aeron tolse il tappo all'otre e fece scorrere un rivolo d'acqua sulla sua fronte. «*Ciò che è morto non può mai più morire*» disse e Victarion terminò: «*Risorgerà, più più forte e vigoroso*».

Victarion si rialzò, i suoi sostenitori si schierarono sotto di lui. Ralf lo Zoppo, Ralf Stonehouse il Rosso e Nute il Barbiere, tutti noti guerrieri. Stonehouse reggeva il vessillo dei Greyjoy, una piovra dorata su sfondo nero come il mare di mezzanotte. Quando cominciò a sventolare, i comandanti e i re iniziarono ad acclamare ad alta voce il nome del lord comandante.

Victarion attese che si acquietassero. «Voi tutti mi conoscete» disse. «Se volete udire discorsi suadenti, andate da qualcun altro. Io non sono un incantatore. Ho un'ascia e queste.» Sollevò le enormi mani coperte di maglia di ferro per farle vedere e Nute il Barbiere mostrò l'ascia, un impressionante pezzo d'acciaio. «Sono stato un fratello leale» continuò Victarion. «Quando Balon si sposò, inviò me a Harlaw per prendere la sua sposa. Ho comandato le sue navi lunghe in molte battaglie, e le ho vinte tutte tranne una. La prima volta che Balon fu incoronato, salpai io l'ancora per andare a Lannisport ad accendere il fuoco sotto la coda del Leone. La seconda volta, mandò me a scuoiare il Giovane lupo, nel caso fosse tornato a casa urlante. Quello che avrete da me è più di quello che avete avuto da Balon. È tutto ciò che ho da dire.»

A quel punto i suoi sostenitori iniziarono a intonare: «*VICTARION! VICTARION! VICTARION RE!*». Più in basso, i suoi uomini stavano svuotando le casse, una cascata di argento, oro e gemme, un ben di dio frutto delle varie razzie. I comandanti si fecero avanti per accaparrarsi i pezzi migliori, gridando: «*VICTARION! VICTARION! VICTARION RE!*».

Aeron guardò Occhio di corvo. "Parlerà ora o lascerà che l'acclamazione di re vada avanti?" Orkwood di Orkmont stava sussurrando qualcosa all'orecchio di Euron.

Ma non fu Euron a porre fine alle grida, fu lei. Si mise due dita in bocca e lanciò un fischio, un suono stridulo e potente che attraversò la folla come un coltello che affondi nella ricotta.

«Zio! *Zio*!» Si chinò, raccolse un collare dorato ritorto e a grandi balzi salì i gradini. Nute la afferrò per un braccio e per un istante Aeron sperò che i sostenitori di suo fratello la facessero tacere, ma Asha si divincolò dalla presa del Barbiere e disse qualcosa a Ralf il Rosso che lo fece arretrare. Continuò ad avanzare e l'acclamazione si affievolì. Era la figlia di Balon Greyjoy e la folla degli uomini di ferro era curiosa di sentirla parlare.

«Sei stato gentile, zio, a portare questi doni all'acclamazione della regina» disse a Victarion «ma non era necessario indossare tutta l'armatura. Prometto che non ti farò del male.» Asha si voltò verso i comandanti. «Non c'è nessuno più coraggioso di mio zio, né più forte, né più valoroso in battaglia. Inoltre, sa contare fino a dieci con la stessa velocità di chiunque altro, l'ho visto io... anche se, quando deve contare fino a venti, si toglie gli stivali.» Si sentirono delle risate. «Lui però non ha figli. Le sue mogli cadono come le mosche. Occhio di corvo è suo fratello maggiore e ha più diritto...»

«È vero!» gridò dal basso il Rematore Rosso.

«Ah, ma io ho un diritto ancora maggiore.» Asha si mise il collare sulla testa a mo' di corona, l'oro scintillava sui suoi capelli neri. «Il fratello di Balon non può venire prima del figlio di Balon!»

«I figli di Balon sono morti» gridò Ralf lo Zoppo. «Io vedo solo la sua figlioletta»

«Figlioletta?» Asha fece scivolare una mano sotto il farsetto. «Oh! E queste cosa sono? Ve le devo mostrare? Qualcuno di voi non le ha più viste da quando ha smesso di poppare.» Risero di nuovo. «Le tette non stanno bene su un re, è forse una canzone? Hai ragione, Ralf, sono una donna... ma non sono *vecchia* come te. Ralf lo Zoppo... o forse dovrebbe chiamarsi Ralf il Flaccido?» Asha estrasse un pugnale che teneva tra i seni. «Sono anche madre ed ecco il mio poppante!» Lo tenne sollevato. «Ed ecco i miei sostenitori.» Spinsero da parte i tre di Victarion per mettersi sotto di lei: Qarl la Fanciulla, Tristifer Botley e il cavaliere ser Harras Harlaw, la cui spada, Crepuscolo, aveva tanta storia alle spalle quanta ne aveva Pioggia rossa di Dunstan Drumm. «Mio zio ha detto che voi lo conoscete. Conoscete anche me...»

«Voglio conoscerti meglio!» gridò qualcuno.

«Torna a casa a conoscere tua moglie» replicò Asha. «Mio zio ha detto che vi darà più di quello che vi ha dato mio padre. Che cosa intendeva? Forse oro e gloria. *Libertà,* eternamente amata. *Aye,* è vero, ci ha dato questo... e anche molte vedove, come vi potrà dire lord Blacktyde. Quanti di voi hanno avuto la casa bruciata quando è arrivato Robert? Quanti le figlie violentate e rapite? Città bruciate e castelli in rovina, ecco che cosa vi ha dato mio padre. Vi ha dato la *sconfitta*. Mio zio vuole aumentare la dose. Io no.»

«Che cosa ci darai tu?» chiese Lucas Codd. «Un lavoro di taglio e cucito?»

«*Aye,* Lucas. Cucirò per voi un regno» disse Asha passando il pugnale da una mano all'altra. «Dobbiamo imparare la lezione dal Giovane lupo, che ha vinto tutte le battaglie... e ha perso la guerra e la testa.»

«Un lupo non è una piovra» obiettò Victarion. «Quando la piovra prende qualcosa non lo molla più, che sia un vascello o un leviatano.»

«E cosa *abbiamo* preso, zio? Il Nord? E cos'è il Nord se non leghe di terra lontana dal rumore del mare? Abbiamo preso il Moat Cailin, Deepwood Motte, Piazza di Torrhen, abbiamo preso perfino Grande Inverno. Ma quali vantaggi ne abbiamo ricavato?» Fece un cenno e gli uomini della *Vento nero* portarono sulle spalle casse di quercia e ferro. «Ecco il bottino della Costa Pietrosa» disse Asha, mentre la prima cassa veniva aperta. Rotolò fuori una valanga di ciottoli, che si misero a rimbalzare giù per i gradini: ciottoli grigi, neri e bianchi, erosi dall'incessante azione del mare. «Vi porto le ricchezze di Deepwood.» La seconda cassa venne aperta. Una montagna di pigne si riversò sulla folla. «E infine, ecco l'oro di Grande Inverno.» La terza cassa conteneva della rape gialle, tonde, dure e grandi come la testa d'un uomo. Finirono tra i ciottoli e le pigne. Asha ne infilzò una con la sua daga. «Harmund Sharp» gridò «tuo figlio Harrag è morto a Grande Inverno per questo!» Tolse la rapa dalla lama e gliela lanciò. «Credo che tu abbia altri figli. Se vuoi barattare la loro vita per delle rape, non esitare: invoca il nome di mio zio!»

«E se invece gridassi il *tuo* nome?» gridò Harmund in risposta. «Che cosa avrei?»

«Pace» rispose Asha. «Terra. Vittoria. Io vi darò la punta del Drago Marino e la Costa Pietrosa, terra nera e alberi alti e pietre sufficienti perché ogni ragazzo possa costruirsi una dimora. E poi gli uomini del Nord saranno nostri... amici, pronti a lottare con noi contro il Trono di Spade. È molto semplice. Se incoronate me, avrete pace e vittoria. Se invece scegliete mio zio, avrete ancora guerra e sconfitte.» Rinfoderò la daga. «Che cosa scegliete, uomini di ferro?»

«VITTORIA!» gridò Rodrik il Lettore, con le mani a coppa attorno alla bocca. «*Vittoria e Asha!*»

«*ASHA!*» gli fece eco lord Baelor Blacktyde. «*ASHA REGINA!*»

Anche la ciurma di Asha si unì all'acclamazione. «*ASHA! ASHA! ASHA REGINA!*» Cominciarono a battere i piedi, ad agitare i pugni e a strillare, mentre Aeron Capelli bagnati ascoltava incredulo. "Non potrà mai portare a termine il lavoro di suo padre!" Ma anche Tristifer Botley acclamava Asha, insieme a molti Harlaw, ad alcuni Buonfratello, a lord Merlyn dalla faccia paonazza, più uomini di quanti il prete avrebbe mai creduto... schierati per una donna!

Altri invece non si esprimevano, oppure confabulavano con il vicino. «*Non vogliamo la pace del vile!*» ruggì Ralf lo Zoppo. Ralf Stonehouse il Rosso fece sventolare vigorosamente il vessillo dei

Greyjoy e sbraitò «*Victarion!* VICTARION! VICTARION!» Gli uomini cominciarono a spintonarsi. Qualcuno lanciò una pigna contro la testa di Asha. Lei la schivò ma nel movimento la corona posticcia le cadde. Per un momento il prete ebbe l'impressione di trovarsi in cima a un gigantesco formicaio, con migliaia di formiche in fermento ai suoi piedi. "Il dio della Tempesta è tra di noi" pensò il prete. "Sta seminando rabbia e discordia."

Affilato come il fendente di una spada, il suono di un corno tagliò l'aria.

La sua voce era squillante e malefica, un grido caldo, che fece vibrare le ossa degli uomini lì presenti. L'urlo aleggiò nell'aria umida del mare: *aaaaRREEEEeeeeeeeeeeeeeeeeeeeeeeeeee.*

Tutti gli sguardi si voltarono verso la fonte di quel suono. Proveniva da uno dei meticci di Euron, un uomo orribile con la testa rasata. Aveva le braccia adornate di bracciali d'oro, giada, ambra nera. Sul petto aveva tatuato un rapace, gli artigli che grondavano sangue.

aaaaRREEEEeeeeeeeeeeeeeeeeeeeeeeeeee.

Il corno che stava soffiando era nero, lucido e ricurvo, più alto di un uomo, tanto che lui lo reggeva con entrambe le mani. Era tenuto assieme da strisce d'oro rosso e acciaio scuro, decorato con gli antichi glifi di Valyria, fregi che sembravano diventare incandescenti con l'aumentare del suono.

aaaaRREEEEeeeeeeeeeeeeeeeeeeeeeeeeeeeeeeeeeeeeeeeeeeeeeee.

Era terribile, un gemito di dolore e furia che pareva ardere le orecchie. Aeron Capelli bagnati se le coprì con le mani, invocando il dio Abissale che sollevasse una grande ondata per ridurre quel corno al silenzio, ma l'ululato proseguì. "È il corno degli inferi" voleva urlare Aeron, ma nessuno lo avrebbe sentito. Le guance dell'uomo tatuato erano così gonfie da sembrare sul punto di esplodere e i muscoli del torace si contraevano, dando l'impressione che il rapace tatuato stesse per staccarsi dalla pelle e spiccare il volo. I glifi sul corno erano ardenti, ogni lettera e ogni riga scintillavano di fuoco bianco. Il suono continuava a diffondersi, riecheggiava nelle tetre colline alle loro spalle, fino alla parte opposta delle acque della Culla di Nagga, andando a infrangersi contro i monti di Grande Wyk, e ancora oltre, fino a riempire tutto il mondo terracqueo.

Quando parve che il suono non avrebbe mai avuto fine, cessò.

L'uomo era rimasto senza fiato. Barcollò e rischiò di cadere. Il prete vide Orkwood di Orkmont afferrarlo per un braccio per tenerlo in piedi, mentre Lucas Codd il Mancino gli toglieva dalle mani il nero corno ritorto. Un sottile filo di fumo usciva dallo strumento. Il profeta vide sangue e vesciche sulle labbra dell'uomo che lo aveva suonato. Anche il rapace che aveva sul petto sanguinava.

Euron Greyjoy salì lentamente sulla collina, con gli occhi di tutti puntati addosso. Il gabbiano, in alto, continuava a gridare. "Nessun uomo senza dio potrà sedersi sul Trono del Mare" pensò Aeron, ma sapeva di dover lasciare che il fratello parlasse. Le sue labbra si mossero in una silenziosa preghiera.

I sostenitori di Asha si fecero da parte, e anche quelli di Victarion. Il prete arretrò di un passo, appoggiando la mano sulla pietra ruvida e fredda delle costole di Nagga. Occhio di corvo si fermò in cima alla scalinata, sulla soglia della Sala del re Grigio. Rivolse il suo unico occhio sorridente ai comandanti e ai re, ma Aeron sentiva anche l'altro occhio, quello che teneva nascosto.

«*UOMINI DI FERRO*» disse Euron Greyjoy «avete udito il mio corno. Ora ascoltate le mie parole. Sono il fratello di Balon, il figlio maggiore vivente di Quellon. Il sangue di lord Vickon scorre nelle mie vene, e anche quello della Vecchia Piovra. Ma io ho navigato più lontano degli altri. Una sola piovra non ha mai conosciuto la sconfitta. Un solo uomo non ha mai compiuto atto di sottomissione. Un solo comandante ha raggiunto Asshai delle Ombre e visto meraviglie e terrori oltre ogni immaginazione...»

«Se ti sono piaciute tanto le Ombre, allora tornaci» urlò Qarl la Fanciulla dalle rosee guance, uno dei sostenitori di Asha.

Occhio di corvo lo ignorò. «Il mio fratello minore Victarion vorrebbe portare a conclusione la guerra iniziata da Balon e rivendicare il Nord. La mia dolce nipote ci darebbe pace e pigne.» Le sue labbra blu si deformarono in un sorriso. «Asha preferisce la vittoria alla sconfitta. Victarion vuole un regno, non poche iarde di terra. Con me le avrete entrambe.

«Mi chiamate Occhio di corvo. E chi ha la vista più aguzza di un corvo? Dopo ogni battaglia i corvi arrivano a centinaia, a migliaia per banchettare con i caduti. Il corvo sa scorgere la morte da lontano. E io dico che tutto il continente occidentale sta morendo. Chi mi seguirà avrà da mangiare fino alla fine dei suoi giorni.

«Siamo uomini di ferro, una volta eravamo conquistatori. Il nostro mandato si estendeva ovunque si udisse il rumore delle onde. Mio fratello vorrebbe che vi accontentaste del freddo e cupo Nord, mia nipote vorrebbe concedervi meno ancora... ma io vi darò Lannisport, Alto Giardino, Arbor, Vecchia Città. Vi darò le terre dei fiumi e l'Altopiano, la foresta del Re e quella della Pioggia, Dorne e le paludi, le montagne della Luna e la valle di Arryn, Tarth e Scala di Pietra. Io dico, prendiamoci *tutto*! Io dico, prendiamo il *continente occidentale*.» Lanciò un'occhiata al prete. «Tutto per la gloria suprema del dio Abissale, ovviamente.»

Per una frazione di secondo perfino Aeron fu trascinato dall'audacia delle sue parole. Anche il profeta aveva fatto quel sogno, la prima volta che aveva visto la cometa rossa nel cielo. "Travolgeremo le Terre Verdi con il fuoco, sradicheremo le sette divinità dei septon e gli alberi bianchi degli uomini del Nord..."

«Occhio di corvo» lo apostrofò Asha «hai forse lasciato la mente tra le ombre di Asshai? Se non riusciamo a controllare il Nord, e ancora non lo controlliamo, come potremo conquistare i Sette Regni?»

«E allora? È già stato fatto in passato. Balon ha insegnato così poco a questa ragazza da non farle capire il significato della guerra? A quanto pare, Victarion, la figlia di nostro fratello non ha mai sentito parlare di Aegon il Conquistatore.»

«Aegon?» Victarion incrociò le braccia sul petto coperto dall'armatura. «Che cosa c'entra Aegon Targaryen con noi?»

«Di guerre ne so quanto te, Occhio di corvo» ribatté Asha. «Aegon Targaryen conquistò il continente occidentale con i *draghi*.»

«E noi faremo la stessa cosa» promise Euron Greyjoy. «Il corno che avete sentito, l'ho trovato tre le rovine fumanti di quella che un tempo era Valyria, dove nessuno tranne me ha mai osato mettere piede. Avete udito il suo suono e ne avete percepito il potere. È il corno di un drago, legato con strisce di oro rosso e acciaio di Valyria e su di esso sono incisi degli incantesimi. I signori dei draghi un tempo suonavano quei corni, prima che il Disastro li inghiottisse. Con questo corno, uomini di ferro, posso piegare i *draghi* alla mia volontà.»

Asha rise di gusto. «Ti servirebbe di più un corno per farti obbedire dalle capre, Occhio di corvo. I draghi non esistono più.»

«Ancora una volta sbagli, ragazzina. Ne esistono tre e io so dove sono. E *questo* vale una corona fatta di pezzi di legno.»

«*EURON!*» gridò Lucas Codd il Mancino.

«*EURON! OCCHIO DI CORVO! EURON!*» gridò il Rematore Rosso.

I muti e i meticci della *Silenzio* aprirono i forzieri di Euron e riversarono i doni davanti ai comandanti e ai re. Poi il prete udì Hotho Harlaw, con le mani piene d'oro, urlare: «*EURON! EURON! EURON!*». Gorold Buonfratello si unì al coro e anche Erik il Distruttore di incudini. «*EURON! EURON! EURON!*» Il grido si trasformò in un boato. *«EURON! EURON! OCCHIO DI CORVO! EURON RE!»* Risalì tutta la collina di Nagga, come il dio della Tempesta quando scuote le nuvole. *«EURON! EURON! EURON! EURON! EURON! EURON!»*

Anche un prete può dubitare. Anche un profeta può conoscere la paura. Aeron Capelli bagnati cercò dentro di sé il suo dio. Trovò solo silenzio. Mentre mille voci invocavano il nome di suo fratello, lui udiva solo il cigolio di un vecchio cardine arrugginito.

BRIENNE

A est di Maidenpool le colline erano più selvagge, circondate dai pini simili a un esercito di silenziosi soldati grigioverdi.

Dick lo Svelto diceva che la strada costiera era più breve e agevole, quindi raramente perdevano di vista la baia. A mano a mano che avanzavano, le città e i villaggi diventavano sempre più piccoli, sempre più rari. La sera cercavano una locanda. Dick Crabb di solito divideva il giaciglio comune con altri viandanti, mentre Brienne prendeva una stanza per sé e Podrick. «Costerebbe meno se dividessimo tutti lo stesso letto, milady» ripeteva Dick lo Svelto. «Puoi mettere la tua spada tra noi. Il vecchio Dick è un tipo innocuo. Leale quanto un cavaliere e onesto fino al midollo.»

«E se invece tu fossi uno smidollato?» chiese retoricamente Brienne.

«Può darsi. Se non ti fidi a farmi dormire nel letto, posso rannicchiarmi sul pavimento, milady.»

«Non sul mio.»

«Allora vuol dire che non ti fidi proprio di me.»

«La fiducia bisogna guadagnarsela. Proprio come l'oro.»

«Come vuoi tu, milady» disse Crabb «ma a nord, quando la strada sparisce nel nulla, dovrai fidarti del vecchio Dick. Se vorrò prendermi il tuo oro a colpi di spada, allora chi mi fermerà?»

«Tu sei senza spada, Dick. Ce l'ho solo io.»

Brienne gli chiuse la porta in faccia e rimase in ascolto finché non fu sicura che se ne fosse andato. Per quanto svelto, Dick non era certo Jaime Lannister, né Topo pazzo e neppure Humfrey Wagstaff. Era scheletrico e denutrito, l'unico pezzo di armatura che aveva era mezzo elmo ammaccato, chiazzato dalla ruggine. Al posto della spada, aveva un vecchio pugnale pieno di tacche.

Finché era sveglia, Dick non poteva rappresentare alcun pericolo per lei.

«Podrick» disse «verrà il momento in cui non ci saranno più locande dove fermarsi. Non mi fido della nostra guida. Quando ci accamperemo, vigilerai su di me mentre dormo?»

«Restare sveglio, mia signora? Ser.» Il giovane scudiero ci pensò su. «Ho una spada. Se Crabb cercherà di farti del male, lo ucciderò.»

«No» rispose Brienne con fermezza. «Non dovrai combattere contro di lui. Ti chiedo solo di tenerlo d'occhio mentre dormo e di svegliarmi se si comporta in modo sospetto. Ho il sonno leggero, vedrai.»

Dick Crabb mostrò la sua vera natura il giorno seguente, quando si fermarono ad abbeverare i cavalli. Brienne andò dietro un cespuglio per svuotare la vescica. Mentre si stava accucciando, udì Podrick dire: «Cosa stai facendo? Allontanati da lì». Finì quello che doveva fare, si tirò su le brache e ritornò sulla strada. Trovò Dick lo Svelto che si puliva le dita dalla farina. «Non troverai dragoni nelle mie bisacce» gli disse Brienne. «L'oro me lo tengo addosso.» Una parte era nella borsa attaccata alla cintura, il resto nascosto in un paio di tasche interne dei suoi vestiti. La grossa sacca di cuoio che stava dentro la bisaccia era piena di monete grandi e piccole, centesimi e mezzi centesimi, conio d'argento da quattro centesimi e stelle, oltre a della finissima farina bianca, per rendere la sacca più voluminosa. Brienne aveva comprato quella sottile polvere bianca dal cuoco della locanda Sette spade, la mattina in cui era partita da Duskendale.

«Non volevo mica fare niente di male, milady.» Dick lo Svelto scosse le mani coperte di farina, mostrando di essere disarmato. «Volevo solo vedere se quei dragoni che mi hai promesso c'erano davvero. Il mondo è pieno di furfanti, pronti a imbrogliare gli uomini onesti. Non che *tu* lo sei.»

Brienne sperò che come guida valesse più che come ladro. «Sarà meglio rimettersi in marcia.» Rimontò in sella.

Dick aveva l'abitudine di cantare mentre procedevano a cavallo: mai una canzone intera, solo un pezzo di una e un verso di un'altra. Brienne pensò che lo facesse per cercare di distrarla. A volte, Dick invitava lei e Podrick a cantare con lui, ma senza successo. Il ragazzo era troppo timido e riservato e Brienne non amava cantare. "Cantavi per tuo padre?" le aveva chiesto una volta lady Stark, a Delta delle Acque. "Cantavi per Renly?" Non l'aveva fatto mai, anche se avrebbe voluto...

Quando non cantava, Dick lo Svelto parlava, intrattenendoli con storie su punta della Chela Spezzata. Tutte le valli più lugubri avevano un loro lord, diceva, ed erano accomunate solo per la diffidenza nei confronti degli estranei. Nelle loro vene, il sangue dei Primi Uomini scorreva scuro e forte. «Gli andali tentarono di prendere la Chela Spezzata, ma noi versammo il loro sangue nelle valli e li annegammo nelle paludi. Ma quello che i loro figli non hanno saputo vincere con le spade, le loro donzelle l'hanno preso con i baci. Si sono sposate nelle Case che non erano riusciti a conquistare, *aye*.»

I re Darklyn di Duskendale avevano cercato di imporre il loro dominio su punta della Chela Spezzata, anche i Motton di Maidenpool ci avevano provato, così come in seguito gli altezzosi Celtigar di isola della Chela. Ma gli abitanti di Chela Spezzata conoscevano le loro paludi e foreste come nessun altro e, una volta messi alle strette, sparivano nelle caverne disseminate sulle colline. Quando non combattevano contro potenziali conquistatori, lottavano l'uno contro l'altro. Queste faide sanguinose erano profonde e scure come le paludi tra le loro alture. Ogni tanto, chi primeggiava riusciva a portare la pace alla Punta, ma non durava mai oltre la sua morte. Lord Lucifer Hardy fu uno dei grandi, così come i fratelli Brune. Anche il Vecchio Spaccaossa non era da meno, ma i più potenti di tutti rimanevano i Crabb. Dick continuava a non credere che Brienne non avesse mai sentito parlare di ser Clarence Crabb e delle sue prodezze.

«Perché dovrei mentire?» gli chiese Brienne. «Ogni posto ha i suoi eroi locali. Nelle terre da dove provengo, i menestrelli cantano di ser Galladon di Morne, il Cavaliere Perfetto.»

«Ser Gallachi di Cosa?» sbuffò Dick. «Mai sentito nominare. Perché era così dannatamente perfetto?»

«Ser Galladon era un cavaliere così valoroso che la Fanciulla stessa perse il cuore per lui. Gli regalò una spada incantata come pegno del suo amore: Fanciulla giusta, si chiamava. Nessuna spada comune poteva sconfiggerla, né gli scudi potevano resistere al suo bacio. Ser Galladon la portava con orgoglio, ma la sfoderò solo tre volte. Non usava la Fanciulla contro i mortali, era così potente che avrebbe reso impari qualsiasi scontro.»

Dick Crabb pensò che si trattasse di un'assurdità. «Cavaliere Perfetto? Scemo Perfetto, direi io. Che senso ha avere una spada magica se poi non ci fai niente?»

«Onore» rispose Brienne. «È una questione di onore.»

Questo lo fece ridere ancora più forte. «Ser Clarence Crabb si sarebbe pulito il culo con il tuo Cavaliere Perfetto, milady. Se s'incontravano, c'era un'altra testa mozzata sulla scansia dei Sussurri, te lo dico io. "Dovevo usare la spada magica" direbbe la sua testa alle altre. "Avrei dovuto proprio usare quella maledetta spada."

Brienne non riuscì a trattenere un sorriso. «Forse» disse in tono ironico «ma ser Galladon non era uno sprovveduto. Contro un avversario di due metri e mezzo a cavallo di un uri magari avrebbe estratto la Fanciulla giusta. Dicono che una volta l'abbia usata per uccidere un drago.»

Dick lo Svelto non rimase per nulla impressionato. «Anche Spaccaossa ha combattuto contro un drago, ma lui non aveva bisogno di nessuna spada magica. Gli ha solo fatto un nodo al collo, così tutte le volte che sputava fuoco si arrostiva il culo da solo.»

«E che cos'ha fatto Spaccaossa quando sono arrivati Aegon il Conquistatore e le sue sorelle?» chiese Brienne.

«Era morto. Milady dovrebbe saperlo.» Crabb la guardò di traverso. «Aegon ha mandato sua sorella su a punta della Chela Spezzata, quella Visenya. I lord avevano saputo della fine di Harren. Visto che non sono mica tanto scemi, depongono le spade ai suoi piedi. La regina li prende come suoi uomini e dice loro che non devono giurare fedeltà a Maidenpool, isola della Chela o Duskendale. Ma questo non ferma quello scemo di Celtigar, che manda degli uomini sulla riva orientale per raccogliere le tasse. Se ne manda abbastanza, qualcuno torna indietro... altrimenti ci pieghiamo solo ai nostri lord, e al re. A quello vero, non a Robert e alla sua razza.» Dick sputò con disprezzo. «C'erano i Crabb, i Brune, i Bogs con il principe Rhaegar sul Tridente, e anche la Guardia reale. Un Hardy, un Cave, un Pyne e tre Crabb, Clement, Rupert e Clarence il Corto. Era alto sei piedi, che era però poco rispetto al vero ser Clarence. Siamo tutti ottimi uomini da drago, qui a Chela Spezzata.»

A mano a mano che avanzavano verso nordest, il movimento di carri e viandanti continuò a ridursi. Alla fine non c'erano più locande dove fermarsi. A quel punto la strada costiera era ridotta a un sentiero invaso dalle erbacce. Quella notte trovarono riparo in un villaggio di pescatori. Brienne pagò alcune monete di bronzo per avere il permesso di stendersi in un fienile. Prese il sottotetto per sé e Podrick e, una volta saliti, tirò su la scala.

«Mi lasciate qua sotto da solo, potrei rubarvi i vostri maledetti cavalli» urlò Crabb. «Faresti bene a fare salire su anche loro, milady!»

Brienne lo ignorò.

«E stanotte pioverà!» continuò Dick. «Una fredda notte di pioggia. Tu e Pods ve ne state lì a dormire al caldo e il vecchio Dick qua sotto da solo a tremare.» Scosse la testa, mugugnando, mentre si preparava un giaciglio su un mucchio di fieno. «Non ho mai incontrato una donzella così diffidente.»

Brienne si sistemò sotto il mantello, Podrick sbadigliava al suo fianco. "Non sono sempre stata così cauta" avrebbe voluto gridare a Crabb. "Da piccola, credevo che tutti gli uomini fossero nobili come mio padre." Anche quelli che le dicevano quanto era carina, alta, intelligente e brillante, con quanta grazia danzava. Era stata septa Roelle ad aprirle gli occhi. "Dicono quelle cose solo per guadagnarsi il favore di tuo padre" le aveva rivelato. "La verità la troverai nello specchio, non nelle lingue degli uomini." Era stata una dura lezione, che aveva lasciato Brienne in lacrime, ma le era tornata utile a Harrenhal, quando ser Hyle e gli altri si erano presi gioco di lei. "Una fanciulla deve essere diffidente in questo mondo, o non resterà fanciulla a lungo" pensò Brienne, mentre iniziava a cadere la pioggia.

Nella grande mischia a Ponte Amaro era andata a cercare i suoi cosiddetti pretendenti e li aveva pestati, uno per uno, Farrow, Ambrose, Bushy, Mark Mullendore, Raymond Nayland e Will la Cicogna. Il suo cavallo aveva calpestato Harry Sawyer e aveva frantumato l'elmo di Robin Potter, lasciandogli una brutta cicatrice. E quando anche l'ultimo di loro era caduto, la Madre le aveva dato Connington. Quella volta ser Ronnet teneva in mano una spada, non una rosa. E ogni colpo che Brienne gli aveva assestato era stato più dolce di un bacio.

Quel giorno, l'ultimo ad affrontare la sua collera era stato Loras Tyrell. Il Cavaliere di Fiori non le aveva mai fatto la corte, l'aveva sempre a malapena guardata, ma quel giorno aveva tre rose dorate sullo scudo e Brienne odiava le rose. La vista di quei fiori le aveva infuso una forza furibonda. La notte sognò il combattimento che aveva avuto con ser Loras, e ser Jaime che le metteva una cappa arcobaleno sulle spalle.

La mattina dopo stava ancora piovendo. A colazione Dick lo Svelto suggerì di aspettare che smettesse.

«E quando pensi che accadrà?» lo imbeccò Brienne. «Oggi? Tra due settimane? Al ritorno dell'estate? No. Abbiamo i mantelli e molte leghe da percorrere davanti a noi.»

Continuò a piovere per tutto il giorno. In breve, lo stretto sentiero si tramutò in fango sotto gli zoccoli dei loro cavalli. Gli alberi erano tutti spogli e la pioggia battente aveva trasformato le foglie cadute in un fradicio tappeto marrone. Nonostante avesse il mantello foderato di pelle di scoiattolo, Dick era bagnato, e Brienne vide che stava tremando. Per un istante provò pietà. "Non mangia abbastanza, questo è poco ma sicuro." Si chiedeva se esistevano davvero una cala dei contrabbandieri o un castello in rovina chiamato Sussurri. Gli uomini affamati commettono atti disperati. Quel viaggio poteva essere un trucco di Dick per ammorbidirla. Il sospetto le inacidì lo stomaco.

Per molto tempo, lo scrosciare continuo della pioggia parve l'unico suono al mondo. Dick lo Svelto avanzava a fatica, l'espressione indifferente. Brienne lo osservò con attenzione: teneva la schiena incurvata, come se aggobbirsi sulla sella potesse servirgli per bagnarsi meno. Quando calò la sera, questa volta non c'erano villaggi nelle vicinanze. Né alberi sotto cui ripararsi. Furono costretti ad accamparsi tra le rocce, a una cinquantina di iarde dalla battigia. Almeno sarebbero stati protetti dal vento.

«È meglio che stanotte facciamo la guardia, milady» disse Dick Crabb, mentre Brienne cercava di accendere un fuoco. «In un posto come questo possono esserci i *fangostri*.»

«Chi?» Brienne gli lanciò un'occhiata sospettosa.

«Mostri» rispose Dick lo Svelto, quasi con compiacimento. «Da lontano sembrano degli uomini, ma hanno teste molto grosse e squame al posto dei capelli. Sono bianchi come la pancia dei pesci e hanno le dita palmate. Sono sempre bagnati e puzzano di pesce, ma dietro le labbra mollicce hanno denti verdi aguzzi come aghi. Alcuni dicono che i Primi Uomini li hanno uccisi tutti, ma è meglio non crederci. I fangostri arrivano di notte e portano via i bambini cattivi. E quando si muovono con i piedi palmati fanno un rumore tipo *ciac-ciac*. Le bambine, le tengono per fare figli, i maschi invece li mangiano, strappando le carni con quei denti verdi e aguzzi.» Fece un ghigno guardando Podrick. «Ragazzo, a te, ti mangerebbero. *Crudo*.»

«Se ci provano, io li ammazzo.» Podrick mise la mano sulla spada.

«Provaci. I fangostri mica crepano così facilmente.» Fece l'occhiolino a Brienne. «Tu non sei mica una bambina cattiva, vero milady?»

«No.» "Solo sciocca."

La legna era troppo umida per accendersi, per quante scintille Brienne facesse con la pietra focaia e l'acciarino. L'esca fece salire un po' di fumo, ma nulla di più. Nauseata da quegli inutili sforzi, appoggiò la schiena a una roccia, si coprì con il mantello e si rassegnò a una notte fredda e umida. Sognando un pasto caldo, addentò una striscia di carne di manzo salata. Dick lo Svelto raccontava della volta in cui ser Clarence Crabb aveva lottato contro il re dei fangostri. "È un bravo narratore" dovette ammettere "ma anche Mark Mullendore era divertente, con la sua scimmietta."

Era troppo umido per vedere il calare del sole e troppo grigio per vedere il sorgere della luna. La notte era buia e senza stelle. Dick lo Svelto finì di raccontare le sue storie e si mise a dormire. Poco dopo anche Podrick stava russando. Brienne rimase seduta contro la roccia ad ascoltare lo sciabordio delle onde. "Sei vicina al mare, Sansa?" si domandò. "Sei in quel fantomatico castello dei Sussurri in attesa di un vascello che non arriverà mai? Chi c'è vicino a te? Un passaggio per tre persone, ha detto Dick. Sei con il Folletto e con ser Dontos Hollard, oppure hai trovato la tua sorellina?"

Era stata una lunga giornata e Brienne era stanca. Anche stando seduta contro la roccia, con la pioggia che cadeva quietamente intorno a lei, sentì le palpebre farsi sempre più pesanti. Si appisolò due volte. La seconda si svegliò di soprassalto, con il cuore che le martellava nel petto, convinta che qualcuno incombesse su di lei. Sentiva gli arti rigidi e aveva il mantello attorcigliato intorno alle caviglie. Lo scalciò, si alzò in piedi. Dick lo Svelto dormiva arrotolato contro una roccia, mezzo sepolto nella sabbia umida e pesante. "Un sogno. È stato un sogno."

Forse aveva fatto un errore ad abbandonare ser Creighton e ser Illifer. Sembravano persone oneste. "Se Jaime fosse venuto con me" pensò... ma Jaime era un cavaliere della Guardia reale, il suo posto era vicino al re. E poi lei voleva Renly. "Ho giurato che l'avrei protetto e ho fallito. Poi ho giurato che l'avrei vendicato e ho fallito anche in quello. Allora sono fuggita con lady Catelyn e ho mancato anche con lei." Il vento aveva cambiato direzione e ora la pioggia le bagnava il viso.

Il giorno successivo la strada diventò un viottolo di ciottoli e alla fine solo una traccia. Verso mezzogiorno, finì di colpo ai piedi di una scogliera erosa dal vento. Sulla sommità, un piccolo castello si ergeva a picco sulle onde, con tre torri convesse stagliate contro il cielo plumbeo.

«È il castello dei Sussurri?» chiese Podrick.

«A te pare forse una dannata rovina?» disse Dick Crabb, sprezzante. «Quello è il Dyre Den, dove c'è il vecchio lord Brune. Ma qui finisce la strada. Da adesso in poi ci sono i pini.»

Brienne studiò la scogliera. «Come arriviamo lassù?»

«Facile.» Dick lo Svelto girò il suo cavallo. «Seguitemi, state vicino. I fangostri hanno l'abitudine di prendere quelli che restano indietro.»

La strada si rivelò un sentiero ripido e pietroso, nascosto in una fenditura della roccia. Per lo più era un passaggio naturale, solo qua e là erano stati scavati dei gradini per facilitare l'ascesa. Pareti di roccia a picco, scolpite da secoli di vento e mare, costeggiavano il loro cammino, da un lato e dall'altro. In alcuni punti, le rocce avevano assunto forme fantastiche. Mentre salivano, Dick lo Svelto ne indicò alcune. «Quella è la testa di un orco, vedete?» Brienne sorrise quando la individuò. «E là c'è un drago di pietra. L'altra ala è caduta quando il mio babbo era un ragazzino. Sopra, ci sono le tette che penzolano, come quelle delle vecchie.» Lanciò un'occhiata al seno di Brienne.

«Ser? Mia lady?» disse Podrick. «C'è un cavaliere.»

«Dove?» Nessuna di quelle pietre le ricordava un uomo a cavallo.

«Sulla strada. Non di roccia, uno vero. Che ci segue» indicò. «Laggiù.»

Brienne si voltò sulla sella. Erano saliti abbastanza in alto da dominare un lungo tratto della spiaggia. Il cavallo si stava inerpicando sullo stesso sentiero che avevano percorso loro, quattro o cinque miglia indietro. "Ancora?" Lanciò un'occhiata sospettosa a Dick lo Svelto.

«Non guardarmi così male» disse lui per tutta risposta. «Chiunque sia, non ha niente a che fare con il vecchio Dick lo Svelto. Qualcuno della famiglia Brune, probabilmente, che torna dalla guerra. O uno di quei cantastorie che vagano di villaggio in villaggio.» Dick girò la testa e sputò. «Non è un fangostro. Di questo statene pur certi. Loro non vanno mica a cavallo.»

«No, non vanno a cavallo» disse Brienne. Almeno su questo erano d'accordo.

Le ultime trenta iarde della salita si rivelarono le più ripide e insidiose. I ciottoli franavano sotto gli zoccoli, rotolando rumorosamente a valle lungo il sentiero roccioso. Quando emersero dalla fenditura, si trovarono sotto le mura del castello. Da un parapetto sopra di loro si sporse qualcuno a osservarli, quindi scomparve.

Brienne pensò che si trattasse di una donna e lo disse a Dick. Lui fu d'accordo. «Il lord Brune è troppo vecchio per andarsene in giro ad arrampicarsi sui camminamenti delle mura, i figli e i nipoti sono partiti per la guerra. Sono rimaste qui solo ragazze e un moccioso di tre o quattro anni.»

Brienne fu sul punto di chiedergli per quale re si fosse schierato lord Brune, ma ormai non aveva più importanza. I suoi figli erano partiti, qualcuno forse non sarebbe più tornato. "Non troveremo ospitalità per la notte." Era improbabile che un castello pieno di vecchi, donne e bambini aprisse le porte a degli estranei armati. «Parli di lord Brune come se lo conoscessi» disse a Dick lo Svelto.

«Forse, un tempo.»

Brienne gettò uno sguardo al pettorale del farsetto che Dick indossava. Fili spezzati e una zona più scura dove pareva che fosse stato strappato un emblema. Crabb era un disertore, non c'erano dubbi al riguardo. E se il cavaliere che li seguiva fosse stato uno dei suoi compagni d'arme?

«Dobbiamo muoverci» incalzò Dick «prima che Brune cominci a chiedersi che cosa ci facciamo qui, sotto le sue mura. Anche le ragazze sanno usare le balestre.» Fece un gesto verso le colline calcaree che si estendevano dietro il castello, con i pendii coperti di boschi. «Qui le strade finiscono, ci sono solo i torrenti e le orme della selvaggina, ma milady non deve temere. Dick lo Svelto conosce bene queste zone.»

Proprio quello che Brienne temeva. Il vento ululava in cima alla scogliera, ma lei riusciva solo a sentire l'odore di una trappola. «E quel cavaliere?» A meno che il suo cavallo non fosse in grado di camminare sulle acque, sarebbe arrivato presto in cima alla collina.

«Che c'entra? Sarà qualche pazzo di Maidenpool, mi sa che neanche trova il passaggio. E se anche lo trova, lo seminiamo nei boschi. Da qui in poi non avrà più una strada da seguire.»

"Solo le nostre tracce." Brienne si chiese se non valesse la pena di affrontare quel cavaliere, con la spada in pugno. "Ma farei la figura della stupida se invece dovesse trattarsi di uno di quei menestrelli girovaghi o uno dei figli di lord Brune." Pensò che Crabb aveva ragione. "Se domani sarà ancora dietro di noi, allora me ne occuperò." «Come vuoi» disse a Dick, dirigendo il cavallo verso gli alberi.

Il castello di lord Brune si allontanò alle loro spalle e in breve non fu più visibile. I pini-soldato e gli alberi-sentinella si infittirono, torreggianti lance ricoperte di verde erette verso il cielo. Il sottobosco era un tappeto di aghi caduti, spesso come le mura di un castello, disseminato di pigne. Gli zoccoli dei cavalli sembravano non fare alcun rumore. Pioveva un po', poi smetteva, poi riprendeva, ma in mezzo agli alberi se ne accorgevano appena.

Nel bosco, l'andatura era molto più lenta. Brienne spronava la sua giumenta nella verde oscurità, destreggiandosi tra i pini. Si rese conto che sarebbe stato fin troppo facile perdersi. In qualsiasi direzione volgesse lo sguardo, il paesaggio era lo stesso. Anche l'aria sembrava grigia, verde e immobile. I rami dei pini le graffiavano le braccia, grattavano rumorosamente contro il suo scudo dipinto di nuovo. Con il passare delle ore, quella quiete innaturale la infastidiva sempre più.

Anche Dick lo Svelto era innervosito. Qualche ora dopo, all'avvicinarsi del crepuscolo, cercò di cantare. «*Là c'era un orso, un orso tutto nero e marrone, coperto di pelliccia.*» La sua voce era ruvida come un paio di brache di lana. I pini inghiottirono la canzone, così come avevano inghiottito il vento e la pioggia. Dopo qualche tempo, Dick rinunciò.

«È brutto qui» disse Podrick. «È un brutto posto.»

Brienne aveva la stessa sensazione, ma ammetterlo non sarebbe servito a niente. «Una foresta di pini è un luogo lugubre, ma in fondo sono soltanto pini. Non c'è nulla da temere qui.»

«E i fangostri pieni di squame? E le teste che sussurrano?»

«Sveglio, il ragazzo» fece Dick, ridacchiando.

Brienne gli lanciò una dura occhiata. «I fangostri non esistono» disse a Podrick «e nemmeno le teste.»

Le colline salivano e scendevano. Brienne si ritrovò a pregare che Dick lo Svelto fosse onesto e sapesse dove li stava portando. Da sola non era neppure sicura di riuscire a ritornare al mare. Giorno e notte, il cielo era di un grigio compatto, senza sole né stelle per aiutarla a seguire la strada.

Si accamparono presto quella sera: dopo essere discesi da un'altura, si ritrovarono vicino a una scintillante palude verde. Nella luce grigiastra, il terreno davanti a loro pareva abbastanza solido ma, quando si inoltrarono, i cavalli affondarono fino al garrese. Dovettero invertire la marcia e cercare un appoggio più stabile.

«Non c'è problema» li rassicurò Dick Crabb. «Risaliamo la collina e scendiamo dall'altra parte.»

Il giorno successivo fu lo stesso. Attraversarono pinete e paludi, sotto cieli scuri e piogge intermittenti, superarono canaloni e caverne, oltrepassarono rovine di antichi torrioni ricoperte di muschio. Ogni cumulo di pietre aveva una storia che Dick lo Svelto narrò. A sentire lui, gli uomini di punta della Chela Spezzata avevano innaffiato i pini con il loro sangue. La pazienza di Brienne cominciò presto a logorarsi.

«Manca ancora molto?» chiese alla fine. «Ormai dobbiamo aver visto tutti gli alberi di punta della Chela Spezzata.»

«Non ancora» replicò Crabb. «Ci siamo quasi. Vedi, il bosco si sta diradando. Siamo vicino al mare Stretto.»

"Il fesso da cui ha promesso di portarmi si rivelerà essere il mio riflesso in uno stagno" pensò Brienne, ma a quel punto era ormai inutile tornare indietro. Era comunque diffidente, non poteva negarlo. Sentiva le cosce dure come ferro per la lunga cavalcata, dormiva solo quattro ore per notte, mentre Podrick montava la guardia. Se Dick lo Svelto intendeva provare ad assassinarli, era convinta che sarebbe stato qui, in un terreno che lui conosceva. Poteva condurli nel nascondiglio di qualche fuorilegge, dove magari lo aspettavano altri esseri infidi come lui. Oppure stava semplicemente girando in tondo, in attesa che il cavaliere li raggiungesse. Da quando avevano lasciato il castello di lord Brune non lo avevano più visto, ma questo non significava che avesse abbandonato la caccia.

"Forse dovrò ucciderlo" rimuginò Brienne una sera, mentre camminava su e giù per l'accampamento. Quel pensiero la turbò. Il suo maestro d'armi aveva sempre dubitato che lei fosse sufficientemente forte per la battaglia. "Nelle braccia hai la forza di un uomo" le aveva detto più di una volta ser Goodwin "ma il tuo cuore è delicato come quello di qualsiasi altra fanciulla. Una cosa è esercitarsi nel cortile con una spada dalla punta smussata, un'altra infilzare trenta centimetri di acciaio nel ventre di un uomo e vedere la luce che si spegne nei suoi occhi." Per renderla più risoluta, ser Goodwin era solito mandarla dal macellaio di suo padre a sgozzare agnelli e porcellini. I piccoli suini strillavano, gli agnelli gridavano come bambini terrorizzati. Finita la macellazione, Brienne era accecata dalle lacrime versate e gli abiti erano talmente intrisi di sangue che doveva consegnarli alla sua serva perché li bruciasse. Ma ser Goodwin continuava ad avere dubbi. "Un maialino è pur sempre un animale. Con un uomo è diverso. Quando ero un giovane scudiero, avevo un amico forte, agile e veloce, un campione a corte. Sapevamo tutti che un giorno sarebbe stato un ottimo cavaliere. Poi a Scala di Pietra arrivò la guerra. Ho visto il mio amico ridurre l'avversario in ginocchio e strappargli l'ascia di mano, ma sul punto di finirlo ebbe un attimo di esitazione. E in battaglia un attimo è la durata di una vita. L'uomo estrasse un pugnale e trovò un varco tra le placche dell'armatura del mio amico. La sua forza, la sua velocità, la sua prodezza, tutte le capacità apprese grazie all'esercizio... tutto inutile, quanto la scoreggia di un guitto, *perché si era tirato indietro e non aveva ucciso*. Ricordalo, ragazza."

"Lo farò" promise Brienne alla propria ombra, in mezzo al bosco di pini. Si sedette su una roccia, prese la spada e cominciò ad affilarne la lama. "Ricorderò e prego che al momento giusto non mi tirerò indietro."

Il giorno successivo sorse cupo, freddo e coperto. Non videro il levarsi del sole, ma quando il nero della notte sbiadì nel grigio, Brienne capì che era giunto il momento di salire nuovamente in sella. Con Dick lo Svelto che apriva la marcia, tornarono a immergersi nel bosco. Brienne lo seguiva da presso, con Podrick di retroguardia sul suo ronzino.

Arrivarono al castello senza neppure averlo avvistato. Un momento erano nel fitto in mezzo al bosco, con intorno solo una infinita distesa di pini, poi aggirarono un masso tondeggiante e di fronte a loro si aprì un varco. Un miglio più avanti, la foresta terminava d'improvviso. Si ritrovarono al cospetto del cielo, del mare e di un antico castello diroccato, abbandonato, invaso dalle erbacce, sul limitare della scogliera. «I Sussurri» disse Dick lo Svelto. «Ascoltate. Riuscite a sentire le teste?»

Podrick rimase a bocca aperta. «Io le sento.»

Anche Brienne le sentiva. Un mormorio debole e sommesso che pareva salire dal terreno e dal castello al tempo stesso. Più si avvicinavano alla scogliera, più il rumore era udibile. "È il mare" si rese conto Brienne all'improvviso. Le onde avevano scavato la base delle scogliere e rimbombavano nelle caverne e nei tunnel sotto terra. «Non ci sono teste» disse. «Quello che senti è il sospiro delle onde.»

«Le onde non sospirano mica. Sono le teste.»

Il castello era stato costruito con vecchie pietre, una diversa dall'altra, senza malta. Il muschio invadeva le fenditure tra le rocce e dalle fondamenta crescevano degli alberi. Gran parte degli antichi castelli aveva un parco degli dèi. A guardarlo bene, il castello dei Sussurri pareva avere poco altro. Brienne portò la giumenta fino al bordo della scogliera, dove il muro non portante era crollato. Dell'edera rossa velenosa era cresciuta sui cumuli di pietre sconnesse. Brienne legò la giumenta a un albero e si avvicinò più che poté al precipizio. Quindici iarde più sotto, le onde si abbattevano sui resti di una torre crollata. Dietro, intravide l'imboccatura di una grossa caverna.

«Quella è la vecchia torre di segnalazione» disse Dick, sopraggiungendo alle sue spalle. «È crollata quando io avevo la metà degli anni del nostro Pods. I gradini scendevano giù fino alla cala, ma quando la scogliera è sprofondata sono spariti anche quelli. Da allora, i contrabbandieri hanno smesso di venire. Prima entravano nella grotta con le barche a remi, ma poi... Vedi?» Le mise una mano sulla schiena e con l'altra indicò.

La carne di Brienne formicolò. "Una spinta e mi ritrovo tra le rovine della torre." Fece un passo indietro. «Tieni giù le mani.»

Dick Crabb fece una smorfia. «Ma volevo solo...»

«Non mi interessa che cosa volevi fare. Da dove si entra?»

«Dall'altro lato.» Dick esitò. «Il tipo, il fesso che stai cercando, è uno che se la prende?» chiese nervosamente. «Voglio dire, ieri notte ho cominciato a pensare che magari è arrabbiato con il vecchio Dick, per quella mappa che gli ho venduto e che non gli ho mica detto che i contrabbandieri qua non ci vengono più.»

«Con l'oro che ti darò, potrai rendergli qualsiasi somma lui ti abbia dato per il tuo *aiuto*.» Brienne non riusciva a immaginare Dontos Hollard in atteggiamento minaccioso. «Se lui, tra l'altro, è ancora qui.»

Fecero un giro intorno alle mura. Il castello aveva una pianta triangolare, con torri quadrate a ogni angolo. I portoni erano marci. Quando Brienne ne spinse uno, il legno scricchiolò malamente, staccandosi in lunghe schegge umide. Per poco, metà del portone non le cadde addosso. Brienne scorse un interno ancora più tetro e cupo, invaso dalla vegetazione. La foresta aveva oltrepassato le mura, inghiottendo il mastio e i bastioni. Ma dietro il portone c'era ancora la grata, con i denti conficcati nel molle terreno fangoso. Il ferro era rosso di ruggine ma quando Brienne lo scosse non cedette.

«È molto tempo che nessuno usa più questo ingresso.»

«Potrei scavalcare» si offrì Podrick. «Dalla scogliera, dove il muro è crollato.»

«È troppo pericoloso. Quelle pietre sembrano instabili e l'edera rossa è velenosa. Dev'esserci una posterla.»

La trovarono sul lato nord del castello, seminascosta dietro un cespuglio di lamponi. I frutti erano stati tutti raccolti, e metà del cespuglio era stata tagliata per aprire un varco verso la porta. La vista dei rami rotti riempì Brienne di inquietudine.

«Qualcuno però è passato di qui e di recente.»

«Il tuo fesso e quelle ragazze» disse Crabb. «Te l'avevo detto, io.»

"Sansa?" Brienne non riusciva a crederci. Neppure quell'ubriacone perenne di Dontos Hollard sarebbe stato così stupido da portarla in un posto simile. C'era qualcosa, in quelle rovine, che la turbava profondamente. No, non avrebbe trovato qui la giovane Stark... ma doveva comunque dare un'occhiata. "Qualcuno è passato di qui" pensò. "Qualcuno che doveva restare nascosto."

«Io entro» li avvisò. «Crabb, vieni con me. Podrick, tu controlla i cavalli.»

«Voglio venire anch'io. Sono uno scudiero. So combattere.»

«È per questo che voglio che tu stia qui. Potrebbero esserci dei fuorilegge nel bosco. Non possiamo rischiare di lasciare i cavalli senza protezione.»

Podrick diede un calcio a un sasso. «Come vuoi.»

Brienne si fece largo attraverso i rovi e tirò un anello di ferro arrugginito. La porta della posterla resistette per un momento, poi si aprì con uno strattone e i cardini cigolarono in segno di protesta. Il rumore fece rizzare i capelli sulla nuca di Brienne. Estrasse la spada. Anche con la cotta di maglia di ferro e il cuoio indurito si sentiva comunque nuda.

«Avanti, milady» la incitò Dick, dietro di lei. «Che cosa aspetti? Il vecchio Crabb è morto da secoli.»

Che cosa stava aspettando? Brienne si sforzò di porre fine ai propri timori. L'unico rumore era quello del mare, un'eco continua attraverso le caverne sotto il castello, che cresceva e calava a ogni onda. Eppure, quel suono sembrava veramente un sussurro. Per un attimo, le parve di vedere le teste parlanti, riposte sulle scansie, intente a bisbigliare l'una all'altra. «Avrei dovuto usare la spada» mormorava una di loro. «Avrei dovuto usare la spada magica.»

«Podrick» disse Brienne. «Ci sono una spada e un fodero avvolti nelle mie coperte. Portameli.»

«Sì, ser. Mia lady. Certo.» Il ragazzo partì di corsa.

«Una spada?» Dick lo Svelto si grattò dietro un orecchio. «Tu hai già una spada in mano. Perché ne vuoi un'altra?»

«Questa è per te» disse Brienne offrendogli l'elsa.

«Davvero?» Crabb allungò la mano esitante, come se quella lama potesse morderlo. «La fanciulla diffidente dà una spada al vecchio Dick?»

«Sai come usarla, no?»

«Sono un Crabb.» Prese la spada con un gesto brusco. «Ho lo

stesso sangue di ser Clarence.» Cominciò a fendere l'aria e le rivolse un ampio sorriso. «C'è chi dice che è la spada che fa il lord.»

Podrick Payne fece ritorno. Reggeva Giuramento pieno di soggezione, come fosse stato un bambino in fasce. Dick lo Svelto lanciò un fischio alla vista del fodero riccamente ornato con le teste di leone, ma rimase in silenzio quando Brienne estrasse la lama ed eseguì un taglio calante di prova. "Anche il suono è più affilato di quello di una spada normale."

«Seguimi» disse a Crabb. Entrò di traverso nella posterla, abbassando la testa sotto il vano della porta.

Davanti a lei, si aprivano i bastioni ricoperti di erbacce. Alla sua sinistra c'era il portone principale e i resti di quella che doveva essere stata una stalla. Arbusti spuntavano nel centro delle scuderie, perforando quello che era stato il tetto di paglia, secca e marrone. Alla sua destra, Brienne vide dei gradini di legno marcio che scendevano nell'oscurità di un torrione o di una segreta. Dove un tempo si trovava il mastio, adesso c'era un cumulo di pietre, ricoperte di muschio verde e viola. Il cortile era invaso dalle erbacce, ricoperto di aghi di pino. I pini-soldato erano ovunque, allineati in ranghi solenni. In mezzo a loro si trovava un pallido straniero, un giovane, esile albero-diga, con il tronco pallido come il viso di una sorella di clausura. Dai rami spuntavano foglie rosso scuro. Oltre l'albero-diga, solo il vuoto del cielo e del mare, là dove il muro era crollato...

... e i resti di un bivacco.

I sussurri tormentavano le sue orecchie, insistenti. Brienne mise un ginocchio a terra vicino al fuoco. Raccolse un frammento annerito, lo annusò, rimescolò le ceneri. "Ieri sera qualcuno ha tentato di scaldarsi. Oppure cercava di inviare un segnale a una nave di passaggio."

«Ehiii» gridò Dick lo Svelto. «C'è nessuno?»

«Sta' zitto» lo ammonì Brienne.

«Forse c'è nascosto qualcuno. E vuole darci un'occhiata prima di uscire allo scoperto.» Dick si diresse verso i gradini che scendevano sotto terra e sbirciò nell'oscurità. «*Ehiiiii*» gridò di nuovo. «C'è nessuno laggiù?»

Brienne vide uno degli arbusti ondeggiare. Dai cespugli uscì un uomo, talmente lurido da sembrare spuntato direttamente dalla terra. Teneva in mano una spada spezzata, ma fu il suo volto, gli occhi piccoli e le narici grandi e schiacciate a bloccare Brienne.

Conosceva quel naso. Conosceva quegli occhi. I suoi amici lo chiamavano "Pyg".

Tutto parve accadere in un battito di ciglia. Un secondo uomo uscì dall'orlo del pozzo. Non fece più rumore di un serpente che strisci su un mucchio di foglie umide. Indossava un mezzo elmo di ferro avvolto in un drappo di seta rossa macchiata. In mano reggeva una spessa lancia corta. Brienne conosceva anche lui. Alle sue spalle si udì un fruscio, mentre una testa sbucava tra le foglie rosse.

Dick Crabb era ancora in piedi sotto l'albero-diga. Alzò lo sguardo, vide un volto. «Eccolo qua!» gridò a Brienne. «Il tuo fesso...»

«Dick» chiamò Brienne in tono teso «a me.»

Shagwell piombò giù dall'albero-diga con una stridente risata. Era l'orrido giullare dei Guitti Sanguinari di Vargo Hoat. Indossava gli abiti multicolori dei giullari, ma così scoloriti e macchiati che sembravano tutti marrone più che grigio o rosa. Impugnava una mazza da guerra, tre sfere irte di rostri attaccate a un manico di legno. Vorticò la sua arma, in diagonale e verso il basso. Una delle ginocchia di Dick Crabb esplose in un'eruzione di ossa e sangue.

«*Questo* è niente!» esultò Shagwell.

Dick crollò. La spada che Brienne gli aveva dato volò via dalle sue mani e fu inghiottita dalle erbacce. Dick si contorse a terra urlando, con le mani serrate su ciò che restava del ginocchio.

«Ma guarda te» disse Shagwell «è Dick il Contrabbandiere, quello che ci ha disegnato la mappa. Sei venuto fin qua a renderci il nostro oro, Dick?»

«Vi prego» piagnucolò Dick «vi prego, no, la mia gamba...»

«Male? Posso farlo smettere.»

«Lascialo stare» tuonò Brienne.

«NO!» urlò Dick lo Svelto, poi sollevò le mani insanguinate a proteggersi il capo.

Shagwell fece roteare la mazza ferrata ancora una volta sopra la sua testa. Mandò le sfere con i rostri ad affondare nella faccia di Dick Crabb. Ci fu uno scricchiolio da far torcere le budella. Nel silenzio che seguì, Brienne poteva udire il battito del proprio cuore.

«Shags, come sei cattivo» disse l'uomo spuntato dal pozzo. Rise nel riconoscere Brienne. «Ancora tu, donna? Che cosa sei venuta a fare qui, a darci la caccia? O magari ti mancavano le nostre simpatiche facce?»

«È venuta per me.» Shagwell spostava il peso del corpo da un piede all'altro, facendo roteare la mazza. «Mi sogna tutte le notti, quando si infila le dita nella fica. Mi vuole, gente! Questa vacca sente la mancanza delle mie scopate! Me la inculo e la riempio di seme di giullare, fino a che non caccia fuori un altro piccolo Shagwell!»

«Per fare uscire quello devi usare un altro buco, Shags» lo corresse Timeon, con la sua parlata strascicata di Dorne.

«Allora è meglio che uso tutti i buchi che ha.» Shagwell si spostò minacciosamente alla destra di Brienne. «Così vado sul sicuro.»

Pyg la aggirò sulla sinistra, costringendola ad arretrare verso il bordo frastagliato della scogliera. "Un passaggio per tre" ricordò Brienne. «Siete rimasti solo in tre.»

Timeon alzò le spalle. «Ce ne siamo andati ognuno per la sua strada quando abbiamo lasciato Harrenhal. Urswyck e i suoi hanno proseguito per Vecchia Città. Rorge ha pensato di venire fino a Padelle Salate. Io e i miei amici ci siamo diretti a Maidenpool, ma non siamo riusciti a salire su una nave.» Il dorniano soppesò la sua lancia. «Hai ammazzato Vargo con quel morso, sai? L'orecchio gli è diventato tutto nero e lui ha cominciato a vomitare pus. Rorge e Urswyck volevano partire, ma il lord Caprone ha detto che dovevamo badare al suo castello. Diceva che era lui il lord di Harrenhal, che nessuno glielo poteva prendere. L'ha detto in quel suo modo sentimentale, come faceva sempre lui. Ma poi abbiamo sentito dire che la Montagna che cavalca l'ha ammazzato, pezzo a pezzo. Una mano un giorno, un piede quello dopo, l'ha macellato proprio come si deve. Gli bendavano i moncherini in modo che non crepasse. Voleva tenere il cazzo per ultimo, ma un corvo l'ha chiamato ad Approdo del Re, così ha finito il Caprone, ed è partito.»

«Non sono qui per voi. Sto cercando...» Brienne stava quasi per dire "mia sorella". «... un giullare.»

«*Io* sono un giullare» annunciò Shagwell tutto felice.

«Non sei tu» ribatté Brienne. «Quello che cerco è con una ragazza d'alto lignaggio, la figlia di lord Stark di Grande Inverno.»

«Allora cerchi il Mastino» disse Timeon. «Guarda caso, non è qui neanche lui. Ci siamo solo noi.»

«Sandor Clegane?» chiese Brienne. «Cosa intendi?»

«È lui che ha la giovane Stark. Da quel che ho sentito, lei era diretta a Delta delle Acque e lui l'ha presa. Cane maledetto.»

"Delta delle Acque" pensò Brienne. "Stava andando a Delta delle Acque. Dai suoi zii." «Come fai a saperlo?»

«L'ho sentito da uno degli uomini di Beric Dondarrion. Anche il Lord della Folgore la sta cercando. Ha mandato i suoi a setacciare il Tridente, sulle sue tracce. Ci siamo imbattuti in tre di loro dopo Harrenhal e a uno gli abbiamo cavato fuori la storia prima che crepasse.»

«Può avere mentito.»

«Sì, ma non l'ha fatto. Poi abbiamo sentito che il Mastino aveva ucciso tre degli uomini di suo fratello in una locanda al crocevia. La ragazza era con lui. Il locandiere lo ha giurato prima che Rorge lo uccidesse, e anche le puttane hanno detto la stessa cosa. Erano proprio una brutta banda. Non brutta come te, diciamolo, ma comunque...»

"Sta cercando di distrarmi" si rese conto Brienne "mi vuole cullare con la sua voce."

Pyg si stava avvicinando. Shagwell balzò verso di lei. Brienne arretrò. "Mi spingeranno con le spalle alla scogliera se non faccio qualcosa." «State lontani» li avvisò.

«Mi sa che ti chiaverò il naso, puttana» annunciò Shagwell. «Sarà tutto da ridere, sai?»

«Ha un cazzo molto piccolo» spiegò Timeon. «Butta quella bella spada e magari saremo gentili con te, donna. Abbiamo bisogno di oro per pagare i contrabbandieri, tutto qua.»

«E se vi do l'oro ci lascerete andare?»

«Ma certo.» Timeon sorrise. «Ma solo dopo che ci hai scopato tutti. Ti pagheremo come una vera puttana. Una moneta d'argento per ognuno di noi. Oppure prendiamo l'oro e ti chiaviamo lo stesso, e poi ti ammazziamo così come la Montagna ha ammazzato lord Vargo. Qual è la tua scelta?»

«Questa.» Brienne si avventò contro Pyg.

Il mercenario alzò la sua lama rotta per proteggersi la faccia. Mossa sbagliata: Brienne lo attaccò alla coscia. Giuramento trapassò cuoio, lana, pelle e muscoli, lacerando qualsiasi cosa. Pyg contrattaccò, pieno di rabbia. La gamba gli cedette. Prima di cadere a terra sulla schiena, la sua spada rotta si levò verso Brienne, graffiando la maglia di ferro che le proteggeva il mento.

Brienne gli passò la gola da parte a parte, girò la lama, la estrasse in un vortice rosso. Roteò su se stessa nella frazione di secondo in cui la lancia di Timeon le sfiorava il volto. "Non ho esitato." Un rivolo di sangue le colava lungo la guancia. "Hai visto, ser Goodwin?" Non sentiva neppure la ferita. «Tocca a te!» gridò a Timeon, mentre il dorniano estraeva una seconda lancia, più corta e spessa della prima. «Buttala.»

«Così tu mi puoi attaccare? Finirei stecchito come Pyg. No. Ammazzala, Shags.»

«Ammazzala tu» controbatté Shagwell. «Hai visto che cosa ha fatto a Pyg? È pazza: ubriaca di sangue di luna.» Il giullare era dietro di lei, Timeon di fronte. Da qualunque parte Brienne si voltasse, avrebbe avuto sempre uno di loro alle spalle.

«Ammazzala» ripeté Timeon «così poi ti scopi il cadavere.»

«Oh, le gioie dell'amore...» La mazza stava roteando. "Scegline uno" si disse Brienne. "Scegline uno e uccidilo in fretta."

Improvvisamente, dal nulla, saettò un sasso. Colpì Shagwell alla testa. Brienne non esitò neanche un istante. Si gettò su Timeon.

Era un avversario migliore di Pyg, ma aveva solo una lancia corta mentre lei aveva una lama d'acciaio di Valyria. Tra le sue mani Giuramento sembrava un'entità viva. Brienne di Tarth non era mai stata così veloce. La lama diventò una grigia macchia sfocata. Brienne andò all'attacco. Timeon la ferì a una spalla. Non bastò a fermarla. Brienne gli troncò di netto un orecchio e mezza guancia, tagliò la punta della sua lancia, gli piantò un piede di acciaio nelle viscere, attraverso la maglia di ferro.

Timeon stava ancora tentando di combattere quando Brienne estrasse la spada dal suo corpo. La lama grondava sangue fino all'elsa. Timeon raggiunse il suo cinturone, riuscì a estrarre un pugnale. Brienne gli mozzò la mano. "Questo è per Jaime." «Madre, abbi pietà.» La voce del dorniano era un rantolo strozzato. Il sangue gli usciva dalla bocca. Altro sangue sprizzava fuori dal moncone al polso. «Finiscimi, dannata troia! Rimandami a Dorne...»

Brienne di Tarth lo mandò dove voleva andare.

Si voltò, con la spada grondante in pugno. Shagwell era in ginocchio, intontito, cercava la mazza. Barcollando si rialzò. Un altro sasso lo colpì all'orecchio. Podrick Payne si era arrampicato sul muro crollato. Era in piedi in mezzo all'edera, con lo sguardo torvo, pronto a lanciare un altro sasso. «*Te l'avevo detto* che sapevo combattere!»

Shagwell cercò di strisciare via. «Mi arrendo» gridò. «Mi *arrendo.* Non devi fare del male al povero Shagwell, sono troppo brutto per morire.»

«Non sei meglio di tutti gli altri. Hai rubato, stuprato, ucciso.»

«Oh, sì, l'ho fatto, non lo nego... ma sono *divertente,* con i miei scherzi e le mie stravaganze. Faccio ridere gli uomini.»

«E piangere le donne.»

«È colpa mia? Le donne non hanno il senso dell'umorismo.»

«Scava una tomba, giullare.» Brienne abbassò Giuramento. «Là, sotto l'albero-diga.» Indicò il punto con la spada.

«Sono senza vanga.»

«Hai due mani.» "Una in più di quella che avete lasciato a Jaime."

«Perché darsi tanta pena? Lasciali ai corvi.»

«Timeon e Pyg possono essere carne da corvi. Dick lo Svelto avrà una tomba. Era un Crabb. Questa era casa sua.»

Il terreno era morbido per via della pioggia, ma il giullare ci mise comunque il resto della giornata per scavare una fossa abbastanza profonda. Quando finì, stava già calando la sera. Aveva le mani insanguinate, coperte di vesciche. Brienne rinfoderò Giuramento, raccolse Dick lo Svelto e lo trasportò verso la fossa. Era difficile guardare il poco che restava del suo volto. «Mi dispiace di non essermi fidata di te. Ora è troppo tardi.»

Quando si inginocchiò per adagiare il cadavere, pensò: "Il giullare tenterà adesso, mentre gli giro le spalle".

Udì il suo respiro rantolante un attimo prima che Podrick desse l'allarme. Shagwell stringeva in pugno una pietra acuminata. Brienne teneva il pugnale nascosto in una manica.

Quasi sempre il pugnale è meglio di un sasso.

Con un pugno deviò il suo braccio, con l'altro gli affondò la lama nel ventre.

«Ridi, giullare» ringhiò. Lui emise un gemito. «Ridi!» Gli afferrò la gola con una mano, pugnalandolo con l'altra. «*Ridi!*»

Brienne andò avanti a ripeterlo, si fermò solo quando vide la propria mano rossa di sangue, quando il puzzo delle viscere del giullare parve soffocarla. Ma Shagwell non rise. I singhiozzi che Brienne udiva erano i suoi. Quando se ne rese conto, gettò via il pugnale, scossa da tremiti.

Podrick la aiutò a mettere il corpo di Dick nella fossa. Quando ebbero terminato, la luna era già alta in cielo. Brienne si pulì le mani, e gettò due dragoni d'oro nella tomba.

«Perché l'hai fatto, mia lady? Ser?» le chiese Pod.

«Era la ricompensa che gli avevo promesso se mi avesse portata dal fesso che cercavo.»

Dietro di loro udirono delle risate. Brienne estrasse la spada dal fodero, si voltò di scatto, pensando ci fossero altri Guitti Sanguinari...

... ma era solo ser Hyle Hunt, seduto a gambe incrociate in cima al muro diroccato. «Se ci sono dei bordelli agli inferi, quel disgraziato ti ringrazierà» disse il cavaliere. «Altrimenti è solo uno spreco di oro buono.»

«Io mantengo le promesse. *Tu* che cosa ci fai qui?»

«Lord Randyll mi ha chiesto di seguirti. Se per caso ti fossi imbattuta in Sansa Stark, mi ha anche detto di riportargliela a Maidenpool. Non temere, mi ha ordinato di non farti del male.»

Brienne sbuffò. «Credi di poterci riuscire?»

«Che cosa farai ora, mia lady?»

«Coprirò questa tomba.»

«Per la ragazza, intendo. Lady Sansa.»

Brienne rifletté un momento. «Stava andando a Delta delle Acque, se Timeon ha detto la verità. Da qualche parte lungo la strada il Mastino l'ha presa. Se trovo lui...»

«... il Mastino ti ucciderà.»

«O io ucciderò lui» rispose Brienne ostinata. «Mi aiuti a ricoprire il povero Crabb?»

Ser Hyle scese dal muro. «Nessun cavaliere potrebbe mai dire di no a una simile beltà.»

Insieme, accumularono la terra sopra il corpo di Dick lo Svelto, mentre la luna saliva sempre più alta nel cielo e giù, sotto la terra, le teste dei re dimenticati sussurravano i loro segreti.

Sotto il sole rovente di Dorne, la ricchezza era misurata sia in acqua sia in oro, per cui tutti i pozzi erano sorvegliati con grande attenzione. Il pozzo di Shandystone però si era prosciugato cento anni prima e le sentinelle si erano spostate verso un luogo più umido, abbandonando il loro modesto fortilizio dalle colonne scanalate e le triple arcate. Alla fine, le sabbie avevano ripreso possesso di ciò che era sempre stato loro.

Arianne Martell arrivò con Drey e Sylva proprio al calar del sole, quando l'ovest pareva un arazzo oro e viola e le nuvole erano di un rosso acceso. Anche le rovine apparivano color cremisi intenso. I resti delle colonne scintillavano di rosa, ombre purpuree strisciavano sui pavimenti di pietra pieni di crepe. Nella luce morente, le sabbie stesse passarono dal color oro all'arancio, al viola. Garin era arrivato solo da poche ore e il cavaliere chiamato Stella Nera il giorno prima.

«Qui è bellissimo» osservò Drey, aiutando Garin ad abbeverare i cavalli. L'acqua l'avevano portata con loro. I destrieri della sabbia di Dorne erano veloci e instancabili, potevano proseguire per molte leghe dopo che gli altri cavalli erano già sfiniti, ma neppure loro potevano andare avanti senza bere. «Come facevi a sapere di questo posto?»

«Mi ci ha portato un giorno zio Oberyn, con Tyene e Sarella.» Il ricordo fece sorridere Arianne. «Catturò delle vipere e mostrò a Tyene il modo più sicuro per fare loro espellere il veleno. Sarella rivoltò le pietre, spazzò la sabbia dai mosaici. Voleva sapere tutto quello che c'era da sapere sulle persone che avevano vissuto qui.»

«E tu cos'hai fatto, principessa?» chiese Sylva la Maculata.

"Mi sedetti vicino al pozzo e finsi che un brigante a cavallo mi avesse portato qui per approfittarsi di me" pensò Arianne. "Un uomo forte, duro, con gli occhi neri e l'attaccatura dei capelli che disegnava una punta a forma di cuore in cima alla fronte." Il ricordo la fece sentire a disagio. «Ho sognato» rispose «e, al calare del sole, mi sono seduta a gambe incrociate di fronte a mio zio e gli ho chiesto di raccontarmi una storia.»

«Il principe Oberyn sapeva un sacco di storie.» Con loro quel giorno c'era anche Garin, fratello di latte di Arianne. Erano stati inseparabili ancora prima di iniziare a camminare. «Mi raccontò del principe Garin, ricordo, quello da cui ho preso il nome.»

«Garin il Grande» suggerì Drey. «La meraviglia della Rhoyne.»

«Proprio lui. Fece tremare tutta Valyria.»

«Tremarono, sì» intervenne ser Gerold «ma poi lo uccisero. Se portassi io duecentocinquantamila uomini alla morte, mi chiamerebbero Gerold il Grande?» Sbuffò. «Resterò Stella Nera, credo. Questo è il mio nome.» Sguainò la spada lunga, si sedette sul bordo del pozzo secco e cominciò ad affilare la lama con una pietra.

Arianne lo osservò con attenzione. "Ha natali sufficientemente nobili per poter essere un degno consorte" pensò. "Mio padre metterebbe in dubbio il mio buonsenso, ma avremmo figli belli come i signori dei draghi." Se a Dorne c'era un uomo più bello, Arianne non lo conosceva. Ser Gerold Dayne aveva il naso aquilino, gli zigomi alti, la mascella volitiva. Aveva sempre il volto liscio e rasato, i folti capelli gli scendevano fino al colletto come un ghiacciaio d'argento, diviso da una striatura nera come una notte senza luna. "Però ha una bocca crudele e una lingua anche peggiore." Gli occhi di ser Gerold parevano neri, mentre se ne stava seduto contro il sole calante, intento ad affilare la sua lama. Ma Arianne era riuscita a vederli più da vicino e sapeva che erano viola. "Viola scuro. Scuri e rabbiosi."

Forse Gerold sentì che lei lo stava osservando, perché sollevò gli occhi dalla spada, incrociò il suo sguardo e sorrise. Arianne sentì di avere il volto in fiamme. "Non avrei mai dovuto portarlo qui. Se mi dovesse guardare così quando Arys è presente, avremo del sangue sulla sabbia." Di chi non avrebbe saputo dire. Per tradizione, gli uomini della Guardia reale erano i cavalieri migliori di tutti i Sette Regni... ma Stella Nera era Stella Nera.

Sulla sabbia, le notti di Dorne sono fredde. Garin raccolse della legna, rami sbiancati di alberi morti cento anni prima. Drey preparò un fuoco, fischiettando mentre faceva scintille con la selce.

Il fuoco attaccò. Si sedettero attorno, passandosi l'un l'altro un otre di vino dell'estate... tutti tranne Stella Nera, il quale preferì bere acqua e limone senza zucchero. Garin era di ottimo umore e li intrattenne con le ultime storie dalla Suburra, alla foce del Sangue Verde, dove gli orfani del fiume giungevano per fare affari con le chiatte e le galee provenienti da tutto il mare Stretto. Stando a quello che dicevano i marinai, le terre dell'Est erano in ebollizione, tra meraviglie e terrori: una rivolta di eunuchi guerrieri ad Astapor, draghi a Qarth, il morbo grigio a Yi Ti. Un nuovo re corsaro era salito al potere nelle isole del Basilisco e aveva razziato Alta Arborea. A Qohor i seguaci dei preti rossi erano in rivolta e stavano tentando di mettere a ferro e fuoco il Capro Nero. «E la Compagnia dorata ha rotto l'accordo con Myr, proprio quando la città stava per entrare in guerra con Lys.»

«I lyseniani li hanno comprati» ipotizzò Sylva.

«Sono furbi» commentò Drey. «Furbi e codardi.»

Arianne sapeva bene che non era vero. "Se Quentyn avesse la Compagnia dorata a sostenerlo..." "Sotto l'oro, l'acreacciaio!" era il loro grido di battaglia. "Avrai bisogno di acreacciaio e non solo, fratello, se pensi di potermi mettere da parte." Arianne era molto amata a Dorne, mentre Quentyn era quasi sconosciuto. Nessuna compagnia mercenaria avrebbe potuto alterare questo stato di cose.

Ser Gerold si alzò. «Devo andare a pisciare.»

«Attenzione a dove metti i piedi» lo avvertì Drey. «È da un po' che il principe Oberyn non svuota le sacche di veleno delle vipere locali.»

«Mi hanno svezzato a veleno, Dalt. La vipera che mi morde se ne pentirà.» Ser Gerold sparì sotto un arco diroccato.

Quando si fu allontanato, gli altri si scambiarono uno sguardo. «Perdonami, principessa» disse Garin a bassa voce «ma quell'uomo non mi piace.»

«Peccato» disse Drey «credo che sia mezzo innamorato di te.»

«Ci serve» ricordò loro Arianne. «Forse dovremo ricorrere alla sua spada e di certo avremo bisogno del suo castello.»

«Alto Eremo non è l'unico castello di Dorne» osservò Sylva la Maculata «e hai anche altri cavalieri che ti amano. Drey è un cavaliere.»

«È vero» confermò Drey. «Ho un ottimo destriero e una bella spada e il mio coraggio non è secondo a... be', in verità a molti.»

«A molte centinaia, ser» disse Garin.

Arianne li lasciò ai loro scherzi. Oltre a sua cugina Tyene, Drey e Sylva la Maculata erano i suoi migliori amici, e Garin aveva cominciato a prenderla in giro quando ancora avevano il mento sporco di latte. Ma in quel momento Arianne non era dell'umore per fare dello spirito.

Il sole era calato e il cielo era pieno di stelle. "Quante sono." Arianne appoggiò la schiena a una colonna scanalata e si chiese se quella sera anche suo fratello stesse osservando le stelle, ovunque fosse. "Vedi quella bianca, Quentyn? È la stella di Nymeria, tutta luminosa, e quella striscia lattea là dietro sono le sue diecimila navi. Brillava quanto un uomo e così farò anch'io. Non mi priverai del mio diritto di nascita!"

Quentyn era ancora molto giovane quando era stato spedito a Yronwood, troppo giovane secondo la loro madre. I guerrieri di Norvos non affidano ad altri i loro figli e lady Mellario non aveva mai perdonato il principe Doran per averla separata dal suo. "Non piace neppure a me" Arianne aveva sentito dire da suo padre "ma c'è un debito di sangue e Quentyn è l'unica moneta di scambio che lord Ormond accetterà."

"Moneta di scambio?" aveva gridato sua madre. "È tuo figlio! Quale padre usa la carne della propria carne e il sangue del proprio sangue per pagare i debiti?"

"La razza dei principi" aveva risposto Doran Martell.

Il principe Doran continuava a fingere che suo figlio fosse ancora con lord Yronwood, ma la madre di Garin l'aveva visto alla Suburra, che cercava di farsi passare per un mercante. Uno dei suoi compagni aveva un occhio guercio, proprio come Cletus Yronwood, il rozzo figlio di lord Anders. Con loro c'era anche un maestro, esperto linguista. "Mio fratello non è intelligente come crede. Un uomo avveduto sarebbe partito da Vecchia Città, anche se questo avrebbe allungato il viaggio. A Vecchia Città nessuno lo avrebbe riconosciuto." Arianne aveva amici tra gli orfani della Suburra e alcuni si erano incuriositi del motivo per cui un principe e il figlio di un lord viaggiavano sotto falso nome, alla ricerca di un passaggio per attraversare il mare Stretto. Una notte, uno di loro si era intrufolato da una finestra, aveva aperto il lucchetto della piccola cassaforte di Quentyn e aveva trovato dei rotoli di pergamena.

Arianne avrebbe dato qualsiasi cosa per essere sicura che quel viaggio segreto attraverso il mare Stretto fosse solo e soltanto un'idea di Quentyn... ma quelle pergamene portavano il sigillo del sole e della lancia di Dorne. Il cugino di Garin non aveva osato spezzarlo per leggerle, però...

«Principessa.» Ser Gerold Dayne era dietro di lei, con metà

volto illuminato dal chiarore delle stelle, l'altra metà immersa nell'ombra.

«Hai pisciato bene?» si informò Arianne con malizia.

«Le sabbie me ne sono state grate.» Dayne mise un piede sulla testa di una statua, forse della Fanciulla, ma la sabbia aveva levigato il suo volto. «Mentre pisciavo ho pensato che forse il tuo piano non darà i risultati che speri.»

«E quali sarebbero questi risultati, ser?»

«La liberazione delle Serpi delle Sabbie. Vendetta per Oberyn ed Elia. Credi che non lo sappia? Tu vuoi un assaggio del sangue dei Leoni di Lannister.»

"Questo, certo, e anche quanto mi spetta per la mia primogenitura. Voglio Lancia del Sole e il posto di mio padre. Voglio Dorne." «Voglio giustizia.»

«Chiamala come vuoi. L'incoronazione della piccola Lannister è un gesto inutile. Myrcella non siederà mai sul Trono di Spade. Né tu otterrai la guerra che desideri. Il leone non si lascia provocare così facilmente.»

«Il leone è morto. Chi sa qual è il cucciolo preferito dalla leonessa?»

«Quello che resta nella tana.» Ser Gerold estrasse la spada che scintillò al chiarore delle stelle, affilata come la menzogna. «È così che si inizia una guerra. Non con una corona d'oro, ma con una lama d'acciaio.»

"Io non uccido i bambini." «Rimettila nel fodero. Myrcella è sotto la mia protezione. E ser Arys non permetterà che venga fatto alcun male alla sua preziosa principessa, lo sai bene.»

«No, milady. Quello che so è che i Dayne ammazzano gli Oakheart da migliaia di anni.»

La sua arroganza le tolse il fiato. «Mi risulta che anche gli Oakheart abbiano ammazzato i Dayne nello stesso lasso di tempo.»

«A ognuno le tradizioni della propria casata.» Stella Nera rimise la spada nel fodero. «Si sta levando la luna e vedo avvicinarsi il tuo campione.»

Il suo sguardo era tagliente. Il cavaliere sull'alto palafreno grigio si rivelò infatti essere ser Arys Oakheart, con la cappa bianca che sventolava prodemente mentre spronava il cavallo sulla sabbia. La principessa Myrcella era seduta dietro di lui, avvolta in una tunica con il cappuccio che le nascondeva i riccioli biondi.

Ser Arys la aiutò a scendere, Drey si inginocchiò di fronte a lei. «Maestà.»

«Milady.» Sylva la Maculata si inginocchiò vicino a lui.

«Mia regina, sono al tuo servizio.» Garin cadde in ginocchio.

Myrcella, confusa, strinse il braccio di Arys Oakheart. «Perché mi chiamano "maestà"?» chiese con voce lamentosa. «Ser Arys, dove siamo? E loro, chi sono?»

"Non le ha detto nulla?" Arianne si fece avanti in un turbinio di seta, sorridendo per mettere a proprio agio la ragazzina. «Sono miei amici fidati e leali, maestà... e vorrebbero essere anche amici tuoi.»

«Principessa Arianne?» La ragazza le buttò le braccia al collo. «Perché si rivolgono a me come a una regina? È successo qualcosa di brutto a Tommen?»

«Si è unito a uomini cattivi, maestà» rispose Arianne «e temo che abbiano cospirato insieme per impossessarsi del tuo trono.»

«Il mio trono? Intendi il Trono di Spade?» La fanciulla era ancora più confusa. «Tommen non me l'ha portato via, è...»

«... non è forse più giovane di te?»

«Di un anno.»

«Ciò significa che il Trono di Spade è tuo di diritto» affermò Arianne. «Tuo fratello è solo un ragazzino, non devi incolpare lui. Ha cattivi consiglieri... mentre tu hai degli amici. Posso avere l'onore di presentarteli?» Prese Myrcella per mano. «Maestà, ecco ser Andrey Dalt, erede di Bosco dei Limoni.»

«I miei amici mi chiamano Drey» disse lui «e sarei molto onorato se sua maestà facesse lo stesso.»

Sebbene Drey avesse un viso aperto e un bel sorriso, Myrcella lo squadrò con diffidenza. «Ti chiamerò ser fino a quando non ti conoscerò meglio.»

«Qualunque nome sua maestà preferisce, sarò comunque il tuo uomo.»

Sylva si schiarì la voce mentre Arianne diceva: «Posso presentarti lady Sylva Santagar, mia regina? La mia carissima Sylva la Maculata».

«Perché ti chiamano così?» chiese Myrcella.

«Per le mie lentiggini, maestà» rispose Sylva «anche se tutti fanno finta che sia perché sono l'erede di Bosco Maculato.»

Venne il turno di Garin, un uomo di pelle scura, dinoccolato, con una pietra di giada all'orecchio. «E questo è Garin degli orfani, che mi tiene di buonumore» continuò Arianne. «Sua madre era la mia balia.»

«Mi dolgo che sia morta» disse Myrcella.

«Non è morta, dolce regina.» Garin fece scintillare il dente d'oro che Arianne gli aveva comprato per sostituire quello che gli aveva rotto. «Milady intendeva dire che faccio parte degli orfani del Sangue Verde.»

Myrcella avrebbe avuto tutto il tempo per apprendere la storia degli orfani durante il tragitto lungo il fiume. Arianne portò la futura regina a conoscere l'ultimo componente della piccola masnada. «Ultimo nelle presentazioni, ma primo nel valore, ecco ser Gerold Dayne, cavaliere di Stelle Cadenti.»

Ser Gerold mise un ginocchio a terra. I raggi della luna brillavano nei suoi occhi neri mentre fissava la ragazzina con distacco.

«C'era un Arthur Dayne» disse Myrcella. «Era un cavaliere della Guardia reale all'epoca di re Aerys il Folle.»

«Lo chiamavano la Spada dell'alba. Ora è morto.»

«Adesso sei tu la Spada dell'alba?»

«No, mi chiamano Stella Nera, io appartengo alla notte.»

Arianne allontanò la ragazzina. «Avrai certamente fame. Abbiamo datteri, formaggio, olive e limone dolce da bere. Ma non mangiare o bere troppo. Ci riposeremo un po', poi riprenderemo il cammino. Qui, nelle sabbie, è sempre meglio viaggiare di notte, prima che il sole salga alto nel cielo. È meglio per i cavalli.»

«E per i cavalieri» aggiunse Sylva la Maculata. «Vieni, maestà, riscaldati. Sarò onorata di servirti.»

Mentre accompagnava la principessa vicino al fuoco, Arianne si ritrovò ser Gerold alle spalle. «La mia casata è vecchia di diecimila anni, dall'alba dei tempi» disse in tono di rimprovero. «Perché l'unico Dayne che tutti ricordano è mio cugino?»

«È stato un grande cavaliere» intervenne ser Arys Oakheart.

«Aveva una grande spada» ribatté Stella Nera.

«E un grande cuore.» Ser Arys prese Arianne per un braccio. «Principessa, devo parlarti un istante.»

«Vieni.»

Arianne si addentrò con ser Arys verso le rovine. Sotto la cappa, il cavaliere indossava un farsetto di tessuto dorato, con le tre foglie di quercia verdi, simbolo della sua casata. Sulla testa portava un elmo d'acciaio leggero, sormontato da una cresta dentata, avvolto in una sciarpa gialla, secondo l'uso dorniano. Sarebbe passato per un cavaliere qualunque, se non fosse stato per la cappa: di seta bianca e scintillante, pallida come la luna e leggera come il vento. "La cappa della Guardia reale, il coraggioso imbecille."

«Che cosa sa la bambina?» chiese Arianne.

«Quanto basta. Prima di lasciare Approdo del Re, suo zio le ha ricordato che sono il suo protettore e che qualsiasi cosa io le ordini di fare è per il suo bene. Ha sentito la canaglia nelle strade, che grida vendetta. Sa che non si tratta di un gioco. È una ragazzina coraggiosa e molto saggia per la sua età. Ha fatto tutto ciò che le ho detto senza mai sollevare obiezioni. Ho altre notizie da comunicarti.» Il cavaliere la prese per un braccio, si guardò intorno e abbassò la voce. «Tywin Lannister è morto.»

«*Morto?*» L'annuncio la sconvolse.

«Ucciso dal Folletto. La reggenza è stata assunta dalla regina.»

«Davvero?» "Una donna sul Trono di Spade?" Arianne ci pensò un momento, poi decise che tutto era per il meglio. Se i signori dei Sette Regni si abituavano al governo della regina Cersei, sarebbe stato molto più facile accettare la regina Myrcella. E lord Tywin era stato un temibile avversario. Senza di lui, i nemici di Dorne risultavano senz'altro indeboliti. "Lannister che uccidono altri Lannister, che meraviglia." «Che fine ha fatto il nano?»

«È scappato» rispose ser Arys. «Cersei sta offrendo l'investitura di lord a chiunque le porti la sua testa.» In un cortile interno lastricato, mezzo sommerso da tumuli di sabbia, Arys la spinse contro una colonna per baciarla, la sua mano salì a toccarle il seno. La baciò a lungo, con foga, e le avrebbe sollevato le gonne se Arianne non si fosse liberata dal suo abbraccio, ridendo. «Vedo che l'attività di creare regine ti eccita, ser, ma non abbiamo tempo per questo. Più tardi, te lo prometto.» Gli accarezzò una guancia. «Ci sono stati problemi?»

«Solo Trystane. Voleva sedere vicino al letto di Myrcella e giocare a cyvasse con lei.»

«A quattro anni ha avuto la febbre rossa, te l'avevo detto. E la puoi prendere una volta sola. Avresti dovuto spargere la voce che a Myrcella erano venute le squame grigie, questo lo avrebbe tenuto lontano.»

«Il ragazzo forse sì, ma non il maestro di tuo padre.»

«Caleotte» disse Arianne. «Ha cercato di vederla?»

«Non dopo avergli descritto le macchie rosse che aveva in faccia. Ha detto che bisognava aspettare che la malattia facesse il proprio corso e mi ha dato un vasetto di unguento per alleviarle il prurito.»

Nessuno sotto i dieci anni era mai morto di febbre rossa, ma poteva essere fatale da adulti, e il maestro Caleotte non l'aveva fatta da bambino. Arianne lo aveva scoperto quando si era presa la febbre rossa a otto anni. «Bene» disse. «E l'ancella? È credibile?»

«Da lontano sì. Il Folletto l'ha scelta apposta tra molte ragazze di nobile lignaggio. Myrcella l'ha aiutata ad arricciare i capelli e le ha dipinto le macchie sulla faccia. Sono parenti alla lontana. Lannisport pullula di Lanny, Lannett, Lantell e Lannister minori e metà di loro ha i capelli biondi. Vestita con la camicia da notte di Myrcella, con l'unguento del maestro spalmato sulla faccia e la luce soffusa avrebbe potuto ingannare anche me. Per contro, è stato molto più difficile trovare qualcuno che prendesse il mio posto. Dake è alto quasi quanto me, ma è troppo grasso, così ho fatto mettere la mia armatura a Rolder e gli ho detto di tenere la celata abbassata. Lui è più basso di me di mezzo palmo, ma se non siamo vicini forse nessuno lo noterà. E comunque se ne starà rintanato nelle camere di Myrcella.»

«Ci bastano pochi giorni. Allora la principessa sarà fuori dalle grinfie di mio padre.»

«Dove?» Arys la attirò a sé e le strofinò il naso contro il collo. «È il momento che mi sveli anche il resto del piano, non credi?»

Arianne rise di nuovo, respingendolo. «No, è il momento di montare in sella.»

La luna illuminava il Picco della Luna quando lasciarono le rovine di Shandystone, diretti verso sud-ovest. Arianne e ser Arys si misero alla testa, con Myrcella in sella a una cavalla irrequieta in mezzo a loro. Garin seguiva da presso con Sylva la Maculata e i due cavalieri dorniani di retroguardia. "Siamo sette" pensò Arianne mentre avanzavano. Non ci aveva fatto caso prima, ma pareva un buon auspicio. "Sette cavalieri sulla strada della gloria. Un giorno i cantastorie ci renderanno immortali." Drey avrebbe preferito un gruppo più numeroso, ma avrebbe potuto attirare attenzioni indesiderate e ogni uomo in più raddoppiava il rischio di tradimento. "Questo almeno mio padre me lo ha insegnato." Anche quando era più giovane e in forze, Doran Martell era sempre stato un uomo cauto, portato per i silenzi e i segreti. "È giunta l'ora che si liberi dei suoi fardelli, ma non sopporterò affronti al suo onore o alla sua persona." Lo avrebbe riportato ai suoi Giardini d'Acqua, per trascorrere gli ultimi anni che gli restavano circondato da bambini gioiosi e dal profumo dei lime e delle arance. "Sì, e Quentyn potrà tenergli compagnia. Quando avrò incoronato Myrcella e liberato le Serpi delle Sabbie, tutta Dorne si unirà sotto i miei stendardi." Gli Yronwood avrebbero potuto schierarsi con Quentyn, ma da soli non rappresentavano certo una minaccia. Se invece avessero deciso di passare con Tommen e i Lannister, lei avrebbe fatto in modo che Stella Nera li distruggesse una volta per tutte.

«Sono stanca» si lamentò Myrcella, dopo qualche ora di strada. «Manca molto? Dove stiamo andando?»

«La principessa Arianne sta portando sua maestà in un luogo più sicuro» la rincuorò ser Arys.

«È un viaggio lungo» disse Arianne «ma una volta giunti al Sangue Verde procederemo più facilmente. Alcuni uomini di Garin ci aspettano là, gli orfani del fiume. Vivono sulle barche e fanno la spola su e giù per il Sangue Verde e i suoi affluenti, pescano, raccolgono frutta e fanno tutto quello che è necessario fare.»

«*Aye*» esclamò Garin allegramente. «Noi cantiamo, giochiamo e danziamo sull'acqua e sappiamo moltissime cose sulle guarigioni. Mia madre è la miglior balia del continente occidentale e mio padre sa curare le verruche.»

«Come potete essere orfani se avete madri e padri?» chiese Myrcella.

«Sono i rhoynar» spiegò Arianne «e la loro madre era il fiume Rhoyne.»

Myrcella non capiva. «Pensavo che foste voi i rhoynar. Intendo dire voi dorniani.»

«Lo siamo in parte, maestà. Nelle mie vene scorre sia il sangue di Nymeria, sia quello di Mors Martell, il dorniano che lei ha sposato. Il giorno del loro matrimonio, Nymeria incendiò tutte le navi, in modo che i suoi uomini capissero che non si poteva più tornare indietro. La maggior parte dei rhoynar fu felice di vedere quelle fiamme, poiché le traversate, prima di arrivare a Dorne, erano state lunghe e terribili e molti erano morti durante le tempeste, per malattia o in schiavitù. Ma ce ne furono alcuni che invece piansero. Non amavano questa arida terra rossa e il dio a sette facce, così restarono legati al loro passato. Con gli scafi delle navi bruciate misero insieme delle barche e diventarono gli orfani del Sangue Verde. La Madre nelle loro canzoni non è la nostra Madre, ma Madre Rhoyne, delle cui acque si sono nutriti fin dagli albori.»

«Avevo sentito dire che i rhoynar avevano un dio tartaruga» disse ser Arys.

«Il Vecchio Uomo del Fiume è un dio minore» spiegò Garin. «Anche lui è nato da Madre Fiume e ha combattuto con il re Granchio per avere il dominio su tutti coloro che abitano sulle onde fluttuanti.»

«Oh» disse Myrcella.

«Mi pare di capire che anche tu hai combattuto dure battaglie, maestà» disse Drey, con la voce più allegra che riuscì a tirar fuori. «Si dice che non hai mostrato alcuna pietà per il nostro coraggioso principe Trystane al tavolo di cyvasse.»

«Dispone sempre gli scacchi nello stesso modo, con tutte le montagne davanti e gli elefanti ai passi» rispose Myrcella. «Così io mando avanti il mio drago a mangiare i suoi elefanti.»

«Anche la tua ancella gioca?» chiese Drey.

«Rosamund?» Myrcella rise. «No. Ho tentato di insegnarle, ma ha detto che le regole erano troppo difficili.»

«È una Lannister anche lei?» domandò lady Sylva.

«Una Lannister di Lannisport, non di Castel Granito. I suoi capelli hanno lo stesso colore dei miei, ma non sono ricci. Rosamund non mi somiglia molto, ma quando si mette i miei vestiti, le persone che non ci conoscono ci confondono.»

«Allora, l'avete già fatto prima, di scambiarvi i ruoli?»

«Sì, certo. Sulla *Corrente veloce*, diretta a Braavos. Septa Eglantine mi ha tinto i capelli color castano. Mi ha detto che lo facevamo per gioco, ma l'idea era di proteggermi qualora la nave fosse stata presa da mio zio Stannis.»

La ragazzina era sempre più stanca, per cui Arianne decise di fare una sosta. Abbeverarono per l'ennesima volta i cavalli. Si riposarono brevemente e mangiarono un po' di formaggio e della frutta. Myrcella condivise un'arancia con Sylva la Maculata, Garin mangiò delle olive e sputò i noccioli contro Drey.

Arianne aveva sperato di arrivare al fiume prima del sorgere del sole, ma erano partiti in grande ritardo rispetto alla tabella di marcia, quindi erano ancora in sella quando il cielo d'Oriente cominciò a tingersi di rosso.

«Principessa» disse Stella Nera avvicinandosi al piccolo galoppo. «Aumenterei il passo, a meno che tu, alla fine, non voglia uccidere la bambina. Non abbiamo tende e di giorno le sabbie sono crudeli.»

«Conosco le sabbie quanto te, ser» gli rispose Arianne. Ma fece ugualmente come lui aveva suggerito. I cavalli ne soffrirono, ma era meglio perdere sei cavalli che una principessa.

Poco tempo dopo cominciò a spirare il vento da ovest, caldo e secco, pieno di ruvida sabbia. Arianne sollevò lo scialle per proteggersi il viso. Era un velo di seta cangiante, verde pallido sopra e giallo sotto, con i colori sfumati. Piccole perle verdi fungevano da pesi, cozzando debolmente le une contro le altre nel movimento ritmico della cavalcata.

«So perché la mia principessa porta il velo» disse ser Arys, mentre lei fissava il tessuto ai lati dell'elmo di rame all'altezza delle tempie. «Altrimenti la sua bellezza offuscherebbe il sole lassù.»

Arianne non riuscì a trattenersi e rise. «No, la tua principessa porta il velo per riparare gli occhi dalla luce accecante e la bocca dalla sabbia. E tu, ser, dovresti fare lo stesso.» Si chiese quanto tempo fosse costata quella galanteria al suo cavaliere bianco. Ser Arys era un piacevole compagno di letto, ma lui e l'arguzia non erano nemmeno lontani parenti.

I cavalieri dorniani imitarono Arianne e si coprirono il viso, Sylva la Maculata aiutò la piccola principessa con il proprio velo proteggendola dal sole, ser Arys invece resisteva risoluto. In breve, il sudore cominciò a imperlargli il volto e le guance assunsero un colorito acceso. "Ancora un po' e con quei vestiti pesanti si cuocerà" rifletté Arianne. Non sarebbe stato il primo. Nei secoli passati, molti eserciti erano scesi dal passo del Principe con i vessilli al vento, per poi arrostirsi sulle rosse sabbie bollenti di Dorne. "Lo stemma di Casa Martell mostra il sole e la lancia, le due armi preferite dei dorniani" aveva scritto Daeron Targaryen, il Giovane drago, nella sua vanagloriosa *Conquista di Dorne* "ma dei due, il più letale è il sole."

Per loro fortuna, Arianne e il suo seguito non dovettero attraversare le grandi sabbie ma solo una striscia di terre aride. Quando Arianne scorse un falco che volava in cerchio sopra le loro teste, stagliandosi nel cielo terso, capì che il peggio era passato. Poco dopo si imbatterono in un albero. Era una pianta nodosa e contorta con tante spine quante foglie, della specie chiamata Accattone dei deserti, ma la sua presenza indicava che non erano lontani dall'acqua.

«Ci siamo quasi, maestà» disse Garin a Myrcella in tono allegro.

Davanti a loro altri tristi alberelli formavano ora una sorta di scarno bosco attorno al letto secco di un torrente. Il sole batteva come un impietoso martello, ma non aveva importanza: il viaggio era quasi terminato. Si fermarono di nuovo per abbeverare i cavalli, bevvero a fondo dai loro otri, bagnarono i veli, poi rimontarono in sella per l'ultimo sforzo. Dopo poco meno di mezza lega calpestarono erba del diavolo e videro sfilare gli ulivi. Oltre delle colline rocciose l'erba si fece più verde e lussureggiante, c'erano alberi di limone irrigati da una ragnatela di antichi canali. Garin fu il primo a scorgere il verde scintillante del fiume. Lanciò un urlo e spronò il cavallo.

Una volta, quando con tre Serpi delle Sabbie era andata a far visita alla madre di Tyene, Arianne Martell aveva attraversato il Mander. Rispetto a quel possente corso d'acqua, il Sangue Verde poteva a stento essere chiamato fiume, anche se costituiva la linfa vitale di Dorne. Il nome derivava dal verde torbido delle sue acque ristagnanti, però, a mano a mano che si avvicinavano, la luce del sole sembrava trasformare quelle acque in oro. Raramente Arianne aveva visto qualcosa di più suggestivo. "La prossima parte del viaggio dovrebbe essere lenta e semplice" pensò "lungo il Sangue Verde e sul Vaith, fino a dove si può arrivare con le barche spinte con le pertiche." Questo le avrebbe dato il tempo sufficiente per preparare Myrcella a ciò che doveva ancora arrivare. Oltre il Vaith li attendevano le grandi sabbie. Per la traversata avevano bisogno dell'aiuto di Sandstone e Hellholt, che non aveva dubbi sarebbe arrivato. La Vipera rossa era stata allevata a Sandstone ed Ellaria Sand, l'amante del principe Oberyn, era la figlia naturale di lord Uller; quattro delle Serpi delle Sabbie erano sue nipoti. "Incoronerò Myrcella a Hellholt e là isserò i miei vessilli."

Trovarono la barca mezza lega più a valle, nascosta tra i rami frondosi e ricurvi di un grande salice. Le barche con le pertiche avevano il tetto basso ed erano molto larghe, ma praticamente non avevano pescaggio. Il Giovane drago le aveva sminuite, definendole "baracche galleggianti", ma non era vero. Tutte le imbarcazioni, tranne quelle degli orfani più poveri, erano meravigliosamente intagliate e dipinte. La loro era colorata con varie tonalità di verde, la barra del timone era a forma di sirena e musi di pesce si affacciavano dalle battagliole. Pertiche, cime e barili di olive ingombravano i ponti, lanterne di ferro oscillavano avanti e indietro. Arianne non vide nessun orfano. "Che fine ha fatto la ciurma?" si chiese.

Garin fermò il cavallo sotto il salice. «Svegliatevi, fannulloni dagli occhi di triglia» chiamò mentre volteggiava dalla sella. «La vostra regina è qui ed esige un benvenuto regale. Forza, venite fuori, cantiamo insieme e beviamo vino dolce. La mia gola è pronta...»

Il portello della barca si aprì di schianto. Areo Hotah, capitano della guardia del principe Doran, emerse alla luce del sole con l'ascia lunga in mano.

Garin si bloccò. Arianne ebbe come l'impressione di ricevere un colpo di mannaia allo stomaco. "Non doveva finire così. Non doveva succedere una cosa del genere." Quando udì Drey dire: «È l'ultima faccia che speravo di vedere» capì di dover intervenire. «Via!» gridò, voltandosi indietro. «Arys, proteggi la principessa...»

Hotah batté il manico dell'ascia sul ponte della barca. Dietro le battagliole decorate comparve una decina di guardie, armate di alabarde da lancio e balestre. Altri armigeri spuntarono sopra la cabina.

«Arrenditi, mia principessa» gridò Hotah «altrimenti dovremo sterminare tutti, tranne te e la bambina, per ordine di tuo padre.»

La principessa Myrcella era immobile sul suo cavallo. Garin indietreggiò lentamente con le mani alzate. Drey slacciò il cinturone della spada. «La cosa più saggia da fare è arrendersi» disse ad Arianne mentre l'arma cadeva a terra.

«No!» Ser Arys Oakheart si portò tra Arianne e le balestre, con l'argentea spada scintillante in pugno. Aveva slegato lo scudo dall'imbragatura sulla schiena, facendo quindi scivolare il braccio sinistro nelle corregge. «Per prenderla dovrete passare sul mio cadavere.»

"Pazzo scatenato" fu tutto ciò che Arianne ebbe tempo di pensare "che cosa credi di fare?"

La risata di Stella Nera risuonò nell'aria torrida. «Sei cieco o stupido, Oakheart? Sono troppi. Metti giù quella spada.»

«Fa' come ti dice, ser Arys» lo incitò Drey.

"Ci hanno preso, ser" avrebbe voluto gridare Arianne. "La tua morte non ci libererà. Se ami la tua principessa, arrenditi." Ma quando aprì la bocca, le parole le morirono in gola.

Ser Arys Oakheart le lanciò un'ultima occhiata piena di desiderio, poi spronò il cavallo con gli speroni d'oro e andò alla carica.

Puntò diritto verso la barca, con la cappa bianca che gli sventolava dietro le spalle. Arianne Martell non aveva mai visto niente di così cavalleresco e di così stupido. «*Noooo*» gridò, ma aveva ritrovato troppo tardi la voce. Sibilò una balestra, poi un'altra. Hotah berciò un ordine. A quella distanza, l'armatura del cavaliere bianco era come di pergamena. Il primo dardo trapassò lo scudo e andò a conficcarsi nella spalla di ser Arys, inchiodando lo scudo alla carne. Il secondo sfiorò la tempia. Una lancia colpì il suo cavallo al fianco, ma il destriero continuò ad avanzare e urtò la passerella barcollando.

«*No*» gridò una ragazza, una piccola sciocca. «No, non doveva succedere questo.» Arianne sentì che anche Myrcella stava gridando, con la voce resa acuta dal terrore.

La spada lunga di ser Arys lanciò fendenti a destra, a sinistra e due lancieri dorniani caddero. Il suo cavallo arretrò, colpì al volto un balestriere che stava ricaricando la sua arma. Ma altre balestre erano in azione. Dardi sibilarono decorando di piume il grande destriero, formando losanghe purpuree sulla sua pelle. La violenza dell'impatto lo fece sbilanciare di lato. Le zampe cedettero, l'animale rovinò pesantemente sul ponte. Arys Oakheart riuscì in qualche modo a liberarsi dal corpo sussultante del cavallo. Incredibilmente, teneva ancora la spada in pugno. Si mise in ginocchio a fianco del destriero morente...

... e ritrovò Areo Hotah che torreggiava sopra di lui.

Il cavaliere bianco alzò la spada, ma fu lento, troppo lento. L'ascia lunga di Hotah gli staccò il braccio all'altezza della spalla. L'arto mozzato roteò via, schizzando sangue. L'ascia si abbatté una seconda volta, un colpo terribile, a due mani. Tagliò di netto la testa di Arys Oakheart, facendola volare in aria. Atterrò tra le canne, e il Sangue Verde la inghiottì con un tonfo attutito.

Arianne non ricordava di essere scesa da cavallo. Forse era caduta. Non ricordava nemmeno questo. Era carponi nella sabbia, tremante e piangente, a vomitare la cena. "No" era tutto quello che riusciva a pensare "no, nessuno doveva morire, avevo organizzato tutto, sono stata così prudente." Udì il ruggito di Areo Hotah: «Lui, prendetelo! Non deve scappare!».

Myrcella era a terra, gemente, scossa da tremiti, si teneva il volto terreo tra le mani, il sangue le colava tra le dita. Arianne non capì. Nel caos, degli uomini si arrampicavano sui cavalli. Altri uomini si buttavano su di lei e sui suoi compagni, ma tutto le pareva privo di senso. Era finita in un sogno, in un orribile incubo rosso. "Non può essere vero. Presto mi sveglierò e riderò di queste paure notturne."

Quando vennero a legarle le mani dietro la schiena, Arianne non oppose resistenza. Una delle guardie la strattonò per farla alzare. Indossava i colori di suo padre. Un altro si piegò e le strappò il pugnale che aveva in uno stivale, regalo di sua cugina lady Nym.

Areo Hotah lo tolse a quell'uomo e lo osservò accigliato. «Il principe dice che devo riportarti a Lancia del Sole» annunciò. Aveva le guance e la fronte chiazzate dal sangue di Arys Oakheart. «Mi dispiace, piccola principessa.»

Arianne sollevò il volto rigato di lacrime. «Come ha fatto a sapere?» chiese al comandante delle guardie. «Sono stata così attenta.»

«Qualcuno ha parlato.» Hotah alzò le spalle. «C'è sempre qualcuno che parla.»

ARYA

Ogni sera, prima di addormentarsi, mormorava le sue preghiere nel cuscino. «Ser Gregor» così iniziava la litania dei nomi dell'odio. «Dunsen, Raff Dolcecuore, ser Ilyn, ser Meryn, regina Cersei.» Avrebbe mormorato anche i nomi dei Frey del Guado, se li avesse conosciuti. "Un giorno saprò chi sono" disse tra sé e sé "e li ucciderò. Tutti."

Solo che nessun sussurro era troppo flebile per essere udito nella Casa del Bianco e Nero.

«Bambina» le chiese un giorno l'uomo gentile «che cosa sono i nomi che bisbigli la notte?»

«Non bisbiglio nessun nome.»

«Stai mentendo» la contraddisse l'uomo gentile. «Tutti mentono quando hanno paura. Qualcuno dice molte menzogne, altri solo alcune. Certi hanno un'unica grande menzogna che raccontano così spesso che quasi finiscono per crederci... anche se una piccola parte di loro saprà sempre che si tratta di una menzogna, e lo si vede sui loro volti. Parlami di quei nomi.»

Arya si morse un labbro. «Non sono importanti.»

«E invece sì» insistette l'uomo gentile. «Dimmeli, bambina.»

"Dimmeli, o ti buttiamo fuori" fu quello che udì lei. «Sono persone che odio. Voglio che muoiano.»

«Sentiamo così tante preghiere in questa casa.»

«Lo so» disse Arya. Jaqen H'ghar una volta le aveva concesso tre delle sue preghiere. "Dovevo solo mormorare..."

«È per questo che sei venuta da noi?» continuò l'uomo gentile. «Per apprendere le nostre arti ed essere così in grado di uccidere gli uomini che odi?»

Arya non sapeva bene che cosa rispondere. «Forse.»

«Allora sei nel posto sbagliato. Non sta a te decidere chi deve vivere o morire. Questo spetta al dio dai Mille volti. Noi siamo solo i suoi servitori, abbiamo giurato di compiere il suo volere.»

«Capisco.» Arya lanciò un'occhiata alle statue lungo le pareti, alle candele che brillavano ai piedi dei simulacri. «Che dio è?»

«Tutti» rispose il sacerdote vestito di bianco e nero.

Non le rivelò mai il suo nome. Così come la piccola orfana, la ragazzina con i grandi occhi e il viso scavato, che le ricordava un'altra bambina, chiamata Donnola. Come Arya, anche l'orfana viveva nel tempio, insieme a tre novizi, due inservienti e una cuoca di nome Umma. A Umma piaceva parlare mentre lavorava, ma Arya non capiva una sola parola di quello che diceva. Gli altri non avevano nome, oppure preferivano non rivelarlo. Uno degli inservienti era molto anziano, la schiena curva come un arco. Il secondo aveva il volto paonazzo e ciuffi di peli gli spuntavano dalle orecchie. Arya pensò che fossero muti, ma dovette ricredersi quando li udì pregare. I novizi erano più giovani. Il più grande aveva l'età di suo padre, gli altri non dovevano avere molti più anni di Sansa, sua sorella. Anche i novizi indossavano l'abito bianco e nero, ma le loro tuniche non avevano il cappuccio ed erano nere a sinistra e bianche a destra. Mentre per l'orfana e l'uomo gentile i colori erano invertiti. Ad Arya venne dato un abito da servetta: una tunica di lana grezza, brache cascanti, biancheria di lino e ciabatte di pezza.

Solo l'uomo gentile parlava la lingua comune. «Chi sei?» le chiedeva ogni giorno.

«Nessuno» rispondeva, lei che era stata Arya di Casa Stark, Arya Piededolce, Arya Faccia di cavallo. Era stata anche Arry e la Donnola, Squab e Salty, Nan la coppiera, un topo grigio, una pecora, il fantasma di Harrenhal... ma non per davvero, non nel profondo del suo cuore. Nel suo intimo era Arya di Grande Inverno, figlia di lord Eddard Stark e di lady Catelyn, e una volta aveva dei fratelli, Robb, Bran e Rickon, e una sorella di nome Sansa, un meta-lupo chiamato Nymeria, un fratellastro che rispondeva al nome di Jon Snow. Nel suo intimo era qualcuno... ma quella non era la risposta che l'uomo gentile desiderava.

Senza un linguaggio comune, Arya non poteva comunicare con gli altri. Però li ascoltava e, mentre lavorava, ripeteva tra sé e sé le parole che udiva. Sebbene il novizio più giovane fosse cieco, doveva occuparsi delle candele. Si aggirava per il tempio con le sue pantofole felpate, circondato dai mormorii delle donne anziane che venivano ogni giorno a pregare. Anche senza occhi, sapeva sempre quali candele si erano esaurite. «Lo guida l'olfatto» le spiegò l'uomo gentile «e nella zona dove brucia una candela l'aria è più calda.» Disse ad Arya di chiudere gli occhi e di tentare di fare lo stesso.

All'alba, prima di colazione, pregavano, inginocchiati attorno all'immobile vasca di acqua scura. Certi giorni era l'uomo gentile a guidare la preghiera. Altri giorni era l'orfana. Arya conosceva solo alcune parole del linguaggio braavosiano, quelle che erano uguali anche nell'alto valyriano. Così rivolgeva le sue preghiere al dio dai Mille volti, di nuovo i nomi dell'odio. "Dunsen, Raff Dolcecuore, ser Ilyn, ser Meryn, regina Cersei." Pregava in silenzio. Se il dio dai Mille volti era un vero dio, l'avrebbe ascoltata.

Ogni giorno, altri fedeli venivano alla Casa del Bianco e del Nero. La maggior parte arrivava non accompagnata e se ne stava seduta da sola, accendeva candele presso questo o quell'altare, pregava sul bordo della vasca, a volte piangeva. Alcuni bevevano dalla coppa nera e si addormentavano, la maggior parte non beveva. Non c'erano servizi, canti, invocazioni alla gloria di dio per ingraziarselo. Non era mai pieno quel tempio. Di tanto in tanto, un fedele chiedeva di vedere un sacerdote e l'uomo gentile o l'orfana lo portavano giù nel sacrario, ma non accadeva spesso.

Lungo le pareti c'erano trenta dèi diversi, circondati dai loro lumi. Arya notò che la Donna piangente era la preferita delle donne anziane; gli uomini ricchi sceglievano il Leone della notte, per i poveri era meglio il Viandante incappucciato. I soldati accendevano candele a Bakkalon, il Bambino pallido, i marinai alla Fanciulla dal volto di luna e a re Merling. Anche lo Sconosciuto aveva la propria ara, ma ormai nessuno ci andava più, la maggior parte del tempo c'era una sola candela accesa ai suoi piedi. L'uomo gentile diceva che non aveva importanza. «Ha molti volti e molte orecchie per sentire.»

Il poggio su cui sorgeva il tempio era attraversato da una serie di passaggi, quasi fosse un nido d'api, scavato nella roccia. Le celle dei sacerdoti e dei novizi erano al primo livello, quelle di Arya e dei servi al secondo. Il livello più basso era accessibile solo ai sacerdoti. Custodiva il Sancta sanctorum.

Quando non lavorava, Arya era libera di vagare tra i sotterranei e i magazzini, ma non doveva lasciare il tempio né scendere al terzo livello. Trovò una stanza piena di armi e armature: elmi ornati, curiosi vecchi pettorali, spade lunghe, pugnali, daghe, balestre e alte lance con punte a forma di foglia. Un altro sotterraneo era zeppo di abiti, pellicce e sete meravigliose di infiniti colori, con a fianco pile di stracci puzzolenti e tessuti malconci.

"Dev'esserci anche una camera del tesoro" fu la conclusione cui giunse Arya. Si immaginò cataste di piastre d'oro, sacchi di monete d'argento, zaffiri blu come il mare, fili di grosse perle verdi.

Un giorno l'uomo gentile la sorprese arrivandole alle spalle senza che lei se ne fosse accorta e le chiese che cosa stesse facendo. Gli rispose che si era persa.

«Tu menti. E menti male. Chi sei?»

«Nessuno.»

«Un'altra menzogna.» L'uomo gentile sospirò.

Weese, il capo dei servi di Harrenhal, l'avrebbe picchiata a sangue se l'avesse scoperta a mentire, ma nella Casa del Bianco e del Nero era diverso. Quando aiutava in cucina, a volte Umma la colpiva con il cucchiaio di legno se Arya stava tra i piedi, ma nessun altro aveva mai alzato un dito su di lei. "Alzano le mani solo per uccidere" pensò.

Andava abbastanza d'accordo con la cuoca. Le sbatteva un coltello in mano, indicava una cipolla e Arya l'affettava. Oppure la spingeva verso un grosso impasto e Arya lo lavorava fino a quando la cuoca non diceva "basta" (era la prima parola in braavosiano che aveva imparato). Umma le dava un pesce e Arya lo spinava, lo riduceva in filetti e lo passava nelle noci che la cuoca aveva tritato. Le acque salmastre che circondavano Braavos pullulavano di pesce e frutti di mare di ogni tipo, le aveva spiegato l'uomo gentile. Un lento fiume marrone entrava nella laguna da sud, disperdendosi in un ampio canneto, tramutandosi in stagni e pianure fangose al ritmo delle maree. I molluschi e le noci di mare abbondavano in quelle zone, c'erano cozze e pesci palla, rane e tartarughe, granchi del limo, granchi maculati e granchi scalatori, anguille rosse, anguille nere, anguille striate, lamprede e ostriche. Tutti questi animali facevano spesso la loro comparsa sui tavoli in legno dove i servitori del dio dai Mille volti consumavano i pasti. Certe sere, Umma speziava il pesce con sale marino e pepe nero, oppure insaporiva le anguille con aglio tritato. Ogni tanto, ma di rado, il pesce veniva cotto con un po' di zafferano. "Frittella si sarebbe trovato bene qui" pensava Arya.

La cena era il momento della giornata che preferiva. Era da tempo che Arya non andava a dormire con la pancia piena. Certe sere l'uomo gentile le permetteva di fargli delle domande. Una volta, Arya gli chiese come mai le persone che venivano al tempio sembravano sempre così tranquille. Da dove veniva lei, la gente aveva paura di morire. Arya ricordava come aveva piagnucolato quel giovane stalliere alla Fortezza Rossa quando lei gli aveva piantato il pugnale nello stomaco, e come ser Amory Lorch aveva implorato quando il lord Caprone aveva ordinato che lo gettassero nella fossa dell'orso. Ricordava il villaggio vicino all'Occhio degli Dèi e di come gli abitanti urlavano disperati ogni volta che Messer Sottile cominciava a chiedere oro e poi li torturava orrendamente.

«La morte non è la cosa peggiore» le rispose l'uomo gentile. «È un dono che Lui ci fa, la fine alle nostre miserie e tribolazioni. Quando nasciamo, il dio dai Mille volti ci invia un angelo nero che rimane ad accompagnarci per tutta la vita. Quando i nostri peccati e le nostre sofferenze diventano troppo pesanti da sopportare, l'angelo ci prende per mano e ci porta nelle terre della notte, dove le stelle brillano in eterno. Quelli che vengono qui per bere dalla coppa nera sono alla ricerca dei loro angeli. Se hanno paura, le candele li rincuorano. E tu, bambina mia? Quando annusi le nostre candele accese, a che cosa pensi?»

"A Grande Inverno" avrebbe potuto dire Arya. "Sento neve, fumo e aghi di pino. Sento le stalle. Sento Hodor che ride, Jon e Robb che si addestrano nel cortile, Sansa che canta qualche stupida canzone su una bella dama. Sento le cripte dove riposano i re di pietra, sento il pane caldo che cuoce nel forno, sento il parco degli dèi. Sento la mia lupa, la sua pelliccia, come se fosse ancora accanto a me." «Non sento nulla» rispose, giusto per vedere che cosa avrebbe risposto lui.

«Tu menti» ripeté l'uomo gentile «ma puoi tenere i segreti per te, se lo desideri, Arya di Casa Stark.» La chiamava così solo quando lei lo scontentava. «Sai che puoi andartene da questo posto. Non sei una di noi, non ancora. Puoi tornare a casa quando vuoi.»

«Ma tu hai detto che se me ne vado poi non posso più tornare indietro.»

«È così.»

Quelle parole la rattristarono. "Anche Syrio lo diceva" ricordò Arya. "Lo diceva sempre." Syrio Forel, il suo maestro di scherma, che le aveva insegnato a usare Ago ed era morto per lei. «Non voglio andarmene.»

«Allora resta, ma... ricorda: la Casa del Bianco e del Nero non è un riparo per gli orfani. Sotto questo tetto, tutti devono servire. *Valar dohaeris*, diciamo noi. Se vuoi, puoi restare, ma sappi che esigeremo la tua totale obbedienza. Sempre e comunque. Se non puoi obbedire, te ne devi andare.»

«Posso obbedire.»

«Lo vedremo.»

Oltre ad aiutare Umma, Arya aveva anche altri compiti. Spazzava il pavimento del tempio, serviva i pasti, faceva la cernita degli abiti di chi era morto, svuotava le loro borse e contava pile di strane monete. Tutte le mattine camminava a fianco dell'uomo gentile mentre lui faceva il giro del tempio a raccogliere i cadaveri. "Silenzioso come un'ombra" diceva Arya tra sé e sé, ricordando Syrio. L'uomo gentile reggeva una lanterna munita di pesanti sportelli di ferro. Vicino a ognuna delle nicchie del tempio, apriva uno degli sportelli per lasciare uscire una lama di luce e cercava i corpi.

Non era difficile trovare i morti. Arrivavano alla Casa del Bianco e del Nero, pregavano per un giorno, un'ora o un anno, bevevano l'acqua scura della vasca e si stendevano su un letto di pietra dietro uno dei simulacri degli dèi. Chiudevano gli occhi, si addormentavano e non si svegliavano più. «Il dono del dio dai Mille volti assume molte forme» le spiegò l'uomo gentile «ma qui, la sua forma è sempre benigna.» Quando trovavano un corpo, l'uomo gentile diceva una preghiera e si accertava che la persona fosse realmente morta, poi Arya chiamava gli inservienti il cui compito era di trasportare i cadaveri nei sotterranei. Là i novizi svestivano i corpi e li lavavano. Gli abiti, il denaro e gli oggetti di valore venivano messi in cesti per poi essere selezionati. Le fredde spoglie venivano quindi portate nel sacrario, dove erano ammessi soltanto i sacerdoti: Arya non aveva il diritto di sapere che cosa accadeva laggiù. Una volta, mentre cenava, la colse un dubbio atroce, così mise giù il coltello e guardò con sospetto il pezzo di carne pallida. L'uomo gentile vide l'orrore sul suo volto. «È maiale, bambina» la rassicurò «solo maiale.»

Il suo giaciglio era di pietra. Le ricordava Harrenhal e il posto dove dormiva quando puliva le scale per Weese. Il materasso era fatto di stracci e non di paglia, per cui aveva molti più bozzi di quello che aveva a Harrenhal, ma era anche meno ruvido. Poteva avere tutte le coperte che voleva: erano di lana pesante, a scacchi verdi e rossi. E aveva una cella tutta per sé. Ci teneva i suoi tesori: la forchetta d'argento, il cappello floscio e i guanti senza dita che le avevano dato i marinai della *Figlia del Titano*, il pugnale, gli stivali, la cintura, i pochi soldi che aveva da parte, gli abiti che indossava...

E Ago.

Sebbene i compiti che le avevano assegnato le lasciassero poco tempo per l'arte della spada, appena poteva si esercitava, duellando con la sua ombra alla luce di una candela blu. Una sera, l'orfana si ritrovò a passare di lì e vide Arya mentre si allenava. La ragazza non disse niente, ma il giorno successivo l'uomo gentile accompagnò Arya alla sua cella. «Devi liberarti di tutte queste cose» le disse, riferendosi ai suoi tesori.

Arya si sentì affranta. «Sono mie.»

«E tu chi sei?»

«Nessuno.»

L'uomo prese la forchetta d'argento. «Questa appartiene ad Arya di Casa Stark. Tutte queste cose sono sue. Qui non c'è posto per questi oggetti. Non c'è posto per lei. Il suo nome è troppo orgoglioso e qui non c'è posto per l'orgoglio. Noi qui siamo servitori.»

«Io servo» controbatté Arya, ferita. Le piaceva la sua forchetta d'argento.

«Tu fingi solamente di servire, ma nel tuo cuore sei la figlia di un signore. Hai assunto altri nomi, ma li hai portati con la leggerezza di un abito elegante. Sotto c'era sempre Arya.»

«Io non indosso abiti eleganti. Non si combatte con quegli inutili vestiti addosso.»

«Perché vorresti combattere? Sei forse un sicario che si pavoneggia per i vicoli e non vede l'ora di far scorrere sangue?» L'uomo gentile sospirò. «Prima di bere dalla coppa nera, devi offrire tutto ciò che hai al dio dai Mille volti. Il tuo corpo, la tua anima, te stessa. Se non riesci a farlo, allora devi andartene.»

«La moneta di ferro...»

«... ti ha fatto entrare qui. Da questo punto in poi sei tu a dover pagare il prezzo. E il prezzo è alto.»

«Non possiedo oro.»

«Quello che noi offriamo non si può comprare con l'oro. Il prezzo sei tu. Gli uomini prendono molte strade in questa valle di lacrime e sofferenza. La nostra strada è la più dura. Pochi riescono a percorrerla. Ci vuole una forza fisica e spirituale che pochi possiedono, e un cuore forte.»

"Ho un buco al posto del cuore" pensò Arya "e nessun altro posto dove andare." «Sono forte quanto te. E altrettanto dura di cuore.»

«Tu credi di non avere un altro posto dove andare.» Era come se l'uomo gentile avesse udito i suoi pensieri. «Ma ti sbagli. Potresti svolgere mansioni meno pesanti nella casa di un mercante. O forse preferiresti essere una cortigiana e ascoltare canzoni intonate alla tua beltà? Di' solo una parola e noi ti invieremo alla Perla Nera o alla Figlia del Crepuscolo. Dormirai su petali di rosa e indosserai gonne di seta che frusciano quando cammini, e grandi signori si getteranno ai tuoi piedi, per il tuo sangue di fanciulla. Oppure, se desideri sposarti e avere dei figli, di' una parola e ti troveremo un marito. Un onesto apprendista, un uomo ricco e anziano, un marinaio, quello che vuoi.»

Arya non voleva nulla di tutto questo. Scosse la testa, ammutolita.

«Tu sogni le terre d'Occidente, bambina? La *Lady scintillante* di Luco Prestayn salpa domani, per Città del Gabbiano, Duskendale, Approdo del Re e Tyrosh. Vuoi che ti troviamo un passaggio?»

«Io *vengo* dal continente occidentale.» A volte le pareva fossero trascorsi mille anni da quando era fuggita da Approdo del Re, altre volte sembrava fosse accaduto il giorno prima, ma Arya sapeva di non poter tornare indietro. «Andrò via se qui non mi vuoi, ma non tornerò là.»

«Quello che voglio io non ha importanza» disse l'uomo gentile. «Potrebbe essere stato il dio dai Mille volti a condurti qui, in modo che tu sia un suo strumento, ma quando ti guardo vedo un bambino... anzi, peggio, una bambina. Molti hanno servito il dio dai Mille volti nel corso dei secoli, ma pochissimi dei suoi servitori sono stati donne. Le donne portano nel mondo la vita. Noi portiamo il dono della morte. Nessuno può fare entrambe le cose.»

"Sta cercando di spaventarmi perché me ne vada" pensò Arya "così come ha fatto col verme." «Non mi importa.»

«Invece dovrebbe importarti. Se resti, il dio dai Mille volti ti prenderà le orecchie, il naso, la lingua. Prenderà i tuoi tristi occhi grigi che tante cose hanno visto. Prenderà le mani, i piedi, le braccia e le gambe, le tue parti intime. Si impossesserà delle tue speranze e dei tuoi sogni, di ciò che ami e di ciò che odi. Quelli che entrano al suo servizio devono abbandonare tutto quello che li rende ciò che sono. Credi di farcela?» L'uomo gentile le sollevò il mento e la fissò diritto negli occhi, così profondamente che Arya tremò. «No» sentenziò l'uomo gentile «non credo che tu possa farcela.»

«Sì, invece!» Arya allontanò bruscamente la sua mano. «Se *volessi*.»

«Questo è quello che dice Arya di Casa Stark, la mangiatrice di vermi di tomba.»

«Io posso rinunciare a tutto!»

L'uomo gentile indicò i suoi tesori. «Allora inizia con questi.»

Quella sera, dopo cena, Arya tornò nella sua cella, si svestì e cominciò a mormorare i nomi dell'odio, ma il sonno si rifiutò di accoglierla. Si rivoltò sul materasso di stracci, mordendosi un labbro. Sentiva un vuoto dentro di sé, dove un tempo c'era stato il cuore.

A notte fonda si alzò di nuovo, indossò gli abiti di quando era arrivata dal continente occidentale e si allacciò la cintura con la spada. Ago le pendeva da un fianco e il pugnale dall'altro. Con il cappello floscio in una mano, i guanti senza dita infilati nella cintura, la forchetta d'argento nell'altra mano, salì furtivamente le scale. "Qui non c'è posto per Arya di Casa Stark" pensava. "Il posto di Arya è Grande Inverno, ma Grande Inverno non esiste più. Quando cade la neve e soffiano i venti ghiacciati, il lupo solitario muore, ma il branco sopravvive." Lei però non aveva un branco. Loro avevano sterminato il suo branco, ser Ilyn, ser Meryn e la regina, e quando lei aveva cercato di crearsene uno nuovo, erano tutti fuggiti, come Frittella e Gendry, oppure erano morti, come Yoren, Lommy Maniverdi e anche Harwin, che era stato un uomo di suo padre. Oltrepassò le porte e uscì nella notte.

Era la prima volta che si ritrovava all'aperto da quando era entrata nel tempio. Il cielo era nuvoloso e la nebbia ricopriva la terra come un grigio lenzuolo sfilacciato. Alla sua destra, sentì un rumore di pagaie provenire dal canale. "Braavos, la Città segreta" pensò. Il nome le pareva più che calzante. Scivolò furtiva lungo gli scalini ripidi fino al molo coperto, con la foschia che le avvolgeva le caviglie. La nebbia era talmente fitta che non si riusciva a vedere l'acqua, ma si poteva sentirla sciabordare contro i pilastri di pietra. In lontananza, una luce baluginava nell'oscurità: il fuoco notturno del tempio dei preti rossi, pensò.

Si arrestò sul bordo dell'acqua, con la forchetta d'argento in mano. Era d'argento massiccio. "Non è mia. Lui l'aveva data a Salty." Con un rapido gesto la scagliò, udì il suo tonfo prima che affondasse. Poi toccò al cappello floscio, quindi ai guanti. Anche quelli erano di Salty. Svuotò il borsellino sulla palma della mano: c'erano cinque pezzi d'argento, nove stelle di rame, qualche centesimo, dei mezzi centesimi e alcune monete da quattro centesimi. Li lasciò cadere in acqua. Poi fu la volta degli stivali. Furono quelli che fecero più rumore. Quindi il pugnale, preso all'arciere che aveva implorato il Mastino perché lo finisse. Anche la cintura della spada finì nel canale. La cappa, la casacca, le brache, la biancheria intima, tutto.

Tutto tranne Ago.

Era in piedi all'estremità del molo, pallida, tremante e con la pelle d'oca, immersa nella nebbia. Sembrava che Ago le sussurrasse qualcosa. "Infilzali" diceva e "Non dirlo a Sansa!". Sulla lama c'era il marchio di Mikken, il fabbro di Grande Inverno. "È solo una spada." Se avesse avuto bisogno di una spada, ce n'erano a centinaia sotto il tempio. Ago era troppo piccola per essere una vera spada, era poco più di un giocattolo. E Arya era solo una ragazzina quando Jon Snow l'aveva fatta forgiare per lei. «È solo una spada» proclamò, questa volta a voce alta...

... ma non era così.

Ago era Robb, Bran, Rickon, sua madre, suo padre e anche Sansa. Ago erano le pareti grigie di Grande Inverno e le risate della sua gente. Ago erano le nevicate estive, le storie della vecchia Nan, era l'albero-cuore con le sue foglie rosse e il terribile volto scolpito nel legno, era l'odore caldo di terra dei giardini coperti, il vento del Nord che faceva sbattere le imposte della sua stanza. Ago era il sorriso di Jon Snow. "Mi spettinava e mi chiamava 'sorellina'" ricordò, e d'un tratto le si riempirono gli occhi di lacrime.

Polliver le aveva rubato la spada quando la Montagna che cavalca l'aveva fatta prigioniera, ma quando con il Mastino erano entrati nella locanda all'incrocio, l'aveva ritrovata. "Sono gli dèi che vogliono che sia mia." Non i Sette, né il dio dai Mille volti, ma gli dèi di suo padre, i vecchi dèi del Nord. "Il dio dai Mille volti può avere tutto il resto" pensò "ma non questa."

Risalì i gradini con passo sicuro, nuda come il giorno in cui era nata, stringendo Ago in pugno. A metà della scala, una pietra si mosse sotto i suoi piedi. Arya si inginocchiò e scavò lungo i bordi con le dita. All'inizio non si spostava ma lei insistette, togliendo la malta con le unghie. Alla fine la pietra cedette. Arya grugnì, appoggiò le mani e tirò. Una crepa si aprì davanti ai suoi occhi.

«Qui sarai al sicuro» disse ad Ago. «Solo io saprò dove ti trovi.» Infilò spada e fodero sotto il gradino, poi rimise a posto la pietra, in modo che assomigliasse a tutte le altre. Mentre risaliva al tempio, contò i gradini, per poter ritrovare la spada. Un giorno avrebbe potuto averne bisogno.

«Un giorno...» mormorò tra sé e sé.

Non disse niente all'uomo gentile di quello che aveva fatto, ma lui sapeva. La sera successiva andò nella sua cella dopo cena. «Bambina» le disse «vieni a sederti con me. Devo raccontarti una storia.»

«Che tipo di storia?» chiese Arya, cauta.

«La storia dei nostri inizi. Se vuoi essere una di noi, sarà meglio che tu sappia chi siamo e come siamo nati. Gli uomini possono mormorare sottovoce degli Uomini senza volto di Braavos, ma noi risaliamo a prima della Città segreta. Noi esistevamo prima della rosa del Titano, prima dello Smascheramento di Uthero, prima della Fondazione. Siamo nati a Braavos tra le nebbie del Nord, ma all'inizio ci siamo insediati a Valyria, tra i poveri schiavi che si sfiancavano di lavoro nelle miniere sotto le Quattordici fiamme che illuminavano le antiche notti di Freehold. Le miniere in genere sono posti umidi e freddi, scavati nella pietra gelida e morta, ma le Quattordici fiamme erano montagne vive con vene di roccia fusa e cuori infuocati. Quindi le miniere della vecchia Valyria erano sempre calde, diventavano sempre più bollenti a mano a mano che i pozzi si facevano sempre più profondi. Gli schiavi lavoravano in una specie di forno. Le rocce intorno a loro erano troppo calde per essere toccate. L'aria puzzava di zolfo e bruciava i polmoni a ogni respiro. Avevano le piante dei piedi ustionate, coperte di vesciche, anche se portavano sandali molto spessi. A volte, quando abbattevano una parete per cercare l'oro, trovavano vapore, acqua bollente o roccia fusa. Certi pozzi erano così bassi che non si poteva neppure stare in piedi, ma bisognava strisciare o avanzare carponi. E in quella rossa oscurità c'erano anche i wyrm.»

«Vermi della terra?» chiese lei, con espressione accigliata.

«Wyrm del fuoco. Qualcuno dice che siano parenti dei draghi, perché anche loro sputano fuoco. Ma invece di levarsi nel cielo, scavano nella terra e nella pietra. Stando ai vecchi racconti, c'erano dei wyrm tra le Quattordici fiamme prima ancora che arrivassero i draghi. I cuccioli non sono più grandi del tuo braccio, ma crescono fino a raggiungere dimensioni enormi e non amano per niente gli uomini.»

«Uccidevano gli schiavi?»

«Spesso, nei pozzi dove c'erano fessure o buchi nella roccia si trovavano cadaveri bruciati e anneriti. Le miniere però continuavano a scendere in profondità. Gli schiavi morivano a frotte ma ai padroni non importava. Si riteneva che l'oro rosso, quello giallo e l'argento fossero più preziosi della vita degli schiavi, perché a Freehold gli schiavi costavano poco. In tempo di guerra i valyriani ne catturavano a migliaia. In tempo di pace, li facevano riprodurre, anche se solo i peggiori venivano mandati a morire nella rossa oscurità.»

«Gli schiavi non si sono ribellati e non hanno lottato?»

«Alcuni l'hanno fatto» rispose l'uomo gentile. «Nelle miniere le rivolte erano all'ordine del giorno, ma con scarsi risultati. I signori dei draghi della vecchia Freehold erano molto esperti di stregoneria e gli uomini inferiori li sfidavano a loro rischio e pericolo. Il primo Uomo senza volto fu uno di questi.»

«Chi era?» la domanda sfuggì ad Arya, prima che potesse rifletterci sopra.

«Nessuno» rispose. «Alcuni dicono che fosse anche lui uno schiavo. Altri sostengono che fosse figlio di uno dei signori di Freehold, di nobili origini. Secondo altri si trattava di un sorvegliante che si impietosì per loro. La verità è che nessuno lo sa. Chiunque egli fosse, era una persona che stava in mezzo agli schiavi e poteva ascoltare le loro preghiere. Nelle miniere lavoravano uomini provenienti da centinaia di nazioni diverse, ma tutti pregavano per la stessa cosa. Chiedevano il sollievo, la fine delle sofferenze. Una cosa piccola e semplice. Ma i loro dèi non rispondevano alle invocazioni e le loro sofferenze continuavano. "I loro dèi sono tutti sordi?" si chiese quell'uomo... finché, nella rossa oscurità, una notte ebbe un'illuminazione.

«Ogni dio ha i suoi strumenti, uomini e donne che lo servono e lo aiutano a esercitare il suo volere sulla Terra. Gli schiavi non sembravano rivolgere le loro invocazioni a cento dèi diversi, ma a un unico dio con cento volti differenti... e lui era lo strumento di quel dio. Quella stessa notte scelse il più disgraziato degli schiavi, quello che aveva pregato con più fervore e lo liberò dal suo giogo. Il primo dono era stato fatto.»

Arya fece un passo indietro. «Uccise lo schiavo?» Non le sembrava una cosa giusta. «Avrebbe dovuto uccidere i padroni!»

«Avrebbe portato il dono anche a loro... ma questa storia te la racconterò un altro giorno, meglio non divulgarla troppo.» Piegò la testa di lato. «E tu chi sei, bambina?»

«Nessuno.»

«È una menzogna.»

«Come fai a dirlo? Usi la magia?»

«Non è necessario essere dei maghi per distinguere il vero dal falso, basta guardare. Devi solo imparare a leggere i volti. Guarda gli occhi. La bocca. I muscoli qui, agli angoli della mascella, e qui, dove il collo si innesta sulle spalle.» La toccò delicatamente con due dita. «Alcuni quando mentono sbattono le ciglia. Altri hanno lo sguardo fisso. Qualcuno inumidisce le labbra. Molti si coprono la bocca prima di dire una menzogna, come per nascondere il loro inganno. Altri segnali possono essere più sottili, ma ci sono sempre. Un sorriso finto e uno vero possono sembrare uguali, ma sono diversi come l'alba e il tramonto. Sai distinguere l'alba dal tramonto?»

Arya annuì, anche se non era certa di saperlo fare.

«Allora puoi imparare a vedere le menzogne... e una volta che lo sai fare, nessun segreto sarà più al sicuro con te.»

«Insegnamelo.» Sarebbe stata nessuno, se così doveva essere. Nessuno non aveva buchi dentro di sé.

«Sarà lei a insegnarti» disse l'uomo gentile quando l'orfana apparve alla sua porta. «A cominciare dalla lingua di Braavos. Che cosa vuoi fare, se non capisci e non sai parlare? E tu insegnerai a lei la tua lingua. Imparerete insieme, l'una dall'altra. Lo farai?»

«Lo farò» rispose Arya. E da quel momento diventò una novizia della Casa del Bianco e del Nero.

Portarono via i suoi abiti da serva e le diedero una tunica da indossare, bianca e nera, morbida come il burro, soffice come la vecchia coperta rossa che aveva una volta a Grande Inverno. Sotto, portava biancheria di lino bianco e una sottoveste nera che le arrivava oltre le ginocchia.

Da quel giorno in poi, lei e l'orfana trascorsero tutto il tempo insieme, toccando e indicando le cose, nel tentativo di imparare e al tempo stesso insegnare l'una all'altra qualche parola della propria lingua. All'inizio si trattava di parole semplici, "coppa", "candela", "scarpa". Poi parole più difficili, e quindi frasi intere. Nella Fortezza Rossa, Syrio Forel aveva fatto stare Arya in bilico su una gamba sola fino a quando aveva cominciato a tremare. Poi l'aveva mandata a dare la caccia ai gatti. Aveva danzato la danza dell'acqua sui rami degli alberi, con una spada bastone in mano. Erano state tutte prove difficili, ma questa nel tempio le superava tutte.

"Anche cucire era più divertente che studiare le lingue straniere" si disse Arya, dopo una sera in cui aveva dimenticato metà delle parole che pensava di sapere e aveva pronunciato le restanti così male che l'orfana non aveva potuto far altro che ridere. "Le mie frasi sono storte come erano storti i punti che ricamavo a Grande Inverno." Se la ragazza non fosse stata così piccola e denutrita, Arya le avrebbe spaccato quella stupida faccia. Invece, si mordeva il labbro. "Troppo stupida per imparare e troppo stupida per mollare."

L'orfana, al contrario, ebbe meno difficoltà con la lingua comune. Un giorno a cena si rivolse ad Arya e le chiese: «Chi sei?».

«Nessuno» rispose Arya, in braavosiano.

«Tu menti» disse l'orfana. «Devi mentire migliorrimo.»

Arya rise. «Migliorrimo? Vuoi dire "meglio", stupida.»

«Meglio stupida. Ti faccio vedere.»

Il giorno dopo cominciarono il gioco della menzogna, facendosi domande a vicenda, a turno. A volte rispondevano dicendo la verità, altre volte mentendo. Chi faceva la domanda doveva cercare di capire che cosa era vero e che cosa era falso. L'orfana sembrava saperlo sempre. Arya doveva tirare a indovinare. La maggior parte delle volte sbagliava.

«Quanti anni hai?» le chiese una volta l'orfana, nella lingua comune. «Dieci» disse Arya e mostrò dieci dita. Pensava di avere ancora dieci anni, anche se era difficile saperlo esattamente. I braavosiani contavano i giorni in modo diverso dal loro, nell'Occidente. Per quello che Arya ne sapeva, il suo compleanno era venuto e andato.

L'orfana annuì. Arya annuì a propria volta e nel suo braavosiano migliore chiese: «E tu quanti anni hai?».

L'orfana mostrò dieci dita. Poi altre dieci e ancora altre dieci. Poi sei. Il suo volto restò impassibile come acqua stagnante. "Non può avere trentasei anni" pensò Arya. "È ancora una ragazzina." «Stai mentendo» le disse. L'orfana scosse il capo e di nuovo le mostrò dieci, dieci, dieci e sei. Disse la parola "trentasei" e la fece pronunciare anche ad Arya.

Il giorno dopo, Arya riferì all'uomo gentile la risposta dell'orfana. «Non ha mentito» confermò il sacerdote, con un ghigno. «Quella che tu chiami "l'orfana" è una donna adulta, che ha trascorso la sua vita a servire il dio dai Mille volti. Gli ha donato tutto ciò che era, ciò che sarebbe potuta diventare, tutte le vite che aveva dentro di sé.»

Arya si morse il labbro. «Diventerò come lei?»

«No» rispose l'uomo gentile «a meno che tu non lo voglia. Sono i veleni ad averla resa così com'è.»

"I veleni." A quel punto Arya capì. Tutte le sere, dopo la preghiera, l'orfana svuotava una grossa caraffa di pietra nella vasca di acqua scura.

L'orfana e l'uomo gentile non erano gli unici servitori del dio dai Mille volti. Di tanto in tanto ne arrivavano altri in visita alla Casa del Bianco e del Nero. Un tipo grasso con occhi neri feroci, il naso adunco, la bocca larga e i denti gialli. Quello con la faccia seria, che non rideva mai, aveva gli occhi pallidi, le labbra piene e scure. Un uomo di bell'aspetto aveva la barba di un colore diverso ogni volta che lo vedeva, e anche un naso diverso, ma era sempre molto avvenente. Questi erano i tre che venivano più spesso, ma ce n'erano altri: lo strabico, il nobilastro, l'uomo affamato. Una volta il grasso e lo strabico arrivarono insieme. Umma mandò Arya a versare loro da bere. «Quando non versi da bere devi stare immobile come fossi scolpita nella pietra» la istruì l'uomo gentile. «Ce la farai?»

«Certo.» "Prima di imparare a muoversi bisogna imparare a stare fermi" le aveva insegnato Syrio Forel tanto tempo prima ad Approdo del Re, e così Arya aveva fatto. Era stata la coppiera di Roose Bolton a Harrenhal e, se rovesciavi il vino, il lord sanguisuga ti frustava.

«Bene» disse l'uomo gentile. «Sarebbe meglio se tu fossi anche sorda e cieca. Potresti sentire delle cose, ma devi farle entrare da un orecchio e uscire dall'altro. Non ascoltare.»

Arya sentì una miriade di cose quella sera, ma quasi tutto venne detto in lingua locale e capiva a stento una parola su dieci. "Immobile come la pietra" si ripeteva. La cosa più difficile era sforzarsi di non sbadigliare. Prima della fine della serata, la sua mente aveva cominciato a divagare. Ferma lì in piedi con la caraffa in mano, sognò di essere un lupo che correva libero in una foresta illuminata dalla luna con un grosso branco che ululava dietro di lei.

«Gli altri uomini sono tutti sacerdoti?» chiese all'uomo gentile la mattina successiva. «Quelli sono i loro veri volti?»

«Tu che cosa pensi, bambina?»

Pensava di no. «Anche Jaqen H'ghar è un sacerdote? Sai se Jaqen tornerà a Braavos?»

«Chi?» chiese l'uomo gentile, con espressione innocente.

«Jaqen H'ghar. Mi ha dato lui la moneta di ferro.»

«Non conosco nessuno con quel nome, bambina.»

«Gli ho chiesto come aveva fatto a cambiare volto e lui mi ha detto che era facile come cambiare nome, a patto di sapere a chi rivolgersi.»

«Davvero?»

«Mi fai vedere come si fa a cambiare faccia?»

«Se vuoi.» L'uomo gentile le prese il mento tra le mani e le fece voltare la testa. «Gonfia le guance e tira fuori la lingua.»

Arya gonfiò le guance e tirò fuori la lingua.

«Ecco, ora hai una faccia diversa.»

«Non intendevo questo. Jaqen ha usato la magia.»

«Tutte le magie hanno un prezzo, bambina. Sono necessari anni di preghiera, di sacrifici e di studio per elaborare un incantesimo.»

«Anni?» ripeté Arya, in preda allo sgomento.

«Se fosse facile, tutti gli uomini lo farebbero. Bisogna imparare a camminare prima di mettersi a correre. Perché usare un incantesimo, quando bastano i trucchi dei giullari?»

«Non conosco nemmeno quelli.»

«Allora esercitati a fare le smorfie. Sotto la pelle hai dei muscoli. Impara a usarli. È la tua faccia. Sono le tue guance, le labbra, le orecchie. Sorrisi e cipigli non dovrebbero aggredirti all'improvviso. Impara a governare il tuo volto.»

«Mostrami come si fa.»

«Gonfia le guance.» Arya lo fece. «Solleva le sopracciglia. No, più su.» Lo fece. «Bene. Vedi quanto resisti così. Non tanto, immagino. Provaci di nuovo domattina. Nei sotterranei troverai uno specchio di Myr. Esercitati per un'ora tutti i giorni davanti allo specchio. Occhi, narici, guance, orecchie, labbra, impara a governarli tutti.» Le sollevò il mento con le mani. «Chi sei?»

«Nessuno.»

«È una menzogna, bambina. Una piccola e triste menzogna.»

Il giorno dopo, Arya trovò lo specchio di Myr e mattina e sera ci si sedeva di fronte, con una candela a ogni lato e faceva le smorfie. "Governa il tuo volto" ripeteva a se stessa "e saprai mentire."

Poco tempo dopo, l'uomo gentile le ordinò di aiutare gli altri novizi a preparare i cadaveri. Il lavoro non era duro, neppure lontanamente paragonabile a strofinare i gradini di pietra di Weese a Harrenhal. A volte, se si trattava di un corpo grosso o grasso, faceva fatica per via del peso, ma la maggior parte dei cadaveri era un mucchietto di vecchie ossa secche coperte di pelle raggrinzita. Arya li guardava mentre li lavava, chiedendosi che cosa li avesse portati alla fonte scura. Ricordava una storia che le aveva raccontato la Vecchia Nan, di come a volte, durante i lunghi inverni, gli uomini che avevano vissuto oltre i loro anni annunciavano che sarebbero andati a caccia. "Le figlie piangevano e i figli volgevano lo sguardo al fuoco" poteva quasi sentire la voce della Vecchia Nan "ma nessuno li fermava, né chiedeva loro quale selvaggina intendevano cacciare, con metri di neve e il vento che ululava." Arya si chiese cosa raccontassero i vecchi di Braavos ai loro figli, prima di avviarsi verso la Casa del Bianco e del Nero.

La luna crebbe e calò, crebbe e calò, ma Arya non la vide mai. Serviva, lavava i morti, faceva smorfie allo specchio, imparava la lingua di Braavos e cercava di ricordare di non essere nessuno.

Un giorno l'uomo gentile la mandò a chiamare. «Hai un accento orribile» le disse «ma conosci abbastanza parole per farti comprendere e dire ciò che vuoi, a modo tuo. È tempo che ci lasci per un po'. L'unico modo per padroneggiare veramente una lingua è parlarla dall'alba al tramonto, tutti i giorni. Vai.»

«Quando?» gli chiese. «Dove?»

«Ora» rispose l'uomo gentile. «Oltre queste mura troverai le cento isole di Braavos nel mare. Ti sono state insegnate le parole per dire "cozze", "vongole" e "molluschi"?»

«Sì.» Arya le ripeté nel miglior braavosiano che le veniva.

Il suo sforzo fece sorridere l'uomo gentile. «Basterà. Lungo i pontili, sotto la Città Annegata, troverai un pescivendolo di nome Brusco, un brav'uomo con la schiena malandata. Ha bisogno di una ragazza che gli spinga il carretto e che venda vongole, cozze e molluschi ai marinai che scendono dalle navi. Quella ragazza sarai tu. Hai capito?»

«Sì.»

«E quando Brusco ti chiede chi sei?»

«Nessuno.»

«No. Questo non serve, fuori da questa Casa.»

Lei esitò. «Sarò Salty di Padelle Salate.»

«Salty, la conoscono Ternesio Terys e gli uomini della *Figlia del Titano*. Il tuo modo di parlare ti segna, quindi devi essere una ragazza del continente occidentale... ma una ragazza speciale.»

Arya si morse un labbro. «Potrei essere Gatta?»

«Gatta.» L'uomo gentile soppesò l'ipotesi. «Sì. Braavos è piena di gatti. Uno in più non si noterà. Allora sei Gatta, un'orfana di...»

«Approdo del Re.» Arya era stata due volte con suo padre a Porto Bianco, ma Approdo del Re lo conosceva meglio.

«Benissimo. Tuo padre era capo dei rematori su una galea. Quando tua madre è morta, lui ti ha portato in mare con sé. Poi anche lui è morto, il suo comandante non sapeva che farsene di te, così ti ha scaricato a Braavos. E il nome della nave qual era?»

«*Nymeria*» rispose Arya senza esitare.

Lasciò la Casa del Bianco e del Nero quella sera stessa. Sul fianco destro aveva un lungo coltello di ferro, nascosto dalla cappa rappezzata e scolorita, proprio come quella che indosserebbe un orfano. Le scarpe le stringevano le dita e la tunica era così logora che il vento ci passava attraverso. Ma Braavos era lì di fronte a lei. L'aria della notte odorava di fumo, sale e pesce. I canali erano tortuosi e i vicoli ancora di più. Al suo passaggio, gli uomini le rivolgevano sguardi incuriositi e i piccoli mendicanti le gridavano parole che lei non capiva. Dopo poco tempo si trovò completamente persa.

«Ser Gregor» ripeté mentre attraversava un ponte di pietra sostenuto da quattro arcate. Dal centro della struttura poteva vedere gli alberi delle navi nel porto degli Stracci. «Dunsen, Raff Dolcecuore, ser Ilyn, ser Meryn, regina Cersei.» Iniziò a piovere. Arya alzò il volto al cielo, lasciando che la pioggia le bagnasse le guance, talmente felice che avrebbe potuto mettersi a ballare.

«*Valar morghulis*» disse «*valar morghulis, valar morghulis.*»

ALAYNE

Il sole del mattino apparve dalle finestre, Alayne si sedette sul letto e si stiracchiò. Gretchel la udì muoversi e si alzò a sua volta per portarle la vestaglia. Durante la notte le stanze diventavano gelide. "Sarà ancora peggio quando saremo in pieno inverno" pensò. "L'inverno renderà questo luogo gelido come una tomba." Alayne si infilò la vestaglia e l'allacciò in vita. «Il fuoco è quasi spento» osservò. «Metti un altro ciocco, per favore.»

«Come milady desidera» rispose l'anziana donna.

Gli appartamenti di Alayne nella Torre della fanciulla erano più ampi e lussuosi della piccola cameretta dove era stata tenuta quando lady Lysa era ancora viva. Ora aveva uno spogliatoio e un bagno tutti per sé, oltre a un balcone scolpito nella pietra bianca che si affacciava sulla valle. Mentre Gretchel si occupava del fuoco, Alayne attraversò a piedi nudi la stanza e uscì silenziosamente. La pietra era fredda e il vento soffiava molto forte, come sempre sulla cima della montagna, ma per qualche istante il panorama le fece dimenticare tutto. La Fanciulla era la più orientale delle sette agili torri di Nido dell'Aquila e dominava l'intera valle di Arryn, con le sue foreste, i fiumi e i campi, il tutto immerso nella bruma del mattino. Il sole illuminava le montagne facendole sembrare di oro massiccio.

"Uno scenario incantevole." La cima della Lancia del Gigante, ricoperta di neve, incombeva su di lei. Un'immensità di pietra e ghiaccio che schiacciava il castello, arroccato su uno dei versanti. Stalattiti di ghiaccio lunghe sei iarde ornavano l'orlo dell'abisso e durante l'estate si tramutavano nella cascata chiamata Lacrime di Alyssa. Un falco sorvolò il blocco di ghiaccio, ali blu dispiegate contro il cielo del mattino. "Potessi avere le ali anch'io."

Appoggiò le mani alla balaustra di pietra e si chinò in avanti.

Quasi duecento iarde sotto di lei, poteva vedere Cielo, il fortilizio intermedio più alto lungo il ripido sentiero che scalava la Lancia. Vedeva i gradini di pietra scolpiti nella montagna, e il tortuoso percorso che oltrepassava Neve e Pietra, gli altri due fortilizi, scendendo giù verso il fondovalle. Vedeva le torri e i masti delle Porte della Luna, la fortezza ai piedi della Lancia del Gigante, simili a giocattoli di un bambino. Intorno alle mura, le schiere dei lord alfieri erano in movimento, uscivano dalle tende come le formiche escono dai formicai. "Se fossero realmente formiche" pensò "potremmo calpestarli e schiacciarli."

Due giorni prima, il giovane lord Hunter e i suoi soldati erano arrivati per unirsi agli altri. Nestor Royce aveva sbarrato loro le Porte, ma la sua guarnigione era composta da meno di trecento uomini. Ogni lord alfiere ne aveva condotti mille, e i lord della valle di Arryn erano sei. Alayne conosceva i loro nomi come il proprio. Benedar Belmore, lord di Strongsong. Symond Templeton, il Cavaliere di Nove stelle. Horton Redfort, lord di Redfort. Anya Waynwood, lady di Ironoaks. Gilwood Hunter, che tutti chiamavano Giovane Lord Hunter, lord di Longbow Hall. E infine Yohn Royce, il più potente di tutti, il temibile Yohn il Bronzeo, lord di Rune, cugino di Nestor e capo del ramo principale di Casa Royce. Si erano riuniti a Rune dopo la caduta di Lysa Arryn, e là avevano stretto un patto, impegnandosi a difendere il giovane lord Robert, la Valle, e a proteggersi l'un l'altro. La loro dichiarazione non menzionava il lord protettore, ma parlava del *caos* cui bisognava porre fine, e anche di falsi amici e cattivi consiglieri.

Una raffica di vento gelido investì le gambe di Alayne. Tornò dentro per scegliere l'abito da indossare a colazione. Petyr Baelish le aveva messo a disposizione il guardaroba della sua defunta moglie, una profusione di sete, rasi, velluti e pellicce, molto più di quello che Alayne avesse mai sognato, anche se gran parte dei vestiti le andavano grandi. Lady Lysa si era notevolmente irrobustita nella lunga serie di gravidanze, bambini nati morti e aborti spontanei. Ma alcuni degli abiti più vecchi erano stati fatti per la giovane Lysa Tully di Delta delle Acque, quanto agli altri, Gretchel era riuscita ad adattarli ad Alayne che, a tredici anni, era alta quasi quanto la zia a venti.

Quella mattina, la sua attenzione fu attratta da un abito variopinto, rosso e blu, foderato di vaio. Gretchel l'aiutò a infilare le braccia nelle maniche a campana e lo allacciò sulla schiena, poi le spazzolò i capelli e li acconciò. Alayne li aveva scuriti di nuovo la sera precedente, prima di andare a letto. La lozione che la zia le aveva dato serviva a trasformare il suo biondo ramato nel castano di Alayne, ma non passava molto tempo prima che il rosso tornasse a emergere alle radici. "Che cosa farò quando la tinta finirà?" La lozione veniva dalla città libera di Tyrosh, dall'altra parte del mare Stretto.

Quando scese per colazione, Alayne rimase ancora una volta colpita dalla quiete che regnava a Nido dell'Aquila. In tutti i Sette Regni, non esisteva castello più ovattato. La servitù era scarsa e comunque di una certa età, tutti parlavano sottovoce per non agitare il giovane lord. Sulle pendici della montagna non c'erano cavalli, né cani che abbaiassero o ringhiassero, e nemmeno cavalieri che si addestravano nel cortile. Perfino i passi delle guardie parevano stranamente attutiti quando transitavano nelle pallide sale di pietra. Alayne sentiva solo il vento gemere e sospirare attorno alla torre, e nient'altro. Quando era arrivata a Nido dell'Aquila, c'era il mormorio delle Lacrime di Alyssa, ma adesso la cascata era ghiacciata. Gretchel aveva detto che sarebbe rimasta silente fino alla primavera.

Trovò lord Robert da solo nella sala del Mattino, sopra le cucine, che rimescolava distrattamente con un cucchiaio di legno una grossa ciotola di porridge e miele. «Volevo le uova» si lamentò quando la vide. «Volevo tre uova alla coque e della pancetta.»

Non avevano uova, né tanto meno pancetta. I granai di Nido dell'Aquila avevano scorte di avena, mais e orzo sufficienti per un anno intero, ma per gli approvvigionamenti di cibi freschi dal fondovalle dipendevano da una giovane bastarda di nome Mya Stone. Con i lord alfieri accampati ai piedi della montagna, però, Mya non poteva passare. Lord Belmore, il primo dei sei a raggiungere le Porte della Luna, aveva inviato un corvo messaggero per informare Ditocorto che l'invio di cibo a Nido dell'Aquila era sospeso fino a quando lord Robert non fosse sceso a valle. Non era ancora un vero e proprio assedio, ma mancava poco perché lo diventasse.

«Quando arriva Mya potrai avere tutte le uova che vorrai» promise Alayne al piccolo lord. «Porterà uova, burro, meloni, tante cose buone.»

Ma il ragazzo non si consolò. «Io le voglio *oggi*, le uova.»

«Caro, non ce ne sono, lo sai. Coraggio, mangia il porridge, è buono.» Lei stessa lo assaggiò.

Robert continuava a muovere il cucchiaio senza però portarlo alla bocca. «Non ho fame» decise alla fine. «Voglio tornare a letto. Questa notte non ho dormito. C'era qualcuno che cantava. Maestro Colemon mi ha dato un po' di vino dei sogni, ma io lo sentivo lo stesso.»

Alayne abbassò il cucchiaio. «Se qualcuno avesse cantato, l'avrei sentito anch'io. Hai solo fatto un brutto sogno.»

«Non era un sogno.» Gli occhi del piccolo Robert si riempirono di lacrime. «Marillion canta ancora. Tuo padre dice che è morto, ma non è vero.»

«Invece sì.» La spaventava sentirlo parlare in quel modo. "È già abbastanza dura perché è gracile e malaticcio, ci manca solo che sia anche pazzo!" «Caro, ma *è* così. Marillion adorava la lady tua madre e non poteva più vivere dopo quello che le aveva fatto, così è andato in cielo.» Alayne non aveva visto il corpo, neppure Robert lo aveva visto, ma lei non nutriva dubbi sulla morte del cantastorie. «Se ne è andato, davvero.»

«Ma io lo sento tutte le notti. Anche quando chiudo le persiane e mi metto il cuscino sulla testa. Tuo padre avrebbe dovuto tagliargli la lingua. Gli avevo detto di farlo, ma lui non ha voluto.»

"Bisognava che avesse la lingua per confessare." «Fai il bravo bambino e mangia il porridge» lo pregò Alayne. «Per favore.»

«Non voglio il porridge.» Robert scagliò via il cucchiaio. Colpì un arazzo, lasciando una chiazza gocciolante su una luna bianca di seta ricamata. «Il lord vuole le uova!»

«Il lord mangerà il porridge» disse la voce di Petyr Baelish alle loro spalle «e dirà anche *grazie*.»

Alayne si voltò. Ditocorto era sulla porta, con maestro Colemon al fianco.

«Dovresti ascoltare il lord protettore, mio signore» disse il maestro. «I tuoi sostenitori stanno salendo la montagna per venire a renderti omaggio, avrai bisogno di tutte le tue forze.»

«Mandateli via. Non li voglio.» Robert si strofinò l'occhio sinistro con le nocche. «Se vengono li farò cacciare via.»

«Riguardo a questo, tu mi tenti, milord» disse Petyr «ma temo di aver promesso loro una visita. E comunque è troppo tardi per mandarli via. A questo punto saranno già arrivati a Pietra.»

«Perché non ci lasciano in pace?» gemette Alayne. «Non abbiamo fatto loro nulla di male. Che cosa *vogliono* da noi?»

«Solo lord Robert. Vogliono lui, e la valle di Arryn.» Petyr sorrise. «Saranno in otto. Lord Nestor farà gli onori di casa e c'è anche Lyn Corbray. Ser Lyn non è il tipo d'uomo da tirarsi indietro quando si comincia a sentire l'odore del sangue.»

Quelle parole non alleviarono certo i timori di Alayne. Lyn Corbray aveva ucciso in duello tanti uomini quanti ne aveva sgozzati in battaglia. Si era conquistato la sua fama durante la Ribellione di Robert, Alayne lo sapeva, lottando prima contro Jon Arryn, alle porte di Città del Gabbiano, e poi per Jon Arryn, cavalcando sotto i suoi vessilli nella battaglia del Tridente, dove aveva abbattuto il principe Lewyn di Dorne, uno dei cavalieri bianchi della Guardia reale. Petyr aveva anche aggiunto che il principe Lewyn era già seriamente ferito quando la marea del combattimento lo aveva sospinto all'ultima danza con Signora piangente, la spada di Lyn Corbray. «Non è comunque il caso di sollevare la questione con lord Lyn. Chi osi farlo, avrà la possibilità di chiedere direttamente a Lewyn Martell come sono andate davvero le cose, giù nei corridoi degli inferi.» Se anche solo la metà di ciò che Alayne aveva sentito dire dalle guardie di lord Robert era vero, Lyn Corbray era più pericoloso di tutti gli altri sei lord alfieri messi assieme.

«Perché sta venendo qui?» chiese a Petyr. «Pensavo che i Corbray fossero dalla tua parte.»

«Lord Lyn Corbray è ben disposto nei miei confronti» disse Petyr. «Suo fratello, invece, fa di testa propria. Sul Tridente, quando il padre venne ferito, fu Lyn a impugnare Signora piangente e a uccidere l'uomo che lo aveva colpito. Mentre Lyonel trasportava l'anziano padre dai maestri nelle retrovie, fu ancora Lyn a guidare la carica contro i dorniani che minacciavano il fianco sinistro dell'esercito di Robert, ridusse a brandelli le loro linee e uccise Lewyn Martell. Così, alla morte del vecchio lord Corbray, la Signora fu conferita al figlio più giovane. Lyonel ottenne le terre, il titolo, il castello e tutto il denaro, ma ancora oggi continua a ritenere di essere stato defraudato della primogenitura, mentre ser Lyn... be', ama il fratello Lyonel quanto ama me. Avrebbe voluto Lysa tutta per sé.»

«Non mi piace ser Lyn» insistette Robert. «Non lo voglio qui. Rimandalo indietro. Non gli ho mai dato il permesso di venire. Non qui. Mia madre diceva che Nido dell'Aquila è inespugnabile.»

«Tua madre è morta, milord. Fino al compimento del tuo sedicesimo compleanno, sono io a governare Nido dell'Aquila.» Petyr si rivolse alla cameriera dalla schiena curva che si aggirava vicino alla scala che portava alle cucine. «Mela, porta un altro cucchiaio a sua signoria. Vuole mangiare il porridge.»

«Non è vero! Adesso gli faccio fare un bel volo!»

Quindi Robert lanciò la ciotola, con dentro tutto il porridge e miele. Petyr Baelish la schivò con agilità, maestro Colemon non fu altrettanto veloce. La ciotola di legno lo colpì in pieno petto e il contenuto gli schizzò in faccia e sulle spalle. Strillò in modo poco consono a un maestro, mentre Alayne cercava di calmare il piccolo lord, ma ormai era troppo tardi. Lord Robert cadde preda di un'ennesima crisi convulsiva. Anche una caraffa di latte prese il volo, quando il ragazzo l'agguantò e la lanciò. Poi Robert cercò di alzarsi in piedi, ma la sedia si rovesciò all'indietro e lui vi rovinò sopra. Con un piede colpì Alayne all'addome, così forte da toglierle il fiato. «Oh, dèi del cielo» udì Petyr dire, disgustato.

Maestro Colemon aveva ancora la faccia e i capelli cosparsi di grumi di porridge quando si inginocchiò accanto al ragazzo affidato alle sue cure, mormorandogli parole di conforto. Un grumo scivolò lentamente lungo la sua guancia destra, come una enorme lacrima grigia. "Questa crisi è più leggera dell'ultima che ha avuto" cercava di convincersi Alayne. Il tremito si era già fermato quando giunsero due guardie con il mantello azzurro cielo e le cotte di maglia argentee, chiamate da Petyr.

«Riportatelo a letto e fategli un salasso» ordinò il lord protettore. La guardia più alta prese in braccio il ragazzo. "Potrei sollevarlo anch'io" pensò Alayne. "Pesa come un bambolotto."

Maestro Colemon si trattenne un istante prima di seguirli. «Milord, forse è meglio rimandare questo colloquio. Dalla morte di lady Lysa, gli attacchi di sua signoria sono peggiorati. Sono diventati più frequenti e più violenti. Gli faccio più salassi possibile e miscelo vino dei sogni e latte di papavero per farlo dormire, ma...»

«Dorme già dodici ore al giorno» disse Petyr. «Ho bisogno che sia sveglio ogni tanto.»

Il maestro si passò la mano tra i capelli, facendo colare altri residui di porridge sul pavimento. «Lady Lysa gli dava il seno ogni volta che era sovreccitato. L'arcimaestro Ebrose sostiene che il latte materno abbia molte ottime proprietà.»

«È questo il tuo consiglio, maestro? Che troviamo una nutrice per il lord di Nido dell'Aquila e protettore della Valle? E quando lo svezziamo? Il giorno del suo matrimonio? Così passerebbe direttamente dai capezzoli della balia a quelli della moglie!» La risata di lord Petyr espresse chiaramente il suo parere. «No. Ti suggerisco di trovare un'altra soluzione. Il ragazzo ama i dolci, vero?»

«I dolci?» ripeté Colemon.

«Sì. Torte, crostate, marmellate e gelatine, miele d'api. Magari una dose di dolcesonno nel latte, ci hai provato? Appena un po', quanto basta per calmarlo e fermare quel terribile tremito.»

«Solo un po'?» Il pomo alla gola del maestro si mosse su e giù mentre tentava di deglutire. «Solo una piccola quantità... forse. Non troppo e non tanto spesso, sì, potrei provare...»

«Esatto: una piccola quantità» confermò lord Petyr «prima di accompagnarlo a incontrare i lord.»

«Ai tuoi ordini, milord.» Il maestro se ne andò in fretta, con la catena che tintinnava dolcemente a ogni passo.

«Padre» disse Alayne quando se ne fu andato «vuoi una ciotola di porridge per colazione?»

«Il porridge mi fa ribrezzo.» La guardò con gli occhi da Ditocorto. «Preferirei fare colazione con un bacio.»

Una brava figlia non rifiuterebbe mai un bacio al suo progenitore, così Alayne andò verso di lui e lo baciò, un rapido e secco bacio frettoloso su una guancia. Con altrettanta rapidità si ritrasse.

«Molto... obbediente.» Ditocorto sorrise con la bocca ma non con gli occhi. «Be', ho altre cose da farti fare, a quanto pare. Di' alla cuoca di preparare vino speziato con miele e uva passa. I nostri ospiti saranno infreddoliti e assetati dopo la lunga salita. Quando arriveranno, sarai tu ad accoglierli e a offrire loro qualcosa per rinfrancarsi. Vino, pane e formaggio. Che tipo di formaggio è rimasto?»

«Quello bianco forte e quello blu puzzolente.»

«Quello bianco, allora. Ed è meglio se vai a cambiarti.»

Alayne guardò l'abito che indossava, il blu scuro e il rosso intenso di Delta delle Acque. «Questo è troppo...»

«Fa troppo Tully. Ai lord alfieri non farà piacere vedere la mia figlia bastarda che si pavoneggia con i vestiti della mia defunta moglie. Scegli qualcos'altro. C'è bisogno che ti ricordi di evitare l'azzurro cielo e il crema?»

«No.» Erano i due colori di Casa Arryn. «Otto, dicevi... Yohn il Bronzeo è con loro?»

«L'unico che conta.»

«Yohn il Bronzeo *sa chi sono*» gli rammentò Alayne. «Era ospite a Grande Inverno quando suo figlio andò al Nord per prendere il nero.» Sansa Stark, non Alayne!, si era follemente innamorata di ser Waymar Royce, ricordava vagamente, ma questo ormai faceva parte di una vita precedente, quando lei era ancora una stupida ragazzina del Nord. «E quella non è stata l'unica volta. Lord Royce ha visto... anzi, rivisto Sansa Stark ad Approdo del Re, durante il Torneo del Primo Cavaliere.»

Petyr le appoggiò un dito sotto il mento. «Che Royce abbia già visto questo bel musetto è indubbio, ma era uno in mezzo a migliaia di altri. Un uomo che partecipa a un torneo ha altro cui pensare che non al viso di una bambina tra la folla. E a Grande Inverno, Sansa era una ragazzina con i capelli biondi ramati. Mia figlia è una fanciulla alta e bella, con i capelli castani. Gli uomini vedono solo quello che si aspettano di vedere, Alayne.» La baciò sul naso. «Di' a Maddy che accenda il fuoco nel mio studio. È là che riceverò i lord alfieri.»

«Non nella sala Alta?»

«No. Che gli dèi ce ne scampino. Non voglio che mi vedano a fianco dell'alto scanno degli Arryn: potrebbero pensare che ho intenzione di impossessarmene. Gente di umili origini come me non deve mai aspirare a sedere su morbidi cuscini.»

«Lo studio...» Alayne avrebbe dovuto fermarsi a quel punto, ma le parole le uscirono da sole. «E se tu gli dessi Robert...»

«... e anche la Valle?»

«La Valle è già loro.»

«Sì, in gran parte, questo è vero. Non tutta però. Sono molto amato a Città del Gabbiano e ho alcuni amici tra i lord. Grafton, Lynderly, Lyonel Corbray... e, te lo garantisco, non sono da meno dei lord alfieri. Quindi, dove vorresti che andassimo, Alayne? Alla mia fortezza, sui promontori delle Dita?»

Alayne aveva pensato anche a questo. «Joffrey ti ha dato Harrenhal. Là sei lord di diritto.»

«Solo come titolo. Avevo bisogno di una carica importante per sposare Lysa, e i Lannister non mi avrebbero mai concesso Castel Granito.»

«Sì, ma il castello *è* tuo.»

«E che castello! Sale buie e torri in rovina, fantasmi e correnti d'aria, spese insostenibili per riscaldarlo, impossibile da presidiare... e poi c'è la storia della maledizione di Harren il Nero.»

«Le maledizioni esistono solo nelle canzoni e nelle leggende.»

Ditocorto sembrò quasi divertito. «Qualcuno ha forse scritto una canzone su Gregor Clegane, morto per le ferite di una lancia avvelenata? Oppure, prima di lui, sul comandante mercenario al quale ser Gregor ha mozzato gli arti, uno alla volta? Sto parlando di colui che ha tolto Harrenhal a ser Amory Lorch, il quale a sua volta l'aveva ricevuto da lord Tywin. Un orso ha ucciso il primo, ser Lorch, e il tuo nanerottolo Tyrion il secondo, lord Tywin. Mi pare di avere udito che è morta anche lady Whent. Lothston, Harroway, Strong... Harrenhal ha ridotto a scheletri chiunque ci abbia posato sopra la mano.»

«Allora consegna la fortezza a lord Frey.»

Petyr rise. «Forse lo farò. Anzi, meglio ancora: la consegnerò alla nostra dolce Cersei. Anche se non dovrei parlare così di lei: mi deve mandare degli splendidi arazzi. Non è gentile da parte sua?»

Al solo udire il nome della sua regina, Alayne si irrigidì. «Lei non è affatto gentile. Mi fa paura. Se dovesse mai venire a sapere dove mi trovo...»

«... dovrei toglierla di mezzo prima del previsto. A meno che non ci pensi da sola.» Petyr la stuzzicò con un sorriso. «Nel gioco del trono, perfino i pezzi più umili possono avere i loro desideri. Anche se a volte rifiutano di fare la mossa che hai progettato per loro. Ricordalo bene, Alayne. È una lezione che Cersei Lannister non ha ancora imparato. E adesso, non hai delle cose da fare?»

In effetti era così.

Si occupò del vino caldo, trovò una forma presentabile di formaggio bianco forte e ordinò alla cuoca di cucinare pane per venti persone, qualora i lord alfieri arrivassero con più uomini del previsto. "Quando avranno mangiato il nostro pane e il nostro sale, saranno nostri ospiti e non potranno farci del male." I Frey avevano infranto tutte le leggi dell'ospitalità quando avevano assassinato sua madre e suo fratello alle Torri Gemelle, ma non poteva credere che un lord nobile come Yohn Royce si sarebbe mai abbassato a tanto.

Alayne passò nello studio. Il pavimento era coperto da un tappeto di Myr, quindi non c'era bisogno di far stendere la paglia. Chiese a due servitori di montare il tavolo a cavalletti e di portare otto pesanti sedie di quercia e cuoio. Se fosse stato un banchetto, avrebbe preparato due posti a capotavola e tre su ogni lato, ma quella non era una festa. A quest'ora i lord alfieri dovevano già essere arrivati a Neve. Per salire, anche a dorso di mulo, ci voleva quasi un'intera giornata. A piedi, in genere si impiegavano più giorni.

Forse i lord sarebbero rimasti a parlare fino a notte fonda. Avrebbero avuto bisogno di altre candele. Quando Maddy ebbe acceso il fuoco, Alayne la mandò giù a prendere quelle di cera d'api profumate che lord Waxley aveva regalato a lady Lysa quando l'aveva chiesta in sposa. Alayne tornò di nuovo in cucina, per controllare i preparativi per il vino e il pane. Tutto sembrava procedere bene. Aveva ancora tempo per farsi un bagno, lavarsi i capelli e cambiare vestito.

C'era un abito di seta viola, che però non la convinceva del tutto, e un altro di velluto blu scuro con fili d'argento che avrebbe fatto risaltare i suoi occhi. Ma poi si ricordò che Alayne era solo una bastarda, per cui non doveva cercare di abbigliarsi come qualcuno di più alto lignaggio. Alla fine scelse un abito di lana marrone scuro dal taglio semplice, con foglie e viti ricamate sul corpetto e sulle maniche e dell'oro che correva lungo il bordo. Era modesto e appropriato, anche se appena più ricercato di quello che avrebbe potuto indossare una servetta. Petyr le aveva dato anche i gioielli di lady Lysa, così Alayne si provò varie collane, ma sembravano tutte molto pretenziose. Scelse un semplice nastro di velluto color oro d'autunno. Quando Gretchel le diede lo specchio argentato di Lysa, vide che il colore si intonava perfettamente ai folti capelli castano scuro di Alayne. "Lord Royce non mi riconoscerà mai" pensò. "Io stessa faccio fatica."

Sentendosi temeraria quasi quanto Petyr Baelish, Alayne Stone esibì il suo miglior sorriso e scese ad accogliere gli ospiti.

Nido dell'Aquila era l'unico castello dei Sette Regni ad avere l'entrata principale sotto il dongione. Ripidi gradini di roccia si arrampicavano lungo il fianco della montagna, accanto ai fortilizi intermedi di Pietra e Neve, ma a Cielo finivano. Le ultime duecento iarde erano verticali, obbligando i potenziali visitatori a scendere dai muli e a prendere una decisione. Potevano salire nell'ondeggiante cesto di vimini usato per trasportare le vettovaglie, oppure scalare il condotto scavato nella roccia, servendosi degli appigli ricavati nella pietra.

Lord Redfort e lady Waynwood, i lord alfieri più anziani, scelsero di essere trasportati dal verricello, dopo di che il cesto fu calato un'altra volta per il grasso lord Belmore. Gli altri optarono per l'arrampicata. Alayne li accolse nella sala della Mezzaluna, dove ardeva un bel fuoco. Diede loro il benvenuto a nome di lord Robert e servì pane e formaggio e coppe d'argento con il vino speziato.

Petyr le aveva dato un rotolo con gli stemmi nobiliari da studiare, in modo da poter così riconoscere i vari lord. Il castello rosso era Redfort, un uomo basso con la barba grigia curata e lo sguardo mite. Lady Anya era l'unica donna e indossava un mantello verde scuro con la ruota rotta di Waynwood, tempestata di ambra nera. Le sei campane d'argento su sfondo viola erano di Belmore, dal ventre prominente e le spalle cadenti. La sua barba era un'oscenità grigio-rossastra che spuntava da svariati menti. All'opposto, quella di Symond Templeton era nera e appuntita come una lama. Il naso adunco e gli occhi azzurro ghiaccio facevano somigliare il

Cavaliere delle Nove stelle a un elegante rapace. Il suo farsetto mostrava nove stelle nere con una croce decussata d'oro. La cappa di ermellino del Giovane Lord Hunter la confuse fino a quando non riuscì a scorgere la spilla che la fermava, cinque frecce d'argento disposte a ventaglio. Alayne avrebbe detto che era più vicino ai cinquanta che ai quaranta. Suo padre aveva regnato su Longbow Hall per quasi sessant'anni, per poi morire così all'improvviso che si mormorava che il nuovo lord avesse accelerato la propria eredità. Le guance e il naso di Hunter erano rossi come mele, rivelando una certa inclinazione per il succo d'uva. Alayne fece in modo di riempirgli la coppa ogni volta che era vuota.

Il più giovane di tutti aveva sul petto tre corvi con un cuore rosso sanguinante tra gli artigli. I capelli castani gli arrivavano alle spalle, una ciocca ribelle gli scendeva sulla fronte. "Ser Lyn Corbray" pensò Alayne, guardando con sospetto la bocca dura e gli occhi inquieti.

Gli ultimi ad arrivare furono i Royce, lord Nestor e Yohn il Bronzeo. Il lord di Rune era alto quanto il Mastino. Nonostante i capelli grigi e il volto segnato, lord Yohn aveva ancora l'aspetto di qualcuno in grado di spezzare come rami secchi uomini ben più giovani con quelle enormi mani nodose. Quel viso rugoso e solenne riportò alla memoria di Alayne tutti i ricordi di Sansa e del periodo in cui quell'uomo aveva vissuto a Grande Inverno. Se lo ricordava a tavola, che parlava tranquillamente con sua madre. Sentiva la sua voce rimbombare tra le pareti quando rientrava a cavallo dalla caccia, con un cervo di traverso dietro la sella. Lo vedeva nel cortile, con una spada da addestramento in pugno, mentre atterrava lord Eddard suo padre, per poi battere anche ser Rodrik, il maestro d'armi. "Mi riconoscerà. Come può non riconoscermi?" Considerò la possibilità di gettarsi ai suoi piedi e implorare la sua protezione. "Non ha mai combattuto per Robb. Perché dovrebbe farlo per me? La guerra è finita e Grande Inverno è caduta."

«Lord Royce» chiese timidamente «desideri una coppa di vino, per scacciare il freddo?»

Yohn il Bronzeo aveva gli occhi color ardesia, seminascosti dalle sopracciglia più folte che Alayne avesse mai visto. Si incresparono quando abbassò lo sguardo su di lei. «Ti conosco, per caso, ragazzina?»

Ad Alayne sembrò di aver ingoiato la lingua, ma venne lord Nestor in suo aiuto. «Alayne è la figlia naturale del lord protettore» spiegò bruscamente al cugino.

«Il ditino di Ditocorto si è dato da fare» commentò Lyn Corbray, con un sorriso maligno. Belmore rise, Alayne sentì le guance diventare di fuoco.

«Quanti anni hai, bambina?» chiese lady Waynwood.

«Quattordici, milady» Per un attimo dimenticò l'età che Alayne doveva avere. «E non sono una bambina, ma una fanciulla in fiore.»

«Che spero nessuno abbia ancora colto.» I folti baffi del Giovane Lord Hunter nascondevano tutta la sua bocca.»

«Per ora no» rispose Lyn Corbray, come se Alayne non fosse presente. «Ma già pronta per essere colta, direi.»

«E questa a Casa Heart la considerate cortesia?» I capelli di lady Waynwood si stavano ingrigendo, aveva zampe di gallina attorno agli occhi e la pelle del collo rilasciata, ma la sua aura di nobiltà era inconfondibile. «La ragazza è giovane e allevata bene. Ha sofferto abbastanza. Tieni a bada la lingua, ser.»

«Alla mia lingua ci penso io» ribatté Corbray. «La mia signora farà meglio a occuparsi della propria. Non ho mai sopportato i rimbrotti, come può testimoniare un gran numero di uomini morti.»

Lady Waynwood si allontanò da lui. «È meglio che ci porti da tuo padre, Alayne. Prima finiamo, meglio sarà per tutti.»

«Il lord protettore vi attende nel suo studio. Se volete seguirmi, signori.»

Dalla sala della Mezzaluna, salirono una ripida rampa di scale di marmo che passava vicino alle cripte, ai dongioni e anche a tre feritoie da balestrieri, che i lord alfieri finsero di non vedere. Non ci volle molto perché Belmore iniziasse a sbuffare come un mantice, mentre il volto di Redfort si faceva grigio come i suoi capelli. Al loro arrivo, le guardie in cima alle scale alzarono la saracinesca.

«Per di qua, miei lord.»

Alayne li guidò lungo il portico, oltrepassando una decina di splendidi arazzi. Ser Lothor Brune era di guardia davanti allo studio. Aprì loro la porta e li seguì all'interno della stanza.

Petyr Baelish era già seduto al tavolo, con una coppa di vino in mano, intento a studiare una pergamena bianca e increspata. Sollevò lo sguardo quando i lord alfieri entrarono l'uno dopo l'altro.

«Miei lord, siete i benvenuti. E anche tu, milady. La salita è faticosa, lo so. Prego, sedetevi pure. Alayne, cara, porta dell'altro vino per i nostri nobili ospiti.»

«Come vuoi, padre.»

Le candele erano state accese, notò con piacere. Lo studio profumava di noce moscata e altre spezie pregiate. Alayne andò a prendere la brocca mentre i visitatori si accomodavano... tutti tranne Nestor Royce, che esitò prima di girare attorno al tavolo per andare a sedersi di fianco a lord Petyr, e Lyn Corbray, il quale decise di restare in piedi vicino al fuoco. Il rubino a forma di cuore sull'elsa della sua spada mandava barbagli rossi mentre lui si scaldava le mani. Alayne lo vide sorridere a ser Lothor Brune. "Ser Lyn è molto bello, per la sua età" pensò "ma non mi piace il modo in cui sorride."

«Stavo leggendo la vostra dichiarazione» iniziò Petyr. «Splendida. Il maestro che l'ha scritta è un uomo veramente dotato. Mi sarebbe piaciuto che aveste invitato anche me a firmarla.»

La frase li colse alla sprovvista. «Te?» chiese Belmore. «A firmarla?»

«Riesco a reggere la penna come chiunque altro, e nessuno ama lord Robert più di me. E per quanto riguarda i falsi amici e i cattivi consiglieri, dobbiamo assolutamente sradicarli dalla valle di Arryn. Miei lord, sono con voi, in tutto e per tutto. Mostratemi dove devo firmare, ve ne prego.»

Alayne, che stava versando, sentì Lyn Corbray che soffocava una risata. Gli altri sembravano a disagio, fino a quando Yohn il Bronzeo fece scrocchiare le nocche. «Non siamo venuti per la tua firma» disse. «Né abbiamo intenzione di discutere con te, Ditocorto.»

«È un peccato. Mi piace così tanto discutere.» Petyr mise da parte la pergamena. «Come desiderate. Siamo schietti. Che cosa volete da me, signori e signora?»

«Da te niente.» Symond Templeton fissò il lord protettore con il suo sguardo glaciale. «Vogliamo che tu te ne vada da qui.»

«Che me ne vada?» Petyr si finse stupito. «E dove?»

«La Corona ti ha nominato lord di Harrenhal» sottolineò il Giovane Lord Hunter. «Dovrebbe bastare a chiunque.»

«Le terre dei fiumi hanno bisogno di un lord» aggiunse il vecchio Horton Redfort. «Delta delle Acque è assediata, Bracken e Blackwood sono in guerra aperta, e i fuorilegge scorrazzano liberamente su entrambi i lati del Tridente, rubando e uccidendo a loro piacimento. I cadaveri lasciati senza sepoltura ingombrano il paesaggio ovunque si vada.»

«Da come la racconti sembra molto interessante» rispose Petyr «ma a quanto pare ho delle cose di cui occuparmi qui. E bisogna considerare anche lord Robert. Volete che trascini un bambino malato nel bel mezzo di una simile carneficina?»

«Il giovane lord resterà nella Valle» dichiarò Yohn Royce. «Intendo portare il ragazzo con me a Rune per farlo diventare un cavaliere del quale Jon Arryn sarebbe orgoglioso.»

«Perché a Rune?» rifletté come tra sé, a voce alta, Petyr. «Perché non a Ironoaks o a Redfort? Perché non a Longbow Hall?»

«Uno qualsiasi di quei posti va bene» dichiarò lord Belmore «e lord Robert li visiterà tutti, a turno e a tempo debito.»

«Ah, sì?» disse Petyr in tono dubbioso.

Lady Waynwood sospirò. «Lord Petyr, se pensi di metterci l'uno contro l'altro, puoi risparmiarti la fatica. Qui parliamo con un'unica voce. Rune va bene a tutti. Lord Yohn ha allevato tre ottimi figli, non c'è uomo più adatto per crescere il giovane lord Robert. Maestro Helliweg è molto più anziano e ha più esperienza del tuo maestro Colemon, inoltre è più adatto per trattare le fragilità di lord Robert. A Rune, il ragazzo apprenderà le arti della guerra da Sam Stone il Forte. Nessuno potrebbe sperare di avere un maestro d'armi migliore di lui. Septon Lucos lo istruirà riguardo alle questioni dello spirito. A Rune troverà anche altri ragazzi della sua età, una compagnia migliore delle donne anziane e dei mercenari che attualmente lo circondano.»

Petyr Baelish si accarezzò la barba. «Il giovane lord ha bisogno di compagni, su questo sono perfettamente d'accordo. Alayne però non è una donna anziana. Lord Robert ama profondamente mia figlia, ve lo dirà lui stesso con piacere. E vi informo che ho chiesto a lord Grafton e a lord Lynderly di mandarmi un figlio ciascuno per i quali fungerò da protettore. Entrambi hanno l'età di Robert.»

Lyn Corbray rise. «Due cuccioli da un paio di leccapiedi.»

«Robert dovrebbe avere vicino un ragazzo più grande. Un promettente giovane scudiero, per esempio. Qualcuno che lui possa ammirare e cercare di emulare.» Petyr si rivolse a lady Waynwood. «E tu, milady, a Ironoaks hai proprio un ragazzo del genere. Forse potresti acconsentire a mandare qui Harrold Hardyng.»

Anya Waynwood sembrava divertita. «Lord Petyr, sei un ladro così scaltro, come raramente mi è capitato di incontrarne.»

«Non intendo affatto rapire il ragazzo» la corresse Petyr «ma lui e lord Robert dovrebbero essere amici.»

Yohn Royce il Bronzeo si sporse in avanti. «È giusto che lord Robert faccia amicizia con il giovane Harry e così sarà, a Rune, sotto la mia ala, quale mio protetto e scudiero.»

«Dacci il ragazzo» disse lord Belmore «e potrai lasciare la Valle senza difficoltà per raggiungere il tuo scanno a Harrenhal.»

Petyr gli rivolse uno sguardo di lieve rimprovero. «Vuoi dire che altrimenti potrei farmi del male, milord? Non riesco a immaginare perché. La mia defunta moglie sembrava pensare che fosse *questo* lo scanno destinato a me.»

«Lord Baelish» disse lady Waynwood «Lysa Tully era la vedova di Jon Arryn e la madre di suo figlio, e governava qui come reggente. Tu... siamo franchi, non sei un Arryn, né lord Robert è sangue tuo. In base a quale diritto pensi di dominare su tutti noi?»

«Lysa mi ha nominato lord protettore, se non ricordo male.»

«Lysa Tully non è mai appartenuta davvero alla Valle, né aveva il diritto di decidere per noi» ribatté il Giovane Lord Hunter.

«E lord Robert?» domandò Petyr. «Milord intende forse anche sostenere che lady Lysa non aveva diritto di disporre del proprio figlio?»

Nestor Royce, che era rimasto fino allora in silenzio, prese la parola. «In passato anch'io avevo sperato di sposare lady Lysa. Così come ha fatto il padre di lord Hunter e il figlio di lady Anya. Corbray la lasciò per sei mesi senza sue notizie. Se lei avesse scelto uno qualsiasi di noi, nessuno ora metterebbe in discussione il suo diritto di essere il lord protettore. È successo però che abbia scelto lord Ditocorto e gli abbia affidato la custodia di suo figlio.»

«Era anche figlio di Jon Arryn, cugino» disse Yohn il Bronzeo, rivolgendo uno sguardo accigliato al Custode. «Lui è della Valle.»

Petyr finse di essere perplesso. «Nido dell'Aquila è parte della Valle quanto Rune. O qualcuno l'ha spostato senza avvertirmi?»

«Scherza pure, Ditocorto» strepitò lord Belmore. «Il ragazzo viene con noi.»

«Mi dispiace molto doverti deludere, lord Belmore, ma il mio figlioccio resterà qui con me. Non è un bambino robusto, come tutti voi ben sapete. Il viaggio lo affaticherebbe enormemente. In qualità di suo patrigno e di lord protettore, non posso permetterlo.»

Symond Templeton si schiarì la gola e disse: «Ciascuno di noi ha mille uomini ai piedi di questa montagna, Ditocorto».

«Che luogo ameno per loro!»

«Se occorre, ne possiamo radunare molti altri.»

«Mi stai minacciando di guerra, ser?» Petyr non sembrava affatto spaventato.

Yohn il Bronzeo disse: «Noi avremo lord Robert».

Per un istante sembrò che fossero giunti a un punto morto, ma poi Lyn Corbray si allontanò dal caminetto. «Tutte queste chiacchiere mi danno la nausea. Ditocorto vi ridurrà in mutande se continuerete ad ascoltarlo. L'unico modo per mettere al loro posto quelli come lui è con la spada.» La estrasse.

Petyr mostrò le mani. «Non ho armi con me, ser.»

«A questo si rimedia facilmente.»

La luce delle candele ondeggiò sull'acciaio grigio fumo della lama di Corbray, così scura che Sansa ripensò a Ghiaccio, la grande spada di suo padre.

«Il tuo scagnozzo ha una spada. Digli di dartela o lancia quel pugnale.»

Alayne vide Lothor Brune allungare la mano verso la propria arma. Un attimo prima che le lame potessero incontrarsi, Yohn il Bronzeo si alzò in piedi, furibondo. «Metti via quel ferro, cavaliere! Sei un Corbray o un *Frey*? Noi qui siamo *ospiti*!»

Lady Waynwood fece una smorfia e disse: «È una vera indecenza!».

«Rinfodera la spada, Corbray» fece eco il Giovane Lord Hunter. «Così facendo getti vergogna su tutti noi.»

«Dài, Lyn» lo rimproverò Redfort in tono più lieve. «Non servirà a nulla. Metti a riposo Signora piangente.»

«La mia signora ha sete» insistette ser Lyn. «Tutte le volte che esce, gradisce una goccia di rosso.»

«La tua signora dovrà tenersi la sete.» Yohn il Bronzeo sbarrò la strada a Corbray.

«I grandiosi lord alfieri...» Lyn Corbray sbuffò. «Avreste dovuto chiamarvi le Sei Vecchiette.» Rinfoderò la scura spada e se ne andò, urtando Brune con la spalla mentre passava, come se il mercenario di Petyr non fosse esistito. Alayne ascoltò i suoi passi allontanarsi.

Anya Waynwood e Horton Redfort si scambiarono uno sguardo. Hunter vuotò la coppa di vino e la porse per farsela riempire di nuovo. «Lord Baelish» disse ser Symond «devi scusarci per questo spettacolo.»

«Davvero, dovrei?» La voce di Ditocorto si era fatta gelida. «Siete voi ad averlo portato qui, miei lord.»

Yohn il Bronzeo cominciò a dire: «Non avevamo intenzione...».

«*Siete voi ad averlo portato qui*. Sarebbe nei miei diritti chiamare le guardie e farvi arrestare tutti.»

Hunter si alzò in piedi con tale foga che quasi rovesciò la brocca che Alayne aveva ancora in mano. «Ci hai dato il salvacondotto!»

«Certo. E siate grati che abbia più onore di molta altra gente.» Petyr appariva adirato come mai Alayne lo aveva visto prima. «Ho letto questa vostra cosiddetta *dichiarazione* e ho ascoltato le vostre richieste. Ora voi ascolterete le mie. Allontanate gli eserciti da questa montagna. Tornatevene a casa e lasciate in pace mio figlio. C'è stato un momento di caos, non lo nego, ma è stato opera di Lysa, non mia. Datemi un anno, e con l'aiuto di lord Nestor vi prometto che nessuno di voi avrà motivo di pentirsene.»

«Questo lo dici tu» si inserì Belmore. «Come facciamo a crederti?»

«Osate dare *a me* del disonesto? Non sono stato io a sguainare la spada durante un abboccamento. Voi parlate di difendere lord Robert e intanto gli negate il cibo. Questa situazione deve finire. Non sono un guerriero ma *combatterò* fino a quando non toglierete l'assedio. Ci sono altri lord nella valle di Arryn oltre a voi, e anche Approdo del Re manderà delle truppe. Se è una guerra che volete, ditelo ora e la Valle sanguinerà.»

Alayne vide il dubbio insinuarsi negli occhi dei lord alfieri. «Un anno passa in fretta» disse lord Redfort in tono incerto. «Inoltre... se tu ci dessi delle assicurazioni...»

«Nessuno di noi vuole una guerra» ammise lady Waynwood. «L'autunno sta finendo e dobbiamo prepararci all'inverno.»

Belmore si schiarì la voce. «Alla fine di quest'anno...»

«... se non avrò riportato la valle di Arryn sulla retta via, mi dimetterò spontaneamente da lord protettore» promise loro Petyr.

«Mi sembra più che giusto» interloquì lord Nestor.

«Non dovranno esserci ritorsioni» insistette Templeton. «Che non si parli più di tradimento o ribellione. Giura anche su questo, lord Baelish.»

«Con piacere» rispose Petyr. «Voglio amici, non avversari. Perdonerò tutti voi, per iscritto se lo desiderate. Anche Lyn Corbray. Suo fratello è un uomo retto, non c'è motivo di portare vergogna su un'antica, nobile Casa.»

Lady Waynwood si rivolse agli altri lord alfieri. «Miei signori, dovremmo forse consultarci?»

«Non ce n'è bisogno. È evidente *chi* esce vincitore.» Gli occhi grigi di Yohn il Bronzeo squadrarono Petyr Baelish. «Non mi piace, ma a quanto pare sei riuscito a ottenere il tuo anno. Farai meglio a usarlo bene, milord. Non potrai prenderci in giro in eterno.» Spalancò la porta con tale veemenza che quasi la scardinò.

Più tardi, ci fu una sorta di banchetto, anche se Petyr dovette scusarsi per il vitto modesto. Robert venne condotto alla loro presenza, abbigliato con un farsetto color crema e azzurro, e recitò abbastanza bene la parte del piccolo lord. Yohn il Bronzeo non c'era. Aveva già lasciato Nido dell'Aquila per iniziare la lunga discesa, così come ser Lyn aveva fatto prima di lui. Gli altri lord si trattennero fino al mattino.

"Li ha stregati" pensò Alayne quella notte, distesa sul letto ad ascoltare il vento che ululava fuori dalla sua finestra. Non avrebbe saputo dire da dove le venisse quel sospetto, ma una volta affiorato alla mente non la fece più dormire. Si girò e rigirò, attaccandosi a quell'idea come un cane che addenti un vecchio osso. Alla fine si alzò e si vestì, lasciando Gretchel ai suoi sogni.

Petyr era ancora sveglio, intento a scrivere una lettera. «Alayne» le disse. «Cara. Che cosa ti porta qui a quest'ora?»

«Devo sapere. Che cosa accadrà tra un anno?»

Petyr posò la piuma. «Redfort e Waynwood sono anziani. Uno o entrambi potrebbero morire. Gilwood Hunter verrà ucciso dai suoi fratelli: con ogni probabilità dal giovane Harlan, che ha organizzato anche l'assassinio di lord Eon. Una volta avviata, la cosa non si ferma più. Belmore è corrotto e lo si può comprare. A Templeton ci penso io. Yohn Royce il Bronzeo continuerà a essere ostile, temo, ma se resta isolato non rappresenta una vera minaccia.»

«E ser Lyn Corbray?»

La luce della candela danzava negli occhi verdastri di Ditocorto. «Ser Lyn resterà un mio nemico giurato. Parlerà di me con disprezzo e odio a tutti quelli che incontra, e offrirà la sua spada a qualsiasi congiura organizzata per abbattermi.»

Fu a quel punto che il sospetto di Alayne si tramutò in certezza. «E come lo ripagherai di questo servigio?»

«Con oro, fanciulli e promesse, ovviamente.» Ditocorto rise di cuore. «Ser Lyn è uomo dai gusti semplici, mia cara. Ben poche sono le cose che gli piacciono: l'oro, i fanciulli e uccidere.»

APPENDICE

I RE E LE LORO CORTI

La regina reggente

CERSEI LANNISTER, la prima del suo nome, vedova di re Robert I Baratheon, regina madre, protettrice del Regno, lady di Castel Granito e regina reggente

I figli della regina Cersei
Re Joffrey I Baratheon, avvelenato alla sua festa di nozze, dodicenne
Principessa Myrcella Baratheon; nove anni, sotto la tutela del principe Doran Martell a Lancia del Sole
Re Tommen I Baratheon, re bambino di otto anni
i suoi gattini, **Ser Balzo, Lady Vybrisse, Quattro Calzini**

I fratelli della regina Cersei
Ser Jaime Lannister, suo gemello, detto lo "Sterminatore di Re", lord comandante della guardia reale
Tyrion Lannister, detto "il Folletto", un nano, accusato e condannato per regicidio e parricidio
Podrick Payne, scudiero di Tyrion, dieci anni

Gli zii, la zia e i cugini della regina Cersei
Ser Kevan Lannister, suo zio
Ser Lancel, figlio di ser Kevan, suo cugino, in precedenza scudiero di re Robert e amante di Cersei, appena nominato lord di Darry
Willem, figlio di ser Kevan, assassinato a Delta delle Acque
Martyn, gemello di Willem, scudiero
Janei, figlia di ser Kevan, tre anni
Lady Genna Lannister, zia di Cersei, sposa di ser Emmon Frey

Ser Cleos Frey, figlio di Genna, ucciso da fuorilegge

Ser Tywin Frey, detto "Ty", figlio di Cleos

Willem Frey, figlio di Cleos, scudiero

Ser Lyonel Frey, secondo figlio di lady Genna

Tion Frey, figlio di Genna, assassinato a Delta delle Acque

Walder Frey, detto "Walder il Rosso", figlio minore di lady Genna, paggio a Castel Granito

Tyrek Lannister, cugino di Cersei, figlio del defunto fratello di suo padre, Tygett

Lady Ermesande Hayford, moglie bambina di Tyrek

Joy Hill, figlia illegittima di Gerion, zio disperso in mare della regina Cersei, undicenne

Cerenna Lannister, cugina di Cersei, figlia del di lei defunto zio Stafford, fratello di sua madre

Myrielle Lannister, cugina di Cersei e sorella di Cerenna, figlia di suo zio Stafford

Ser Daven Lannister, suo cugino, figlio di Stafford

Ser Damion Lannister, lontano cugino, sposo di Shiera Crakehall

Ser Lucion Lannister, loro figlio

Lanna, loro figlia, sposa di lord Antario Jast

Lady Margot, cugina ancora più lontana, sposa di lord Titus Peake

Il consiglio ristretto di re Tommen

Lord Tywin Lannister, Primo Cavaliere del re

Ser Jaime Lannister, lord comandante della guardia reale

Ser Kevan Lannister, maestro di giustizia

Varys, eunuco, detto "Ragno tessitore", maestro delle spie

Gran maestro Pycelle, consigliere e guaritore

Lord Mace Tyrell, lord Mathis Rowan, lord Paxter Redwyne, consiglieri

Guardia reale di Tommen

Ser Jaime Lannister, lord comandante

Ser Meryn Trant

Ser Boros Blount, esautorato e in seguito riammesso

Ser Balon Swann

Ser Osmund Kettleblack

Ser Loras Tyrell, il Cavaliere di Fiori

Ser Arys Oakheart, con la principessa Myrcella a Dorne

Al servizio di Cersei ad Approdo del Re

Lady Jocelyn Swyft, sua dama di compagnia

Senelle e **Dorcas**, cameriere addette alla sua stanza e serve

Lum, **Lester il Rosso**, **Hoke**, detto "Zampa di cavallo", **Cortorecchio** e **Puckens**, guardie

Regina Margaery della Casa Tyrell, sedicenne, moglie rimasta vedova di re Joffrey I Baratheon e, prima di lui, di lord Renly Baratheon

La corte di Margaery ad Approdo del Re

Mace Tyrell, lord di Alto Giardino, suo padre

Lady Alerie della Casa Hightower, sua madre

Lady Olenna Tyrell, sua nonna, un'anziana vedova chiamata "regina di Spine"

Arryk ed **Erryk**, guardie di lady Olenna, gemelli alti oltre due metri, chiamati "Destro" e "Sinistro"

Ser Garlan Tyrell, fratello di Margaery, "il Galante"

Lady Leonette, sua moglie, della Casa Fossoway

Ser Loras Tyrell, suo fratello minore, il Cavaliere di Fiori, confratello della guardia reale

Le dame di compagnia di Margaery

Megga, **Alla** ed **Elinor Tyrell**, le sue cugine

Alyn Ambrose, fidanzato di Elinor, scudiero

Lady Alysanne Bulwer, bambina di otto anni

Meredyth Crane, chiamata Merry

Lady Taena Merryweather

Lady Alyce Graceford

Septa Nysterica, consorella del Credo

Paxter Redwyne, lord di Arbor

Ser Horas e **ser Hobber**, i suoi figli gemelli

Maestro Ballabar, suo guaritore e consigliere

Mathis Rowan, lord di Goldengrove

Ser Willam Wythers, capitano delle guardie di Margaery

Hugh Clifton, un giovane di bell'aspetto, guardia

Ser Portifer Woodwright, e suo fratello, **ser Lucantine**

La corte di Cersei ad Approdo del Re

Ser Osfryd Kettleblack e **ser Osney Kettleblack**, fratelli minori di ser Osmund Kettleblack

Ser Gregor Clegane, detto "la Montagna che cavalca", che muore fra atroci sofferenze per una ferita inferta con una punta avvelenata

Ser Addam Marbrand, comandante della guardia cittadina di Approdo del Re (le "cappe dorate")
Jalabhar Xho, principe della Valle del Fiore Rosso, un esiliato dalle Isole dell'Estate
Gyles Rosby, lord di Rosby, maestro del conio
Orton Merryweather, lord di Lunga Tavola
Taena, sua moglie, una donna della città libera di Myr
Lady Tanda Stokeworth
Lady Falyse, sua figlia maggiore ed erede
Ser Balman Byrch, marito di lady Falyse
Lady Lollys, sua figlia minore, ragazza dalla mente incerta
Ser Bronn delle Acque Nere, marito di lady Lollys, un ex mercenario
Shae, concubina, al servizio di Lollys come cameriera addetta alla stanza da letto, strangolata nel letto di lord Tywin
Maestro Frenken, al servizio di lady Tanda
Ser Ilyn Payne, la Giustizia del Re, boia reale
Rennifer Longwaters, capo delle segrete della Fortezza Rossa
Rugen, guardia alle celle nere
Lord Hallyne il Piromante, un sapiente della corporazione degli alchimisti
Noho Dimittis, emissario della Banca di Ferro della città libera di Braavos
Qyburn, negromante, un tempo maestro della Cittadella, più di recente affiliato ai Guitti Sanguinari
Ragazzo di Luna, giullare e buffone di corte
Pate, bambino di otto anni, allevato con re Tommen e punito in sua vece
Ormond di Vecchia Città, arpista reale e bardo
Ser Mark Mullendore, che perse una scimmia e mezzo braccio nella battaglia delle Acque Nere
Aurane Waters, il "Bastardo di Driftmark"
Lord Alesander Staedmon, detto "Pennylover"
Ser Ronnet Connington, detto "Ronnet il Rosso", il cavaliere del Grifone
Ser Lambert Turnberry, ser Dermot di Bosco delle Piogge, ser Tallad, detto "l'Alto", **ser Bayard Norcross, ser Bonifer Hasty**, detto "Bonifer il Buono", **ser Hugo Vance**, cavalieri che hanno giurato fedeltà al Trono di Spade
Ser Lyle Crakehall, detto "Cinghiale Selvaggio", **ser Alyn**

Stackspear, ser Jon Bettley, detto "Jon il Glabro", **ser Steffon Swyft, ser Humfrey Swyft**, cavalieri che hanno giurato fedeltà a Castel Granito
Josmyn Peckledon, scudiero ed eroe di Acque Nere
Garrett Paege e **Lewys Piper** detto "Lew il Piccolo", scudieri e ostaggi

La gente di Approdo del Re
L'Alto Septon, Sommo Padre del Credo, Voce dei Sette Dèi sulla Terra, un uomo anziano e fragile
Septon Torbert, septon Raynard, septon Luceon, septon Ollidor, dei Più Devoti, servono i Sette al Grande Tempio di Baelor
Septa Moelle, septa Aglantine, septa Helicent, septa Unella, dei Più Devoti, servono i Sette al Grande Tempio di Baelor
I "Reietti", gli uomini più umili, di fiera compassione
Chataya, proprietaria di un costoso bordello
Alayaya, sua figlia
Dancy, Marei, due delle ragazze di Chataya
Brella, serva presso lady Sansa Stark
Tobho Mott, maestro armaiolo
Hamish l'Arpista, anziano cantastorie
Alaric di Eysen, cantastorie, grande viaggiatore
Wat, cantastorie, si fa chiamare il "Bardo Blu"
Ser Theodan Wells, un cavaliere pio, in seguito detto "ser Theodan il Sincero"

Lo stemma di re Tommen mostra il cervo incoronato dei Baratheon, nero in campo oro, e il leone dei Lannister, oro in campo porpora, rampanti uno di fronte all'altro.

IL RE ALLA BARRIERA

STANNIS BARATHEON, primo del suo nome, secondo figlio di lord Steffon Baratheon e di lady Cassana della Casa Estermont, lord di Roccia del Drago, si fa chiamare re dell'Occidente

Regina Selyse della Casa Florent, sua moglie, attualmente al Forte Orientale della Barriera

Principessa Shireen, loro figlia, undicenne

Macchia, giullare di Shireen dalla mente incerta

Edric Storm, suo nipote illegittimo, figlio di re Robert e di lady Delena Florent, dodicenne, in navigazione sul Mare Stretto a bordo della nave *Prendos il Folle*

Ser Andrew Estermont, cugino di re Stannis, uomo del re, capo della scorta di Edric

Ser Gerald Gower, Lewys detto "Moglie di Pesce", **ser Triston di Tally Hill, Omer Blackberry,** uomini del re, guardie e protettori di Edric

La corte di Stannis al Castello Nero

Lady Melisandre di Asshai, chiamata la "Donna Rossa", sacerdotessa di R'hllor, Signore della Luce

Mance Rayder, il re oltre la Barriera, prigioniero e condannato a morte

Il figlio di Rayder e della moglie **Dalla,** neonato ancora senza nome, "il principe dei bruti"

Gilly, balia del piccolo, ragazza dei bruti

Suo figlio, un altro infante senza nome, generato con il padre di lei, **Craster**

Ser Richard Horpe, ser Justin Massey, ser Clayton Suggs, ser Godry Farring detto "Sterminatore di Giganti", **lord Harwood Fell, ser Corliss Penny**, uomini e cavalieri della regina

Devan Seaworth e **Bryen Farring**, scudieri del re

La corte di Stannis al Forte Orientale

Ser Davos Seaworth, detto "Cavaliere delle Cipolle", lord di Bosco delle Piogge, ammiraglio del Mare Stretto e Primo Cavaliere del re

Ser Axell Florent, zio della regina Selyse, capo degli uomini della regina

Salladhor Saan della città libera di Lys, pirata e navigatore mercenario, comandante della *Valyriana* e di una flotta di galee

La guarnigione di Stannis a Roccia del Drago

Ser Rolland Storm, detto il "Bastardo di Canto Notturno", uomo del re, castellano di Roccia del Drago

Maestro Pylos, guaritore, tutore, consigliere

"**Porridge**" e "**Lampreda**", due carcerieri

Lord che hanno giurato fedeltà a Roccia del Drago

Monterys Velaryon, lord delle Maree di Driftmark, un bambino di sei anni

Duram Bar Emmon, lord di Punta Acuminata, ragazzo di quindici anni

La guarnigione di Stannis a Capo Tempesta

Ser Gilbert Farring, castellano di Capo Tempesta

- **Lord Elwood Meadows**, secondo in comando di ser Gilbert
- **Maestro Jurne**, consigliere e guaritore di ser Gilbert

Lord che hanno giurato fedeltà a Capo Tempesta

Eldon Estermont, lord di Pietre Verdi, zio di re Stannis, prozio di re Tommen, prudente amico di entrambi

- **Ser Aemon**, figlio ed erede di lord Eldon, con re Tommen ad Approdo del Re
  - **Ser Alyn**, figlio di ser Aemon, anch'egli con re Tommen ad Approdo del Re
- **Ser Lomas**, fratello di lord Eldon, zio e sostenitore di re Stannis, a Capo Tempesta

Ser Andrew, figlio di ser Lomas, protegge Edric Storm nel Mare Stretto

Lester Morrigen, lord di Nido dei Corvi

Lord Lucos Chyttering, detto "Lucos il Piccolo", ragazzo di sedici anni

Davos Seaworth, lord di Rainwood

Marya, sua moglie, figlia di un carpentiere

Dale, Allard, Matthos, Maric, i loro quattro figli maggiori, caduti nella battaglia delle Acque Nere

Devan, scudiero di re Stannis al Castello Nero

Stannis, bambino di dieci anni, con lady Marya a Capo Furore

Steffon, bambino di sei anni, con lady Marya a Capo Furore

Stannis ha scelto come proprio stemma il cuore fiammeggiante del Signore della Luce: un cuore rosso circondato da lingue di fuoco arancioni in campo giallo. All'interno del cuore è ritratto il cervo incoronato della Casa Baratheon, in nero.

Il re delle Isole del Nord

I Greyjoy di Pyke sostengono di discendere dal Grande Re dell'Età degli Eroi. La leggenda narra che il Re Grigio governasse il mare e che avesse preso in sposa una sirena. Aegon il Drago pose fine alla discendenza dell'ultimo re delle Isole di Ferro, ma permise agli uomini di Ferro di far rivivere la loro antica usanza e quindi scegliere in autonomia chi tra loro dovesse detenere il potere supremo. Scelsero lord Vickon Greyjoy di Pyke. Il sigillo dei Greyjoy è una piovra dorata in campo nero. Il loro motto è: "Noi non sappiamo tessere".

La prima rivolta di Balon Greyjoy contro il Trono di Spade venne repressa da re Robert I Baratheon e da lord Eddard Stark di Grande Inverno, ma nel caos che seguì la morte di Robert, lord Balon si proclamò nuovamente re e inviò le proprie navi ad attaccare il Nord.

BALON GREYJOY, nono del suo nome dopo il Grande Re, re delle Isole di Ferro e del Nord, re del Sale e della Roccia, Figlio del Vento di Mare, lord protettore di Pyke, muore per una caduta
- **Regina Alannys**, della Casa Harlaw, vedova di re Balon
- I loro figli
  - **Rodrik**, ucciso nel corso della prima ribellione di Balon
  - **Maron**, ucciso nel corso della prima ribellione di Balon
  - **Asha**, loro figlia, capitano della *Vento nero* e conquistatrice di Deepwood Motte
  - **Theon**, si fa chiamare "principe di Grande Inverno", detto "Theon il Voltagabbana" dagli uomini del Nord

Fratelli e fratellastri di re Balon
Harlon, morto per morbo grigio in gioventù
Quenton, morto da piccolo
Donel, morto da piccolo
Euron, detto "Occhio-di-corvo", capitano della *Silenzio*
Victarion, lord comandante della flotta di Ferro, commodoro della *Vittoria di Ferro*
Urrigon, morto per una ferita infetta
Aeron, detto "Capelli Bagnati", prete del culto del Dio Abissale
Rus e **Norjen**, due dei suoi accoliti, gli "uomini abissali"
Robyn, morto da piccolo

Al servizio di re Balon a Pyke
Maestro Wendamyr, guaritore e consigliere
Helya, custode del castello

Guerrieri e spade che hanno giurato fedeltà a re Balon
Dagmer, detto "Mascella Spaccata", comandante della *Bevitrice di schiuma*, comanda gli uomini di Ferro a Piazza di Torrhen
Dente Blu, capitano di nave lunga
Uller, Skyte, rematori e guerrieri

PRETENDENTI AL TRONO DEL MARE
ALL'ACCLAMAZIONE DEL RE SU VECCHIA WYK

Gylbert Farwynd, lord di Luce Solitaria
I sostenitori di Gylbert: i suoi figli **Gyles, Ygon, Yohn**

Erik il Terribile Fabbro, detto "Erik il Distruttore di Incudini" e "Erik il Giusto", un uomo anziano, una volta comandante di fama e razziatore
I sostenitori di Erik: i suoi nipoti **Urek, Thormor, Dagon**

Dunstan Drumm, "il Drumm", "Mano d'osso", signore di Vecchia Wyk
I sostenitori di Dunstan: i suoi figli **Denys** e **Donnel, e Andrik il Triste**, un uomo gigantesco

Asha Greyjoy, unica figlia di Balon Greyjoy, comandante del vascello *Vento nero*
I sostenitori di Asha: **Quarl la Fanciulla, Tristifer Botley** e **ser Harras Harlaw**

Lord Rodrik Harlaw, lord Baelor Blacktyde, lord Meldred Melryn, Harmund Sharp, i comandanti e fautori di Asha

Victarion Greyjoy, fratello di Balon Greyjoy, commodoro della *Vittoria di Ferro* e lord comandante della flotta di Ferro

Ralf lo Zoppo, Ralf Stonehouse il Rosso e **Nute il Barbiere,** i sostenitori di Victarion

Hotho Harlaw, Alvyn l'Astuto, Fralegg il Forte, Romny Weaver, Will Humble, Lenwood Tawney il Piccolo, Ralf Kenning, Maron Volmark, Gorold Buonfratello, i comandanti e fautori di Victarion

Wulfe Un-orecchio, Ragnor Pyke, i membri dell'equipaggio di Victarion

La compagna di letto di Victarion, una donna cupa, muta e senza lingua, dono del fratello Euron

Euron Greyjoy, detto "Occhio-di-corvo", fratello di Balon Greyjoy e comandante della *Silenzio*

Germund Botley, lord Orkwood di Orkmont, Donnor Saltcliffe, i sostenitori di Euron

Torwold Dentescuro, Jon Myre Facciastorta, Rodrik Freeborn, il Rematore Rosso, Luca Codd il Mancino, Quellon Humble, Harren Mezzo Remo, Kemmett Pyke il Bastardo, Qarl lo Schiavo, Manodipietra, Ralf il Pastore, Ralf di Lordsport, i comandanti e fautori di Euron

Cragorn, membro dell'equipaggio di Euron

GLI ALFIERI DI BALON, I LORD DELLE ISOLE DI FERRO

A PYKE

Sawane Botley, lord di Lordsport, affogato da Euron Occhi-di-corvo

- **Harren,** suo figlio maggiore, ucciso al Moat Cailin
- **Tristifer,** suo secondogenito e legittimo erede, spodestato dallo zio
- **Symond, Harlon, Vickon** e **Bennarion,** i suoi figli minori, anch'essi spodestati
- **Germund,** suo fratello, nominato lord di Lordsport
  - **Balon** e **Quellon,** i figli di Germund
- **Sargon** e **Lucimore,** fratellastri di Sawane
  - **Wex,** ragazzino muto di dodici anni, figlio naturale di Sargon, scudiero di Theon Greyjoy

Waldon Wynch, lord di Iron Holt

SU HARLAW

Rodrik Harlaw, detto "il Lettore", lord di Harlaw, lord delle Dieci Torri, Harlaw di Harlaw

Lady Gwynesse, sua sorella maggiore

Lady Alannys, sua sorella minore, vedova del re Balon Greyjoy

Sigfryd Harlaw, detto Sigfryd "Capelli d'Argento", suo prozio, padrone di Harlaw Hall

Hotho Harlaw, detto "Hotho il Gobbo", di Torre di Glimmering, un cugino

Ser Harras Harlaw, detto "il Cavaliere", cavaliere di Giardino Grigio, un cugino

Boremund Harlaw, detto "Boremund il Blu", padrone di Harridan Hill, un cugino

Alfieri di lord Rodrik e le spade che gli hanno giurato fedeltà

Maron Volmark, lord di Volmark

Myre, Stonetree e **Kenning**

Al servizio di lord Rodrik

Tre Denti, la sua vecchia cameriera

SU BLACKTYDE

Baelor Blacktyde, lord di Blacktyde, comandante del vascello *Uccello della notte*

Ben Blacktyde il Cieco, un sacerdote del culto del Dio Abissale

SU VECCHIA WYK

Dunstan Drumm, "il Drumm", comandante della *Tuono*

Norne Buonfratello, di Shatterstone

Gli Stonehouse

Tarle, detto "il Tre-volte-annegato", sacerdote del culto del Dio Abissale

SU GRANDE WYK

Gorold Buonfratello, lord di Hammerhorn

Greydon, Gran e **Gormond**, suoi figli, tre gemelli

Gysella e **Gwin**, sue figlie

Maestro Murenmure, tutore, guaritore e consigliere

Triston Farwynd, lord di Punta di Pelle di Foca

Sparr

Steffarion, suo figlio ed erede

Meldred Merlyn, lord di Pebbleton

SU ORKMONT
Orkwood di Orkmont
Lord Tawney

SU SALTCLIFFE
Lord Donnor Saltcliffe
Lord Sunderly

SULLE ISOLE MINORI E SULLE ROCCE
Gylbert Farwynd, lord di Luce Solitaria
Il Vecchio Gabbiano Grigio, sacerdote del culto del Dio Abissale

ALTRE CASE GRANDI E PICCOLE

Nobile Casa Arryn

Gli Arryn sono discendenti dei re delle Montagne della Luna e della Valle. Il loro stemma è composto da una luna e un falcone bianchi in campo azzurro cielo. La Casa Arryn non ha preso parte alla guerra dei Cinque Re. Il loro motto è: "In alto quanto l'onore".

ROBERT ARRYN, lord di Nido dell'Aquila, protettore della Valle, definito dalla madre vero protettore dell'Est, un ragazzino di otto anni di salute cagionevole, alle volte chiamato "Pettirosso"

- **Lady Lysa**, della Casa Tully, sua madre, vedova di lord Jon Arryn, spinta giù dalla Porta della Luna e perita
- **Petyr Baelish**, il suo patrigno, detto "Ditocorto", lord di Harrenhal, lord supremo del Tridente e lord protettore della Valle
  - **Alayne Stone**, figlia naturale di lord Petyr, ragazza di tredici anni, in realtà Sansa Stark
  - **Ser Lothor Brune**, mercenario al servizio di lord Petyr, comandante delle guardie a Nido dell'Aquila
  - **Oswell**, uomo d'arme brizzolato al servizio di lord Petyr

Al servizio di lord Robert a Nido dell'Aquila

- **Marillion**, un cantastorie giovane e bello, nelle grazie di lady Lysa, accusato del suo omicidio
- **Maestro Colemon**, consigliere, guaritore e tutore
- **Mord**, carceriere brutale con denti d'oro
- **Gretchel, Maddy e Mela**, donne di servizio

Alfieri di lord Robert, i lord della Valle

Lord Nestor Royce, alto attendente della Valle e castellano delle Porte della Luna

Ser Albar, figlio ed erede di lord Nestor

Myranda, detta "Randa", figlia di lord Nestor, vedova ma pressoché illibata

Al servizio di lord Nestor

Ser Marwyn Belmore, comandante delle guardie

Mya Stone, guida e conduttrice di muli, figlia bastarda di re Robert I Baratheon

Ossy e **Carrot**, conduttori dei muli

Lyonel Corbray, lord di Focolare

Ser Lyn Corbray, suo fratello ed erede, brandisce la famosa spada La Signora Sconsolata

Ser Lucas Corbray, suo fratello minore

Jon Lynderly, lord di Bosco della Serpe

Terrance, suo figlio ed erede, giovane scudiero

Edmund Waxley, cavaliere di Wickenden

Gerold Grafton, lord di Città del Gabbiano

Gyles, suo figlio minore, scudiero

Triston Sunderland, lord di Tre Sorelle

Godric Borrell, lord di Dolcesorella

Rolland Longthorpe, lord di Grandesorella

Alesandor Torrent, lord di Piccolasorella

I lord dichiaranti, alfieri della Casa Arryn, uniti a difesa del giovane lord Robert

Yohn Royce, detto "Yohn il Bronzeo", lord di Runestone, del ramo primario della Casa Royce

Ser Andar, l'unico figlio sopravvissuto di Yohn il Bronzeo, ed erede di Runestone

Al servizio di Yohn il Bronzeo

Maestro Helliweg, tutore, guaritore, consigliere

Septon Lucos

Ser Samwell Stone, detto "Strong Sam Stone", uomo d'arme

Alfieri di Yohn il Bronzeo e spade che gli hanno giurato fedeltà

Royce Coldwater, lord di Coldwater Burn

Ser Damon Shett, cavaliere di Città del Gabbiano

Uthor Tollett, lord del Grey Glen

Anya Waynwood, lady di Castello Ironoaks

Ser Morton, suo figlio maggiore ed erede
Ser Donnel, suo figlio secondogenito, cavaliere della Porta Insanguinata
Wallace, suo figlio minore
Harrold Hardyng, posto sotto la sua tutela, uno scudiero spesso detto "Harry l'Erede"
Benedar Belmore, lord di Strongsong
Ser Symond Templeton, cavaliere di Nove Stelle
Eon Hunter, lord di Longbow Hall, morto di recente
Ser Gilwood, figlio maggiore di lord Eon e suo erede, ora chiamato "Giovane lord Hunter"
Ser Eustace, secondogenito di lord Eon
Ser Harlan, figlio minore di lord Eon
Al servizio del Giovane lord Hunter
Maestro Willamen, consigliere, guaritore, tutore
Horton Redfort, lord di Redfort, sposatosi tre volte
Ser Jasper, ser Creighton, ser Jon, i suoi figli
Ser Mychel, suo figlio minore, appena nominato cavaliere, sposo di Ysilla Royce di Runestone

Capi clan delle Montagne della Luna
Shagg figlio di Dolf, dei Corvi di Pietra, alla testa di una banda di predoni nella Foresta del Re
Timett figlio di Timett, degli Uomini Bruciati
Chella figlia di Cheyk, delle Orecchie Nere
Crawn figlio di Calor, dei Fratelli della Luna

Nobile Casa Florent

I Florent della fortezza di Acquachiara sono alfieri di Alto Giardino. Allo scoppio della guerra dei Cinque Re, lord Alester Florent seguì il proprio signore schierandosi a fianco di re Renly, mentre suo fratello ser Axell scelse Stannis, marito di sua nipote Selyse. Dopo la morte di Renly, anche lord Alester passò dalla parte di Stannis, con tutta la potenza di Acquachiara. Stannis fece di lord Alester il proprio Primo Cavaliere e affidò il comando della flotta a ser Imry Florent, fratello di sua moglie. Sia la flotta sia ser Imry andarono perduti nella battaglia delle Acque Nere e i tentativi di lord Alester di negoziare una pace dopo la sconfitta vennero interpretati da re Stannis come un tradimento. Venne così consegnato nelle mani della sacerdotessa rossa Melisandre, che lo arse vivo come sacrificio a R'hllor, Signore della Luce.

Anche il Trono di Spade ha sancito il tradimento dei Florent per il sostegno da loro offerto a Stannis e alla sua ribellione. Hanno perduto tutti i loro beni, la fortezza di Acquachiara e le terre annesse sono state passate a ser Garlan Tyrell.

Lo stemma della Casa Florent mostra una testa di volpe dentro un cerchio di fiori.

ALESTER FLORENT, lord di Acquachiara, bruciato vivo come traditore

- **Lady Melara**, sua moglie, della Casa Crane
- I loro figli
  - **Alekyne**, spodestato lord di Acquachiara, è fuggito a Vecchia Città per cercare rifugio presso la Casa Hightower

Lady Melessa, sposa di lord Randyll Tarly
Lady Rhea, sposa di lord Leyton Hightower

I suoi fratelli e sorelle

Ser Axell, uomo della regina, al servizio di sua nipote la regina Selyse al Forte Orientale

Ser Ryam, morto a causa di una caduta da cavallo

Selyse, sua figlia, moglie e regina di re Stannis I Baratheon

Shireen Baratheon, la sua unica figlia

Ser Imry, suo figlio maggiore, morto nella battaglia delle Acque Nere

Ser Erren, suo secondogenito, prigioniero ad Alto Giardino

Ser Colin, castellano alla fortezza di Acquachiara

Delena, sua figlia, sposa di **ser Hosman Norcross**

Edric Storm, il di lei figlio naturale, generato con re Robert I Baratheon

Alester Norcross, il suo vero primogenito, nove anni

Renly Norcross, il suo vero secondogenito, tre anni

Maestro Omer, figlio maggiore di ser Colin, a servizio a Vecchia Quercia

Merrell, figlio minore di ser Colin, scudiero ad Arbor

Rylene, sorella di lord Alester, sposa di ser Rycherd Crane

Nobile Casa Frey

I Frey sono alfieri della Casa Tully, ma non sono sempre stati diligenti nel compiere il loro dovere. Allo scoppio della guerra dei Cinque Re, Robb Stark si conquistò la fedeltà di lord Walder con la promessa di sposare una delle sue figlie o nipoti. Quando invece sposò lady Jeyne Westerling, i Frey cospirarono con Roose Bolton e uccisero il Giovane Lupo e i suoi seguaci in quelle che divennero note col nome di Nozze Rosse.

WALDER FREY, lord del Guado
Dalla prima moglie, **lady Perra**, della Casa Royce
Ser Stevron, morto dopo la battaglia di Oxcross
sposo di **Corenna Swann**, morta di consunzione
Ser Ryman, primogenito di Stevron, erede delle Torri Gemelle
Edwyn, figlio di Ryman, sposo di Janyce Hunter
Walda, figlia di Edwyn, nove anni
Walder, detto "Walder il Nero", figlio di Ryman
Petyr, detto "Petyr Foruncolo", figlio di Ryman, impiccato a Vecchie Pietre, sposo di Mylenda Caron
Perra, figlia di Petyr, cinque anni
sposo di **Jeyne Lydden**, morta in seguito a una caduta da cavallo
Aegon, detto "Campanello", figlio di Stevron, ucciso da Catelyn Stark alle Nozze Rosse
Maegelle, figlia di Stevron, morta di parto, sposa di ser Dafyn Vance

Marianne Vance, figlia di Maegelle, fanciulla
Walder Vance, figlio di Maegelle, scudiero
Patrek Vance, figlio di Maegelle
sposo di **Marsella Waynwood**, morta di parto
Walton, figlio di Stevron, sposo di Deana Hardyng
Steffon, detto "il Dolce", figlio di Walton
Walda, detta "la Chiara", figlia di Walton
Bryan, scudiero, figlio di Walton
Ser Emmon, secondogenito di lord Walder, sposo di Genna Lannister
Ser Cleos, figlio di Emmon, ucciso da fuorilegge presso Maidenpool, sposo di Jeyne Darry
Tywin, figlio di Cleos, scudiero di dodici anni
Willem, figlio di Cleos, paggio ad Ashemark, dieci anni
Ser Lyonel, figlio di Emmon, sposo di Melesa Crakehall
Tion, figlio di Emmon, scudiero, ucciso da Rickard Karstark mentre era prigioniero a Delta delle Acque
Walder, detto "Walder il Rosso", figlio di Emmon, quattordicenne, paggio a Castel Granito
Ser Aenys, terzogenito di lord Walder, sposo di Tyana Wylde, morta di parto
Aegon il Sanguinario, figlio di Aenys, fuorilegge
Rhaegar, figlio di Aenys, sposo di Jeyne Beesbury, morta di consunzione
Robert, tredicenne, figlio di Rhaegar
Walda, figlia di Rhaegar, undicenne, detta "la Bianca"
Jonos, figlio di Rhaegar, otto anni
Perriane, figlia di lord Walder, sposa di ser Leslyn Haigh
Ser Harys Haigh, figlio di Perriane
Walder Haigh, figlio di Harys, cinque anni
Ser Donnel Haigh, figlio di Perriane
Alyn Haigh, figlio di Perriane, scudiero

Dalla seconda moglie, **lady Cyrenna**, della Casa Swann
Ser Jared, quartogenito di lord Walder, sposo di Alys Frey
Ser Tytos, figlio di Jared, ucciso da Sandor Clegane durante le Nozze Rosse, sposo di Zhoe Blanetree
Zia, figlia di Tytos, fanciulla di quattordici anni
Zachery, figlio di Tytos, dodicenne, ha giurato fedeltà al Credo, studia da accolito alla Cittadella di Vecchia Città
Kyra, figlia di Jared, sposa di ser Garse Goodbrook, uccisa durante le Nozze Rosse

Walder Goodbrook, figlio di Kyra, nove anni
Jeyne Goodbrook, figlia di Kyra, sei anni
Septon Luceon, al servizio del Grande Tempio di Baelor

Dalla terza moglie, **lady Amarei** della Casa Crakehall
Ser Hosteen, sposo di Bellena Hawick
Ser Arwood, figlio di Hosteen, sposo di Ryella Royce
Ryella, figlia di Arwood, cinque anni
Androw e **Alyn**, gemelli di Arwood, quattro anni
Hostella, figlia di Arwood, neonata
Lythene, figlia di lord Walder, sposa di lord Lucias Vypren
Elyana, figlia di Lythene, sposa di ser Jon Wylde
Rickard Wylde, figlio di Elyana, quattro anni
Ser Damon Vypren, figlio di Lythene
Symond, sposa di Betharios di Braavos
Alesander, figlio di Symond, cantastorie
Alyx, figlia di Symond, fanciulla di diciassette anni
Bradamar, figlio di Symond, dieci anni, sotto la tutela di Oro Tendyris, mercante della città libera di Braavos
Ser Danwell, ottavo figlio di lord Walder, sposo di Wynafrei Whent
molti bambini nati morti e aborti spontanei
Merrett, impiccato a Vecchie Pietre, sposo di Mariya Darry
Amerei, detta "Ami", figlia di Merrett, sposa di ser Pate della Forca Blu, ucciso da ser Gregor Clegane
Walda, detta "la Grassa", figlia di Merrett, sposa di Roose Bolton, lord di Forte Terrore
Marissa, figlia di Merrett, fanciulla di quattordici anni
Walder, detto "Piccolo Walder", figlio di Merrett, otto anni, scudiero al servizio di Ramsay Bolton
Ser Geremy, affogato, sposo di Carolei Waynwood
Sandor, figlio di Geremy, dodici anni, scudiero
Cynthea, figlia di Geremy, nove anni, protetta di lady Anya Waynwood
Ser Raymund, sposo di Beony Beesbury
Robert, figlio di Raymund, accolito della Cittadella
Malwyn, figlio di Raymund, apprendista di un alchimista a Lys
Serra e **Sarra**, figlie gemelle di Raymund
Cersei, detta "Piccola Ape", figlia di Raymund
Jaime e **Tywin**, figli gemelli di Raymund, neonati

Dalla quarta moglie, **lady Alyssa**, della Casa Blackwood
Lothar, dodicesimo figlio di lord Walder, detto "lo Storpio", sposo di Leonella Lefford
Tysane, figlia di Lothar, sette anni
Walda, figlia di Lothar, cinque anni
Emberlei, figlia di Lothar, tre anni
Leana, figlia di Lothar, neonata
Ser Jammos, tredicesimo figlio di lord Walder, sposo di Sallei Paege
Walder, detto "Grande Walder", figlio di Jammos, otto anni, scudiero al servizio di Ramsay Bolton
Dickon e **Mathis**, figli gemelli di Jammos, cinque anni
Ser Whalen, quattordicesimo figlio di lord Walder, sposo di Sylwa Paege
Hoster, figlio di Whalen, scudiero di dodici anni, al servizio di ser Damon Paege
Merianne, detta "Merry", figlia di Whalen, undicenne
Morya, figlia di lord Walder, sposa di ser Flement Brax
Robert Brax, figlio di Morya, nove anni, paggio a Castel Granito
Walder Brax, figlio di Morya, sei anni
Jon Brax, figlio di Morya, bimbo di tre anni
Tyta, figlia di lord Walder, detta "la Vergine"

Dalla quinta moglie, **lady Sarya** della Casa Whent
nessuna progenie

Dalla sesta moglie, **lady Bethany** della Casa Rosby
Ser Perwyn, quindicesimo figlio di lord Walder
Ser Benfrey, sedicesimo figlio di lord Walder, morto in seguito a una ferita infertagli alle Nozze Rosse, sposo di Jyanna Frey, una cugina
Della, detta "la Sorda", figlia di Benfrey, tre anni
Osmund, figlio di Benfrey, due anni
Maestro Willamen, diciassettesimo figlio di lord Walder, a servizio a Longbow Hall
Olyvar, diciottesimo figlio di lord Walder, un tempo scudiero di Robb Stark
Roslin, sedicenne, sposa di lord Edmure Tully alle Nozze Rosse

Dalla settima moglie, **lady Annara** della Casa Farring
Arwyn, figlia di lord Walder, fanciulla di quattordici anni

Wendel, diciannovesimo figlio di lord Walder, tredicenne, paggio a Seagard
Colmar, ventesimo figlio di lord Walder, undicenne e promesso al Credo
Waltyr, detto "Tyr", ventunesimo figlio di lord Walder, dieci anni
Elmar, ultimo figlio maschio di lord Walder, nove anni, per breve tempo promesso sposo di Arya Stark
Shirei, figlia minore di lord Walder, sette anni

L'ottava moglie, **lady Joyeuse** della Casa Erenford
attualmente incinta

Figli naturali di lord Walder, da varie madri
Walder Rivers, detto "Walder il Bastardo"
Ser Aemon Rivers, figlio di Walder il Bastardo
Walda Rivers, figlia di Walder il Bastardo
Maestro Melwys, a servizio a Rosby
Jeyne Rivers, Martyn Rivers, Ryger Rivers, Ronel Rivers, Mellara Rivers, altri

NOBILE CASA HIGHTOWER

Gli Hightower di Vecchia Città sono tra i più antichi e orgogliosi tra le Grandi Case d'Occidente: fanno addirittura risalire le loro origini ai Primi Uomini. Diventati re, hanno governato su Vecchia Città e nei dintorni fin dall'Alba dei Giorni, accogliendo gli Andali invece di respingerli, e in seguito si sono piegati ai re dell'Altopiano e hanno rinunciato alle loro corone, mantenendo però tutti gli antichi privilegi. Nonostante l'immensa ricchezza e il potere, i lord di Hightower hanno sempre, per tradizione, preferito il commercio alla battaglia, e raramente hanno svolto ruoli di primo piano nelle guerre del continente occidentale. Gli Hightower sono stati cruciali per la fondazione della Cittadella e continuano a proteggerla. Raffinati e acuti, sono sempre stati grandi mecenati e protettori del sapere e del Credo. Si dice inoltre che alcuni di loro si siano dilettati di alchimia, negromanzia e altre arti magiche.

Lo stemma della Casa Hightower mostra una torre bianca a gradoni incoronata da lingue di fuoco su campo grigio fumo. Il motto della Casa è: "Noi illuminiamo la via".

LEYTON HIGHTOWER, Voce di Vecchia Città, lord del Porto, lord di Alta Torre, protettore della Cittadella, Faro del Sud, detto "il Vecchio di Vecchia Città"

Lady Rhea della Casa Hightower, sua quarta moglie

Ser Baelor, detto "Sorriso Smagliante", figlio maggiore ed erede di lord Leyton, sposo di Rhonda Rowan

Malora, figlia di lord Leyton, detta la "Fanciulla Pazza"

Alerie, figlia di lord Leyton, sposa di lord Mace Tyrell
Ser Garth, figlio di lord Leyton, detto "Grigioacciaio"
Denyse, figlia di lord Leyton, sposa di ser Desmond Redwyne
Denys, suo figlio, scudiero
Leyla, figlia di lord Leyton, sposa di ser Jon Cupps
Alysanne, figlia di lord Leyton, sposa di lord Arthur Ambrose
Lynesse, figlia di lord Leyton, sposa di lord Jorah Mormont, attualmente principale concubina di Tregar Ormollen di Lys
Ser Gunthor, figlio di lord Leyton, sposo di Jeyne Fossoway, dei Fossoway della Mela Verde
Ser Humfrey, figlio più piccolo di lord Leyton

Alfieri di lord Leyton
Tommen Costayne, lord di Tre Torri
Alysanne Bulwer, lady di Blackcrown, otto anni
Martyn Mullendore, lord di Terre Alte
Warryn Beesbury, lord di Honeyholt
Branston Cuy, lord di Sala del Girasole

La gente di Vecchia Città
Emma, giovane donna che serve al Piumino & Boccale, dove le donne si concedono volentieri e il sidro è incredibilmente forte
Rosey, sua figlia, quindicenne, la cui virtù costerà un dragone d'oro

Gli Arcimaestri della Cittadella
Arcimaestro Norren, siniscalco per l'anno precedente, il cui anello, bacchetta e maschera sono di elettro
Arcimaestro Theobald, siniscalco per l'anno venturo, i cui anello, bacchetta e maschera sono di piombo
Arcimaestro Ebrose, il guaritore, i cui anello, bacchetta e maschera sono di argento
Arcimaestro Marwyn, detto "Mago", i cui anello, bacchetta e maschera sono di acciaio di Valyria
Arcimaestro Perestan, lo storico, i cui anello, bacchetta e maschera sono di rame
Arcimaestro Vaellyn, detto "Vaellyn Aceto", l'astronomo, i cui anello, bacchetta e maschera sono di bronzo
Arcimaestro Ryam, i cui anello, bacchetta e maschera sono di oro giallo
Arcimaestro Walgrave, uomo anziano dalla mente incerta, i cui anello, bacchetta e maschera sono di ferro nero

Gallard, Castos, Zarabelo, Benedict, Garizon, Nymos, Cetheres, Willifer, Mollos, Harodon, Guyne, Agrivane, Ocley, tutti gli arcimaestri

Maestri, accoliti e novizi della Cittadella

Maestro Gormon, che spesso fa le veci di Walgrave

Armen, accolito di quarto rango, detto "l'Accolito"

Alleras, detto "la Sfinge", accolito di terzo rango, consumato arciere

Robert Frey, sedicenne, accolito di secondo rango

Lorcas, accolito di nono rango, a servizio presso il siniscalco

Leo Tyrell, detto "Leo il Pigro", novizio d'alto lignaggio

Mollander, novizio, nato con il piede equino

Pate, che si occupa dei corvi dell'arcimaestro Walgrave, novizio di scarse promesse

Roone, giovane novizio

NOBILE CASA LANNISTER

I Lannister di Castel Granito rimangono i principali sostenitori della pretesa di re Tommen al Trono di Spade. Si vantano di risalire a Lann l'Astuto, leggendario maestro d'inganni dell'Età degli Eroi. L'oro di Castel Granito li ha resi la Casa più ricca tra le grandi casate dei Sette Regni.

Lo stemma dei Lannister è un leone dorato in campo porpora. Il loro motto è: "Udite il mio ruggito!".

TYWIN LANNISTER, lord di Castel Granito, difensore di Lannister, protettore dell'Ovest e Primo Cavaliere del re, assassinato dal figlio nano nei suoi appartamenti nella Fortezza Rossa

Figli di lord Tywin

- **Cersei**, gemella di Jaime, ora lady di Castel Granito
- **Ser Jaime**, gemello di Cersei, detto lo "Sterminatore di Re"
- **Tyrion**, detto "il Folletto", nano, assassino di re e parricida

Fratelli e sorelle di lord Tywin e i loro figli

- **Ser Kevan Lannister**, sposo di Dorna della Casa Swyft
- **Lady Genna**, sposa di ser Emmon Frey, ora lord di Delta delle Acque
  - **Ser Cleos Frey**, primogenito di Genna, sposo di Jeyne di Casa Darry, ucciso da fuorilegge
    - **Ser Tywin Frey**, primogenito di Cleos, detto "Ty", ora erede di Delta delle Acque
    - **Willem Frey**, secondogenito di Cleos, scudiero
  - **Ser Lyonel Frey**, secondogenito di Genna

Tion Frey, terzogenito di Genna, scudiero, assassinato mentre era prigioniero a Delta delle Acque
Walder Frey, detto "Walder il Rosso", figlio minore di Genna, paggio a Castel Granito
Wat Biancosorriso, cantastorie al servizio di lady Genna
Ser Tygett Lannister, morto di vaiolo
Tyrek, figlio di Tygett, scomparso, temuto morto
Lady Ermesande Hayford, moglie bambina di Tyrek
Gerion Lannister, disperso in mare
Joy Hill, figlia naturale di Gerion, undicenne

Altri parenti prossimi di lord Tywin
Ser Stafford Lannister, cugino e fratello della moglie di lord Tywin, ucciso nella battaglia di Oxcross
Cerenna e **Myrielle**, figlie di Stafford
Ser Daven Lannister, figlio di Stafford
Ser Damion Lannister, cugino, sposo di lady Shiera Crakehall
Ser Lucion, loro figlio
Lanna, loro figlia, sposa di lord Antario Jast
lady Margot, cugina, sposa di lord Titus Peake

A servizio a Castel Granito
Maestro Creylen, guaritore, tutore e consigliere
Vylarr, comandante delle guardie
Ser Benedict Broom, maestro d'armi
Wat Biancosorriso, cantastorie

Alfieri e spade che hanno giurato fedeltà, lord dell'Ovest
Damon Marbrand, lord di Ashemark
Ser Addam Marbrand, suo figlio ed erede, comandante della guardia cittadina ad Approdo del Re
Roland Crakehall, lord di Crakehall
Ser Burton, fratello di Roland, ucciso da fuorilegge
Ser Tybolt, figlio ed erede di Roland
Ser Lyle, figlio di Roland, detto "Cinghiale Selvaggio"
Ser Merlon, figlio minore di Roland
Sebaston Farman, lord di Isola Bella
Jeyne, sua sorella, sposa di **ser Gareth Clifton**
Tytos Brax, lord di Hornvale
Ser Flement Brax, suo fratello ed erede
Quenten Banefort, lord di Banefort
Ser Harys Swyft, padrino di ser Kevan Lannister

Ser Steffon Swyft, figlio di ser Harys
Joanna, figlia di ser Steffon
Shierle, figlia di ser Harys, sposa di ser Melwyn Sarsfield
Regenard Estren, lord di Wyndhall
Gawen Westerling, lord del Crag
Lady Sybell, sua moglie, della Casa Spicer
Ser Rolph Spicer, fratello di lei, appena nominato lord di Castamere
Ser Samwell Spicer, cugino di lei
I loro figli
Ser Raynald Westerling
Jeyne, vedova di Robb Stark
Eleyna, una fanciulla di dodici anni
Rollam, ragazzino di nove anni
Lord Selmond Stackspear
Ser Steffon Stackspear, suo figlio
Ser Alyn Stackspear, suo figlio minore
Terrence Kenning, lord di Kayce
Ser Kennos di Kayce, un cavaliere al suo servizio
Lord Antario Jast
Lord Robin Moreland
Lady Alysanne Lefford
Lewys Lydden, lord di Deep Den
Lord Philip Plumm
Ser Dennis Plumm, ser Peter Plumm e ser Harwyn Plumm, detto "Durapietra", i suoi figli
Lord Garrison Prester
Ser Forley Prester, suo cugino
Ser Gregor Clegane, detto "la Montagna che cavalca"
Sandor Clegane, detto "Mastino", suo fratello
Ser Lorent Lorch, nominato cavaliere
Ser Garth Greenfield, nominato cavaliere
Ser Lymond Vikary, nominato cavaliere
Ser Raynard Ruttiger, nominato cavaliere
Ser Manfryd Yew, nominato cavaliere
Ser Tybolt Hetherspoon, nominato cavaliere
Melara Hetherspoon, sua figlia, annegata in un pozzo mentre era protetta a Castel Granito

Nobile Casa Martell

Dorne fu l'ultimo dei Sette Regni a giurare fedeltà al Trono di Spade. Il sangue, le usanze, la geografia e la storia sono tutti elementi che hanno contribuito a differenziare Dorne dagli altri regni. Allo scoppio della guerra dei Cinque Re, Dorne non si schierò, ma quando Myrcella Baratheon venne promessa in sposa al principe Trystane, Lancia del Sole dichiarò il proprio sostegno a re Joffrey.

Lo stemma dei Martell è un sole rosso attraversato da un giavellotto dorato. Il loro motto: "Mai inchinati, mai piegati, mai spezzati".

DORAN NYMEROS MARTELL, lord di Lancia del Sole, principe di Dorne
- **Mellario**, sua moglie, della città libera di Norvos
- I loro figli
  - **Principessa Arianne**, erede di Lancia del Sole
    - **Garin**, fratello di latte di Arianne e suo compagno, degli orfani di Sangue Verde
  - **Principe Quentyn**, appena nominato cavaliere, a lungo favorito da lord Yronwood di Yronwood
  - **Principe Trystane**, promesso sposo di Myrcella Baratheon
- I fratelli e le sorelle del principe Doran
  - **Principessa Elia**, stuprata e assassinata durante il saccheggio di Approdo del Re
    - **Rhaenys Targaryen**, sua figlia, una bimba, assassinata durante il saccheggio di Approdo del Re

Aegon Targaryen, infante, assassinato durante il saccheggio di Approdo del Re

Principe Oberyn, detto la "Vipera Rossa", ucciso da ser Gregor Clegane durante un processo per duello

Ellaria Sand, amante del principe Oberyn, figlia naturale di lord Harmen Uller

Le **Serpi delle Sabbie**, figlie bastarde di Oberyn

Obara, ventotto anni, figlia di Oberyn e di una puttana di Vecchia Città

Nymeria, detta "lady Nym", venticinque anni, figlia avuta da una nobildonna della città libera di Volantis

Tyene, ventitré anni, figlia avuta da una septa

Sarella, diciannove anni, figlia avuta da una donna mercante, comandante della *Bacio di piuma*

Elia, quattordici anni, figlia avuta da Ellaria Sand

Obella, dodici anni, figlia avuta da Ellaria Sand

Dorea, otto anni, figlia avuta da Ellaria Sand

Loreza, sei anni, figlia avuta da Ellaria Sand

La corte del principe Doran ai Giardini dell'Acqua

Areo Hotah, della città libera di Norvos, comandante delle guardie

Maestro Caleotte, consigliere, guaritore e tutore

Svariati figli di alto lignaggio o di umili origini, figli e figlie di lord, cavalieri, orfani, mercanti, artigiani e contadini, tutti sotto la sua protezione

La corte del principe Doran a Lancia del Sole

Principessa Myrcella Baratheon, sua protetta, promessa sposa del principe Trystane

Ser Arys Oakheart, difensore che ha giurato fedeltà a Myrcella

Rosamund Lannister, cameriera addetta alla stanza di Myrcella e sua compagna, lontana cugina

Septa Eglantine, confessore di Myrcella

Maestro Myles, consigliere, guaritore e tutore

Ricasso, siniscalco a Lancia del Sole, vecchio e cieco

Ser Manfrey Martell, castellano di Lancia del Sole

Lady Alyse Ladybright, lord tesoriere

Ser Gascoyne del Sangue Verde, spada che ha giurato fedeltà al principe Trystane

Bors e **Timoth**, servi a Lancia del Sole

Belandra, **Cedra**, le sorelle **Morra** e **Mellei**, serve a Lancia del Sole

Gli alfieri del principe Doran, i lord di Dorne

Anders Yronwood, lord di Yronwood, protettore della Strada della Pietra, il Sangue Reale

Ser Cletus, suo figlio, noto per la vista debole

Maestro Kedry, guaritore, tutore e consigliere

Harmen Uller, lord di Hellholt

Ellaria Sand, sua figlia naturale

Ser Ulwyck Uller, suo fratello

Delonne Allyrion, lady di Grazia degli Dèi

Ser Ryon, suo figlio ed erede

Ser Daemon Sand, figlio naturale di Ryon, il Bastardo di Grazia degli Dèi

Dagos Manwoody, lord di Tomba Reale

Mors e **Dickon**, i suoi figli

Ser Myles, suo fratello

Larra Blackmont, lady di Blackmont

Jynessa, sua figlia ed erede

Perros, suo figlio, scudiero

Nymella Toland, lady di Collina Fantasma

Quentin Qorgyle, lord di Sandstone

Ser Gulian, suo figlio maggiore ed erede

Ser Arron, il suo secondogenito

Ser Deziel Dalt, cavaliere di Bosco dei Limoni

Ser Andrey, suo fratello ed erede, detto "Drey"

Franklyn Fowler, lord di Cieloalto, detto "Vecchio Falco", il protettore del Passo della Principessa

Jeyne e **Jennelyn**, le sue figlie gemelle

Ser Symon Santagar, cavaliere di Spottswood

Sylva, sua figlia ed erede, detta "Sylva la Maculata" a causa delle lentiggini

Edric Dayne, lord di Starfall, uno scudiero

Ser Gerold Dayne, detto "Stella Nera", il cavaliere di Alto Eremo, suo cugino e alfiere

Trebor Jordayne, lord del Tor

Myria, sua figlia ed erede

Tremond Gargalen, lord di Costa Salata

Daeron Vaith, lord di Dune Rosse

Nobile Casa Stark

Gli Stark fanno risalire le loro origini a Brandon il Costruttore e ai re dell'Inverno. Per migliaia di anni governarono da Grande Inverno quali re del Nord, finché Torrhen Stark, il Re in Ginocchio, giurò fedeltà ad Aegon il Drago piuttosto che opporvisi. Quando lord Eddard Stark di Grande Inverno venne mandato a morte da re Joffrey, gli uomini del Nord non giurarono lealtà al Trono di Spade e proclamarono Robb, il figlio di lord Eddard, re del Nord.

Durante la guerra dei Cinque Re, Robb vinse tutte le battaglie, ma venne tradito e assassinato dai Frey e dai Bolton alle Torri Gemelle, nel corso del matrimonio dello zio Edmure Tully, evento noto come le Nozze Rosse.

ROBB STARK, re del Nord, re del Tridente, lord di Grande Inverno, primogenito di lord Eddard Stark e di lady Catelyn della Casa Tully, ragazzo di sedici anni detto il "Giovane Lupo", assassinato alle Nozze Rosse

Vento Grigio, il suo meta-lupo, ucciso alle Nozze Rosse

I suoi fratelli e sorelle veri

Sansa, sua sorella, sposa di Tyrion della Casa Lannister

Lady, la sua meta-lupa, uccisa al Castello di Darry

Arya, ragazzina di undici anni, scomparsa e ritenuta morta

Nymeria, la sua meta-lupa, vaga lungo i fiumi

Brandon, detto "Bran", nove anni, storpio, erede di Grande Inverno e ritenuto morto

Estate, il suo meta-lupo

Compagni e protettori di Bran

Meera Reed, fanciulla di sedici anni, figlia di lord Howland Reed della Torre delle Acque Grigie

Jojen Reed, suo fratello, tredicenne

Hodor, giovane dalla mente semplice, alto più di due metri

Rickon, bimbo di quattro anni, ritenuto morto

Cagnaccio, il suo meta-lupo, nero e selvaggio

Osha, compagna di Rickon, donna dei bruti in passato prigioniera a Grande Inverno

Jon Snow, suo fratellastro bastardo, dei Guardiani della Notte

Spettro, il suo meta-lupo, bianco e silente

Le spade che hanno giurato fedeltà a Robb

Donnel Locke, Owen Norrey, Dacey Mormont, ser Wendel Manderly, Robin Flint, uccisi alle Nozze Rosse

Hallis Mollen, comandante delle guardie, scorta le spoglie di Eddard Stark nel loro ritorno verso Grande Inverno

Jacks, Quant, Shadd, guardie

Gli zii e i cugini di Robb

Benjen Stark, fratello minore di suo padre Eddard, disperso nei pressi della Barriera, si presume morto

Lysa Arryn, sorella di sua madre, lady di Nido dell'Aquila, sposata a lord Jon Arryn, gettata nel vuoto a Nido dell'Aquila

Robert Arryn, loro figlio, lord di Nido dell'Aquila e protettore della Valle, ragazzino malaticcio

Edmure Tully, lord di Delta delle Acque, fratello di sua madre lady Catelyn, preso prigioniero dopo le Nozze Rosse

Lady Roslin, della Casa Frey, sposa di Edmure

Ser Brynden Tully, detto il "Pesce Nero", lo zio di sua madre, castellano di Delta delle Acque

Gli alfieri del Giovane Lupo, i lord del Nord

Roose Bolton, lord di Forte Terrore, traditore

Domeric, suo vero figlio ed erede, morto di febbri addominali

Ramsay Bolton (in precedenza **Ramsay Snow**), figlio naturale di Roose, detto il "Bastardo di Bolton", castellano di Forte Terrore

Walder Frey e **Walder Frey**, detti "Grande Walder" e "Piccolo Walder", scudieri di Ramsay

Reek, uomo d'arme noto per il puzzo che emanava, ucciso mentre fingeva di essere Ramsay

"Arya Stark", prigioniera di lord Roose, impostora, promessa a Ramsay

Walton, detto "Gambe d'Acciaio", comandante di Roose

Beth Cassell, Kyra, Turnip, Palla, Bandy, Shyra, Vecchia Nan, donne di Grande Inverno tenute prigioniere a Forte Terrore

Jon Umber, detto il "Grande Jon", lord di Ultima Terra, prigioniero alle Torri Gemelle

Jon, detto il "Piccolo Jon", primogenito ed erede di Grande Jon, ucciso alle Nozze Rosse

Mors, detto "Cibo di Corvo", zio di Grande Jon, castellano a Ultima Terra

Hother, detto "Flagello delle Baldracche", zio di Grande Jon, anch'egli castellano di Ultima Terra

Rickard Karstark, lord di Karhold, decapitato da Robb Stark per tradimento e assassinio di un prigioniero

Eddard, suo figlio, ucciso al Bosco dei Sussurri

Torrhen, suo figlio, ucciso al Bosco dei Sussurri

Harrion, suo figlio, prigioniero a Maidenpool

Alys, figlia di lord Rickard, fanciulla di quindici anni

Arnolf, zio di Rickard, castellano di Karhold

Galbart Glover, maestro a Deepwood Motte, celibe

Robett Glover, suo fratello ed erede

Sybelle, moglie di Robett, della Casa Locke

I loro figli

Gawen, tre anni

Erena, lattante

Larence Snow, protetto di Galbart, figlio naturale di lord Halys Hornwood, ragazzino di tredici anni

Howland Reed, lord di Torre delle Acque Grigie, uomo delle paludi

Jyana, sua moglie, degli uomini delle paludi

I loro figli

Meera, giovane cacciatrice

Jonjen, ragazzo dagli occhi verdi

Wyman Manderly, lord di Porto Bianco, spropositatamente grasso

Ser Wylis Manderly, suo primogenito ed erede, molto grasso, prigioniero a Harrenhal

Leona della Casa Woolfield, moglie di Wylis

Wynafryd, loro figlia, fanciulla di diciannove anni
Wylla, loro figlia, fanciulla di quindici anni
Ser Wendel Manderly, suo secondogenito, ucciso alle Nozze Rosse
Ser Marlon Manderly, suo cugino, comandante della guarnigione di Porto Bianco
Maestro Theomore, consigliere, tutore, guaritore

Maege Mormont, lady di Isola dell'Orso
Dacey, sua primogenita ed erede, uccisa alle Nozze Rosse
Alysane, **Lyra**, **Jorelle**, **Lyanna**, sue figlie
Jeor Mormont, suo fratello, lord comandante dei Guardiani della Notte, ucciso dai suoi stessi uomini
Ser Jorah Mormont, figlio di lord Jeor, in passato lord di Isola dell'Orso per diritto, ora cavaliere condannato e in esilio

Ser Helman Tallhart, maestro a Piazza di Torrhen, ucciso a Duskendale
Benfred, suo figlio ed erede, ucciso dagli uomini di Ferro sulla Costa Pietrosa
Eddara, sua figlia, prigioniera a Piazza di Torrhen
Leobald, suo fratello, ucciso a Grande Inverno
Berena della Casa Hornwood, moglie di Leobald, prigioniera a Piazza di Torrhen
Brandon e **Beren**, i loro figli, anch'essi prigionieri a Piazza di Torrhen

Rodrik Ryswell, lord dei Rills
Barbrey Dustin, sua figlia, lady di Barrowton, vedova di lord Willam Dustin
Harwood Stout, suo vassallo, lord di secondo rango a Barrowton
Bethany Bolton, sua figlia, seconda moglie di lord Roose Bolton, morta di febbre
Roger Ryswell, **Rickard Ryswell**, **Roose Ryswell**, i suoi litigiosi cugini e alfieri

Cley Cerwyn, lord di Cerwyn, ucciso a Grande Inverno
Jonelle, sua sorella, fanciulla di ventidue anni

Lyessa Flint, lady di Capo della Vedova

Ondrew Locke, lord di Antico Castello, uomo anziano

Hugo Wull, detto "Grosso Secchio", capo del suo clan

Brandon Norrey, detto "il Norrey", capo del suo clan

Torren Liddle, detto "il Liddle", capo del suo clan

Lo stemma degli Stark mostra un meta-lupo grigio in corsa su un campo bianco ghiaccio.

Il motto di Casa Stark è "L'inverno sta arrivando".

NOBILE CASA TULLY

Lord Edmyn Tully di Delta delle Acque fu uno dei primi lord dei fiumi a giurare fedeltà a Aegon il Conquistatore. Il re Aegon lo ricompensò estendendo il dominio della Casa Tully su tutte le terre del Tridente.

Lo stemma dei Tully è una trota argentea guizzante, su sfondo a strisce blu e rosse. Il motto dei Tully è: "Famiglia, dovere, onore".

EDMURE TULLY, lord di Delta delle Acque, catturato in occasione del suo matrimonio e tenuto prigioniero dai Frey
- **Lady Roslin** della Casa Frey, giovane sposa di Edmure
- **Lady Catelyn Stark**, sua sorella, vedova di lord Eddard Stark di Grande Inverno, uccisa alle Nozze Rosse
- **Lady Lysa Arryn**, sua sorella, vedova di lord Jon Arryn della Valle, morta in seguito a una spinta che l'ha gettata nel vuoto da Nido dell'Aquila
- **Ser Brynden Tully**, detto il "Pesce Nero", zio di Edmure, castellano a Delta delle Acque

A servizio di lord Edmure a Delta delle Acque
- **Maestro Vyman**, consigliere, guaritore e tutore
- **Ser Desmond Grell**, maestro d'armi
- **Ser Robin Ryger**, comandante della guardia
  - **Lew il Lungo**, **Elwood**, **Delp**, guardie
- **Utherides Wayn**, attendente

Gli alfieri di Edmure, i lord del Tridente

Tytos Blackwood, lord di Raventree

Lucas, suo figlio, ucciso alle Nozze Rosse

Jonos Bracken, lord di Stone Hedge

Jason Mallister, lord di Seagard, prigioniero nel proprio castello

Patrek, suo figlio, imprigionato con il padre

Ser Denys Mallister, zio di lord Jason, uomo dei Guardiani della Notte

Clement Piper, lord del Castello di Pinkmaiden

Ser Marq Piper, suo figlio ed erede, catturato in occasione delle Nozze Rosse

Karyl Vance, lord di Riposo del Viandante

Liane, sua figlia primogenita ed erede

Rhialta ed **Emphyria**, due figlie minori

Norbert Vance, lord cieco di Atranta

Ser Ronald Vance, suo figlio primogenito ed erede, detto "il Crudele"

Ser Hugo, ser Ellery, ser Kirth e **Maestro Jon**, i suoi figli minori

Theomar Smallwood, lord di Sala delle Ghiande

Lady Ravella, sua moglie, della Casa Swann

Carellen, sua figlia

William Mooton, lord di Maidenpool

Shella Whent, privata del titolo di lady di Harrenhal

Ser Willis Wode, cavaliere al suo servizio

Ser Halmon Paege

Lord Lymond Goodbrook

NOBILE CASA TYRELL

I Tyrell sono ascesi al potere quali attendenti dei re dell'Altopiano, sebbene facciano risalire le loro origini a Garth Manoverde, re giardiniere dei Primi Uomini. Quando l'ultimo re della Casa Gardener venne ucciso sul Campo di Fuoco, il suo attendente Harlen Tyrell consegnò Alto Giardino ad Aegon il Conquistatore. Aegon gli assegnò il castello e il dominio sull'Altopiano. Mace Tyrell dichiarò il suo sostegno a Renly Baratheon allo scoppio della guerra dei Cinque Re, gli concesse la mano della figlia Margaery. Alla morte di Renly, Alto Giardino si alleò con Casa Lannister e Margaery venne promessa a re Joffrey.

MACE TYRELL, lord di Alto Giardino, protettore del Sud, difensore delle Terre Basse, gran maresciallo dell'Altopiano
- **Lady Alerie**, sua moglie, della Casa Hightower di Vecchia Città
- I loro figli
  - **Willas**, primogenito, storpio, erede di Alto Giardino
  - **Ser Garlan**, detto "il Galante", secondogenito, appena nominato lord di Acquachiara
    - **Lady Leonette**, moglie di Garlan, della Casa Fossoway
  - **Ser Loras**, il Cavaliere di Fiori, figlio minore, confratello della guardia reale
  - **Margaery**, loro figlia, due volte andata in sposa e due volte rimasta vedova
  - Ancelle e cortigiane di Margaery
  - **Megga, Alla ed Elinor Tyrell**, le sue cugine
    - **Alyn Ambrose**, scudiero, promesso sposo di Elinor

Lady Alysanne Bulwer, lady Alyce Graceford, lady Taena Merryweather, Meredyth Crane detta "Merry", **septa Nysterica**, sue ancelle

Lady Olenna della Casa Redwyne, madre vedova di Mace, detta "regina di Spine"

Arryk ed **Erryk**, sue guardie, gemelli alti oltre due metri, detti "Sinistro" e "Destro"

Le sorelle di Mace

Lady Mina, sposa di Paxter Redwyne, lord di Arbor

I loro figli

Ser Horas Redwyne, gemello di Hobber, detto "Orrore"

Ser Hobber Redwyne, gemello di Horas, detto "Fetore"

Desmera Redwyne, fanciulla di sedici anni

Lady Janna, sposa di ser Jon Fossoway

Zii e cugini di Mace

Garth, detto "il Grosso", zio di Mace, lord siniscalco di Alto Giardino

Garse e Garrett Flowers, figli bastardi di Garth

Ser Moryn, zio di Mace, lord comandante della guardia cittadina di Vecchia Città

Ser Luthor, figlio di Moryn, sposo di lady Elyn Norridge

Ser Theodore, figlio di Luthor, sposo di lady Lia Serry

Elinor, figlia di Theodore

Luthor, figlio di Theodore, scudiero

Maestro Medwick, figlio di Luthor

Olene, figlia di Luthor, sposa di ser Leo Blackbar

Leo, detto "Leo il Pigro", figlio di Moryn, novizio alla Cittadella di Vecchia Città

Maestro Gormon, zio di Mace, dotto della Cittadella

Ser Quentin, cugino di Mace, morto ad Ashford

Ser Olymer, figlio di Quentin, sposo di lady Lysa Meadows

Raymund e Rickard, figli di Olymer

Megga, figlia di Olymer

Maestro Normund, cugino di Mace, in servizio presso Blackcrown

Ser Victor, cugino di Mace, ucciso dal Cavaliere Sorridente della fratellanza di Bosco del Re

Victaria, figlia di Victor, sposa di lord Jon Bulwer, morto di febbre estiva

Lady Alysanne Bulwer, loro figlia, otto anni

Ser Leo, figlio di Victor, sposo di lady Alys Beesbury

Alla e **Leona**, figlie di Leo
Lyonel, Luca e **Lorent**, figli di Leo

La corte di Mace ad Alto Giardino
Maestro Lomys, consigliere, guaritore e tutore
Igon Vyrwel, comandante della guardia
Ser Vortimer Crane, maestro d'armi
Palla di Burro, giullare e giocoliere, enormemente grasso

I suoi alfieri, i lord dell'Altopiano
Randyll Tarly, lord di Collina del Corno
Paxter Redwyne, lord di Arbor
Ser Horas e **ser Hobber**, i suoi figli gemelli
Maestro Ballabar, guaritore
Arwyn Oakheart, lady di Vecchia Quercia
Ser Arys, figlio minore di lady Arwyn, confratello della guardia reale
Mathis Rowan, lord di Goldengrove, sposo di Bethany della Casa Redwyne
Leyton Hightower, Voce di Vecchia Città, lord del Porto
Humfrey Hewett, lord di Scudo di Quercia
Falia Flowers, sua figlia bastarda
Osbert Serry, lord di Scudo del Sud
Ser Talbert, suo figlio ed erede
Guthor Grimm, lord di Scudo Grigio
Moribald Chester, lord di Scudo Verde
Orton Merryweather, lord di Lunga Tavola
Lady Taena, sua moglie, donna della città libera di Myr
Russell, suo figlio, bambino di otto anni
Lord Arthur Ambrose, sposo di lady Alysanne Hightower

I suoi cavalieri e spade giurate
Ser Jon Fossoway, dei Fossoway della Mela verde
Ser Tanton Fossoway, dei Fossoway della Mela Rossa

Lo stemma dei Tyrell è una rosa dorata su campo verde erba. Il loro motto: "Crescere forti".

RIBELLI E FURFANTI, POPOLINO E CONFRATERNITE

SIGNOROTTI, VAGABONDI E UOMINI COMUNI

Ser Creighton Longbough e **ser Illifer Tascavuota**, cavalieri erranti e compari

Hibald, mercante timoroso e spilorcio

ser Shadrick di Valle Ombrosa, detto "il Topo Pazzo", cavaliere errante al servizio di Hibald

Brienne, "la Vergine di Tarth", detta anche "Brienne la Bella", donna guerriera impegnata in una ricerca

Lord Selwyn di Evenfall, lord di Tarth, suo padre

Big Ben Bushy, ser Hyle Hunt, ser Mark Mullendore, ser Edmund Ambrose, ser Richard Farrow, Will la Cicogna, ser Hugh Beesbury, ser Raymond Nayland, Harry Sawyer, ser Owen Inchfield, Robin Potter, un tempo suoi pretendenti

Renfred Rykker, lord di Duskendale

Ser Rufus Leek, cavaliere con una gamba sola al suo servizio, castellano di Forte Dun a Duskendale

William Mooton, lord di Maidenpool

Eleanor, sua figlia primogenita ed erede, tredicenne

Randyll Tarly, lord di Collina del Corno, al comando delle forze di re Tommen lungo il Tridente

Samwell, figlio primogenito, uomo dei Guardiani della Notte

Dickon, suo figlio ed erede, giovane scudiero

Ser Hyle Hunt, ha giurato fedeltà al servizio della Casa Tarly

Ser Alyn Hunt, cugino di ser Hyle, anch'egli al servizio di lord Randyll

Dick Crabb, detto "Dick lo Svelto", un Crabb di Punta della Chela Spezzata

Eustace Brune, lord di Dyre Den
Bennard Brune, cavaliere di Brownhollow, suo cugino
Ser Roger Hogg, cavaliere di Corno della Scrofa
Septon Meribald, un septon scalzo
Cane, il suo cane
Confratelli anziani di Isola Silenziosa
Fratello Narbert, fratello Gillam, fratello Rawney, confratelli penitenti di Isola Silenziosa
Ser Quincy Cox, cavaliere di Padelle Salate, vecchio rimbambito

Alla vecchia Locanda dell'Incrocio
Jeyne Heddle, detta "Jeyne la Lunga", locandiera, alta e giovane, diciottenne
Willow, sua sorella, austera e rigorosa
Tansy, Pate, Jon Penny, Ben, orfani presso la locanda
Gendry, apprendista fabbro e figlio bastardo di re Robert I Baratheon, ignaro delle proprie origini

A Harrenhal
Rafford, detto "Raff Dolcecuore", **Boccadimerda, Dunsen,** uomini della guarnigione
Ben Pollice Nero, fabbro e armaiolo
Pia, ragazza di servizio, in passato molto attraente
Maestro Gulian, guaritore, tutore e consigliere

A Darry
Lady Amerei Frey, detta "Ami della Guardiola", sensuale e giovane vedova promessa a lord Lancel Lannister
Lady Mariya della Casa Darry, madre di lady Amerei, vedova di Merrett Frey
Marissa, sorella di lady Amerei, fanciulla di tredici anni
Ser Harwyn Plumm, detto "Durapietra", comandante della guarnigione
Maestro Ottomore, guaritore, tutore e consigliere

Alla Locanda dell'Uomo Inginocchiato
Sharna, la locandiera, cuoca e levatrice
suo marito, detto "Marito"
Ragazzo, un orfano di guerra
Frittella, garzone di fornaio, orfano

Fuorilegge e reietti

BERIC DONDARRION, una volta lord di Blackhaven, per il suo emblema detto "Lord della Folgore", dato per morto sei volte

Edric Dayne, lord di Stelle al Tramonto, ragazzo di dodici anni, scudiero di lord Beric

Il Cacciatore Pazzo di Tempio di Pietra, ex alleato

Barba Verde, mercenario di Tyrosh, suo incerto amico

Anguy l'Arciere, arciere delle Terre Basse di Dorne

Merrit di Città della Luna, Watty il Mugnaio, Swampy Meg, Jon O' Nutten, fuorilegge della sua banda

Lady Stoneheart, donna incappucciata, detta alle volte "Madre Pietà", "Sorella Silente", "l'Impiccatrice"

Lem, detto "Lem Mantello di Limone", in passato soldato

Thoros di Myr, prete rosso

Harwyn, figlio di Hullen, uomo del Nord in passato al servizio di lord Eddard Stark di Grande Inverno

Jack Fortunello, ricercato, privo di un occhio

Tom di Settecorrenti, cantastorie di dubbia fama, detto "Tom Settecorde" e "Tom Sette"

Luke il Sicuro, Notch, Mudge, Dick lo Sbarbato, fuorilegge

Sandor Clegane, detto "il Mastino", in passato ha giurato fedeltà a re Joffrey, poi confratello della guardia reale, visto l'ultima volta febbricitante e morente sulle rive del Tridente

Vargo Hoat della città libera di Qohor, detto "il Caprone", comandante mercenario dalla parlata distorta, ucciso a Harrenhal da ser Gregor Clegane

I suoi Bravi Camerati, detti anche Guitti Sanguinari

Urswyck, detto "Fedele", suo luogotenente

Septon Utt, impiccato da lord Beric Dondarrion

Timeon di Dorne, Zollo il Grasso, Rorge, Mordente, Pyg, Shagwell il Pazzo, Togg Joth di Ibben, **Tre Dita**, dispersi e in fuga

Alla Pesca, bordello di Tempio di Pietra

Tansy, tenutaria dai capelli rossi

Alyce, Cass, Lanna, Jyzene, Helly, Bella, alcune delle sue donnine

A Sala delle Ghiande, sede della casa Smallwood

Lady Ravella, della Casa Swann, sposa di lord Theomar Smallwood

Qui e là e in altri luoghi

Lord Lymond Lychester, uomo anziano dalla mente incerta, in un tempo lontano difese il ponte contro ser Maynard

Maestro Roone, giovane sapiente che si occupa di lui

Il fantasma di Cuore Alto

La lady delle Foglie

Il septon a Danza di Sally

I CONFRATELLI DELL'ORDINE DEI GUARDIANI DELLA NOTTE

JON SNOW, il Bastardo di Grande Inverno, novecentonovantottesimo lord comandante dei Guardiani della Notte

Spettro, il suo meta-lupo albino

Eddison Tollett, il suo assistente, detto "Edd l'Addolorato"

GLI UOMINI DEL CASTELLO NERO

Benjen Stark, primo ranger, disperso da lungo tempo, si presume morto

Ser Wynton Stout, anziano ranger dalla mente incerta

Kedge Occhiobianco, Bedwyck detto "Gigante", **Matthar, Dywen, Garth Piumagrigia, Ulmer di Bosco del Re, Elron, Pypar** detto "Pyp", **Grenn** detto "Uri", **Bernarr** detto "Bernarr il Nero", **Goady, Tim Stone, Jack Bulwer il Nero, Geoff** detto "lo Scoiattolo", **Ben il Barbuto**, ranger

Bowen Marsh, lord attendente della confraternita in nero

Hobb Tre Dita, attendente e capo cuoco

Donal Noye, armaiolo e fabbro, ucciso sotto il ghiaccio da Mag il Possente

Owen detto "lo Scemo", **Tim Linguarotta, Mully, Cugen, Donnel Hill** detto "Donnel il Dolce", **Lew il Mancino, Jeren, Wick Whittlestick**, attendenti

Othell Yarwyck, primo costruttore

Stivale, Halder, Albett, Kegs, costruttori

Conwy, Gueren, reclutatori erranti

Septon Cellador, devoto ubriacone
Ser Alliser Thorne, maestro d'armi del Castello Nero
Lord Janos Slynt, in passato comandante della guardia cittadina di Approdo del Re, per breve tempo lord di Harrenhal
Maestro Aemon (Targaryen), guaritore e consigliere, cieco, centodue anni di età
Clydas, assistente di Aemon
Samwell Tarly, assistente di Aemon, grasso e studioso
Iron Emmett, in passato al Forte Orientale, maestro d'armi
Hareth detto "Cavallo", i gemelli **Arron** ed **Emrick**, **Satin**, **Hop-Robin**, reclute in addestramento

GLI UOMINI DELLA TORRE DELLE OMBRE

Ser Denys Mallister, comandante della Torre delle Ombre
Wallace Massey, suo assistente e scudiero
Maestro Mullin, guaritore e consigliere
Qhorin il Monco, primo ranger, ucciso da Jon Snow oltre la Barriera
Confratelli della Torre delle Ombre
Scudiero Dalbridge, **Eggen**, ranger, uccisi al Passo Skirling
Stonesnake, disperso in marcia sul Passo Skirling

GLI UOMINI DEL FORTE ORIENTALE

Cotter Pyke, comandante
Maestro Harmune, guaritore e consigliere
Il vecchio Tattersalt, comandante della *Uccello nero*
Ser Glendon Hewett, maestro d'armi
Confratelli al Forte Orientale
Dareon, assistente e cantastorie

AL CASTELLO DI CRASTER (I CONFRATELLI TRADITORI)

Dirk, che ha ucciso Craster, suo ospite
Ollo Lophand, assassino del suo comandante, Jeor Mormont
Garth di Greenaway, **Mawney**, **Grubbs**, **Alan di Rosby**, ex ranger
Karl Piededuro, **Oss l'Orfano**, **Bill Balbetta**, ex assistenti

I BRUTI, NOTI ANCHE COME IL POPOLO LIBERO

MANCE RAYDER, re oltre la Barriera, prigioniero al Castello Nero

Dalla, sua moglie, morta di parto

Il loro figlio appena nato in battaglia, ancora senza nome

Val, sorella minore di Dalla, "la principessa dei bruti", prigioniera al Castello Nero

Capi e comandanti dei bruti

Harma, detta "Testa di Cane", uccisa sotto la Barriera

Halleck, suo fratello

Il Lord delle Ossa, deriso con il nome di "Rattleshirt", predone e capo di una banda di guerrieri, prigioniero al Castello Nero

Ygritte, giovane moglie di lancia, amante di Jon Snow, uccisa durante l'attacco al Castello Nero

Ryk, detto "Lungapicca", componente della sua banda

Ragwyle, Lenyl, componenti della sua banda

Styr, maknar di Thenn, ucciso nel corso dell'attacco al Castello Nero

Sigorn, figlio di Styr, nuovo maknar di Thenn

Tormund, re della Birra di Ruddy Hall, detto "Veleno dei Giganti", "Grande Affabulatore", "Soffiatore di Corno" e "Distruttore del Ghiaccio", inoltre "Pugno di Tuono", "Marito di Orse", "Voce degli Dèi" e "Padre di Eserciti"

Toregg l'Alto, Torwyrd il Mansueto, Dormund e **Dryn**, figli di Tormund, e sua figlia **Munda**

Il Piagnone, predone e capo di una banda di guerrieri

Alfyn Ammazzacorvi, predone, ucciso da Qhorin il Monco dei Guardiani della Notte

Orell, detto "Orell l'Aquila", metamorfo ucciso da Jon Snow al Passo Skirling

Mag Mar Tun Doh Weg, detto "Mag il Possente", gigante, ucciso da Donal Noye alle porte di Castello Nero

Varamyr, detto "Seipelli", metamorfo, padrone di tre lupi, una pantera-ombra e un orso bianco

Jarl, giovane predone, amante di Val, morto per una caduta alla Barriera

Grigg il Caprone, Errok, Bodger, Del, Bollente, Hempen Dan, Henk l'Elmo, Lenn, Dito d'Alluce, bruti e razziatori

Craster, maestro del Castello di Craster, ucciso da Dirk dei Guardiani della Notte mentre questi era ospite sotto il suo stesso tetto

Gilly, sua figlia e moglie

Il bambino appena nato di Gilly, ancora senza nome

Dyah, Ferny, Nella, tre delle diciannove mogli di Craster

OLTRE IL MARE STRETTO

La regina al di là del mare

DAENERYS TARGAYREN, la prima del suo nome, regina di Meereen, regina degli Andali, dei rhoynar e dei Primi Uomini, signora dei Sette Regni, protettrice del Regno, khaleesi del Grande Mare d'Erba, detta "Nata dalla Tempesta", "la Non-bruciata, "Madre dei Draghi"

Drogon, Viserion, Rhaegal, i suoi draghi

Rhaegar, suo fratello, principe di Roccia del Drago, ucciso da Robert Baratheon sul Tridente

Rhaenys, figlia di Rhaegar, uccisa durante il saccheggio di Approdo del Re

Aegon, figlio di Rhaegar, infante, ucciso durante il saccheggio di Approdo del Re

Viserys, suo fratello, terzo del suo nome, detto "il Re Mendicante", incoronato con oro fuso

Drogo, il suo lord marito, un khal dei dothraki, morto per una ferita infettatasi

Rhaego, suo figlio nato morto, generato con Drogo, ucciso in grembo dalla *maegi* Mirri Maz Duur

Le guardie della regina

Ser Barristan Selmy, detto "Barristan il Valoroso", una volta lord comandante delle guardie di re Robert

Jhogo, ko e cavaliere di sangue, la frusta

Aggo, ko e cavaliere di sangue, l'arco

Rakharo, ko e cavaliere di sangue, l'arakh

Belwas il Forte, eunuco, in passato schiavo gladiatore

I suoi capitani e comandanti

Daario Naharis, rutilante mercenario tyroshi, al comando della compagnia dei Corvi della Tempesta

Ben Plumm, detto "Ben il Marrone", mercenario senza onore, al comando della compagnia dei Secondi Figli

Verme Grigio, eunuco, al comando degli Immacolati, una compagnia di giovani eunuchi

Groleo, di Pentos, ex capitano della grande caracca *Saduleon*, ora ammiraglio senza flotta

Le sue ancelle

Irri e Jhiqui, due ragazze dothraki, sedicenne

Missandei del popolo naathi, scrivana e traduttrice

I suoi nemici noti e sospettati

Grazdan mo Eraz, un nobile di Yunkai

Khal Pono, un tempo ko di Khal Drogo

Khal Jhaqo, un tempo ko di Khal Drogo

Maggo, suo cavaliere di sangue

Gli Eterni di Qarth, una banda di stregoni

Pyat Pree, stregone di Qarth

Gli Uomini del Dispiacere, confraternita di assassini di Qarth

Ser Jorah Mormont, in passato lord di Isola dell'Orso

Mirri Maz Duur, sacerdotessa e *maegi*, al servizio del Grande Pastore di Lhazar

I suoi ambigui alleati, del passato e del presente

Xaro Xhoan Daxos, principe mercante di Qarth

Quaithe, sacerdotessa mascherata di Asshai delle Ombre

Illyrio Mopatis, magistro della città libera di Pentos, che combinò il matrimonio di Daenerys con Khal Drogo

Cleon il Grande, re macellaio di Astapor

Khal Moro, in passato alleato di Khal Drogo

Rhogoro, suo figlio e *khalakka*

Khal Jommo, in passato alleato di Khal Drogo

I Targaryen sono il sangue del drago, discendono dagli alti lord dell'antica fortezza di Valyria, loro tratti ereditari sono infatti gli occhi violetti, lilla e indaco e i capelli dorati e argentei. Per preservare la purezza del loro sangue, spesso la Casa Targaryen ha fatto maritare fratello e sorella, cugino e cugina, zio e nipote. Il fondatore della dinastia, Aegon il Conquistatore, sposò entrambe le sue sorelle e da entrambe ebbe dei figli. Lo stemma dei Targaryen è un drago a tre teste, rosso in campo nero; le tre teste rappresentano Aegon e le sue sorelle. Il motto dei Targaryen: "Fuoco e sangue".

NELLA CITTÀ LIBERA DI BRAAVOS

FERREGO ANTARYON, signore del mare di Braavos

Qarro Volentin, primo spadaccino di Braavos, suo protettore

Bellegere Otherys detta "la Perla nera", cortigiana discendente dalla regina pirata con lo stesso nome

La Lady Velata, la Regina degli Scogli, Ombra di Luna, la Figlia delle Tenebre, l'Usignolo, la Poetessa, famose cortigiane

Ternesio Terys, mercante e comandante della *Figlia del Titano*

Yorko e Denyo, due dei suoi figli

Moredo Prestayn, mercante e comandante della *Vixen*

Lotho Lornel, commerciante in vecchi libri e pergamene

Ezzelyno, un prete rosso, spesso ubriaco

Septon Eustace, disonorato e spretato

Terro e **Orbelo**, coppia di mercenari braavosiani

Beqqo il Cieco, pescivendolo

Brusco, pescivendolo

Talea e Brea, le sue figlie

Meralyn, detta "Merry", tenutaria del Porto Felice, un bordello vicino al Porto degli Stracci

La Moglie del Marinaio, prostituta del Porto Felice

Lanna, una giovane prostituta, sua figlia

Bethany la Timida, Yna la Guercia, Assadora di Ibben, le prostitute del Porto Felice

Roggo il Rosso, Gyloro Dothare, Gyleno Dothare, uno scrittore di farse chiamato **Quill, Cossomo il Prestigiatore,** clienti del Porto Felice

Tagganaro, lacruncolo del porto

Casso, detto "Re delle Foche", la sua foca ammaestrata
Narbo il Piccolo, suo compare occasionale
Myrmello, Joss il Tetro, Quence, Allaquo, Sloey, guitti che la sera si esibiscono sulla Nave dei Guitti
S'vrone, prostituta del porto con la tendenza a uccidere
La Figlia Ubriaca, prostituta dal temperamento incerto
Canker Jeyne, prostituta dal sesso incerto
L'uomo gentile e **l'orfana**, servitori del Dio dai Mille Volti presso la Casa del Bianco e del Nero
Umma, cuoca del tempio
Il Bello, Compare Grasso, il Signorotto, Faccia Dura, lo Strabico e **l'Affamato**, servitori segreti del Dio dai Mille Volti
Arya di Casa Stark, ragazza con la moneta di ferro, conosciuta anche come "Arry", "Nan", "la Donnola", "Squab", "Salty" e "Cat"
Quhuru Mo, di Città degli Alti Alberi, nelle Isole dell'Estate, proprietario della nave mercantile *Vento di cannella*
Kojja Mo, sua figlia, l'arciere rosso
Xhondo Dhoru, ufficiale in seconda sulla *Vento di cannella*